RHYDWEN WILLIAMS

Liwsi Regina

Christopher Davies

Argraffiad cyntaf – 1988

Cyhoeddwyd gan
Christopher Davies (Cyhoeddwyr) Cyf.,
Blwch Post 403, Sgeti,
Abertawe, SA2 9BE.

ISBN 0 7154 0710 4

*Argraffwyd gan
Wasg Dinefwr,
Heol Rawlings,
Llandybïe, Dyfed.*

Dymuna'r cyhoeddwyr gydnabod cymorth a chyfarwyddyd
Adrannau'r Cyngor Llyfrau Cymraeg
a noddir gan Gyngor Celfyddydau Cymru.

Llun yr awdur ar y clawr cefn gan Jeffrey F. Morgan, Casnewydd

Brodor o'r Pentre, Cwm Rhondda. Addysgwyd yn ysgolion Elfennol a Uwchradd, Pentre, Rhondda, a Cholegau Prifysgol Abertawe a Bangor.

Cipiodd y goron yn Eisteddfod Genedlaethol Aberpennar 1946 a thrachefn yn Eisteddfod Genedlaethol Abertawe 1964.

Cyhoeddodd nifer o gyfrolau o farddoniaeth, ac yn eu mysg, *Ffynhonnau, Chwyldro Gwyrdd, Dei Gratia, Ys Gwn I,* a'r bwysicaf yn ei olwg ei hun, *Pedwarawd.* Ymysg ei nofelau y mae *Y Briodas, Siôl Wên, Dyddiau Dyn,* ac *Amser i Wylo.*

Derbyniodd radd M.A. er anrhydedd gan y Brifysgol Agored, a dyfarnwyd i'w nofel, *Amser i Wylo,* Wobr Goffa Daniel Owen a Gwobr Cyngor Celfyddydau Cymru am y nofel orau 1986.

Bu'n olygydd *Barn* am bum mlynedd.

I'm hûyr,

Siôn Wiliam,

o Dal-sarn

Dy bryd a'th wisg oedd ddisglair,
Dy lun, ferch, fel delw wen Fair;
Rhoed i ti, liw rhediad ton,
O degwch fwy na digon . . .
                              Robin Ddu

Diolchiadau

Staff y Cyngor Llyfrau Cymraeg am bob cymwynas ac amynedd; Don Martin a'i gynorthwywyr yng Ngwasg Dinefwr am eu gwaith arbennig; staff Llyfrgell Aberdâr, Llyfrgell Aberpennar, a Llyfrgell Dinas Caerdydd am eu cynorthwy amhrisiadwy dros gyfnodau hir; y Parchedig W. R. Nicholas, Porth-cawl, am ei gyfeillgarwch ffyddlon a chymorth ei wybodaeth a'i ysgolheictod; Marged Rhydwen, na fyddai'r llyfr hwn – am ei werth – yn bosibl hebddi.

Rhydwen Williams

Y
Rhan
Gyntaf

- 1 -

Roedd yr awelon a chwythai drwy goed a thros erwau gwyrdd Palas San Iago mor ddistaw â'r traed a gerddai'r coridorau brenhinol y bore pryderus hwnnw pan roes y Frenhines Henrietta Marïa enedigaeth i'w mab, Siarl. Hwn oedd cartref Harri'r Wythfed gynt, y muriau a'r gerddi a'r tai-allan yn adlewyrchu bywyd helaethwych yr hen ormeswr boliog hwnnw, a'r pellterau goludog yn cynnig cip ar yr afon a thyrau ac adeiladau mawreddog y brifddinas draw.

Pan glywodd y morynion a'r gweision gri baban daeth gwên o lawenydd i'w hwynebau. A'r rheswm? Cri gyntaf etifedd newydd y Goron ydoedd! Ac mewn eiliad, nid yng nghoridorau'r brenin yn unig yr oedd yr ymateb gorfoleddus; y tu allan, dechreuodd holl glychau'r brifddinas ganu, un gymanfa fawr o gân, i ddatgan llawenydd tlawd a chyfoethog, enwog ac anenwog, deiliaid o bob gradd ar ddyfodiad y dyn bach i'r byd.

Rhedodd nifer o weision i'r stablau a chyfrwywyd anifail brith hardd. Trawodd y ceffyl gerrig y llawr yn benderfynol â'i bedolau, fel pe bai ef am gael siâr o'r gorfoledd hefyd.

"Awê, awê!" Rhoes y brenin gic â'i sawdl nes bod yr ysbardun yn ddwfn yn y cnawd. Neidiodd y ceffyl. Clywyd sŵn chwip. Roedd y Brenin Siarl ar ei ffordd i ddiolch i Dduw am roddi iddo fab, yr etifedd . . .

Roedd Elinor Protheroe newydd gyrraedd o Lundain i dalu ymweliad â'i merch ar ôl genedigaeth ei hail blentyn. "Shwd ma hi?" gofynnodd i Wiliam Walter, ei mab-yng-nghyfraith, ei phryder yn amlwg yn ei llais a'i llygaid, a'i hosgo'n methu celu nad oedd ganddi fawr o amynedd â'r gŵr ifanc a ddaethai i agor y drws iddi. Edrychodd o'i chwmpas – edrychiad a awgrymai anfodlonrwydd – a chododd ei thrwyn ar yr hyn a welai; hen gastell o'r ddeuddegfed ganrif a'i berchennog ansad. I feddwl mai yma, gyda'r fath lolyn, yr oedd ei Elisabeth annwyl yn ceisio codi'i theulu. Cerddodd i fyny'r grisiau i gyfeiriad yr ystafell wely . . .

Aethai chwe blynedd heibio oddi ar i Elinor Protheroe golli'i gŵr. Nid aethai diwrnod heibio heb iddi gofio amdano. Ei osgo pendefigaidd o wallt ei ben i'w draed, wyneb hardd, llygaid doeth, a'i lais mor fonheddig bob amser. Mynnai atgoffa ei deulu, "Rydach chi'n perthyn i linach o fonedd nobla'r genedl!" Roedd hynny'n wir o ochr ei gŵr, John Protheroe, ac o'i hochr hithau; ysweiniaid Nant-yr-Hebog yn Sir Gaerfyrddin oedd llinach Protheroe, yn disgleirio o enwau fel Perrot, Phillipps, Syr Ffransis Meurig, Palmer Talacharn, Iarll Essex a'r Fonesig Dorothy Defro, tra medrai hi ymffrostio mewn enwau fel Richard Vaughan, Iarll Carbery, Gelli Aur, a'i dad, Syr John Vaughan, prif oruchwyliwr tŷ y Brenin Siarl.

Ymfalchïai Elinor Protheroe hefyd wrth gofio fel yr ystyrid ei diweddar ŵr yn un o brif seryddwyr y dydd, cyfaill mynwesol y seryddwr enwog Thomas Harriot, perchen y sbienddrych enwog o'r Iseldiroedd y gellid gweld y fath ryfeddodau drwyddo.

Syllodd y fam-gu ar wyneb ei hwyres newydd yng nghôl ei mam. Does dim eisiau sbienddrych na dim o'r fath, meddyliodd, i ddweud y daw hon ryw ddydd y peth rhyfeddaf ar bâr o sodlau! Plygodd i'w chusanu.

"Be fydd 'i henw, Elisabeth?"

Gwenodd y fam yn browd o weld y fam-gu yn ffoli ar y plentyn. "Liwsi," meddai.

"Liwsi!" meddai ei mam.

– 3 –

Roedd capel addurniedig Palas San Iago yn llawn o urddasolion y deyrnas, swyddogion a chadfridogion medalog, esgobion rhwysgfawr, a gwahoddedigion mawreddog yn eu sidanau ar gyfer taenelliad y baban brenhinol. Safai'r Esgob Laud wrth yr allor yn holl regalia ei 'arswydus swydd', a'r bychan yn ei grud o rubanau a meini gwerthfawr yn gegagored wrth edrych i fyny, fel petai heb fod yn rhy siŵr ai chwerthin neu wylo a wnâi. Nid Laud a ddylasai fod yno, wrth gwrs. Roedd awgrym o ansicrwydd, os nad cywilydd, yn ei lygaid gwibiog, gan mai Archesgob Caergaint – y gŵr a oedd ar hynny o bryd mewn peth anfri oherwydd iddo saethu ei gipar ar gam wrth anelu at fwch – a oedd i fod yn gyfrifol am y gwasanaeth.

Ar ôl canu emyn, adrodd ychydig o adnodau a phaderau, arweiniwyd y gynulleidfa uchel-ael mewn gweddi. *"Drugarog Dduw, dyrchafa dy wyneb arnom! Dyner Dad, yn Dy gariad mawr, dyro i'r bychan hwn ddeuparth o rinweddau ei dad annwyl, os yw hynny'n ddynol bosibl!"* (Edrychodd rhai o'r offeiriaid ar ei gilydd, pesychodd dau neu dri.) *"Amen."*

Yna, estynnodd yr esgob am gawg o ddwfr santaidd, dwfr a sicrhawyd yn arbennig ar gyfer yr achlysur o afon yr Iorddonen, cyn gwlychu talcen yr etifedd swnllyd. Pan ganwyd y litwrgi newydd am y tro cyntaf dros ddyfodolfrenin Lloegr, dechreuodd y baban feichio wylo . . . Edrychodd Laud ar gledr ei law; yr oedd yn wlyb a ffiaidd. Sylweddolodd fod holl lygaid y gynulleidfa arno ac ambell un hwnt ac yma yn cuddio gwên. Edrychodd ar ei law eilwaith.

"Y mochyn bach!" meddai.

Cerddodd y fintai o'r castell ar hyd y lôn goediog i'r eglwys fechan ar waelod y rhiw. Porai nifer o ddefaid mewn cae gerllaw. Ehedai clystyrau o adar o'r coed uchel fel pe'n brysio i weld pwy oedd yn mynd heibio. Rhedai nant fechan wrth ochr yr eglwys lle roedd yr offeiriad boch-goch gwledig yn sefyll yn y porth yn ei wenwisg. Gwenodd wrth sylweddoli bod ganddo'r fath gynulleidfa y bore hwn; ni thrafferthai neb ond ef a'r clochydd i fentro allan gan amlaf. Roedd y clochydd wrth ei orchwyl yn gynnar y bore hwn yn tynnu ar unig gloch yr ardal.

Cludai Elisabeth Walter ei phlentyn mewn siôl hardd. O gwmpas chwythai awel fain a heriai ei heiddilwch. Roedd y siôl wedi'i lapio yn weddol dynn amdani; ofnai rhag i'r cwthwm lleiaf chwythu ar y bwndel o anwyldeb yn ei gofal. Nid hi oedd yr unig un a bryderai . . .

"Drychwch ar 'i llygid hi! Ma hi'n gwbod bod rhwbeth ar droed, mi wranta!" meddai Elinor Protheroe wrth gosi dan ên y fechan. Cerddai yn dal a bodlon wrth ochr ei merch. "Odi hi'n cysgu?" holodd, gan edrych yn edmygus dros ysgwydd y fam ifanc.

"Ddim eto," atebodd Wiliam, ei mab-yng-nghyfraith, cyn taflu llygad ar yr offeiriad. "Bydd hi'n cysgu'n sownd unweth y dechreuith y parchedig ar 'i lith a'i bregeth, ac nid hi fydd yr unig un yn falch i gael napyn!"

"Ow, rhag dy gywilydd, Wiliam!" ceryddodd y ladi o Lundain. "Ma'r creadur yn gneud 'i ore – wyt *ti* wedi ymuno â'r Piwritanied 'na?"

"Ddim eto, ddim eto, ond – ma *nhw'n* cadw dyn ar ddi-hun! Nid fel y Jeremeia hwn . . ."

"Rhoi 'i fendith ar dy ferch fach fydd y truan y bore 'ma, cofia!"

Nid arhosodd Elinor Protheroe i barhau'r sgwrs. Roedd yr ardal gyfan i bob golwg wedi cyrraedd y porth a llaw yr offeiriad fel colomen wen yn estyn croeso i bawb.

"Y mowredd mawr!" ochneidiodd Marïa gan syllu'n ddifrifol ar ei baban. "Sut y bu i mi roi genedigaeth i beth mor hyll?"

Daliodd i edrych yn syfrdan ar y lwmp tywyll.

"Dwn i ddim, ar fy llw, os medra i gymryd at y burgyn bach diolwg. Mae gen i gywilydd ohono!"

Tyngai Henrietta Marïa nad oedd yn dilyn ei dad na'i fam.

"Hynafiad o'r Profensàl, mae'n siŵr! Harri o Nafâr falle . . ."

Ag yntau'n treulio'i fachgendod o dro i dro yn rhai o balasau gwycha'r byd, a phob moeth a thendans ar ei alwad, byddigions ac enwogion yn ymweld â'i rieni'n gyson, daeth y baban yn wrthrych maldod y cyfoethog ac edmygedd yr enwog. Cafodd yr artistiaid pwysicaf ei baentio a thwtio tipyn ar ei ymddangosiad corfforol. Portreadwyd ef yn ei arfwisg a'i gleddyf yn ei law a hen gi mawr wrth ei draed. Caed paentiadau eraill ohono'n blentyn ymysg plant, yr amlycaf a'r disgleiriaf, ei glogyn amdano, rosét ar ei frest, a'i wddf yn goler les i gyd.

Nid oedd yn syndod i'r bachgen etifeddu cymysgedd o waed gan ei fod yn disgyn o'r Sgotyn Jâms o ochr ei dad, ac felly'n perthyn i'r Fari enwog honno a briodasai â'r cnaf Darnley. Unwyd Jâms ag Anne, merch Ffrederic yr Ail a Soffî, tywysoges y Daniaid. Daeth hyn â ffrwd o waed Sgandinafaidd ac Almaenig i'w wythiennau – cyfraniad i fod yn wir ddiolchgar amdano! Digon digynnyrch y bu'r Tuduriaid a'r Stiwartiaid ers dros ganrif bellach, ond epiliodd Jâms ac Anne yn nwyfus ddigon, trwy drugaredd.

Ar ochr ei fam, llifai Ffrainc a'r Eidal yng ngwythiennau'r tywysog ifanc. Roedd Henrietta Marïa yn ferch i'r diweddar Henri, brenin Ffrainc, ac ni theimlai ei bod yn gwella dim ar ei llinach trwy briodi Sais, er ei fod o deulu brenhinol. Roedd ei mab, felly, o ran yn Sgotyn, Daniad, Ffrancwr ac Eidalwr, ond y diferyn o waed Tuduraidd a feddai a sicrhâi ei fod yn etifedd coron Lloegr, er bod gofyn mynd yn ôl bum cenhedlaeth at ei berthynas hynotaf, nain ei hen nain, Marged Tudur. A Chymraes oedd honno.

– 6 –

Torrwyd ewinedd y gaeaf – roedd mwynder gwanwyn yn harddu bryn a dôl, a'r awelon dros erwau Castell y Garn (Roche) cyn gryfed â'r gwin a'u goglais yng ngheinciau'r coed a choesau'r ŵyn.

"Brysia, brysia, Liwsi fach, mae'n bryd codi!" galwodd Elisabeth Walter o'r gegin, heb iddi sylweddoli bod y fechan wedi hen godi ac yn pwyso'i phenelinoedd ar sil ffenestr ei hystafell wely i edrych allan ar y wlad, wedi ymgolli ym mhrydferthwch y tymor newydd. Mor braf ei byd!

Roedd Ffair Narberth ar y trothwy. Byddai'n mynd gyda'i thad, un o'r breintiau mwyaf, gan ryfeddu at y bobl a ddeuai o bob cyfeiriad – Abergwaun, Camros, Carew, Eglwyswrw, Cemaes, Henfeddau, Trefdraeth, Cilgerran, Maenclochog, Llawhaden – a'i thad yn eu hadnabod i gyd.

Coron y cwbl, serch hynny, oedd Gŵyl Fai ar dir yr eglwys; stondinau, chwaraeon, canu, dawnsio, a choroni brenhines yr ŵyl! Daeth yr anrhydedd i Liwsi. Roedd hi wrth ei bodd; regalia gwyn at ei thraed, coron ar ei phen a theyrnwialen yn ei llaw.

"On'd yw hi'n bictiwr!" meddai ei thad, wrth wylio'r fechan ar ei gorsedd gyda'i morynion.

"Ma fe yn 'i gwa'd hi!" meddai ei mam-gu. "Mor urddasol!"

Ni ddywedodd y fam ddim. Roedd ei llawenydd yn ormod iddi.

Araf iawn oedd Liwsi yn ymddihatru y noson honno. Wrth i'w thad ei rhoi yn y gwely, fe'i cusanodd, cyn iddi ddweud, "Mi garwn *i* fod yn frenhines, *ryw ddiwrnod!*"

"Wel, byddi'n well na hon sy gynnon ni nawr!" atebodd ei thad, a'r gwragedd yn syfrdan i glywed y fath gabledd.

Beth a olygai ei thad wrth y geiriau hyn? Mor anodd yn

fynych oedd i eneth fechan wneud pen na chwt o siarad aelwyd a ffwdan cymdogaeth! Deuai briwsion sgwrs heibio iddi'n gyson, trin a thrafod pobl mewn oed, weithiau'n uchel, weithiau'n sibrydion; pob math o helynt, buwch Nant-eos, gwas Pant y Wennol, morwyn y Dolau, ar wahân i ryw siarad tywyll am y wlad a'r brenin a'r frenhines, fel sylw ei thad yn awr. Cusan ar foch, llaw ar dalcen, swatio, nos da, ac fe ddisgwylid i ferch fach fel hi gysgu'n dawel fel pe na bai wedi clywed dim, dim, dim!

Trwy drugaredd, roedd ganddi Sal, dol fechan, werth y byd; ac er y gwyddai'n iawn bod doliau gannoedd yn y byd harddach filwaith na hi, ac y medrai fod yn berchen ar un grandiach ond dweud y gair, Sal oedd Sal. Ni chymerai'r byd amdani!

Ni fedrai gofio'r byd heb Sal, ei hwyneb bach salw a'i gwallt aflêr ar y gobennydd, hwyr a bore, wrth iddi fynd i gysgu ac wrth iddi ddeffro. Sal, yr unig un y medrai droi ati unrhyw amser i ddweud ei chŵyn a chael gwrandawiad. Sal, hoffus a ffyddlon, y medrai redeg ati o bobman a'i chofleidio a theimlo nad oedd yn fechan ac unig a di-ymadferth. Weithiau, pan welai bryd a gwedd Sal druan a chanfod olion gwaethygu, ei breichiau a'i haelodau llipa, ofnai na fedrai ei chadw fawr yn hwy, a beth ar y ddaear a wnâi hi wedyn? Ni fedrai ddychmygu bywyd heb Sal. Ni theimlai'n gwbl gartrefol gyda neb ond Sal. Oedd, roedd hi'n caru Sal yn fwy na neb arall yn y byd. Wel, fwy na neb arall ond un!

Tom! Roedd e'n dal ac yn gryf ac yn meddwl y byd ohoni. Medrai fod yn gellweirus ddigon ar dro fel ei brodyr; roedd hi'n digio'n gorn wrtho bryd hynny! Weithiau, ni chymerai fawr o sylw ohoni fel pe bai hi'n rhy fach i'w chymryd o ddifri. Ond roedd hi'n ei garu'n fawr drwy'r cwbl. Heb unrhyw amheuaeth byddai'n priodi Tom Howard ryw ddiwrnod. Gwyddai wrth lygaid ei theulu, ei mam a'i mam-gu yn arbennig, nad oedd ganddyn *nhw* unrhyw amheuaeth chwaith. Gwyddai hefyd fod Tom Howard mewn ffafr gyda'i thad, a dyna'r gymeradwyaeth uchaf iddo yn ei golwg hi.

Wrth ddychwelyd gyda'i rhieni y tro hwnnw, gwelodd Liwsi olygfa a oedd i aros gyda hi weddill ei dyddiau. Heb fod nepell o Gastell y Garn, roedd haid o ddynion wedi ymgynnull, bechgyn bochgoch y wlad, pladuriau a phic-ffyrch yn eu dwylo, wedi cynnig eu hunain o ran rhialtwch i gefnogi'r Seneddwyr; dim arfau, dim lifrai, a chawr o greadur wynepgoch yn ceisio drilio rhes ohonyn nhw.

Archodd Wiliam Walter i'r ceffyl a'r cerbyd sefyll. Roedd y dydd yn hwyrhau, dydd a fu'n hapusrwydd mawr i rieni a phlant, ond daethai awel fain heibio bellach. Edrychodd y fam, Elisabeth Walter, allan o ffenestr y cerbyd yn anniddig.

"Neno'r dyn, pwy yw'r tacle hyn?"

"Paratoi i ymladd yn erbyn gwŷr y brenin, mi wranta," meddai ei gŵr.

"Ow, rhag eu cwilydd, ac ar stepan ein drws *ni*!"

"Ie, ma gen i ofn . . . Ma Cromwell wedi'i ffyrnigo am mai dim ond hen ddynion musgrell sy 'da nhw. Ma'r brenin wedi bachu pawb, meibion bonedd, pob llanc o allu ac anrhydedd, pob copa walltog a thipyn o ddewrder yn 'i esgyrn!"

"Hy, ma golwg beryglus ddigon ar y rabl hyn, ta p'un."

"Falle bod, falle bod, ond fydd fawr o siâp arnyn nhw yn erbyn soldiwrs y brenin."

"Gobitho, gobitho'n wir!"

"O, paid â dibynnu ar hynny, merch i! Dyw Cromwell ddim yn un i gael 'i drechu mor rhwydd â hynny . . ."

Cromwell! Daliodd Liwsi ar yr enw. Fe glywsai ei thad yn sôn mwy a mwy amdano. Deallai'n iawn ar ôl clywed y dadlau rhyngddo a'i mam a'i mam-gu fod y wlad fel pe'n dechrau datgymalu. Y Brenin Siarl oedd arwr ei mam a'i rhieni, ond yr oedd ei thad yn groes ei farn.

"Ma Cromwell wedi addo amddiffyn hawliau'r werin bobl, gwrthwynebu'r Pab a'i Eglwys."

Synnodd Liwsi ei glywed yn siarad mor bendant, oherwydd ni chafodd yr argraff cyn hyn ei fod yn arbennig o selog dros ddim. Nid fel ei mam-gu. Nid fel ei thad-cu. Oedd, roedd y Cromwell hwn, siŵr o fod, â'i fryd ar derfysgu'r wlad. Ffurfiasai ddau gwmni o wirfoddolwyr yng Nghaer-grawnt, gan feddiannu'r castell yno a gyrru tri o benaethiaid y coleg yn garcharorion i Lundain.

"Fydd Oliver ddim yn hir cyn gneud yr un peth yng Nghymru, rhoswch chi, rhoswch chi!"

Gwrandawodd Elisabeth Walter yn ddifrifol ar ei gŵr a'r olwg ar ei hwyneb fel petai'n clywed fod y byd i ddod i ben ymhen yr awr.

Rhwbiodd Liwsi'r ffenestr ac edrych allan. Rhyw ganllath i ffwrdd, yr hyn a welai oedd nifer o'r dynion, y mwyafrif dan ddylanwad diod gadarn, yn creu hwyl a miri mawr o gwmpas pentwr o goed. Ceisiai rhai gludo a llusgo bonion i encil cyfleus i gynnau tân – rhywle o'r neilltu i wrando cyfarwyddiadau'r cawr wynepgoch. Nid oedd fawr o awydd cludo heb sôn am ymladd ar rai, hyd y gwelai. Daeth un o gymeriadau'r ardal heibio. Offi, llanc tenau heb fod 'yn llwyr yn 'i bethe', nad oedd neb diniweitiach nag ef ar gael. Gwelodd y castwyr gyfle i ychwanegu at eu miri.

"Be 'di d'enw?" holodd un, cochyn ysgwyddog direidus.

"Offi."

"Wyt ti'n mofyn ennill cinog?"

"Odw, odw . . ."

"O'r gore! Cwn y coed 'ma a dos â nhw draw fanna! . . . Reit?"

"Reit?"

"Mlaen â thi te!"

"Ble ma'r ginog?"

"Wyt ti'n moyn dy giflog *nawr*?"

"Odw, odw . . ." A chyda'r gair, taflodd y cochyn y geiniog i ganol y pentwr.

Neidiodd Offi i ben y coed. Torchodd ei lewys. Aeth ati am ei fywyd i godi bonyn ar ôl bonyn, mynd â nhw fesul un i'r encil, a'i lygaid mor graff ag yr oedd ei ddwylo'n ddiwyd ar drywydd y darn arian.

"Diawlied!" meddai Liwsi dan ei hanadl, a'r chwerthin meddw yn hollti'r awyr.

Daeth y gymysgedd yng ngwythiennau'r tywysog mor amlwg nes yr aeth stori ar led mai plentyn siawns rhyw 'ddyn du' ydoedd, wedi ei fabwysiadu gan Henrietta Marïa. Bu rhai yn ddigon rhyfygus i gyfeirio ato fel y 'bastard bach du'.

Peth arall yn ei gylch a dynnai sylw oedd ei daldra. Yn y dyddiau hynny, oherwydd ansawdd bwyd ac amlder afiechydon, dynion bychain oedd o gwmpas ar y mwyaf, a byddai 'dwylath o ddyn', fel y disgrifid Siarl, yn siŵr o sefyll allan mewn unrhyw gwmni.

"Dowch 'ma!" dywedai'n fynych wrth ei gyfoedion yn llawn ymffrost, gan dorri marc â'i gyllell ar ddrws ei ystafell i nodi'i daldra. "Dowch i fesur wrth f'ymyl i!" Ni fedrai'r un ohonyn nhw ei gyrraedd o fewn modfeddi.

Dipyn o ryfeddod oedd y fath daldra, gan fod ei rieni'n ddigon byr, ei dad ddim ond y mymryn lleiaf yn fwy na phwtyn, a'i fam yn ddol fechan o fenyw. Ond yr oedd ei nain, Anne o Ddenmarc, yn lodes dal a gosgeiddig, ei hesgyrn yn gadarn yn ei chnawd, gwallt fel rheffynnau o wellt a'i bochau'n goch fel eirin mawr aeddfed ar hollti.

Roedd yn anochel, felly, yn hynny o fyd, i'r tywysog ifanc gael ei ystyried yn greadur braidd yn od yr olwg – nid oedd yntau heb farnu'n debyg ar dro!

"Yffarn dân, mi rydw i'n drychid yn hyll!" meddai yn ffyrnig unwaith wrth artist diwyd a ddaethai i'r palas i wneud portread ohono, "Ac i feddwl y bydda i'n frenin ryw ddydd!"

Sut bynnag, bu'n dda i'r fam a'i mab wrth ambell arlunydd a ddaethai â'i frws a'i baent i oreuro eu hymddangosiad. Erbyn geni'r plentyn olaf, Henriette, yr oedd y frenhines wedi colli cymaint o bwysau ac mor salw ei gwedd fel yr edrychai, yn ôl un o'i morynion, fel 'mwnci bach mewn caets'. Aeth Pepys, y dyddiadurwr deifiol, ymhellach a chreulonach trwy ei disgrifio fel 'hen wrach o ddynes blaen ac esgyrnog'.

Eiddil neu beidio, roedd gan Henrietta Marïa ddawn

fawr i ddwyn plant i'r byd; bu'n fam i naw, a chyn pen fawr o dro yr oedd nyrsari'r palas yn llawn o leisiau a chwerthin plant. Mari, y groten hynaf, pen cyrliog, a'i dwy wefus fel mafon cochion; Jâms, Dug Efrog, wedi'i drwytho fel ei frawd hŷn mewn moesau da, beth bynnag arall ei ddiffyg; Elisabeth, y ferch ddwys a baentiwyd gan Van Dyck yn *Gwledd y Diniwed*, Henri, Dug Caerloyw, a'r olaf o'r ach, Henriette. Bu farw pedwar o'r naw.

"Mae un peth am Siarl," clywid y fam yn mwmian yn y coridorau ar dro, "pe bai'n edrych mor hyll â bwgan brain, ac mi *fydd* weithie, fe fydd e'n siŵr o ennill ffafr wedyn trwy ei gwrteisi." Yna, edrychai ar y portread mawr o'i gŵr uwchben y lle-tân, ac ochneidiai, "Mor wahanol i'w dad!" Syllai'n hir a dwys ar y llun. *Yr hen epa!* "Ond, dyna, ma'n rhaid tosturio – y fath atal-dweud ar y creadur nes 'i fod yn swnio fel rhegen yr ŷd!"

Un peth yn arbennig a anesmwythai Henrietta Marïa pan ystyriai ei mab; sylwasai, er mawr ofid iddi, oddi ar yr amser y cawsai ei ystafell ei hun a mamaeth i ofalu amdano, ei fod yn dangos rhyw chwilfrydedd anarferol am un mor fychan – afiach bron – yn y rhyw deg. Pan nad oedd ond yn ei glytiau, yr oedd Iarlles Roxburgh, y ferch gyntaf i gael cyfrifoldeb amdano, yn dychryn fel un mewn perygl am ei bywyd yn ei gwmni. Wrth gwrs, roedd *hi'n* Babyddes selog, ac yn debycach i leian na dim! Yna, yng nghôl mamaeth arall, Christabella Wyndham, byddai'r gwalch bach yn llygadrythu ar ei chnawd, a'i fysedd yn crafangu am ei bronnau, cyn sugno a sugno fel un nad oedd modd ei ddiwallu.

Pan ddaeth i gripian o gwmpas, rhyw bry copyn o beth yn goesau i gyd, ymddangosai iddo synhwyro bod rhannau eraill o gorff merch yn fwy o demtasiwn fyth. Ceryddai'r frenhines ei mab, "Damo di, Siarl!" Gofid mawr oedd ei weld yn dangos y fath dueddiadau – a hynny mor gynnar! Ac eto, meddyliai, ar ôl ceisio'i ddychryn trwy fygwth dweud wrth ei dad, gobeithio i'r nefoedd na fydd iddo ddilyn *hwnnw*! Gwyddai Henrietta – gofid y gofidiau – fel y medrai'i gŵr ymserchu mewn bechgyn hefyd – a hynny'n fwy nag ynddi hi a'i holl rywogaeth ar dro!

Bu hyn fel cysgod dros ei bywyd; ei phlant oedd ei hunig gysur. Mynnai iddynt fod yn Gatholigion da. Rhaid oedd rhoi'r addysg orau i Siarl a Jâms. Ymgymerodd ei hunan â'r dasg o ddysgu darllen i'r ddau; cael athro arbennig i'w dysgu i sgrifennu'n gymen, a hurio gŵr o'r enw Gilbert le Moyne i'w dysgu i siarad a darllen Ffrangeg. "Gwna Ffrancwyr da o'r ddau!" oedd ei harchiad, "Bydd iaith wâr a thipyn o ddiwylliant, faint bynnag y gost, yn 'u cadw rhag cyflawni ffolinebau'u tad!"

Penododd Dr Earle i arolygu hyfforddiant Siarl a Jâms – gŵr cadarn yn feddyliol a chorfforol, wrth ei fodd i fod yng ngwasanaeth y teulu, un a gredai'n ddiysgog er gwaethaf holl stranciau'r brenin fod y teulu brenhinol, nid yn unig o linach urddasolaf y genedl, ond y nesaf o bawb at y Duwdod ei hun.

"Na phryderwch, eich mawrhydi!" meddai'r gŵr doeth, ei fysedd yn darlunio'n fanwl a'i leferydd yn dewis yr acenion mwyaf cwrtais. "Bydd y ddau yn ddynion cyn bo hir, dynion da hefyd, mi a hyderaf – oni fydd i faldod a chlodydd gwagsaw eu tramgwyddo fel y digwydd ar dro yn hanes tywysogion."

Chwifiodd y frenhines ei hances – arwydd ei bod yn awr yn gollwng y doethor o'i phresenoldeb. Edrychodd drwy'r ffenestr fawr. Yr oedd y ffurfafen yn duo draw ar y gorwel . . .

– *9* –

Eisteddai Elinor Protheroe gyda'r hen gyfaill mynwesol, Syr Wiliam Lower, gŵr tal ac ysgwyddog, ei fysedd yn ei farf wrth i'w feddyliau wibio drwy'i ben mawr. Daliai'r hyn a elwid ganddo'n 'silindr', sbienddrych Lippershey, y wyrth a ddyfeisiwyd i astudio'r lleuad a'i mapio i'r fodfedd. Cafodd ef a'i diweddar ŵr yr ias o ddarganfod brychau haul ac o archwilio lleuadau Iau a gweddau Fenws, yr union bethau a welodd Galileo i ddymchwel damcaniaeth Copernicus a phrofi bod y disgleiriaf o'n planedau yn teithio o gylch yr haul.

Cerddodd Elinor Protheroe i'r ystafell ar draed ysgafn – roedd hi bob amser yn ofalus i beidio â thorri ar draws y myfyrio dwys, rhag iddi darfu ar y rhyfeddodau a oedd bob hyn a hyn yn cael eu datguddio i'r fath ddyn. Heddiw, yr oedd Syr Wiliam wedi galw arni, seryddwr cyn bwysiced â Thomas Harriot, ac yr oedd yn rhaid iddi ymddwyn yn angylaidd o foesgar ar wahân i fod yn ddistaw ei cherddediad.

"Wel, Syr Wiliam, mor dda ych gweled!" Cymerodd ei hances i sychu'r deigryn eiddilaf a ymddangosodd yng nghil ei llygad. "Roedd John yn meddwl y byd o'r sbienddrych 'na!" Byseddodd y gwydr fel pe'n anwylo llygad byw. Yna, gwnaeth arwydd â'i bys – rhyw geryddu'n garuaidd. "Ond, byddwch yn ofalus i ddefnyddio'r silindr 'na i bwrpas da!"

"Be'n union dach chi'n feddwl?"

"Defnyddio'r silindr, Syr Wiliam, i weld yr hyn y *dylem* 'i weld ac nid . . ."

"Nid . . .?"

". . . i ddibenion fel dewiniaeth, dweud ffortiwn, ac ati."

"O diar, diar!" ceryddodd Syr Wiliam yntau'n garuaidd, "gwyddonwyr ydi *gwyddonwyr*, plîs, plîs, nid dynion hysbys!"

"Mi wn i hynny, mi wn i hynny, ond – nid wy'n rhy siŵr a yw'r offeiriad yn . . ."

"Go brin bod gan wyddonydd ddim i'w ofni oddi wrth offeiriad y Ffydd a thamed o bregethwr!" atebodd y marchog yn sefyll ar ei sodlau.

Un anodd i gael gwared ohoni oedd Elinor Protheroe pan oedd ei chrefydd mewn perygl a'i hoffeiriad yn cael ei sarhau; wfft i'r sêr a'r seryddwyr wedyn.

"Mi glywes un o'r morynion yn dweud wrth un arall yn y gegin bod si ar led yn y pentre bod John druan yn cadw teclyn yn y tŷ i godi cythreulied!" Chwarddodd Syr Wiliam, ond aeth hithau yn ei blaen, "Dyna'r unig gwmwl

a fu ar 'y mywyd priodasol, pan ddaeth yr hen sbenglas 'na
i'r tŷ!"

"Ma'n werthfawr iawn," meddai Syr Wiliam yn ofalus.
"Be hoffech chi neud â'r peth?"

Oedodd gwraig y tŷ. "Mi ofynnodd Tom Howard gâi e'r
sbenglas – i gofio am John druan!"

"Mi wela, mi wela," atebodd yr ymwelydd.

– 10 –

Canodd y gloch. Rhedodd un o'r morynion i ateb. Daeth
Elinor Protheroe i'r golwg ar y funud. Twtiodd ei gwallt.
Safodd yn urddasol i dderbyn pwy bynnag oedd wedi galw.

"O, Mr Walter!" meddai'r forwyn.

"Wiliam, *ti* sy 'na," meddai gwraig y tŷ, gydag awgrym
o siom. "Ma Syr Wiliam Lower wedi galw – ma fe yn y
stydi!"

"Mi alwa i eto . . ."

"Na, dos i fewn, dos i fewn — mi fydd yn dda ganddo i
gael gair â ti."

"Na, mi alwa i eto . . ."

"Dos i fewn, Wiliam, dos i fewn!"

Ildiodd Wiliam Walter, un fflach o'i lygaid yn dangos y
gwyddai'n ddigon da erbyn hyn nad oedd diben yn y byd i
ymresymu unwaith yr oedd mam-gu wedi rhoi gorchymyn.
Cerddodd yn dawel i'r ystafell.

"Wiliam, Wiliam, ti sy 'na!" Roedd breichiau'r syr ar
led, braidd yn beryglus felly, meddyliai gŵr Castell y Garn.
"Wiliam, hyfryd dy weld, hyfryd dy weld!" meddai'r
marchog, ei acenion yn foesgar er bod ei lygaid fel pe'n
wyliadwrus. "Pryd wyt ti'n dod i Lundain i mi gael dy
gwmni?"

"Ma'n well gen i'r wlad . . ."

"Rwy wedi ceisio argyhoeddi Wiliam," meddai meistres
Nant-yr-Hebog, "mae'n iawn i fwynhau'r wlad bob hyn a
hyn, ond Llundain yw'r lle i wr ifanc anturus i neud 'i
ffortiwn a'r lle diogelaf i ddod mla'n yn y byd."

"Ma syniad gen i ma Llundain yw'r lle gwaetha dan haul i fod yn dlawd ac anghenus ynddo!" atebodd Wiliam Walter ar ei ben. Ni chafodd ei osodiad na gair nac ochenaid gan y ddau arall.

Synhwyrodd Wiliam fod Llundain wedi bod yn bwnc trafod unwaith eto. Nid oedd ganddo fawr o siawns unwaith yr oedd Elinor Protheroe wedi plannu syniadau ym mhen ei merch.

"O diar, mor braf fydde hi i ti a'r plant o gwmpas Covent Garden – a'r *fath* gwmni!" Rhyw le dros dro oedd Cymru bellach. Bu gwraig Nant-yr-Hebog yn anesmwytho ers tro byd oherwydd y cydymdeimlad a ddangosai ei mab-yng-nghyfraith tuag at y Seneddwyr, a ffieiddiai'r atgasedd a ddangosai tuag at y brenin. Rhyw dybied a wnâi y gallai troi mewn cwmni dethol beri iddo anghofio'i ragfarnau.

Nid oedd Wiliam Walter mor siŵr. Golygai prynu tŷ yn Llundain ddeubeth anffodus: tai pren oedd gan y mwyafrif o'r bobl gyffredin, carthffosydd agored, a'r mwg a'r drycsawr yn ddigon i dagu'r meirwon. Tai cerrig a meini oedd gan y bonedd, fel ei fam-yng-nghyfraith, ac ni fynnai Elisabeth ond y gorau, faint bynnag y gost. Ar ben hynny, beth bynnag y lleoliad a'r pris, byddai'n rhaid i'r tŷ dewisol fod o fewn cyrraedd mam-gu, iddi gael gweld a gwybod popeth o'u hynt a'u helynt a rhoi ei barn a'i chaniatâd i bob dim!

"Mi fyddi di a'r teulu wrth ych bodd!" sicrhaodd y syr.

Siglodd Wiliam ei ben heb ddweud dim mwy . . .

Un person a barai fod y syniad o symud i Lundain yn ddeniadol i Wiliam oedd Tom Howard, brawd Iarll Suffolk, gŵr ifanc craff, talcen uchel, llygaid bywiog, a ddangosai lawer o'r annibyniaeth a edmygai mewn dyn. Siaradai'n gyflym mewn brawddegau bachog, gyda rhyw fywiogrwydd bob amser yn ei symudiadau fel nad oedd neb yn rhy siŵr beth oedd ar ei feddwl.

Bu Tom yn loetran yng nghyffiniau'r cwmni a ddeuai heibio i'r teulu yng Nghymru a Llundain, weithiau gyda'i frawd, bryd arall gydag eraill o'r bonedd amlwg. Roedd yn hŷn na Liwsi a'i brodyr, ar y blaen ymhob dim, a chofiai Wiliam am y gwalch un tro yn creu terfysg wrth chwarae gyda'r plant. Cuddiodd y tu ôl i fwgan brain a'u dychryn allan o'u crwyn! Fel roedd y blynyddoedd wedi hedfan!

Y Nadolig arbennig hwnnw, cawsai Liwsi dŷ dol, ac roedd wedi ymgolli, wrthi yn darparu te ar y lawnt i'w doliau, a'r cŵn ymysg y gwahoddedigion. Cerddai'r fechan o gwmpas yn rhoi croeso i bawb, estyn y danteithion ac arllwys y te, gan edrych yn gilwgus fel ei mam-gu bob hyn a hyn ar y ddwy gath-forwyn yn eu ffedogau gwyn!

Digwyddai fod yn fore mwyn, bron fel bore o wanwyn, er y deuai ambell awel frathog heibio weithiau. Roedd llawenydd Liwsi yn peri nad oedd yn ymwybodol o ddim . . .

Yn sydyn a diarwybod, ymddangosodd Tom eilwaith, melltith yn llond ei lygaid, gan arwain y brodyr, Justus a Rhisiart, y tri'n chwifio cleddyfau pren, i ymosod ar y tŷ dol, dienyddio'r doliau, a gyrru'r cŵn a'r cathod yn wallgo o gwmpas y lle.

Safodd Liwsi yn ddig a mud yng nghanol y teilchion.

"Cnaf!"

Roedd hi'n rhy falch i adael iddo'i gweld yn wylo . . .

Bellach, roedd Tom Howard wedi tyfu'n ŵr ifanc llachar, wedi'i hyfforddi yn nulliau busnes y 'ddinas', budd-soddi ac 'eiddo' ar flaenau'i fysedd. Ni fedrai ef, Wiliam Walter, ond elwa wrth ymgyfeillachu ag ef. Roedd y llanc wedi cael ei big i mewn i'r cylchoedd pwysicaf. Dotiodd ar y ffordd y llwyddodd i gael Elinor Protheroe i roi sbenglas ei gŵr iddo – a hithau'n wraig yr oedd ei dwrn yn dynnach na'r Angau!

Llundain amdani!

Dangosai Liwsi fwy a mwy o'r tegwch eithriadol a welid yn addewid ynddi o'r crud. Roedd y llygaid a wirionodd ei theulu wedi fflachio eu rhyfeddod ar eraill erbyn hyn, a hynny bron cyn iddi brifio allan o'i glasoed. Un o'r taeraf oedd Tom Howard, y llanc direidus, ffefryn ei thad. Siarsiai Elisabeth ei merch i fod ar ei gwyliadwriaeth; rhybudd sobreiddiol ar sail ei phriodas dymhestlog,

"Cofia dy fod yn groten fowr nawr!"

Onid oedd bywyd iddi hi, Elisabeth, fel rhygnu trwy bob dydd a'r wawr heb dorri ar ei heinioes, ei mam yn pryderu, a'i gŵr fel petai'n ymddigrifo mewn bod yn anodd a chell-weirus?

"Paid â meddwl dy fod yn well na rhywun arall am fod dy dad gynt yn dipyn o ddyn yn y gymdogaeth, 'i ben yn y sêr, ac yn hobnoban gyda'r mawrion!"

"Ddwedes i erioed mod i'n ymffrostio mewn dim o'r fath, Wiliam!"

"Wnath yr hen ddyn ddim arall ond hynny!"

"Celwydd!"

"Celwydd! Celwydd yn wir! Strytan yn fawreddog am oes, meddwi ar bethe! Cymer 'i bwysigrwydd bant oddi ar John Protheroe, be odd gen ti ar ôl? Coler-uchel a chŷffs!"

Ni thrafferthai Elisabeth Walter ateb. Onid oedd pob dydd golau yn adlais o'r un hen ddannod? Os nad oedd yn sarhau ei rhieni druain, arllwysai ei wawd arni hi. Ennyd neu ddwy o ddistawrwydd, a byddai'n siŵr o ailgydio yn ei ymosodiad.

"Shwd ar y ddaear y cwmpes i am – am –?" Byddai ei weflau'n blasu'r sarhad, fel petai dim yn hyn o fyd yn rhoi mwy o fwynhad iddo na'i bychanu. "Shwd ddigwyddes i daro ar sgeren fel ti, gwed? Mi fydde dyn yn cael mwy o wefr wrth gofleidio delw yn y fynwent 'na!"

Wedi clywed holl fwstwr a chomosiwn ei rhieni, aeth Liwsi i'r ystafell fawr ar frys y tro hwn a'i gruddiau'n wlyb.

"Pam, O pam, dach chi'ch dau'n cweryla o hyd?"

Trodd y fam at ei merch i'w chysuro. "Paid â chynhyrfu –
fel hyn *ma* dy dad . . ."

Rhuthrodd Wiliam Walter i wthio'i wraig ymaith a'i
gwahanu oddi wrth ei phlentyn.

"Paid â gwrando, Liwsi!"

Daeth ffrydlif o olau drwy'r ffenestr, rhyw lain o oleuni a
ddylasai godi'r galon a gwneud yr amgylchedd yn ysbryd-
iaeth i unrhyw enaid synhwyrus; ysywaeth, ni wnaeth ond
pwysleisio'r cysgodion a throi'r ystafell glyd yn fwy o encil
mewn ogof neu gell yn y castell hynafol. Âi ias oer drwy
Elisabeth Walter pan glywai'r adar yn anesmwytho rywle
yn y trawstiau dan y toeau, a chyffro sydyn yn y coed fel pe
bai'r un arswyd yn terfysgu'r nythod ag a gerddai ei chnawd
hithau. Mor gamarweiniol oedd y gobeithion a fynwesid
ganddi gynt! Wiliam Walter, etifedd y castell, yn gofyn ei
llaw, addo hyn a'r llall, heb roi cyfle iddi ystyried nac oedi
eiliad cyn ei fod yn ei chodi dros drothwy'r cartref lle y bu ei
deulu'n byw ers cenedlaethau . . .

Yna, ymchwyddo a dweud, "Ni biau castell Dale a Phlas
Hodgeston hefyd! Ma'n teulu ni o linach Tudwal a Rhodri
Fawr, yr un olyniaeth â'r Brenin Cadwaladr! Un ohonon ni
oedd Elidir Ddu, Marchog y Beddrod, Edmwnt Fychan, a'r
Arglwydd Rhys!"

Ni fynnai Elisabeth lai na dangos edmygedd. Oedd, yr
oedd wrth ei bodd i ddod yn aelod o deulu mor anrhydeddus,
yn wraig i ŵr ifanc mor urddasol, ond gofalodd ei hysbysu'n
fonheddig y gallai hithau ymorchestu yr un modd!

"Rydyn *ni'n* perthyn i deulu Mendus o Abergwaun,
Warreniaid Tre-wern, a neb llai na Syr Thomas Rhys, arwr
Bosworth!"

Ysywaeth, gwelodd mor gynnar â hynny yn ei gyrfa
briodasol nad oedd gan ei gŵr fawr o ddiddordeb mewn dim
ond yn ei linach ei hun. Ni flinodd hynny mohoni ar y pryd;
mae cariad yn ddall, yn enwedig cariad ifanc, ond cafodd
yntau wybod â phwy yr oedd wedi ymgysylltu hefyd.
Gwenai Wiliam arni – y math o wên nad yw'n wên, gwaeth
nag anwybyddu.

"Roedd Morus Walter, uchel siryf Hwlffordd yn un ohonon *ni*!"

Gwenai Elisabeth yn ôl – cystal â dweud nad oedd modd yn y byd y gellid ei churo os oedd achau i fod yn gystadleuaeth.

"Ma John Vaughan, brawd fy mam – fe glywaist amdano, ma'n siŵr! – yn un o gynghorwyr y Brenin Siarl – mi fydd fy rhieni a minne yn ymweld â nhw'n aml!"

O, fel roedd hi'n cofio'r dyddiau cynnar hynny – dod i adnabod ei gilydd, ymffrostio, hwn-a-hwn a hon-a-hon! . . . Llifodd llawer o ddŵr y nant heibio i'r castell a'r eglwys oddi ar hynny!

Pam y dilynai rhyw hen dristwch ei mam fel cysgod i bob man? Dechreuodd Liwsi Walter ddeall . . .

– 13 –

Nid oedd gan Wiliam Walter yr un teyrngarwch i'w gynnig i'r brenin na neb o'i swyddogion. Ef, perchen Castell y Garn, a wybu mor ddidrugarog y medrai'r gormeswyr fod. Nid unwaith na dwywaith y bu'n rhaid iddo fynd ar gefn ei geffyl ar frys gwyllt i roi ei gwdyn arian dros y cownter yn Llundain – arian na fedrai eu fforddio o bell ffordd!

"O flaen ei wraig, ma Siarl fel clwtyn llestri, ond yn deyrn wrth ymdrin â'i bobl – dim diwedd i'w grafangu!"

Mynasai ddwy fil o ddynion dros nos i ymladd drosto a disgwyl i'r cymdogaethau gyfrannu tuag at eu cynhaliaeth. Gwelsai Wiliam wŷr y brenin yn cyrraedd y castell yn hwyr y nos ac yn mynnu deg o'i geffylau gorau yn ddi-oed i'r goron. Aeth dros dri chant o wŷr heibio i'r ffenestr un diwrnod fel defaid, ar alwad Siarl – a neb wedi clywed siw na miw beth oedd eu tynged byth oddi ar hynny!

"Dim ond talu, talu, talu rwy'n gneud," ceisiodd ymresymu unwaith gyda'i wraig, "a faint elwach ydw i ar ôl ildio ngheffylau, fy nynion a'm harian?"

"Gan nad beth yw'r gost, fe ddylem 'i hystyried yn fraint i gael cynorthwyo'r brenin yn y modd lleiaf," oedd ateb cyndyn Elisabeth. Brysiodd Wiliam Walter allan fel anifail yn torri'n rhydd. Teimlai'n gwbl ddigysur, a'i wraig heb fedru deall, heb sôn am gydymdeimlo.

Digwyddai'r noson honno fod fel y fagddu – dim un llewych i dorri gorthrwm y tywyllwch oddi mewn nac oddi allan iddo. Safodd yn ymyl mur yr eglwys am amser, rhyw rythu ar y düwch fel pe bai'n syllu ar ei anobaith ei hun, dim llais na sŵn yn unman yn gysur a chwmnïaeth. Beth oedd ystyr y cwbl, meddyliodd, ac i beth ar y ddaear yr ymboenai ragor? A'r unig beth y medrai ei weld yn y caddug mewnol oedd wyneb ei wraig, Elisabeth, wyneb yn llawn hunan-foddhad a hunangyfiawnhad, mor glyd yn ei pharchusrwydd a'i theyrngarwch brenhinol, holl safonau yr hen Brotheroe coegfalch, a'i ddau lygad corgimwch yn edrych i lawr ar bawb!

Torrwyd ar y distawrwydd yn sydyn gan sŵn traed. Rhyfedd, meddyliodd. Roedd mor gyfarwydd â sŵn y nant yn mynd heibio i'r eglwys nes bod yn anymwybodol ohono. Ond sŵn *traed*! Pwy oedd ar ddod? Llusgo, llusgo, graean ar raean, cam ar ôl cam, yn nes ac yn nes, nes yr holltwyd y tywyllwch. Gwyddai mai merch ydoedd oherwydd siâp y pen a'r gwallt a'r siôl amdani.

"Pwy sy 'na?"

"Betsan, mistir," meddai'r llais ysgafn, dof.

"Be wyt ti'n wneud ma's yr amser hyn?"

"Meddwl y gwelwn Ifan – ar 'i ffordd 'nôl, mistir." Un o weision Castell y Garn oedd Ifan, llanc cadarn – a orfodwyd i fynd gyda'r llanciau eraill i wneud ei ran.

"Ddwetson nhw na fydde fe ddim yn hir, bydde fe'n ôl whap, dim ond lan sha Abertawe odd e wedi mynd!" Rhywbeth i gysuro'r groten oedd hynny. Nid oedd Wiliam heb deimlo'n flin amdani. Fe'i swynwyd ers tro ganddi – a chadd awgrym na châi fod heb groeso.

"Paid â becso, Betsan – ddaw e 'nôl yn reit gloi." Estynnodd law amdani fel aderyn yn chwilio am ei nyth, cyn rhoi ei fraich yn dynn i'w choleru.

"Der 'ma, groten! . . . Ma'r brenin ar fin rhoi miwn; daw'r wmladd i ben! Be am dipyn o faldod i fi nawr?"

Gwnaeth yr eneth swn fel pe bai rhywun yn ei goglais.

"Nawr, nawr, mistir!" Roedd ei chwerthin yn arwydd ddiogel.

Daeth Elisabeth i'w feddwl. Pam ar y ddaear yr oedd hi fel yr oedd, a chroten fel Betsan yn fwy hudolus filwaith na meistres y castell a'i holl fanars a'i dillad crand? Dyna'r gwaethaf o rieni maldodus! Gwneud delw o'u merch, dol o fenyw heb brin yr un o nodweddion cnawd dynol yn perthyn iddi; ymgorfforiad o ddaioni undonog, nes gorfod hela am wr iddi mor daer â'r cadnoid ar drywydd prae. Onid rhan dyn oedd mynd ar drywydd merch ei ddewis? Y rhai olaf ddylai fod ar ei gyfyl oedd rhieni ffwdanus. Na, nid oedd yn ddigon i feddu ystad a mwynhau pob math o foethau daearol. Roedd yn rhaid *perchenogi* fel pe bai dyn yn aur coeth a'i lygaid yn berlau. Roedd gwr i fod yn eiddo llwyr i ferch – ci ar tsaen! A oedd unrhyw beth yn fwy diraddiol na chael ei erlid fel y cafodd ef gan dad gorawyddus a mam or-selog a'u gwenau'n fflachio rhagrith wrth geisio denu llanc i gofleidiad eu merch mor gyfrwys â llygoden i drap? Pentyrru ffansi ar ffansi oedd y ganmoliaeth a roed i Elisabeth Walter – rhinweddau dychmygol! Daliai Wiliam i gofio'n dda, ond – pwy a fynnai ildio i ddychmygion o'r fath heb sôn am fynd i'r gwely gyda delw o berffeithrwydd?

Oedd, yr oedd perffeithrwydd Elisabeth – nid oedd gair arall – wedi'i drethu'n llwyr. O diolch am gael bwndel bodlon, bochgoch, iach i'w hanwesu fel y Betsan hon, a honno'n canu bob nerf a gewyn nes bod ei llygaid yn serennu a'i thafod yn llepian am bleser nwydus, nerthol, penderfynol yr anifail ynddo!

"Lapia dy siôl yn dynn! Mae'n oer, mae'n oer!"

"Nid dyna pam wy'n crinu . . ."

"Pam wyt ti'n crinu . . . ?"

"O mistir, mistir!" Ymbiliodd y groten yn daer arno . . .

"Ma crotesi bach fel ti'n hurto dyn!"

"Mistir, pidwch â gweud wrth mistres!"

"A phaid ti â gweud wrth Wil – odi 'i ddannedd *e* wedi bod yn yr afal?"

"O naddo, naddo, mistir! Ond ma Wil moyn fi i gyd iddo'i hunan!" Tynhaodd y breichiau mawr amdani.

"O diar, rwyt ti'n rhy felys iddo dy gael i gyd iddo'i hunan, Betsan – be am dy fistir druan?"

"Os dof i hibo nos fory . . ."

"Nos fory, Betsan fach!"

Diflannodd yr eneth i'r nos.

Ceisiodd Wiliam Walter fynd adref – gŵr bonheddig trwsiadus, heb staen ar ei wisg na'i gymeriad, chwe throedfedd o ddynoliaeth unplyg, cyfiawn a chadarn, i wenu ar ei wraig fel pe na feiddiai blewyn o'i amrant gymaint ag edrych ar lodes arall, ac i gusanu ei blant fel pe na châi neb na dim yn y byd fwrw cysgod ar eu heinioes. Ac eto, wrth fotymu'i gôt i atal cryndodau olaf ei gorff, gwyddai ddarfod i ysleban o ferch ei lorio'n gadach. Arhosodd y digwyddiad hwn am ryw reswm fel clwyf ar feddwl Wiliam Walter. Ac eto, pam y dylasai deimlo'n euog? Nid haearn oedd cnawd. Rhyw gadw'i chorff oddi wrtho fel y cadwai ei modrwyau rhag lladron a wnâi Elisabeth hyd at syrffed. Iddi hi, ni fwriadwyd corff ar gyfer pleser – rhywbeth i'w edmygu o bell ydoedd.

Druan ohoni, yr oedd Elisabeth mor ddigynnwrf â'r truan nad oedd ei ben hardd yn ddim mwy nag ornament yn hongian uwch y lle-tân!

Rhyfedd fel yr oedd pobl yn mynnu eu twyllo eu hunain trwy wadu'r natur ddynol, gweu pob math o gelwydd, a mynd i'r eithafion rhag i unrhyw gysgod ddisgyn arnyn *nhw*! Roedd Elisabeth mor daer bob amser i weld nad oedd y byd yn cael *gweld*, ac yn dychryn pe digwyddai glywed yr ensyniad lleiaf am unrhyw un. Byddai rhai pobl yn barod i addef rhyw grwydriad carwriaethol yn ddigon difalio, fel ag yr addefai'r meddwyn ei feddwdod, ond haws fyddai i feistres Castell y Garn fynd i'w chrogi na bod 'pobl yn dod i wybod' – a hithau'n sicr nad oedd dim i'w wybod! Digon posib na chodai'i gwrychyn pe digwyddai wybod am y Betsan fach 'ma neu'r lleill, dim ond fod neb '*yn cael gwybod*'. Yr hyn a fynnid i eraill *gredu* amdanom oedd yr hyn y dylai eraill weld, neu'r hyn y *tybid* eu bod yn ei weld. Nid rhagrith oedd cynnig gwedd ddifeius i ddynion, ond synnwyr cyffredin. Bod yn garcus oedd un o'r rhinweddau pennaf. Nid deg gorchymyn ond un ar ddeg oedd ym Meibil Elisabeth: *Na ddangoswch i neb!*

– 14 –

Bellach, yr oedd priodas Elisabeth Walter, er ei holl lawenydd yng nghwmni'i phlant, Rhisiart, Liwsi, a Justus, yn brofedigaeth, yn iau ar ei hysgwyddau, a hyd yn oed un edrychiad yn ddigon i yrru dychryn drwyddi.

Roedd priodas i fod yn benllanw, meddyliodd; testun llawenydd, gwynfyd, breuddwydion wedi dod yn wir. Roedd gweddïau ei rhieni wedi eu hateb pan unwyd hi a'r llanc dewisol – un y'i rhoes ei hun iddo mor barod! Oni chawsai ei dysgu'n gynnar gan ei mam – a oedd yn hen gyfarwydd â'r cylchoedd mwyaf bonheddig o Gaerfyrddin wledig i Lundain boblog – mai priodas oedd yr uchelgais hyfrytaf i ferch fel hi; braint aruchel un o'i hystad, a pha gystudd neu siom bynnag a ddigwyddai ddod ar ei thraws, yr oedd ei llw priodasol i fod yn angor i lynu wrtho er gwell er gwaeth, oherwydd a wnaed a wnaed, ac yr oedd mor ddi-droi'n-ôl â'r dengair deddf.

Ni welsai Elisabeth yr awgrym lleiaf o anghydfod ym mhriodas ei thad a'i mam; ni chofiai am gwmwl cymaint â phluen ar orwelion eu serch. Onid oedd Tada mor ystyriol a chwrtais a Mama mor brydferth a chariadus bob amser? Eto i gyd, gwyddai'n dda am *rai*, er na feiddiai hi na neb arall siarad yn agored am y peth, a rôi'r byd am gael dod yn rhydd o'u cyfamod. Ni châi na châr na chymydog drwydded fyth i'w cyfrinach, ond gwneid pob math o esgus a thaeru pob math o gelwydd i gelu'r gwir ac i *ymddangos* fel pe bai eu bywyd yn nefoedd ar y ddaear, a neb yn amau dim.

Wrth syllu ar ei gŵr, sylwi'n arbennig ar yr edrychiad yn ei lygaid, y chwennych a'r penderfyniad a feddiannodd ei wedd ar ôl priodi, cadarnhawyd unwaith eto yr ymdeimlad mai unig ystyr priodas i Wiliam oedd ei berchenogaeth lwyr o berson arall, ohoni *hi*, ac os oedd unrhyw fath o bwrpas i'r uniad bellach, boddio 'hunan' oedd hynny. Braint gŵr!

Cofiodd fel y byddai ei mam yn gresynu pan glywai am rywun fel merch yr Hendre yn mynnu cael ysgariad oddi wrth ei gŵr. O diar, gellid tybio y byddai lladd rhywun yn llai o drosedd yn ei golwg. Ond nid oedd gan feistres Nant-yr-Hebog, meddyliodd, unrhyw syniad o'r sefyllfa, mwy nag yr oedd ganddi hi, ei merch, Elisabeth Walter, unrhyw amheuaeth erbyn hyn, mai'r peth callaf ar lawer cyfrif fyddai diddymu'r uniad.

Wrth gwrs, gwyddai'n iawn pe bai'n lleisio'r fath syniadau, y byddai ei theulu a'i chydnabod yn cael eu siglo i'w gwreiddiau, ond hawdd efallai oedd i bobl fel ei mam, na wybu am ddim ond byd go ddigwmwl, fethu'n lân â deall y trueiniaid sy'n mynd dan y tonnau mewn priodas anghymharus. Mor hawdd i oludog edliw i'r tlawd mai arno ef y mae'r bai am ei dlodi.

Meddyliodd eto: pe bai Wiliam yn bennaeth un o'r llwythau anwaraidd, ni fyddai pedair gwraig yn ei fodloni. Ymroddai i'w bleserau – saethu, hela, pysgota, mercheta – mor gydwybodol ag unrhyw berson i'w baderau.

Bu Elisabeth yn dyfalu'n ddwys beth a gyfrifai am y fath anlladrwydd – ai yr hyn a glywsai am ei fagwraeth? O, mor ffodus y bu hi! Yn ôl yr hyn a gasglodd, yr oedd y tad, Rowland Walter, yn un y dysgodd ei blant yn gynnar i'w osgoi a chodi sodlau'n gyflym o daro arno'n sydyn. Pam? Am na fedrai'r un ohonyn nhw fynd heibio iddo heb ei fod yn anelu dwrn neu law i brofi ei awdurdod tadol. Soniai Wiliam am y ffasiwn oedd gan ei dad o daenu halen yn drwch ar fasnaid o gawl rhag i'w blentyn gael gormod o flas ar ei fwyd. Mynnai hefyd nad oedd y fam fawr drugarocach, gan ei bod hi'n cael rhyw fwynhad od iawn, pe digwyddai un o'i phlant chwerthin yn rhy uchel neu feiddio bod yn ddireidus, wrth ei chwipio wrth bostyn y gwely.

A oedd gan ei driniaeth gynnar rywbeth i'w wneud â'r ffaith fod nwydau'r creadur yn awr mor afreolus? Beth bynnag yr ateb, ei theyrngarwch priodasol yn para'n gryf oddi mewn iddi, ni fynnai ei ddyfarnu'n golledig hyd yn oed am hyn oll oni bai iddi fod yn dyst un diwrnod . . .

Daethai'n gyfarwydd â gweld y llanciau'n edrych ar ei merch, Liwsi, heb i'r un, hyd y gwyddai, fentro mwy nag edrychiad, er bod y groten yn gwbl ymwybodol o'i hunan. O diar, oedd! Ond pan welodd un tro fod ei gŵr wedi bod yn 'poeni' ei ferch ei hunan ni fedrai ymatal. Roedd hi wedi bod allan am dro, a phan ddaeth yn ôl cafodd fod dillad y gwely wedi eu terfysgu, fel cwt ieir ar ôl llwynog, a Liwsi tu ôl i'r drws, â golwg un wedi cael ysgytwad arni, a'i dwylo'n dal ei bodis yn dynn.

"Be sy'n bod?"

Prin y medrai'r eneth siarad. "Dim byd – dim . . ."

"Dwed, Liwsi, *be* – be sy'n bod?"

Gwelodd y fam ei merch yn cau ei gwefusau fel cragen. Roedd y distawrwydd yn llethol. Taflodd lygad pryderus o gwmpas.

"Oes rhywun wedi *gneud* rhwbeth . . .?"

"Na, na, na . . ."

"Pwy oedd ar d'ôl di?"

Roedd y gwefusau bach wedi eu gwnïo.

"Tada?"

Nodiodd Liwsi, a thorri allan i feichio crio.

"Gad hyn i mi, cariad!" meddai'r fam dan ei hanadl, ei llygaid fel mellt. "Mi ddysga i wers iddo y tro hwn . . ."

Roedd Elisabeth Walter yn hen, hen gyfarwydd â'i gŵr yn ei sarhau trwy ymhél â merched eraill, hyd yn oed yn eu beichiogi. Bu rhaid i ddwy neu dair o forynion ei chegin ymadael ar frys. Ond ni fedrai ddygymod â'r syniad ei fod mor ffiaidd â phoeni ei ferch ei hun!

"Wiliam!" galwodd yn ddig ar ben y grisiau mawr. Nid oedd sŵn yn unman. Yr euog a ffy, meddyliodd. Penderfynodd Elisabeth yr eiliad honno na fynnai fyw mwyach gyda'i gŵr. Petisiwn amdani!

"*Elisabeth, gwraig Wiliam Walter, yn achwyn iddi gael ei cham-drin . . .*" Pan ystyriwyd yr achos yn Nhŷ'r Arglwyddi, dyfarnwyd y dylai'r gŵr ateb cyhuddiadau ei wraig. Gwnaeth hynny trwy gyflwyno croes-betisiwn: "*Na dderbyniasai, ac nad oedd yn debyg o dderbyn bellach, £600 gan dad ei wraig, John Protheroe, yn ôl y rhwymyn rhyngddynt adeg ei briodas.*" Taerodd gŵr Castell y Garn hefyd mai'r rheswm nad oedd am fyw gyda'i wraig oedd ei fod "*yn meddu mwy nag amheu-aeth o'i hanffyddlondeb*", achwyniad a droes ei achos yn chwerthinllyd, hyd yn oed yng ngolwg ei gefnogwyr.

Pan ystyriwyd ei ddadleuon, wrth gwrs, fe'u cafwyd yn hollol annerbyniol. Penderfynodd Tŷ'r Arglwyddi y dylai Elisabeth roi un cynnig arall ar fyw gyda'i gŵr, a phe byddai iddo wrthod cydymffurfio, dylid caniatáu'r swm o £60 y flwyddyn iddi allan o ystad ei gŵr. Gwrthod cydymffurfio a wnaeth Wiliam; soniodd am "fy ngwraig anffyddlon a chelwyddog". Casâi hi'n fwy na dim am ei bod mor danbaid o blaid y Breniniaethwyr . . .

"Mae dy deyrngarwch dwl, gei di weld, yn siŵr o ddwyn gofid!" Ac nid oedd ymhell o'i le. Cyn gynted ag y trodd ei gefn ar ei deulu, daeth ei ddarogan yn wir.

"Elisabeth, Elisabeth!" meddai ei pherthynas, Iarll Carbery, un o gefnogwyr selocaf y brenin yn y fro, "Ma'r castell 'ma yn rhy fawr i ti nawr – gall milwyr y brenin wneud y tro â hwn tra pery'r hen ryfel 'ma!"

Daeth gwŷs i Elisabeth ollwng ei chartref yn rhydd, a'r llofnod ar y gwaelod; "*Robert Talacharn, ar ran y Llywodraeth.*"

Trwy drugaredd, roedd ganddi berthynas, Nicholas Chappell, yn byw yng nghyfeiriad Exeter a oedd wedi'i gwahodd yn daer i ymweld ag ef. "Clywaf fod Wiliam wedi d'adael ac yn byw yng nghyffiniau Covent Garden. Mae'n siŵr na chei fawr o lonydd ganddo, pa mor bell bynnag y bo; felly, brysia yma." Gwir y dywedasai. Yr oedd Wiliam, er wedi cefnu, yn dal i wthio'i betisiwn a pheri gofid – lwc iddi ildio'r castell ar air Carbery! Fel cydnabyddiaeth, plediodd ei hachos gan sicrhau'r Arglwyddi mai *hi* oedd yr un ddiniwed:

"Am y cyhuddiad bod y wraig hon yn byw mewn godineb, gallaf dystio nad yw hi'n euog o'r fath drosedd, ond y mae ganddi ddigon o brawf o anffyddlondeb ei gŵr, peth sy'n hysbys i'r wlad dros gyfnod o bum mlynedd."

Dechreuodd Elisabeth sylweddoli fod ei bywyd yn newid.

– 15 –

Roedd y cartref yn oer a gwag ar ôl ymadawiad y tad. Anfonwyd y bechgyn, Rhisiart a Justus, i'r caeau at y gweision. Daethant yn ôl wedi llwyr flino ac nid oedd ond swn eu trwmgwsg o'r llofft yn awr. Ni fedrai, ac ni *fynnai* Liwsi roi ei phen ar obennydd. Fe'i gosododd ei hun wrth draed ei mam a'i llygaid yn edrych i fyny tua'r nenfwd. Yng ngolau'r lamp, gwelai we fregus hardd yn hongian i lawr at dop y cwpwrdd mawr derw.

O, dyna brydferth, meddyliodd. Sylwodd bod rhwyg hir yng nghanol y we, tebyg i hwyl yfflon, ond yr oedd y cortynnau ynghlwm wrth y dodrefn. Peth hardd a ddarn-iwyd, fel ei bywyd ei hun, ond yn dal ynghlwm wrth bethau daearol ei byd, aelwyd a chymdogaeth a chydnabod.

Meddyliodd Liwsi am ei mam wedi ei gadael. Meddyl-iodd am ei mam-gu wedi darganfod gŵr newydd, ac wedi gwirioni! Dyn busnes cyfoethog oedd John Gwynne, wedi hen arfer â siarad yn gwrtais, ei foesgarwch tuag at bawb yn wyrth o ewyllys da, nodweddion a welsai Elinor Protheroe (fel yr oedd hi gynt) yn eu gogoniant yn ei diweddar ŵr ac y buasai'n ysglyfaeth iddynt byth oddi ar hynny. O'r holl ymwelwyr, daeth yn amlwg nad oedd neb yn gwneud fwy o argraff ar weddw Nant-yr-Hebog na'r gŵr o'r wlad a ddringodd i fod yn un o farsiandïwyr mwyaf llwyddiannus Llundain – roedd ei dŷ hardd yn St Giles yn brawf mor gefnog ydoedd!

"Gwrandewch, mhlant i!" cyhoeddodd Elinor Protheroe wrth ei theulu un diwrnod, "Ma Mr John Gwynne wedi gofyn i mi i'w briodi!"

Gwenai'n wridog lawen fel merch ifanc newydd daro ar ei chariad cyntaf.

Hen ddynes fel mam-gu! meddyliodd Liwsi. Pam na châi ei mam beth o'r dedwyddwch?

– 16 –

Roedd byw yn y castell bellach, ei thad wedi cefnu, a neb yn medru ei goleuo lle yr oedd, a'i mam ddim am sôn am ei enw, yn troi'r hen gastell yn fedd. Felly y teimlai Liwsi. Rhedai'r nant mor gerddorol ag erioed a chanai'r adar ar bob coeden yn gymanfa afieithus, ond – a hyn oedd yn ei lladd ddydd ar ôl dydd – roedd rhyw ddistawrwydd angheuol yn glynu fel y glynai'r ystlumod wrth y trawstiau a'r muriau. Deuai ambell hen gymeriad heibio fel Sianco Tŷ'r Abad, gŵr trwsgl ei gerddediad oherwydd ei bwysau mawr, ond un ffraeth ei dafod na fethai â chael gwên o groeso gan Liwsi bob amser, ond nid felly nawr. Pan fethai geiriau, ceisiai Sianco ddifyrru trwy wahanol ystrywiau; gwneud synau â'i geg, digon tebyg i fuwch yn cnoi cil, chwibanu fel deryn, weithiau gyrru ei dafod i gefn ei wddw fel iâr yn clochdar. Roedd bob amser yn gwenu'n orfoleddus a chwythu'r anadl derfynol fel morfil yn llewygu. Roedd ei draed a'i ben a'i freichiau yn gweithio fel melin wynt y tro hwn . . .

Un arall a ddaeth heibio i geisio'i chysuro fwy nag unwaith oedd Bertha Bara-haidd, fel y'i gelwid, gwraig hoffus yn ei phumdegau cynnar, draenen yn ystlys ei mam oherwydd ei thuedd i droi'r canhwyllau â'u pennau i lawr fel ag i'r gwêr ddylifo'n strempiau ar hyd y carpedi, yn ogystal â'i hoffter o agor y ffenestri i gael digon o awyr iach i'r ystafelloedd pan nad oedd y drafft lleiaf yn rhy dderbyn-iol gan y cryfaf o'r cwmni.

"Falle bod hyn yn iechyd i ti, Bertha, ond ma'n angau i'r gweddill ohonom!"

Gan nad pwy a ddeuai heibio a chan nad pa mor ddiffuant eu cydymdeimlad, yr oedd ymadawiad ei thad yn ddolur nad oedd modd mendio arno a cholled nad oedd dim ar y ddaear yn gysur rhagddi. Medrai Liwsi ddeall pam yr oedd ei mam a'i mam-gu wedi methu dygymod ag ef ar dro; mynnai wisgo'n gyson yn fwy fel trempyn nag amaethwr cyfrifol, brethyn gwlad wedi hen dreulio, botymau'n eisiau, olion ei ginio ar ei wasgod, lliw cochddu fel pe bai'r deunydd wedi rhydu amdano, a pherwig ar ei ben fel cagl o flew a fwriadwyd ar gyfer pen rhywun arall! Boed fel y bo am hynny, ef, Wiliam Walter, oedd ei thad, ac yr oedd yn ei garu ac yn perthyn iddo, a chan nad beth a ddywedai gweddill y teulu, medrai gydymdeimlo ag ef. Nid oedd yn rhy siŵr nad oedd yn gyfrannog o'r un emosiynau ag ef.

"Twt twt!" dywedai ei mam pan geisiai Liwsi gymryd ochr ei thad. "Dwed ti a fynnot, arth fydd y creadur wedyn!"

"Arth, wir!" atebai'n ddig. "Ond arth sy'n medru chwerthin a gneud eraill yn hapus!"

Ni fedrai Liwsi wadu nad oedd ei thad yn medru ymddwyn yn gwrs, siarad yn frathog, a'i holl agwedd yn codi gwrid mewn cwmni parchus. Eto i gyd, fe gredai, ac fe *wyddai*, bod ganddo galon feddal. Fel y taerodd fwy nag unwaith wrth ei mam,

"Ymddangosiad arth falle, ond calon oen bach."

Aeth llawer o ddyddiau heibio, dim ond hiraeth yn llenwi nos a dydd, cyn i lythyr syfrdanol gyrraedd iddi hi'n arbennig. Ei thad yn y gymdogaeth! Dros ei ben a'i glustiau gyda'r Piwritaniaid bellach, oedfa yn Henllan Amgoed, neges rhyw Forgan Llwyd wedi newid ei fywyd. Darllenodd ei eiriau:

"Gweddïaf, fy merch, ar i ti roi dy enaid i'r Gwaredwr. Cofia i ti fod yn eiddo iddo Ef cyn dy eni, ac nid yw'n gweddu i ti fyw fel y gwnaeth dy dad; yr wyt yn un o etholedigion Crist, a bydd diystyru gair Duw yn dy gywilyddio. Nid un o foedd daear lawr mohonot – mae anian teulu brenhinol y Deyrnas newydd ynot! Saf ar d'anrhydedd o flaen y byd, Liwsi, ac ystyria d'ogoniant yn y byd a ddaw. Pan yw'r

bwced yn llawn o ddŵr y ffynnon, medri ei dynnu i fyny'n rhwydd tra mae'n para yn y dŵr, ond pan yw allan o'r dŵr, bydd yn rhy drwm i'r cryfaf; felly, pan ydym mewn pechod, ni wyddom gymaint o faich ydyw, ond os tynn yr Arglwydd ni allan o'r pydew, fe deimlwn ein drygioni yn faich annioddefol."

"Be ma dy dad yn 'i ddweud?" holodd ei mam, a Liwsi ar ganol darllen y llythyr.

Edrychai'r hen gi fel peth euog wrth ei thraed. Cerddai'r fflamau dros y bonyn pren yn y grât a gwelid y pryfed bychain yn eu braw yn syrthio i'w diwedd . . .

Gwrthododd Liwsi ateb. Gwasgodd y llythyr i'w mynwes.

– 17 –

Penderfynodd Elisabeth fentro, hi a'i phlant, i gartref Chappell yn Broad Clyst, Exeter. Roedd y byd *wedi* newid.

Mor dda oedd gweld y ceffylau wedi eu cyfrwyo a'r hen Eben Harris yn agor drws y goets yn wên i gyd. Braf o beth hefyd oedd cip ar yr haul ar y gorwel draw a theimlo'r cerbyd yn mynd â hi a'i theulu i'w gyfeiriad. Allan o afael sibrydion, amheuon, ensyniadau, galar. Roedd gobaith am lonyddwch *dros dro*, o leiaf! Rhwng ymyriadau ei gŵr a chuchiau llawer o Gymry am ei bod mor ddigyfaddawd yn cefnogi'r brenin, bu dan straen yn hir. Hiraethai am ei thad hefyd. Rhyfedd gweld ei mam mor wirion gyda'i gŵr newydd! Gwelodd ei phlant yn y goets; ei hunig gysur, ei chyfoeth, ei hangor. Edrychodd ar y ddau fachgen, Rhisiart a Justus, eu llygaid yn llawn chwilfrydedd wrth fynd heibio i'r caeau dieithr, a hithau Liwsi, ei hwyneb hardd, llawn disgwyliad, ladi fach bob modfedd ohoni! Beth fydd hanes y bechgyn, meddyliodd. Tybed a ddaw'r rhyfel i ben cyn bod gofyn iddyn *nhw* . . . ? Wel, petai'r rhyfel yn parhau am ganrif, gweddïai'n daer na welid un o'i meibion yn ochri gyda'r Piwritaniaid, fel eu tad! A beth am Liwsi? Beth a ddeuai ohoni hi, y fechan hardd?

Ymswatiodd y fam yng nghornel y goets yn dyfalu.

Rhuthrodd y Brenin Siarl i Gapel y Frenhines a thynnu ei
wraig oddi ar ei gliniau. "Henrietta Marïa, ble *ma* dy
synnwyr? Mi fedra i gadw llygad ar y gwleidyddion, er bod
gen i ddigon ar 'y nwylo i neud hynny oddi ar i mi ddi-
ddymu'r Senedd. Ond ma cadw'r ddysgl yn wastad yn mynd
i brofi tu hwnt i mi os na cha i gymorth gen *ti* –"

"Be sy'n bod? Be sy'n dy boeni *nawr*, Siarl?" Gwyddai'r
frenhines yn iawn yr hyn a derfysgai ei gŵr, ond credai'n
gydwybodol bod gofyn i bob Pabydd sefyll ei dir. Roedd *hi'n*
benderfynol o wneud hynny. Dyna pam y meiddiodd ofyn
am yr Offeren yn feunyddiol yn ei chapel. Pam y dylai hi
hidio am ensyniadau'r lolyn Piwritanaidd hwnnw, Prynne,
a'i wawd am ei chudynnau crychlyd a'i dawnsio, a gwrth-
wynebiadau Piwritaniaid eraill i'w hallorau a'i chroesau aur
a'i delwau? Wfft, wfft! Hen ffyliaid yn ddigon ansynhwyrus
i gondemnio gŵyl ddiniwed y Nadolig ac addoli'r Fam
Fendigaid fel rhyw druth. Pam sylwi arnyn *nhw*?

"Ma ymosod ar y Babeth cystal ag ymosod ar y Frenhin-
ieth bellach, cofia! Ma'r bobl sy'n ffieiddio dy Bab a'i
ddefode, ma nhw'n cymryd yr un atgasedd tuag ataf *fi* am
fod 'y ngwraig mor gyndyn!"

Roedd y brenin yn llygad ei le, wrth gwrs. Buasai'r
Piwritaniaid, Cromwell a'i Annibynwyr yn dyrnu a dyrnu
eu pwnc mawr, y gydwybod, a'r Presbyteriaid yr un mor
daer yn dadlau dros awdurdod yr henuriaid a threfn
eglwysig, y naill a'r llall yn ffyrnig yn erbyn Eglwys Loegr
ac wedi creu storm o derfysg yn Nhŷ'r Arglwyddi a Thŷ'r
Cyffredin.

Nid oedd eisiau ond sôn am y Babaeth ac yr oedd y ddwy
ochr, gwŷr Cromwell a'r Presbyteriaid, yn colli golwg ar
bob synnwyr. Parhâi cyfraith y wlad i gydnabod – neu oddef
– Catholigiaeth, ond yr oedd rhif y Catholigion yn lleihau'n
drychinebus yn feunyddiol. Ar ben hynny, yr oedd aelodau
uchel-eglwysig Eglwys Loegr yr un mor ffiaidd yng ngolwg
y Piwritaniaid – cam bychan oedd rhwng eu credo nhw ag

ofergoeliaeth Rhufain! Rhyw gybolfa anwaraidd oedd yr holl seremonïau, litanïau, litwrgïau, rhigmarôl offeiriadol a phoethoffrymau!

Meddai'r brenin wrth ei frenhines, "Does gen ti ddim amgyffred fel ma rhai o'm gweinidogion yn fy nghondemnio am i mi ganiatáu i Inigo Jones gynllunio ac addurno capel mor rhwysgfawr i ti. Ni bu gorsedd y wlad na'r goron ar 'y mhen mor simsan er pan sefydlwyd y frenhinieth gynta rioed. Ma'r Albanwyr 'na yn fy ffieiddio – doedd y Coroni costfawr ddim wrth eu bodd, ac ma'r Llyfr Gweddi newydd wedi'u gyrru'n gacwn! Pryd y cais rhywun 'y mhlesio i yn lle mod i'n crafu mhen o hyd i'w plesio nhw?"

"Dy blesio di! Os wyt ti'n dibynnu ar ffafr dynion fel'na, rwyt ti'n waeth na chaethwas, ddyn! Anwybydda nhw, anwybydda nhw!"

Anwybyddu, wir! Mor nodweddiadol o Henrietta, y Ffrances ddigyfaddawd, y wraig hunanfodlon, na feddai unrhyw syniad o'r dasg enfawr oedd ar ei ddwylo y dyddiau hyn yn ceisio cadw trefn ar y Saeson, heb sôn am yr epil diwardd a gyfrifid yn ddeiliaid iddo yn yr Alban a Chymru. Terfysg, terfysg, terfysg – o eithafion y deheudir i bellafoedd y gogledd. Yna, Hampden ddigywilydd yn cyffroi tawelwch cefn gwlad trwy wrthod talu treth y môr a godwyd ar siroedd yr arfordir. Do, fe'u gorchfygodd ar ôl mynnu mai ef fel brenin oedd i benderfynu beth oedd yn gyfreithlon. Gwaetha'r modd, cyfreithlon neu beidio, nid oedd yr helynt wedi profi o unrhyw lesâd. Bu'n rhaid rhoi'r penboethyn duwiol hwnnw, Prynne, mewn cyffion am enllib, ond ef, Siarl a'i fawrhydi argyfyngus, a'i cafodd hi waethaf wedyn! Helynt diddiwedd y Llyfr Gweddi – taeru ei fod yn groes i'r Ysgrythur Lân, anfri ar y Dadeni, gwawd o'r 'wir grefydd'; a Henrietta Marïa – yn lle defnyddio tipyn o synnwyr cyffredin yn mynnu mynd ymlaen yn ei ffordd ddifalio ei hun, yn llawn o sêl anghyfrifol dros ei Phab, a hynny dan drwynau'r Piwritaniaid mwyaf gwallgo yn y wlad! O ba le, o ba le, y câi ef, Siarl, Brenin Lloegr a'r Alban a Chymru, ddiddanwch ennyd o'i ofidiau a'i ofalon?

Ei blant, wrth gwrs! Deuent allan o'u hystafell chwarae

a'u breichiau ar led, lleisiau uchel, ac yn wên i gyd i'w groesawu. "Dada, Dada, Dada!" O, mor hardd oedd y pethau bach! Ei unig ddiddanwch! Mi fyddai'n rhaid iddo alw ar Van Dyck i ddod i'w paentio eto. Gwnaethai ddarlun ohonyn nhw beth amser yn ôl. Dim byd tebyg; methiant, smonach – rhoi Siarl yr hynaf mewn dillad plentyn bach! Ac yr oedd yr olwg ar ei Fari fach yn anobeithiol, merch mor bert â hi, croten mor hudol – er ei fod yn gorfod cydnabod, un aflonydd a sgrechlyd ar y naw.

"Henrietta!" galwodd yn llawn brwdfrydedd. "Dw i am i Van Dyck baentio'r plant . . . Fe gaiff dynnu llun Siarl mewn dillad go-iawn y tro hwn."

"Ar bob cyfri, nghariad i!" atebodd y wraig, yn falch o bob sylw a ffws a wneid o'i phlant.

Ac felly y bu.

Ddeufis yn ddiweddarach, a haul tyner gwanwyn yn taenu gogoniant euraid dros y lawntiau, cyrhaeddodd yr artist barfog a'i weision i gyflawni'r comisiwn. Cariwyd bocs ar ôl bocs i mewn i'r palas, a'r dryswr yn ei lifrai yn dendans i gyd wrth ddangos yr ystafelloedd a baratowyd ar gyfer y gŵr a'i gynorthwywyr.

"Beth bynnag a ddymunwch, cofiwch roi gwybod, syr!"

Ymhen amser, safodd y rhieni disgwylgar i weld y darlun gorffenedig. Gresyn na fyddai bywyd mor lliwgar a pherffaith â hyn bob eiliad o'r dydd, meddyliodd y brenin. Edrychodd ar wyneb ei fab hynaf – roedd y paentiad *hwn* ohono mor fyw!

"Ble gawn ni 'i hongian, Marïa?"

"Mi benderfyna i hynny nes mlaen."

"Mae'r bachgen Siarl 'ma yn tyfu."

"Mae e'n ddyn!"

"Henrietta!" Oedodd y brenin a'i lygaid ar y darlun o hyd. "Rwy wedi penderfynu."

"Be?"

"Mae e'n barod i ga'l 'i neud yn Dywysog Cymru!"

"Tywysog Cymru?"

"Tywysog Cymru!"

"Ar bob cyfri, Siarl."

"Mi ddewisa i'r bobl iawn i weini arno . . . i'w gyfarwyddo."

"Newcastle . . .?"

"Siŵr iawn. Fe gaiff Newcastle fod yn oruchwyliwr a chymryd gofal y trefniade. Ma Newcastle wedi bod yn andros o deyrngar . . ."

"Creadur llawn – cyflawn! Medru gofalu am gorff plentyn ac am 'i feddwl hefyd! Sgolor! Pencampwr!"

Ond yr oedd cysgodion ar y gorwel eto, yn enwedig o gyfeiriad yr Alban, anhunedd a wnâi i Henrietta Marïa fel Pabyddes bryderu'n fawr. Tybed nad ffôl o beth fyddai mynd â'i phlant allan o'r awyrgylch am ysbaid?

Gwrandawodd y brenin; gwelodd y rheidrwydd bellach i ymorol am ddiogelwch ei deulu . . . Gwraig benderfynol iawn oedd Henrietta, cariad mam yn ei golwg yn golygu dylanwadu'n llwyr ar ei phlant; yn anffodus roedd y dylanwad hwnnw'n beryglus i'r eithaf yng ngolwg y bobl. Trefnwyd yn gyfrwys felly i Siarl ymddangos yn gyhoeddus gyda Buckingham, Richmond, Villiers, a'i hyfforddwr, Dr Duppa, gwŷr cymeradwy – er mor ifanc; anrhydeddwyd ef â gradd M.A. yn Peterhouse. Derbyniodd anrheg o bâr o fenig hardd a Beibl gan Brofost y coleg.

"Oes raid i mi fynd drwy'r holl ffwdan 'ma?" gofynnodd i Buckingham. Cawsai ei geryddu ganddo am anghofio dweud ei bader yng Nghapel y Brenin, a gorfodwyd ef i eistedd trwy ddwy ddrama a phrolog! . . . Roedd y llanc yn dechrau teimlo'n ddim ond pyped mewn sioe.

"I ble gaiff y plant fynd, Siarl?"

"Be 'di dy farn *di*, nghariad i?"

"Ddim dros y môr."

"Mi fydde dros y môr yn saffach."

"Falle, falle, ond – be am Exeter? Ma'n siŵr gen i y bydd croeso yno – ma nhw'n deyrngar yno!"

"Y gwesty bach 'na yn Fore Street!"

Gloywodd llygaid y frenhines. "Mi drefna i y funud 'ma!"

Eisteddai'r llanc Howard yn swyddfa'r Arglwydd Culpeper ym Mhalas San Iago. Edrychodd o'i gwmpas; ystafell fawr, dywyll; ffenestri hirgul; cwareli bychain mwll o'r top i'r gwaelod, a'r golau trwyddynt ar ddiwrnod heulog hyd yn oed yn bŵl a digalon. Nid oedd yn heulog heddiw; edrychai'r cysgodion yn fygythiol.

Ar ben hynny, amgylchynid y bachgen gan nifer o wŷr barfog a phwysig ar wahân i Culpeper; roedd Edward Hyde, Iarll Clarendon, bron yn anadlu i lawr ei gefn, gŵr y gwyddai'r llefnyn nad oedd ei bwysicach yn y wlad. Roedd Buckingham a Dr Duppa yn bresennol hefyd – deuai chwiff o ddrycsawr ceseiliau Buckingham heibio i ffroenau'r gŵr ifanc bob hyn a hyn.

Ceisiai Howard osgoi unrhyw awgrym o anesmwythyd – Hyde a Buckingham a fu'n gyfrifol am ofyn i Suffolk, ei frawd, ddod ag ef i'r palas! Profasai'i hun yn bencampwr wrth drafod ceffylau ar wahân i'w marchogaeth.

"Ma eisie rhywun fel hwn i roi Siarl a Jâms ar ben 'u ffordd – mi sonia i wrth y brenin amdano!" dywedasai Hyde. Yr union beth y buasai'n dyheu amdano!

"A dyma fe, dyma fe!" Roedd llygaid y brenin yn gloywi yr eiliad y canfu'r llanc golygus – safodd o'r neilltu i'w edmygu. Aeth y bysedd brenhinol dros y tresi eurfelyn a'r dwylo'n dilyn yn brysur dros yr ysgwyddau, ar hyd y breichiau, ac i lawr yr aelodau praff.

"Mor solet â'r cel gore yn y stable!"

Cododd Hyde a Buckingham gan droi eu cefnau i edrych allan ar y lawntiau cymen, carpedi o wyrddni fel pe'n disgwyl y pedolau a'r plant i'w rhompio a'u mwynhau. Pe bai rhywun wedi digwydd sylwi, byddai'n anodd penderfynu ai dychmygu Howard a'r tywysogion yn carlamu heibio a wnaent neu gywilyddio oherwydd y modd y maldodai'r brenin y dieithryn ifanc hardd. Ac eto, ni fedrai'r un o'r ddau ddangos yr awgrym lleiaf o anfodlon- rwydd; sylweddolent bod y brenin a'r frenhines yn ymddiried hyfforddiant eu meibion iddyn nhw a Dr

Duppa, eu bod am y taeraf i foddhau, a'r dasg yn mynd yn fwy anodd bob dydd fel y tyfai'r bechgyn!

Mentrodd Dr Duppa hysbysu'r brenin, "Ma'r cyfaill ifanc yn hyddysg yn y sêr hefyd, wedi cael 'i hyfforddi gan Harriot – a sbenglas enwog John Protheroe yn ei feddiant!"

"Felly, felly!" atebodd y brenin, ei lygaid wedi eu hoelio.

Trodd Buckingham a Hyde wrth glywed hyn. Onid oedd marchogaeth yn bwysicach na dysgu am y sêr? Oni fyddai galw ar Siarl a Jâms i farchogaeth mewn gorymdaith yn fuan ac i gymryd eu lle ar flaen rhengoedd y brenin?

Pam yn y byd fod Duppa dwl yn sôn am y sêr? Gwawriodd ar Suffolk na hidiai'r brenin am y sêr na'r meirch. Nefoedd fawr! Roedd yr hen glebar amdano'n wir – *bechgyn*! Traed o glai! Meddyliodd: mi gaiff ddiawl o sioc os digwydd iddo siawnsio'i lwc 'da hwn!

"Daliwch, daliwch!" meddai Buckingham, yn gweld bod y sefyllfa'n mynd yn fwy nag y medrai oddef, "Mi af i mofyn y tywysogion, Siarl a Jâms, i gwrdd â – beth yw'r enw nawr?"

"Tom," atebodd y llanc, ei law yn cuddio gwên ddireidus.

"O na na na!" archodd y brenin, "fe gaiff ddigon o gyfle i gwrdd â *nhw* maes o law; ar hyn o bryd, fe garwn i gwrdd ag e – gŵr ifanc mor hoffus!"

"O, odi, odi . . ." atebodd yr iarll, ei frawd.

"Cyw melyn ola'r teulu?"

"Ie . . . ie . . ."

Oedodd Suffolk, cyn sicrhau, "Digon o stamp yr hen deulu – mor gyfrwys â sarff ac mor stwbwrn â mul!" Rhyw ymgais gynnil oedd hyn i rybuddio'i fawrhydi â phwy yr oedd yn delio.

"Ma hwn yn dod o linach y gwŷr a ddaeth i enwogrwydd yn ymosod ar yr Armada yn Calais, nhw a fu'n gyfrifol am yr holl lynges pan ymosodwyd ar longau trysor Sbaen heb fod nepell o'r Azores, a'r ail gyrch yn Cadiz; ond yn bennaf – ma hwn yn perthyn o waed coch cyfa i'r gŵr a ddinoethodd gynllwyn Guto Ffowc!"

"Ardderchog! Ardderchog!" atebodd y brenin, wedi

ymgolli'n llwyr. Cymerodd fraich y dyn ifanc a'i dywys allan o'r swyddfa gan droi drach ei gefn i ddweud wrth y lleill,

"Ewch mlaen â'ch busnes, ddynion!"

Wrth iddynt ddiflannu, clywyd y brenin yn gofyn, "Be wedest ti yw d'enw?"

"Tom Howard," oedd yr ateb.

– 20 –

Tynnodd y Brenin Siarl y llenni mawr coch. Cymerodd dapr, goleuodd y canhwyllbrennau. Aeth i'r drws i edrych i lawr y coridor hir. Na, doedd neb yn y golwg. Dychwelodd. Curodd ei ddwylo fel cybydd. Taflodd lygad ar yr wyneb ifanc. Bolltiodd y drws yn sownd.

"'Na fe . . . 'na fe . . . fe gawn lonydd nawr – *sgwrs!*" Gwenodd.

Safai'r bachgen ar ganol yr ystafell; nid yn ofnus, nid yn betrus ychwaith, ond disgynnodd llygad y brenin arno eto, rhyw awgrym o un yn ei baratoi'i hun ar gyfer her.

"Der draw fan hyn!"

Pwyntiai'r brenin at y soffa esmwyth yn llawn o glustogau mawr, mor foethus â gwely plu.

"Der, grwt, der."

Oedodd Tom Howard, daeth gwên chwareus i ymylon ei wefusau, a thaflodd yntau lygad ar y brenin.

"Der 'ma, der 'ma – be ti'n sefyll draw fanna?"

"Wy'n iawn . . ."

"Der draw, grwt . . ."

"I be . . . i be . . .?"

"Sgwrs! . . . Dim ond – *sgwrs!*" Daeth gwên dros wyneb ei fawrhydi. "Ma gen inne ddiddordeb yn y sêr. Ma Harriot wedi ngwahodd i fynd draw i weld Mercwri drwy'r teclyn sy 'da *fe*, – dere 'ma, grwt!"

Cyn i'r bachgen fedru yngan gair pellach, roedd y Brenin Siarl wedi anghofio popeth am ei urddas a'i gwrteisi, ac wedi gwneud naid amdano cyn ei lusgo i ganol y clustogau.

Meddyliodd Tom Howard: mi fedrwn wthio'r diawl ymaith ag anadl heb sôn am ddwrn, ond cystal gweld be sy ar ei feddwl!

Ni bu'n rhaid aros yn hir. Clywyd sŵn traed yn y coridor, parlyswyd y cyfan; yna, wedi gwneud yn siŵr fod y traed wedi pellhau, dywedodd y brenin,

"Dipyn o foi 'da'r sêr, wyt ti?"

Er mor anodd bellach oedd sgwrs naturiol, atebodd,

"Na, na, dim ond . . ."

"Twt, twt, paid â bod yn swil . . .!"

"Ar fy llw, ar fy llw!"

Roedd braich chwith y brenin yn goler am ysgwyddau'r bachgen erbyn hyn, bys blaen ei law dde yn ceisio rhifo botymau'i siaced, un ar ôl un, o'r gwddf i gyfeiriad ei ganol.

"Enwa'r rhain!"

"Be – be nawr?"

"Sêr yr Haf!"

"Wn i ddim."

"Awriga!"

"Wir, fedra i ddim . . ."

"Persews!"

"Na, wir, fedra i . . ."

"Lyra!"

Dechreuodd Howard ymdrechu'n galed. "O, fedra i ddim, fedra i *ddim* . . ."

"Acwila!"

Aeth yr ymdrech yn fwy – dau yn cwffio!

"O gythral, fedra i . . . ddim . . . *fedra i* . . ."

"Sgorpiws!" galwodd y brenin bron yn fuddugoliaethus, a'i fysedd awchus yn gwthio'u ffordd fel cimwch.

Y peth nesaf a sylweddolodd Tom Howard oedd ei fod yn edrych i lawr ar wyneb argyfyngus ei frenin a'i ddwylo'n dynn am ei wddf fel petai'n mynd i'w dagu. Mewn fflach, roedd holl fawredd breiniol y dyn wedi diflannu, a sylweddolodd yn oeraidd ei fod yn syllu ar wynepryd creadur anobeithiol, y salwaf o'r salw, hen gnawd soeglyd, hen lygaid niwlog, a'i erfynion cachgïaidd yn ymdywallt fel dŵr brwnt o bistyll.

"Gollwng fi, gollwng fi, gad fi fod – !"

"Bastard!"

Cydiodd Howard yn y bwndel esgyrnog – un yr oedd holl fonedd a gwerin gwlad yn ymgrymu iddo – a'i ysgwyd fel dol rhacs yn ei ddwylo dig, cyn ei daflu'n esgymun ar y soffa.

"Bastard!"

Botymodd a rhedodd allan . . .

– 21 –

Roedd Nicholas Chappell yn sefyll ar garreg y drws i roi croeso i Elisabeth a'i phlant pan dynnodd Eben Harris ei geffyl a'i goets y tu allan i Brockhill. Tŷ mawr ac eang ydoedd, ei ffenestri'n deires yn edrych allan ar y stryd fawr. Sylwodd Liwsi ar nifer o lygaid hwnt ac yma yn cewcan tu ôl i'r cyrtenni. Roedd perchen y tŷ yn ŵr urddasol iawn, wedi'i wisgo'n drwsiadus, pob plethiad yn ei le, ei farf yn gymen a gwên fonheddig yn goleuo'i bersonoliaeth. Daeth dau neu dri o weision allan o'r tŷ ar frys i gario'r bagiau; roedd Eben yn falch o hyn gan ei fod yn chwythu'n fân yn barod. Parablai'r Saeson yn fawr ac yn fân, gyrrwr y goets heb brin ddwsin o eiriau Saesneg fel na cheisiodd eu hateb, dim ond gadael i'w wên gyfieithu ei Gymraeg – "Diolch, diolch, diolch *to you, indeed!*" Cafodd ei dywys i'r gegin lle yr oedd cwlffyn o fara a darn o gaws yn ei ddisgwyl. Ni wnaeth fawr ohono. Tynnodd ei gap yn gwrtais, gwenu a dweud eto, "Diolch, diolch, diolch *to you, indeed!*" Cydiodd yn ei dancard a'i yfed i'r gwaelod ar unwaith. Sychodd ei weflau, cododd a dweud, "*I will* mynd nawr!"

"Fe gawn ych gweld mewn pythefnos, Eben!" meddai Elisabeth Walter wrth ffarwelio ag ef. Cododd Rhisiart, Liwsi, a Justus eu dwylo arno. Aeth ar ei ffordd yn ôl i Gymru . . .

Cyn gynted ag yr oedd eu pethau wedi eu cludo i mewn i'r tŷ, ac Elisabeth a'i phlant wedi eu tywys i'w hystafelloedd – y fam yn cael yr ystafell fawr ar ffrynt y tŷ a edrychai allan dros y stryd fawr i bellter y gorwel gwyrdd – gofynnwyd i bawb eistedd wrth y bwrdd. Brysiodd y morynion o'r gegin ar draed bach distaw i weini; llieiniau gwyn, gwyn o un pen i'r bwrdd i'r llall, a'r ymylon yn frodwaith manwl; llestri hardd wedi eu gosod a'r cẁtleri arian yn sgleinio fel llygaid y cathod. "Gawn ni ofyn am fendith?" Plygwyd pob pen tra offrymwyd gweddi. Dôi'r arogleuon o'r gegin i dynnu sylw Liwsi –

"Dy fendith, O Dduw, wrth y bwrdd hwn. Dy nawdd ynghyd â'th ragluniaeth. Dy ddoniau a'th ddanteithion. Ac am y cyfan, diolchwn, Amen."

Torrodd Nicholas Chappell drwy'r darn o gig eidion yn ofalus, gan osod rhan ar bob plât â'i fforc fawr, cyn estyn yn gyntaf i'r fam ac yna i'w phlant.

"Pawb i helpu 'i hunan nawr!"

Roedd dwy forwyn yn sefyll tu ôl i'r cadeiriau i arllwys y saws o'r llong-arian. Yna, dechreuodd gŵr y tŷ sgwrsio â'i westai, "Beth yw'r sefyllfa ddiweddaraf 'da Wiliam, merch i?" Petai dipyn yn iau, a chan mai gŵr gweddw ydoedd, ni allai Elisabeth, na neb arall, o ran hynny, osgoi'r ymdeimlad fod ganddo ddiddordeb mawr personol ynddi.

"Ma'r achos wedi cymryd pob math o droeon . . . Erbyn hyn ma nhw wedi barnu y dylid anfon y plant at Wiliam am addysg a gofal!" meddai'r fam. Cododd Chappell ei sbectol arian gan ddal i gnoi ei fwyd. "Anfon nhw at Wiliam! Pa fath o ofal ac addysg gaiff y pethe bach gydag e? . . . Shwd ma ganddo'r fath ddylanwad tybed?"

"Wn i ddim yn iawn be allai fod wedi cyfri 'da'r arglwyddi a ystyriai'r achos, ond –" Cododd ei gwydr i yfed "— ma'n siŵr fod y ffaith 'y mod i'n bleidiol i'r brenin yn cyfri yng ngolwg rhai – a mae e'n llawie mawr 'da Howard, brawd Suffolk, bellach."

"Ma hynny'n ddigon siŵr, merch i – a Wiliam fyddai'r cynta i fanteisio." Cydiodd yntau yn ei wydr ac edrych drwyddo, cyn arogli am eiliadau a chymryd dracht. "Ma eisie tipyn o gydymdeimlad y dyddie hyn ar y brenin druan."

"Bydd golwg druenus ar y wlad a ninne os caiff Cromwell a'i dacle yr awene i'w dwylo, ma hynny'n saff i wala. Roeddwn i wedi gobeithio y byddai'r sefyllfa yn gwella ar ôl galw Thomas Wentworth, Iarll Strafford, yn ôl o Iwerddon i fod yn brif gynghorwr i'w fawrhydi, ond – wel, be all Siarl druan neud ag ynte mor brin o arian?"

"Dyw hyn yn ddim ond dechre'r gofid, fe wnath Strafford gawl ohoni trwy gynnig milwyr Gwyddelig i gynorthwyo'r brenin. Plant y Babeth! Catholigion i amddiffyn y Goron! Be allsai edrych yn waeth?"

"Bob tro y bydda i'n meddwl am Strafford, mae'n gyrru arswyd trwof i!" meddai Elisabeth, a bu distawrwydd yn yr ystafell am eiliadau – yr ust na fedr dim ond Angau ei gynhyrchu!

"Wnath y grasfa gafodd dynion y brenin gan y Sgotiaid draw yn Newburn ddim lles."

"Pan wnath John Pym gŵynion yn erbyn y Goron, roeddwn i'n dyfalu ma Strafford fydde'n diodde. Twm Teyrn Du oedd yr enw gafodd hwnna! Doedd dim maddeuant i fod ar ôl i'r Gwyddelod ymrestru o blaid Siarl."

"Digon i godi cyhuddiad o fradwriaeth yn 'i erbyn – marwolaeth oedd yr unig gosb wedyn!"

"Pan ddechreuodd yr achos, fe wyddwn o'r gore nad odd hynny ond math o ymarferiad dieflig i gael y brenin i'r grocbren. Fe gawn weld, fe gawn weld . . ."

Bu distawrwydd eilwaith drwy'r ystafell ac araf, araf oedd y bwyta a'r yfed. Stori drist oedd treial Strafford yn Neuadd Westminster a'r holl wlad yn gwybod amdano bellach. Gwyddai'r bobl i'r brenin fynd yno bob dydd, ac eistedd mewn bocs o'r golwg, nid ar ei orsedd, rhag i bobl ei weld. Âi ei frenhines gydag ef weithiau. Gosodid y cyhuddiedig ar blatfform yng nghanol y gynulleidfa. Bob hyn a hyn, taflai lygad hyderus ar Siarl, gan gwbl gredu na fedrai'r achos fynd yn ei erbyn ac yntau wedi gwneud cymaint dros y Goron. Gwaetha'r modd, methodd ei ymddiriedaeth yn ei frenin, ac yr oedd John Pym, un o gedyrn y Seneddwyr, yno i weld na ddangosid trugaredd.

Cododd Chappell ei sbectol i bwyntio'n ddifrifol at Elisabeth. "Yr aflwydd odd i'r Frenhines Henrietta Marïa fod mor ffôl â gwahodd 'i mam, o bawb, Marie de Medici, i gael lloches 'da hi – mi fydde cystal bob mymryn iddi dderbyn y Pab dan ei chronglwyd! A'r funud y clywodd y bobl y fath si, aeth chwedl fel tân gwyllt drwy'r wlad. Nid 'i mam oedd wedi glanio 'ma, ond byddin gref o Ffrancod wedi'i hurio gan Strafford i gefnogi'r brenin!"

"Wn i ddim ar y ddaear ble ma hyn yn mynd i ddibennu," meddai Elisabeth â difrifwch y sefyllfa yn drwm arni.

"Wrth gwrs, yr hyn a wnath bethe'n wa'th odd y dyrfa wyllt tu allan i San Steffan – does dim wyneb gan dyrfa na synnwyr chwaith! Ni bu shwd gri am waed erioed. Ma dyn gwallgo yn ddigon drwg, ond ma haid o ddynion gwallgo yn hunllef!"

Meddai Elisabeth, a'i llygaid ar ei merch,

"A'r brenin druan yn tybied y medrai ddofi'r Piwritaniaid trwy ganiatáu i'w ferch Mari, nawmlwydd oed, briodi tywysog bach yr Iseldiroedd!"

"Na, na," meddai Chappell, yn yfed ei win i'r gwaelod, "nid rhyw faldod diniwed fel'na a fynn y Seneddwyr, ond gwaed – gwaed cyn goched â'r clared 'ma!" Edrychodd yn hir i waelod ei wydr.

"Mi glywes iddo anfon 'i fab, Siarl, i geisio ymresymu â nhw a gofyn a fedre Strafford gael 'i garcharu – er mwyn arbed 'i fywyd!"

"Shwd odd y geirie? . . . 'Os gellir caniatáu hyn o ffafr heb beri anfodlonrwydd i'm pobl, byddai'n peri bodlonrwydd mawr i mi.' Gwaetha'r modd, yr oedd ôl-nodiad tyngedfennol: 'Os mai dim ond marwolaeth Strafford a ddyry fodlonrwydd i'm pobl, yna bydd yn drugaredd i ganiatáu iddo fyw tan ddydd Sadwrn.' Och, nid oedd y llythyr trist hwn yn llaw'r tywysog yn ddigon i wasgu dafn o dosturi allan o galon yr un seneddwr. Trengodd Thomas Wentworth, Iarll Strafford, gyda'r wawr y bore wedyn . . . 'Bu farw gyda mwy o anrhydedd na neb o'r rhai oedd yn ei hela!' meddai Laud uwch ei weddillion."

" 'A mwy o anrhydedd na'i gachgi o frenin!' meddai'r torrwr beddau," ychwanegodd Elisabeth Walter.

Yn hwyr y nos, rai dyddiau wedyn, daeth cennad oddi wrth berchen tafarn y Chevalier yn dymuno gweld Nicholas Chappell. "Mae gen i westeion pwysig yn aros gyda mi a deallaf fod dau neu dri phlentyn o deulu da yn aros gyda thi. Dere â nhw yma! Bydd yn dda wrth eu cwmni."

Aeth Elisabeth a'i phlant yno gyda Chappell y diwrnod wedyn a'r tafarnwr yn disgwyl amdanyn nhw'n eiddgar i gael sibrwd yn eu clustiau bod 'y frenhines a'i phlant yn f'ymgeledd'.

Gŵr byr cydnerth oedd John Berry, perchen y dafarn, ffrind mynwesol Nicholas Chappell, a'r ddau yn cymryd rhan amlwg yng ngweithgareddau cymdeithasol Broad Clyst, hynny o weithgareddau a geid yno. Roedd yn amlwg wrth y ffordd y nesâi at Chappell nad oedd dim o bwys yn digwydd heb eu bod *nhw'n* ymgynghori; rhyw ddealltwriaeth nad oedd fawr ddim i ddigwydd yn y rhan honno o'r gymdogaeth heb eu bod nhw ill dau yn gwybod ac yn gyfarwydd â'r holl ffeithiau. Meddai Berry,

"Ma'r trafferthion diweddar wedi dweud ar Henrietta a'i meibion, Siarl a Jâms, bron yn fwy na'r brenin 'i hun. Mi gefes neges 'u bod nhw'n dod *'ma* am dipyn o dawelwch. Ma'r crwt hynaf, Siarl, wedi 'i gyffroi'n fawr ar ôl busnes Strafford. Camp i gael gair allan ohono."

"O diar, diar, y gamp acw yw cael plant Elisabeth i dewi!"

"Mi glywes amdanyn nhw gan Sali'r forwyn," meddai'r tafarnwr. "Roedd hi'n 'u canmol i'r cymyle. Dau fachgen braf a'r groten – y peth dela a welodd hi rioed! Angyles o eneth, medde hi."

Deallodd Liwsi bod y siarad amdani a throdd ei chefn.

Dywedodd y fam wrth y ddau ddyn yn ddistaw,

"Ma hi'n cochi!"

Trodd Liwsi i'w hwynebu yn wên i gyd.

Closiodd y ddau gyfaill.

"Be 'di 'i hoed hi, Niclas?"

"Naw oed, John bach!"

"Arglwydd mawr, be fydd 'i hanes pan ddaw hi'n ddeunaw?"

Chwarddodd y dynion yn galonnog.

– 23 –

Daeth morwyn i'r ystafell a bachgen eiddil yr olwg yn ei gofal i'w gyflwyno i'r cwmni. Wyneb main, pryd tywyll, a'i wallt du fel gwallt merch. Araf iawn y nesaodd, ei lygaid yn llawn amheuaeth, a rhyw ansicrwydd oddi mewn iddo, a'r forwyn yn gorfod ei wthio o'r tu cefn i'w gael i symud gymaint â cham.

"Mlaen â thi, mlaen â thi – does neb yn mynd i dy fwyta, Jâms!"

Brysiodd Elisabeth Walter at y crwt yn ffwdan i gyd, gydag ystum sydyn fel moesymgrymiad; roedd hi – beth bynnag am ei phlant – yn ymwybodol iawn mai mab y brenin oedd y bychan. "Dowch mla'n, dowch mla'n!" perswadiodd, cyn pwyntio at ei phlant ei hun, "Dyma Rhisiart! . . . dyma Justus! . . . dyma Liwsi!"

Nid ymddangosai fod y tri phlentyn yn gwneud fawr o argraff ar y tywysog ifanc, ond nid oedd y tywysog yn gwneud fawr o argraff ar Liwsi, o leiaf. Safai yn ei hunfan yn stond heb gyffro, heb wên, a heb fentro gair o'i phen. Ymatebodd y bechgyn dipyn yn fwy serchus, gwenu ac estyn llaw, gan fynd bob ochr i'r dieithryn bach brenhinol a'i dywys o gwmpas yr ystafell i'w gael i ymlacio.

"Mi ddaw, mi ddaw!" meddai'r tafarnwr. "Mae'n hen foi bach siaradus a siriol ddigon unwaith y daw'n gyfarwydd â chi!" Dechreuodd Elisabeth, Nicholas Chappell a John Berry ddilyn y tri fel gosgordd.

I un o'i chwilfrydedd hi, roedd bod ar wahân i'r lleill am eiliad neu ddwy yn gyfle gwych i Liwsi archwilio'r tŷ dieithr; felly'n gwbl reddfol, roedd ei thraed yn ei chymryd o un ystafell i'r llall; cip ar y dodrefn, cip ar y portreadau, cip ar y llestri, cip ar beth bynnag oedd ar ddangos. Ni cheisiai ddim, ni chyffyrddai â dim; dim ond llygadu pob twll a chornel mor daer a mentrus â llygoden mewn palas. Yna, wedi gweld a fynnai, mynd at y grisiau mawr, troedio'r landin carpedog, a syllu ar y paentiadau yn eu fframiau aur ar bob mur o'i deutu. Mewn un gornel, hen dröell yn sgleinio; ni fedrai lai nag oedi i droi'r olwyn yn araf. Gerllaw, dresel yn llawn o lestri drudfawr; yna, cleddyfau ac arfwisgoedd ar y mur yn union fel yn ei chartref ei hun yng Nghastell y Garn. Nid oedd tafarn y Chevalier mor fawr â'r castell, ond yr oedd eto'n rhy fawr i fod yn gartrefol, yn ei barn hi. Bu'n chwennych hen dŷ, ystafelloedd bychain croesawgar, muriau croesawgar. Dotiai ar dyddyn bach twt Eben Harris, gyrrwr y goets, a'i cymerodd hi i'w gartref fwy nag unwaith. Tân mawn yn y grât a'r walydd cynnes fel breichiau yn eich anwylo. Pam ar y ddaear y bu'n rhaid i'w rhieni wneud eu cartref mewn hen gastell oer? Pa ryfedd eu bod yn cecran â'i gilydd ac yn methu byw'n dangnefeddus dan yr un to?

Daeth sŵn o un o'r ystafelloedd. Rhywun yn tagu, atal dagrau . . . mygu . . . Cerddodd Liwsi i gyfeiriad y sŵn. Oedodd . . . Roedd y drws yn gilagored. Fe'i gwthiodd ar agor, yn araf, araf â'i bys . . . Daliodd ei hanadl. Gwthiodd y drws yn llydan agored . . .

Gwelai lanc trist yn eistedd ar gadair mewn cornel o'r ystafell â'i ben yn ei blu. Daliai'i wylofain ar ei chlyw. Daliai Liwsi i edrych . . .

Yna, ymhen eiliadau, fel petai'n sylweddoli bod llygaid rhywun arno, cododd y llanc ei ben. Edrychodd yn hir a dwys ar Liwsi. Edrychodd Liwsi yn hir a dwys arno yntau, yr wyneb drylliedig, y llygaid coch . . . ieuenctid gofidus. Gwenodd.

"Pwy wyt ti?"

Gwenodd y llanc.

"Siarl."

Daliodd y ddau i edrych ar ei gilydd.

"Pwy wyt *ti*?"

"Liwsi."

Yna, rhedodd cyn gyflymed â'r fellten i lawr y grisiau mawr ac yn ôl at y cwmni.

Oriau wedyn, y cwmni'n gynnes yn y lolfa fawr erbyn hyn a'r sgwrs yn dal yn frwd, cafodd Liwsi ei hun yn ei hystafell fechan ar ei phen ei hun. Roedd cysgod diwedd y prynhawn fel presenoldeb tywyll o'r tu ôl iddi; nid bod y math hwnnw o dywyllwch yn fygythiol ar hyn o bryd fel y medrai fod ar dro, ond yr oedd yn ddigon eang dros yr ystafell i'w hanesmwytho, a rheswm da am hynny!

Ni fedrai gael wyneb y tywysog allan o'i meddwl. Y creadur bach digalon! Nid oedd ei ach na'i urddas na'i bwysigrwydd yn cynnig unrhyw gysur iddo, hyd y gwelid. Medrai Liwsi ddarllen hynny'n eglur heb iddo yngan gair.

Ar y llawr, roedd ei mam a'r cwmni yn ymddigrifo wrth siarad am y teulu brenhinol, datgan eu teyrngarwch drwodd a thro wrth sipian eu gwin, ond swniai'r holl barablu mor wag, mor wag! O leiaf, dyna fel y trawai glustiau Liwsi, nid yn unig oherwydd yr olwg a gawsai ar Siarl druan, ond yr atgof hefyd am eiriau ei thad, geiriau a ddeuai'n ôl ac yn ôl iddi bellach.

Tybed a drawsai Wiliam Walter ar wirionedd na welsai'i thad-cu erioed yn ei sêr na'i mam-gu yn ei Beibl, rhywbeth a amlygwyd fwyfwy yn ei agwedd tuag at y traddodiad brenhinol, faint bynnag ei afradlonedd a'i ochri digywilydd gyda'r Seneddwyr?

Gall nad oedd helynt y wlad yn glir i Liwsi o bell ffordd, ond deuai'n gliriach fesul tipyn, yn enwedig ar ôl y profiad o ddod wyneb yn wyneb ag etifedd trallodus y Goron. Mwya'n y byd y ceisiai ateb ei chwestiynau ei hun, mwya'n y byd y torrai'r wawr arni fel petai.

Nid oedd hi, Liwsi, yn ddieithr i freintiau bywyd; cadd ei sbwylio beth, ond yr oedd sylwi'n awr ar osgo pobl-mewnoed tuag at blantos brenhinol – y duwiau bach anffodus! – yn ei tharo, nid fel peth gwrthun efallai, ond *ffuantus*. Plant yw plant, meddyliodd. Fe ddown bawb i'r byd yn yr un modd, ac y mae Natur wedi gofalu ein gwneud yn gydradd yn y groth. Nid anghofiai fyth weld y fuwch honno ar lawr beudy Castell y Garn, ei choesau ar led a'r bychan yn cael ei dynnu i'r byd – fawr o wahaniaeth rhwng y fuwch a'r groten sipsi a welodd ym môn y clawdd yn esgor ar ei baban hithau. Pan oedd y Frenhines Henrietta Marïa heb bilyn arni o'i wardrob brenhinol i guddio'i chnawd a'i hesgyrn tila, yr oedd mor borcyn â hithau – heb fod hanner mor ddel, pe bai'n dod i hynny! Chwarddodd.

O gael ein geni'n gydradd, meddyliodd, oni pherthynai i bob adyn bach dynol hawliau cyfartal? Ni fedrai unrhyw ddigwyddiadau mewn hanes newid y drefn. Cofiai Liwsi yn dda fel y dadleuai'i thad. Mewn gwladwriaeth rydd, meddai ef, mae'r senedd yn gofalu am hawliau'r bobl; mewn brenhiniaeth, mae hawliau llinach a theulu yn cael y flaenoriaeth ar hawliau'r genedl; lle bo uchel-ael a byddigions, mae un dosbarth o bobl yn mynd yn bwysicach na gweddill y bobl. Pwysleisiai ef fod hawliau dynol yn golygu hawliau *pob* dyn, a hynny heb fod un yn bwysicach na'r llall.

Rhyw feddyliau fel hyn a gorddai yn ei meddwl wrth bensynnu yn nhawelwch ei hystafell pan agorwyd y drws yn sydyn gan neb llai na'r Tywysog Siarl. Safodd am eiliad i syllu arni fel pe na bai'n siŵr beth i'w ddweud.

"Liwsi . . ."

"Hylô . . ."

"Ga i ddod i mewn?"

"Wrth gwrs."

"Be sy'n bod?"

"Gobitho na ddaw neb . . ."

Nesaodd y tywysog a chydio yn ei llaw.

"Liwsi, rwyt ti'n bert . . ."

"Diolch."

"Fe garwn i gael gair."

"'Da fi?"

"Ma eisie rhywun fel ti arna i . . ."

Estynnodd Siarl amdani, ei ddwylo'n crynu wrth geisio ymafael.

Er nad oedd ond ifanc, cawsai'r ferch ddigon o brofiad o lygaid yn ei chwennych i nabod yr edrychiad.

"Liwsi, paid â . . ."

"Na, nid fan hyn."

"Mi wna i gau'r drws."

"Ma nhw'n siŵr o ddod."

"Plîs, Liwsi, plîs!"

Siglodd ei phen, ond gwenai'n ddigon cyfeillgar. Daeth chwerthiniad bach gogleisiol i ochr ei gwefusau.

"Gan bwyll, ŵr ifanc!"

"Pam, pam, pam?"

"Am y bydd rhai pobl yn gweld bywyd fel ma nhw *am* 'i weld, ond . . ."

"Dos mlaen, dos mlaen!"

"Rwy i'n gweld pethe *fel ma nhw*."

"Be ma hynny'n 'i olygu?"

"Ma 'na anawsterau."

"Dw i ddim yn deall, Liwsi."

"Wel, ma bod yn fab i frenin yn golygu *anawsterau*. Anawsterau mawr. Faint bynnag yw gofidiau'r wlad ar hyn o bryd, ma bod yn dywysog yn golygu perthyn i gylch sy uwchlaw'r cwbl ac yn cael mwynhau bywyd. Ma *mwynhau* yn llyncu mwy o amser dyn na gwaith, tra gwahanol i'r cylch lle ces i fy magu. Ma'r pryd nesa yn dibynnu ar bâr o ddwylo. Trwy chwys dy wyneb . . . Nid wy'n rhy siŵr, pan nad oes gan bobl fawr i'w neud, nad yw chwarae'n bwysicach na gwaith. Gêm 'di popeth – ma *mercheta* yn rhan o'r gêm! Ond fel pob gêm, gall droi'n syrffed." Cofiodd Liwsi am ei thad . . .

"Twt, twt, Liwsi! Shwd ddwli! Gêm, wir! Mab y brenin, wir! Fory, soldiwr fydda i – dwn i ddim am unrhyw waith caletach."

"Ma nhw'n dweud wrtha i nad oes well lle ar gael am sbort na'r fyddin. Ymladd falle un diwrnod yn ddewr ar y maes, ond y diwrnod wedyn caru'n wyllt ym mharlyrau'r ladis cefnog. Ma merched crand wrth 'u bodd yn sisial temtasiwn yng nghlustie'r soldiwrs. Ac i fois y baracs, faint tybed o wahaniaeth sy rhwng y fonesig yn 'i *boudoir* a'r butain druan yn 'i seler?"

"O, rwyt ti'n *ofnadw*! . . . Cyffroi llanc diniwed yn 'i – *drwbwl*!"

"Trwbwl . . . iefe? Fedra i ddeall *hynny* falle, ond fedra i *ddim* deall sut ma dod dros y peth mor sydyn!"

"Na fedri, wir?" Gwnaeth Siarl gamau tuag ati unwaith eto. "Â rhywun fel ti'n croesi llwybr creadur – mmmmmmm?" Pwyntiodd fys. "Rwyt *ti'n* . . ."

Ar hynny, clywyd swn traed yn agosáu. Taflodd y tywysog gusan a diflannodd mor chwim â wiwer ar gainc.

– 25 –

Gwawriodd y bore yn dyner dros Exeter. Roedd y ddau dywysog yn effro'n gynnar a'r argoel o weld eu tad yn rhoi llawenydd mawr. Bu'r dyddiau diwethaf yn Nyfnaint yn ddigon pleserus i'r teulu, ond go annifyr y teimlai Siarl, ei brofiadau diweddar yn dal i'w boeni, ei fam wedi mynd i werthu ei gemau er mwyn cael arian i helpu'r brenin yn yr ymladd mawr oedd yn ei fygwth bellach, a'r poenyn oedrannus Hertford yn chwistrellu powdwr dros ei gorff i ladd y drewdod nes codi cyfog ar bwy bynnag a ddeuai'n agos ato. Dim ond un eiliad o wir lawenydd a wybu Siarl yn ystod yr arhosiad yn nhafarn Mr Berry, y ferch hudolus honno o Gymru yn y drws yn gwenu arno fel na wenodd neb erioed o'r blaen.

Hwyr glas i mi weld fy nhad, meddyliodd. Os oedd ei chwaer Mari wedi cael caniatâd i briodi'r cocyn bach ffroenuchel hwnnw o'r Iseldiroedd, ni welai unrhyw reswm na châi ef y Gymraes â'r llygaid mawr glas yn wraig heb wastraffu rhagor o amser. "Liwsi!" dywedasai fel un mewn breuddwyd ar ôl syllu arni y tro cyntaf hwnnw. Ni bu'n hir cyn dechrau holi'i hynt, ond nid oedd y tafarnwr fel pe'n awyddus iddo geisio'r ferch, rhag dwyn anfri ar y Goron. A Hertford yn fwy annifyr fyth felly. Cafodd wybod ymhen dyddiau gan un o'r morynion ei bod hi a'i mam a'i brodyr wedi ymadael am Lundain.

"Mae'r tad wedi anfon am ei blant, rhwle sha Covent Garden, a'r fam yn gynddeiriog – hi a'i gŵr wedi gwahanu!"

Covent Garden . . . ? Cofiodd Siarl hynny.

Roedd ffwdan mawr yng nghyntedd tafarn y Chevalier y bore hwnnw pan oedd y parti brenhinol ar ddychwelyd. Llwyddwyd i gadw'r newydd bod y tywysogion yno oddi wrth y bobl, ond anodd oedd cadw stori o'r fath dan gaead yn ddiddiwedd, ac erbyn yr ymadawiad yr oedd criw cymysg iawn yn llygadrythu ac ymestyn eu gyddfau. Eisteddai Siarl yn ei gwman yn dyfalu; dim mwy o gyffro ynddo na'r ddelw o hen ryfelwr yn y gornel yn ymyl y cwpwrdd tridarn, ond yr oedd Jâms fel pe bai nadredd dan bob ewin a'r Hertford anystwyth yn ei erlid o'r llofft i'r gegin, o'r gegin i'r snỳg.

"Dere 'nôl, dere 'nôl! Fedra i ddim dy ddilyn di i bobman, plîs plîs plîs, dere 'nôl! Ma'r goets ar gychwyn!"

Cododd Siarl ei ben i edrych ar yr henwr yn ymbil ar ei frawd i fyhafio, ei anadl mor brin, a'i goesau fel pe'n rhoi oddi tano.

"Jâms, byhafia! Er mwyn Duw, byhafia!" Trodd ei gefn rhag drycsawr y gŵr chwyslyd. Gwyddai'n dda nad oedd unrhyw synnwyr yn y ffaith iddo gael ei apwyntio i fod yn rheolwr ar ôl Newcastle. Roedd ei dad yn anfodlon iawn pan glywodd. Priodasai Hertford ag Arabella, cyfnither y Brenin Jâms, ac yr oedd amheuaeth y pryd hwnnw mai cynllwyn yr hen lwynog i fod yn yr olyniaeth frenhinol oedd hyn. Wel, roedd y perygl hynny drosodd erbyn hyn, ac yr oedd ei fusgrellni yn peri nad oedd fawr mwy na gwrthrych gwawd fel rheolwr.

"Mae'n rhy hen i gadw llygad ar geffyl pren," taerodd y brenin, gan ychwanegu, "a'i wynt fel drewgi!" Daeth gwên i wyneb Siarl wrth iddo feddwl am ei frawd yn cael dannod iddo ei fod yn afreolus, pan nad oedd y crwt ond yn ffoi o'r sawr a ddilynai'r hen ŵr fel cysgod.

"Byddai'n well gen i Hertford pe bai'n drewi fel cenfaint o foch," cofiai Siarl ei fam yn taeru, "na bod y Piwritan pen-boeth, Hampden, yn cael unrhyw ddylanwad ar 'y mechgyn i!"

"Gofidio nad yw'r plant yn cael 'u hyfforddi yn yr egwyddorion ma fe!" dywedasai'r tad, i geisio atal ychydig ar ei wraig – oedd â'i llygaid yn fflachio a'i hysgwyddau fel cath o flaen ci!

"Gall y duwiolyn adael i *mi* ofalu am hynny," meddai'r fam.

"Dyna'i ofid, fenyw!"

"Fynna i mo'r dyn dros 'y nghrogi! Meindied 'i fusnes! Mi ofala i am 'u hiechyd a'u hiachawdwriaeth nhw."

"Nid y nhw yw'r unig rai sy'n busnesa – ma nhw'n brygawthan o hyd yn yr Alban y dylai'r bechgyn wario mwy o amser *yno*. Bydd y Cymry'n dechre codi'u lleisie nesa!"

"Does dim eisie gofidio amdanyn *nhw!*"

"Ma hynny'n wir! Dim ond gneud arglwyddi o rai ohonyn nhw, chawn ni fawr o drafferth. Hen genedl lywath! Ma'r Cymry wedi hen golli pob syniad o hunan-iaeth. Pobl anllythrennog sy'n hoffi'r syniad o fod yn Saeson fel ma asyn yn hoffi siwgwr-candi! Ma *swnio'n* Sais yn arwydd o bwysigrwydd mawr!"

Cofiai Siarl y sgwrs yn dda, ond go brin bod y farn honno'n wir am *bawb* o'r Cymry! Cymraes oedd Liwsi, nid oedd amau hynny, ond . . . Arglwydd mawr, ble ar wyneb daear lawr y gwelid creadigaeth debyg iddi? A oedd un o'r lodesi brenhinol neu ladis ysgafndroed y llys neu un o'r rhywogaeth estronol ar y cyfandir yn medru ymylu at degwch y ferch o Gymru? Yn ymyl Liwsi nid oedd yr un o'r fintai ronyn yn fwy hudol na'r hen Hertford gwargrwm!

Meddyliai Siarl yn ddwys am ei dad druan yn gorfod poeni o hyd am y Piwritaniaid ar un llaw a'i fam bender-fynol ar y llaw arall. Meddyliai am ei dad yn gorfod crafu'i ben am bob ffyrling i'w goffrau a'r Seneddwyr yn ysu am ryfel nad oedd neb yn ei chwennych! Na, nid oedd fawr o lewych ar ei fyd na mwynhad ar gael yn unman – dim ond chwarae cardiau yn Little Gidding gyda theulu Ferrar a bwyta llond ei fol o darten fala yn y pantri falle! Digon annifyr a fuasai'r dyddiau yn Exeter, y nyrs ddiawl ar ei ôl cyn brecwast i gymryd ei ffisig, llond ceg o'r senna ffiaidd; Jâms a Henriette dan ei draed ac yn sgrechian dros y lle, a'r rheolwr ffwdanus yn ei atgoffa o hyd 'i gofio bod yn boléit i'r boneddigesau'. Dau beth yr oedd yn benderfynol o gael eu gwared am byth allan o'i fywyd, rheolwyr busneslyd a senna 'i sgwrio'r coluddion!'

Sgrifenasai at ei chwaer yn yr Iseldiroedd: "Fy chwaer fach, mae'n ddigon diflas yma, dim siawns o'r bron i fod yn rhydd a hapus am eiliad, ac fel hyn y bydd hi am amser hir hyd y gwelaf." Nid oedd ei lygaid wedi disgyn ar Liwsi y pryd hwnnw, wrth gwrs.

Ond yn y stad annifyr hon y cychwynnodd y Tywysog Siarl, etifedd coron Lloegr a Chymru, am ei balas yn Llundain, a dim ond y gobaith gwan y medrai ddod o hyd i'r Liwsi ryfeddol honno i godi'i galon fel rhyw seren lachar unig yn pefrio mewn ffurfafen ddu anferth.

– 26 –

Ys gwn i a fydd Elisabeth wedi disgwyl amdanaf yr holl amser hyn, meddyliodd Wiliam Walter wrth wneud ei ffordd i gyfeiriad y castell. Roedd y wawr ar fin torri, y golau cyntaf fel llinyn o wawn yn gryndod ar y gorwel; roedd yr awel yn fain, bron fel pigiadau draenen ar ei gnawd, a'i lygaid yn rhy flinedig bron i dderbyn hynny o olau oedd ar ei lwybr erbyn hyn. Cerddasai am filltiroedd, heb ddim ond sŵn ambell hen fuwch chwilfrydig yn ymestyn ei gwddw dros y clawdd i weld pwy oedd y teith-iwr unig a gerddai heibio yr adeg honno o'r nos. Roedd blinder nosau digartref, digysur yn gryd ar ei groen, a'i ddillad yr un mor annifyr amdano. Cawsai bryd mewn tafarn ar y ffordd i Gaerfyrddin, ond yr oedd yr holl gerdded wedi llosgi ymaith bob mymryn o nerth a ddeilliodd o hynny. Roedd ei fol yn wag, cyn waced â'i god, ac nid oedd dim gwacach na hynny bellach ond y gwacter rhwng y sêr. Trwy drugaredd, yr oedd o fewn ergyd carreg i'r hen gastell yn awr, 500 o ychain a 2,000 o ddefaid ar ei elw yno, os nad oedd milwyr trachwantus y Goron wedi'i dlodi! Ar ben hynny, roedd ei bantri a'i fwtri'n llawn o'r bwyd iachusaf a chyda thipyn o lwc, Elisabeth a'r plant yn barod i faddau . . . Pam oedd awel y bore hwn ar ei groen fel brech yn brathu?

Deuai'r mynyddoedd amgylchynol yn gliriach i'w lygaid bob cam a gymerai; yr hen felin a'r dŵr yn golchi'r olwyn fawr; siâp y bythynnod fel rhes o hen gymeriadau gwledig yn busnesa am ei helynt; aderyn yn mwstro yn ei nyth i chwilio am frecwast i'r cywion; swn y nant fel llais hen gydnabod, a'r eglwys ddifrif-ddwys unig!

Â'r wawr yn torri dros y wlad, daeth tyrau'r castell i'r golwg – dannedd du anghenfil a drengasai! Lle buasai'r ffenestri a'r drysau trwm, nid oedd mwyach ond tyllau'n cegrythu dan yr eiddew a'r adar gwyllt a'r tylluanod wedi eu meddiannu. Roedd y muriau gwarchodol a adawsai yn adfeilion, y trawstiau llosgedig yn dristwch a sarn ar hyd y llawr, a'r mwg yn dal i dreiglo o'r llanast. Ar ben un pentwr, côt hir a boned merch. Daeth y groten Betsan honno i'w feddwl! Beth a ddaethai ohoni? Gwaith pwy oedd hyn? Milwyr y Brenin? Rhieni gwallgo Betsan neu gariad dig efallai?

Eisteddodd Wiliam Walter ar y boncyn i edrych ar yr olygfa. Daliodd ei ben a beichio wylo, "Elisabeth! Elisabeth!"

Roedd ei gartref yn ddelwedd o'i fywyd ei hun.

– 27 –

Fel llofrudd yn methu cadw draw, dychwelasai Wiliam Walter gan ryw ddisgwyl ei gyfle i wynebu ei wraig a'i chael i gymodi. Roedd ei awydd am gymod mor ddilys â'i awydd i weld ei blant, er mai heddwch ei gydwybod ei hun oedd mewn golwg ganddo, a'r 'hen ddyn', chwedl ef, yn bygwth ei anesmwytho o hyd. Nid ar chwarae bach y gedy Satan ei blant.

Ond i ble yr âi? Roedd ei geffyl ffyddlon, Prins, er ei fod wedi teithio gydol dydd gwyn heb saib, ar wahân i'r amser y parhaodd y cyfarfod, yn bur afrosgo fel petai'n ysu i gario'i berchennog un ai i Nant-yr-Hebog neu Gastell y Garn. Rhedodd Wiliam Walter law gariadus ar hyd pen yr anifail a rhoi afal yn faldod iddo. Edrychodd i fyny fel pe'n disgwyl arweiniad o'r ffurfafen. Roedd yn noson serennog, cysgod y coed ar y gorwel fel rhes o gewri'n cwnsela, ac un seren lachar yn cymell i gyfeiriad Nant-yr-Hebog. Tynnodd Wiliam Walter ar y cyfrwy, ei lais a'i law yn annog yr anifail i ddilyn y seren honno, a'r pedolau parod yn unig i'w clywed yn y distawrwydd gwledig. Gwyddai'r ceffyl ei ffordd cystal â'i feistr; pe byddai'r nos yn ddu bits, medrai ddod i ben y daith honno'n ddiogel.

Agosaodd at Ty'n-wern, cartref Nel Landeg, ergyd carreg o Nant-yr-Hebog. Roedd golau yn ffenestr fach y gegin, sgwâr o groeso yng ngwynder swil y muriau; gwyddai y câi groeso hael dan y simdde fawr. Fel pe bai yntau wedi sylweddoli hynny, arafodd y ceffyl yn reddfol. "Whoa, Prins, whoa!" meddai Wiliam, a'i goesau'n rhoi llam tua'r llawr.

Gwelodd ben a gwallt hirlaes gwraig yn gysgod yn y ffenestr. Mae hi gartre, mae hi gartre, meddyliodd gŵr Castell y Garn.

Menyw fain, fywiog oedd Nel Ty'n-wern, dau lygad tanbaid yn ddwfn yn ei phen, ei bochau'n dynn wrth ei hesgyrn, a rhyw wên barod yn oedi ar ymylon ei gwefusau bob amser. Gwraig weddw ydoedd bellach; lladdwyd ei gŵr yn ddamweiniol pan gododd yn sydyn o'i wely i droi'i wn ar gadno y tybiodd ei fod ar ei dir. Gadawyd Nel i fagu eu tri phlentyn. Daethai diwedd trist i'r tri ar ôl colli'r tad; boddwyd yr hynaf yn y gasgen ddŵr wrth dalcen y tŷ, cyflawnodd yr ail hunanladdiad ar y landin â'i fresys, a diflannodd y cyw melyn olaf heb na siw na miw am ei helynt byth wedyn.

Trwy drugaredd, yr oedd Nel yn meddu rhyw ddewrder heulog a'i cynhaliodd i wrthsefyll y cyfan; ar ben hynny, roedd ganddi fysedd diwyd i wlana a lliwio pot glas yn dywyll neu'n olau ar gyfer y gwlân, medr rhyfeddol i weu sanau, a'r cnawd difyrraf yn yr ardal yn gymwynas barod i'w ffefrynnau. Bu William Walter yn uchel ar y rhestr.

"Nel, shwd ma hi arnat ti, rhen gariad?"

"Mowcath y byd! Rown i'n meddwl dy fod lan sha Llunden 'na nawr."

"Dw i ddim yn un mor hardd i ga'l 'i wared â hynny – fe ddylset *ti* wbod, gwlei."

"Na, itha reit, fel pob hen frân, rwyt ti'n dala i ymddangos yn y gwmdogeth bob hyn a hyn – gormod o flas ar y cig!"

Ac fel roedd Nel yn siarad, teimlodd Wiliam law yn symud dros ei wyneb, llaw rychiog, wedi'i chaledu gan gyrn llafur, ond a feddai rhyw dynerwch rhyfedd . . .

Edrychodd Nel o gwmpas ei chegin.

"Ma'n well imi gadw'r pethach 'ma, ne fe fyddwn 'run lliw â'r gwlân cyn cyrredd y siambr, gwlei." Ychwanegodd, "Yr un hen un drwg wyt ti, sbo . . . ond ma'n dda 'da fi dy weld, cofia!"

Aeth Nel ati i gymoni a chadw'i phethau – dynion fel arfer oedd yn gweu, merched yn nyddu, ond gwyddai'r ardaloedd fod Nel Ty'n-wern gystal ag unrhyw ddyn am weu a llawer o orchwylion eraill. Roedd ei bysedd yn medru trin y grib a'r dröell a'r wŷdd â'r un deheurwydd ag y triniai eraill dannau'r delyn, a medrai orffen y dasg trwy liwio'n berffeithiach na mil. Gwyddai ffeiriau cyn belled â Thregaron a Llanymddyfri am ei chrefft.

"Ma mistres Nant-yr-Hebog yn gweud bod pâr o sane gen i yn well na phâr o sgitsie 'da Ifan y Crydd."

"Odi hi nawr! Ma mistres Nant-yr-Hebog wedi gweud lot fowr o ddwli yn 'i dydd."

"'Na ddigon, Wiliam, 'na ddigon."

Diffoddwyd y gannwyll ac ni chlywai Wiliam ddim yn y tywyllwch ond chwerthin deniadol Nel. Oedodd.

"Gleua'r gannwll 'na, Nel fach!"

"Mowcath mowr! Nag wyt ti'n timlo'n dda heno, Wiliam?"

"Timlo'n well nag ariôd . . . "

"Wel, dere, dere, ma'r carthenni ar dân . . ."

"Ddim heno, ddim heno, Nel."

"Shwd hynny, rhen galon?"

"Rwy am goncro'r hen ddyn."

"Am . . . ? Paid â gweud dy fod wedi gwrando ar y Piwritanied 'na!"

"Morgan Llwyd! Gŵr wedi'i anfon oddi wrth Dduw! Ar dân dros y Deyrnas a Cromwell!"

"Wn i ddim am hynny, ond – nid Gogleddwr yw'r dyn?"

"Gŵr o Wynedd."

"Shwd oddet ti'n deall y creadur yn siarad?"

"Ma'r Ysbryd yn cynorthwyo'n gwendid ni, Nel."

"Ma'r – *beth*? O diar, diar, rwyt ti *wedi* dy hurto ganddo, reit i wala."

Gwenodd Wiliam Walter ar Nel Landeg fel y gwnaethai ddegau o weithiau yn y gorffennol, ond – nid y *rhain* oedd y llygaid ac nid hwn oedd y golau a daenwyd ar ei hwyneb bach anllythrennog, bydol a bodlon gynt.

Edrychai Nel ar ei hymwelydd yn awr fel petai'n gweld drychiolaeth.

"Wir ddyn, Wiliam bach, ma rhwbeth mowr wedi digwdd i ti! Gwêd, y dyn gwirion, be githrel sy wedi dod drosot ti? Sana i'n gwbod yn siŵr nag wy'n becso amdanat. Sana i'n rhy siŵr chwaith na fydde'n well 'da fi dy weld yn dy synhwyre'n fy nilyn fel shetgi i'r siambr. O diar, diar, Wiliam, be wedet ti wyt ti'n awr, Piwritan, ne Bresbi, ne Grynwr?"

Edrychodd Wiliam yn dosturiol arni hithau.

"Mi fues i yn Llunden 'da Tom Howard – gŵr ifanc hirben! Digwdd mynd i Dŷ'r Cyffredin, wedi meddwl yn siŵr clywed rhai o'r dadleuon, ond pwy feddyliet ti gwrddes i? Walter Cradoc! Bobol bach, fues i ddim yr un dyn byth oddi ar hynny. Fe gynghorodd fi i fynd i wrando ar Morgan Llwyd. Roedd hwnnw'n chwilio am bregethwyr."

Tanbeidiodd llygaid Nel.   "Paid â gweud dy fod *ti* am fynd yn bregethwr!"

"Mi weles y gole, clod i'w enw mawr, a rwy am dywys pawb tua'r gole nawr!"

"A minne'n meddwl dy dywys di tua'r gole yn y siambr, Duw a'm helpo!" Chwarddodd Nel yn ysgafn a diniwed.

Ni ddywedodd Wiliam ddim, er i'w lygaid awgrymu ei fod yn gwingo wrth gael ei atgoffa.

"Ma'r dyddie hynny wedi mynd hibo, Nel fach. 'Bobl Cymru,' meddai Morgan Llwyd yn 'i bregeth, 'atoch chwi mae fy llais, drigolion Gogledd a De . . . hil ac epil yr hen dadau . . . cofiwch hanes eich hynafiaid. Dyma'r ynys a dderbyniodd yr efengyl gyntaf.' Roedd y dyn fel ta fe'n siarad â fi'n *bersonol*!"

"Wiliam bach, profiad ofnadw – be wnest ti, gwêd?"

"Gneud fel ma'r Gair yn gorchymyn."

Roedd Wiliam erbyn hyn ymhell tu hwnt i gyrraedd Nel, fel un ar goll ar ryw ynys bellennig. Rhyngddo a'r wraig weddw nid oedd ond rhyw bellter niwlog, dirgelwch fel ceyrydd mawr o niwl, a hithau'n ceisio treiddio drwy'r tywyllwch arallfydol â dim ond ei llygaid bach coch truenus.

"*Gneud fel ma'r* . . . be ti'n ddweud wrtha i *nawr*, Wiliam?"

"Ma'r Gair yn gweud, 'Dos, gwerth yr hyn oll sy gennyt, a dilyn fi'." Gloywodd y llygaid wrth i Wiliam siarad bron fel plentyn bach yn dweud adnod a disgwyl am gymeradwyaeth. "Dyna wnes i, Nel."

Nid oedd gwraig y tŷ yn deall. Roedd y niwloedd rhyngddynt yn fwy trwchus nag erioed. "*Be* wnest ti, *be* wnest ti, Wiliam?"

"Gwerthu'r tŷ!"

"Pa dŷ?"

"Y tŷ brynes i yn Llunden, w!"

"I bwy werthest ti'r tŷ?"

"I Tom Howard, wrth gwrs."

"Wrth gwrs? Pam 'wrth gwrs'? Pam githrel Tom Howard, gwêd!"

"Ma fe o blaid Cromwell – dyna pam!"

Gloywodd llygaid Nel Ty'n-wern, croen ei thalcen yn tynhau, a hithau fel pe'n taro ar un o'r dirgelion a guddiwyd yn y niwl gyhyd.

"Mowcath, mowcath, bydd yn ofalus, Wiliam! Wy'n cofio hwnna'n llanc yn y gwmdogeth, ymweld â Nant-yr-Hebog, crwt y diawl!"

"Na, na, ma Tom Howard yn reit i wala."

Ac eto, ac eto, yng ngolau'r diffuantrwydd mawr a welai yn wyneb Nel, fel yr oedd yn siarad y geiriau, roedd amheu-aeth am ddilysrwydd ei gyfaill ifanc fel môr mawr yn ei lyncu.

Gwas y teulu brenhinol a phleidiwr y Seneddwyr!

Cofiodd eiriau rhybuddiol Morgan Llwyd, "Ni ddichon neb wasanaethu dau arglwydd."

– 28 –

Pan welodd Siarl ei dad, ni fedrai dynnu ei lygaid oddi arno. Oedd, yr oedd wedi heneiddio, ei ofid a'i flynyddoedd wedi sgrifennu rhychau dwfn ar ei wyneb, ond ei safiad heb golli'r urddas a'i nodweddodd erioed. Roedd golau yn ei lygaid o hyd. Fel rhyw ddawn ysbrydol, meddyliodd, a fedrai gadw dyn yn ei iawn bwyll ar ôl hyrddio holl awelon croes ei yrfa yn ei erbyn. Ac eto, nid oedd Siarl heb fedru olrhain yn ei edrychiad yr hen ddoethineb fydol honno a'i cadwodd ar ei orsedd gyhyd.

"Fy mab annwyl, mor dda dy weld! Aros gyda fi, aros gyda fi! Rwyt ti'n fwy gwerthfawr na byddin . . ."

Gwenodd y mab wrth roi ei law ar law ei dad. "Da ych gweld chithe, nhad!"

Nid oedd amau'r cariad mawr a glymai'r ddau wrth ei gilydd, a hawdd oedd deall sut y teimlai'r brenin. Oedd, roedd presenoldeb ei fab wrth ei ochr yn werth mwy na'r byd crwn.

"Bydd yn rhaid i mi fentro i Nottingham fory, Siarl."

"Mi ddof gyda chi."

"Dwed wrth dy frawd Jâms am ddod hefyd. Arwyddais y llythyr yn cadarnhau'r rhyfel." Gwenodd. "Wiw i ni golli."

"Ma llawer yn ceisio dyfalu dros beth ma'r ymladd."

"Dros beth, wir! Mor syml! A yw'r brenin yn frenin yn ei wlad ei hun, neu a yw'r Senedd yn uwch na brenin ac eglwys ac yn uwch na'r Duwdod ei hun?"

"Rhyfel amdani, nhad! Mae fy maner yn barod – plu Cresi – mi af ar flaen y gatrawd o Northmyn."

"Ma'n sobor o flin gen i – dyma'r blynyddoedd y dylet fod yn medru chware'n rhydd ac ymroi i'th wersi!"

"Nid pan fo gelyn fel Cromwell o gwmpas. Ma pabell i fynd gyda ni a thrapins o felfaréd hyd at draed y march gwyn."

"Mi rodda i alwad i Dobson baentio dy lun – fy mab."

"Nhad bach, nid gwrthrych portread ond arweinydd cad – dyna ydw i!"

"Bendith arnat."

"Duw gadwo'r brenin!"

Daeth dagrau i lygaid ei dad wrth ganfod y balchder Seisnig yn meddiannu'r ieuengrwydd diniwed.

Rhoddodd y tad fraich am ei fab a'i dywys i eistedd gydag ef ar y lleithig, gorsedd isel yn ffenestr fawr yr ystafell. Deuai arogl heibio o'r blodau mawr amryliw a lenwai'r bwrdd derw mawr gerllaw. Nid oedd tân yn y grât er bod y coed wedi eu gosod. Gorweddai hen gi mawr oedrannus ar ei hyd o flaen y lle-tân a'i lygaid ar gau ond ei glustiau'n gwrando. Dywedodd y brenin,

"Gad i ni gael gair 'da'n gilydd . . ." Eisteddodd Siarl wrth ymyl ei dad – roedd bob amser yn llawen i wrando arno.

"Ma gofyn help arnom – rhywun dibynnol!"

Ymatebodd y mab.

"Peidiwch â phryderu dim – rwy i'n barod! Ma Tom Howard wedi nysgu i farchogeth!"

"Mi wn hynny, machgen i."

"Ma Jâms yn medru hefyd."

"Gwn, machgen i, gwn! Ond meddwl oeddwn i – am rywun arall . . ."

"Rhywun arall?"

"Rhywun arall *fel* ti."

"Oes 'na rywun mewn golwg?"

"Oes."

"Pwy?"

Oedodd y tad. "Dy gefnder, wrth gwrs."

Nid oedd Siarl fel petai'n fodlon. Creadur digon uchelgeisiol a sgaprwth oedd y Tywysog Rupert, ac nid oedd yn debyg o ddangos fawr o barch i fachgennyn ym myddin y Goron er i hwnnw fod yn fab i'r brenin. Bob tro y deuent ar draws ei gilydd, ymhyfrydai ei gefnder direidus wrth ei arddangos ei hun yn dipyn o lanc, gwybod popeth, medru pob dim, ac wrth ei fodd yn trin ei gefnder ifanc o Lundain fel petai'n blentyn dan ei hyfforddiant. Na, ni fedrai Siarl weld doethineb y fath benodiad.

"Gad i mi egluro!" Nid oedd y tad yn un i wneud penodiadau o'r fath heb feddwl yn ddifrifol yn eu cylch ac yr oedd ganddo ei resymau yn awr. "Mae'r Breniniaethwyr yn medru bod yn genfigenllyd, gwaeth na gwragedd cocos, ond bydd yn anodd ar y naw iddyn nhw fod yn genfigennus o etifedd y Goron."

"Ond fydd neb yn cenfigennu'n fwy na Rupert, Nhad!"

"Fe gawn weld . . ."

"A sut dderbyniad gaiff Rupert gan y milwyr?"

"Fe gawn weld – mae'n ddigon cyfrwys."

"A beth am yr Alban? Ma *nhw'n* ddigon anodd yn barod, Nhad. Mi fyddan nhw'n fwy anodd fyth."

"Fe gawn weld."

Gwelodd y brenin bod gan ei fab, am un mor ifanc, brofiad a'i gwnaethai'n effro iawn i'r sefyllfa. Sut oedd ei ateb? "Fe gawn weld, fe gawn weld!"

Safai Siarl a'i frawd wrth ochr eu tad . . .

"Barod, fechgyn?"

"Barod!"

Roedd y faner fawr yn chwifio uwch pennau'r dynion a

geisiai ei dal i fyny yn wyneb y gwynt brathog a chwythai heibio. Cerddai'r Tywysog Rupert yn ôl ac ymlaen yn ffwdan i gyd, wrth ei fodd yn amlwg i feddu'r fath awdurdod ar awr mor dyngedfennol, ac yn awyddus i roi argraff o'i gymhwyster i'r brenin a'r milwyr. Ceisiai Siarl ifanc yntau ymddangos yr un mor abl ar ei geffyl gwyn; cafodd dderbyniad gwresog pan ddaeth i'r golwg. "Hwrê i'r tywysog! Hwrê i'r tywysog!" Nodiodd ei foddhad. Ond Castell Nottingham oedd hyn, y llwyfan a ddewisodd ei dad i wneud ei gyhoeddiad . . .

Erbyn yr hydref roedd yr olygfa a'r hinsawdd yn wahanol, ac wrth annog ei geffyl ymlaen sylweddolodd Siarl ei fod yn wynebu ysgarmes gynta'r rhyfel o ddifri.

"Diawl, dim ond babi yw e – *hwn* sy'n ein harwain?" poerodd hen filwr diamynedd o'r tu ôl.

"Fe yw'r tywysog! *Fe* sy i fod ar y blaen!" atebodd milwr arall. "Cymer ddracht o ddŵr! Oes ofan arnat ti?"

Roedd y brenin a'i ddynion yn martsio i gyfeiriad yr Amwythig ar eu ffordd i Lundain. Deuai'r bobl allan o'r tai ar hyd y ffordd; calonogi mewn un pentre, difrïo yn y nesaf.

Â sŵn y gwŷr-meirch a'r gwŷr-traed yn ei glustiau, yn gyson a chytûn a phenderfynol, ystyriodd y Tywysog Siarl beth oedd yr agwedd iawn tuag at ryfela fel hyn i fod. Ffolineb? Pechod? Ffolineb mawr, efallai; pechod mawr efallai, yn wir; ond yn wyneb yr holl drafferthion a gawsai ei dad a'i fam, roedd hyn o frwydr yn achos na fedrai ar unrhyw sail ei wrthod. Nid yn unig yr oedd dan orfod i ymladd, ond byddai'n ffiaidd ar ei ran pe gwrthodai. Na, efallai nad oedd pobl y pentrefi a'r trefi yn *deall* rhyfel na meddwl fawr am yr achos, dim ond ei dderbyn fel peth tu hwnt i'w llywodraeth nhw'n llwyr. Onid oedden nhw'n selog o blaid Cromwell a'i Biwritaniaid? Yna, derbyniai'r trueiniaid hyn eu milwriaeth fel ewyllys Duw, rhywbeth anochel a ddaethai i'w rhan, fel daeargryn neu ddilyw, ac efallai mai dyna ydoedd i'r ddwy ochr yn y bôn, Brenin-iaethwyr a Seneddwyr, milwyr y brenin a milwyr Cromwell. Os felly, bydded i'r Duw hollalluog a ordeiniodd y fath armagedon, ddwyn ei fwriad santaidd i ben ar fyrder, iddo ef gael cyflawni'i fwriad santeiddiach – mynd ar drywydd y groten honno o Gymraes a welsai am eiliadau yn unig, ond a dariai o flaen ei lygaid yn holl ryfeddod ei pherffeithrwydd merchetaidd, rhith yr oedd yn benderfynol i'w droi'n sylwedd.

"Ma'n well aros i'r ceffylau gael dŵr a hoe!" – nid oedd ball ar Rupert yn cadw llygad ar y rhengoedd a rhoi ei orchmynion.

"Beth yw enw'r lle hwn?"

"Tu fa's i Gaerwrangon – dwn i ddim be yffarn 'di'r enw!"

Aeth niferoedd o'r gwŷr-traed i orwedd ym môn y cloddiau a thynnu eu hesgidiau i'w traed gael awyr. "Paid â chrafu dy draed, y mochyn!"

"Ma nhw'n gwaedu!"

"Ma nhw'n *drewi!*"

Cymerai'r gwŷr-meirch eu ceffylau o'r neilltu i lacio'r harnais a rhoi'r cwdyn ar eu gwarrau. "Pisia, boi, pisia!" Nid oedd gofyn annog. Rhedai ffrydiau melyn i bob cyfeiriad o'r ffordd garegog. Treiglai'r chwys o'r biswail yn gymysg â'r stêm o gefnau'r anifeiliaid. Safodd y milwyr yn rhesi yn erbyn y clawdd yn gwneud yr un gymwynas iddyn nhw eu hunain. Darganfu rhai o'r dynion wrth fynd o gwmpas ar sgawt berllan lle roedd afalau-codwm o hyd ar y llawr. Pwdr o ran, ond cegaid felys. Mentrodd rhai cymeriadau o'r ffermydd cyfagos i'r golwg heb ddod yn rhy agos.

"Der 'ma, der 'ma, merch i! Mi allwn i neud â munud yn dy gesel! Der 'ma, der 'ma!"

"Pidwch â rhedeg bant, fenyw! Ma 'da fi rwbath i chi fan hyn!"

"Gad iddi fynd, y mwlsyn! Mae'n fwy hagar na gwrach!"

"Mi wnele'r tro, myn diawl, ffordd wy'n timlo – heb *weld* menyw gyhyd!"

"Hisht, hisht! Ma'r bastard Rupert 'na'n dod!"

"Dyna ni, dyna ni! Byddwch yn barod i ailgychwyn! Mwstrwch, mwstrwch!" Llais gwichlyd Rupert yn fwrn ar bawb.

Penliniai'r Tywysog Siarl a'i frawd yn ymyl llanc a gawsai anaf, troi ar ei sawdl wrth redeg ar ôl ei geffyl, nes gorwedd ar ei hyd mewn poen.

"Clwtyn dŵr oer arno!" ordrodd Jâms, yn gwneud ei orau i weini.

"Dyna ddigon!" Rupert yn rhybuddio ac edrych yn anfodlon.

"Be sy'n bod, be sy'n bod?"

Plygodd i sibrwd yng nghlust Siarl, "Mae yn erbyn y rheole i fynd mor agos at y dynion â hyn!"

"Pa reole?"

"Fe ddylet *ti* wbod! Mab y brenin!"

Edrychodd Siarl ifanc ym myw llygaid ei gefnder. "I ddiawl â'r rheole – ac i ddiawl â thithe!"

Rhoddodd Rupert ysbardun i'w geffyl a phrysuro i flaen y rhengoedd . . .

Ar ôl teithio'n hir, daeth y fyddin gerllaw i Kineton, Swydd Warwick, lle y synhwyrodd y brenin ei fod bron wyneb yn wyneb â'i elyn. Roedd cyffro picellau a phedolau meirch y Pennau-crynion i'w clywed yn glir. Draw ar y gorwel, tua'r deheudir, tyngai Siarl y brenin iddo weld symudiadau. Gofynnodd i Rupert, "Faint o filwyr sy gennym erbyn hyn?"

Atebodd y tywysog, y gweinyddwr craff, meistr ar ei oruchwyliaeth, "Dros ddeuddeng mil, eich mawrhydi."

Daeth gwên dawel, hyderus i wyneb Siarl.

"Faint wyt ti'n meddwl sy gan Essex i'n gwrthwynebu?"

"Yn ôl ein gwyliedyddion, dim mwy na dwy fil, eich mawrhydi."

Aeth y wên dawel, hyderus yn fwy.

"Ffor sy ore i ni ymosod, Rupert?"

"Rwy'n barnu ma mentro i lawr y rhiw 'ma –" pwyntiodd dros ben y tai a'r tir yn eu hymyl, "siawns na fydd ymosod yn haws o lawer wedyn."

Roedd hyn tua dau o'r gloch yn y prynhawn. Nid oedd pelydryn o haul yn y nen, ond yr oedd yn olau ddigon, a'r hin heb fod yn anfantais mewn unrhyw ffordd. "Ar ein ffordd felly!" meddai'r brenin. Taflodd lygad yn gyflym ar ei fechgyn. "Ydach chi'ch dau yn iawn?"

"Iawn."

"Ceffylau'n iawn?"

"Iawn."

"Duw a'ch cadwo!"

Cyn gynted ag y dywedasai'r gair, yr oedd milwyr Essex i'w gweld yn symud fel un dyn. Aeth milwyr y brenin i feddiannu'r gwastadedd. Er nad oedd gan Siarl, beth bynnag am ei dad, fawr o ffydd yn arweinyddiaeth filwrol ei gefnder, yr hyn a welai'n awr oedd Rupert yn ymosod yn ffyrnig fel dyn o'i go a'i ddynion yn ei ddilyn. Eiliad wedyn, y cwbl yr oedd y Tywysog Siarl yn ymwybodol ohono oedd un fflach goch ar draws y ffurfafen; o leiaf, fel 'na yr edrychai iddo ef, lleisiau dynion, cras, creulon, trist, erfyniol, cableddus, rhyw bwll tro o griau, a swn carnau'n llithro, awenau'n tynnu, traed yn sgrialu, a thwrf yr ymladd fel rhu bwystfilod yn ymgodymu. Rhoes un llanc lam megis i'r awyr cyn syrthio ar ei wyneb. Yna, ochenaid hir; bwndel o ddynion dan bedolau'r meirch, a'r wynebau'n edrych yn hurt a choll a gwallgo. Pâr o lygaid yn syllu, syllu a gweld dim. "Ymlaen, ymlaen!" gwaeddodd milwr. Edrychodd nifer arno'n fud a brawychus. Gorweddai bachgen ar ei hyd mewn llyn o waed a'i wyneb mor ddiadnabod â darn o gig. Daeth bachgen arall i gymryd ei ddryll oddi arno. Bu farw ceffyl a chleddyf yn ei wddf a'i draed i fyny. Roedd baner yn y mwd gerllaw.

Edrychodd Siarl trwy'r mwg am ei frawd Jâms. Fe'i gwelodd cyn wynned â'r galchen yn ei ymyl.

"Wyt ti'n iawn?"

"Ydw." Roedd y llais yn rhy grynedig i'w leferydd fod yn eglur.

Chwiliodd o'i gwmpas i weld a oedd argoel o'i dad neu Rupert. Gwelai dop het ei dad. Nid oedd golwg o Rupert. "Ble yffarn ma Rupert?"

Siglodd ei frawd ei ben. "Fe ddaw i'r golwg yn y man."

Ar hynny, roedd ceffyl aflonydd yn tynnu i fyny o'i flaen.

"Iawn, fechgyn?"

"Ydach *chi'n* iawn, nhad?"

"Wrth gwrs, wrth gwrs! Chi'ch dau yw ngofid i – ble ddiawl ma Dr Harvey?"

Dr William Harvey oedd y gŵr a benodasid gan y brenin i gadw golwg ar ei feibion, a'i siarsio i beidio ag ymadael â nhw ar unrhyw gyfrif, hyd yn oed ar gost ei fywyd. Er ei fod yn feddyg digon medrus, nid oedd ynddo'r dewrder i gyflawni goruchwyliaeth o'r fath. Bu'n dilyn o hirbell am amser, a'r ddau dywysog yn gwneud jôc fawr o'r ffaith fod y meddyg ymgeleddol wedi dychryn am ei fywyd o'r eiliad pan seiniwyd yr utgorn i'r gad. Yna, pan ddisgynnodd un belen fawr ddinistriol bron wrth ei draed, cafodd ddigon o'r frwydr a'r cyffro, a gwaeddodd allan yn argyfyngus, "Fechgyn, fechgyn, ma'n well i ni ffoi!"

"Dw i ddim yn symud cam o'r fan!" atebodd Tywysog Cymru.

"Dw inne ddim yn symud chwaith!" atebodd Dug Efrog.

"Ma'n beth gwallgo disgwyl i feibion y brenin ymladd!" mynnodd y meddyg ffwdanus.

"Ymladd dros ein tad, y gwirion – dyw hynny ddim yn wallgo!" atebodd Siarl. Aeth ef a'i frawd yn ôl i gyrion yr ymladd, os nad i'w ganol. Bu o fewn dim i'r ddau gael eu cymryd yn garcharorion yr eiliad honno.

"Bastards!" meddai Jâms anturus. "Mi gân nhw dalu am hynny!"

Tybiodd Hinton a'i gyd-swyddogion eiddgar ym myddin y brenin yr ystyriai'r tywysogion ifanc yr ymladd yn rhyw fath o chwarae; wrth gwrs, yr oedd eu hagwedd yn aml yn ddigon i roi'r argraff honno, ond o dan y brafado byrbwyll, gwyddai'r ddau yn eu hesgyrn bod agwedd arall i'r ymladd.

"Dyw'r diawlied bach ddim yn sylweddoli bod y Seneddwyr yn cael y trecha arnom a'i fod yn hen bryd i ni ddianc, os nad ildio!" dadleuodd Hinton pan welodd yntau'r sefyllfa'n gwaethygu. Aeth at Siarl fel sgwlyn tymherus yn rhoi cerydd i ddisgybl afreolus. "Os na fyddwch yn ofalus, ma gen i ofn y bydd penne'r ddau ohonoch ar bolion cyn bo hir!"

"Ma's o'r ffordd, ma's o'r ffordd!" Nid oedd Tywysog Cymru yn barod i wrando ar y fath siarad di-asgwrn-cefn;

nid oedd y sefyllfa hanner mor ddu ag y credai'r swyddogion gwangalon, a thynnodd ei ddryll allan yn herfeiddiol, "Does dim ofn arna i! Ymlaen, ymlaen, ymlaen!"

"Ymlaen, ymlaen, ymlaen!" atebodd Jâms, ei frawd.

Ond prin yr oedd y geiriau brwd wedi eu llefaru nag y gwelwyd un o filwyr y Seneddwyr, wedi gweld ei gyfle i roi taw ar y tywysogion haerllug, yn torri'n rhydd oddi wrth ei gyd-filwyr ac yn anelu'n wyllt am y ddau. Ymddangosodd llanc o Freniniaethwr ar ei geffyl gan roi ergyd farwol â'i bicell i'r ymosodwr.

"Yffarn dân, roedd hwnna'n agos!" meddai Siarl dan chwerthin, ond . . . nid chwerthin a wnâi ef na'i frawd oddi mewn.

Parhaodd yr ymladd ar ei ffyrnicaf nes i'r nos ddisgyn ar y wlad. Roedd y ffurfafen yn flanced o dywyllwch. Hwnt ac yma yn y pellter, gwelid lanternau'n symud fel cysawdiau o sêr wedi cwympo o'r nen. Y man lle y bu'r ymladd, nid oedd fawr ddim i'w weld, dim ond ambell symudiad a chri a gweryriad. Ymhen amser, terfysgwyd y tawelwch pan gyrhaeddodd Rupert ar ei geffyl yn edrych fel aderyn mawr gwyllt wedi'i hela a'i lusgo trwy'r drain; buasai ar drywydd gwŷr-meirch y gelyn fel corwynt a'u gyrru filltiroedd tu allan i faes yr ymladd! Ond bu'n rhaid iddo ef a'i ddynion ildio pan ymddangosodd Hampden, un o uwch-filwyr cynddeiriocaf y Seneddwyr, a'i rwystro i fynd gam ymhellach.

Erbyn hynny, roedd y brenin a'i lu wedi'u hysigo'n ddrwg. "Ma'n amhosibl i ni adfer trefn i'r rhengoedd yn awr," achwynodd yn flin wrth ei gynghorwyr.

"Ma'n weddol ddistaw nawr, eich mawrhydi," ceisiodd un o'r dynion godi'i galon.

"Distaw? Ydi, mor ddistaw â'r bedd!" oedd yr ateb digysur.

Gwir oedd hynny – daethai distawrwydd angheuol dros y tir ac arhosodd y ddwy fyddin yn y tywyllwch fel petaent yn ofni anadlu.

"Damia, ma llawer o'r dynion wedi cefnu arnom!" cyffesodd Rupert pan dorrodd y wawr, gwawr a ddangosai olion chwalfa waedlyd; pentyrrau o arfau, offer, dillad, a chyrff drylliedig.

"Ma'r gelyn wedi cael mwy o golledion!" ymgysurodd y brenin.

Dechreuodd gweddill y ddwy fyddin ymlusgo'n araf a chlwyfus ymaith, y meirch sychedig a'u pennau'n isel wrth dynnu'r gynnau drwy'r llaid; y Breniniaethwyr yn bwrw i gyfeiriad Rhydychen a'r Seneddwyr yn bwrw tua Warwick.

"Newydd glywed fod Lindsey wedi'i ladd – bydd y dynion heb gadfridog nawr," meddai Rupert wedi'i ddychryn gan y newydd.

"Rhaid dewis rhywun arall," meddai'r brenin, yn dal i wrthod edrych ar y sefyllfa fel argyfwng arbennig i'w ddynion. "Ma colledion y Seneddwyr yn fwy o lawer – edrych, edrych!" Ac yr oedd y fantais, os oedd mantais i'w chael mewn cyflafan o'r fath, yn weddol amlwg gyda'r brenin.

Edrychodd Siarl dros y tir yn hir a manwl; roedd penderfyniad mawr yn ei lygaid.

"Meddiannwn Banbury ar y ffordd i Rydychen!" meddai wrth ei filwyr lluddedig.

"Banbury! . . . Banbury! . . . Banbury!" meddai'r lleisiau ufudd. Gwnaed yn union hynny.

Ar ôl Banbury, a feddiannwyd yn weddol ddidrafferth, gwelwyd fod Jâms, Dug Efrog, wedi diffygio'n llwyr; ar ben hynny, yr oedd yn bur ddigalon. "Rwy am fynd sha thre!" oedd yr unig beth a ddywedai mwyach.

"Does dim cartre ar ga'l i ti fynd iddo, grwt!" meddai Siarl, Tywysog Cymru.

"Cod dy galon, foi bach!" meddai ei dad. "Bydd croeso fel tasen ni gartre yn ein disgwyl pan gyrhaeddwn Rydychen!" Diolch i Dduw, er bod Caer-grawnt yn llawn o fradwyr a gelynion, roedd y ddinas frenhinol, Rhydychen, wedi aros yn deyrngar drwy'r cwbl. Roedd baneri'r brenin ymhob stryd ac ar bob adeilad yno. Gresyn, meddyliodd y teyrn cythryblus, na fyddai pob dinas a thref fel Rhydychen.

"Gresyn," meddai Siarl, yr etifedd.

Ac ymlaen yr aethant tuag yno . . .

Yr
Ail
Ran

– 1 –

"O, mae'n braf i fod yn ôl!"

Cerddai Elisabeth Walter o gwmpas i edmygu'r hen dŷ yn Stryd y Brenin, Covent Garden, lle y daethai ar ôl difrod Castell y Garn a'r ysbaid yn Exeter. Dyma'r tŷ lle y treuliodd lawer o amser yn ystod ei hieuenctid, tŷ ei rhieni lle y cyflwynodd ei thad ei ferch i bobl bwysicaf ac enwocaf y brifddinas. Oedd, yr oedd y Gelli Aur a'r cwmni y magwyd hi ynddo yn burion, ond meddai Covent Garden a St. Giles – cartref newydd ei mam – apêl arbennig. Dyna'r fantais o Lundain – gwnâi i rywun deimlo yng nghanol bwrlwm bywyd; dyma'r metropolis, echel y cread, gan nad i ba genedl bynnag y perthynid. Roedd gweld gwŷr pwysig fel Harriot yn dod heibio yn eu tro i eistedd a sgwrsio am bopeth o bris ffowls i'r ffurfafen yn brofiad i'w gofio. Gellid tyngu mai *nhw* oedd â gofal yr holl blanedau!

Ie, braf oedd byw yn Llundain. Wrth gwrs, roedd byw yn Stryd y Brenin yn golygu bod yn ardal Llys y Goron, lle byddai barwniaid a barwnesau, arglwyddi ac arglwyddesau, tywysogion a thywysogesau yn mynd a dod mor naturiol ag y byddai Mari'r Felin yn mynd â'i phwn o wlân ar ei chefn a Siencyn y Goetre yn mynd â'i gambo heibio i'r Gelli Aur. Yma, yn Stryd y Brenin, yr oedd pencadlys y Llynges hefyd, a pha adeilad dan haul a allai fod yn bwysicach na hynny?

Credai Elisabeth fod y cartref yn Covent Garden lle y trigai bellach, yn enghraifft berffaith o'r gwellhad a fu ar gartrefi'r Cymry ar ôl uniad Cymru a Lloegr. Gynt, nid oedd dim mwy ysblennydd na'r gist ar gael, yr unig ddodrefnyn pwrpasol y gellid ei symud o ystafell i ystafell, gwaith coed yn null yr hen fynachlogydd. Bellach, aeth y Cymry a fedrai fforddio rhywbeth amgenach i addurno eu cartrefi â'r math o gelfi a welid yn llys y brenin. Nid oedd bonedd Cymru yn ddieithriaid ym mhalasau Lloegr; trwydded i'r parlyrau dethol a'r swyddi mwyaf breintiedig oedd un o wobrau pennaf y genedl am fod yn rhan o Loegr. Mae'n wir bod y ffasiynau newydd yn wahanol i'r hyn yr oedd y Cymry wedi arfer â nhw; chwaeth hollol anghymreig a gyfrifai am y fath ddodrefn, ond po ddieithriaf yr oeddent, mwyaf atyniadol oedden nhw yng ngolwg mam Elisabeth. Roedd hi'n browd iawn erioed o'i chypyrddau a'i chadeiriau, er bod ganddi sgiw yn St. Giles fel yn y Gelli Aur, ond yr oedd ei chistiau wedi eu haddurno â phres yn hytrach na'r hen rwymiadau haearn. Gwelid ei balchder yn amlwg pan ddeuai rhai o wŷr mawr y brifddinas heibio – Harriot, Iarll Northumberland, neu Syr Henry Percy, Meistr Stablau'r Tywysog. Cerddai ar sodlau uchel, ei sidanau'n canu bob plygiad, a'i hosgo mor ddelicét ac uchelael fel y gellid tybio na fuasai hi ar gyfyl bythynnod Cymru. "O diar, blant annwyl," ceryddodd un tro, "siaradwch dipyn yn fwy – *genteel* – pan ddaw Ledi Elisabeth!" Gwibiodd pâr o lygaid dig ar Liwsi.

"O'r gore, o'r gore, mam-gu!" meddai Justus, oedd ag uchelgais ganddo i fynd am y gyfraith, ac wedi hen ddysgu'r acenion Seisnig dethol!

"Rwy *i'n* siarad yn iawn bob amser, mam-gu!" meddai Rhisiart, yn ofni tramgwyddo.

"Nid amdanoch chi'ch dau rwy'n poeni," meddai Mrs Gwynne, ei fam-gu, a'i gŵr newydd wedi troi ei lygaid at Liwsi a eisteddai ar ei phen ei hun ar stôl fechan, ei llygaid yn fflam a'i hysgwyddau i fyny.

Sylweddolodd yr eneth ar y funud ei bod yn wrthrych sylw'r holl ystafell. Ni chymerodd arni glywed, er ei bod wedi hen ddeall mai hi oedd dan gerydd. Daliai i osgoi'r llygaid. Roedd yn gas ganddi ei mam-gu erbyn hyn, ac yn gas ganddi ŵr seremonïol mam-gu. Carai ei thad. Hiraethai ac wylai'n hir ar ei ôl; daliai i wylo ar brydiau pan gofiai amdano, cofio fel y siaradai â hi, cofio fel y gwnâi'r fath ffws ohoni – "Does 'na'r un groten yn y byd fel 'y nghroten i!"

Roedd mam-gu yn gwneud ffws ohoni cyn iddi briodi. Beth ar y ddaear a barodd i hen ddynes fel 'na briodi'r eil-waith? Ac os oedd hi *am* briodi o gwbl, pam dewis y Mr Gwynne siwgraidd, meddal, benywaidd hwn yr oedd yn haws cael gwên gan hen bol-parot Jac y Morwr nag ef?

"Gobeithio y byddi di'n dysgu gwers oddi wrth y bechgyn, Liwsi!" Edrychai'r fam-gu yn ffroenuchel ac oer.

"Siŵr o neud," sicrhaodd y fam.

"Llundain 'di hwn – mae 'na bobl fawr yn galw."

"Mi *wnei* di gofio, Liwsi!" erfyniodd y fam.

Daliai'r llygaid arni. Sylwodd y fam bod Liwsi wedi cau ei gwefusau a gwyddai nad oedd gobaith i'r angylion, heb sôn am fod dynol, gael un gair allan ohoni'n awr. Fel 'na y buasai erioed. Bellach, roedd hi'n prifio, un ar bymtheg oed, yn ymwybodol iawn ei bod yn edrych yn dipyn o lodes, ond o dan yr wyneb . . . O diar, diar, ofnai Elisabeth Walter ddychmygu beth! Edliwiai'r fam-gu o hyd bod gormod o lawer o'i thad ynddi, effaith y cyfnod y buasai yn ei ofal ar ôl y gorchymyn gan Dŷ'r Arglwyddi – diolch i'r Drefn ei fod wedi ildio'i ymddiriedaeth neu Duw a ŵyr beth a ddeuai o Liwsi!

"Ma'r bechgyn mor suful!" meddai'r fam-gu.

"Gwbod shwd i fyhafio, whare teg," meddai'i gŵr, yn ategu mewn eiliad – brws newydd yn gwneud ei ddylet-swydd yn drylwyr.

"Mi fydd Liwsi yn siŵr . . ." dechreuodd Elisabeth Walter amddiffyn ei merch, ond cyn iddi yngan 'run gair pellach roedd y bellen wlân a'r nodwyddau y buasai'r ferch yn gweu â nhw yn cael eu hyrddio ar draws yr ystafell a hithau ar ei thraed.

"Hen dacla gwael!"

Safodd dwy forwyn yn y drws wedi'u parlysu gan ofn. Edrychai'r teulu fel delwau.

"Ewch i'r diawl!"

Rhedodd Liwsi nerth ei thraed allan o'r ystafell . . .

– 2 –

"Ma gen i ben tost."

"Ffifar, ffifar!"

"Na, na – cur pen – mae'n siŵr o fynd."

"Cawl cyw iâr, rhiwbob, a senna amdani."

"O na, na, na . . ."

Dim ond awgrym o fod yn anhwylus, a deuai Henrietta Marïa i'r casgliad ar y gair ynghylch pob un o'i phlant – ffifar, ffifar! Ac er bod Siarl er yn fachgen yn dioddef yn ysbeidiol o amrywiaeth o fân anhwylderau a dolur rhydd, yr un oedd y feddyginiaeth yn y cylch brenhinol – puro, carthu, sgwriad! Dyna pam yr oedd yn well gan Dywysog Cymru ddioddef unrhyw afiechyd yn fynych na chymryd ffisig anffaeledig ei fam. Gwaetha'r modd, roedd y cytundeb priodasol rhwng y Brenin Siarl a'i Frenhines Henrietta Marïa yn caniatáu iddi awdurdod dros ei phlant o'u hanatomi i'w heneidiau hyd nes eu bod yn 13 oed – ac yn parhau felly ymhell tu hwnt i hynny. Mynnai'r Babyddes daer ddylanwadu o hyd ar ei gŵr hefyd trwy ei berswadio i hybu ei chrefydd mewn gwahanol ffyrdd – rhoi creiriau a chroesau santaidd yn wobrau am ennill mewn chwaraeon.

Erbyn hyn, roedd y mab hynaf, Siarl, yn weddol ymwybodol o wleidyddiaeth helyntus ei wlad, er bod ffwdan tragwyddol ei fam am ei phlant a'i ffydd yn medru bod yn fwy o boen filwaith. Eto i gyd, diolchgar ddigon oeddent fel teulu am loches yn Rhydychen, ond go ddiflas oedd y dyddiau. Bu'n rhaid i'r fam encilio; roedd hi'n feichiog eto. "Eto?" meddai'r brenin pan glywodd. "Eto?" atebodd y frenhines. "Ma dy wely'n cael 'i derfysgu'n fwy na dy wlad."

Aeth y Tywysog Rupert i geisio dwyn terfyn ar rai o'r sgarmesoedd bychain o gwmpas Lichfield – *felly* y gwnaed hi'n bosib ymhen amser i'r frenhines ddychwelyd i'r wlad o Holand trwy Efrog ar ôl geni'r plentyn. Nid oedd ffordd trwy Reading gan i Syr Richard Fielding a'i filwyr ildio i'r Seneddwyr yno. "Cachgi!" edliwiai rhai o'r milwyr, er dioddef yn y drin. "Ma 'i frawd yn ymladd yn ein herbyn!" Gwir oedd hynny – ac yr oedd y cyfan yn ddigon iddo gael ei amau o fod yn fradwr. Fe'i gwysiwyd i wynebu cwrt-marsial, a chafodd ei ddedfrydu i farwolaeth.

"Does dim dyn onestach yn ein rhengoedd na Richard Fielding," tystiodd Rupert yn daer o flaen y brenin.

"Ma hynny'n berffeth wir," cadarnhaodd y Tywysog Siarl, wedi closio'n fawr at ei gefnder erbyn hyn. "Fe ddylid ei ollwng yn rhydd ar bob cyfri, nhad!"

Nid oedd y tad yn debyg o wrthod unrhyw gais gan ei fab.

"Fe gaiff bardwn," meddai. "Gresyn na fedrem setlo popeth mor hawdd â hyn." Roedd ei ofid yn llinell hir ar draws ei dalcen.

"Be sy'n eich blino, nhad?"

"Y wlad gythral 'ma! Hen genedl wael! Fel nyth cacwn o un pen i'r llall! Terfysg! Gelyniaeth! Lymme – Plymouth – Taunton – a thrwy Wiltshire! Dim ond anhunedd!"

Gwelsai'r mab a'i gefnder Rupert y brenin mewn cyfyng-gyngor o'r blaen, ond dyma'r tro cyntaf i awgrym o anobaith ymddangos yn ei wyneb a'i lais a'i holl agwedd. Bu'n ddistaw am eiliadau, ei ên yn ei law, gan gerdded yn ôl ac ymlaen, yn ôl ac ymlaen, ocheniad ddofn yn dod oddi wrtho bob hyn a hyn. Y gwayw mewnol hwnnw pan nad oes gan ddyn eiriau i roi mynegiant i'w ofid na chysur i estyn amdano na gorwel i ffoi. Ysgydwodd ei ben cyn edrych i fyny'n argyfyngus.

"Siarl, machgen i, rhaid i ti gymryd yr awenau – mewn enw, beth bynnag!"

"Yr awenau?"

"Gofal o'r fyddin draw yng Ngwlad yr Haf, Dyfnaint, Cernyw, Dorset, Exeter – gwna dy bencadlys ym Mryste. Fe gei fod yn gapten-gadfridog, danaf fi, wrth gwrs. Fe gaiff Hopton fod yn is-gadfridog – ma ganddo lawer o brofiad. Rhywbeth arall? Hyde i dy hebrwng?"

"Os dyna'ch wyllys, nhad."

"Duw fo gyda thi, fy mab!"

"Duw gadwo'r brenin!"

Roedd Rupert yn edrych yn bur eiddigeddus. Gwefusau'n dynn, llygaid tân! Profasai ei fedr fel cadfridog, haeddai ei ddyrchafu, yn gyfuwch os nad yn uwch na mab y brenin. Synhwyrodd y brenin ei uchelgais.

"Fe gaiff Siarl roi apwyntiad newydd i ti – gwell na mod i'n gneud hynny." Cydsyniodd Rupert.

"Beth fydd hynny?"

Gwenodd y brenin. "Prif lywodraethwr brenhinol, wrth gwrs." Oedodd. "Dwyt ti ddim yn edrych yn rhy fodlon."

"Yn y gorllewin?"

"O na . . . fe gaiff Siarl ofalu am bethe yno."

"Rwy'n deall, ond . . ." Roedd y geiriau fel pe'n amharod i'w dafod eu llefaru.

"Be sy ar dy feddwl, Rupert?"

"Meddwl oeddwn i . . ."

"Ie . . ."

"Wel . . . ai doeth sefydlu comand newydd ar wahân a llys brenhinol newydd yn y gorllewin?"

Edrychodd y brenin ar ei fab. Beth oedd ym meddwl Rupert, tybed? Beth oedd yn ei flino? Ai eiddigedd oedd yno o hyd?

"Be sy'n dy gnoi, Rupert?"

"Does dim i'w ddisgwyl yn y gorllewin ond gofid, cofiwch!"

Ceisiodd y brenin ymddangos yn ystyriol o farn ei nai, heb ildio iddo.

"Dwn i ddim faint sy i'w ddisgwyl o unrhyw ran o'r wlad . . . fe gawn weld, fe gawn weld."

"Wrth gwrs, eich mawrhydi."

"Bendith arnat, Rupert."

"Duw gadwo'r brenin!"

Pistylliai'r glaw ar y wlad, y ffurfafen yn baith o gymylau mawr, un gwg o orthrymder, a rhyw olwg o ddiflastod hyd yn oed ar y cŵn annifyr a sleifiai drwy'r strydoedd a'r cathod maldodus a orweddai o flaen y tân yn y ceginau gan adael i'r byd fynd i'w grogi.

Botymodd Siarl yn barod i wynebu'r elfennau. Trwy drugaredd, roedd Goring yn cadw'n glòs ato, soldiwr profiadol, cyfrwys a chadarn, er ei fod ym marn pawb yn gymeriad go amheus, yn ysu i gael yr awdurdod i'w ddwylo ac yn reit biwis o orfod bod yn ail i'r tywysog. Gwyddai Siarl o'r gorau mai un i'w wylio'n ofalus oedd yr hen lwynog. Nid oedd ganddo air da i Hyde, Hopton, Rupert na neb; roedd yn eiddigeddus o'r swyddogion brenhinol i gyd a hwythau'n eiddigeddus o'i gilydd nes bod y cyndynrwydd yn ddinistriol. Ar ben hynny, roedd enw drwg gan Rupert ar ôl y smonach a wnaethai ym mrwydr Marston. Digon sigledig y teimlai Siarl wrth adael Rhydychen am y gorllewin y diwrnod glawog digalon hwnnw a'r fath griw anghymodlon o'i gwmpas – Syr John Colpeper, Arglwydd Capel, Iarll Berkshire, Arglwydd Hopton – ei brif dasg *ef* oedd dofi'r giwed. Druan ohono! Be aflwydd sy o mlaen i, meddyliodd Siarl, wrth wrando pedolau'r meirch yn gwreichioni er gwaetha'r glaw.

Y peth cyntaf a sylweddolodd ar ôl cyrraedd Bryste oedd bod y sefyllfa'n fwy dyrys nag a feddyliodd. Hawdd dweud pwy oedd biau'r orymdaith, y meirch a'r milwyr a'r baneri yn gwisgo nod y brenin, ond prin y gwelid llaw yn codi i'w cyfarch na llais yn estyn croeso.

"Israel fawr," ebychodd y tywysog, "mae'r lle diawl wedi mynd i gysgu neu wedi dychryn gormod i'n harddel!"

Rhedodd un hen wraig allan o'i thŷ i dŷ ei chymdoges, taflodd lygad ar y meirch, poerodd pan welodd y milwyr, a diflannu mor sydyn ag y daethai. Taflodd crwt carpiog garreg a tharo un o'r ceffylau ac aeth dwy goes flaen yr anifail i fyny nes bron taflu'r milwr. Roedd llygaid oer yn gwylio ymhob ffenestr o'r bron. Ar ben hyn, gwawriodd ar Siarl nad oedd arian digonol ganddo.

"Hopton, ma'n rhaid i mi gael benthyg arian . . ."

"O diar, O diar, f-f-faint, syr?"

"Rhowch dri chan punt i mi!"

"Tri . . . chan . . . *punt*, syr?"

"Dyna ddwedes i."

"O'r gore, eich mawrhydi." Estynnwyd yr arian yn araf.

"Diolch, Hopton."

Ond nid ei goffrau oedd unig broblem Siarl ifanc. Pan gafodd adroddiad manwl o'r sefyllfa, gwelodd fod mân gwerylon yn parlysu'r ymosodiadau a fuasai yn y gorllewin – Goring yn Taunton, Grenville yn Plymouth, Berkeley yn Exeter. Fe geisiodd y cyngor ddod dros yr anhrefn drwy yrru Grenville i ymosod ar Taunton a gadael i Goring digymrodedd a'i feirch ddisgyn ar Wiltshire. Nid oedd ateb i'r holl bicil ond gyrru am ei gefnder; galwodd Siarl ar Hopton i ddod ar frys.

"Neges yn ddi-oed i'r Tywysog Rupert i ddod 'ma ar 'i union!"

Nid oedd y cefnder ond yn rhy falch i frysio yno. Onid oedd ei broffwydoliaeth o'r sefyllfa drychinebus yn y gorllewin wedi'i phrofi?

"Ma gofyn am fwy o ddynion i ddechre," meddai pan gyrhaeddodd. "Gwell i ni symud i Bridgewater – bydd milisia Gwlad yr Haf yn werth y byd i ni!"

Ymhen pythefnos, yr oedd y ddau dywysog yn cael eu derbyn gan Lywodraethwr Bridgewater . . .

"Mr Wyndham, mor dda ych gweld – ma'n garedig dros ben ohonoch i'n derbyn," meddai Siarl, yn taflu llygad ar gartref esmwyth y llywodraethwr.

"Hyfrydwch o'r mwyaf, eich mawrhydi."

"Byddwn yn falch o'ch cyngor a'ch cymorth," meddai Rupert, yn llawn busnes, a'i lais yn awdurdod bob gair.

"Unrhyw beth y medra i neud – ond yn rhy falch, ond yn rhy falch, wrth gwrs."

Meddai Rupert, "Mae'r sefyllfa'n siomedig iawn yn y gorllewin 'ma – llawer o waith i'w neud – bydd gofyn am bob cefnogaeth."

Trodd i gael cadarnhad Tywysog Cymru, er mwyn argraffu ar feddwl y Llywodraethwr Wyndham pa mor hanfodol ydoedd iddo roi'i holl feddwl a'i egnïon ar

gynorthwyo achos y brenin rhag i'r Seneddwyr byr-
bwyll . . .

Ond roedd Siarl wedi anghofio'r brenin a'r rhyfel a'r
Seneddwyr sarrug, ei lygaid wedi eu sefydlu ar ddynes
hardd, lawen, a chroesawgar a safai yn y drws.

"Ma llawer o fusnes i'w neud . . ." dechreuasai Rupert
ddweud wrth ei gefnder; yna, gwawriodd arno ei fod wedi
hen golli ei glust ac nad oedd yn debyg o'i hadfer am hyd-
oedd ychwaith.

Daliai Siarl i syllu ar y ddynes a'r ddynes arno yntau.
Trodd pob llygad yn yr ystafell i syllu arnynt.

"Hylô . . ." Llefarai'r wraig yn dawel, ei gwefusau yn
prin symud, ond daliai i wenu, a'r wên yn dweud llawer
mwy nag a fedrai geiriau.

"Siarl!"

Rhedodd y ddynes at y tywysog, llam un yn perfformio
dawns ysgafn, sidan ei gwisg yn blygiadau fel rhith yn yr
ystafell, cyn iddi gymryd gên Siarl yn ei llaw, yna – un
gusan angerddol!

"Mor hyfryd ych gweld eto," meddai wrthi, a'i wyneb
yn pefrio'i lawenydd.

"Fy mhwtyn hoff!"

"Christabella!"

"Fy mabi gwyn!"

"Christabella!"

"Fy nghandilintus swci!"

"Christabella!"

Ni fedrai Tywysog Cymru ond rhyfeddu at ei ffawd i
daro ar ei hen nyrs fel hyn unwaith eto. Roedd y gorllewin
wedi argoeli mor ddiflas, mor oer, ond diflannodd ei ofid-
iau.

Roedd llygaid y ddewines hithau'n disgleirio i weld y
bychan a gafodd sugn ei bronnau gynt wedi tyfu'n ŵr ifanc
mor olygus. Dyn bob modfedd ohono. Gwelai ei gŵr yng
nghil ei llygad, rhyw grwmpyn o ddynoliaeth wasaidd a
phen moel a phâr o lygaid dafad yn ceisio ymddwyn â holl
awdurdod llywodraethwr! O, fel yr oedd rhai dynion yn
ildio i henaint a chrychni ac undonedd heb yr asbri hwnnw

sy'n haeddu serch ac anwes! Siaradai'r creadur mor wybodus gyda'r Tywysog Rupert a'i lygaid ofnus yn neidio ati hi bob hyn a hyn – deallai'n iawn beth oedd ei bwriadau, mae'n siŵr.

"Siarl annwyl, gadewch i Wyndham a'r cyfaill drafod 'u busnes – dewch 'da fi! Ma gennym gymaint i sôn amdano!"

Tywysodd Christabella Wyndham gadfridog ifanc y fyddin frenhinol allan o'r ystafell i fyny'r grisiau mawr â'i bys bach. Clywodd y ddau ar y llawr y drws yn cau a dechreuodd sŵn y goglais benywaidd ymdonni drwy'r awyr . . .

Pan ganodd cloch y dref hanner nos, roedd Tywysog Cymru fel pe'n deffro o ryw freuddwyd llesmeiriol. Nid oedd yn rhy siŵr ble ydoedd na pha awr na dydd na blwyddyn oedd hi, dim ond gwybod i'r cnawd mwyaf melfedaidd fod yn ei feddiant; breichiau, aelodau, bronnau dros yr oriau diwethaf hyn, ac nid oedd wedi'i ddigoni eto.

Dyna ffŵl a fuasai, meddyliodd; byw gyhyd ar gyfer gweithredu a brwydro; disgyblaeth filwrol – y fath ymdrech ynfyd. Ni anwyd yr un dyn ar gyfer hynny; ni anwyd *ef* o leiaf; cafodd gan Christabella bron o'r crud dynerwch; hi a'i dysgodd i *garu*, caru i'r entrychion. Cadd wersi bach ganddi'n gynnar, er na ddeallasai'r pryd hwnnw y diwn a chwaraeai'i bysedd – ond cyneuodd fflam anniffoddadwy! Nefoedd fawr, roedd ei uchelgais yn awr i foddio'r ddynes y bu'n mwynhau ei gwely'r oriau hyn yn ei losgi'n fyw – yn fwy nag unrhyw awydd i foddio'i dad a brwydro dros y Goron hyd yn oed! Roedd beiau ar ei dad a'i fam, ei frodyr a'i chwiorydd, ac yr oedd beiau dirifedi ar y dynion a benodwyd yn gynghorwyr iddo, Duw a ŵyr. Cariad oedd pinacl perffeithrwydd ac yr oedd Christabella'n berffaith!

Cysgai wrth ei ochr, ei chorff wedi gwario ei holl egnïon ar ôl y fath berfformans nwydus, dyfnder yn galw ar ddyfnder fel y môr mawr ei hun. Gorweddai'n dawel yn awr, rhyw dirlun o gnawd, a'i hanadl, awel dyner y gwanwyn, yn chwythu heibio, tiriogaeth a oedd yn wir gynefin iddo bellach. Meddyliodd wrth syllu arni y bod-lonai farw drosti; rhyw gariad yr oedd yn glaf o'i blegid, heb obaith adferiad, y math o gariad nad oedd dim yn ormod i'w aberthu drosto. Plygodd i gusanu'r gwefusau llipa.

"O diar, ble – pwy sy gen i fan hyn?" meddai.

"Fi, Christabella . . . Fi, Christa-bell-a!"

"Be . . . beth yw'r amser?"

"Pwy sy am wybod? . . . Pwy sy'n malio?"

"O diar . . . ma'n well . . ."

"Gwell *beth*?"

"Ma'n well i mi fynd!"

"Mynd?"

"Ffarwél, ffarwél . . ."

"Ond . . . Siarl, Siarl, Siarl!"

Cymerodd yr wyneb ifanc yn ei dwylo a'i gusanu fel pe am sugno'r gwaed i gyd allan o'i gorff. Teimlodd Siarl ei dagrau'n ffrydiau dros ei wyneb ei hun. Nid oedd yn synnu; nid rhyw gariad hamddenol oedd cariad Christabella; holltai argaeau'r galon – yr unig ffordd a wyddai i garu, druan. Nid oedd cymedroldeb yn agos ati. Estynnodd y tywysog am ei ddillad.

"Christabella, mae'r nos wedi dod i ben."

"Ddaw ein cariad byth i ben."

"Caru dwl yw caru gormod, medden nhw."

"Pwy bynnag sy ddim yn caru gormod, nid yw'n caru digon – dyna ddwedsoch chi wrtha i gynt."

"Os oes gen i unrhyw nerth sbâr – gwell ei ddefnyddio i fynd allan o'r tŷ 'ma heb ddeffro neb. Ma'n siŵr fod Wyndham druan yn y gadair fawr fel sach a llond 'i fol o bortar a Duw a ŵyr beth i gyd! Pan fo dynion yn cael digon o ferch, ma nhw'n syrthio mewn cariad â'r botel! A does dim meistres ar y ddaear fel honno!" Taflodd Siarl gusan. Llithrodd fel lleidr allan o'r tŷ heibio i'r gŵr anym-wybodol.

Ar y stryd, ac awel oer a sobreiddiol dydd newydd yn ei gyffwrdd, teimlodd yn ddieithr yn ei gnawd ei hun fel pe buasai wedi gorwedd ar wely o ddrain . . . ac un enw'n pwnio fel gordd ar ei feddwl. Liwsi!. . . Liwsi!. . . Liwsi!

– 3 –

Roedd Elinor Gwynne, fel y'i hadweinid bellach, ac Elisabeth Walter, ei merch, wrth eu bodd i weld pobl y dosbarth uchaf a'r mwyaf breintiedig yn galw arnynt. Rhedai morwyn fach drwy gydol dydd gwyn i'r drws i ateb rhywun neu'i gilydd, y gloch yn canu, a phâr o draed buan yn brysio drwy'r tŷ i gyhoeddi enw'r ymwelydd. Roedd y tŷ yn Stryd y Brenin fel St. Giles yn sgleinio bob amser, bys y feistres yn dilyn y morynion bob borė i weld a oedd un llwchyn wedi'i adael ar sil y ffenestr neu ymyl dodrefnyn.

Ni châi Liwsi fawr o bleser yng nghwmni'r mwyafrif o'r boneddigion a'r boneddigesau hyn; ambell ddiwrnod, teimlai mai hwy oedd y casgliad mwyaf annifyr o'r hil i ymgynnull dan yr un to. Pobl yn wisgoedd ac ystumiau a modrwyau i gyd, yn ymddigrifo yn y siarad gwacaf a fedrai aflonyddu ar glustiau meidrol. Ar wahân i un; nid oedd y Farwnes d'Aubnoy yn codi'i gwrychyn gymaint, er bod ystumiau ddigon yn perthyn i'r greadures honno; o leiaf, roedd hi'n ddiddorol. Oedd, roedd yn ddiddorol fel corff dynol yn cerdded o gwmpas ar draed digon simsan, wyneb mawr crwn a bochau lliw, tair gên yn disgyn i serthedd o gnawd pinc ei dwyfron. Ar ben hynny, ni flinai'r ladi anferth ar ddweud y pethau mwyaf dymunol am ei phryd-ferthwch,

"O diar, bob tro fydda i'n gweld yr eneth 'ma, rwy'n mynd yn wan gan eiddigedd. Ble welwch chi yn y deyrnas un mor bert? Mae'n annheg, mae'n annheg! Y fath lygaid a'r fath ruddiau mewn wyneb sy'n deilwng o'r duwiesau, ar fy llw! A dyma fi, O diar – drychwch arna i – gorfod mynd o gwmpas bywyd beunydd â wyneb sy'n blaenach na wn i ddim be, pâr o freichie sy'n ddim ond saim wedi'i lapio am f'esgyrn, a phâr o goese rwy'n gorfod 'u harllwys – ha ha ha! – ie, 'u *harllwys* i'm sane a'm blwmersi bob bore!"

Wrth gwrs, gwyddai Liwsi yn iawn mai haelioni mawr y fenyw tuag ati oedd hyn, ac er bod y greadures yn weddol drymlwythog ei chnawd, ni fethai ar unrhyw achlysur â'i chario'i hunan yn deilwng o urddas dugesau a barwnesau ei dosbarth. Pa un bynnag, roedd Liwsi yn ddigon hoff o'r hen lewes.

Yna, Harriot ac Algernon Percy, hen gydnabod, eu sgwrs yn dal yr un er pan oedd hi'n fach; ei thad-cu, y sêr, y sbienddrych mawr, straeon o'r cylch brenhinol. Ond gan mai nhw oedden nhw, roedd digon o gyfaredd i'w hystrydebau hyd yn oed.

Y dwthwn hwn, yr ymwelydd oedd un a apeliai at Liwsi yn anad y lleill i gyd – Syr Henry Percy, brawd Algernon, Meistr y Stablau Brenhinol. Nid oedd ganddo lygad i neb ond hi pan gyrhaeddai ac yr oedd ei sgwrs, y mwyaf siwgraidd, yn ddigon i droi pen unrhyw ferch. Ond nid diddordeb ynddi ar ei gyfer ei hun oedd ganddo:

"Hei, gwranda, ma'r Tywysog Siarl yn moyn cwrdd â *thi*!"

Nid tynnu coes oedd hyn. Roedd Siarl wrth ei fodd yn clywed amdani! Galwai Syr Henry ar ei mam-gu a'i mam yn fynych gyda gwŷr pwysica'r Goron, gwŷr o'r 'cylch uchaf' fel John Crowe, cyfrwys, ymwthgar, ond yn berchen deallusrwydd mawr a thafod ffraeth. Er nad oedd o bell ffordd yn anwesu daliadau'r Piwritaniaid, meddai'r callineb i rodio'r 'llwybr cul', gan siarad yn ddwys am y rhinweddau confensiynol, a thros ei grogi ni feiddiai fynd i dafarn ar y Saboth. Ei wendid oedd arian; yn y mater hwn yr oedd yn ymylu ar athrylith. Ystyriai Elinor Gwynne, y fam-gu, mai tipyn o hen gadno ydoedd yn y bôn, ond yn gymaint â'i fod yn gyfaill i Syr Henry, ni wrthwynebai ei bresenoldeb pryd bynnag yr ymddangosai, ac yr oedd wedi'r cwbl yn 'ddyn o garictor'.

Roedd Syr Henry yn ŵr golygus, bob amser wedi'i wisgo'n drwsiadus; cymeriad hoffus, a'i gwrteisi cyn amlyced â'i ymddangosiad trawiadol. Ni synnai Liwsi ei fod yn gymaint ffefryn gan bawb. Roedd ganddi hithau, wrth gwrs, dipyn o olwg arno.

"Der 'da fi am dro!"

Ar hap fel yna y cafodd fynd allan i weld yr arglwyddi'n mynd yn eu rhwysg drwy'r ddinas; hen bregethwr duwiol yn cael ei restio fel ffanatig am daeru bod yr ysbryd oddi mewn iddo, a'i cymhellai i lefaru, yn fwy na'r gyfraith a fynnai iddo dewi; seremonïau lliwgar y palas, a'r bobl a grwydrai'n ddiddiwedd drwy San Steffan; heb anghofio – sut ar y ddaear y medrai anghofio byth – corff rhyw druan yn hongian ar grocbren a'r dyrfa'n syllu'n syn.

Yn wir, yn wir, nid oedd dim yn rhoi mwy o fwynhad i Liwsi na mynd am dro gyda Syr Henry. Roedd yn gwybod am bobman ac yn adnabod pawb, ac fel hynny y daeth i ymserchu cymaint yn y ddinas a pheri bod crwydro'r stryd-oedd ac ymweld â'r corneli a'r alïau dirgel yn ias annisgrif-iadwy iddi. Rhyw fyd o liw a symudiad ydoedd, ei geirt a'i goetsys yn trystio dros gerrig bach y strydoedd lle roedd y prentisiaid aflafar yn cega eu nwyddau fel hen wragedd y ffair. Hoffai Liwsi y tai coed amryliw, ambell hoeden yn ceisio tynnu sylw llanc y tu ôl i gyrten yr atig, a chant a mil o arwyddion, potiau blodau, ac ati, ar sil ffenestr neu yn hongian a chrician ar fframin haearn. Ac o bob cyfeiriad, pob twll a chornel a hofel, arogleuon gwin a thybaco o'r tafarnau lle roedd yr hen gronis yn yfed a chanu, arogleuon coginio brasterog y ceginau, a drewdodau'r ddynoliaeth dlawd.

Ar hyd y gorwel, gwelai Liwsi feindyrau a thyrau'r cant a naw a mwy o eglwysi, y clychau'n taro ar yr awr eu litanïau o fawl. Ond, o dan hyn oll, y ddinas arall, pencadlys marsiandïaeth a chystadleuaeth ffyrnig dynion am aur ac arian y byd. Dynion yn tyrru i'r capeli ar y Sul, yr union rai a chwysai ac a fargeiniai mor daer a didrugaredd am gyflog Mamon gydol yr wythnos. Cei ar ôl cei ar lan yr afon; pentai aneirif yn pwyso'n simsan yn erbyn wal, siopau trym-lwythog yn ffrwydro allan fel petai i ganol y stryd; ie, hyd yn oed yng nghangell Eglwys San Paul, ymhell bell o dan y nenfwd enfawr, newidwyr arian a gwerthwyr wrth eu busnes am eu bywyd. Gwelai Liwsi hefyd hysbysebion wedi eu hoelio ar biler – gweision a morynion yn eu cynnig eu

hunain yn rhad; yna, twyllwyr, cynffonwyr, a phuteiniaid
yn gwasgu yn erbyn ei gilydd, a swn fel cwch gwenyn, traed
a thafodau'n gymysg.

Yna, pan dawelai'r olwynion a'r lleisiau, goleuadau'n
ymddangos rhwng dellt y ffenestri, lanternau'n siglo yn y
gwynt, a gwyliedyddion y nos yn galw:

> 'Edrychwch ar y cloc, dic doc, dic doc!
> Edrychwch ar y cloc, dic doc, dic doc!
> Gwyliwch y tân a'r golau, da y boch, da y boch.
> Bobol dda, mae'n un o'r gloch!'

Tu hwnt i hyn oll, gorweddai gwlad y Saeson; gwlad o
gaeau agored ac ychydig gloddiau, ffermydd bychain,
corlannau defaid a phentrefi tawel, tlawd. Ar hyd ac ar led
fel gemau drudfawr, gwasgarwyd y plasau hardd a gadwai
lygad a llywodraethu ar yr ysguboriau cerrig, y poptai a'r
bragdai, y neuaddau panylog a'r buarthau. Deuai ambell
gymeriad heibio dow-dow ar ei ffordd i'r afon â'i wialen
bysgota yn ei law yn breuddwydio am frithyll; ambell laeth-
ferch yn canu'n swynol wrth odro ac yn breuddwydio am
gariadon; ambell sgweiar cefn gwlad a'i ddynion yn arch-
wilio'r dolydd i hela'r ysgyfarnogod ac yn breuddwydio am
betris. A thu hwnt i hyn oll wedyn, Cymru, a'r un peth yn
digwydd o dan yr un ffurfafen.

Roedd dynion a gwragedd a phlant a'u ffyrdd yn ddigyf-
newid dros hen gylch anochel y flwyddyn gron, gyda'i
waith a'i chwarae, ei ofid a'i firi – o Ddydd Calan pan
ddeuai'r crots a'r crotesi i ofyn calennig a rhoi eu bendith ar
yr ysguboriau a'r offer a'r moch a'r ieir a'r defaid a'r da a'r
cathod a'r cŵn, yn ogystal â'r cynaeafau i ddod. Heibio i'r
Grawys llwyd a'r cwrdd diolch a'r wylnos, a'r cig moch a'r
macsu cwrw, nes y deuai'r Nadolig a'i gnau a'i gwmni a'i
dyrcwn a'i winoedd. Do, bu Syr Henry yn gyfrwng i
gyfoethogi bywyd Liwsi ac ni fedrai fod yn ddigon
diolchgar iddo. Ni fedrai ychwaith sylweddoli ar y pryd ei
fod wedi addo gwneud un cyfraniad arall i'w bywyd a
fyddai'n newid holl gwrs ei gyrfa. Sut bynnag, pledren

ddolurus mam-gu, nid calon ramantus Liwsi oedd dan sylw yn awr!

"Wn i ddim be wnawn i heb gyngor Syr Henry!" dywedai ei mam-gu yn aml, ac yr oedd rheswm da am hynny. Dioddefasai Elinor Gwynne yn hir ac enbyd oher- wydd graean yn y bledren.

"Odw, odw, rwy wedi byw yng nghysgod yr Angau hanner 'y mywyd!" dolefai pan ddechreuai'r boen.

Pan fyddai ei dolur yn gynddeiriog, byddai'n llefain a llefain yn uchel fel un yn methu byw yn ei chroen. Dim ond i'r tywydd oeri a misoedd y gaeaf afael yn y wlad yr oedd mam-gu yn siŵr o fod mewn argyfyngau am ei heinioes. Arferai ei gŵr, John Protheroe, yn yr hen ddyddiau yn y Gelli Aur, yn ôl pob sôn, awgrymu iddi weld llawfeddyg ac ildio i driniaeth y gyllell. Bellach, nid oedd modd osgoi.

Trwy drugaredd, gwyddai Syr Henry am 'yr union ddyn' i waredu Elinor Gwynne o'i phoenau mawr.

"Ma Richard Jeffreys yn llawfeddyg dan gamp, mi fedrwch drystio'ch einioes iddo, y disgleiriaf ar gael, ac fe ddaw i'r tŷ yn ddi-oed."

Gwyliodd Liwsi'r digwyddiadau'n fanwl. Roedd yr argyfwng i wneud argraff fawr arni.

"Dewch chi gyda fi i baratoi," meddai'r meddyg bon- heddig, gan dywys gwraig y tŷ i'r ystafell fechan nesaf at ei hystafell wely lle roedd y driniaeth fawr i gymryd lle.

"Ffarwél, ffarwél, bawb!" meddai wrth ei theulu a'i morynion. "Mi af yn awr i wynebu'r boen – a'r diwedd, ma'n siŵr!" Nid oedd gan Liwsi unrhyw gariad mawr tuag at ei mam-gu, ond ni fedrai atal y dagrau yn awr.

Meddai'r meddyg, "Mae'n well i Dr Samuels gael golwg ar Mrs Gwynne – *fe* yw'r arbenigwr. Mae ar 'i ffordd."

Cyrhaeddodd y meddyg ar y gair. Ar ôl archwilio'r foneddiges, clywodd Liwsi ef yn mynd at y morynion ac ordro iddi gymysgedd o licris, marsmalo, sinamon, dŵr pysgodyn, a gwyn ŵy. "Bydd hyn yn help i leddfu'r boen." Casglwyd y cwmni at ei gilydd ac yn eu gŵydd ildiodd Elinor Gwynne i'r gyllell a medr y llawfeddyg. Trwy gydol y driniaeth, yr oedd y forwyn hynaf, Jane, merch dduwiol, yn corddi'r morynion eraill â'i phregeth am freuder bywyd a dichellion Satan, cyn mynd ar ei gliniau i weddïo'n angerddol. Ymhen tipyn, ymddangosodd y ddau feddyg, yn chwys i gyd; dangoswyd pelen fawr lwyd i'r cwmni, gan ordro ar gyfer y claf lasiaid o lemwn a suddog radis. Ymhen dyddiau wedyn, roedd mam-gu yn cerdded o gwmpas mor ymerodrol â'r Cromwell piwritanaidd.

Tu allan, roedd Taunton yn chwilfriw, Syr Richard Grenville yn un o'r clwyfedigion; Thomas Fairfax, arweinydd y Cyfamodwyr, yn cerdded yn drwm ei droed ar flaen y Fyddin Ddelfrydol yn enw'r Senedd; y Tywysog Rupert wedi digio am na chawsai'r flaenoriaeth a'r awenau yn lle Goring; a'r Brenin Siarl yn llywodraethu o hyd â llaw haearn er gwaetha'r holl golledion ac yn ymosod ar Leicester cyn galw am Rupert i'w gynorthwyo yn erbyn Fairfax yn Naseby.

Y tu mewn, rhwng muriau'r cartref yn Stryd y Brenin, rhyw furmuron ar flaen y gwynt oedd hyn oll, a'r unig bethau o wir gonsýrn oedd gwersi Rhisiart, uchelgais Justus yn y gyfraith, a'r belen fawr lwyd a dynnwyd allan o fol mam-gu . . .

Liwsi yn unig oedd yn ymwybodol o'r hyn a ddywedasai Syr Henry,

"Ma'r Tywysog Siarl yn moyn cwrdd â thi!"

– 4 –

"Rhywun i'ch gweld, Miss Liwsi."

"Pwy?"

"Syr Henry Percy."

Roedd yr enw'n ddigon i ddwyn gwên fawr i wyneb merch Castell y Garn. Chwifiodd ei hances i arwyddo i'r forwyn ddiflannu ac y tendiai hi ar ei hymwelydd. Safodd ar flaenau'i thraed o flaen y drych mawr ymyl-aur. Twtiodd ei gwallt. Twtiodd ei gwisg. Edmygodd ei hunan am eiliadau yn y glàs a'r wên ar ei hwyneb yn mynd yn fwy. Yna, ei hamrannau'n dychlamu fel adenydd pilipala, cerddodd ar draed buan yn ddistaw i'r ystafell fechan o'r neilltu i'r cyntedd lle yr arferid troi yr ymwelwyr i gyd i aros.

"Miss Liwsi! Miss Liwsi!" Neidiodd Syr Henry ar ei draed i'w hedmygu fel arfer, ei lygaid yn rhyfeddu, a'i law yn estyn am ei llaw i'w chusanu. "O Miss Liwsi, Miss Liwsi, hyfryd ych gweld eto!"

"A chithe . . ."

Sylweddolodd y ferch bod rhywun yn sefyll wrth ochr Syr Henry, gŵr ifanc tal. Doedd bosib fod Syr Henry wedi dod â Thywysog Cymru i'w gweld heb ei rhybuddio? Oedd, yr oedd yn gyfarwydd o'i chrud â byddigions, sgwrsio â phobl urddasolaf y deyrnas, gwŷr a gwragedd o safle a chwaeth – ond *mab y brenin*?

"Gaf i'ch cyflwyno, Miss Liwsi?"

Cewch, meddyliodd, cewch ar frys.

Na, pryd golau oedd gan hwn, tresi eurfelyn fel merch.

"Mistar Tom Howard."

Aeth Liwsi yn oer drosti. Mewn cysylltiad â hwn y clywodd ddiwethaf am ei thad. Hwn oedd yr un a'i perswadiodd i fynd i Lundain. Hwn a fu'n ei phoeni'n blentyn. Wel, wel, wel! Tom Howard. O, roedd y creadur wedi prifio'n ŵr ifanc golygus dros ben.

Gwnaeth ei phenliniau gyrtsi sydyn. "Dda – dda gen i gwrdd â chi."

"Dda gen i gwrdd â chithe . . ."

Roedd y gŵr ifanc yn medru siarad yn ddengar – hawdd synhwyro hynny ar ôl un frawddeg o'i enau; roedd ei gwrteisi yn ei acen a'i wên a'i holl osgo. Wel, wel, *hwn* oedd Tom Howard, brawd Suffolk, Meistr y Stablau i'r Dywys-oges Frenhinol. Roedd hefyd yn frawd i ail wraig Algernon Percy, Iarll Northumberland, ffrind mynwesol y teulu, wrth gwrs. Hwn, felly, trwy Algernon, brawd Syr Henry, a fu'n gyfrifol am i'w thad brynu'r tŷ yn Stryd y Brenin – tu cefn i dŷ mam-gu! Roedd tad-cu Gelli Aur yn meddwl yn uchel o deulu Tom Howard gan ddangos y sêr iddyn nhw drwy'r sbenglas.

"Wyddwn i ddim bod 'na groten mor bert ar gael yn y tŷ 'ma!"

Ffalsio, ffalsio, meddyliodd Liwsi.

"Syndod gen i nad ŷch wedi cwrdd ers . . ." meddai Syr Henry, yn dal i ymddwyn yn edmygus.

Sylwodd Liwsi ar lygaid y gŵr ifanc – edrychiad fel pe bai ganddo ryw gyfrinach i'w chadw oddi wrthi.

"Cofio'r tro dwetha gwrddon ni? Na, go brin y bydd Miss Liwsi'n cofio!"

"Ma'n flin gen i, dw i ddim . . ."

Gloywodd y llygaid dieithr fel pe'n ymorchestu. "O, rwy i'n cofio!"

Pryd bynnag oedd hynny, meddyliodd Liwsi, fedra i ddim dweud mod i wedi *hiraethu*. Y llygaid llechwraidd, call – pryfocio trwy fantais. I feddwl ei bod wedi tybied mai *hwn* oedd Tywysog Cymru: y creadur a ddarniodd y tŷ dol a'i dychryn tu ôl i'r bwgan brain. Anodd i lewpard newid . . .

"Ble ddaru ni gwrdd felly . . .?" holodd Liwsi, yn ceisio bod yn ddieithr.

Cododd Tom Howard fys. "Ah ah ah –!"

"O wel . . ." atebwyd yn sydyn ac oeraidd. "Does gen *i* ddim cof. Rwy'n cofio'r pethe *pwysica* . . ."

Daeth y gŵr ifanc i'w goed fel petai. "Mi wna i'ch atgoffa, Miss Liwsi." Roedd y llygaid yn edrych arni'n gyfrwys unwaith eto. "Gyda'ch tad . . ."

Ei thad! Doedd neb wedi sôn wrthi am ei thad ers amser bellach. Ymddangosai Wiliam Walter bob hyn a hyn yn Llundain, gan aros yn y tŷ a brynasai rai blynyddoedd yn ôl wrth gefn Stryd y Brenin; yno, mynnai ddefnyddio'i hawl i gael gofal ei blant pan ddigwyddai hynny fod yn gyfleus iddo. Bu llosgi Castell y Garn yn wir brofedigaeth iddo, ond gwrthodai mam Liwsi bellach fyw gydag ef yn Llundain na Chymru. Roedd ganddi ddigon o reswm am beidio, wrth gwrs. Ond pe digwyddai drugarhau, rhyw ildio digon iddyn nhw fod yn deulu unwaith eto dan yr un to, yr oedd mam-gu yn siŵr o chwalu hynny. Y graean yn ei chorff a'r gŵr afradlon a gafodd ei merch oedd gofid pennaf gweddw gwynfannus y Gelli Aur. Dyna a'i gwnâi mor drist ac anodd er na wnaethai bywyd fawr ddim arall ond gwenu arni. Roedd ei chrefydd yn bwysig iddi, yr hen Eglwys Wladol, y Ffydd a hawliai deyrngarwch i'r brenin a gelyniaeth ddigymrodedd i'r Piwritaniaid; ac eto, sylwodd Liwsi y medrai mam-gu Protheroe, Elinor Gwynne bellach, fod yn gulach na'r duwiolaf o'r capelwyr. Roedd duwioldeb y werin bobl wedi dwysáu'n fawr iawn er pan ymddangosodd cyfieithiad newydd o'r Beibl. Gwelid y peth o gwmpas Castell y Garn ac yng nghyffiniau'r Gelli Aur – pobl gyffredin yn brysur yn eu haddasu eu hunain ar gyfer byd arall. Roedd y dwymyn yn gynddeiriog yn ardaloedd Henllan a Rhydyceisiaid, amaethwyr a llafurwyr bach heb fawr o addysg a dim meddiannau, druain ohonyn nhw, yn rhyw grafangu am 'drysorau yn y nef'! Ond, mam-gu, gweddw John Protheroe, erbyn hyn yn wraig i ddyn busnes llwyddiannus yn Llundain, gŵr a gymysgai yn y cylchoedd mwyaf dethol – roedd hon yn ymddwyn mor gul ag unrhyw Biwritan. Onid oedd *hi'n* cymylu bywyd ddigon trwy ddannod y tad i'r teulu heb i'r lolyn Tom Howard ddod heibio?

Daeth swn ceffylau a cheirt o'r tu allan; yna, sgrech aflafar fel pe wedi ei bwriadu i atgoffa preswylwyr y fath dŷ moethus bod yna fyd gwahanol ar gael. Roedd Liwsi'n gyfarwydd â gorau'r moeth hwnnw ar aelwyd ei mam a'i mam-gu, er iddi brofi'r ochr arall i fywyd yn nyddiau cynnar y rhwyg rhwng ei rhieni. Pan soniodd yr ymwelydd rhodresgar am ei thad daeth atgofion i'w meddwl. Ei thad druan! Oedd, yr oedd yn greadur digon anodd, yn enwedig i rywun fel ei mam a oedd yn ferch i'w mam hithau, bob nerf a chynneddf ohoni. Gwrthwynebiad i barchusrwydd aelwyd Gelli Aur yn fwy na dim a fu'n gyfrifol am iddo fynd mor eithafol, mae'n siŵr, a'r ffaith fod Carbery, brawd mam-gu, wedi sicrhau'r hawl i wacáu'r stablau o'i geffylau gorau, heb sôn am feddiannu'r castell ar gyfer milwyr y fyddin frenhinol. Fe gredai Liwsi mai hwy oedd yn gyfrifol am losgi'r castell, a hynny er gwaetha'r ffaith i gariad y groten Betsan gyhoeddi ar led mai *ef* oedd yn gyfrifol.

Meddai Tom Howard, "Pryd welsoch chi ych tad ddwetha?"

Aeth y cwestiwn fel saeth i'r galon. Beth oedd y coegyn yn ceisio'i wneud? Pa gynllwyn tybed a ddaethai ag ef i'r tŷ? A oedd Syr Henry mor llywaeth fel na fedrai synhwyro nad o fwriad da yr oedd Tom Howard gydag ef? Roedd Liwsi ar fin ymollwng a thywallt yr atgasedd a gorddai oddi mewn iddi tuag at y creadur pan ddaeth ei mam-gu a'i mam i'r ystafell.

"O Syr Henry, Syr Henry, chi sy 'ma?" meddai'r fam-gu, ei llygaid a'i dwylo yn datgan ei llawenydd. "A phwy yw'r . . .?"

"Tom Howard, Mrs Gwynne, brawd Ledi Liwsi Northumberland."

"Northumberland?"

"Ie, ie . . ."

"Wrth gwrs, wrth gwrs! Dyna ara ydw i – maddeuwch i mi. Dw i ddim wedi'i weld ers . . . wn i ddim pryd."

Gwnaeth Elinor Gwynne a'i merch yr arddangosfa arferol o foesau da mewn tŷ o'r fath; ymatebodd y ddau wr yr un modd, a gwyliodd Liwsi yr eithafion o foneddigeiddrwydd arwynebol nes hiraethu am ei thad a'i fanars plaen.

"Dowch gyda mi, dowch gyda mi!" Roedd llaw yr ymerodres eiddil yn tywys y cwmni i'w hystafell mewn rhan arall o'r tŷ. Oedodd Liwsi.

"Un gair, chwaer ifanc!" meddai Howard, yn oedi hefyd.

"Am be?"

"Be sy'n bod, ferch?"

"Dim."

"Oes rhywbeth o'i le i wr bonheddig ofyn am air gan – groten fach bert o Gymru?"

"A beth yw ystyr hyn?"

Cododd Howard ei fys yn heriol i wyneb Liwsi yn awr.

"Ma merched bach Cymru i ymddwyn yn gwrtais tuag at wŷr bonheddig – cofia di hynny!"

"Ma pob truan yn haeddu cwrteisi, ond – ydi bod yn Sais yn golygu rhyw fantais arbennig?"

"Mmmm! Ydi, ble ma merched bach yn y cwestiwn."

101

Daeth tân i lygaid Liwsi. "Neno'r dyn, be roddodd y fath syniad yn dy ben, y Sasnach segur?"

"Hanes, merch i, hanes."

"Pa hanes, pa hanes?"

"O diar, O diar, oes gofyn i mi ddysgu dy hanes i ti yn ogystal â thipyn o gwrteisi?"

"Ma gen i ddigon o gwrteisi ar gyfer y sawl sy'n ei deilyngu, heb unrhyw hyfforddiant, thenciw! S'bynnag, pa hanes – pa hanes a all fod?"

"Pa hanes, wir!"

"Yn lle sefyll fanna mor haerllug – *dwedwch* wrtha i!"

"Llai o'r dôn ffroenuchel 'na – cofia, *dwedwch* wrtha i!" hen goncro'r Cymry bach!"

Chwarddodd Liwsi yn uchel, "O diar, diar, mi rydach chi'r Saeson yn ddoniol!"

"Pam?"

"Pam, wir? Pam, wir? Credu'ch celwyddau ych hun a derbyn ych ffansi fel ffaith!"

Os oedd chwerthin Liwsi yn uchel, roedd gwawd Tom Howard yn uwch, fel rhaeadr yn boddi pob sŵn.

"Ffansi? Ffansi, wir! Merch fach i, rŷch chi Gymry wedi rhedeg o gwmpas fel barbariaid mewn crwyn anifeiliaid, addoli a moli'ch duwie, yn y niwl a'r nentydd a'r dyffryn-noedd, lladd ych gilydd fel gwybed, berwi'ch gilydd mewn crochanau – nes –" oedodd â'i lygaid fel pe'n paratoi i roi'r ergyd farwol olaf, "nes i ni'r Saeson ych dofi, dysgu tipyn arnoch – tynnu'r gwylltineb allan ohonoch, rhoi tipyn o gnawd suful arnoch, ac yn bennaf cymwynas, chwaer fach, caboli'ch hen sŵn a'ch acenion aflafar – rhoi iaith waraidd yn ych genau!"

"Iaith?"

Teimlodd Liwsi i'r byw, am y tro cyntaf efallai, nad hwn oedd ei chynefin ac nad y rhain oedd ei phobl. "Ma fy iaith *i* fel y delyn farnais," atebodd, "mae'n rhoi nodau newydd i'r glust, ac ystyron newydd i air, ond ma'r hen fratiaith Saes-neg – a phob Twm, Jac a Harri wedi ymhél â hi – mae fel hen gosyn y bu'r pryfed a'r llygod a'r llygod mawr i gyd yn ei drwyno!"

Daeth tonnau mawr o chwerthin eto oddi wrth yr ym-
welydd direidus, cyn iddo dawelu gan gerdded at Liwsi a
sibrwd, "Neges i ti, y ffifflan." Oedodd. "Dy dad eisie dy
weld."

Fel un yn ofni mentro, holodd Liwsi, "Shwd gwyddost *ti*
hynny?"

"Pam wyt ti'n meddwl mod i yma? Swcro dy fam-gu?"

A fedrai'r creadur hwn agor ei geg heb frathu? Mwya'n y
byd o amser a dreuliai Liwsi yn ei bresenoldeb, mwya'n y
byd y teimlai bod rhywbeth peryglus yn ei gylch, un a thro
yn ei gynffon, a'i lygaid a'i leferydd – bradwrus! Doedd
ganddi ddim dewis. Os oedd neges oddi wrth ei thad rhaid
oedd mynd ato'n ddi-oed.

"Ddim ots am fy mam-gu, be wyddost ti am nhad?"

"Mae am dy weld."

"*Shwd* gwyddost *ti* hynny?"

"Am iddo ddweud wrtha i – a dweud wrtha i ble i gael
gafael arnat."

"Be am mam a mrodyr?"

"Sôn amdanat *ti* wnath dy dad – 'Gofyn i Liwsi ddod i
ngweld'."

Cysidrodd y ferch. Edrychodd i gyfeiriad y drws; rhyfedd
na ddaethai ei mam neu ei mam-gu i chwilio amdani. "Ble
ma nhad nawr?"

"Der gyda fi, mi wna i dy gymryd . . ."

"Yng Nghymru ma fe . . . neu yn Llunden?"

"Yng Nghymru? Nage, nage, be wnath i ti feddwl
hynny?"

"Fanna odd nhad y tro dwetha glywes i."

Ni ddywedodd Liwsi air ymhellach, dim ond sefyll yng
nghanol yr ystafell fel un ar groesffordd yn ceisio dyfalu pa
ffordd i'w chymryd. Edrychodd Tom Howard arni –
trwyddi! Datgelai ei lygaid ei feddyliau mor eglur ag
ysgrifen ar femrwn. Oedd, roedd ochr arw i'r groten, ei
hacen a'i thymer, ond perthynai iddi hefyd y pryd-
ferthwch hwnnw sy'n eiddo i'r diflanedig, rhywbeth nad
yw'n para'n hir yn hinsawdd y byd, y peth prydferth sy'n
beth rhyfeddol, ac yn aros yn y meddwl fel machlud. Pob

goslef i'w llais, pob ystum a symudiad i'w chorff, rhyw fath o ysblander trist, rhyw fath o wyrth oedd yn siŵr o fod yn fyrhoedlog, ond . . . *anghofiadwy*. Liwsi druan, fe garai ei meddiannu.

"Wel, nid yng Nghymru ma fe mwyach . . ."

"Ble?"

"Mi af â thi ato."

"Pryd?"

"Pryd fynni di?"

"Nawr!"

Estynnodd Tom Howard ei law. "Nawr!" A sleifiodd y ddau allan o'r tŷ cyn i neb arall o'r cwmni ymddangos.

– 5 –

"Ar dy ôl, Miss Liwsi!"

Roedd Tom Howard yn baragon o foneddigeiddrwydd yn awr, yr hen elfen chwareus a'i nodweddai wedi mynd, a'i holl bersonoliaeth yn pefrio o ryw awydd angerddol i wneud y lodes ifanc wrth ei ymyl yn falch i fod gydag ef. Ni fedrai fynd heibio i gardotyn – roedd digonedd o gwmpas bob amser, creaduriaid bach carpiog, heb esgidiau, heb grys, rhai yn loetran ar hyd y gwter, rhai yn falch i fod tu allan i dafarn yn disgwyl am ba ffafr bynnag a ddeuai trwy'r drws, boed gardod neu arogleuon.

"Does gan neb ohonom hawl i ddweud wrth blant gofidie a thlodi am fynd i'r diawl!" meddai Howard, ei geiniog yn barod ar gledr ei law cyn gwneud arddangosfa o'i fawrfrydigrwydd wrth ei rhoi i'r truan diolchgar.

Sylwodd Liwsi ar gorrach bach chwim yn stwffio rhywbeth a fu gynt yn het o dan ei fraich, yna'n cymryd ei focs snisin allan o'i boced cyn cynnig pinsiad i bawb a gerddai heibio.

"Cymwch, cymwch, wir! Cymwch binsiad bach!" pwysai ar wŷr a gwragedd. Arhosodd Tom Howard i ufuddhau'n fonheddig i gynnig yr hen gardotyn cyfrwys, ei fysedd yn tacluso'r binsiad cyn i'w ffroenau sugno'r snisin a pheri tisian ffrwydrol. Aeth i'w boced am geiniog arall. "Thenciw fawr, thenciw fawr!" meddai'r dyn bach.

"Hwde, hwde!" meddai'r Sais haelfrydig eiliadau wedyn wrth hen filwr ungoes, un a wisgai olion brwydrau lawer, a'i gorff yn datgymalu bob gewyn ar ôl ei flynyddoedd o ddewrder. Taflodd Tom Howard geiniog, "Hwde, soldiwr da!" Ymgrymodd y creadur salw bron hyd y llawr mewn diolchgarwch.

Edrychodd Liwsi o'i chwmpas a'r bobl yn heidiau ymhob man. Roedd dynion yn glystyrau yn Llundain, meddyliodd, nid yn unigolion fel yng nghefn gwlad Cymru. Gallai rhywun fod yn ingol o unig yn y brifddinas ac yng nghanol minteioedd torcalonnus Covent Garden a'r blodau a'r ffrwythau a'r ceirt a'r ceffylau – mor wahanol i Sir Benfro neu Sir Gaerfyrddin. Pa siawns oedd gan un enaid byw i fod yn unig neu i gael ennyd o lonyddwch yn ardal y Garn neu yng nghymdogaeth y Gelli Aur? Fel y clywodd ei thad yn dweud – a medrai ef ddweud pethau doeth iawn ar dro – "Mae amheuon yn y wlad, chwedle, ofergoelion, ma nhw'n tyfu yno fel bwyd y barcud ar hyd y caeau! Pam? Am fod *cymdogion* yn y wlad. O, ma nhw'n dduwiol, ffrindie penna, perthyn o waed coch cyfa – *dyna* pam na fedrwch gael y ddannodd na'r pâs na babi siawns yn y wlad heb fod *pawb* yn gwbod." Wel, fe ddylai ei thad wybod, oherwydd yr oedd ef, druan, yng nghwrs amser wedi rhoi digon o le i gymdogion fagu amheuon a chreu pob math o chwedlau yn ei gylch a mwy nag un wedi dod yn wir. Sut bynnag, ble oedd y creadur yn awr, gan mai chwilio amdano oedd perwyl y bererindod gyda'r Sais awyddus?

"Ble *ma* nhad?"

"Fe ddown o hyd iddo nawr."

Gwnaeth Howard fachyn o'i fys i'w hannog i'w ddilyn. Cyflymodd Liwsi ei chamre.

"Gobitho nad yw fawr pellach." Roedd y cerrig bach dan draed yn anodd i frysio drostynt. Medrai deimlo'r awydd oddi mewn iddi am weld ei thad yn ei brysio, brysio. Roedd bywyd mor braf gynt pan oedd ei rhieni'n weddol gymodlon yn byw yng Nghastell y Garn. Cofiai'r cut colomennod a gododd ar stiltiau a'r adar gwyn a glas a chochddu yn hedfan yn yr awyr am oriau cyn dychwelyd i glwydo erbyn yr hwyr; y cwb anferth i gadw'r hen gi, Tobi, a wyliai mor daer a gofalus dros y castell a'r teulu, ei swn yn ddigon i yrru cythreuliaid ar ffo heb sôn am feidrolion, ac yn barod i frathu unrhyw leidr neu ysbeiliwr er ei fod heb ddant yn ei ben; a'r ieir a'r ceiliogod ffroenuchel yn cerdded o gwmpas o domen i domen ac yn clochdar yn uwch na'r offeiriaid a lafarganai'n ddefosiynol bob bore Saboth. Roedd un hen geiliog, cofiai Liwsi'n dda, nad oedd ganddo lygad am neb ond hi; arferai ei wylio o bell gan fod un edrychiad ar ei grib a'i blu yn ddigon i anfon ysgryd oer drwyddi, gan mor ffyrnig yr edrychai. Yna, cofiai – sut ar y ddaear y medrai anghofio – yr hen wyddau mawr a'u gyddfau hir yn honcian tua'r glwyd amdani nes peri iddi freuddwydio ambell noson ei bod yn cael ei bwyta'n fyw gan lewod!

"Ffor hyn, ffor hyn, Liwsi!"

Daethant at warws enfawr a'i ddrysau ar agor fel genau rhyw fwystfil hynafol. O dan y to, pentyrrau o bob math, nwyddau a bocsys, a dynion ar hyd y llawr fel pryfed yn gwneud gwahanol dasgau. Dyma le, meddyliodd.

"Dyna *fe*," meddai'r Sais trwsiadus, ei goler wen a'i gôt laes yn edrych mor annisgwyl yn y fath le, yn pwyntio at wr bychan cefngrwm yn y pellter.

"Ble?"

"Draw fanna – ar bwys y rhaff fawr 'na!"

Ni fedrai Liwsi Walter goelio'i llygaid ei hun. Mae'n wir bod ysbaid hir wedi mynd heibio er pan fuasai ei thad mewn cysylltiad â'i deulu. Cawsai wynebu bywyd heb fod yn rhy lewyrchus ei fyd, wedi colli'r castell, a digon o ofidiau wedi'u pentyrru ar ei ben, y rhan fwyaf o'i achos ei hun, heb i'r fam-gu na'r fam godi cymaint â bys bach i'w helpu. Ond, beth bynnag ei fai, ni fedrai Liwsi yn ei byw deimlo'n anghynnes tuag ato; i'r gwrthwyneb, medrai gydymdeimlo ag ef am fwy nag un rheswm. Onid oedd ei mam-gu yn dalp o hunangyfiawnder a'i mam yn ysglyfaeth iddi?

Wrth gwrs, roedd ganddo wendidau – beiau dyn gwan

nad oeddynt yn help i ennill ffafr neb; gwyddai'n rhy dda, eto i gyd, y gallai mai oerni uchel-ael teulu Nant-yr-Hebog a wnaeth i'r creadur fynd ar gyfeiliorn. Wedyn, roedd yr un digwyddiad hwnnw yn yr ystafell wely. Na, nid oedd wedi ei anghofio nac yn debyg o anghofio chwaith. Eto i gyd, ni wnaeth y creadur ond ei hanwylo, a hithau'n falch iddo wneud; ei thad ydoedd, gwnaeth iddi deimlo'n gynnes, gorwedd yn ei gesail . . . gwasgu . . . cusanu . . .

"Nhad!" galwodd Liwsi yn uchel.

Trodd William Walter. Roedd ei fraw yn amlwg, fel pe bai wedi clywed llais o blith y meirw; yn wir, efallai mai dyna ydoedd iddo, oherwydd daeth golau i'w lygaid a gwedd i'w wyneb nas gwelsai Liwsi erioed yn ei byw o'r blaen.

"Nhad!" galwodd eilwaith, a'r dychryn yn ei llais hithau y tro hwn.

"Liwsi!" Dechreuodd y gŵr toredig gerdded tuag ati, ei law yn sychu'r chwys ar ei dalcen cyn i'w ddwy law geisio cymoni tipyn ar ei ymddangosiad carpiog. "Liwsi!" Erbyn i William Walter gyrraedd ei ferch yr oedd ffrwd o ddagrau yn gwlychu'i ruddiau. Crynai'i wefusau. Ni fedrai siarad.

"Be sy wedi digwdd, nhad?"

Ymdrechodd y gŵr yn galed i gael geiriau i ateb. "W-wedi b-bod yn y twllwch, nghariad i . . ."

"Yn y – *twllwch*?" Ni ddeallai Liwsi mo hyn o gwbl. "Dw i ddim yn . . . deall."

"Na, mae'n siŵr . . ."

"Dwedwch – dwedwch wrtha i!"

"Mae'n stori – rhy hir."

Edrychodd y ferch yn galed ar ei thad. Ni fedrai gredu mai *hwn* oedd y gŵr hyderus a gerddai gynt o gwmpas Castell y Garn.

"Wedi gweld y gole, merch i!"

Nid oedd hyn ychwaith yn gwneud synnwyr, ond cofiodd y llythyr.

"Gweld y gole?"

Yna, daeth dwyster mawr i wyneb Wiliam Walter, rhyw ddifrifoldeb a oedd mor newydd nes ei fod yn ymdebygu i wyneb newydd . . . personoliaeth newydd . . . dyn newydd. Beth ar y ddaear a ddigwyddasai iddo? Roedd bai mawr arni am adael i gymaint o amser fynd heibio heb holi ei helynt. Do, bu'n chwilio amdano ddwywaith neu dair yn y tŷ bychan a brynasai yng nghefn Stryd y Brenin, curo a churo'n ofer, a'r cymdogion yn dweud na fu neb ar gyfyl ers tro byd. Ni fynnai'r fam-gu na'r fam i Liwsi fynd yn agos – "Gofala nad ei di ddim!" Wel, er iddi addo cadw draw, ni fedrai esgymuno ei thad o'i meddwl a'i bywyd fel y gwnaethai Elinor Gwynne ac Elisabeth Walter. Oedd, roedd gwaed yn dewach na dŵr! Meddyliodd: dyma gyfle nawr i fynd i'r tŷ – a gweld sut fyd sydd arno.

"Nhad, fedrwn ni ddim aros fan hyn, dw i am siarad, gadewch i ni fynd i'r tŷ!"

"Y tŷ . . .?"

"Y tŷ, wrth gwrs!"

Chwilfriwiodd wyneb y tad.

"Liwsi fach, does – does dim tŷ . . ."

Oedodd, "Ydach chi wedi gwerthu . . .?"

"Bu'n rhaid . . . Yr Ysbryd yn gorchymyn."

Rhoddodd Tom Howard ei fraich ar ysgwydd Liwsi, gwasgu ac edrych yn galed arni. "Ma'n well i ni fynd."

"Mynd? Pa fynd wna i nawr, a gadael 'y nhad . . .?"

"Rwy'n digwdd nabod ych tad."

"Rwy inne'n nabod 'y nhad – o'ch blaen chi."

"Nabod ych tad – *fel ma fe nawr.*"

"*Fel ma fe nawr –*" Nefoedd fawr, beth oedd hwn yn ceisio'i ddweud? Oedd ei thad . . .? Oedd, roedd y creadur yn amlwg wedi newid, ond pa *fath* o newid? Ni bu'n rhaid i Liwsi aros yn hir i gael syniad gweddol glir o hynny.

"Liwsi, Liwsi," dechreuodd Wiliam Walter, ei lygaid yn danbaid a'i lais yn argyfyngus, "ma Dydd Mawr Duw ar fin gwawrio, gwawrio ar bawb sy'n effro ac yn cysgu, gwawrio ar bawb sy'n casáu neu'n caru'r gole!"

Edrychodd Tom Howard a Liwsi Walter ar ei gilydd.

"Ma'r Duw cyfiawn sy'n gyfarwydd â chwyldro cenhedloedd yn haul tanbaid a'i lewych wrth ddrws a ffenestr dynion ac angylion. Ac os dywedi yn dy galon: 'Nid hynyma yw ein bwriad na bwriad Duw', fe gei wybod ymhen yr amser p'run ai gair dyn ai gair Duw a saif. Ni wyddom ond o ran fel y mesura Duw y gwirionedd ac fel y mesura opiniyne daearol meddwl dyn. O! ddynion, nac adeiladwch synagogau opiniynau dynol, ond y deml fawr sy'n dal y gwirionedd tragwyddol!"

Rhedodd Wiliam Walter i bellter yr adeilad fel gŵr ar ffo. Gwyddai Liwsi nad oedd unrhyw ddiben i fynd ar ei ôl. Llifodd ei dagrau. Cymerodd Tom Howard ei braich a'i thywys allan o'r adeilad.

– 6 –

"O gobitho, gobitho'n wir, y bydd y Frenhiniaeth yn para, neu – wn i – wn i ddim be ddaw ohonon ni!" meddai Elinor Gwynne, ei gwefusau tynn yn dangos mor eirias oedd ei sêl.

"Ma'r brenin yn ddiogel a'r Goron mor gadarn â chraig yr oesoedd!" cadarnhaodd Syr Henry Percy, ei lygaid yn llawn o'r un teyrngarwch.

"Ma nhw'n dweud fod y brenin wedi dianc at yr Albanwyr – ydi hynny'n beth call, Syr Henry?"

"Anodd dweud be sy'n gall neu anghall y dyddie hyn."

"Bydd yn dristwch os digwydd i'r Presbyteried 'na ga'l 'u ffordd, nid yn unig yn yr Alban, ond yn ein gwlad ni hefyd."

Meddai Elisabeth Walter, ei chonsýrn mor fawr bob mymryn am y brenin a'i deulu â'r lleill, "Ys gwn i gaiff y Frenhines Henrietta druan help gan 'i phobl, y Ffrancod?"

"Ma hi nawr tu allan i Baris ac yn breuddwydio am weld 'i mab yn ŵr i Louise, merch hynaf Gaston Orléans, neu Joanna o Bortwgal. Wn i ddim be fydd yn digwydd, wir. Ys gwn i a yw'r llanc allan o glyma Mrs Wyndham – dyna'r stori ddwetha."

"Gwraig briod!" sylwodd Mrs Gwynne, ei duwioldeb tu ôl i'r syndod. "Biti bod 'na'r fath straes o gwmpas mab y brenin."

Meddai Syr Henry, a'i wyneb yn tywyllu, "Ma gen i nosiwn nad yw oedran nac ystad, crefydd na dosbarth, yn cyfri pan yw Siarl druan yn chwennych merch. Ond o'r ladis i gyd, fe synnech pwy yw 'i ffefryn."

"Pwy?" holodd Elisabeth Walter yn ddiniwed.

"Aha-a-a!" atebodd Syr Henry . . .

Ar ôl ei drechu mor bendant yn Naseby, nid oedd amheuaeth gan gefnogwyr y Breniniaethwyr bod rhagolygon y Brenin Siarl yn ddu. Ar ben hynny, roedd ei enw da wedi'i staenio'n anadferadwy, y gwir ar led bellach am ei gysylltiadau bradwrus gyda'r Gwyddelod a'r awyrgylch yn bur anffafriol yn yr Alban. Roedd ei ail fab, Jâms, yn nwylo'r Seneddwyr oddi ar i Rydychen syrthio. Disgwyliai glywed bob dydd, ar ôl hir ddyfalu pa un ai Denmarc, Ffrainc, Iwerddon neu'r Alban oedd orau i ddiogelu einioes yr etifedd, Siarl, ddarfod i'w fab ufuddhau trwy fynd i Ffrainc at ei fam. Anfonodd lythyr yn ddi-oed:

"Cofia hyn, Siarl. Ni fedr yr Eglwys ffynnu heb amddiffyniad y Goron, felly dibyniaeth yr Eglwys ar y Goron yw'r unig sicrwydd o awdurdod brenhinol."

Cofiodd Siarl Dywysog hyn weddill ei ddyddiau. Ac eto, i'r brenin a'i fab, nid oedd bendith esgobol i'w chymharu â chymorth Ffrainc a'r Alban yn awr.

Roedd Edward Hyde, Iarll Clarendon, yn gynddeiriog am y bwriad i anfon Tywysog Cymru i Ffrainc i awyrgylch ei fam; ar ben hynny, byddai Colpeper, Digby a Jermyn, pleidwyr selog y Ffrancod, pan fyddai ef ac eraill yn mynd trwy'r ddefod o gusanu llaw y tywysog bob dydd, yn gwawdio ar y creigiau ger y cei neu ar y lawntiau. Gwaetha'r modd, roedd y giwed yn ennill y blaen arno. Dangosodd yn glir pam yr oedd mudo i Ffrainc yn drychineb, ond ni wrandawodd neb. Proffwydodd y byddai'r sefyllfa yn Iwerddon yn troi'n chwerw i'r brenin, ond ni wrandawodd neb eto. Aeth Colpeper – creadur a barodd drafferthion iddo drosodd a thro – dros ei ben i Ffrainc i argyhoeddi'r frenhines. Newidiai ei feddwl fel yr oedd ceiliog y gwynt yn newid cyfeiriad, ac eto, roedd *hwn* o bawb, mewn ffafr! Credai Henrietta Marïa ei fod yn ŵr unplyg, ac nad oedd neb yn fwy eiddgar i weld Tywysog Cymru yn ddiddos a diogel – a'r twyllwr mewn mwy o ffafr gyda'r Tywysog Siarl hefyd!

"Ma Hyde fel ci hela yn cwrso Siarl bron o'i grud!" meddai Syr Henry wrth y ddwy wraig wrth drafod yr holl bethau hyn.

"Does ond gweddïo y caiff ei gadw i fod yn frenin da fel ei dad!" meddai Elinor Gwynne, a'i llygaid ar gau fel pe'n gweddïo.

"Mi *fydd* yn frenin da, os na fydd cnawd, byd a diafol yn 'i ddistrywio!" Ochneidiodd Elisabeth. "Mae'n medru gneud – fel y gwn i'n rhy dda."

"Digon gwir, digon gwir," eiliodd Syr Henry. Aeth y tri allan o'r ystafell. "O diar, ble ma Tom?"

Edrychodd yn ddyfal o gwmpas y cyntedd.

"Ble ma Liwsi?"

Nid oedd ond ystafell wag a distawrwydd.

– 7 –

Roedd Covent Garden, lle y cawsai Liwsi Walter ei hun yn gynnar yn ei gyrfa, yn estyn o'r Strand ar hyd Lôn San Martin i Long Acre, i lawr yr holl ffordd wedyn i Lôn Drury ac yn ôl i'r Strand. Tiriogaeth ddigon afiach a stomplyd ydoedd, o leiaf o gwmpas y Strand, gan ddilyn yr afon Tafwys hyd at Groes Elinor a Chroes Charing. Roedd llwybr deiliog ar bwys eglwys San Martin-yn-y-Meysydd yn cwrdd â llwybr arall a elwid 'yr erw hir' yn arwain i lwybr hŷn na'r ddau ac yn barhad o lwybr troed o'r fynedfa i ddinas Llundain ar waelod Stryd y Fflyd, yr *Aldwych*, yn golygu'r *hen laethdy*. Cyfeirid at y Strand fel 'pen ôl San Clemen'.

Dyma'r tir y ceisiai Tom Howard siaradus ddweud tipyn o'i hanes wrth Liwsi yn awr; ymdrech, nid yn unig i gymryd ei meddwl oddi wrth ei thad ar ôl y sioc o'i weld yn y fath gyflwr, ond . . . wel, â barnu wrth y ffordd y daliai i edrych arni, roedd ganddo fwriadau eraill.

"Oes syched arnat ti, groten?"

Sylwodd Liwsi fel yr oedd ei chydymaith wedi closio ati yn ei sgwrs a'i osgo.

"O na, na, rwy'n iawn."

"Mae 'na dafarn dda wrth y groesffordd ger y Strand, yr Half Moon, ac fe gawn lasaid o win a rhywbeth i'w gnoi – i roi tipyn o gnawd ar y fframin hardd 'na!"

Oedd, yn wir, meddyliodd Liwsi, yr oedd y gŵr yn closio, closio'n *agos* nawr!

"Dw i ddim yn mynd i – *dafarne.*"

Brawddeg fwriadol iawn, meddyliodd, i'w gadw o hyd braich!

"Nghalon fach i, ma 'na gychwyn i bopeth yn yr hen fyd 'ma!"

"Diwedd hefyd!" Oedodd Liwsi cyn rhoi'r ergyd wrth gwt y gosodiad. "A ma'r diwedd yn dilyn y dechre'n weddol sydyn weithie!"

Ni chymerodd Tom Howard arno ei fod wedi clywed. Roedd ei lygaid ar y tai crand o'i flaen a'i fys yn pwyntio at adeilad yn galw am sylw.

"Pan etifeddodd Francis Russell yr ystad, dyn busnes da a llygad yn 'i ben, roedd yn ddigon cyfrwys – neu'n gall – neu'n garedig – i briodi'r etifeddes, Catrin, merch Giles Bridges, Barwn Siandos. Fe gawson nhw ddeg o blant – pâr egnïol! Wyt *ti'n* hoffi plant, Liwsi?"

O, diar, diar, cwestiwn od. Closio, closio'n nes?

"Wrth gwrs, wrth gwrs – *a* chathod a chŵn!"

Ceisiodd Tom Howard wenu. "Y peth cyntaf a wnath Russell oedd clirio'r tir o bob hen gwt a hofel, a glanhau'r garthffos a redai drwy'r lle. Yna, mi anfonodd am Inigo Jones."

"O ie, *fe* gynlluniodd dŷ mam-gu."

"Ma'n debyg, ma'n debyg, ond nid *fe* gynlluniodd dŷ dy dad."

Dyna beth *od* eto! "Na . . . nage," atebodd Liwsi. Ni fynnai siarad mwy am y peth . . .

"Cofia di, roedd tŷ dy dad yn un o'r hyna ar y patsin . . ."

"Siŵr o fod . . ."

Deallodd Howard nad oedd croeso i fynd ar drywydd hyn o gwbl. "Gardd hen abad Westminster yw Covent Garden. Roedd yr abaty yn rhentu allan ddarnau o dir fel gerddi bychain ar hyd ochr ogleddol y Strand, y briffordd fawr, a'r lle'n beryg bywyd, ar geffyl neu ar droed, haf a gaea, nos a dydd."

"Diddorol."

"Wyddost ti beth yw ystyr Drury?"

"Na."

Closiodd Tom Howard a sibrwd yn ei chlust.

"Ma nhw'n dweud i'r lle gael 'i enwi ar ôl Syr Roger Drury, ac fe all hynny fod. Ystyr yr enw, serch hynny, ydi *drowerie*, hen air Saesneg – 'Un gusan fach a chnwch, cyn mynd ein dau yn llwch!'"

Ni cheisiodd Liwsi ateb nac ymateb ddim. Gwyddai'n iawn ystyr y geiriau – a gwyddai'n iawn at beth yr oedd Tom Howard yn arwain.

"Dyma fan a benodwyd ac a drwyddedwyd gan Ddinas Llundain i wŷr bonheddig dderbyn ffafrau gan ferched bach tinboeth fel *ti*!"

Safodd Liwsi Walter yn stond. Ni fedrai yn ei byw ddychmygu beth a gyfrifai am y newid sydyn yn y dyn, a'r fath *hyfdra*. Trodd a chododd ei thrwyn i roi gwybod iddo ei bod yn ei ffieiddio am ymddwyn mor . . . mor . . . Gŵr bonheddig, yn wir!

Cafodd ei hymddygiad o sefyll ar ei sodlau effaith mewn eiliad. Cydiodd Howard yn ei braich. *"Ma'n* flin gen i."

Llusgodd hi hyd at dafarn o'r enw The Fleece.

"Gollyngwch fi, ddyn!" Fe'i teimlodd Liwsi ei hun yn ymsythu; nid oedd *am* fynd i mewn i'r lle, nid oedd *am* fynd i mewn i'r lle *gyda Tom Howard*, ond pa siawns oedd ganddi? Roedd ei fysedd am ei braich fel clespyn haearn.

"Mewn â ti! Mewn â ti!"

Er na wyddai Liwsi mo hynny, ystyrid tafarn y Fleece yn un o'r mwyaf llygredig yn Llundain. Safai ar y gornel yn York Street, stryd a ystyrid yn ogof lladron, man ymgynnull puteiniaid enwoca'r brifddinas rhwng Catherine Street a'r Strand. Heb fod nepell, wrth gwrs, yr oedd y tai mwyaf crand a godwyd yn Llundain, er nad oedd gan yr un ohonyn nhw ystafell ymolchi na thŷ-bach ar y llofft. Roedd yn rhaid cario dŵr twym mewn bwced i'r llofft fel yn nhŷ ei mam-gu. Ond yr oedd un darganfyddiad mawr wedi'i wneud yn y tai hyn ers blwyddyn neu ddwy – *sebon*! Er nad oedd modd i'r fonesig fwyaf urddasol ymolchi'n wahanol i'r hwren bennaf ar ôl ennill ei phres – tywallt dŵr i'r bowlan, dŵr glaw o'r seston – roedd Cwmni'r Gwneuthurwyr Sebon wedi gwneud bywyd yn werth ei fyw i ddynol gnawd, gan nad pwy oedd ei berchen. Ac yr oedd rhai o gwmpas yn nhafarn y Fleece a gâi sgwriad hael yn feunyddiol.

Ni fynnai Liwsi beri unrhyw fath o sioe. Ildiodd i gael ei thywys gan Tom Howard gerfydd ei garddwrn heibio i'r hen ferched yr oedd eu hud bellach yn bâr o wefusau cyn hylled â malwod a'u gruddiau'n grychni soeglyd; heibio i'r puteiniaid ifanc a'u llygaid mawr disglair fel pâr a ladratawyd o ben sarff a'u bronnau'n hongian at y tethau fel ffrwyth aeddfed yn barod i'w bwyta; heibio i'r hen ddynion nad oedd yr un ias yn bosibl i'w cyrff mwyach ond drachtio'r cwrw i lawr eu gyddfau a mynd i'r cefn bob hyn a hyn i'w berswadio allan o'r bledren fusgrell; heibio i'r llanciau llawn a'u chwennych yn serennu yn eu llygaid yn fwy na'u syched.

"Eistedd fan hyn!" Gosododd Tom Howard hi nesaf at ddynes fronnog, hoffus. Fe'i cyfarchodd, "Hylô, Poli."

"Tom! Wel, wel, wel – neis dy weld eto!"

Gwyddai Liwsi bod llygaid yn ei chrwydro o'i phen i'w thraed.

"Liwsi, dyma Poli."

"Hylô, Liwsi. Unrhyw ffrind i Tom yn ffrind i fi!"

"O . . ."

Nid oedd gofyn dweud mwy – roedd Poli'n ysu am siarad. "Mi welais Ffrederic, hen githrel ofer, iarll ne bido – ym-ffrostio fel arfadd!"

"Be oedd yr ymffrost y tro hwn?" gofynnodd Howard dan chwerthin.

"Nad oedd yr un groten mewn sgert, pa mor ddiniwed bynnag, na fedrai *e* . . ."

Ceisiodd Liwsi chwerthin ond yr oedd ei hanesmwythyd fel un tu allan i'r sgwrs yn amlwg.

"Mi weles y Parchedig y dydd o'r blaen hefyd – mae'n dweud 'i fod wedi syrthio mewn cariad â fi!"

"O dyna braf, Poli, dyna braf! Poli a'r Parchedig Ddoctor Edward Dawson! Pryd dach chi'n mynd i briodi?"

"Priodi!" Newidiodd y llais bywiog i ryw islais araf, bron fel ryw sibrwd trist. "Ddaru mi rioed wybod beth yw cariad – dyw nghalon fach i ddim yn addas i gariad."

"Chreda i byth mo hynny, Poli."

"Ma'n wir, ma'n wir, Tom! Anwesais i rioed yr un dyn heb mod i'n meddwl faint o arian oedd yn 'i boced, faint oedd gwerth y fodrwy ar 'i fys, faint oedd 'i werth yn y banc – ha ha ha!"

Roedd chwerthin Poli i'w glywed drwy'r dafarn, heb dynnu sylw neb – roedd mor naturiol ag arogleuon beunyddiol y lle, cwrw, snisin, a'r pastai mawr poeth. Roedd gwefusau nwydus ganddi, bronnau'n dechrau colli arbenigrwydd, gwallt golau, dannedd da, a'i gwedd yn bur hudolus o hyd. Fel y dywedodd hithau ar ei ben, "Gan nad beth a ddwed neb, dw i wedi cadw mhris ar y farchnad!" Nid oedd neb yn y dafarn honno heb wybod yn iawn yr hyn oedd gan Poli i'w gynnig.

"Dwyt ti ddim yn yfed dy ddiod, Liwsi." Roedd Tom Howard wedi dod â gwydraid iddi.

Nodiodd. "Diolch!"

Roedd Covent Garden yn ddelfrydol i fusnes y dafarn, dim ond bod twrw mawr yn byddaru dyn, meddwon yn llusgo heibio bob awr o'r dydd, a'r llanciau a'r llancesi yn cadw reiat ac ymladd yn wastadol. Daliai'r llygaid barus i edrych i gyfeiriad Liwsi. Codai Tom Howard bob hyn a hyn i gael sgwrs â rhai o'i gydnabod, Syr Hwn-a-hwn a'r Arglwydd Hwn-a-hwn. Roedd Poli yn eu hadnabod i gyd – câi gyfarchiad a chusan yn aml. Daeth merch hardd i'r cwmni a chafodd groeso brwd gan Poli.

"Betsi Douglas! . . . Dyma Liwsi."

115

Gwenodd y ddwy ar ei gilydd.

"Ydi Liwsi yn yr un busnes â ni, Poli?"

"Na na na, Betsi! Ffrind Mr Howard."

"O, mi wela . . ." Sibrydodd dan ei hanadl.

"Mi *fydd* hi'n reit fuan . . ."

Ni chymerodd Liwsi arni glywed. Teimlai'n fwy anesmwyth fyth. Roedd ar fin dweud wrth Tom Howard y carai ymadael pan welodd ef yn cael gair yng nghlust y dafarnwraig – honno'n rhoi winc.

"Liwsi Walter, dere 'da fi!" oedd y peth nesaf a glywodd.

"I ble?"

"Ma Mrs Needham, gwraig y dafarn, am i ni fynd i'w hystafell – gormod o fwg a thwrw 'ma."

"Ta ta, Liwsi! Bydd yn groten dda nawr!" meddai Poli, a'i llygaid yn ddireidi i gyd.

"Ta ta, Liwsi! Cofia, ma cŵn mawr â chwte bach yn aml," meddai Betsi Douglas.

Nid oedd gan Liwsi fawr o ddewis ond mynd yn ufudd yn llaw Tom Howard; wiw iddi redeg allan, ni wnâi ond tynnu sylw yn y fath gymdogaeth, a Duw a ŵyr yn erbyn pwy y trawai tu allan! Rhywun gwaeth na'r creadur a ddaeth â hi i'r lle, efallai.

"Ar dy ôl di, Liwsi."

Wedi dringo'r grisiau tywyll, cerddodd y ddau ar hyd coridor hir, heibio i ddrws ar ôl drws, cyn cyrraedd ystafell lle yr oedd morwyn yn eu disgwyl. "Dowch i mewn." Rhoddodd wên dawel, ddeallus.

"O, dyma hyfryd, dyma hyfryd!" Roedd llygaid Howard yn union fel pe bai wedi darganfod cyfandir newydd – rhôi'r argraff na ddringasai'r grisiau hyn na meddiannu'r ystafell hon erioed o'r blaen.

Edrychodd Liwsi o'i chwmpas yn fanwl. A *dyma* fel yr oedd y puteindai'n paratoi ar gyfer eu cwsmeriaid! *Bagnio*, gair o'r Eidal, y clywodd un o'r morynion yn nhŷ ei mam-gu yn eu galw. Roedd clwstwr ohonyn nhw yn y rhan a adweinid fel y Piazza. Sylwodd Liwsi ar y cadeiriau esmwyth, dwy ford gyfleus, soffa, gwely mawr pedwar postyn yn y gornel a chwpwrdd yn dal dau botyn. Daeth y

116

forwyn yn sydyn â phiseraid o ddŵr ar gyfer y jwg a'r basin. Gwenodd unwaith eto'n dawel, ddeallus. Caewyd y drws.

"Nawrte, nawrte, Miss Liwsi!"

"Ie . . ."

Cerddodd Tom Howard tuag ati yn wên i gyd. "Gad i mi weld pa mor bert wyt ti."

"Pa . . .?"

Newidiodd Howard ei wedd a'i dôn eto. "Gwranda, gwranda'r Gymraes fach gocied, paid â cheisio nhwyllo i nad wyt ti'n deall yn iawn pam dan ni yma! Dere! Tyn dy ddillad, tyn dy ddillad, i mi gael . . .!"

Teimlai Liwsi'r gwres yn codi yn ei phen, ei gwefusau'n pyrsio, a'i dyrnau'n cau.

"Y diawl, pwy wyt ti'n –?" Roedd hi ar fin dyrnu'r creadur, ond . . .

Crechwenai Howard arni, yn siglo allwedd rhwng ei fysedd. "Wyddost ti beth yw hon?"

Ni fedrai gredu ei llygaid. "Allwedd i dŷ nhad . . ."

"Cywir, cywir, Liwsi."

"Rhowch honna i fi!"

" 'I rhoi i ti?"

"Rhowch honna i fi!"

"Pam – *pam* ddylwn i roi'r allwedd 'ma i *ti*?"

"Am nad *chi* bia hi!"

"Nage? Nage, wir? Pwy pia hi felly?"

"Nhad! Nhad pia hi!"

Crechwenodd Howard yn hir a chaled eto.

"Miss Liwsi, ddim mwyach!"

Roedd ofn arni holi. "Pwy pia hi?"

Atebodd y Sais yn hamddenol. "Fi!"

Eisteddodd Liwsi ar y gwely.

"Ie, Miss Liwsi, *fi* bia'r tŷ nawr."

Aeth eiliadau heibio heb air pellach. Yr unig sŵn i darfu ar dawelwch llethol yr ystafell oedd wylo Liwsi. Roedd ei gwallt yn rhaeadr dros ei phen a'r dagrau mawr yn syrthio i gwpan ei dwylo. Sut ar y ddaear yr oedd y coegyn hwn wedi dod yn berchen y tŷ? A oedd ei thad, nid yn unig wedi taro'r gwaelod, ond, yn druan cefngrwm a chwyslyd, yn ddim gwell na chaethwas, gwas bach i wŷr busnes Llundain, a gwaeth fyth, yn ysglyfaeth i'r gwalch cyfoethog hwn a ymhyfrydai mewn ymddwyn mor uchel-ael? Pwniai'r cwestiwn yn ei feddwl. Shwd ar y ddaear y daeth Tom Howard yn berchen y tŷ?

"Paid â llefen, groten! Does dim angen i ti olchi'r llawr . . ."

Bu eiliadau o ddistawrwydd eto – dim ond sŵn Liwsi yn beichio crio.

"Gwranda, ferch, gwranda! Ma dy dad wedi bod mewn trwbwl. Trwbwl mawr. Mi ddigwyddes gwrdd ag ef – cymryd trugaredd arno. Mi brynes y tŷ. Arian parod. Ar gledr 'i law. Talu'i ddyledion. Cadw'r truan allan o garchar."

Dychwelodd y distawrwydd . . . Clywodd Liwsi sŵn Tom Howard yn symud tuag ati. Meddai, "Dw i ddim eisie'r tŷ diawl! Mi fedri di gael y tŷ – mi fydda i'n mynd i Holand un o'r dyddie nesa – ar un amod! Bydd di'n *neis* tuag ataf fi . . . mi fydda i'n *neis* tuag atat ti!"

Cododd Liwsi ei phen. Edrychodd yn hir ar yr allwedd yn llaw'r temtiwr tal. Roedd ei meddwl yn gweithio . . . dechreuodd ymddihatru.

Ar ôl rhai eiliadau o awgrymu ei bod yn ei pharatoi ei hun ar gyfer y gwely, a'r carwr awyddus yn plygu i gusanu'i thalcen, cymerodd Liwsi arni bod gwylder yn ei phoeni ac y dymunai ryw fymryn i'w fwyta cyn ymroi i foddhau dymuniadau gŵr mor gyhyrog.

"Dest rhwbeth bach, briwsionyn, plîs, neu mi lewyga!" Roedd hi wedi sylwi eisoes i Howard roi'r allwedd o'r neilltu ar y bwrdd bach.

Teimlodd gusan arall ar ei thalcen a bysedd yn cerdded ei meingefn fel pry copyn. "Gad hyn i mi, dos mlaen â matryd, mi fydda i'n ôl mewn eiliad!" Aeth trwy'r drws.

Nid oedd Tom Howard wedi diflannu cyn bod Liwsi ar ei thraed yn twtio'i hunan, yna cymerodd yr allwedd a'i rhoi'n ddiogel rhwng ei bronnau. Gwrandawodd am eiliad neu ddwy i fod yn siŵr nad oedd neb gerllaw. Agorodd y drws, rhoes ei phen allan, ac edrych i weld a oedd y ffordd

yn glir. Daeth morwyn allan o un o'r drysau. Safodd Liwsi
yn ôl. Aros. Medrai ei chlywed ei hun yn anadlu. Mentro
eilwaith. Agor y drws. Sbio – i fyny ac i lawr. Yna, â'r
ffordd yn glir, allan â hi ac i lawr y grisiau. Ni chafodd
unrhyw drafferth i fynd trwy'r dafarn – roedd pawb wedi
hen ymgolli yn y miri. Wrth frysio am y drws, clywodd
lais Poli o'r tu ôl, "Fuost ti ddim yn hir yn rhoi ceirch i'r
staliwn, Liwsi!"

Rhuthrodd heibio i'r llanciau a'r llancesi ar y stryd,
baglu yn erbyn un hen begor yn ei ddiod, ac ymddiheuro i
un o'r 'chwiorydd' a oedd yn masnachu yng nghongl drws.
Ond yr oedd yn rhydd oddi wrth y lolyn Tom Howard, a'r
allwedd yn ei meddiant!

Meddyliodd am ei mam a'i mam-gu; mae'n siŵr eu bod
nhw'n traethu'n fawr ac yn fân erbyn hyn! Byddai Syr
Henry Percy yn crafu'i ben i gael esgusodion ac yn
sicrhau'r ddwy Amason, fel y galwai ei thad ei wraig a'i
mam, ei bod yn berffaith ddiogel yng ngofal gŵr
bonheddig fel Tom Howard. Gŵr bonheddig, wir! Nid
oedd dim sicrach dan y sêr na bod Mr Howard yn gymer-
iad *peryglus*.

Ond ar drywydd ei thad yr oedd yn awr – a'r allwedd yn
ei meddiant, gan nad beth oedd y stori. Do, cawsai
ddyddiau da, hi a'i brodyr, gyda'u tad, dan do yr hen dŷ.
Nid oedd yn dŷ crand fel tŷ'r fam-gu, lle roedd digon o
fodd a digon o forynion, ond meddai un peth nad oedd ar
gael yn nhŷ Elinor Protheroe, fel yr oedd hi gynt – un peth
yr oedd Liwsi'n dueddol iawn tuag ato, *hwyl*. Miri!
Chwerthin! Y nwyf a wnâi i furiau'r bwthyn tlotaf
lawenhau.

Pan gawsai gyfle i snecian i'r gegin am sgwrs a thipyn o
chwerthin gyda'r morynion yn nhŷ mam-gu, yr unig
dipyn o hwyl a wybu'r muriau hynny, cafodd glywed
amryw storïau am y merched o gwmpas yr ardal lle roedd
yn awr – llawer ohonynt am hen butain enwog o'r enw
Sally Coburn.

"Dysgodd 'i chrefft gyda'r hen Fam Catrin Deere,
hwren dew a gododd genedlaethau o chwiorydd yn y

fasnach, pob un yn ufuddhau dim ond iddi godi'i bys bach!"

Roedd y disgrifiad yn atgoffa Liwsi o ryw Babyddes selog mewn cwfaint yn disgyblu'r lleianod! Roedd tŷ poblogaidd Sally Coburn heb fod nepell o Eglwys San Martin-yn-y-Meysydd, a byddai'r truan yn ymddangos i bawb yn gwisgo ffasâd o grefyddolder mawr, llyfr gweddi a bycla-pres iddo dan ei braich bob amser. Roedd ganddi gaplan ar gyfer ei merched.

Ymffrostiai y dangosai muriau ei thŷ gynifer o destunau Ysgrythurol ag ystafelloedd unrhyw Bresbyteriad o weinidog. Nid oedd un ystafell heb lun un o gewri'r Ffydd. Cerddai o dafarn i dafarn bob bore a'i Beibl yn ei llaw yn chwilio am lencyn neu lances o'r wlad a gyraeddasai'r brifddinas. Ymwelai â'r carcharau am genawon at ei busnes. Ymwelai â'r ysbytai gan daeru y medrai wella unrhyw fechan ddeniadol a ddigwyddodd gael y frech.

Cofiodd Liwsi am nifer eraill y clywsai amdanynt – onid oedd yr ardal y cerddai drwyddi'n awr yn bencadlys hwrenod? Roedd nifer y cwnstabliaid a gwŷr y gloch a welid o gwmpas yn profi pa fath le ydoedd. Hwnt ac yma, sylwodd Liwsi ar feinciau ar fin y ffordd a chrotesi'n gorwedd fel petaent heb ddeffro o'r noson gynt. Aeth milwr heibio. Cofiodd am hanes a glywsai am un o'r fyddin frenhinol yn cael ei ddal gyda thair o grotesi Mol Griffith yn ei wely; anfonwyd y merched i garchar, ond plediodd y soldiwr am drugaredd, "Dw i wedi cael digon o gosb yn barod – gorwedd 'da'r dair ddieflig hyn." Cafodd fynd yn rhydd.

Aeth Liwsi heibio i rigod, a chofiodd yr hanes a glywsai yn y gegin am Jessie Needham yn sefyll yn gaeth gwddw-a-dwylo am ei phechodau. Daethai crwt heibio i syllu ar yr hwcstres yn ei thrueni, llithrodd oddi ar y goeden a chwympo ar bigau haearn y postyn lamp. Ie'n wir, tir Sodom a Gomora oedd hwn . . . brysiodd i chwilio am ei thad.

Nid oedd wedi cymryd mwy na dwsin o gamau cyn y clywodd lais cyfarwydd yn taranu:

"Onid yw'r cnawd yn gorchfygu'r gorau? Gwrandewch, bechaduriaid! Ar ei thalcen yr oedd enw wedi'i sgrifennu, Babilon Fawr, Mam y Puteiniaid a holl ffieidd-dra'r ddaear! A mi a welais y wraig yn feddw gan waed yr holl saint, a gwaed merthyron yr Arglwydd Iesu; a phan y'i gwelais, rhyfeddais ag edmygedd mawr. A dywedodd yr angel wrthyf, Paham y rhyfeddaist? Dywedaf wrthyt ddirgelwch am y wraig, ac am y bwystfil a'i cluda sydd â saith o bennau a deg corn. Y bwystfil a welaist a oedd ac nid yw mwyach; ac a ddisgyn i'r pwll diwaelod ac i golledigaeth; a'r rhai sydd yn trigo ar y ddaear a ryfeddant, enwau y rhai nas sgrifennwyd yn Llyfr y Bywyd ers cyn seiliad y byd, pan ganfuasant y bwystfil a oedd, ac nad yw mwyach, ac eto y sydd . . ."

Nhad, nhad, nhad, meddyliodd Liwsi, be sy wedi digwydd . . .?

Dechreuodd gerdded i'w gyfeiriad, ond – i ba ddiben? Roedd Wiliam Walter yn brysio ymaith, ar goll mewn rhyw fyd newydd.

Pan drodd Liwsi, gwelai'r gŵr a fu'n ei herlid yn ei hwynebu. Roedd yn gwenu arni. Edrychodd hithau'n galed arno cyn taflu'r allwedd yn ôl ato. Aeth ar ei ffordd.

– 8 –

Pan ddychwelodd Liwsi i dŷ ei mam-gu, nid cerydd a gafodd am ddianc fel y gwnaethai, na chwestiwn ble oedd Tom Howard – dim byd o'r fath. Roedd y ddwy wraig a Syr Henry yn ddwfn mewn ymddiddan a'r enw mawr ar dafod y tri oedd, *Cromwell.*

"Mi glywes gan 'y nghefnder, Carbery," meddai Elinor Gwynne, "iddo fyw bywyd o ddiota a mercheta, rhen Darcwin bach digywilydd!"

"Dwn i ddim am hynny," meddai Syr Henry, a oedd bob amser yn ofalus i gadw at y ffeithiau. "Mae chwedle ar led amdano, ma'n wir. Yr unig beth a wn yw iddo fwriadu gyrfa'n y gyfraith fel 'i dad-cu, a'i dad, a dau ewyrth o'i flaen. Gwaetha'r modd, roedd 'i ymroddiad yn anfoddhaol."

121

"Greda i hynny," ategodd y fam-gu, "ac ynta'n ymroi fel y gwnath i fyw yn afradlon."

"Oedd e'n briod?" gofynnodd Elisabeth Walter, gan edrych yn sydyn ar ei merch, "Liwsi, ma golwg *ffwdanus* arnat ti."

"Rwy'n iawn, rwy'n iawn."

"Ble wyt ti wedi bod, ferch?"

Trwy drugaredd, nid oedd gofyn iddi ateb, oherwydd yr oedd Syr Henry yn barod â rhagor o saga Oliver Cromwell. Gwrandawai Liwsi yn astud.

Meddai Syr Henry, "Mi briododd Elisabeth, merch Bourchier, marsiandwr ac ystad ganddo yn Felstead a thŷ ar Allt y Twr – perthynas i deulu Hampden. A dyna sy'n 'i gwneud yn anodd i mi gredu'r chwedle am 'i oferedd, oherwydd roedd 'i briodas fel y graig, a dylanwad 'i wraig arno – wel, yn fwy na dylanwad undyn arall ar y creadur. Hi a fu'n gyfrifol am 'i dröedigaeth."

Roedd mam-gu Protheroe yn glustiau i gyd, "Ydych chi'n dweud, Syr Henry, i'r ddynes wneud Piwritan o'i gŵr?"

"Y selocaf!"

"Yna, fedra i ddim deall sut y gellir dweud bod y briodas yn – wel, beth bynnag y mynnwch 'i bod!"

"Mi glywes 'i fod e'n fynych yn y felan," meddai Elisabeth.

"Ma pobl sy'n cael tröedigaeth *fel'na* wastad yn weddol agos at wallgofrwydd," roedd y fam-gu'n falch i ddweud. Gadawodd i'w llygaid ledaenu ei sicrwydd. Meddai, "Fel y pregethwr 'na Walter Cradoc a'i ffrind Vavasor Powel – ma nhw'n sôn am Bumed Frenhiniaeth! Glywsoch chi shwd beth? Ma Assyria, Persia, Groeg a Rhufain fawr wedi cael 'u dydd, ond – ma *nhw'n* mynd i hebrwng y Frenhiniaeth Newydd! Cromwell ar y blaen! Teyrnasiad y Piwritaniaid! Os nad yw *hynny'n* wallgofrwydd!"

Meddai Syr Henry, yn gyndyn i wynebu ffeithiau a dim ond ffeithiau fel arfer, "Nid fel'na ma'r bobl yn gweld pethe mwyach. Rhywbeth i fargeinio yn 'i gylch yw'r gydwybod i'r brenin, medden nhw, ond un o resymau mawr y rhyfel ac amod heddwch i Cromwell. Dyna pam y mynn nad yw'n bosibl iddo ddelio â Siarl. Mae'n dal i gredu, serch hynny, yn ôl yr hyn a ddywedodd yn Putney, bod yn rhaid i'r fyddin gael rhyw awdurdod suful i'w chefnogi – petai'n ddim ond sgwarnog yn nofio i fyny'r Tafwys, medde fe. Ac ym myddin y Senedd a thrwy'r wlad i gyd, mae 'na gred ma Cromwell yw'r unig un a all ddwyn trefn i bethe unwaith eto. Ma nhw'n canu mewn dawns a seiat drwy'r wlad, teml a thafarn yr un modd,

Oliver Cromwell ydyw'r dyn;
Oliver Cromwell o Lundain i Lŷn;
Oliver Cromwell yw'r gri ar bob llaw;
Oliver Cromwell yma a thraw.
Oliver Cromwell, yw'r gri drwy'r ddaear gron;
Oliver Cromwell â'i law ar ei fron!

"Ma gen i ofn ma dyma'r gwiriondeb a feddiannodd Wiliam 'y ngŵr," meddai Elisabeth Walter yn drist, "pan ddechreuodd lyncu stori'r Piwritaniaid, sôn am ryw Forgan Llwyd, a dechre troi arnon ni, gefnogwyr y brenin, ac edliw i *mi* fy nghydwybod, os gwelwch yn dda!"

"Cydwybod, wir! Os dyla cydwybod dyn 'i yrru'n wallgo ulw, Wiliam Walter 'di hwnnw!" meddai'r fam-gu, y testun wrth ei bodd.

Ni ddywedodd Liwsi air o'i phen, ond daliai i feddwl am ei thad. Gwelsai hithau y newid a ddaethai drosto, newid a dybiwyd ganddi ar y cyntaf yn beth iachusol, oherwydd nid oedd wedi anghofio'r ystafell wely yn y castell gynt a'r ffaith iddo beri llawer o ofid a dwyn llawer o gywilydd arnyn nhw fel teulu. Er mai ifanc iawn ydoedd, roedd yn ddigon aeddfed i sylweddoli'r pryd hwnnw fod ei thad – ie, ei *thad*! – wedi croesi'r ffin honno lle nad yw rheswm na chyfrifoldeb yn cyfrif mwyach. Oedd, roedd ei mam wedi asesu'r sefyllfa'n gywir; nid oedd ei chlwyf wedi mendio, ac ni wnâi fyth, er na soniodd un gair am y digwyddiad wedi hynny mwy nag y cymerodd ei thad arno i'r fath funudau chwithig ddigwydd rhwng tad a'i ferch. Ond ni fedrai yn ei byw edrych yn gondemniol arno chwaith, oherwydd y gwir amdani y pryd hwnnw a hyd yn awr oedd iddi gael pleser na fedrai ei wadu yn y profiad. Rhywbeth yn ei natur, siŵr o fod, ond dyna *oedd* y gwir; ac fel y dywedai ei mam-gu yn gyson, *Y gwir a saif.*

– 9 –

Nid oedd unrhyw amheuaeth ym meddwl Liwsi bellach, wedi gweld yr hyn a ddigwyddasai i'w thad ac o gofio'r math o ddyn ydoedd, nad oedd y Beibl a'r athrawiaeth Biwritanaidd a'r degau o sectau oedd o gwmpas wedi effeithio'n rhyfedd arno. Roedd ei gonsŷrn sydyn dros ei gadwedigaeth bersonol a'i bwyslais o'i ddyled i Dduw, un na fedrai fyth obeithio i'w thalu, wedi gwneud hafog o feddwl y dyn. Clywsai ef yn sôn am y bodau rhyfedd yn yr uchelion a'r sylweddau tragwyddol, pethau nad oedd ganddi hi unrhyw amgyffred ohonyn nhw, nac yntau chwaith, roedd hi'n siŵr; ac yr oedd ei thad mor bendant bod yr hyn a ddigwyddai i ddyn – ef o bawb, wrth gwrs – i'w briodoli i'r Anfeidrol Fod, grym yr Hwn oedd uwchlaw deall a dirgelwch yr Hwn oedd uwchlaw archwiliad. Rhyfeddai at ddaioni Duw tuag ato, soniai am ei Ddamascus rywle ar y ffordd ar ôl gwrando Walter Cradoc, a barodd iddo gredu mai er ei fwyn ef yr oedd yr haul yn codi, y lluniwyd y sêr ac y cerfluniwyd y creigiau, a bod yr holl feirwon yn mynd i godi yn y Dydd Diwethaf. Peth da odiaeth ar y dechrau oedd gweld yr hen bechadur yn troi'n grefyddwr selog, meddyliodd Liwsi, ond yr oedd llyncu credoau nad oedd modd i feddwl anaeddfed eu deall ac anwesu'r syniad fod creadur bach llawn ffaeleddau fel ef yn 'etholedig' cyn i'r Crëwr mawr feddwl am lunio na mynydd na môr na morgrugyn – gwarchod y byd, roedd drysu'r ymennydd â rhyw ddychmygion fel hyn yn rhwym o arwain i drasiedi!

"Ma'ch Cromwell chi, nhad, yn gorfod gweld y meddyg i'w arbed rhag torri'i wddw!" taerodd Justus, brawd Liwsi;

124

doedd dim yn well ganddo ef na dadl ac ni ryfeddai neb mai'r gyfraith a aethai â'i fryd.

Dyna un peth a gofiai Liwsi am y dyddiau pan fu'n rhaid iddi hi a'i brodyr fynd i fyw gyda'r tad i'r tŷ bychan yng ngwaelod Stryd y Brenin. Er yr holl ofid a'r anawsterau, er yr holl amheuon a'r rhwystredigaethau, roedd *awyrgylch* yno, hyfrydwch bywyd teuluol nad oedd modd ei deimlo pan oedd mam-gu o gwmpas a'i mam dan ei dylanwad. Dyna un peth y gweddïai na fyddai'n digwydd iddi, cael ei dilyn i bobman trwy ei bywyd gan gysgod ei mam, ei gair a'i gorchymyn fel rheffynnau, chwip ar ei chefn, ei hewyllys fel haearn poeth ar ei hymennydd. Ond – na, nid oedd un-rhyw berygl i hynny ddigwydd! Ni bu'r un agosatrwydd rhyngddynt ers tro byd. Roedd y pellter yn fwy fyth erbyn hyn.

Gwleidyddiaeth y dydd oedd diddordeb Rhisiart. Gwelai'r holl sefyllfa grefyddol a'i thrafferthion wedi eu cyrraedd o'r cyfandir. "Nid rhyw ynys fechan mohonom bellach," meddai. "Cofiwch fel y bu i Sbaen a'i Harmada ein bygwth, merthyron yr hen Fari waedlyd, a Chynllwyn Guto Ffowc, heb anghofio chwaith gynnydd y Pabyddion stwbwrn a'r Jesiwitiaid yn taenu'r wlad â'u dysgeidiaeth. Ma'r Almaen yn curo'r drymiau'n uchel ac ma'n hen bryd i ni ymysgwyd. Beth bynnag sy'n mynd i ddigwydd i'r brenin, bydd 'i fab yn derbyn llond plât o ofid ar 'i ôl!"

Cofiai Liwsi'r dadleuon ar yr aelwyd. Dywedai Justus, "Falle y bydd gan Cromwell rywbeth i'w ddweud am hynny – fe gawn weld."

Dywedai Rhisiart, "Ma ganddo gyfrwystra Tom Howard i'w helpu bellach, mi glywes i." Daliodd Liwsi ar hyn.

Cywir neu anghywir, dysgodd y ferch fwy am Gromwell trwy ei brodyr na neb, ac yr oedd ganddi syniad yn gynnar y byddai'r ddau ryw ddydd yn dod yn amlwg mewn bywyd cyhoeddus. Gan nad beth oedd eu credo, cymerent safbwynt gwahanol bob tro, a hynny'n gwneud y ddadl yn fwy difyr. Unwaith y soniai Justus am Cromwell, yr oedd gan Rhisiart ei gyfraniad yn barod.

"Ma gen i ofn ma rhyw gegwr mawr yw'r dyn – creadur difanars! Bu'n gofalu am ffarm tua St. Ives, aeth yr hwch drwy'r siop, a bu'r adyn yn meddwl o ddifri am adael y wlad. Ymfudo! Aeth i'r cwrt wedyn i geisio am yr hawl i weinyddu ystad Syr Thomas Steward, 'i ewythr – ac mi gollodd. Ffarmwr cefn gwlad 'di Oliver Cromwell, ac un delicét ar y naw – mynd i'r eglwys â gwlanen o gylch 'i wddw rhag y damp!"

"Dwyt ti ddim yn gneud cyfiawnder â'r dyn," atebodd Justus. "Gofalu am fusnes yr hen ewythr hwnnw, Syr Thomas Steward, a brofodd gynta rioed o ba ddeunydd yr oedd Cromwell."

"Dos mlaen! Dwed fwy!"

"Y Goron wedi cytundebu i osod draeniad, Cynllun Draeniad y Ffen, yn nwylo cwmni preifat, yr Anturiaethwyr. Addawyd 95,000 o aceri i'r cyfranddalwyr pan gwblhawyd y gwaith, 40,000 i fod yn eiddo i'r cwmni. Bu cryn dipyn o wrthwynebiad ar ran y bobl oherwydd y bygythiad i'w bywoliaeth a'u heiddo – a neb yn fwy 'i gonsýrn na Syr Thomas Steward. Pan gwblhawyd y gwaith a'r Anturiaethwyr yn rhannu'r tir bu terfysg mawr. Galwyd y peiriannydd, gŵr o'r Iseldiroedd, Cornelius Vermuyden, yn ôl i gywiro pethe, ond daliai'r cyfranddalwyr i brotestio nad oedden nhw'n cael 'u hawliau a'r trigolion yn protestio am iddyn nhw golli'u bywoliaeth. Dychwelodd y peiriannydd mewn anobaith – a dyna pryd y daeth Oliver Cromwell i'r adwy. Os oedd 'i wddw'n wan, roedd 'i lais fel taran – ac fe gafodd y cyfranddalwyr a'r trigolion 'u hawliau! Na, nid oedd yn gwrtais iawn 'i arddull, ond – roedd yn effeithiol. Effeithiol iawn!"

"Ma gen i syniad ma dyn yn dyheu am boblogrwydd 'di Cromwell."

"Fe all hynny fod, ond er bod digon o fryche ganddo ar wahân i'r ddafad ar 'i drwyn, mae'n daer dros y sawl sy'n deilwng o drugaredd a chydymdeimlad."

Cofiai Liwsi fel y byddai ei thad yn codi 'i lygaid o'i lyfr ac yn ymyrryd. "Rhoswch, rhoswch, fechgyn, welsoch chi Cromwell rioed?"

"Naddo, naddo."

"Stwcyn bach cadarn, dau lygad fel dwy lamp yn 'i ben, tempar y diawl ganddo, ond ma crefydd yn help i gadw'r fflam i lawr. Calon fawr, lle i bawb a phopeth, ond – ofn! Fu dim enaid mwy nag Oliver Cromwell mewn tŷ o glai erioed, fechgyn!"

Ni fedrai Liwsi mwy na'i brodyr amau geiriau'r tad, ond ni fedrai ychwaith anghofio mor wahanol oedd darlun ei mam a'i mam-gu o'r gŵr yr oedd cymaint o sôn amdano drwy'r wlad bellach. Creadur aflêr, dillad cyffredin o wneuthuriad rhyw deiliwr bach cefn gwlad, crys siabi heb fod yn lân iawn, a strempiau gwaed ar 'i goler. Het heb rwymyn, cleddyf hyd at ei ben-lin, wyneb coch, llais fel rhaeadr, a'i eiriau'n byrlymu – a dim addurn i ddim a ddywedai na manars yn ei ffordd o ddweud!

Gan nad beth a ddywedai neb, meddyliodd Liwsi, derbyniai yr hyn a glywsai gynt gan ei thad fod Oliver Cromwell yn debyg o fod y dyn mwyaf dylanwadol bellach yn y wlad. Nid oedd amheuaeth bod gofyn am y fath ddyn, oherwydd yr oedd Llundain, heb sôn am Loegr a Chymru, fel coedwig a phob math o adar estronol yn trydar yno. Gwastatwyr, Milflwyddwyr, Gwerinwyr, Brygawthwyr, Piwritaniaid penboeth, a'r rhyfeddaf o'r giwed i gyd, carfan George Fox, a *Dydd yr Arglwydd* ar eu hymennydd. Gŵr oedd Fox nad oedd ei wyneb wedi gwenu erioed, gwallt hir at ei ysgwyddau, llygaid mawr, ac argyhoeddiad ganddo ei fod yn medru gweld rhyfeddodau ac iacháu'r clwyfus a'r gwahanglwyfus. Yr unig ddyn erioed, meddid, i dynnu dagrau allan o lygaid Cromwell. Erfyniai ei gynulleidfa arno i droi ei olygon oddi wrthynt gan mor danbaid oedd ei edrychiad. Mwya'n y byd y meddyliai Liwsi am yr holl leisiau croch yn baldorddi . . . wel, nid rhyfedd ganddi yr hyn a ddigwyddasai i Wiliam Walter, ei thad.

Roedd eithaf hyn oll i ddigwydd un hwyrnos haf . . . Eisteddai Liwsi wrth y bwrdd yn nhŷ ei mam-gu yn St. Giles, y ddwy wraig wedi trafod yn hir y faner a chwifiai uwch y drws. "Pan fo'r wlad mewn perygl, yr hyn y dylem drysori fwya 'di tamed o lian ar bolyn i arddel y wlad, a'r brenin a'r Goron!" meddai Elinor Gwynne, yn sych a selog.

"O flaen dy arian a'th aur a'th eiddo?" gofynnodd John Gwynne, gŵr llawn busnes, er ei holl deyrngarwch.

Ni chymerodd ei wraig sylw. "Ma baner ein gwlad yn werthfawrocach nag aur – baner Siôr, baner Andreas, a baner Padrig o Iwerddon! Aeth y groes goch ar y gwyn, y groes wen ar y glas, a'r tair yn un i gydnabod yr Undeb."

"Paham nad yw Draig Goch Cymru 'na?" holodd Liwsi.

"Paid â siarad mor wirion!" ceryddodd ei mam-gu.

Ar hyn, rhedodd un o'r morynion i'r ystafell, nid i weini, ond i hysbysu'r teulu bod rhywbeth rhyfedd yn digwydd tu allan i'r tŷ. "Dyn rhyfedd a phobl yn 'i ddilyn!"

Aeth pawb i'r ffenestr. Brysiodd Liwsi yr un modd. Gwelid tyrfa'n ymgasglu. Cynyddai'r twrw a'r cyffro.

"Pwy yw'r barbariaid hyn?" gofynnodd gwraig y tŷ. Cododd ei dwylo i'w hwyneb.

"O diar . . . O diar!" meddai Elisabeth Walter, yn beichio wylo'r eiliad nesaf.

"Twpsyn diawl!" meddai John Gwynne, heb amynedd i edrych mwyach.

Ni fedrai Liwsi gredu ei llygaid. "Nhad!" Cuddiodd hithau ei hwyneb. Torrodd y llais ar eu clyw,

"Fi yw Ioan Fedyddiwr! Edifarhewch! Edifarhewch! Paratowch ffordd i'r Arglwydd, gwnewch yn uniawn ei lwybrau Ef!"

Roedd y llygaid yn wyllt a'r llais fel pe'n methu dal ei angerdd ei hun. Dawnsiai a rhedai nifer o bobl a phlant tu ôl i'r ffigur trist gan weiddi, "Edifarhewch! Edifarhewch!"

Arhosai'r proffwyd ysmala bob hyn a hyn i edrych o'i gwmpas a phwyntio'n rhybuddiol:

"Nef a daear a ânt heibio, ond fy ngeiriau i nid ânt heibio ddim. Gwae y bugeiliaid sydd yn difetha ac yn gwasgaru defaid fy mhorfa! Mi a gasglaf weddill fy nefaid o'r holl wledydd lle y gyrrais hwynt, a mi a'u dygaf hwynt drachefn i'w corlannau. Gosodaf hefyd arnynt fugeiliaid, y rhai a'u bugeilia hwynt; ac nid ofnant mwyach, ac ni ddychrynant!"

Edrychodd y gŵr o'i gwmpas a rhyw wên loerig yn pefrio ar bawb.

"*Ac mi a sefais ar dywod y môr; ac a welais fwystfil yn codi o'r môr, a chanddo saith pen a deg corn; ac ar ei gyrn ddeg coron, ac ar ei bennau enw cabledd. A'r bwystfil a welais i oedd debyg i lewpard, a'i draed fel traed arth, a'i safn fel safn llew; a'r ddraig a roddodd iddo ef ei gallu a'i gorseddfainc, ac awdurdod mawr. Ac mi a welais un o'i bennau ef megis wedi ei ladd yn farw; a'i friw marwol ef a iachawyd; a'r holl ddaear a ryfeddodd ar ôl y bwystfil. A hwy a addolasant y ddraig . . .*"

Safodd y dyn unwaith eto fel petai wedi darganfod gwirionedd mawr. Pwyntiodd at y faner a welodd uwchben y drws gyferbyn. Dechreuodd weiddi, "*Y Ddraig! Y Ddraig! Y Ddraig!*" Aeth allan o'r golwg . . .

Roedd y cwmni yn y ffenestr yn chwilfriw. Aeth Liwsi i'w hystafell wely i fod ar ei phen ei hun. Fe wyddai ei bod wedi gweld ei thad am y tro diwethaf.

– 10 –

Bellach, yr oedd y brenin am ennill ffafr yr Albanwyr, ond yr oedd hefyd yn dymuno i Eglwys yr Alban dderbyn litwrgi Lloegr.

"Hyde," meddai, yn tybied hynny fel peth hollol resymol i'w ddisgwyl, "ma'r Sgotiaid 'ma wedi ymateb fel pe bawn i am ddod â delw o'r Forwyn Fair i ganol 'u haddoliad!"

"Ma'r Cyfamod yn gysegredig fel y llo aur yn 'u golwg nhw," atebodd Hyde, "a'u cynddaredd yn erbyn yr esgobion yn ymylu ar wallgofrwydd!"

Nid oedd amau ddarfod i sêl y Sgotiaid dros eu Cyfamod a'u diwinyddiaeth ymylu ar hynny. Cafwyd cefnogaeth drwy'r tir gan dlawd a chyfoethog, bonedd a gwerin – banllef a rhyfelgri'r Presbyteriaid!

Felly, pan geisiodd y brenin help yr Alban, gan gofio dyfais Henderson i gyfamodi dwy blaid a dwy wlad, sefydlodd y Sgotyn tanbaid hwnnw y Gynghrair Ddifrifol a'i Chyfamod i'w derbyn gan y Saeson. Drwy'r haf ac ymhell i'r gaeaf, bu'r brenin yn falch o nodded nes ei ildio i ddwylo'r Seneddwyr yn nechrau'r flwyddyn.

"Mi feddylies ma fel hyn y digwyddai," addefodd yn drist wrth ei gynghorwyr.

"Dim ond cadw ma's o ddwylo'r Fyddin a Cromwell," meddai Hyde, "yna bydd siawns i ffoi i rywle fel Ynys Wyth."

"Pe medrwn lochesu yng Nghastell Carisbrooke," atebodd y brenin, yn ymegnïo i feddwl am bob ystryw wrth weld y rhaff yn tynhau amdano, "fe gawn gyfle i ddelio â'r Albanwyr a'r Gwyddelod oddi yno."

"Ma'r Albanwyr yng ngyddfe'i gilydd!" meddai Hyde.

"Mi fyddai'n wyrth i gael y Gwyddelod yn wahanol i hynny!" atebodd Siarl. Daeth chwerthin gwan i gil ei wefusau. "Gall hynny fod, ond ma'r Sgotiaid bach yn bwysig i mi nawr – ma nhw'n medru ymladd fel ceiliogod!" Ystyriodd. "Ma hynny'n well na mynd i fegian wrth ffrindie Henrietta, a fyddai'n siŵr o ofyn am deyrngarwch i'r Pab!"

"Ma hynny'n wir," cydnabu Hyde, "ond – dwn i ddim p'un yw'r gwaetha. Ma pris y Presbyteriaid yn siŵr o fod yn uchel! Tyngu llw i'r Cyfamod!"

"Be fydd fy mab yn meddwl?" holodd y brenin.

"Ma gen i ofn nad oes gan Dywysog Cymru fawr o awydd nac amser i ofidio am Bresbyteriaid yr Alban bellach!" meddai Hyde, yn ofidus.

"Ma'r crwt 'na yn boen dy fywyd!" ochneidiodd y brenin. "Y fenyw Isabelle-Angelique neu Mrs Wyndham – yn 'i wallt eto, iefe?"

Tywyllodd llygaid Hyde. "Nage, nage, eich mawrhydi – rhywun peryclach o lawer!"

"Peryclach? Pwy?"

"Croten fach gomon o Gymru! Un bert i' rifeddu, ond – cyfrwysach na Sarff Eden!"

"Pwy yw *hon*? Pam na chlywais i am *hon*?"

"Ma'r tywysog am gadw'r cwbl yn dawel."

"Ai . . . rhywbeth dros nos 'di hyn?"

"Na, eich mawrhydi, ma fe mewn cariad dros 'i ben!"

"Pwy *yw* hi?"

"Liwsi Barlow – ond nid dyna'i henw iawn – ffrind i Tom Howard! Un o ysbïwyr Cromwell, mi wranta."

"Arglwydd mawr!" Eisteddodd y brenin. "Oes 'na ddiwedd byth i helbulon brenin druan?"

"Ma'r ferch hon," meddai Hyde, "yn fwy o anfantais i'r orsedd na holl lu Cromwell a phob Piwritan yn y tir!" Anadlodd yn ddwfn. "Hwren!"

– 11 –

Pan fu farw ei mam-gu yn ei chwsg, ni theimlodd Liwsi y math o dristwch ag a deimlodd pan fu farw'r hen nyrs, Joanna. Ni ddaeth deigryn yn agos at ei gruddiau. Yr unig ofid a deimlai oedd dros ei mam. Cerddodd gyda hi i edrych ar y corff glas – yr unig dro erioed iddi weld ei mam-gu yn fud a llonydd – a bu'n rhaid iddi roi ei llaw i'w chynnal. Gwyddai'n iawn na fedrai Elisabeth Walter wynebu'r brofedigaeth hon heb gael ei dryllio. Gwyddai hefyd mai ei thasg fel merch fyddai helpu ei mam yr holl ffordd i Gymru i roi gweddillion gwraig Nant-yr-Hebog yn y bedd. "Bydd yn rhaid i ni gadw'n agos at ein gilydd nawr, Liwsi," meddai ei mam trwy ei dagrau.

"Rwyt ti'n edrych yn dda, groten!" meddai'r coetsmon, Eben, pan ddaeth i nôl y teulu i'w cludo i'r hen ardal.

"Diolch, Eben." Ni theimlai Liwsi gystal â'i hedrychiad – bu'n rhaid iddi gladdu'i hunan mewn du ac ni fedrai gymryd at y fath ymddangosiad angladdol.

Mynnodd Elisabeth Walter i'w meibion, Rhisiart a Justus, fynd at y teiliwr am yr un gymwynas. Nid edrychai'r naill na'r llall yn ddiddig.

Roedd yn dda gan Liwsi weld Eben Harris yn chwythu a ffwdanu o gwmpas. Roedd yn amlwg ei fod yntau'n falch i gael ei alw i wasanaethu'r teulu unwaith eto. Deuai ar ei dro yn gyson, gan werthu menyn a chawsiau yr holl ffordd, ac ni chofiai Liwsi am adeg pan fu ei chartref a chartref ei mam-gu heb gosyn Eben. Â barnu wrth y ffordd yr ysgydwai'i ben, trwyno a gwthio, gellid synhwyro bod yr hen geffyl yr un mor hapus i fod yn yr harnais yn tynnu'r goets yn ôl i Gymru dros y teulu.

Siwrnai flinderus ddigon oedd hi. Roedd y tywydd yn hydrefol ac olion yr haf cynt yn garpedi o ddail cochddu dan draed yr holl ffordd. Prin iawn oedd y sgwrs yn y goets. O'r braidd y cododd Elisabeth Walter ei phen – ni ddeuai dros y galar hwn byth, penderfynodd Liwsi. Bron nad oedd ei hwylofain yn awgrymu ei bod yn *mwynhau'r* brofedigaeth. Ymatebai'n wannaidd a digalon i bob ymholiad neu arwydd o gydymdeimlad. Ni chymerai'r un o'i brodyr fawr o sylw o'u mam. Ni chymerai ei brodyr fawr o sylw o neb na dim – roedd y siwrnai'n fwrn a chladdu'r 'hen fenyw' yn wastraff amser. Gwastraff amser oedd ymweld â Chymru, dych-welyd am ddeuddydd, oherwydd Llundain oedd eu byd a Llundain oedd eu bywyd. Gwyddai Liwsi na feddai'r naill na'r llall amynedd pan lusgai Eben Harris heibio iddyn nhw yn wasaidd a moesymgrymu bron ar ôl pob brawddeg.

"Fedrwn i ddim byw yng Nghymru nac yng nghanol y Cymry mwyach!" meddai Rhisiart yr eiliad yr eisteddodd yn y goets ar ôl i'r hen goetsmon agor y drws iddo.

"Na finne chwaith!" cytunodd Justus.

Ni thrafferthodd Liwsi ateb. Meddwl am ei thad a wnaeth hi. Oedd, roedd hi wedi dod i ddeall ei thad yn well. Medrai ddeall ei wendidau; medrai ddeall ei adwaith i deulu Nant-yr-Hebog, mor wasaidd bob amser tuag at Saeson uchel-ael ag yr oedd Eben Harris tuag atyn *nhw*, a'r addoliad o'r teulu brenhinol. Pa ryfedd bod ei thad wedi gwrthryfela trwy bleidio'r Seneddwyr fel y gwnaethai? Yr unig beth na fedrai ddeall yn ei gylch, ac yntau'n greadur â chymaint o ddireidi a hiwmor, oedd y newid syfrdanol ynddo a'r dwyster mawr a'i meddiannodd ar ôl llyncu athrawiaeth y Piwritaniaid. Deallai'n iawn fod gan y dyn bethau i fod yn edifeiriol yn eu cylch, peth da oedd i gydwybod dyn ei ddwysbigo; nid oedd un amheuaeth i Wiliam Walter fod yn dipyn o dderyn a'i fod yn hen bryd iddo newid, ond ai peth da oedd 'cydwybod' os arweiniai at wallgofrwydd? Ni welsai ddim tristach yn ei byw na'r olygfa o'i thad yn mynd heibio i dŷ ei mam-gu fel efengylydd eirias yn cyhoeddi diwedd y byd a barn ar bawb.

Peth peryglus oedd crefydd. Rhoi dyhead mewn dyn am berffeithrwydd mewn byd lle nad oedd hynny'n bosibl. Tyfu 'ffrwyth yr Ysbryd', fel y soniai ei mam-gu, mewn hinsawdd hollol anffafriol. Sut a pha bryd y daeth y 'newid' mawr ym mywyd ei thad, nid oedd gan Liwsi syniad; un peth yn unig a wyddai, mai peth call oedd i bob adyn meidrol gymryd crefydd o ddifri, ond gwarchod pawb, roedd mynd iddi fel y gwnaethai Wiliam Walter yn siŵr o arwain i'r seilam! Nid oedd unrhyw berygl i hynny ddigwydd iddi hi . . .

Un o'r rhoddion olaf a dderbyniasai gan ei thad oedd copi o Feibil William Morgan a Homilïau Edward James. Medrai ddarllen yn gynnar iawn ac yr oedd Elinor Protheroe, mam-gu Nant-yr-Hebog, wedi ei rhoi ar ben ei ffordd mewn Saesneg, Groeg a Lladin, ar wahân i'r hoff seryddiaeth. Roedd ei meddwl wedi'i agor yn fore felly i gwestiynau o bob math. Lle nad oedd ateb, dysgodd yn rhwydd ddyfalu, boed gam, boed gymwys.

Hynny a'i cadwodd rhag teimlo euogrwydd ar ôl ymgodymu â'i thad y tro hwnnw. Na, ni *throseddodd* ef na hithau, ond – sylweddolai hyn yn fwy o hyd – yr oedd ei chnawd wedi'i danio a'r fflam ynghynn – yn rhyw aros am gyfle! Gan i'w thad ildio i'w 'gydwybod' ar ôl hynny, cerddodd hen dân difaol euogrwydd drosto; y tân hwnnw sy'n bwyta meddyliau a breuddwydion a dedwyddwch dyn fel cŵn barus. Tasg anobeithiol, ym marn Liwsi, oedd ymgodymu â 'chydwybod' ddrwg. Ni fedr unrhyw air na chysur ein cyrraedd yn nyfnderoedd y fath annifyrrwch. Mae'r greadigaeth fawr yn mynd yn anghyfeillgar. Nid oes dihangfa. Nid oes buddugoliaeth. Digon gwir bod maddeuant yn cael ei gynnig, fel y darllenodd yn ei Beibil, ond trychineb ei thad oedd ceisio maddau iddo'i hunan a *methu*; roedd yn *rhaid* iddi hi ochel hynny! Pan welodd Rhisiart, ei brawd, gopi o lyfr Robert Llwyd, *Cyfarwyddyd yr Anghyfarwydd i'r Nefoedd*, dywedodd, "Hwnna landodd nhad yn Uffern!"

Syrthiodd y clai o law yr offeiriad ar yr arch. Sŵn fel plwm. "Lludw i'r lludw, llwch i'r llwch . . ." Safai'r galar-wyr o gwmpas y bedd, llygaid syn, cegau agored, gwerin-wyr, byddigions, hen wynebau, wynebau newydd. Daeth bref dafad o bellter fel pe'n dynwared llais y person. "Drug-arog Dduw, hebrwng ein chwaer ymadawedig i'w hir gartref, derbyn hi i'th Nefoedd . . ." a'r ddafad bell fel pe'n amenu'n frwd.

Er mor ddwys yr awr, a'i mam bron wedi'i llethu gan hiraeth a galar, ni fedrai Liwsi beidio â meddwl am ei mam-gu yn y Nefoedd – yn cerdded o gwmpas fel y gwnâi o gwmpas ei chegin yn Nant-yr-Hebog a'i pharlwr yn Llundain, ei gŵn gwyn a dwy adain yn lle breichiau ganddi, yn gorchymyn un peth a beirniadu'r peth arall! Ni fedrai ddychmygu ei mam-gu yn y Nefoedd hyd yn oed heb iddi ddod o hyd i *ryw* fai!

Cofiodd eto am lyfr ei thad, y gyfrol y bu'n myfyrio mor ddyfal ynddi, *Cyfarwyddyd yr Anghyfarwydd i'r Nefoedd* – edrychodd i fyny. Y ffurfafen faith! Nefoedd? Ai yn yr entrychion yn rhywle yr oedd mam-gu yn hobnobio a busnesa bellach gyda'r angylion? Dyna'n bendant y ceisiai'r offeiriad gwylaidd berswadio ei wrandawyr i gredu. Yno, yn sŵn y telynau ac yng nghwmni'r telynorion, mam-gu o bawb yn bwrw llygad ar yr Orsedd wen fawr a'r gosgorddlu nefol. Bobol bach, roedd y syniad yn taro Liwsi fel hunllef neu'r rhyfyg mwyaf ofnadwy!

Edrychodd unwaith eto ar yr wynebau o'i hamgylch, wynebau cyn waced â'r ffurfafen, lawer ohonyn nhw. Daeth sŵn y ddafad dros y cwm unwaith eto – rhyw fref goll yn llawn o unigrwydd ac argyfwng. Gellid amlhau argyfyngau dafad neu gi neu gath neu bryfyn gan deimladau meddal, ond wedi derbyn hynny erys y ffaith bod y frwydr am fodolaeth mor wir iddyn nhw ag i greadur dynol. Yr un yw'r boen rhwng esgyrn cadno a dyn. Natur yn unig sy'n medru fforddio bod yn ddihidans. O, roedd holl ddirgelwch y bywyd hwn, nid yn unig yn ysgyrnygu arni yn y bedd agored, ond yn yr wynebau anobeithiol o'i gwmpas, "Fel y deuwn yn y diwedd i'th fawrhau a'th ogoneddu, oherwydd hyn yw holl ddiben ein bywyd . . ." – a'r ddafad a'i bref yn cadarnhau unwaith eto. Ond, ni fedrai Liwsi gredu, â chaniatáu bod pwrpas i fywyd hunan-gyfiawn, balch, a beirniadol mam-gu. Wel, roedd y pwrpas hwnnw ymhell tu hwnt i amgyffrediad dynol!

"Der mlaen!" meddai Justus, y funud y cyhoeddodd y person y fendith. "Dyw hwn ddim yn lle i loetran ynddo."

Safai Elisabeth Walter o hyd uwchben y bedd agored yn methu derbyn mai arch ei mam oedd ar y gwaelod. "Be sy'n mynd i ddod ohono i nawr?" ochneidiodd.

Cerddodd ei meibion heibio heb sylwi arni.

Gwenai'r wynebau ar Liwsi wrth iddi ymadael â'r fynwent fach – disgynyddion Perrott, Phillips, Meurig, Rhys, Pritchard, Palmer, Defro, a Mansell, hen deuluoedd yr ardaloedd hyn, mor gyfarwydd a digyfnewid ag oriel. Daeth un ar ôl y llall i gydymdeimlo ag Elisabeth Walter, y fam; ni cheisiodd wneud mwy na diolch, a hynny heb godi'i phen. Daeth un ferch osgeiddig heibio, ei llygaid yn cerdded dros Liwsi'n edmygus, os nad eiddigeddus – "Fi yw Dorothy Talacharn o San Brîd!" Cododd gweddw Wiliam Walter ei llygaid yr eiliad y clywodd yr enw – cofiai fel y bu i'w gŵr ffoli ar y ferch honno ac edliw ei dengarwch iddi gynt! Brysiodd Liwsi a'i mam heibio . . .

Roedd Nant-yr-Hebog yn gywir fel erioed – cartref moethus, gerddi braf, ystafelloedd eang, a'r bwrdd hir yn barod i borthi'r pum mil. Roedd dau ddarlun mawr yn yr ystafell ganol – John ac Elinor Protheroe. Meddyliodd Liwsi am y ddau yn symud o gwmpas yr hen dŷ mor siaradus a bywiog gynt, eu llygaid a'u lleisiau fel yr elfennau, gwynt a glaw, yn penderfynu hinsawdd y lle. Bellach, mor fud y ddau.

"Fedra i ddim aros 'ma mwy, Liwsi."

Deallasai'r ferch hynny ers amser. "Popeth yn iawn, mam."

"Fe garwn i fynd i weld Castell y Garn."

"Ar bob cyfri."

"Ma'r soldiwrs wedi gneud y lle'n iawn ar ôl y tân."

"Ma'r soldiwrs wedi mynd," meddai Hanna, y wraig wasaidd a ofalai am Nant-yr-Hebog er cyn cof, hen ferch bellach, wedi ildio'i bywyd yn llwyr i weini ar deulu Protheroe, ac yn fwy o berchen ar yr hen le na'r un ohonyn nhw. Brysiodd allan o'r ystafell am ennyd; dychwelodd ar drot. "Fe osodes y bwrdd i chi a Miss Liwsi yn y rŵm fach," meddai yn wên i gyd, mor ffwdanus ag arfer i bentyrru'i chymwynasau. "Ma'r meistri Rhisiart a Justus wrth y bwrdd gyda'r dynion erill yn y rŵm fowr – meddwl yr hoffech chi'ch dwy gael tawelwch 'da'ch giddyl!"

"Diolch, Hanna." Cododd y fam ar ei hunion i gael ei hebrwng gan ei merch i'r ystafell o'r neilltu.

"Does dim whant bwyd arna i, wir!" sibrydodd. Ond heb fawr o berswâd, dechreuodd Elisabeth Walter flasu'r wledd iachus a baratowyd. Daeth Hanna atynt eto,

"Disgled arall o de." Roedd te yn foeth newydd a chostus – tebotaid hael dan y glustog!

"Diolch, diolch yn *fowr*, Hanna."

Yna, awr yn ddiweddarach, roedd chwip Eben Harris yn annog y ceffyl i dynnu'r goets tua Chastell y Garn . . .

Ymsythodd y ceffyl yng ngolwg y castell, ei glustiau i fyny a'i bedolau'n eiddgar, fel pe bai'r anifail yn ias i gyd i fod ar dir mor gynefin unwaith eto. Plygai canghennau'r coed yn gwrtais – bonedd yn rhoi croeso i fonedd. Nid oedd yr awel yma mor greulon â'r llafnau miniog a frathai o gwmpas y bedd yn gynharach. Roedd y llwybr igam ogam o'r eglwys yn drwm dan ddail crin y tymor. Ehedai aderyn ar frys o goeden i goeden fel petai'n ysu am ddweud wrth y nythod i gyd bod y teulu wedi dychwelyd. Am ennyd, nid oedd sôn am neb o gwmpas, yr hen gastell wedi'i wacáu'n llwyr o'i denantiaid brenhinol, heb na baner na bod dynol i arwyddo fod dynion wedi bod yn trigo yma. Yna, mwstwr adenydd rhwng y canghennau, ac ymddangosodd dau filwr o'r tu ôl i'r gwrychoedd gan orchymyn i Eben y coetsmon aros.

"Pwy sy 'na? Pwy sy 'na?" Roedd y llais yn gras a sarrug.

Dychrynodd Elisabeth Walter – medrai'r peth lleiaf ei dychryn bellach.

"Own i'n meddwl bod y soldiwrs wedi cilio, Liwsi!"

"Roedden nhw *wedi* cilio, ond ma nhw wedi dod 'nôl am ryw reswm."

"Pwy sy 'na? Pwy sy 'na?" Roedd y llais yn fwy cras a sarrug y tro hwn.

"Hold on, hold on, soldiwrs. Teulu'r castell, mei-ledi a'i merch, wedi dod adre – byddwch yn suful nawr, damo chi!" erfyniodd y coetsmon.

"Does neb i fynd i mewn i'r castell gan nad pwy yw e!"

Rhoddodd Liwsi ei phen allan o'r goets. "Os dan ni *am* fynd i mewn, fe *awn* i mewn!"

Daeth wyneb mawr barfog i gwrdd â hi – pâr o lygaid trachwantus, pâr o wefusau cableddus, a phâr o freichiau crafangus,

"Der 'ma, der 'ma, y lodes gegog!" Agorwyd drws y goets a'r peth nesaf a wyddai Liwsi oedd fod y breichiau'n ymaflyd ynddi, bysedd yn ei gwallt, ar hyd ei bronnau, a than ei dillad, a hithau'n cael ei bwrw ar wastad ei chefn. Pan lwyddodd i edrych i fyny, roedd y llygaid mawr barus yn ei hwynebu, a'r gwefusau'n glafoerio. Clywai ei chalon yn curo. Eisteddai ei mam yn ei chwman yng nghornel y goets yn ubain mewn arswyd.

"Paid â dychryn, fenyw, does neb yn mynd i dy chwen-nych *di*!" meddai un o'r milwyr.

Ceisiai Liwsi â'i holl nerth gadw'r ddau filwr draw, ei dyrnau'n pwnio, ei dannedd yn brathu, a'i choesau'n ymdrechu, ond – roedd y dwylo'n rhedeg yn wyllt dan ei dillad. Teimlodd ei dwy goes yn cael eu gwahanu. Dis-gynnodd corff trwm fel sach ar ei chorff hithau. Aeth yn ymwybodol o wres a chwys a rhyw egni nwydwyllt yn ei bygwth.

"Dos o 'ma'r diawl," gwaeddodd, â'i dyrnau'n protestio. Daeth llais i'w hachub,

"Dyna ddigon! Dyna ddigon!"

Gollyngodd y dwylo eu gafael. Daeth petruster i'r

llygaid. Ciliodd y ddau ymosodwr yn llechwraidd. Medd-ai'r llais,

"I'r llofft stabal! Mi ddelia i â chi maes o law!"

Gwelodd Liwsi'r ddau gawr yn mynd o'r golwg fel dau hen gi llwfr dan lach eu meistr.

"Pwy sy gen i fan hyn?"

Llanc ifanc a holai, ei wisg yn aflêr, olion sathredig arno ef a'i ddillad fel un a fuasai ar grwydr yn hir. Teimlodd Liwsi syndod yn ei meddiannu.

"Pwy . . . pwy?" gofynnodd, a'r ateb yn gwawrio arni.

"Ar 'y ngwir!" Lledaenodd gwên dros yr wyneb ifanc o'i blaen –

"Fi yw Liwsi Walter –"

"Wrth gwrs, wrth gwrs!" oedd yr ateb bodlon. "Diolch am gael benthyg y castell . . . dros dro . . ."

"Er mwyn y brenin!"

"Wrth gwrs, wrth gwrs," meddai'r llanc eto, yn dechrau nesáu, "Dan ni wedi . . . wedi . . . cwrdd o'r blaen . . .?"

"Do?" Nid oedd Liwsi am arddel.

"Dim ond dyn dwl fyddai'n – *anghofio* –!"

"*Ble* –?"

Chwarddodd y llanc. "Dowch, dowch, Liwsi!" Edrychodd yn chwareus arni. "Dach chithe ddim wedi anghofio . . . does bosib?"

Pe bai wedi digwydd anghofio, cawsai ei goleuo'r eiliad nesaf pan welwyd ei mam yn ymysgwyd fel aderyn mawr yn ymestyn adenydd cyn mentro i'r entrychion.

"Liwsi, Liwsi, Tywysog Cymru! Tywys . . ."

Safai'r llanc yn llonydd wrth ddrws agored y goets tra ceisiai Liwsi wneud ei gwisg yn gymen. Daeth ei mam allan i sefyll yn nerfus o flaen yr etifedd cwrtais.

"Foneddigesau, peidiwch . . . peidiwch â chyffroi."

"Wel . . . wel . . . pwy a feddyliai . . . y Tywysog Siarl!" Edrychodd Elisabeth Walter yn galed i wneud yn siŵr nad drychiolaeth a welai. "Yn wir, yn wir, y Tywysog *Siarrrl!*"

Moesymgrymodd y gŵr ifanc.

"Roeddwn i'n meddwl bod y milwyr wedi . . ." Daliodd

y fam ffwdanus ei thafod . . . "Os dach chi *am* y castell . . ."
Sut ar y ddaear y medrai orffen brawddeg? Sut ar y ddaear y
medrai ddweud yr hyn oedd ar ei meddwl? "*Mi fedrwn* . . ."
– dechreuodd godi ei llais cyn gostwng . . . "Mi fedrwn . . .
aildrefnu'n rhwydd . . ." Gwenodd yn ufudd a gwylaidd.
"Er mwyn y brenin . . ."

Roedd llygaid Siarl yn daer ar Liwsi. "Diolch – diolch – o
galon!"

". . . *Rhaid* i'r brenin . . . gael . . ."

Daliodd y fam ei thafod eilwaith. Roedd y llygaid o hyd
ar ei merch.

Deallodd meistres Castell y Garn nad oedd gan yr
ymwelydd annisgwyl lygad i neb arall. Aeth i edrych fel
aderyn helbulus a'r corwynt yn ei blu, ond ceisiodd ym-
ddangos ar ei gorau.

"Eben! . . . Eben!" dechreuodd alw.

Brysiodd y coetsmon gostyngedig, ei waseidd-dra
wedi'i blygu fel cainc y fedwen, a phrin ddigon o hyder
ganddo i feiddio codi ei lygaid uwchlaw'r llawr. Oedd, yr
oedd cyfrwystra'r wenci i'r llygaid hynny, ystwythder y
carlwm i'w gorff a buander y llwynog i'w draed, ond
roedd gwaseidd-dra cenedlaethau ei ach wedi medd-
iannu'r dyn bach ar amrantiad.

"Eben! Eben!"

"Ie, mistres! Ie . . ."

"Y peth gore fydd inni droi'n ôl . . ."

"Yn ôl i Nant-yr-Hebog, mistres?"

"Yn ôl i Nant-yr-Hebog!"

Lledodd Siarl ifanc ei freichiau. "Ddim ar unrhyw
gyfri!"

"Ein braint yw bod at wasanaeth – y brenin!" mynnodd
y fam.

"O diar, dach chi Gymry *mor* garedig."

Trodd y fam at ei merch. "Liwsi, fe awn ni'n ôl – wyt
ti'n barod?"

"Barod, mam."

"Os gwelwch yn dda!" Cerddodd y tywysog at y fam a
rhoi ei ddwy law ar ei hysgwyddau, "Madam, madam, ni

fynnwn er dim darfu ar ych trefniade, ond ys gwn i a fedrech ganiatáu un ffafr?"

"Eich mawrhydi, *un*-rhyw beth –!" Roedd y geiriau fel dŵr rhaeadr yn saethu allan.

"Mae'n ffafr fawr iawn i'w gofyn, ond i greadur mewn helynt fel fi . . ."

Bron nad oedd dagrau mawr ar fin powlio i lawr gruddiau Elisabeth Walter. "O, syr, does dim – *dim* ar y ddaear yn *ormod*!"

"Dach chi'n *siŵr*?"

"*Berffeth* siŵr!"

Oedodd Siarl, ei ddwylo ar ysgwyddau'r fam o hyd, ond ei lygaid ar ei merch. "Gawn i – gwmni Miss Liwsi?" Roedd cwrteisi'n atalnodi pob brawddeg.

Ni ddeallai meistres Castell y Garn gais mab y brenin. "Cwmni?"

"– Ei chael gyda mi – yn gwmni."

Roedd y llygaid tywysogaidd yn gwledda'n foethus ar brydferthwch y ferch. Rhoddodd Siarl ei law dan ei gên er mwyn syllu . . . syllu. Chwibanodd. Anadlodd. Daeth yr ias a deimlasai gynt yn Exeter yn ôl. Dad y trugareddau, pam ar y ddaear y gollyngasai hon o'i ddwylo? Pam ar y ddaear y gadawsai i hon fynd gam oddi wrtho?

"O wel . . ." dechreuodd y fam fwmian rhwng ei dannedd, ei hawydd i blesio'r tywysog yn bennaf yn ei meddwl, ond yn ofni mentro addo dim lle roedd ei merch yn y cwestiwn. "Ma'n siŵr – y bydd Liwsi – ha ha ha – wrth 'i *bodd*." Roedd llygaid y fam yn llawn ansicrwydd. Cofiodd Elisabeth Walter bod llawer o'i thad yn Liwsi, dim ffrwyn ar dafod, fawr o barch i'r bonheddig na'r breiniol, dim ofn na chath na chythraul wrth ddatgan ei barn, ac wedi ei chywilyddio hi fwy nag unwaith trwy siarad i lawr, a bychanu gwŷr uchel-ael, gwleidyddion, esgobion, arglwyddi enwoca'r wlad. Gwybu wrth osgo'r ferch ei bod ar fin ffrwydro. Roedd yr wyneb prydferth yn newid – llewpard ifanc ar gymryd llam!

"Mi ddewisa *i* fy nghwmni fy hun!"

"Liwsi! *Liw*-si!"

"Does neb yn mynd i'm rhoi *i*'n anrheg i'r un dyn!"

"Liwsi! LIW-SI!" erfyniodd y fam eilwaith yn wrid i gyd. "*Mab* y bren –!"

"Tase'r brenin 'i hun 'ma, ni châi nghymryd *i* rhwng 'i balfe . . ."

Chwarddodd Siarl. "Bendigedig!" Safodd yn ôl i edrych ar y groten stans. "Diawl, mi fydde cadfridogion dewra'r wlad ofn syrthio mewn cariad â hon!"

Daliodd i chwerthin yn gyfrwys rhwng ei ddannedd. "Ond falle caiff tywysog bach gwylaidd fel fi . . .?" Safodd ennyd cyn edrych ym myw ei llygaid. "Liwsi, der 'ma!"

Mor chwim a distaw â'r pilipala rhwng blodau'r gerddi, roedd merch Castell y Garn wedi diflannu i gyfeiriad y coed gan adael ei mam a'r coetsmon yn edrych ar ei gilydd mewn syfrdandod.

"Der 'nôl! Der 'nôl!" gwaeddodd Siarl, cyn i'w sodlau yntau ddiflannu o'r golwg yn y coed tal.

– *13* –

Roedd distawrwydd i'r goedwig fel yr ust hwnnw rhwng cwsg ac effro. Gellid clywed symudiad deilen ar gainc fel gwreiddiau'n rhwygo. Rhwng y dail, pefriai cannoedd o lygaid – yr adar chwilfrydig yn dal eu hanadl wrth synhwyro bod heliwr ar drywydd. Roedd crac i'r hesg a'r rhedyn fel esgyrn yn torri.

Po ddyfnaf y rhedai Liwsi i'r gwyrddni, tywyllach oedd y goedwig a mwy byw y synau a'r ffurfiau o'i chwmpas. Oedodd ennyd i gael ei hanadl. Er mor gynefin oedd â'r coed tal, teimlai fwyfwy ei bod bellach wedi mentro i diriogaeth ddieithr. Nid oedd llwybr. Nid oedd adwy. Dim ond y gwyrddni bygythiol a'r rhedyn fel saethau'n anelu amdani . . . a sŵn traed penderfynol.

Daeth at fan lle roedd y tir yn codi'n serth. Teimlai ei chorff yn dynn yn ei dillad, sidan anaddas i'r fath ymdrech a

141

chyflymdra, a'r chwys yn troi'n berlau ar ei thalcen ac yn fapiau o wlypwch dan ei cheseiliau. Gorfu iddi alw am fwy o ymdrech gan ei chorff. Caeodd ei dyrnau i annog pob gewyn. Rhedodd a rhedodd . . . a'r traed i'w clywed o'r tu ôl yn daer o hyd. Pe delid hi yn y tyfiant gwyllt hwn, ni fyddai gobaith ganddi i osgoi'r heliwr ifanc na dianc o'i afaelion. Nid ei bod yn ddiduedd na dideimlad yng ngwrth-daro serch. Rhyfedd i'r tywysog blagio y byddai ofn ar gadfridogion hyd yn oed syrthio mewn cariad â hi! Fwy nag unwaith, safodd wyneb yn wyneb â rhyw gariad eiddgar a hithau'n llosgi i draed ei sanau a'i hyder yn dechrau cilio fel eira ar grib dan dywyniad haul, ond – roedd holl awdurdod gorsedd ei dad, sylweddol o hyd ar waethaf helyntion y dydd, yn peri nad oedd mymryn o ofn ar y cnaf bach hwn i fentro lle na feiddiai myrdd.

"Liwsi! Liwsi! Liw–!" Syrthiodd y tywysog taer ar ei wyneb, ochenaid angerddol o'i goluddion, gwaedd hir a feddai holl wayw un wedi'i drywanu'n sydyn – "Nefoedd, O-o-o-o-o!"

Ni fedrai Liwsi ond aros a throi i weld beth a ddigwyddasai i'r llanc. Gorweddai yn ei hyd, mor ddisymud â chelain, dim ond bod ei gorff yn ysgwyd â phob anadliad a gymerai a'i ocheniad yn para'n un llinyn o wayw allan o'i enau.

"O, be – be *sydd*?"

"O-o-o-o-o . . .!"

"Dach chi wedi nafu –?"

"O-o-o-o-o –!"

"Fed – fedrwch chi g-godi?"

"O-o-o-o-o –!"

"Gad – gadewch i mi geisio'ch . . .!"

Cyn gynted ag y rhoddodd Liwsi ei braich tu ôl i'w ysgwydd fe'i gwelwyd wedi ei adfer mewn eiliad, ei lygaid yn fflachio'i lawenydd, a'i gorff ystwyth yn troi a gogor-droi nes ei fod yn gorwedd arni a hithau'n gaeth dan ei bwysau.

"O Liwsi, Liwsi, ble gest ti'r llygid 'na?"

"Mi garwn i'n fawr os –" Nid oedd modd i'r ferch orffen

y frawddeg, oherwydd yr oedd dwy wefus nwydus yn ei chusanu nes gwneud anadlu heb sôn am lefaru'n amhosibl.

"Liwsi, Liwsi . . ."

"Eich mawr –!"

"Mawrhydi wir! Siarl 'di f'enw i! Beth yw tywysog neu frenin i'w gymharu â rhywun fel ti?"

"O, plîs, plîs, mi *fyddwch* yn frenin ryw ddydd –"

"Shwd fraint, shwd fraint! Llond gwlad o giwed bradwrus! Mi fyddai bod yn ŵr i ti'n anfeidrol fwy o fraint!"

"O, plîs, plîs, gollyngwch fi! Ddylech chi ddim siarad fel 'na. Mi fyddai uniad rhyngom ni'n dau mor ddigri â chymharu ci a chath neu unrhyw ddau beth gwrthun i ddychymyg dyn!"

"Pam hynny?"

"Oes *raid* i mi ateb?"

Cydiodd Siarl yn ei gên ac edrych yn angerddol arni.

"Liwsi, Liwsi, dwyt ti ddim yn deall?"

"De-all? Pa ddeall sydd i fod? Be fydde Eben Harris a Betsan a hen ferched y Garn yn 'i ddweud tasen nhw'n clywed bod Liwsi'r Castell yn mynd i briodi mab y brenin? Mi fydden nhw'n credu ein bod, y ddau ohonom, yn wallgo wali-walocs."

"Pam? Dyn yw dyn, boed frenin neu bobydd neu beth bynnag. Ac ma mab brenin yn newynu a sychedu fel pob adyn a ddaeth allan o groth 'i fam!"

"Nid ar 'y nghefn mewn cae yw'r lle gore i brofi hynny . . ."

"Liwsi, Liwsi, ma nghnawd yn galw amdanat yr un fath â phe bawn i'n dy weld ar glustogau *salon*! Oes angen i mi ddweud mwy?"

"Fab y brenin, ar wastad 'y nghefn a chithe'n gwthio'ch pwyse brenhinol arna i, nid hwn yw'r lle gore i mi deimlo'n rhamantus."

"Be sy'n bod? Be sy'n . . .?"

"Ma'r siarad 'ma'n – amhosibl! Amhosibl! . . . Prin y gall geneth wrthod tywysog fel gwas ffarm neu forwr, ond – ych mawrhydi bach, dach chi am gymryd ffansi am gariad, a disgwyl y basa hynny'n para –?" Ymdrechodd Liwsi i ddod yn rhydd a gwthio'r carwr ifanc ymaith. "Ddyn ifanc, ma gennych fanteision arbennig i ennill ffafrau. Cofiwch, felly, cofiwch, os na fedrwch ennill y tro hwn, ma digon o ddewis ar ôl i chi!"

"Dewis? Pwy sy eisie dewis wedi gweld rhyw gryduras fel ti? Mi fedrwn dreulio dyddiau a nosau yn syllu, syllu arnat, y bits fach stwbwrn!"

"Syr, dach chi'n gneud imi wrido!"

"Gwrida, gwrida, ferch! Fydd hynny ond rheswm arall i mi dy gael, y gnawes!"

"A rheswm i ddifaru filwaith ar ôl 'y nghael, falle!"

Oedodd Siarl gan edrych i lawr ar Liwsi a'i fysedd fel petaent yn ysu am ei meddiannu. "Ma'n anodd gen i gredu bod y Duw mawr wedi creu rhywun fel ti heb ronyn o ramant yn 'i chnawd!"

"Ma'n anodd gen inne gredu bod Tywysog Cymru yn dioddef oddi wrth rhyw boene bach cariad cyntaf he'd."

"Ffansi oedd popeth o dy flaen di, yr hwcstres fach!" Gorweddai drosti o hyd fel eryr mawr. "Mi wela i nawr na phrofes i ddim tebyg i hyn o'r blaen – dyna pam y llwyddes i ddod trosto!" Cusanodd ei gwefusau nes bod Liwsi yn teimlo'i ewinedd yn ei chnawd. "Yr unig serch ma dyn yn medru'i feistroli yw hwnnw nad yw'n 'i deimlo – dyna pam, ferch, rwy'n sglyfaeth wrth dy draed!"

Pan lwyddodd Liwsi i edrych yn y llygaid a befriai drosti, sylweddolodd eu bod yn wlyb. Nid 'chi' bell oedd Siarl mwyach.

"Rwyt ti'n llefen!"

"Hapus, Liwsi, hapus!"

Teimlodd y dwylo taer yn ei meddiannu . . .

Roedd y lleuad yn gwenu'n ddireidus dros y Gelli Aur pan drodd Eben Harris ei geffyl a'i goets i gyfeiriad Nant-yr-Hebog. Cadwasai Hanna olau yn ei ffenestr i ddisgwyl dychweliad y teulu. Nid oedd y brodyr Rhisiart a Justus wedi mynd ymhell o'r tŷ – dim ond cyn belled â'r pentre am gwmni dau neu dri hen gyfaill. Erbyn i Elisabeth Walter gyrraedd, yr oedd tân-coed mawr yn eirias o groeso yn y

grât a'r hen forwyn yn barod i weini yn wên i gyd. Roedd hi
ar fin gofyn ble roedd Miss Liwsi cyn i lygaid llawen y fam
fflachio'r hyn yr oedd ei gwefusau eisoes ar fin ei fyrlymu
allan – "Ma Liwsi – ma Liwsi – ma Liwsi – gyta'r Prins!"

Safodd y ddau fab fel dau soldiwr a'u rhyfeddod yn
amlwg wrth weld eu mam mor annisgwyl o hapus.

"Nefoedd fawr, wyt ti'n meddwl 'i bod hi'n dechre colli,
Justus?"

"Os nad yw hi . . . diawl, ma'r teulu brenhinol am fwy o
ofid nag sy ar 'u plât nhw'n barod!" oedd yr ateb.

Aeth y fam i'w gwely'r noson honno, nid yn unig i
orffwys ar gyfer ei siwrnai'n ôl i Lundain, ond i
freuddwydio. Ei merch annwyl hi a Siarl, mab y brenin, yr
etifedd! Wel . . . Wel . . . Wel!

– 14 –

Y gwendid pennaf yw mynnu nad oes gennych wendidau,
meddyliodd Liwsi. Nid ynfytyn mohoni. Roedd ganddi ei
dyheadau. Roedd ganddi anghenion. Weithiau, teimlasai
nad oedd ei hieuenctid yn ddim mwy na bwndel o nwydau –
fel ei thad. Aeddfedai, a'r aeddfedrwydd hwnnw'n ddim llai
na chrafangu'n farus am fywyd. Roedd gwayw i enedigaeth
a gwayw i farwolaeth, ond Arglwydd mawr, roedd y daith
rhwng y ddau begwn yn wayw hefyd! Ac er bod yr awr
bresennol yn ei hanes yn fwy cyffrous nag odid yr un erioed
– ac fe gawsai sawl rhagflas – nid oedd heb yr ansicrwydd
hwnnw sy'n gyrru gwayw drwy berson fel hoelen drwy'r
cnawd. Ni fedrai yn ei byw nacáu apeliadau'r tywysog; nid
ei bod mewn cariad â'r creadur, na ato Duw, ond rhyw biti
yn ei choluddion wrth weld y fath greadur, er bod ganddo
filwyr yn barod i ufuddhau i bob gair a ddeuai allan o'i enau,
yn ysglyfaeth i'w bryderon. Oedd, roedd gan y truan bach
ryw hoffusrwydd a charisma, ond yr oedd ganddo hefyd
ryw allu anffodus i gynhyrchu gelynion; roedd eu cysgodion
ar bob cam a gymerai. Ac yr oedd yn *rhaid* iddi *hi*, Liwsi

Walter, o bawb, ymglymu ag ef. Duw a ŵyr beth fyddai'r canlyniadau!

Wrth orwedd yn awr yn nhywyllwch yr ystafell lle y daethai ei thad ar ei thrywydd gynt, daeth yr atgof yn ôl; ni fedrai ond gwrando anadliadau tawel y tywysog lluddedig wrth ei hochr. Bwriadasai'r llanc ei mwynhau; fe'i tynnodd i fyny'r grisiau, caeodd y drws yn glep, ymddihatru a'i thaflu'n ddiamynedd ar y gwely – druan ohono! Yna, wedi rhoi ei ben rhwng ei bronnau a'i fysedd yn ymestyn am ei ffolen, syrthiodd i gwsg trwm . . . ac ni chlywsai siw na miw ohono ers hydoedd.

Mor wahanol – aeth ei meddwl ar grwydr . . .

Oni chawsai gymysgu o'i phlentyndod â chylchoedd Sidney a Howard a Percy? Y dyddiau diniwed, cyn i chwilfrydedd ieuenctid gael y trechaf ac y dysgodd ei bod yn berchen ar brydferthwch peryglus? Ble oedd Tom Howard erbyn hyn tybed? Byddai'n meddwl amdano bob hyn a hyn. Na, ni fynnai syrthio mewn cariad â hwnnw chwaith ond – pa ddiben oedd iddi wrthod cydnabod iddi hi ei hun – roedd rhywbeth hynod o ddengar yn perthyn i'r hen dwyllwr! Do, bu ond y nesaf peth iddi gael ei rhwydo ganddo. Roedd ei ddichell yn perchenogi'r tŷ yn Stryd y Brenin yn loes. Hen gnaf! Ond er nad oedden nhw chwaith heb eu cyfrwysterau, Duw yn dyst, roedd y ddau Sidney, Algernon a Robert, yn fwy o ddynion yn ei golwg – llawer mwy. Bu chwarae gyda nhw'n ddifyr iawn yn ifanc, gan fynd yn ddifrifolach wrth fynd yn hŷn – digon i Algernon gynnig hanner can darn o arian iddi am ei ffafr! Fe gafodd ateb – un ar draws ei gern nes ei fod yn gwrido fel crib ceiliog. Trwy drugaredd, bu'n rhaid iddo fynd i ffwrdd gyda'i gatrawd. Roedd yn dda gan Liwsi weld ei gefn.

Nid fel yna y teimlai tuag at ei frawd, Robert, cymeriad tra gwahanol, gyda rhyw ddireidi hoffus yn ei lygaid, chwerthiniad a oedd fel awel o wynt drwy'r lle, ac ni bu ganddi fawr o awydd i wrthsefyll ei ddynesu eiddgar. Ef a'i perswadiodd am y tro cyntaf i brofi'r gwaharddedig! Gwnaeth hynny'n dyner a rhamantus, heb un arwydd o frys na thrachwant, mor ofalus ag agor petalau blodyn. Roedd yr

atgof yn aros a dim yn edifar ganddi! Oni chlywsai ddyw-
edyd nad oedd pechod yn bechod i'r rhai 'ysbrydol' ac am
ryw reswm yr oedd ganddi'r syniad y gellid cyfiawnhau pob
dim pleserus *felly*. Mae'n wir y teimlai ar dro ei bod wedi ei
drysu gan y gwahanol sectau anuniongred y daethai ar eu
traws. Roedd ganddi glust i bob rhyw lais a phwyslais heb
ildio i'r un. Bu'n meddwl yn ddwys uwchben daliadau'r
Sosiniaid, credo'r Presbyteriaid a'r Annibynwyr a'r
Bedyddwyr am ddwyfoldeb Crist. Oedd, yr oedd yn effro
ddigon ei meddwl – a'i chorff yn fwy fyth felly. "Duw a'm
helpo!" ochneidiai'n ddiymadferth weithiau.

Ond yn fwy na'r dyfalu a wnâi ynghylch Mab Duw,
erbyn hyn mab helbulus Brenin Lloegr oedd yn peri'r gofid
pennaf. Wedi ei magu fel yr oedd ar aelwyd Castell y Garn a
threulio llawer o'i hieuenctid yng nghymdeithas 'pobl fawr'
Llundain, ond yr un mor gyfarwydd â chwmni gwledig Sir
Benfro a Sir Gaerfyrddin ac wedi byw dan ddylanwad ei
thad, roedd gan Liwsi Walter syniad go lew o'r sefyllfa
chwerw yn Lloegr a Chymru erbyn hyn. Gwyddai'n iawn
ddarfod i frawd ladd brawd, cefnder ei gefnder, cyfaill ei
gyfaill, yn nryswch y digwyddiadau presennol. Âi llawer o
bobl i'r gwely'r nos yn pryderu'n fawr a ddeuai gelyn heibio
i'w llofruddio cyn y bore. Roedd trais yn rhinwedd a
ffieiddio'r Frenhiniaeth yn arwydd o wir dduwioldeb. Ar y
llaw arall, roedd mam-gu, fel ei mam, wedi gofidio ddydd a
nos am yr elyniaeth tuag at y Brenin Siarl. Pam ar y ddaear
yr oedd yn rhaid iddi *hi* bellach gael ei dal yn y fath rwyd?

Tu allan, clywai'r milwyr yn eu pebyll ar dir y castell yn
chwyrnu, chwerthin, cweryla – rhai wedi hudo merched
gwyllta'r ardal. Roedd cwsg i bawb bellach yn rhyw
ymlacio un-llygad, clustiau'n denau i bob symudiad a sŵn,
a'r dwylo fel y ceffylau a'r wagenni'n barod at wasanaeth ar
y rhybudd lleiaf. Daeth dyn ac anifail i wahaniaethu rhwng
sŵn a sŵn. Roedd sŵn traed ar lwybr gwledig yn cyffroi tra
oedd sŵn traed i mewn ac allan o'r pebyll yn cael ei anwy-
byddu – un o rocesi caredig y bythynnod yn rhoi tipyn o
gysur i filwr ymhell o'i dref! Roedd y coed yn esgyrnog a'r
lleuad yn dod ar ei thro i sbio ar y carwriaethau bach dros-

dro. Ond roedd ymglymiad Liwsi yn beryclach na'r un o'r pranciau nosweithiol hyn.

Torrai'r wawr dros yr ardaloedd bellach a chanai'r ceiliogod fel petai'r fro wedi'i goresgyn yn fwy gan fradwyr na chan fechgyn fferm wedi eu troi'n filwyr heb hyfforddiant na bwyd na baracs.

Ble oedd ei mam, tybed? Sut *oedd* y greadures erbyn hyn? Dal i grewtian ar hyd ei gruddiau, mae'n siŵr, yn drist o hyd ym mhlygion ei galarwisg, ond ar ei ffordd yn ôl – ie, mor blygeiniol â hyn! – i ddweud wrth ei chwmni yn Llundain, y ladis goludog, ddarfod i'r Prins fegian arni ganiatáu i'w merch Liwsi fynd yn gwmni iddo. 'Cim'rwch *hwnna* 'da'ch snisin lan ych ffroene!'

Y ddynes gul a cheidwadol hon, nad oedd waeth ganddi ddim sut roedd ei merch yn cael ei thrin i foddio Tywysog Cymru! Roedd adegau pan nad oedd moesoldeb yn cyfrif botwm corn a gwely merch mor rhad â'i chorff, dim ond gwneud yn siŵr mai mab i frenin oedd dan y carthenni! Beth a feddyliai ei brodyr? Nid eu bod *nhw* wedi poeni llawer am eu chwaer erioed.

Edrychodd Liwsi ar y swp brenhinol wrth ei hochr. Onid oedd pobl yn hurt i feddwl bod y fath wahaniaethau yn bodoli rhwng creaduriaid meidrol?

– *15* –

Dyn y gyfraith oedd Edward Hyde. Nid oedd neb yn fwy cydwybodol yn yr ymgyrch i roi terfyn ar bob camweinyddu. Ffieiddiai'r *sôn* am lysoedd yn euog o hynny; barnwyr yn amlygu dan-dinrwydd wrth gyflawni eu swyddi, a'r dedfrydau ar doll llongau. Iddo ef, nid oedd dim mwy cysegredig na'r Gyfraith, trysor mor werthfawr â'r dengair deddf ac unrhyw ddirgelwch. Fel Iarll Clarendon, daethai'n brif gynghorwr i Siarl ifanc ac yn un o wŷr mwyaf dylanwadol y wlad. Ni fynnai dros ei grogi i neb na dim beryglu'r Goron. Dyna pam y bu'n gyfrifol am sefydlu'r

Breniniaethwyr Cyfansoddiadol; ef oedd eu pen a llwyddodd i berswadio'r brenin ei hun rhag cyflawni dim anghyfansoddiadol. Amlinellodd bolisi i'r brenin ac ef a gasglodd blaid deyrngar yn amddiffynfa iddo. Hyn yn bennaf a gyfrifai am iddo gael ei wneud yn farchog ac yn Ganghellor y Trysorlys. Ei arweiniad ef a barodd i'r brenin alw senedd yn Rhydychen. Ymhob dim, materion cartref neu dramor, ei air a'i gyngor ef a benderfynai bob dim; yr oedd uwchlaw bai a phardwn! Ac os oedd ei air yn cyfrif cymaint i'r brenin, disgwyliai i'r gair hwnnw gael ei dderbyn yr un mor ddigwestiwn gan fab y brenin hefyd.

"Eich mawrhydi! Eich mawrhydi!" galwodd yn ofalus gan guro drws yr ystafell wely. Gwrandawodd am eiliadau ond ni chlywai lais na sibrwd. "Eich mawrhydi! Eich mawrhydi!" galwodd yn ofalus eilwaith, curo eto, a gwrando . . . Na, nid oedd sôn am neb.

Bu'n dyfalu ychydig cyn mentro – yn fwy gofalus fyth – i agor y drws, yn araf a distaw, dim ond digon i fedru edrych a gweld beth oedd y sefyllfa. O dipyn i beth yr oedd y drws ar agor led y pen, yr ystafell i bob golwg yn wag, gwely'r tywysog fel môr tymhestlog a dillad merch fel broc môr ar draeth ar ôl llongddrylliad. Faint o weithiau y gwelsai Clarendon hyn o'r blaen? Nid oedd y pranciau yn Bridgewater gyda'r jedan Christabella yn angof ganddo. Honno a blannodd y felltith yn ei gnawd i gychwyn; rhoi iddo'i bron yn faban a'i gael i gusanu yn awr ddirwedd ei drygioni oedrannus! Sut bynnag, roedd hi'n *rhywun* i wneud cyfrif ohoni – gwraig yr hen Wyndham, llywodraethwr Bridgewater ond . . . ni fedrai oddef meddwl am y peth! Y lefnen fach wledig 'ma y bwriadai ei llusgo gydag ef dros fôr a thir! Neno'r dyn, beth a ddeuai ohonyn nhw i gyd?

Ar draws yr holl bryderon hyn a chwyrnellai drwy ei feddwl yn awr fel drychiolaethau, y naill ar ôl y llall, safodd Liwsi.

"O diar diar . . ."

Rhedasai i mewn i'r ystafell wely bron yn noethlymun o'r ystafell wisgo fechan ar yr ochr.

"O diar . . ." ymatebodd Clarendon, ei lygaid eryr yn

149

rhythu a rhyfeddu, a'i ên yn hongian yn ei farf fel petai wedi ei barlysu yn y fan.

"Be 'di – be 'di ystyr hyn, 'sgwelwch yn dda?"

Ni wyddai Liwsi yn iawn pa ffordd oedd orau i ddelio â'r sefyllfa. Ai ateb y creadur mor ddifrifol ag yr oedd ef wedi'i hannerch hithau? Ai cymryd pethau'n gwbl ysgafn a difeind, twt-twtian y cyfan, a stripio'r lordyn o'i bwysigrwydd? Medrai droi ar amrantiad i fod yn felltigedig o ddireidus! Pam lai?

"M-mi fyddwn i'n dra diolchgar, Miss, tasech chi'n gadael llonydd i'r tywysog –!"

"Yn wir, yn wir, be – be dach chi'n gofyn, ddyn?"

"Ma bywyd y tywysog mewn digon o berygl yn barod, heb – heb –"

"Beth amdana *i*? Dach chi, ddyn, ddim yn sylweddoli ma *fi* sy mewn perygl?"

"Chi? CHI?"

"Ie, fi, fi, fi – FI!"

"Wel, mi fedrwch osgoi'r perygl yn ddigon hawdd, merch i."

"Shwd hynny?"

"Mynd odd 'ma, diengyd, am ych bywyd, mor chwim â'r wenci!"

"Wel, nid gwenci ydw i, ac nid mewn twll yn y ddaear dw i'n byw –"

"Ble bynnag dach chi'n byw, ewch, ewch, ewch!"

"Does dim gofyn i mi fynd i unman, dim gofyn i mi ddianc fel gwenci na llygoden na dim, oherwydd – fan hyn dw i'n byw, ddyn! Hwn ydi nghartre, y dyn digwilydd! Chi, ddiawlied, sy'n trespasu!"

"Miss, dyna ddigon, dach chi'n digwdd sôn am – am Dywysog Cymru!"

"Mi wn i'n iawn pwy yw e – a mi wn i'n iawn pwy dach chitha hefyd!"

"Miss, dyna ddigon! Cyn mod i'n ych gorfodi –"

"Fy ngorfodi? Fy *ngor* –?" Chwarddodd Liwsi, sŵn fel cawod o blu eira'n disgyn yn drwch ar ben yr iarll anniddig. "Ha-ha-ha-ha, ha-ha-ha-ha, ha-ha-ha-ha!"

Ac wrth i'r seiniau direidus ddisgyn ar ei glyw, neidiai ei lygaid yn ei ben wrth weld yr eneth yn dechrau dadwisgo o'i flaen, yn fwriadol, bryfoclyd, feiddgar.

"Ha-ha-ha, ha-ha-ha, ha-ha-ha!" Act mor ofalus â thynnu petalau blodyn.

"Be sy gen ti yn f'erbyn, hen ddyn?"

"N-nawr, Miss, dyna ddigon – dyna ddigon!"

"Dach chi'n hoffi f'ysgwydde?"

"Miss, Miss –"

"Dach chi'n hoffi fy mreichie?"

"Miss, Miss, dyna –"

"Dach chi'n hoffi fy mronne –?"

Ac wrth boeni'r creadur fel hyn, chwaraeai ei hysgwyddau a'i breichiau a'i bysedd fel fflamau yn bygwth llyncu'r gŵr. Symudai o'i flaen ac o'i amgylch, nadreddu fel temtasiwn, anwylo'i bronnau a'i ffolennau, a chynnig iddo ei gwefusau fel mefus mawr. Gwnâi sŵn fel hwiangerdd dyner ag anadl ei ffroenau a'i gwefusau, ei llygaid yn gloywi o'i flaen, a'i bys bach wedyn yn taflu cusanau ato.

"Mmmmm, mmmmm, mmmmm, hen ddyn, pam wyt ti'n sefyll fel delw yn fanna?" Gadawodd Liwsi i bilyn arall ddisgyn i'r llawr, troi'n sydyn oddi wrtho, ond wrth droi gadael i'w bronnau ymddangos, un fflach o'i noethni, saeth o demtasiwn fel ergyd dwrn rhwng ei lygaid. "Wyt ti'n meddwl mod i'n bert, hen ddyn?"

Roedd dwylo Clarendon i fyny fel pâr o golomennod ar hedfan i'r entrychion.

"Y nefoedd fawr, os nad wyt ti'n mynd, y gnawes, bydd yn rhaid i *ni* fynd – a hynny'n ddi-oed!"

Rhedodd allan fel dyn ar ffo a chwerthin mawr Liwsi yn atsain rhwng muriau'r castell.

– *16* –

"Be yffarn wyt ti wedi'i ddweud wrth y Bwgan Brain?" Dyna'r llysenw a gawsai Clarendon gan Dywysog Cymru. "Rwyt ti wedi hela ofan y diawl arno!"

"Mae'n busnesa gormod! Gan nad pwy yw e, nid *fe* yw mherchen i!"

"Na, na, *fi* yw dy berchen di, groten, ond ma gofyn tipyn o gyfrwystra mewn sefyllfa gyfyng!"

"Pa sefyllfa gyfyng? Dw i ddim am gael fy llyncu gan unrhyw sefyllfa gyfyng –"

"Na na na, mi wn, mi wn, ond Liwsi, deall fy sefyllfa!"

"Rwy'n deall dy sefyllfa di i'r dim – rwy'n deall, Siarl, rwy'n *deall*!"

"Na, nghalon fach, dwyt ti ddim yn deall – does dim modd yn y byd y medri di ddeall."

Eisteddodd Siarl ar y gwely, gŵr ifanc a holl beryglon ei fywyd ar fin profi'n ormod iddo. Tynnodd Liwsi ato i eistedd wrth ei ochr. Liwsi, yr unig lygedyn o oleuni i dywynnu ar ei fywyd a'r unig dipyn o gysur a gawsai yn hyn o fyd ers cymaint o amser bellach. Edrychodd ar y dillad gwely a'u hanwylo â'i fysedd – olion y twmlo a fu neithiwr yn solas iddo. Cododd i gau'r drws. Onid oedd cysgod Hyde, ar ei drywydd bob amser fel y Gŵr Drwg ei hun, yn dilyn creadur i bob man?

"Liwsi, gad i mi ddweud tipyn o hanes wrthyt!" Dychwelodd i eistedd wrth ei hochr. Clymodd ei fysedd a chododd ei lygaid i edrych allan ar y caeau gwyrdd a'r ffurfafen las. "Rwy'n caru nhad, ei garu'n fawr, ac y mae yntau'n fy ngharu inne – gormod o lawer, mae'n siŵr. Dyna pam y mae wedi mynnu i ni fod ar wahân – ceisio f'arbed rhag profi rhagor o ofidiau'r rhyfel. Ma'r Fyddin Ddelfrydol a Cromwell wedi gwella rhagolygon y gelyn yn fawr – ffolineb yw gwadu hynny. Felly, mi fynnodd i Hyde y Bwgan fy nilyn fel ci bach."

"Pa iws sy i hen ddyn fel'na?"

"Paid â chymryd dy dwyllo ganddo! Os nad yw ei goese mor chwim ag y buon nhw, mae'i lygaid a'i synhwyre mor siarp â'r barcud. Nawr, bu mam yn casglu arian yn yr Iseldiroedd i helpu'r Breniniaethwyr a dychwelodd i Loegr dest i gael babi, ac fe'i dododd yng ngofal yr Arglwyddes Moreton yn Exeter – wyt ti'n cofio Exeter?"

Nodiodd Liwsi.

"Fanna y disgynnodd fy llygaid arnat am y tro cynta . . .
Ond ma'n well gan mam fod yn Ffrainc – dyna'i gwlad,
teulu Harri a'r Medici – ma'r Pabyddion yn rhoi'r fath
groeso iddi!"

"Mi glywes 'i bod hi wedi codi capel ar ei chyfer ei hun
. . . 'di hynny'n wir?"

"Wrth gwrs, a llawer o bethe eraill. Dyna pam ma hi mor
daer i mi fod gyda hi yn Ffrainc – i neud yn siŵr nad wy'n
mynd yn ormod o Sais ac Eglwyswr! Dyna un o'r rhesymau
mawr sy gan Hyde am gadw llygad arna i. Mae'n gyndyn i
mi beidio â mynd yn agos at Ffrainc nac i adael un awel o
arogldarth Rhufeinig ddod yn agos at fy ffroene."

"Fydde hi ddim yn well o lawer i ti fod draw yn Ffrainc?
Gwell na chael dy fygwth a'th hela o sir i sir, drwy Wlad yr
Haf i Gymru, heb fod yn rhy siŵr pwy yw dy ffrindie yn y
naill le na'r llall?"

"O diar, diar, ma cael fy hela gan fy mam bron cyn
waethed! . . . Mi fûm i'n aros gyda hi yn Saint Germain,
bywyd digon cyffyrddus, nes y dechreuodd werthu rhai o'i
thrysorau. Aeth cynilo ar 'i hymennydd! Doedd fawr o
groeso ymysg y tylwyth yn Fontainebleau, trwy drug-
aredd –"

"Trwy drugaredd?"

"Nefoedd fawr, ie . . ."

"Dw i ddim yn deall . . ."

"Taset ti'n nabod fy nghefnder Louis, dim ond wyth
mlwydd oed, oen swci sy'n actio fel *le Grand Monarque*, mi
fyddet yn siŵr o ddeall. Y mwnci bach anystywallt! Ar ben
hynny, fy mam gynnil yn fy nghadw heb arian, dyfeisio pob
ystryw i'm cael i briodi Anne-Marie-Louise, merch Gaston
Orléans, nith iddi, un o gyfoethogion mawr Ewrob, *la
Grande Mademoiselle*! Bits ffroenuchel!"

"Siarl bach, faint bynnag o bits yw hi, os 'di popeth yn y
byd yn 'i meddiant –!"

"Na, Liwsi, dyw popeth ddim – er 'i holl ffortiwn. Gen ti
ma *popeth* – o gorun dy ben i'th sawdl! Dyna'r ffortiwn
gawn i, groten – trwy fod yn berchen arnat ti."

"Cymraes dw i, cofia!"

"A fi yw dy berchen, y Gymraes, dest fel ma ngwlad yn berchen ar Gymru. Cofia di hynny!"

Edrychodd Liwsi yn daer ar y tywysog. "Fe gaiff Lloegr fwy o drafferth i goncro Cymru nag a gei di i nghoncro i, ma'n siŵr."

Chwarddodd Siarl. "Ma'r dillad gwely 'ma'n dweud bod buddugoliaeth ar y ffordd, mei ledi!"

"Ddim tra bo ewinedd gan 'y mysedd a dannedd yn 'y ngheg!"

Diflannodd y wên oddi ar wyneb y tywysog.

"Paid â dweud hynny!"

"Siarl bach, ma'r – ma'r peth yn – yn –" ceisiodd Liwsi egluro.

"Yn beth – b-e-e-th?"

"Wallgo, wallgo!"

"Shwd hynny?"

Ochneidiodd Liwsi fel un mewn ymdrech fawr. "Does dim yn bosib rhyngom ni'n dau, Siarl."

"Pam? Pam, yn enw Duw?"

"Am mai ti wyt ti!"

"Dyna'n union pam y mae'n rhaid – rhaid – rhaid –"

"Dw i wedi dweud a dweud wrthyt, grwt – rwyt ti'n fab i'r brenin, mab Siarl a'i frenhines Henrietta – dyna pam!"

"Ac fel ydw inne wedi dweud wrthyt tithe, dyw hynny'n golygu diawl o ddim!"

"Agor dy lygaid, Siarl, a gwêl fel ma'r hen ddyn 'na, Clarendon neu Hyde, be bynnag yw 'i enw, yn prowlan o gwmpas yn ofni i mi dy gyffwrdd heb sôn am sgwrsio â thi."

"Does dim help hynny, ond – na hidia'r creadur. Mae'i fwriad e'n dda – gwarchod y Goron!"

"Ac nid yw'n fodlon i *mi* ddod yn agos at y Goron honno."

Daliodd y tywysog i edrych yn ddifrifol ar Liwsi a'i ddwy law yn cydio yn ei hysgwyddau megis i'w gorfodi i hidio ei eiriau. "Liwsi, gwranda, dw *i* am – am – am –" Bron nad oedd teimladau yn ei rwystro i lefaru mwyach.

"Am –?" gofynnodd y ferch yn dyner.

"– dy briodi, y gwirion!"

Teimlai Liwsi ddwylo'r tywysog yn dynnach ar ei hysgwyddau fel petai'n gwrthod ei gollwng o'i afael. Siglodd ei phen yn nacaol. Rhoddodd ei phen i lawr i guddio oddi wrtho yr emosiwn a deimlai. Gwyddai ei fod yn gwbl ddiffuant yn dweud y fath beth anhygoel.

"Na, Siarl," ceisiodd egluro eto. "Wnaiff hynny ddim gweithio – ni chawn ganiatâd na bendith neb. Ma gormod o agendor rhyngom."

"Mi'th wnaf yn frenhines – fydd 'na ddim agendor wedyn."

Cododd Liwsi ei phen. "Siarl, yr unig berthynas a all fod rhyngom ni, mae'n rhwym o fod yr un fath â'r berthynas rhwng ein dwy wlad. Y rhydd a'r – *caeth*!"

"Paid â siarad mor dwp!"

"Nid twp o gwbl, Siarl." Edrychodd i lawr unwaith eto i bwyso'i geiriau. "Pan fo un genedl yn trechu un arall, mae'i rhagoriaeth yn mynd i fewn i lygaid a lleisiau a holl agwedd y bobl sy ben."

"Shwd ar y ddaear y gelli di ddweud hynny?"

"Os nad wyt ti'n credu, edrych ar y ffordd ma dy ddynion yn syllu arna i a chreadur fel Hyde yn siarad â mi – 'i holl agwedd. Ac fe wyddost yn iawn y rheswm."

"Pam?"

"Am yr hyn ydw i! Un o'r Cymry bach gorchfygedig. Mae'r genedl drech yn synied mai dyletswydd cenedl wan yw plygu i bob un o'i gofynion. Pobl gaeth ydym, Siarl."

"Doedd John Protheroe, dy dad-cu, ddim yn gaeth."

"Nag oedd . . . tybed? Mam-gu yr un modd. A'i merch, fy mam, hefyd . . . Cymry 'di nheulu i a ildiodd am i'r Saeson neud byddigions ohonyn nhw. Pobl wedi'u prynu!"

"Siarad gwirion, Liwsi! Gwranda, gwranda, fel dwedes i o'r blaen, mae arna i fwy o dy eisie di nag sy arnat ti o f'eisie i."

Edrychodd Liwsi ym myw ei lygaid. Teimlai'n flin amdano. Etifedd y Goron, mab cyntafanedig y Brenin Siarl, brenin y dyfodol, ond mor ddigysur, mor bryderus, mor gwbl annedwydd! Rhedodd ei bysedd yn dawel esmwyth dros ei dalcen. Fe'i cusanodd yn araf dyner ar ei wefusau a'i dalcen. Unwaith. Dwywaith. Teirgwaith. Ni siaradodd yr un o'r ddau am eiliadau wedyn.

Yna, dywedodd Siarl, yn betrus a gwylaidd, "Fel rydw i wedi gofyn eisoes, rwy'n gofyn eto, rwy'n erfyn, Liwsi, fy nghariad, der gyda fi!"

"I ble, Siarl?"

"Bydd Hyde yn mynd i Jersi, ond mae mam yn daer i mi fynd ati i Ffrainc." Edrychodd arni'n erfyniol. "Der 'da fi, Liwsi."

"Siarl!"

Cofleidiodd y ddau. Yr eiliad honno, daeth Clarendon yn ôl i'r ystafell.

"Duw a'n gwaredo!" oedd ei ymateb cegagored.

– 17 –

"Fe awn i mewn gyda'n gilydd, Liwsi."

"Na, dos di i mewn gynta – i ddweud . . . pwy sy gen ti."

Nid oedd dewis – agorwyd y drws gan un o'r morynion. Safai Liwsi yn y drws agored yn teimlo fel pe bai'n noeth-lymun yng nghanol y fath grandrwydd – a'r Frenhines Henrietta Marïa yn ei hwynebu, gwraig esgyrnog a salw, a'i llygaid eryr yn ceisio rhoi benthyg awdurdod i'w hymddan-gosiad truenus.

"Ow, Siarl . . . pwy . . .?"

Roedd yn hawdd deall ddarfod i'r olwg gyntaf a gafodd Henrietta ar y ferch a gludwyd i'w phresenoldeb mor sydyn gan ei mab beri iddi dynnu'i hanadl. Er gwaetha'r fordaith ystormus ganol haf, yr holl ysgwyd a gwlychu ar y tonnau, roedd harddwch yr ymwelydd annisgwyl heb ei niweidio. Fflachiai'r llygaid mawr glas dan raeadr o wallt du, holl nod-weddion ei hwyneb, y fath berffeithrwydd mewn cnawd dynol, bron yn rhy odidog i fod yn wir . . . oedd, yr oedd Henrietta Marïa wedi'i syfrdanu, a dweud y lleiaf.

"Siarl, pwy . . .?"

"Dyma Liwsi . . ."

"Liwsi . . .?"

"Fy nghariad . . ."

Cododd Henrietta ei llaw i guddio'i gwên. "Un arall . . .?"

Edrychodd Siarl ym myw llygaid ei fam. "Rwy'n mynd i'w phriodi."

Tynnodd y frenhines ei llaw i ffwrdd – ac nid oedd gwên yn agos at ei hwyneb. "Rwy wedi clywed hynny o'r blaen."

"Naddo, mam . . ."

Fflachiodd Henrietta Marïa ei llygaid llym ar y ferch. "Dowch 'ma, Liwsi."

Cerddodd y groten tuag ati yn araf. Moesymgrymodd. "Eich mawrhydi."

"Beth yw'r acen 'na?"

"Begio'ch pardwn . . ."

"O ba wlad dach chi . . . mmmm?"

"Cymru."

Gloywodd y llygaid brenhinol. "Cym-ru . . ."

"Sir Benfro, eich mawrhydi."

Ystyriodd y frenhines yn ofalus. "Diolch i'r drefn, nid Saesnes – nac un o'r Gwyddyl chwaith!"

"Ma-a-a-m!" Gwnaeth Siarl lygaid ar ei fam i gymedroli.

"Ma fy mab yn – llusgo pob math o grotesi gydag e o dro i dro . . ." Edrychodd yn galed ar y ferch eto. "Ti 'di'r peth dela ohonyn nhw i gyd – go brin bod dy ddelach ar gael, ar fy llw. Ond, gwranda, Liwsi, paid â rhoi dy feddwl ar . . ."

"Ar fy llw, eich mawrhydi," brysiodd yr eneth i egluro, "nid fy syniad i oedd hyn . . ."

"Ond – roeddwn i'n meddwl dy fod mewn cariad â Siarl . . ."

"Begio'ch pardwn, eich mawrhydi, Siarl sy'n mynnu 'i fod mewn cariad â fi . . ."

Daeth syndod mawr i lygaid y frenhines. "Ond – dwyt *ti* ddim mewn cariad ag ef . . ."

"Teimlo'n flin drosto . . ."

"Dim mwy, Liwsi?"

"Fedra i – fedra i ddim dweud . . ."

157

Oedodd y frenhines. "Wel, mae'n profi dy fod yn ferch gall ddigon . . ." Eisteddodd Henrietta Marïa yn ôl yn ei chadair fel petai'n myfyrio ar y sefyllfa. "Rwyt ti'n sylweddoli nad gwely o rosynne sy gan frenin na mab brenin i' gynnig . . ." Safodd. Ochneidiodd. "Ac nid pen heb gur mawr sy'n gwisgo coron." Oedodd eto – tynhaodd ei gwefusau fel petai'n barod i saethu rheg. "Yn enwedig coron Lloegr."

Bu eiliadau o dawelwch mawr yn yr ystafell. Yna, archodd ei mab i ddod â chadair i Liwsi yn ei hymyl. "Rwy'n hoffi hon, ydw wir, Siarl – gad i mi gael sgwrs â hi!"

Nid oedd y tywysog ar ôl i ufuddhau ar y gair. Gosododd y gadair aur yn ymyl ei fam. Hebryngodd Liwsi i eistedd ynddi. Gwenodd. Roedd wrth ei fodd i weld ei fam yn ymateb fel hyn. Ac yn galw 'ti' ar y groten . . .

Dysgasai Liwsi yn nhŷ ei mam-gu i fod yn gwbl hunan-feddiannol yn y cwmni gorau. Gwyddai'n iawn sut i *ymddangos* yn gwrtais, hyd yn oed pan na theimlai felly, ond – nid oedd yn anodd o gwbl iddi ddangos y tynerwch mwyaf tuag at y frenhines drist yn ei hymyl. Gwibiodd ei llygaid at y breichiau main, yr ysgwyddau crwca, a'r dannedd hyll a saethai allan o'i cheg fel gynnau ar dŵr unrhyw gaer. Druan ohoni! Rhwng ei Phabyddiaeth ddigymrodedd a'i phersonoliaeth anatyniadol, falle nad oedd yn syndod mai Henrietta Marïa oedd y wraig fwyaf atgas yn y deyrnas, meddyliodd Liwsi.

Meddai'r frenhines, "Ma'r dyddiau'n ddrwg, ngeneth i."

"Enbyd iawn, eich mawrhydi." Cofiodd Liwsi am ei mam-gu – *fel 'na* y siaradai hithau!

"Wn i ddim be sy'n mynd i ddigwydd, yn wir."

Ni fedrai Liwsi ateb hyn.

"Ma cymaint o amser er pan welais i ngŵr druan." Cymerodd Henrietta nisied i sychu deigryn; roedd olion dagrau'n llifo'n aml ar y gruddiau brenhinol. "Ma'r hen gnaf Cromwell am 'i waed . . ." Cododd ei phen i edrych ar y ferch yn ei hymyl. "Nid pleidwyr Cromwell a'r Lefelwyr mo'ch pobl . . . nage?"

"Nage, eich mawrhydi," atebodd Liwsi, ac wrth ateb, cofiodd – ei thad!

"Ma Cromwell wedi cyhuddo ngŵr yn awr o gynllwynio marwolaeth Jâms Stiwart, y celwyddgi! Pan feiddiodd Selden amau hynny, mynnodd gael 'i wared yn syth. Nid brwydr rhwng dwy blaid na dwy fyddin mohoni bellach, ond dwy bersonoliaeth stwbwrn."

Daeth dyn bychan gwasaidd i'r ystafell, gan foesym-grymu bob cam, a mynd yn syth i osod dau neu dri plocyn ar y tân. Ni fedrai Liwsi beidio â meddwl am Eben y Goets, yr un wedd a'r un osgo; dau greadur wedi byw oes yng nghysgod eu gwell. "Dyna ddigon, dyna ddigon!" meddai'r frenhines, "neu mi fydd yn ffwrn dân 'ma – allan â thi, allan â thi!" Sleifiodd y dyn allan gan ofalu bod ei wyneb tuag at ei feistres bob cam.

Ymestynnodd Henrietta tuag at y ferch yn ei hymyl – roedd yn amlwg ei bod yn awyddus i agor ei chalon. "Ma'r Cromwell 'na wedi rhoi'i feddwl ar fod yn frenin. Wel, os digwydd hynny, bydd yn golygu'r grocbren i ngŵr! A pha gysur i ddynes fydd gŵr sy'n ferthyr neu'n sant, fel y bydd y bobl yn siŵr o'i gydnabod, unweth ma'r anadl ola wedi mynd allan ohono."

Aeth Siarl at ei fam i'w chysuro. "Mi glywes bod y Breniniaethwyr yn cael mwy o lwyddiant nawr."

"Mwy o lwyddiant, wir!" meddai'r frenhines. "Sawl tro glywes i hynny o'r blaen? Be ma hynny'n 'i olygu, beth bynnag?"

Meddai'r tywysog, "Mae'n golygu bod cynnig newydd ar droed i achub nhad. Ma Llundain wedi terfysgu, Cymru yn ferw, ac arweinwyr y Fyddin yn atgas gan bawb – pawb yn ysu i gael y brenin yn ôl! Na, na, dyw Cromwell ddim yn mynd i gael 'i ffordd 'i hun, fe gewch weld!"

Ar ôl distawrwydd, gan edrych yn ddwys ar Liwsi, meddai'r frenhines, "Rhaid i mi gynnau cannwyll a mynd i weddïo ar f'union!"

Aeth y misoedd heibio. Derbyniodd Liwsi ddau neu dri llythyr gan ei mam. Roedd ei brodyr, Rhisiart a Justus, wedi gwerthu Nant-yr-Hebog ac yn awyddus i werthu Castell y Garn, hithau'n teimlo fel hwythau mai gwell gwneud eu cartref yn sefydlog bellach yn Llundain, yn enwedig gan ei bod hi'n 'cadw cwmni' i Dywysog Cymru! Hanna Nant-yr-Hebog wedi marw, Eben Harris wedi'i ddal ar gyrion Lloegr a'i garcharu, a neb yn gwybod pam na beth a ddaethai ohono.

Erbyn hyn, cawsai ystafell ar ei chyfer ei hun, gan fod y frenhines wedi'i derbyn fel un o'r teulu, a Siarl yntau yn cymryd yn ganiataol ei bod yn *wraig* iddo. Gwelsai lythyr oddi wrth ei chwaer, Mari, o'r Iseldiroedd, yn cyfeirio ati fel 'dy wraig'. Trwy drugaredd, nid oedd Hyde, Iarll Clarendon, o gwmpas y dyddiau hyn – bu'n rhaid iddo fynd ar fusnes i Ynys Wyth. Cadwed yr Arglwydd ef yno weddill ei ddyddiau!

Oedd, yr oedd bywyd iddi hi, Liwsi Walter, yn rhyfeddol o ddymunol ar waethaf holl helbulon y wlad a gofidiau'r teulu brenhinol. Yr unig un a ddeuai heibio yn achlysurol i anesmwytho pethau oedd Jâms, brawd Siarl, Dug Efrog – nid oedd Liwsi'n rhy hoff ohono er ei fod mor gwrtais bob mymryn â'i frawd hŷn. Eiddigedd? Siŵr o fod, siŵr o fod, er na fedrai Liwsi ddyfalu pa reswm yn y byd oedd ganddo i fod yn eiddigeddus o Siarl. Nid oedd yn rhy siŵr nad oedd yn ceisio gwneud drwg rhyngddi a'r frenhines. Bu draw yn ymweld â'i chwaer yn yr Iseldiroedd, cynhyrfu'r dyfroedd, ac yn ôl pob hanes nid oedd angen ei gymorth ef na neb arall i beri i'r Fari ifanc o Oren fod yn fwy na llond dwylo i bwy bynnag a geisiai ymwneud â hi. Ond y peth oedd yn ofid yn fwy na dim oedd ei glywed, a hynny'n fwriadol yn ddiamau, yn enwi Tom Howard, a'i lygaid yn disgyn arni'n syth i weld beth oedd ei hymateb. Os oedd yr hyn a gasglodd yn gywir, roedd y cnaf hwnnw bellach wedi gweithio'i ffordd i'r cylch hwnnw. Duw yn unig a wyddai beth fyddai'r can-lyniadau.

Nid oedd Liwsi wedi anghofio'r ffordd y disgrifiodd Siarl ei chwaer – "Ma hi wedi etifeddu nodweddion gwaetha nhad a mam – a dyna sicrhau nad oes ronyn o resymoldeb yn perthyn iddi. I ddechre, nid yw'n cynnig ei gneud ei hun yn wraig y gallai unrhyw ŵr 'i hoffi. Mi fyddai Wiliam druan yn well ei fyd yn borcyn ar ben mynydd rhew nag yn swatio yng nghôl Mari. Ac ar ben hynny, os nad yw'n awyddus i ennill ffafr ei gŵr, fe ddylai fel estrones geisio ennill ffafr y wlad sy wedi'i derbyn. Nid oes gyfaddawd yn agos ati ac y mae gwên yn ormod ganddi i'w chynnig i neb os ma fel'na y teimla. Creadur digon hoffus yw ei gŵr, Tywysog Oren, hynod o garedig tuag at ei deulu-yng-nghyfraith, ac yn fwy na brwdfrydig i gael fy nhad yn ôl ar ei orsedd. Ond – damia hi – ma fy chwaer Mari yn credu bod ganddi ryw fath o rinweddau goruwchddynol gan ma hi yw'r Dywysoges Frenhinol. Does dim yn rhoi mwy o foddhad iddi na myfyrio ar ba mor bwysig yw hi – heb sylweddoli bod ei phwysigrwydd yn ddibynnol iawn ar ewyllys da eraill tuag ati."

Ac yr oedd Tom Howard yn un o gylch y Dywysoges Frenhinol ar dir estron! Nid oedd dim sicrach na'i fod yno i ryw ddibenion digon cudd.

Pan soniodd Liwsi am ei hen gydnabod wrth Dywysog Cymru, ni chymerodd ormod o sylw, dim ond dweud, "Mi wn amdano," cyn ychwanegu, "Mae'n amhosibl i unrhyw greadur yn ein cylch ni bellach fod heb *beryglon*. Dyna pam ma'n dda gen i dy gael di gyda fi, Liwsi."

"Siarl bach, pa – pa iws yw rhywun fel fi mewn sefyllfa o argyfwng?"

"Gwell na byddin."

"Ond – shwd wyt ti'n medru dweud hynny?"

Edrychodd arni'n daer. "Rwyt ti'n – rwyt ti'n – deyrngar."

"O diar . . ."

"Liwsi, os wyt ti'n cytuno, fe garwn fynd â thi i Paris . . ."

"Paris . . .?" Ni fedrai Liwsi gredu'i chlustiau – beth nesa?

"Mi garwn fynd â thi i gwrdd â'r Esgob Cosin."

"I beth, neno'r dyn?"

"Dy briodi, Liwsi, dy briodi!"

Ni fedrai Liwsi alw ar eiriau i'w ateb . . .

Cydiodd Siarl yn dyner yn ei hwyneb a'i chusanu. "Liwsi,
Tywysoges Cymru!"

– *19* –

"Rwyt ti'n edrych yn bictiwr!"

Safai Liwsi i'r tywysog ei hedmygu ar ôl i'r morynion ei
gwisgo. Roedd y cwmni wedi teithio o San Germain i Paris.
Trefnodd yr esgob i'w stiward, Richard Forder, fod wrth
law fel un o'r tystion. Un arall yn llawn cyffro oedd Living-
stone, Iarll Niwbwrch, un o'r gwŷr pwysicaf yn llys y
tywysog ar dir estron. Cafodd Liwsi hanesion newydd
ganddo am Tom Howard, oherwydd iddo briodi Catrin,
merch Theoffilus Howard, Iarll Suffolk, chwaer Tom. Am
ryw reswm, yr oedd pob dim a glywai bellach yn codi
amheuon mawr yn ei gylch.

Meddai Forder, "Nid wyf yn rhy siŵr nad yw'n gweithio
i'r teulu brenhinol yn yr Iseldiroedd ac mewn ffafr gyda
Cromwell a'i lu! . . . Fedrwn i fyth 'i drystio!" Roedd hyn o
osodiad yn canu cloch gyda Liwsi.

Ond hwn oedd bore ei phriodas . . .

Cawsai'r Esgob Cosin ei apwyntio, gydag esgobion eraill
yn cynorthwyo, i fod yn Gaplan Protestannaidd yng
ngosgordd y Frenhines Henrietta Marïa yn Ffrainc.
Dymunasai Siarl iddyn nhw fynd i Gymru er mwyn cael eu
priodi yn ei mamwlad – "Gallwn gael y gwasanaeth yn Saes-
neg ac yn Gymraeg – whare teg, fe ddylai'r ddwy iaith fod
yn gyfartal!"

"Fe gymer ganrifoedd i hynny ddigwydd, ma gen i ofn,"
meddai Liwsi.

Awgrymodd y tywysog y gellid trefnu'n ddigon hwylus
ar gyfer y seremoni yn ninas Liège – roedd y capel bychan
yno'n brydferth dros ben. Na, wedi cytuno i briodi, ni

fynnai Liwsi iddyn nhw wneud gormod o sioe. "Rwyt ti'n siarad fel taset ti'n gneud rhywbeth na ddylet ti ddim!" plagiodd Siarl.

"Am wn i nad wy'n dal i deimlo fel'na . . ." atebodd.

Cytunwyd i'r seremoni gymryd lle yn Paris a'r Esgob Cosin i'w gweinyddu – yr unig un y bodlonai Henrietta arno o blith esgobion Eglwys Loegr. Cyn mynd i weinyddu'r briodas, galwodd y frenhines arno iddi gael rhoi gorchmynion pendant – "Gofalwch ych bod yn gwneud y seremoni'n un a fydd yn cydymffurfio ag Eglwys Loegr a'r Eglwys Babyddol – a'r llwon yn gwbl dderbyniol gan y ddwy ochr . . ."

"Mi wnaf i hynny, eich mawrhydi!" cydsyniodd y prelad tal.

Ni chofiai Liwsi fawr am y gwasanaeth – y capel yn bur dywyll, dim ond un ffenestr yn y mur yn ei hwynebu wrth fynd i mewn; felly, wedi agor y drws, edrychai'r lle mewn tywyllwch llwyr, ond ar ôl eistedd, tywynnai golau'r dydd gwyn i'r adeilad gan ddangos ffenestr liw ryfeddol o ben croeshoeliedig y Crist. Ac yng ngoleuni'r Crist Crog y deuai'r allor a'r tapestrîau a'r pulpud a'r seddau'n amlwg. Cododd y cwmni ar archiad yr esgob a dechreuodd yntau fynd trwy'i lithoedd. Dechreuodd penliniau Liwsi grynu. Debycach i angladd, meddyliodd.

"A gymeri di, Siarl, y wraig hon i fod yn wraig briod i ti . . ."

"Gwnaf."

"A gymeri di, Liwsi, y gŵr hwn i fod yn ŵr priod i ti . . .?"

"Gwnaf."

Sylwodd Liwsi ddarfod i'r esgob oedi ac ailadrodd y llw – ". . . i'th gadw dy hun yn unig iddo ef . . ." – fel pe bai wedi clywed chwedlau drwg amdani a'i fod am eu chwalu unwaith am byth! Beth, tybed, a barodd i'r creadur wneud cymaint o'r adduned arbennig honno? Ni chafodd Liwsi gyfle i ddyfalu.

"Yr hyn a gysylltodd Duw, na wahaned dyn" – edrychai Cosin fel pe bai wedi cyflawni gweithred y byddai ef a'r

teulu brenhinol a'r holl deyrnas yn edifar amdani byth byth-
oedd. Byseddai'i wenwisg, crynai'i wefusau. Tybed nad
oedd yr wg ar ei wyneb yn ddim ond delwedd o'r ffurfafen
dywyll a fygythiai'i phriodas? Cawn weld, cawn weld,
meddyliodd Liwsi, gan ymgysuro yn y ffaith nad *hi* oedd
wedi mynnu'r hyn a ddigwyddasai na bod yn gyfrifol am y
fodrwy ar ei bys. Na'r plentyn yn ei chroth . . .

– *20* –

"Der 'ma, der 'ma, nghariad i!" meddai'r frenhines pan
ddychwelasant i San Germain.

Safodd Liwsi ger ei bron yn holl ogoniant ei phryd-
ferthwch ifanc. Roedd yn amlwg fod Henrietta wrth ei
bodd. "Taset ti wedi chwilio'r cyfandir, Siarl, fydde dim
gobeth dod ar draws neb pertach na hon, ar 'y ngwir! Un o
rinweddau'r Cymry falle – crotesi! Os oes rhagor fel hi o
gwmpas, mae'r Anfeidrol wedi bwriadu'r genedl i fod yn
rhywbeth amgenach na morwyn fach Lloegr!"

Chwarddodd yn uchel a cheisiodd Liwsi wneud yr un
peth.

Galwodd Henrietta un o'r morynion trwy dynnu cortyn
y gloch yn ddiamynedd.

"Ie, ych mawrhydi . . ."

"Gwin, gwin, gwin!"

"Pa win, ych maw . . ."

"Fe ddaw Siarl i ddewis yn y seler! – Siarl, dos ar
d'union!"

"A gwydre hefyd, ych mawrhydi?"

"Wrth gwrs, wrth gwrs, ferch! Dan ni ddim wedi arfer
yfed fel cathod allan o soseri!"

Rhedodd y forwyn allan a'i dilyn yn union gan Siarl . . .

Cyn pen fawr o dro, roedd bwrdd bach y frenhines wedi'i
osod a'r gwin a'r gwydrau'n barod wrth law, morwyn arall
yn cerdded i mewn i weini.

Llanwodd Siarl y gwydrau a'u hestyn.

Plygodd y frenhines i roi cusan i'w merch-yng-nghyfraith.

"Pob bendith, merch i!"

"Diolch," meddai Liwsi.

"Pob bendith!" meddai Siarl wrth ei fam cyn ei chusanu.

"Pob bendith, Siarl!" meddai'r fam, gan daro'i gwydr yn erbyn gwydr ei mab.

"Pob bendith, Liwsi!" Cusanodd y tywysog ei wraig ifanc.

"Pob bendith," meddai Liwsi.

Daliodd Siarl i'w chusanu . . .

Syrthiodd ei wydr yn deilchion i'r llawr.

Cododd Henrietta yn frawychus. "O diar, diar! Gobeithio nad yw hyn yn arwydd ddrwg – anghaffael ar y ffordd!"

"Twt twt!" meddai Liwsi, gan sychu'i dillad ac ymroi i fwynhau'r gwin a'r chwerthin.

Daeth y cwmni priodasol i mewn i'r ystafell i ddymuno'n dda unwaith eto cyn eu bod yn eistedd i fwynhau'r wledd briodasol.

Pan gerddodd Liwsi i mewn i'r ystafell fawr ar fraich y frenhines, plygodd Henrietta i sibrwd yn ei chlust, "Rhodd i ti, nghariad i! Neclis Marie de Medici!" Fe'i gosododd ar ei gwddf yng ngŵydd pawb. Ac fel'na yr eisteddodd y briod-ferch wrth fwrdd ei neithior.

Ni fyddai Liwsi'n ddisgleiriach pe bai'r Orion yn ei haddurno, meddyliodd Siarl, yn gloywi o edmygedd.

– 21 –

Tynnodd Siarl y llenni. Aeth i wneud yn siŵr bod y drws ynghlo.

"Paid â chlymu dy hunan yng nghoban dy fam-gu heno!" meddai, yn hanner chwerthin. "Rwy wedi torri f'ewinedd – fedrwn i byth ddatod y clymau!"

"Dwedodd mam-gu na ddyle merch fyth garu yn y gwely

heb glymu'i hunan yn sownd!" atebodd Liwsi, a'i chwerthin direidus yn canu drwy'r ystafell.

"Nid ar ôl priodi, does bosib!"

"Ma gen i syniad 'i bod *hi'n* mynd i'r gwely dros 'i thrigain wedi'i chlymu hyd 'i gwddw!"

Neidiodd Liwsi rhwng y dillad a'r wên ar ei hwyneb yn llawn o her, fel pe bai'n dweud wrth y tywysog eiddgar, *Camp i ti nal i!* Wrth droi, sylwodd yng nghil ei llygaid bod cefn Siarl wedi troi oddi wrthi fel pe'n ceisio cuddio rhywbeth.

"Be wyt ti'n wneud, ddyn?"

"Dim byd, dim byd."

Nid oedd yr ateb yn bodloni merch chwilfrydig. "Paid â dweud celwydd!" Trodd ei chefn yn bwdlyd. "Wfft i ti, os nad wyt ti *am* ddweud!"

Dangosodd Siarl flwch bach du a'i lythrennau ar y clawr.

"Tystysgrif y briodas, cadw hi'n saff, 'na'r cwbl!"

"Gad i mi weld!"

"Dwyt ti ddim *wedi* gweld?"

"Dim ond pan sgrifennes f'enw – rown i'n rhy nerfus i sylwi ar ddim. Prin y medra i gofio dim o'r gwasanaeth, ar fy llw!"

"Crynu?"

"Fel deilen!"

"Pam felly, y gwirion?"

"Pam, wir? Nid bob dydd ma merch yn . . ."

"Be?"

". . . priodi *tywysog!*"

"Wyt ti'n . . . *falch?*"

Oedodd Liwsi. "Wrth gwrs, ond . . ."

"Ond be?"

"Nid am dy fod yn dywysog, ond am mai – ti wyt ti."

"Mi fyddet yn 'y mhriodi tawn i ddim . . .?"

Oedodd Liwsi eto. "Am wn i, mi fydde'n well gen i . . . taset ti ddim."

"Tybed?"

Cyn y medrai Liwsi gynnig ateb, teimlodd ddillad y gwely'n ymrannu a'i gŵr newydd yn llamu ati.

"Nefoedd fawr, Siarl, nid marchog ceffyl wyt ti! Dal dy wynt, dal dy wynt, neu mi fyddi di'n cysgu ar dy ben dy hun!"

"Clyw, ferch, ydi hi'n syndod bod gŵr yn ysu am 'i wraig – gwraig newydd sbon yn 'i wely – *noson y briodas*?"

"Oes eisie . . .? Fedri di ddim aros – i mi *ildio*?"

"Ildio, wir! Liwsi fach, wyt ti'n disgwyl i ddyn ar drengi o syched arafu o fewn ergyd i'r ffynnon? Ma cariad yn gryfach na newyn a syched. Mae'n cynhyrchu tynerwch, ond mae'n cynhyrchu trais hefyd. Llawenydd tebycach i wallgofrwydd. Dioddefaint creulonach na chroes. Dest fel ma un jerm bach yn medru peri twymyn gynddeiriog, ma, croten fel ti, y gnawes, yn medru gyrru dyn fel fi'n wallgo. Taset ti ddim ond yn bod yn fy meddwl, dest fel y buost gyhyd ar ôl Exeter, mi fyddai'n ddigon drwg, ond nid fel'na mae – rwyt ti'n gnawd – cnawd bywiog yn 'y nwylo!"

"Cnawd, iefe?"

"Wrth gwrs, wrth gwrs! A diolch i'r nef am hynny! Ma proffil ambell ferch yn rhy llym, croen un arall yn rhy fregus, esgyrn un arall yn rhy amlwg, a llygid un arall yn rhy fawr, ond – *rwyt ti'n berffeth*! Perffeth! Perffeth! Perffeth! Felly, does ond gobeithio . . ." Gorffwysodd y tywysog yn ôl fel un wedi'i lwyr lethu.

"Gobeithio?"

"Ie, gobeithio . . ."

"Be . . .?"

"Rhywle yn y perffeithrwydd bochgoch bod 'na . . . ronyn o ddiawlineb i yrru'r dillad gwely 'ma ar dân!"

Chwarddodd Liwsi. "Ma gronyn yn medru gneud mwy na gyrru dy ddillad gwely'n goelcerth, ngwas i."

"Tybed . . .?"

"Ma'n wir . . ."

"Fel beth . . .?"

"Does ond eisie gronyn o ddiawlineb . . . i dwyllo."

"Paid â *mentro* nhwyllo i, Liwsi!"

"Wna i ddim, ond – ma gronyn yn medru creu amheu-aeth . . . heb fod sail yn y byd iddo."

"Os nad oes sail . . . popeth yn iawn!"

"Ddim o reidrwydd, ddim o reidrwydd!"

"Wel . . .?"

"Ma amheuaeth yn magu eiddigedd . . ."

"Eiddigedd . . .? Ie, wel, rwy'n eiddigeddus gythreulig lle rwyt ti yn y cwestiwn."

"Rhyw gywreinrwydd ynghylch pob dim ma gwrthrych cariad yn gneud."

"Wela i . . ."

"Chwilfrydedd i wybod pob mymryn sydd i'w wybod . . . Beth pe byddet yn darganfod mod i'n gelwyddog?"

"Ti . . .?"

"Wel . . ."

"Mi fydde dy holl brydferthwch yn troi'n rhy ffiaidd i lygaid dynol syllu arno! Ond, dyna – dyna ddigon o'r siarad parlwr 'ma!"

"Be wyt ti'n feddwl? Siarad parlwr?"

"Y math o gega a dadansoddi ma ladis a digon o hamdden ganddyn nhw'n gneud yn 'u parlyre!"

"Rwyt ti'n cymysgu clonc hen wragedd la-di-da ag ymresymu . . ."

"Ymresymu . . . iefe?"

"Ma gwahanieth rhwng athronydd neu wyddonydd neu ddiwinydd yn trafod, beth bynnag y pwnc, a nythed o ddugese'n cyfnewid clonc am glonc."

"Wel, boed hynny fel y bo, pwy yffach sy eisie athronydd neu wyddonydd neu ddiwinydd yn 'i wely noson 'i briodas? . . . Der 'ma, der 'ma, der 'ma!"

"Diawl bach . . . !"

"Be sy'n bod, be sy'n bod?"

"Cymer bwyll, cymer bwyll!"

"Nid tacteg jentîl parlwr dy fam-gu sy gen i, ond –"

"Ond – be tybed?"

"Milwr ar faes y gad! Trechaf treisied!"

A chyn i Liwsi fedru dweud gair ymhellach, fe'i cafodd ei hun cyn noethed â'r lili, dwylo a llygaid ei gŵr yn ei meddiannu'n llwyr . . .

Roedd y tŷ yn San Germain yn faracs o le, beichus, drafftiog, yn atgoffa Liwsi o'r hen gastell yn ôl yng Nghymru, honglad o adeilad a wahoddai adar o bob math dan ei fondo a holl dylwyth y jac-y-do i'w simneiau. Yr unig nodwedd a barai chwithdod oedd y ffaith nad oedd deilen werdd i'w gweld yn agos ato ond yn y potiau aspidistra a ffynnai ar sil rhai o'r ffenestri. Nid oedd y plethiadau o gyrtenni les filltiroedd, i fyny ac i lawr, yn cynnig yr un math o ddiddanwch â thyfiant naturiol coeden ganghennog a chlytiau o eiddew yn meddiannu'r muriau. Roedd rhyw fath o wg i baent du y drysau, arfbais y brenin uwch y drws mawr, a rheiliau picellog du tu allan, y cyfan wedi eu llunio i gadw'r byd swnllyd, peryglus, estronol allan.

Eto i gyd, ni fedrai Liwsi ddweud yn amgenach nad oedd wedi derbyn y croeso mwyaf hael a bonheddig, tu hwnt i unrhyw ddisgwyliad a feddai, a hynny gan y frenhines, Henrietta Marïa, yn arbennig felly. Oedd, yr oedd wedi meddwl yn siŵr y câi ei mam-yng-nghyfraith drafferth i ddygymod â'i phresenoldeb o gwmpas y tŷ, a buasai'n dyfalu beth a gyfrifai fod Henrietta Marïa mor dueddol tuag ati o'r cyfarfyddiad cyntaf. Ni bu'n rhaid iddi aros yn hir i'r ateb i hynny o bôs wawrio arni. Cymraes oedd hi! Hynny yw, nid Saesnes, estrones fel hithau yn byw yng nghysgod y frenhiniaeth Saesneg, caer Eglwys Loegr, ymffrost Laud a'i griw.

"Mi wn wrth dy leferydd," meddai, yn yr ymgom gyntaf a gafodd y ddwy, "nad yw'r iaith Saesneg yn rhy esmwyth ar dy dafod. Hynny yw, nid hi 'di dy iaith gynta, un o ieithoedd hen Ewrob fel y Ffrangeg 'di dy famiaith – yn honno rwyt ti'n meddwl ac yn rhoi mynegiant i'th deimlade."

"Wel, ma hynny'n ddigon gwir," cytunodd, a rhag i'r frenhines feddwl am eiliad ei bod yn ddiffygiol ei Saesneg ychwanegodd, "ond ma'r Sasneg yn ddigon cyfarwydd i nhafod a'm deall – bûm fyw ysbeidiau digon hir yn Llunden a'm mam a'm mam-gu yn troi yn y cylchoedd mwya dethol . . ."

"Dw i ddim yn amau, dw i ddim yn amau," atebodd Henrietta, "ond, cofia di, ma'r Saeson yn meddwl bod 'u hiaith nhw yn ddigon ar gyfer yr holl ddynolryw, be sy eisie unrhyw iaith arall, ma amrywieth fel Twr Babel yn dramgwydd i ddiwylliant a masnach a chrefydd a phob dim. Heb sylweddoli ma'r amrywieth yw sail diwylliant – fel nad oes modd yn y byd i gael enfys fel'na yn y ffurfafen heb amrywieth o liwiau. Mi fydde enfys y peth mwya undonog ac yn fwrn ar lygaid dynol cyn pen fawr o dro . . ."

Coron anesmwyth iawn yw coron brenhines Lloegr, meddyliodd Liwsi, wrth sylwi fel y beirniadai genedl ei gŵr bob cynnig, a hynny nid yn unig am fod y fonarchiaeth Seisnig mor simsan y dyddiau hyn.

"Wyddost ti be sy'n andwyo cenedl y Saeson?"

Siglodd Liwsi ei phen – gwell gwrando nag ateb.

"Ma nhw wedi dwyfoli *pethe*, Epicureaid piwis ydyn nhw! Pa gylch bynnag o fywyd y bydd Lloegr yn delio ag e, mae'n faterol, heb sylweddoli falle. O, ma nhw'n grefyddol dros ben, yn foesol ac ysbrydol, yn enwedig yr haid newydd o Biwritaniaid, ond ma'r enaid Catholig yn absennol! Ma pob math o ragrith yn cael 'i arddangos, a hynny'n ddigon deheuig, ond go brin bod hynny'n gyfnewid am ras a gwarineb. Ma'r gamp o fyw bywyd materol dan feistrolaeth lwyr, a hynny i'r manion mwyaf dibwys, nes bod sidanau drudfawr yn werthfawrocach na'r cnawd ma nhw'n 'i orchuddio, sodlau uchel a het flodeuog yn mynd yn wrthrychau crandiach na choed a blodau, llieiniau'r byrddau yn meddu cwaliti anfeidrol, persawr y wardrob yn bwysicach nag arogldarth yr allor, llestri te, carpedi'r llawr a'r grisiau, cnociwr pres a ffendar ddisglair, y cyfan yn olud bydol uwchlaw pob sylwedd ysbrydol."

Unwaith eto, ni wnaeth Liwsi ond nodio – gwell gwrando nag ateb.

"Nghariad i," meddai Henrietta, "wnei di fy helpu i fynd i'r gwely? O diar, rwy'n teimlo *mor* flinedig!"

"Ar bob cyfri!"

"Gwell na gofyn i'r morynion 'ma! . . . Rwyt ti'n un o'r teulu nawr – *shwd* deulu!"

Cynorthwyodd Liwsi y wraig lesg i fynd i'w hystafell ac i'r gwely. Roedd y golau'n darfod a'r ystafell yn llawn cysgodion. Roedd coed y lloriau drwy'r tŷ yn hen a sych ac yn gwneud sŵn fel pe bai ysbrydion ar gerdded. Gosododd botyn yn gyfleus dan y gwely a chaeodd ddrws y cwpwrdd bychan lle'i cedwid. Arllwysodd wydraid o'r ddiod a gymerai'r frenhines bob nos cyn noswylio – nid oedd gan Liwsi syniad yn y byd beth ydoedd, dim mwy na'i fod yn arogli'n ffiaidd. Pan gydiodd yn y corff esgyrnog a thwtio'r goban a'r dillad gwely, aeth rhyw fath o arswyd drwyddi – i feddwl y medrai corff lygru yn y fath fodd! Ar ôl i bob dim yn yr ystafell gilio i'r cysgodion, daliai'r llygaid eryr o ddyfnder yr wyneb penglogaidd i rythu arni fel Angau. Aeth yn ymwybodol hefyd o'r drycsawr a ddeuai ar anadl y frenhines . . .

"Eistedd, eistedd, Liwsi! Dw i ddim yn barod i fynd i gysgu eto – ddim am funud!" Daeth llaw wen allan o'r dillad i dapio'r cwrlid. O, na fedrai ddianc y funud honno filltir-oedd i ffwrdd!

"Oes rhwbeth arall . . .?"

"Dim, dim, dim – dim ond sgwrs cyn cau fy llygid!"

Eisteddodd Liwsi ac ildio i wrando'n amyneddgar ar waetha'r tawch a'i hamgylchynai mor frawychus â'r cysgodion – ni fynnai'r frenhines olau yn ei hystafell. Pam tybed? Ai ymwybod yr oedd â'i thrueni corfforol a theimlo'n anfodlon i lygaid neb ddisgyn ar ei sgerbwd? Druan ohoni, Henrietta Marïa, Brenhines Lloegr, nid oedd ei phabell yn hyn o fyd ddim amgenach na hynny!

"Liwsi, 'di dy bobl yn gefnog?"

"Cefnog?" Roedd y fath ofyniad yn gwbl annisgwyl.

"Paid ag edrych mor syn, nghariad i! Ma'n amlwg i ti erbyn hyn bod ein teulu ni . . . cyn dloted â llygoden eglwys!"

Unwaith eto, cafodd Liwsi ei hun mewn sefyllfa ddigon lletchwith ac ni wyddai ar y ddaear sut i ateb.

"M-ma'n ddrwg gen i . . ."

"Digwdd meddwl oeddwn i . . ."

"Meddwl . . .?"

"Ma gofyn am bob dimai – i helpu ngŵr, er mod i'n ofni clywed bob munud bod Cromwell wedi cael y trechaf arno."

Ar ôl dyfalu am eiliadau, ceisiodd Liwsi egluro'n wylaidd, "Dyw nheulu ddim yn dlodion . . ."

"Dyna be oeddwn i'n gasglu . . ."

"Ond does ganddyn nhw ddim y math o gyfoeth – y math o gyfoeth . . . Rwy'n cofio i nhad roi'i geffylau i helpu'r brenin . . . a'r castell i lochesu'r milwyr."

Ar ôl distawrwydd hir, meddai Henrietta, "Wrth gwrs, dipyn o syndod i mi oedd bod Siarl yn dy briodi . . ." Roedd y llygaid yn profi ei bod am drywanu.

"Syndod i minne . . ."

"Ma'n siŵr, ond roeddwn i wedi gobeithio 'i weld yn priodi – nid bod gen i ddim yn d'erbyn di – Anne-Marie-Louise o Orléans, ŵyres Harri Ffrainc, cyfnither iddo – ma ffortiwn Persia gan honno!"

Ni fentrodd Liwsi air o'i genau na chaniatáu i'w llygaid roi cymaint ag awgrym o'i hymateb, ond – bron am y tro cyntaf oddi ar ddydd ei phriodas aeth ymdeimlad o ansicrwydd fel saeth drwyddi.

"Dwed, Liwsi," meddai'r frenhines, yn newid y sgwrs, "dwyt ti ddim yn digwdd perthyn i'r Catholigion?"

"Na, ych mawrhydi, na . . . fe wyddoch hynny."

"Paid â dweud dy fod yn un o'r penbylied Piwritanaidd 'na sy'n cyffroi'r wlad?"

"Na . . . na . . ."

"Wel ma hynny'n rhwbeth . . . Eglwys Loegr, iefe?"

"Ie . . ."

Medrai Liwsi weld ffurf ei hwyneb ar y gobennydd fel un marw, yn wyn a disymud. Dechreuodd siarad â llais egwan, nid o wendid yn gymaint â diffyg ymdrech, "Mae clychau Rhufain yn lledaenu bendith dros yr holl fyd! Mor wahanol i'r Biwritaniaeth sy fel pla yn Lloegr. Cromwell, y ffŵl, yn cyhoeddi ein bod yn byw yn y 'dyddiau diwethaf' ac yn ddigon digywilydd i daeru mai'r Pab, olynydd San Pedr, yw'r Anghrist. Dyna sy'n dod o roi Beibl yn nwylo dynion heb gyfarwyddyd offeiriad, a gadael iddyn nhw ei esbonio fel y mynnan nhw heb Awdurdod yr Eglwys i'w tywys a'r credoau i'w goleuo."

Cododd y frenhines ar ei heistedd. "Nghariad i, ma Siarl bron troi at Rufain, diolch i Dduw, ond – beth amdanat ti . . .?"

"Wel . . ."

"Paid â dweud nad wyt yn cymryd mater enaid o ddifri, eneth!"

"Na, na . . ."

"Wyt ti'n cyffesu dy bechode? Rwyt ti'n pechu fel pawb arall, siŵr gen i . . ."

Roedd gwrando heb sôn am ateb yn mynd yn drech na Liwsi erbyn hyn. Rhoddai'r byd pe bai'r ddynes yn tewi, gorwedd yn bentwr o fusgrellni yn ei gwely, a mynd i gysgu. Yn y cysgodion, dim ond awgrym o wyneb oedd ar ôl, dau lygad o fellt yn edrych yn gondemniol; sylweddolodd Liwsi bod Henrietta Marïa wedi newid i gyd. Nid y wraig eiddil, garedig, a chyfeillgar oedd dan ddillad y gwely mwyach, ond gwrach, rhan o'r tywyllwch, mor hyll â drychiolaeth, ac yn ei diymadferthedd cwynfannus yn rhyw gynllwynio melltith mor ffiaidd â'r anadl a ddeuai o'i genau a'r chwys o dan ei cheseiliau.

"Be fydd yn digwdd i'r plentyn?"

Teimlai Liwsi fel sgrechian. "P-pa b-blentyn?"

"Dy blentyn *di*, wrth gwrs!"

"Ond –"

"Dwyt ti ddim wedi strancio yn y gwely 'na 'da Siarl, heb . . ."

"Pwy sy . . .?"

"Clyw, clyw, mi fedra i ddweud wrth dy lygid, un edrychiad! . . . Rwy wedi sylwi ers dyddie!"

"O diar . . . O diar . . ."

"Paid â gofidio! . . . Dim ond i'r bastard bach gael ei fagu'n iawn . . ."

"Be dach chi'n feddwl?"

"Yn y Ffydd Gatholig, wrth gwrs!"

"Rhaid i mi gael gair 'da Siarl . . . Sut bynnag, os daw plentyn, nid bastard fydd e . . ." Tynnodd anadl i fagu tipyn

173

o ddewrder. "Mi fydd plentyn Siarl a finne'n cael 'i eni 'rochor iawn i'r dillad gwely!"

"Ow diar, Ow diar!" atebodd y frenhines, yn dynwared tôn Liwsi. "Gwranda, gwranda, dw i ddim yn rhy siŵr nad oes 'na ddau neu dri bastard gan Siarl yn barod o gwmpas y wlad – Saeson diawl, ma'n siŵr!"

Aeth cryndod mawr drwy Liwsi wrth wrando llais y frenhines – Arglwydd, ble ar wyneb daear oedd hi wedi landio'i hunan?

– 23 –

"Pam dach chi mor benderfynol, Clarendon, i nilyn i bobman? Fedrwch chi ddim rhoi llonydd i mi am – am –? Dach chi fel ci hela ar drywydd prae, ma'ch hen drwyn mawr yn fy ffroeni ymhob twll a chornel, a'ch hen ddannedd cas yn barod i rwygo nghydwybod yn gareie! Pam, yn enw'r Duwdod, odd yn rhaid i chi ddod ar f'ôl i nawr?"

"Er mwyn ych tad druan, ych mawrhydi! Er mwyn ych mam druan yn 'i gofid, ych mawrhydi! Ac er mwyn ych gwlad, er mwyn y Frenhiniaeth –!"

"Er mwyn, er mwyn, er mwyn! Er mwyn pawb a phopeth, ond nid – *er fy mwyn i!* O na, O na, tasech chi'n gneud rhwbeth am unwaith er 'y mwyn i, mi fyddech yn dianc o'm ffordd – rhoi llonydd i mi – gofalu am ych busnes ych hun am unwaith!"

"Eich mawrhydi, os gwelwch yn dda, ma *popeth* – er ych mwyn *chi!*"

"Sut? Pam? Be sydd o'i le? Be sy'n galw am i chi frysio yma nawr?"

Rhoddodd Clarendon ei ben i lawr bron fel pe bai'n ofni dweud.

"Atebwch, ddyn, atebwch!"

Gwyddai Edward Hyde ei fod yn edrych yn ffigur anobeithiol, gŵr canol oed fel ef yn cael ei ddifrïo gan lipryn tal fel Siarl, ei drafod fel ci am y digwyddai'r llanc fod yn fab y brenin. Ceisiodd ei orau i'w feddiannu'i hun, a'i ddal ei hun mor urddasol ag y medrai er yr holl wawd, ond gwyddai pan feiddiai ateb – ac ni fedrai osgoi! – y gwelid yr etifedd tymherus yn neidio allan o'i groen.

"Atebwch, ddyn, atebwch!"

Teimlai Clarendon ei wefusau'n crynu. "Yr eneth!"

"Pa eneth?"

"Y Gymraes!"

"Pa Gymraes?"

"Liwsi Walter!"

"Be amdani, be amdani?"

"Dach chi wedi'i –!"

Collodd y tywysog ei limpin yn llwyr. "Be ddiawl dach chi'n ceisio'i ddweud, ddyn?"

Anadlodd Clarendon yn ddwfn. "Eich mawrhydi, fy mraint fu'ch gwasanaethu ar hyd y blynyddoedd. Ma ngofal erioed wedi bod yn fawr amdanoch – a'r Goron a welir ryw ddydd ar ych pen – a hynny'n rhy fuan o lawer, falle. Fe'ch gwylies yng ngorllewin Lloegr rhag anaf fel fy mab fy hun, sefais gyda chi yn un o'ch cynghorwyr ar ffo pan oedd Fairfax yn bwrw mlaen mor fygythiol, bûm gyda chi ar yr ynysoedd hynny – fedrwn i ddim gneud mwy dros neb! A'm hunig ofid yn awr yw – Siarl, fy nhywysog, fy eilun!"

"Wrth gwrs, wrth gwrs, wrth gwrs!" atebodd Siarl yn ddiamynedd, "ond ddaethoch chi ddim ar f'ôl i fan hyn i'm hatgoffa o'ch ffyddlondeb? Faint o ddiolch sy'n ddyledus i chi, wedi'r cwbl? Fyddech chi'n llai o ddyn o lawer hebof fi – os ca i ddweud. *Pam* – mi wna i ofyn eto – *pam*, Clarendon, ddaethoch chi'r holl ffordd i ngweld i? Ma rhwbeth mawr yn pwyso ar ych bola, siŵr o fod!"

"Ma 'na si ar led bod y tywysog wedi *priodi'r* Gymraes . . ."

"Be – am hynny . . .?"

"Be – *am* . . .? Ond, anrhydedd y Goron, bydd yn ddamniol i'r Frenhiniaeth!"

"Shwd hynny, shwd hynny?"

"Os nad yw'r tywysog yn gwbod, fy nyletswydd yw 'i – hysbysu."

Tawelodd Siarl. Roedd llygaid a llais Hyde yn dechrau ei argyhoeddi. Beth a wyddai'r hen gadno, tybed?

"Rwy'n gwrando . . ." Safai'r tywysog yn heriol.

"Does neb ohonom yn berffaith yn hyn o fyd, Duw a ŵyr, ond – ma rhai pethe nad yw'r cyffredin o ddynol glai byth yn ymostwng iddyn nhw –"

"Ie, ie, ie, ddyn, dowch at y pwynt!"

Anadlodd Clarendon yn ddwfn unwaith eto – dyma'r dasg fwyaf ofnadwy a gawsai yn ystod ei flynyddoedd o wasanaethu'r tywysog.

"Ma enw drwg iddi."

Gloywodd y llygaid brenhinol gan syndod.

"Shwd gwyddoch chi hyn, Clarendon?"

"Algernon Sidney!"

"O, diawl, ma hwnnw wedi bod yn siarad 'da mrawd, Jâms – all *hwnnw* fyth ddweud gair da dros yr un o'm cariadon! Cythral eiddigeddus!"

"Na, ddim yn hollol . . ."

"Be felly?"

"Ma'r groten – wedi derbyn *arian* am 'i ffafr."

"Derbyn *arian*?" Difrifolodd y tywysog. "Gan bwy?"

"Nifer, ych mawrhydi. Sidney . . . yn un."

"Pwy arall?"

"Tom Howard."

Ni fedrai Siarl symud o'r fan. Nid oedd Hyde yn siŵr nad oedd ei siom bron ar fin dwyn dagrau.

Teimlodd yn dra anghyffyrddus. "Wel, mi – mi af i nawr . . . os . . ."

Cododd y tywysog ei law. "Na, na, Hyde, pidwch â mynd . . ."

Safodd y ddau yn wynebu'i gilydd mewn distawrwydd. Dywedodd Siarl mewn llais isel, "Pwy sy'n *gweud* y pethe hyn?"

Cymerodd Clarendon amser i ateb. "Cymro! Yr un genedl â hi. Hen ffrind – John Vaughan! Buom yn astudio'r gyfraith 'da'n gilydd."

Ymgollodd y ddau yn eu sgwrs heb sylwi bod y drws wedi agor a Liwsi wedi cerdded i mewn. Wedi dal trywydd y siarad, llithrodd ar ddistaw droed tu ôl i'r llenni mawr glas, ac yno y bu heb brin anadlu, yn gwrando . . . gwrando. A'r peth nesaf a glywodd oedd . . .

"Wnaiff y ferch 'ma ddim lles i'r achos, ych mawrhydi, yn enwedig os daw'r bobl i wybod i chi ei *phriodi*. Tywysog Cymru, etifedd y Goron, yn priodi merch fel . . . O diar, diar!"

Ymsythodd Siarl – roedd yn amlwg ei fod yn cymryd geiriau Clarendon o ddifrif. "Pidwch â phoeni, Hyde! Fydd neb yn medru profi dim! Ma 'na flwch bach i fyny'r llofft . . ." dechreuodd y llais gael ei ostwng i sibrydiad – "ma'r dystysgrif gen i'n fanna'n ddigon saff o afael y byd a'r betws."

Edrychodd Clarendon yn ddifrifol ar y tywysog. "Gofalwch am ych bywyd, ych mawrhydi!"

Ac fel yr oedd y ddau yn llongyfarch ei gilydd fel petai, daeth Liwsi o'r tu ôl i'r llenni a'i llygaid yn fflachio dicter.

"Ma rhwbeth sicrach na thystysgrif gen i," meddai, a min awdurdod ar bob gair, "ac mewn lle saffach na dy hen flwch di, Siarl!"

Trodd y ddau i'w hwynebu.

"Y plentyn yn 'y mola, y plentyn yn 'y mola!" cyhoeddodd yn danbaid.

– *24* –

Roedd Liwsi yn agored i gael ei chlwyfo'n ddwfn. Nid oedd yn ddall i dueddiadau rhamantus Siarl, ei hoffter o ymblesera – merched, chwaraeon, cŵn, ceffylau, dawnsio – a hynny pan oedd y byd yn cwympo'n deilchion uwch ei ben. Roedd Jâms, ei frawd, yn dueddol o gymryd bywyd yn fwy o ddifrif. Dangosasai, yn ôl pob hanes, gyfrwystra anhygoel i gael y gorau ar eraill yn gynnar; ar ôl i Fairfax ei ddal yn Rhydychen, twyllodd y cawr llygatgraff hwnnw a dianc wedi'i wisgo fel merch! Nid oedd elfen ddireidus ynddo fel Siarl. Ei gryfder oedd cyfrwystra.

Nid oedd direidi'r brawd hynaf heb apêl, wrth gwrs. Medrai adfer ffafr cyn rhwydded ag anadlu. Un wên o glust i glust i was neu weinidog, i famaeth neu forwyn, ni fethodd erioed â chael ei ffordd ei hun. Hynny a gyfrifai fod Liwsi Walter wedi cytuno i fynd gydag ef yn y lle cyntaf; hynny, wrth gwrs, a gyfrifai am iddi ildio iddo yn y diwedd, er – nid oedd am anghofio hyn – iddi ei wrthsefyll am hydoedd pan oedd ei ddannedd a'i fysedd yn helpu ei daerineb i'w chael i ddadwisgo! Y diawl! Wedi clywed y sgwrs a fu rhwng Clarendon ac yntau, damia, ni bu'n fwy cyndyn erioed i beidio â chael ei hudo. Gwenodd y ddau arni.

"Dere dere dere, flodyn!" ond sylweddolodd Siarl nad oedd cymod i fod. Safodd Liwsi wyneb yn wyneb ag ef a'i llygaid yn fflachio!

Ni bu unrhyw ganlyniadau ar y pryd, dim ond chwerthin mawr Siarl. Ac yna, diflannodd y tywysog. Ciliodd yntau Hyde. Ar ôl i Liwsi fod yn pendroni ar ei phen ei hun am ysbaid, dychwelodd Siarl yn greadur gwahanol hollol. Gwenodd. Yna, dywedodd,

"Dan ni wedi gorfod cytuno i sefydlu system y Presbyteriaid yn Lloegr am dair blynedd." Trodd ei chefn fel pe na bai'r newydd o bwys yn y byd iddi. "Liwsi! Ma'r rhyfel yn berwi eto, ond – fydd dim gofyn i mi fynd i'r Alban. Mi fedra i helpu nhad mewn ffordd well. Ma'r morwyr yn whare'r diawl – wedi cael 'u twyllo gan ryw gnaf yn ymhonni taw *fi* oedd e! Fe geisiodd Jâms 'u tawelu nhw – ma fe'n ffansïo'i hunan yn fawr. Y diawl bach! Felly ma nhw am i *mi* gymryd drosodd y llynges yn Helvoetsluys! . . ." Dwysaodd. "Liwsi, un gusan fach – falle ma hon fydd yr ola!" Ildiodd Liwsi ei grudd iddo, ond – na, nid oedd yr hen wefr ar gael mwyach. Gall cariad arbed rhai o ddistryw, meddyliodd, ond pan ddryllir cariad ei hun . . .

Am y tro cyntaf, teimlodd fel carcharor tu ôl i furiau trwchus – yn gaeth a phob llygad yn ei gwylio! Ceisiai Henrietta Marïa fod yn gyfeillgar, sgwrsio'n dwymgalon, ymddwyn fel y tyneraf o wragedd y ddaear, ond gwyddai Liwsi yn rhy dda bellach beth oedd tu ôl i'r llygaid eryr a'r dannedd du. Ac roedd yr hyder a roddai'r Ffydd Gatholig iddi yn anhygoel. Mor hunanfodlon! Mor hunangyfiawn! Gofidiai am ei gŵr, ond ni olygai Lloegr ddim iddi. Yr unig beth o blaid y wlad oedd y medrai gynnig bedd iddi ryw ddydd gyda'r anfarwolion yn Abaty Westminster! Bu'n ddigon maleisus i edliw i Liwsi y plentyn yn ei chroth, nid yn gymaint am y byddai ryw ddydd yn debyg o fod yn ddug Saesneg, ond, "Bastard o Brotestant arall." Ni fedrai dim glwyfo Liwsi fel meddwl am ei phlentyn fel 'bastard'.

Fel yr âi'n fwy beichiog, a hithau'n cadw'n ddigon iach i wfftio unrhyw anhwylder dros-dro, fe'i cadwai ei hun iddi ei hun yn ei hystafell. Byddai'n dda pe medrai alw ar ei mam, ond go brin mai dyna'r fath o fam oedd Elisabeth Walter. Roedd hi yn ei nefoedd bellach, dili-dalian o gwmpas tŷ mam-gu yn Llundain, digon o forynion i weini arni, a digon o ladis 'yr hen gymdeithas' i alw arnyn nhw – a'u gwahodd hwythau ati.

Bu Liwsi'n meddwl o ddifrif beth tybed oedd y solas a gâi Henrietta o'i chrefydd Gatholig, a'i mam hithau o ddefosiwn Eglwys Loegr. Credai'r frenhines fod yr holl fyd-ysawd dan reolaeth tra oedd y Pab ar ei orsedd – yn union fel y credai ei mam mai'r unig ateb i helyntion y dydd oedd bod y brenin yn dychwelyd i'w balas. Teimlai Liwsi nad oedd na Phabydd na Phrotestant i'w drystio mwyach. Pam yn enw pob synnwyr nad oedd y bobl hyn yn medru setlo'u dadleuon heb dywallt gwaed a brwydro? Gwyddai i'w thad fynd yn ysglyfaeth i'r Piwritaniaid a Cromwell, ond roedd y garfan hon mor waedlyd â'r Cafalïwyr. Un o'r pethau diweddaraf a glywsai am Cromwell cyn dod i Ffrainc oedd iddo ddweud wrth ei ddynion, "Llaw Duw sy wedi f'arwain i ddymchwel y brenin!" Ac yr oedd Siarl, er cael ei erlid o le i le, yn gweddïo ar yr un Duw am nerth i ddym-chwel Cromwell! Daeth hen gi mawr dof y teulu heibio . . . Tynnodd Liwsi ef tuag ati. "Gwyn dy fyd, yr hen bagan!" meddai.

"Rwyf yma'n disgwyl wrth yr Arglwydd – fe gawn weld beth yw ei ewyllys!" Oliver Cromwell oedd yn siarad. Cytunai'r dynion o'i gwmpas. Credent hwythau mor bendant ag yntau mai 'rhagluniaeth' oedd pob dim a ddigwyddai iddyn nhw, boed gam, boed gymwys. Curodd ei frest ac anadlu'n ddwfn; edrychai bob modfedd ohono y gŵr a freuddwydiasai gynt am fod yn frenin ryw ddydd, a bellach teimlai fod y diwrnod hwnnw ar wawrio. Bu'n cadw'n dawel am gyfnod – y tawelwch sy'n dod o'r hunanhyder concwerol hwnnw pan yw dyn yn credu'n angerddol yn ei genhadaeth. Ni fynnai fyth y syniad o 'hunanhyder' na dim yn perthyn i 'hunan' – roedd y cwbl yn deillio o law Duw, offeryn yn y llaw honno oedd ef, ac ni welai ddim a ddigwyddai ond fel rhan o'r 'rhagluniaeth' a warchodai dros ei einioes ddydd a nos. Ac yr oedd rhan o'r unrhyw 'ragluniaeth' wedi'i gwneud yn amlwg iawn iddo; rhaid oedd dwyn y Brenin Siarl i gyfrif a'i osod ar brawf a gwaredu'r wlad ohono ef a'i ach.

Wrth gwrs, i ddyn mor dduwiolfrydig, un a gredai yn ei ffydd i'r fath eithafion, yr oedd cynllwynio i ddiorseddu a dienyddio'r brenin yn golygu ei osod ei hun yn ei le, a hynny heb unrhyw ymddiheuriad i neb. Yn gymaint ag y syniai am Siarl fel y cnaf penna'n fyw, yr oedd yn naturiol iddo synied amdano'i hunan fel yr arwr mwyaf ysbrydoledig. Oedd, yr oedd wedi'i alw trwy ddwyfol ordeiniad, nid yn unig am fod 'rhagluniaeth' y Nef wedi'i dywys ar hyd y ffordd, ond hefyd am nad oedd yr un creadur dynol arall yn y deyrnas yn meddu'r cadernid na'r adnoddau na'r athrylith i wneud y dasg.

Ac eto, yr un math o hunanhyder a oedd yn gysur a chynhaliaeth i'r brenin a'i lu. Ni fedrai Cromwell gredu'i lygaid pan dderbyniodd air oddi wrth y Tywysog Siarl cyn symud ei dad i Gastell Hurst:

"Os dyma'r tro olaf y byddwn mewn ffordd i sgrifennu atoch, fe wyddom yn iawn i ddwylo pwy y gallwn syrthio; ac eto, bendigwn yr

Arglwydd; gofala Ef bod gennym y nerth a'r gras mewnol na fedr yr un
o'n gelynion derfysgu. Dysgasom trwy dangnefedd yr Arglwydd i
feddiannu ein heneidiau, ac nid oes gennym un amheuaeth y bydd i
ragluniaeth Duw wanychu ein gelynion, a throi eu drygioni yn glod
iddo'i hunan.''

"Edrych, edrych!" meddai wrth Fairfax, wedi cwrdd i
wneud y cynlluniau olaf ar gyfer yr ymosodiad, "Ma *hwn* yn
credu yn Nuw 'run fath â ni!"

"Digon gwir!" atebodd yntau. "Ond – ma gennym ni
weithredoedd *mwy* eto i'w cyflawni dros yr Arglwydd a'n
gwareiddiad."

Huriwyd nifer o ystafelloedd yn Nhafarn y Golomen a'r
Eryr yn Stryd Siandos. Nid hwn oedd y man cyfarfod del-
frydol, ond digwyddai fod yn gyfleus o ran darpariaeth a
lleoliad. Buasai'r adeilad mewn anfri yn ddiweddar, am fod
un o arglwyddi enwocaf Llundain, yr Arglwydd Drew
Potter, noson cyn y Nadolig, yn digwydd bod yno'n yfed
gyda'i feistres, merch yr un mor enwog o gwmpas y
tafarnau, Nansi Mogg, pan aeth yn ffrae fawr rhwng y
ddau. Bu Nansi wrthi'n diota ar hyd y dydd, ac erbyn yr
hwyr roedd hi ymhell o fod yn abl i gadw'i thafod a'i dyrnau
dan lywodraeth. Aeth pethau o ddrwg i waeth, a'r diwedd
fu iddi drywanu'r arglwydd yn ei galon. Syrthiodd yn
gadach i'r llawr mewn llyn o waed; daeth llawfeddyg heibio
i dynnu'r gyllell o'i gorff, ond . . . rhy hwyr! Nid effeith-
iodd hyn ar dynged Nansi. Bu hi farw o'r dicáu ymhen tri
mis. Nid oedd digwyddiadau fel hyn yn ddieithr i'r dafarn
hon, ond – nid oedd gan Oliver Cromwell stumog at y fath
ysgelerder. Rhyfela oedd ei waith ef; daethai i gwrdd â'i
gymheiriaid i gwblhau'i drefniadau.

"Rwy'n deall," dywedasai, "fod dynion Siarl yn dal i
berchenogi nifer o'r pentrefi amgylchynol – ceffyle'n
prancio, milwyr yn brolio, melfed du, melfed coch, coleri
mawr gwyn, hetie cantel lydan, a phlu fel peunod ar ben y
domen!"

Chwerthin a wnaethai'r cwmni. Twt y baw, nid oedd y
Breniniaethwyr yn fygythiad o gwbl mwyach.

Daeth cnoc ar y drws a dangosodd un o'r gweision ei drwyn. "Mr Howard!"

Gwenodd Cromwell – "Ah . . . ardderchog!"

Nid oedd wedi dweud y gair cyn bod Tom Howard yn sefyll yng nghanol yr ystafell yn anadlu'n galed fel un wedi brysio.

"Wel . . . Howard?" Roedd llais y dyn mawr yn llawn awdurdod, ond hawdd deall ei fod yn falch i weld ei ymwelydd.

"Ma'r Dywysoges Frenhinol wedi mynd i weld 'i mam yn Ffrainc i annog'i brawd Jâms i ymyrryd rhwng Siarl a Liwsi Walter – Jâms wedi dod ataf i, wrth gwrs."

"Pam dod atat ti?"

"Nabod y creadur ers tro byd, wedi'i ddysgu ef a'i frawd i farchogeth, dyna shwd y des i – i ofalu am stable'r chwaer."

"Ma gen ti dy drwyn rownd i bob rhyw gornel . . ."

Ceisiodd Tom Howard chwerthin, ond ni wyddai'n iawn sut i gymryd y sylw. Nid oedd llygaid Cromwell na Fairfax o unrhyw gymorth; ond dyna, roedd y ddau yn hen amheus o bawb a phopeth bellach. Meddai Cromwell,

"Pwy 'di'r groten Liwsi 'ma? . . ."

Neidiodd Howard – wrth ei fodd!

"Croten bert – mmmmm! – chwareus hefyd!"

Tywyllodd llygaid Cromwell yn gerydd i gyd a chiliodd y wên ar wyneb Howard.

Pesychodd Oliver. "Ba ryfedd fod Siarl wedi'i chwennych – dim ond gweld iâr fach bluog, mi ofalith 'i bod yn dodwy!"

Cytunodd pawb, ond clywyd un neu ddau'n tyt-tytian rhwng eu dannedd. Peth hawdd i weld trwyddo yw rhag-rith, meddyliodd Cromwell.

"Cymraes! Croten o Sir Benfro . . ."

"Mi glywes amdani."

" 'I thad yn berchen Castell y Garn ond aeth yr hwch drwy'r siop . . . Cradoc a Morgan Llwyd wedi gneud Piwritan ohono . . ."

"Dau o'n cefnogwyr gore! Ni all ond daioni ddod o'u dilyn *nhw* . . ."

"Gwaetha'r modd, mi glywodd lais yn 'i annog i ddilyn Ioan Fedyddiwr hefyd . . ."

"O diar . . ."

"Credu bellach ma *fe* yw Ioan Fedyddiwr . . . wedi gwerthu popeth ar 'i elw . . . gwerthu'i dŷ yng nghefn Stryd y Brenin . . . rhoi'r cwbl i gronfa Llanfaches, bloeddio 'Edifarhewch' o flaen tai byddigions a galw am ben y Brenin Siarl . . ."

Edrychodd Cromwell ar y cwmni o'i gwmpas – Fairfax, Syr Thomas Widdrington, Cyrnol Dean, a'r Barnwr Whitelocke, y gŵr a ddeliodd ag achos Strafford a chyhoeddi'r uchel-gyhuddiad yn gyfiawn, un o gomisiyn-wyr gor-selog y Senedd, ond gŵr – am ryw ryfedd reswm – a oedd yn daer yn erbyn dienyddio'r brenin. Meddai, "Ma'n lwcus nad yw'r hen Brotheroe, ei dad-yng-nghyfreth, yn fyw i'w glywed!"

Cymerodd Howard gadair i eistedd wrth y bwrdd – fe wyddai fod ganddo newydd a oedd yn cyfiawnhau tipyn o hyfdra.

"Fe wnaiff 'i ferch fwy o niwed filweth i'r Goron na'r fwyell hyd yn oed . . ."

"Shwd hynny, Howard?" Ni chododd Cromwell ei lygaid o'i bapurau, y naill ar ôl y llall, ond hawdd oedd gweld wrth ei ystum a'i fysedd aflonydd bod y newydd yn ei foddhau.

Gosododd Tom Howard ei benelinoedd ar y bwrdd fel un yn paratoi i wneud araith. Edrychai'r gŵr ar ben y bwrdd yn flin. Heb godi'i lygaid eto, dywedodd fel petai'n ddi-amynedd,

"Der mla'n, der mla'n, dere! Be sy gen ti i'w ddweud, Howard?"

Ymsythodd y gŵr ifanc gan dynnu'i fysedd drwy'i dresi a'i lygaid yn pefrio fel un yn galw'i holl synhwyrau i fod ar ddi-hun. Dywedodd, "Perchenogodd milwyr y brenin ei gastell, ei wraig yn ildio'r lle'n llwyr gan mai perthynas iddi, Carbery, a ddymunai hynny . . ."

"Be ddigwyddodd i'r tŷ yn Llunden?"

"Gwerthu."

"I bwy?"

Oedodd Howard yn rhyw anfodlon i ddatgelu.

"I *bwy*?" holodd Oliver eilwaith gan fyseddu blaen ei drwyn yn ddiamynedd.

"F-fi . . . f-fi . . ." Daeth yr ateb mewn llais nad oedd ond mymryn uwch na sibrydiad.

Bu distawrwydd llethol yn dilyn, â llygaid y cwmni'n gwibio o'r naill i'r llall. Daeth ambell besychiad i bwysleisio amheuaeth yn fwy na dim, cyn i'r arweinydd digymrodedd sefyll a syllu'n chwyrn – digon i beri i'r gŵr ifanc dan ei drem grino gan euogrwydd.

"Roedd y creadur yn moyn arian – i helpu'r Piwritanied!"

Pwyntiodd Cromwell fys fel barnwr yn cyhoeddi'i ddedfryd.

"Roeddet tithe'n mofyn arian – i helpu dy hunan!"

Ni cheisiodd Tom Howard ateb – gwyddai na fyddai'i eiriau bellach yn cael unrhyw effaith. Aeth ei ben i lawr i adael i'r distawrwydd barhau a rhoi cyfle i newid y sgwrs.

"Rhyw greadur braidd yn afreolus a fu Wiliam Walter, 'nôl pob hanes – nes i bobl Llanfaches gael gafel arno. Dw i ddim yn siŵr nad odd un o'r arweinwyr, Henry Walter, un o ffrindie penna Wiliam Wroth, yn berthynas o bell. Mi gadd ef a Cradoc, Erbury, Morgan Llwyd, a Vavasor Powel andros o ddylanwad arno. Mi lyncodd Filflwyddiant y Llwyd ar 'i ben."

"Hy, y peryg yw y bydd yr Adferiad yn dod ymhell cyn hynny– os na fydd gennym ddigon o ddynion a bidoge a phowdr gwn!"

Edrychodd Tom Howard ar y cwmni o un i un fel pe'n deisyf eu ffafr.

"Mi glywes hefyd fod rhai o'r cyfnewidwyr arian sha Chepstow wedi taro bargeinion yn llechwraidd 'da Tywysog Cymru . . ."

Roedd Cromwell ar ei eistedd erbyn hyn, ei ên yn pwyso ar ei ddyrnau. "Shwd wyt ti, Howard, yn medru taro ar wybodaeth fel hyn?"

Gwenodd y gŵr ifanc. "Ma'n fantais ryfeddol i fod yng

ngwasaneth y Dywysoges Frenhinol – hyd yn oed os nad yw'n ddim gwell na'r stable!"

Oedodd yr arweinydd, ei lygaid yn fflachio fel mellt ar y cwmni o'i gwmpas, a'i ddannedd bellach yn brathu cefn ei fysedd.

"Ym mha stabal wyt *ti*, Howard?"

Creodd Oliver y distawrwydd llethol hwnnw eto a ddeuai ar ôl iddo siarad. Daliodd y gŵr ifanc i wenu. Dechreuodd ei wên wanhau.

"Gyda *chi*, syr, gyda *chi*!"

Edrychodd y dyn mawr ym myw ei lygaid.

"Tybed . . .?"

– 26 –

Taflai'r môr donnau fel tai cyfan ar y cei. Udai'r gwynt fel bytheiad gwallgof. Roedd y llongau a'r cychod i gyd yn gwbl ar drugaredd y dyfnder cynddeiriog. Ni welid un enaid byw ar y deciau, dim ond rhaffau'n dirdroi fel nadredd. Ar y gorwel, ymfyddinai'r niwloedd nes gwneud meddwl am forio yn hunllef. Hwnt ac yma, allan o'r golwg ar dir a môr, swatiai morwyr mewn syrffed ac anfodlonrwydd.

"Gall y brenin fynd i'w grogi!"

"Gwna dy feddwl i fyny!"

"Os caiff Cromwell a Fairfax afael arnat ti, d'wddw di fydd rhwng y rhaff!"

"Meddwl am anfon y cecryn bach Jâms 'na i roi ordors i ni!"

"Ma'r cythral bach 'na . . ."

Crynodd y ffenestri a'r lampau o'u cwmpas.

"Pwy gawn ni yn 'i le, sgwn i?"

Ni bu'n rhaid i'r un morwr dewr aros yn hir am ateb. Yn nannedd y gwynt, fel pe bai ganddo ryw rin anfeidrol yn ei berson ac na feiddiai'r elfennau gyffwrdd ag ef, ymddangosodd Tywysog Cymru. Daethai yno gyda'r bwriad o wneud ymosodiad ar Lundain, ond – nid ffŵl ydoedd i'w gynnig ei hun i ormes y gwynt a'r glaw mwy nag i ddwylo gelynion y Goron. Trwy drugaredd, yr oedd Wiliam Batten gydag ef, gŵr a fuasai'n llyngesydd i'r Seneddwyr, ond a benderfynasai newid ei ochr a rhoi ei gymorth i adfer y Brenin Siarl i'w gyfiawn le yn y wlad.

Yn unigedd ei ystafell dyfalai'r Brenin Siarl beth oedd helynt ei wraig a'i blant a'i filwyr erbyn hyn. Aeth ar ei liniau i ddiolch. Fel y mae'r Arglwydd yn gofalu am ei bobl, meddyliodd y truan trallodus, pan glywodd y newydd fod Presbyteriad mor selog â Batten wedi ymuno â'i lynges, ar ôl cael ei siomi cymaint gan luoedd y Senedd. Mwy na hynny, roedd wedi dangos gofid hyd at ddagrau am y brenin; ni fedrai oddef meddwl am y bwriad i'w ddienyddio. Clywsai rhai o'r Seneddwyr amlwg ei fod yn anghytuno â nhw, aeth dirprwyaeth i siarad ag ef, a chafodd ei groesholi'n hir a manwl. Ni ellid ei gyhuddo o ddim, ond nid oedd ei arholwyr am gymryd unrhyw siawns – penderfynwyd ei ryddhau o'i gyfrifoldeb fel llyngesydd. "Fe gaiff y swydd fynd i Rainsborough!" meddai'r cadeirydd, Noah Hoskins, Piwritan tanbaid a fynnai weddïo ddwywaith neu dair mewn un eisteddiad o bwyllgor 'i wneud yn siŵr bod yr ewyllys ddwyfol yn cael ei chyflawni'. Roedd yr ewyllys ddwyfol y tro hwn wedi penodi un o forwyr mwyaf didrugaredd y deyrnas, Thomas Rainsborough, eithafwr yr eithafwyr mewn unrhyw sefyllfa, i fod yn olynydd iddo.

"Gall Cromwell gael dwsin o'i siort ef, dim ond i ni gael un Batten!" meddai'r brenin pan glywodd. Deufis y parhaodd Rainsborough yn ei swydd – roedd y morwyr yn ynfyd wrtho. Adferwyd Warwick.

Batten, felly, oedd y gŵr a gerddai wrth ochr y Tywysog Siarl pan aeth allan dros ei dad i wynebu llongau'r gelyn yn awr, ond – yr oedd hen ben y llyngesydd newydd yn dweud nad ar fôr yr oedd orau i gael y brenin caeth yn rhydd.

"Dowch draw ffor hyn!" meddai, chwe throedfedd o ddyn, cyn sythed â derwen, ond derwen yn y gwynt a'r glaw, fel nad oedd ganddo amynedd i gega mwy, dim ond cydio yn ysgwydd y tywysog ifanc a'i godi fel sach fwy neu lai i mewn i dafarn yr oedd yn hen gyfarwydd â hi. "Ma'n well bod fan hyn – dowch draw at y tân!"

"Syniad da!" Tynnodd Siarl ei gôt fawr a'i thaflu'n gadach ar lawr, cyn tynnu'i esgidiau gwlyb ac ymollwng i gael ei anadl ar y setl esmwyth.

"Cwrw!" meddai Batten cyn diosg ei het a'i gôt fawr. Roedd yn diferu i'w esgidiau. " 'Run peth, ych mawrhydi?"

"Rhwbeth, rhwbeth, wir ddyn!"

Aeth llygaid Siarl o gwmpas yr ystafell – gwelai nifer o forwyr yn rhai o'r corneli tywyll, merched bronnog yn eu ceseiliau, a'u gwefusau'n wlyb o gwrw a chusanau. Daeth un o'r morynion heibio – estynnodd Siarl ei law allan. "Der 'ma, der 'ma – beth yw d'enw?" Aeth ei law i fyny'i dillad fel wiwer yn dringo coeden. "Paid y diawl!" Taflwyd tancard o gwrw dros ben y cwsmer brenhinol a rhedodd y ferch i'r gegin. Chwarddodd y dafarn.

"Ha ha ha!" atebodd Siarl yn wawdlyd, cyn mynd draw i'r lle yr oedd tri morwr yn uchel eu cloch. "Allan â chi! 'Nôl i'r llong 'na!"

"Pwy yffarn wyt ti? Pwy wyt ti i roi ordors i ni? Y bwgan brain diawl!" meddai un o'r morwyr meddw.

Brysiodd Batten draw wedi gweld bod y tywysog wedi'i gythruddo. "Ewch, ewch, y diawlied! Pan ma'r Tywysog Siarl yn ych gorchymyn . . ."

"Siarl, yn wir!"

"Dal dy dafod, forwr!" gorchmynnodd Batten, yn sylweddoli bod y sefyllfa yn mynd ar ei gwaeth.

"Os 'di'r cythral rhwbeth yn debyg i'w frawd – hen goc-oen o forwr odd hwnna ar y Meuse – gall fynd odd'ma ar 'i union. Does 'run morwr wnaiff weithio dano – mi drodd pawb yn asynnod dan 'i frawd! Cachgi diawl!"

Roedd hyn yn rhy bell – neidiodd Batten am wddf y morwr. "Gawn ni weld pwy 'di'r coc-oen nawr!"

"Dwylo bant, dwylo bant!" Ymdrechodd un o'r morwyr i helpu ei gyfaill cegog, cyn rhoi dwrn yn wyneb y llyngesydd.

"A thithe'r sgerbwd!" meddai morwr arall, yn cydio yn

Siarl wrth ei war, cyn bod dwrn cyfrwys yn clecian ar ei lygaid.

Erbyn hyn, roedd Batten wedi llwyddo i gael y morwr blagardus ar y llawr ac yn eistedd arno gan bwyntio'i ddryll tua'i dalcen. Medrodd daflu llygad chwim i weld y tywysog yntau ar y llawr yn rhoi ergyd am ergyd i'w ymosodwr.

Daeth morwr mawr boliog allan o afaelion merch a thywyllwch y gornel bellaf. "Tywysog Cymru, y ffylied diawl!" Cydiodd yn ei ffrindiau a'u dal yn erbyn y wal i weld pwy oedd yn cael eu waldio ganddyn nhw.

"Yffarn dân, n-a-a-a!"

Yr eiliad nesaf, yr oedd y dafarn fel y bedd.

Safodd Batten, chwe throedfedd ohono, fel barnwr yng nghanol y llawr.

"Fe gaf eich gweld yn y bore!"

– 27 –

Torrodd y wawr. Tawelodd y storm. Ni chafodd Siarl fwy na neb arall fawr o gwsg yn ystod y nos. Cododd fwy nag unwaith i fwrw golwg ar ei lyfr cofnodion yng ngolau'r lamp. Poerai'r fflam gan ollwng drewdod mawr. Erbyn y bore, sylweddolodd bod olion yr ysgarmes neithiwr yn lliwgar amlwg ar ei gnawd. Prin y medrai symud ei goes dde ac yr oedd ei lygad chwith yn arddel y blodyn harddaf a godwyd yn sydyn gan ddwrn dyn. Eto i gyd, ymgysurodd; er mor wlyb a digalon ydoedd pan gerddodd i mewn i'r dafarn, rhoddodd gyfrif digon teilwng ohono'i hunan yn erbyn y brolgwn meddw. Daeth un o'r bechgyn o'r gali â chwpan mawr o de poeth iddo. "Unrhyw beth arall, ych mawrhydi?"

"Ddim ar hyn o bryd."

"Diolch."

Aeth y crwt bach allan fel pe'n ofni i'w lygaid ddisgyn ar berson mor aruchel.

Cyn bo hir, yr oedd cnoc arall ar y drws.

"Wedi codi, ych mawrhydi?" Batten oedd yno, yntau'n edrych yn ddigon dolurus ar ôl y noson gynt.

"Dowch i mewn, dowch i mewn!" Er ei holl frwdfrydedd i ddod wyneb yn wyneb â'r gelyn, pwysai un peth yn fwy na hynny hyd yn oed ar ei feddwl y funud honno.

"Cyn ein bod yn trafod dim, ma'n rhaid imi gyflawni un ddyletswydd fechan."

"Beth yw hynny?"

"Dowch allan i'r dec am eiliad – fe gewch fwynhad!" Aeth Batten yn syth i wneud ffordd i'r tywysog. "Sefwch yn y drws 'ma – ma'r sioe ar fin dechre!"

Pan agorwyd drws y caban, gwelodd y tywysog y rhan fwyaf o'r criw yn sefyll fel cynulleidfa, nifer o forwyr a dau swyddog ar y blaen, ac ar hyd ymyl y dec yn wynebu'r môr res o ddynion a'u breichiau a'u traed wedi eu clymu. Gwawriodd ar Siarl mai dyma'r morwyr a fuasai'n stwrllyd a sarhaus neithiwr. Ar ddiwedd y rhes, yr oedd yr hen garwr boliog a oedd wedi codi ofn ar yr hwliganiaid trwy eu hysbysu pwy oedd gwrthrych eu gwawd a'u bryntni.

"Nefoedd fawr, ddyn, be dach chi'n mynd i' wneud?"

Brasgamodd Batten at ei swyddogion cyn clywed ymholiad y tywysog, nodiodd ei ben, gan orchymyn y morwyr, "Dyna chi, fechgyn, bant â'r cart!"

Gwelwyd un o'r swyddogion yn codi pastwn a tharo un o'r euog o'r tu ôl cyn ei wthio'n ddiseremoni i'r môr. Llanwyd yr awyr gan chwerthiniad gorfoleddus y llyngesydd. Sylwodd y tywysog na ddaeth ebychiad oddi wrth y dynion, dim ond eu llygaid yn gwylio'r digwyddiad yn lloerig a mud. Rhuthrodd Siarl heibio i Batten a'r morwyr gan orchymyn,

"Damia chi, damia chi, be ddiawl dach chi'n neud? Ydi dynion yn rhatach na llieingig llo a brych mochyn?"

Syllai pob llygad ar y morwr adfydus yn ceisio nofio trwy'r dŵr a dod yn rhydd o'i gadwyni yr un pryd.

"Ar 'i ôl, ar 'i ôl, ddynion!" Synnodd Batten weld bod y tywysog yn rhoi'r fath orchymyn; mwy na hynny, roedd ei fys wedi'i gyfeirio ato *ef*.

189

"Ar 'i ôl, ar 'i ôl!" daeth y gorchymyn am yr eildro yn daerach.

Cyn i'r llyngesydd siomedig fedru ymysgwyd i wneud dim, deifiodd tri morwr cyhyrog i'r dŵr. Torrai eu breichiau fel cyllyll mawr drwy'r tonnau. Deuai eu hwynebau eiddgar i'r golwg, strôc ar ôl strôc. Erbyn cyrraedd y truan, nid oedd ond swp digon ffaeledig i'w godi i ddiogelwch.

"Datodwch y lleill!" gorchmynnodd y tywysog yn swrth wrth Batten. "Ma'n ddigon drwg colli dynion mewn brwydr, heb sôn am wastraffu'r trueinied er mwyn tipyn o bleser mor ddwl ag ymladd ceiliogod!"

Brysiodd Siarl yn ôl i'w gaban gan adael ei lyngesydd i gywilyddio o flaen y dynion.

– 28 –

Daeth y Nadolig. Ceisiodd Henrietta Marïa ddathlu'r ŵyl yn ei ffordd arferol. Fel Pabyddes, credai mewn addoli'r Fam a'i baban mewn gwledd a defod. Ar waetha'r gofid am ei gŵr yn ei gell a'i mab yn ei drafferthion mawr, mynnodd bod rhyw fath o lawenydd y dathliad i'w deimlo drwy'r tŷ.

Fe all mai Liwsi oedd yr unig un na lwyddodd yr holl baratoadau i gyffwrdd â hi. Ni pherthynai i wlad Ffrainc a'i thraddodiadau. Beth bynnag arall ydoedd – os oedd yn rhywbeth o gwbl – nid oedd yn Babyddes o bell ffordd! Nid oedd y Nadolig yn cael sylw rhodresgar yn ei hardal hi. Eilunaddoliaeth oedd penlinio i'r Forwyn Fair a disgwyl iddi *hi* ateb gweddïau.

Ar ben hyn oll, roedd y misoedd wedi ei dwyn gymaint yn nes at ei thymp. Gwyddai'n iawn erbyn hyn sut y teimlai'r Iddewes ifanc honno wrth ddwyn ei chyntaf-anedig i'r byd! I Liwsi, nid oedd dim cyfriniol na gwyrthiol mewn beichiogi; cyfnod undonog o wayw a chwys a chwyddo'n anhygoel fel buwch nes bod ei chnawd a'i bronnau'n canu o anesmwythyd y llwyth a giciai am ryddid oddi mewn iddi; dyna ydoedd, yn bendifaddau!

Pan achwynodd Henrietta am ei diffyg brwdfrydedd i glodfori'r Fam Fendigaid a hithau'n feichiog yr un modd, atebodd, "Mi roedd ganddi un fantais fawr arna i, mi greda i."

"A beth oedd hynny, ferch?"

"Roedd ei gŵr wrth ei hochr drwy'r amser."

"Rhag cwilydd!" atebodd y frenhines. "Beth tase dy ŵr yn y carchar fel fy Siarl i?" Trodd ei chefn. "Ond dyna, ma gen i syniad bod gennych chi Gymry fwy o sêl i ddathlu Gŵyl Dewi na Gŵyl y Nadolig – fel yr archesgob rhyfadd 'na yn Nhŷ Ddewi!"

"Wn i ddim am hynny, ond mae'n rhyfedd gen i be ma rhai pobl yn medru'i gredu." Nhad druan, meddyliodd rhyngddi a hi ei hun.

"Dyna ddigon, dyna ddigon, Liwsi!"

"Ma'n siŵr, ma'n siŵr, ond – mi ofala i y bydd 'y mhlentyn i'n cael 'i gadw'n ddiogel oddi wrth ofergoelion."

"Ofergoelion! Ofergoelion!"

Brysiodd Liwsi allan.

Yn ei hystafell, sylweddolai'n araf yn y distawrwydd bod y cyfnod presennol o ddisgwyl, disgwyl heb gymaint â gair oddi wrth ei honedig ŵr, Siarl, yn dechrau chwarae ar ei nerfau a'r unig un i gael gwaetha'i thymer a'i ffafr oedd y frenhines ddigalon, ofergoelus. Dechreuodd feddwl yn ddwys am ei sefyllfa – disgwyl mewn gwlad estron ei chyntafanedig i'r byd! Dros fy nghrogi, meddyliodd, ni chaiff y bychan dyfu'n Sais na Ffrancwr!

O ganlyniad i gael ei gwahanu oddi wrth ei thir a'i theulu, sylweddolai yn awr fod gan bobl ryw ymwybyddiaeth a gwybodaeth nad oeddent yn sylweddoli eu pwysigrwydd nes bod amgylchiadau'n eu datguddio iddynt. Oedd, yr oedd wedi cymryd ardal ei geni a'i chymdeithas yn ganiataol, mor ddi-feind ag y derbyniasai'r tywydd, a bu'n rhaid iddi ddod i Ffrainc a bod yn sŵn Ffrancwyr a'u Ffrangeg ddydd a nos i ddeall drosti ei hunan gymaint oedd clymau'r pethau hyn, y gwreiddiau yn ei hanfod; nid unrhyw feddalwch hiraethus am bobl a bro, ond anadl einioes yr enaid ynddi – beth bynnag oedd 'yr enaid' hwnnw a lywodraethai'i chorff bob nerf a gewyn!

Gwawriodd arni am y tro cyntaf, fel ergyd dwrn rhwng ei llygaid, o ba genedl oedd hi, ac ni fynnai fod yn ddim arall yn ei chnawd gydol ei dyddiau.

– 29 –

Er iddo wneud ei orau glas i foddhau ei forwyr, nid oedd na dichell na dyfais yn medru eu dwyn at eu coed. Mae'n wir fod Batten yn medru cyffroi pethau'n ddianghenraid, ond nid oedd gan Siarl unrhyw amheuaeth i'w frawd Jâms wneud drwg mawr wrth ystrancio'n arglwydd y llynges fel y gwnaethai, y lolyn bach pymthengmlwydd! Ar ben hyn, yr oedd cweryla diddiwedd Batten a Rupert, ei gefnder, wedi mynd yn jôc fawr ymysg y morwyr. Pa awdurdod y medrai dynion fel hyn ei gael pan oedden nhw'n cecran fel plantos o hyd? Nid oedd y ddau geiliog ymladdgar yn ei ofidio, serch hynny; medrai ddwyn y ddau i'w coed â gair, ond nid felly ei frawd. Oedd, roedd y crwt Jâms yn ddraenen yn ei ystlys; brolio o hyd fel uchel-lyngesydd, a sôn yn dragwyddol fel yr oedd wedi twyllo'r gelyn trwy wisgo fel merch, rhag cael ei ddefnyddio yn wystl yn erbyn ei dad a'i frawd. Peth ofnadwy, meddyliodd Siarl, oedd gweld y dryw bach yn ymddwyn fel eryr. Byddai'n rhaid torri ei adenydd! Nid dyddiau oedd y rhain i ddygymod â byhafio o'r fath; nid chwarae plant oedd rhyfela.

Ar ben hyn oll, yr oedd Siarl yn rhedeg yn brin o arian. Ef oedd ffon bara'r teulu a'r fyddin, ac yr oedd yn methu'n druenus bob dydd o'r newydd i ddarparu ar eu cyfer. Gwyddai wrth y modd yr ymgrymai un ac y cyfarchai'r llall mai 'diwedd y gân oedd y geiniog', ond nid oedd ganddo geiniog i'w chynnig. Ceisiasai fenthyg £200 – dim ond £200 – ac fe'i gwrthodwyd. Dim ond trwy grafu mewn ffordd hollol annheilwng o dywysog y llwyddodd i gael digon i dalu'i ffordd.

Yna, nid oedd yn siŵr o gwbl am helynt ei dad – ai yn

Hurst yr oedd o hyd? Hunllef o adeilad ar lannau'r Solent oedd hwnnw, ac yno ni fyddai dim ganddo i'w wneud ond edrych allan ar yr aderyn rhydd yn ymddigrifo yn ei ryddid, ac yntau'n ddigon sownd dan glo. Cawsai nifer o lythyrau oddi wrtho a sgrifennwyd beth amser yn ôl yn Carisbroke – nid oedd modd derbyn dim mewn pryd bellach. "Paid â digalonni," oedd neges y llythyr olaf, "saf dros gyfiawnder, a dewis bob amser ffordd tangnefedd . . ." Ffordd tangnefedd, wir!

Penderfynodd Siarl fynd i gyfeiriad yr Hague . . . man gwyn man draw! Gwyddai'n iawn y câi groeso yno.

"Siarl, Siarl, hyfryd dy weld!"

Mewn eiliad, yr oedd clwstwr o dywysogesau yn ei amgylchynu, eu lleisiau'n gwichian eu croeso, a'u traed a'u dwylo yn prysuro'n ffwdanus i weini arno.

"Eistedd, eistedd, Siarl!"

Er mai perthnasau o ryw fath oedden nhw, ni fedrai fod yn rhy eofn chwaith, ond yr oedd un a safai allan, ei dannedd a'i bochau a'i llygaid yr union fath o gysur y chwiliai amdano ar ôl holl brofedigaethau'r misoedd ar y môr.

"Soffia!" Fe'i tynnodd tuag ato pan gefnodd y lleill i'r gegin i baratoi bwyd iddo.

"Dal dy wynt, Siarl! Rwyt ti'n briod, cofia!"

"Priod – twt twt!"

"A ma dy wraig yn disgwyl plentyn!"

"Shwd ddiawl wyt ti'n gwbod?"

Cydiodd Siarl yn y fechan, a'i phlygu'n ôl ar ei lin, cyn rhoi ei wefusau yn fodrwy o dân ar ei gwefusau, "Pwy sy wedi bod yn dy lenwi di â straeon?"

"Fe glywsom dy hanes . . ."

"Gan bwy . . .?"

Oedodd Soffia, ei llygaid yn llawn direidi.

"Bu Jâms yma!"

Roedd enwi Jâms cystal ag ergyd farwol.

"Jâms! Ma'r cythral bach hwnna fel rhyw ddrychioleth ar fy llwybr ymhob man . . ."

"Hen grwt ffeind 'di Jâms!"

Ystyriodd Siarl hyn. "O ie, O ie, ma *fe* wedi bod yn smwddio dy blu di . . . do?"

"Naddo, naddo, ddim o gwbl!"

"Clwyddgast!"

Bu'n rhaid i'r sgwrs orffen – roedd y merched eraill wedi dychwelyd ac wrthi'n gosod y bwrdd ar gyfer eu gwestai. "Der mlaen, Siarl!"

Eisteddodd y cwmni o gwmpas Siarl gydol y gwledda, dim ond o ran cwrteisi, gan adael iddo ymroi fel creadur newynog i'r danteithion. Roedd ei bresenoldeb yn dal yn destun difyrrwch i'r tywysogesau, a'r ias o fod ym mhresenoldeb gwryw fel Tywysog Cymru yn ddigon, ond bod un pâr o lygaid cellweirus a chwilfrydig yn fflachio'r ddeall-twriaeth nad oedd yr ias honno'n ddigon ar gyfer Soffia. Crwydrodd llygaid Siarl o un i un o'r lleill, ei ddannedd gwyn yn dal i wenu a chnoi. Fe'i trawyd â'r syniad y gwnâi chwiorydd bach propor Soffia leianod perffaith – rhyfedd nad oedd Henrietta Marïa wedi eu perswadio! Pe gwelai'i fam gyfle i droi bwgan brain hyd yn oed yn Babydd, ni fyddai'n debyg o esgeuluso hynny. Ond plant ei diweddar chwaer oedd y rhain.

Roedd meddwl am ei fam yn dwyn Liwsi i gof, a theimlodd ryw anesmwythyd. Onid oedd yn hen bryd iddo fynd i gysylltiad neu ar ymweliad â'r greadures? Ac eto, nid oedd mor siŵr o hynny, nid oherwydd y Gymraes, ond y frenhines, ei fam, na fuasai erioed y doethaf o wragedd dynion. Pam ar y ddaear, meddyliodd, y mynasai honno greu trafferthion iddi ei hun ac i'w theulu trwy ei hymlyniad eith-afol wrth y Ffydd Gatholig? Ceisiodd ei ddarbwyllo fwy nag unwaith, fel y gwnaethai ei dad druan gydol ei yrfa, nad aelod yn Eglwys Rufain mohoni, ond arf hylaw i'r Pab a'i breladiaid i'w drin yn ôl eu hewyllys. Digon gwir y tyrrai'r Pabyddion o'i chwmpas ymhob man, fel petai'n ail Wyry Fair, ond teyrngarwch costus iawn ydoedd. Oni phers-wadiwyd hi i wrthod cael ei choroni gyda'i gŵr yn Abaty Westminster? Bryd arall, perswadiwyd hi i gerdded yn yr orymdaith i Tyburn lle y dienyddiwyd y merthyron Catholig. Ar ben ei dennyn gyda hi a'i holl rigmarôl pabyddol, gyrrodd ei dad nifer o'i chefnogwyr eithafol allan o'r wlad. Diolch i Buckingham, nid oedd dim sicrach nag y byddai Henrietta Marïa wedi mynd dros ben llestri – dyna un peth da a ddaethai o rengoedd y Cromwelliaid trwyddo; priodasai ferch Fairfax, a chafodd y llanw pabyddol ei gadw o fewn terfynau. Nid oedd modd yn y byd i'w dad gael cynghorwr mwy anffodus ac annoeth na'i wraig, y frenhines dymherus, afreolus, a oedd mor farus am rym, ond mor esgeulus yn y ffordd y defnyddiai'r awdurdod hwnnw. Roedd un peth da amdani – arwydd o ryw fath o dosturi yn y gwaelod efallai – er i Strafford druan wrthod caniatáu lleoedd yn Iwerddon i'r rhai a enwebwyd ganddi, gwnaethai ei gorau glas i'w arbed rhag iddo gael ei amddifadu o bob hawl suful a'i gondemnio am deyrnfradwriaeth. Wrth gwrs, yn y diwedd, wedi'i dychryn gan leisiau'r dyrfa waedlyd, ac o ofn am ei thynged hi a'i gŵr, erfyniodd ar Siarl, y brenin, i gydsynio i'r adendriad. Ei chyfarwyddyd anffodus hi oedd yn gyfrifol am gynnig ffôl y brenin i restio'r Pum Aelod o'r Senedd; yna, ffoliineb y ffolinebau i gyd, pan oedd y rhyfel cartref yn anochel, ffodd o'r wlad gan fynd â gemau'r Goron gyda hi.

"Arfau i helpu ngŵr!" meddai mewn hunanamddiffyniad. Bu o fewn trwch blewyn i gael ei chymryd yn garcharor pan ddychwelodd o Ffrainc y tro hwnnw. Na, meddyliodd Siarl, wedi ystyried ei sefyllfa'n ddwys, gwell i mi aros dan gronglwyd arall, ac ymgysuro yng nghesail newydd Soffia, gobeithio!

"Ferched, diolch o galon, oes modd yn y byd i mi roi mhen i lawr am dipyn?"

Dechreuodd y lleisiau drydar yn ei glustiau fel adar yn dawnsio o'i gwmpas.

"Wrth gwrs, Siarl."

"Ar bob cyfri, Siarl."

"Der, der, Siarl!"

"Gwely plu a gobennydd o fanblu!"

Taflodd gusanau, a rhedodd y merched ymaith o ddrws yr ystafell a'r tŷ yn canu o chwerthin nwyfus, hudolus a diniwed.

Â'r nos wedi disgyn yn gwrlid o dawelwch dros y dref, pob sgwrs a chwerthin wedi hen fynd yn rhan o'r tawelwch hwnnw, gorweddai Siarl ag un llygad ar agor yn disgwyl i'r tywyllwch agor fel llenni llwyfan a gosod o'i flaen olygfa i ddiddanu'i gnawd lluddedig. Ac fel y disgwyliasai'n hir ac amyneddgar, felly'n union y bu . . .

"Siarl!"

"Soffia!"

Safai yng nghil y drws, dim ond hanner golau gwannaidd i amlinellu ei ffurf, y fechan chwareus yr oedd ei llygaid wedi trosglwyddo'i bwriad oriau ynghynt. Pwysodd Siarl ar ei benelin i gael golwg iawn arni. Sylweddolodd bod y ffurf y medrai o'r braidd ei gweld yn odidog noeth.

"Brysia, brysia, Soffia!"

Taflodd y dillad yn ôl i'w derbyn.

"Bydd yn dyner, Siarl, cofia!"

Rhedodd ei ddwylo ar hyd ei noethni, siâp ei hwyneb, ei chorun a'i gruddiau a'i gwefusau, i lawr ei gwddf, ac i lawr ymhellach dros ei bronnau ac i lawr dros ei holl noethni lle roedd ei hawydd ifanc yn wres a miwsig ac erfyniad . . . Symudodd ei fysedd yn araf a thyner lle roedd ei chorff yn gnu sidanaidd a'i chnawd yn flodyn bychan ar hollti'i betalau. Aeth symudiad ei noethni yn rhan o'r distawrwydd a ildiodd y nos i'w hanwes. Rhywle, rhywle yn yr ehangder hudol yr oedd ei hochneidiau'n cyrraedd o'i mynwes i fynwes serennog y ffurfafen. Ac yr oedd ef, Siarl, etifedd y Goron, yn suddo o ddyfnder i ddyfnder yn anferthedd gwyn-fydedig serch y fechan ddengar a ddaliai yn ei ddwylo mor nwydus â phe bai'n oenig newydd-eni.

Gorweddodd Soffia yn ôl a'i wthio oddi wrthi. "Ma'n well i mi ddychwelyd i ngwely nawr . . ." Rhoes Siarl gusan ysgafn ar ei thalcen – ni fedrai gymaint ag yngan gair. Roedd cwsg yn ei hawlio mor daer ag yr hawliasai ef yr eneth.

Clywodd y drws yn cau wrth i'r fechan ddiflannu . . .

Ni fedrai'r tywysog fod yn siŵr pa mor hir y buasai'n cysgu – awr, dwyawr, mwy, llai, ond deffrowyd ef yn sydyn gan sŵn traed yn yr ystafell a dwylo'n palfalu ar hyd y gwely.

"Dos di 'rochor 'na – cydia yn y diawl!"

"Ma un goes gen i – allan o'r gwely 'na, gythral!"

Sylweddolodd Siarl mewn eiliad bod rhai o'r morwyr yn eu meddwdod wedi dod o hyd iddo ac am ei herwgipio. Trwy drugaredd, yr oedd ei gyhyrau mor ystwyth â baban; medrodd ymnyddu ei goesau allan o grafangau'r ymosodwyr, gyrru'i ben-lin dan ên un ohonyn nhw, a'i ddwrn i fol y llall. Mewn munudyn, yr oedd ei fraich wedi estyn am y llenni a llwyddodd i'w tynnu'n rhydd nes eu bod yn syrthio'n glwt ar ben un o'r dynion. Erbyn i'r llall geisio ymosod yr eilwaith, roedd Siarl wedi llithro i gysgod y celficyn mawr gyferbyn, nes ei fod mewn ffordd i dynnu'r peth yn bentwr ar ei ymosodwr. Erbyn hynny yr oedd hefyd wedi llwyddo i godi'r dryll a adawsai ar y bwrdd gwisgo cyn neidio i'r gwely.

"Sefwch! Y ddau ohonoch! Neu mi saetha i . . ."

Roedd y cnaf y cwympodd y llenni arno yn dal i straffaglian am ei ryddid a'r llall wedi bwrw'r celficyn yn ôl i'r wal ac yn nyrsio'i ben.

Fel y cynefinai Siarl â'r golau sylweddolodd pwy oedd yr adar a ymosododd arno.

"Nawr rwy'n gweld pwy sy gen i."

"Sorri, ych mawrhydi . . ."

"Sorri, myn diawl i."

"Dan ordors, dan ordors . . ."

"Ordors pwy?"

Cyndyn iawn oedd y ddau i ddatgelu.

"Mathews! Thompson! Clywch! Os na cha i wybod pwy roddodd yr ordors hyn . . ."

Dechreuodd y dyn dan y llenni ddod yn ddigon rhydd i sefyll.

"Dan ni weti dianc oddi wrth y criw . . ."

Meddai'r llall, "Ar ôl i Batten ein sefyll ar y dec, gwthio Mathews 'ma i'r dŵr, lwc i chi ddod neu fe fydden i gyd wedi mynd – fydd y diawl ddim yn hir cyn dial!"

"A dyna'r diolch – iefe? – am achub ych bywyd!"

"Sorri . . . sorri . . ."

"Be odd y pwrpas o ymosod arna i?"

"Ma nhw'n whilio amdanoch."

"Pwy sy'n chwilio . . . dowch, dowch, dwedwch!"

Ar ôl eiliadau ofnus, meddai Mathews, "Howard!"

"Howard?"

Daeth gwên dawel i wyneb y tywysog pan glywodd yr enw. Tom Howard! Un o ffrindiau Liwsi!

"Ond – ma Howard yn un o gefnogwyr y brenin!"

Daeth gwên dawel yn awr i wyneb y ddau forwr.

"Mae'n gefnogol i Cromwell hefyd."

– 30 –

Gwyddai Siarl o'r gorau nad oedd lle gwell na'r Hague. Roedd Lloegr yn amhosibl. Ble arall dan haul y medrai ei gnawd breiniol fod yn saffach? O safbwynt daearyddol, yr oedd ar wahân yn llwyr i Fôr y Gogledd, digon o dwyni tywod i wneud yn siŵr o hynny, ac yr oedd yn ganolfan i brif weinyddiaethau'r wlad. Bellach, yr oedd hefyd yn gartref brenhinol swyddogol.

Ni ellid bod yn hir yn y ddinas heb sawru'r awyrgylch. Mor wahanol i Amsterdam, y brifddinas fasnachol a'i marsiandïwyr a'i diwydianwyr yn gymaint o gefn iddi, ond camp eu harlunwyr a'u hathronwyr a'u hysgolheigion oedd ymffrost pobl yr Hague, ac yr oedd y naws yn addas yn yr Hague ar gyfer mwynhad llwyr o'r bywyd diwylliannol. *Pe* deuai'r cyfle.

Ar ben hynny, nid oedd helyntion teulu yn cael cyfle i boeni cymaint arno – ei fam, ei frawd Jâms, a'r poenyn mwyaf o'r ach, ei chwaer, Mari. Edrychasai mor ddel a diniwed yn narlun Van Dyck ohoni, ond – roedd y ffifflan fach wedi hen dyfu allan o'r cudynnau cyrliog. Nid oedd gan bwysigion yr Iseldiroedd yr un gair da i ddweud amdani, ac er iddo ef, Siarl, ei hamddiffyn yn gyson, nid oedd eu cyhuddiadau heb sail. Ni ddylasai erioed fod wedi priodi Wiliam – ond lwc iddi wneud hynny yn sefyllfa ariannol y teulu! Diamau bod afiechyd hir ei gŵr yn gosod straen arni, ond roedd Mari wedi etifeddu holl grintachrwydd ei mam.

Y peth gorau a wnaethai drosto – ac yr oedd yn dragwyddol ddiolchgar am hyn – oedd ei gefnogi yn achos Liwsi. Nid anghofiai fyth y ffordd yr edrychodd arni y tro cyntaf hwnnw. Nid oedd Clarendon yn debyg o doddi byth tuag at y ferch; mynnu'n feunyddiol y byddai 'i phresenoldeb yn ddamniol i'r ymgais fawr i gael y brenin yn ôl ar ei orsedd. Dyfeisio pob math o straeon amdani a neb yn medru'i berswadio bod y ferch o deulu bonheddig ac nad putain mohoni. Ac ni fedrai Siarl gofio faint o gariadon yr edliwiai a fu ganddi! Mynnai bod Algernon Sidney i mewn ac allan o'i gwely yn gyson, er bod y creadur filltiroedd i ffwrdd.

Ni ddaeth yr un o'r merched i'r golwg y bore wedyn, ond Soffia.

"Beth oedd y stŵr 'na yn ystod y nos, Siarl?"

"Stŵr . . .?"

"Paid â chymryd arnat! Roeddwn i'n gwylio ar ben y steirie . . ."

"Pam yffarn na ddest ti i roi help felly?"

"Meddwl dy fod wedi gwadd cwmni."

"Gwadd cwmni! Dau forwr wedi torri mewn . . ."

"Dan *ni'n* cysgu 'rochor arall i'r tŷ."

"Os na chlywsoch chi'r twrw 'na, dach chi bownd o fod yn cysgu yn y ddinas nesa!"

"Na, na, Siarl, dwed yr hanes yn iawn!"

"Ar fy llw, ferch. Dau ymosodwr. Lwc bod gen i wn yn barod! Nid dyma'r tro cynta iddynt fod wrth 'u bodd i gipio mrawd a finne."

"Gest ti loes?"

"Pam?"

"Poeni."

"Dos o 'ma! Poeni! A neb yn dod i'r adwy – drwy'r holl dwrw!"

"Ofn."

"Does 'na ddim morynion na gweision 'ma?"

"Dda i ddim, ond . . ."

"Ond – be?"

"Yr un peth a wnath i ti frysio i'r gwely . . ."

"Wel . . ."

"Ie, wel . . ."

"Be 'di'r ots! Dwyt ti ddim yn – edifar?"

"Na, na . . ."

"Ma 'na newyn sy'n gyrru dyn i dy gegin! Ma 'na newyn sy'n gyrru dyn i dy wely!"

"A does dim gwahaniaeth?"

Botymodd Siarl ei gôt, twtiodd ei wallt, fflachiodd ei lygaid ar y ferch . . . a diflannodd.

– 31 –

Roedd Hampton yn ddigon diddos, ei gadeiriau a'i fyrddau cystal ag unrhyw gastell neu blas, a thanllwyth braf yn y grât fel pe bai bywyd dan yr hen do heb ei newid. Ysywaeth, caethiwed yw caethiwed, ac ni fedrai'r Brenin Siarl anghofio hynny. Nid oedd raid iddo ond rhoi'r awgrym lleiaf bod eisiau coed ar y tân neu ddiod neu enllyn, ac yr oedd gwas fel erioed at ei wasanaeth. Câi bob hwylustod i ddarllen neu sgrifennu, a phan ddymunai dawelwch, gadewid ef ar ei ben ei hun heb i wybedyn hyd yn oed dorri ar ei draws. Yr unig beth na chaniateid iddo oedd mynd a dod fel y mynnai, cerdded trwy'r drws a galw am geffyl wedi'i gyfrwyo iddo gael mynd . . . Na, roedd clo ar bob mynedfa.

Sut ar y ddaear y medrai ddychwelyd i'w orsedd? Dyna'r broblem a hawliai'i feddwl ddydd a nos. Â phwy y deuai i gysylltiad i'r perwyl hwnnw? Wedi dyfalu a dyfalu, daeth yn gliriach iddo mai gwŷr yr Alban oedd debycaf i'w helpu. Siŵr o fod! Edrychodd ar y tân am oriau, llygadrythu ar y fflamau, a phwyso a mesur y posibiliadau. Oni fu ei deulu yn rhan o fywyd yr Alban am dros ddwy ganrif, un brenin ar ôl y llall? A hynny a'i perswadiodd i fynd i gysylltiad â nhw – ei gefndryd o waed coch cyfa!

Cefndryd neu beidio, yr oedd i gael ei siomi'n fawr, oherwydd yr hyn a wnaeth byddin yr Alban oedd ei drosglwyddo mor dwt â chyw iâr ar blât i'r Seneddwyr, a'i baglu'n ôl adref! "Mae'r fath gwrteisi yn sarhad ar ych cenedl a'i henw da!" protestiodd.

"Falle y byddwch ar ych mantais maes o law, ych mawrhydi!" meddai'r gwyliwr bach petrus. "Ma nhw'n dweud bod diawl o ffrae bellach rhwng gŵyr Cromwell ac arweinwyr y Senedd."

"Be wyt ti wedi'i glywed?"

Tynnodd Siarl ei fysedd drwy'i wallt a theimlodd ei ruddiau a'i ên, gweithred a ddangosai i'w geidwad cwrtais mor flinedig oedd y truan a gedwid yn gaeth dan ei ofal.

"Ma 'na helynt am gyfloge'r soldiwrs – heb dâl ers tri mis!"

"Fydd Cromwell ddim yn blasu hynny."

"Nid hynny'n unig. Ma nhw'n gacwn gwyllt eisie sefydlu Presbyteriaeth yn Lloegr – dim ond i gadw'r Albanwyr yn dawel!"

"Fe gaiff *e* boeni am hynny . . ."

"Gobitho, ych mawrhydi, gobitho!"

Pan oedd y Brenin Siarl yn gorffen brecwasta y bore wedyn, newydd wisgo'n drwsiadus fel y gwnâi bob bore, yn union fel petai'n cwrdd â holl aelodau ei lys, rhuthrodd dwsin o filwyr cyhyrog i'r ystafell.

"Wedi dod amdanoch, ych mawrhydi, taclwch ych pethe, brysiwch!" Fel'na ar frys y cafodd ei symud i Windsor.

Ymledai'r tywyllwch dros yr ystafell. Yr unig olau oedd fflamau egwan y tân. Ar y bwrdd, heb fod nepell o'i benelin, roedd llythyr y Brenin Siarl at ei frenhines, Henrietta Marïa:

"Annwyl briod,
Mae'n anodd imi sgrifennu. Mae'r cysgodion fel breichiau crafangus
dros f'ystafell ac yn awgrym o'r cysgodion sy'n bygwth y ddau ohonom

bellach. Mae rhyw dynged oer yn curo ar y drws. Ofnaf godi i ateb, ac eto, hwyr neu hwyrach, gwn y bydd yn rhaid i mi. 'Arglwydd, dysg i ni gyfrif ein dyddiau, fel y dygom ein calon i ddoethineb.' Rhodder gras i ni ddweud ffarwel yn ddiolchgar!"

Roedd wedi methu'n deg â sgrifennu rhagor. Arwyddodd. Ac fel'na yr aeth ei neges olaf i'w hynt.

Eisteddodd yn ôl. Fflachiodd y cyfan o flaen ei lygaid – ei fuddugoliaethau a'i fethiannau, ei gampau a'i gamgymeriadau, ei ffyddlondeb a'i anffyddlondeb, y Breniniaethwyr a'r Albanwyr, Rupert, Montrose, Digby, a'r Cromwell duwiol hwnnw a gredai mor daer yn rhagluniaeth Duw ac a gredai'n daerach fyth ar sail hynny iddo gael ei ethol i ddwyn diwedd ar y Frenhiniaeth. Onid oedd geiriau'r gŵr yn haeddu cerydd? *"Pan fo unrhyw ddyn yn hyn o fyd yn ddyrchafedig, neu'n ei ddyrchafu ei hun, yr Hollalluog a'i dymchwel, oherwydd ysgrifennwyd mai Ef yn unig a ddyrchefir."* Ac i feddwl ei fod wedi cynnal cwrdd gweddi i ofyn am arweiniad dwyfol "yn hyn o weithgarwch da, fel y byddwn yn gyfryngau i ddwyn cyfiawnder ar y sawl a achosodd i waed gwirion gael ei dywallt, ac fel y bydd i gyfiawnder a barn ddylifo trwy'r wlad."

Daeth yn ôl iddo mor fyw â'r diwrnod y digwyddasai – Senedd Hir y Tachwedd helyntus hwnnw a Prynne, y merthyr di-glustiau, yn marchogaeth i San Steffan; miloedd yn gwisgo rosmari yn eu hetiau a gweiddi – bloedd gyntaf y chwyldro! Drwy'r gaeaf, tyrfa ar ôl tyrfa'n cyffroi'r ddinas ac yn gweiddi, "Terfysg! Terfysg!" Gwawdio'r swyddogion a thaflu cennin dan drwyn 'Wili', fel y gelwid yr Archesgob Laud. Cofiai gerdded yn San Steffan gyda'r milwyr arfog hynny a restio pump o'r aelodau, a'r dinasyddion yn agor eu drysau i'w gwarchod! Prentisiaid Llundain mor browd â byddin yn chwifio'u picellau i rwystro'r Tywysog Rupert ar Faes Turnham, a John Milton yn hongian ei soned ar gapan ei ddrws i ofyn am drugaredd i annedd bardd! Gwrthgloddiau ar hyd Ffordd Chelsea, Cornel Parc Hyde yn gaer, a thrensis ar hyd Allt y Sefydliad – Saeson yn arfogi i ladd Saeson.

Oedd, yr oedd ganddo atgofion eraill – pentrefi tawel,

cynaeafau aur, perllannau llwythog, ceffylau, ceirt, priodasau a'r clychau'n canu! Ac eto, i darfu'r cyfan fel pla, Piwritaniaeth yn dod i rym, rhyw grefydd a berswadiai ddynion eu bod yn etholedigion, gwŷr cyfiawn, a'r Arglwydd wedi eu hordeinio i gyflawni cenhadaeth arbennig! Cenhadaeth, yn wir! Y Frenhiniaeth, beth bynnag ei beiau, oedd unig obaith y pedair gwlad. A'r Cromwell haerllug hwnnw, drychiolaeth o flaen ei feddwl na fedrai ei wared ei hun ohoni, yn ysu i'w wneud ei hun yn frenin, y ffarmwr cegog ac annysgedig!

Cofiodd am ei blant – Siarl, yr hynaf, a'i ystafell lle yr ymwelai ag ef, rhoi'i law ar ei ben, ac edrych ar ei lyfrau i weld sut oedd ei addysg yn datblygu. Edrych ar y geiriau a osodid ar y wal – "Aut doce, aut disce, aut discede!" A'i bentwr llyfrau – Gramadeg, Livy, Fyrsil, Cicero. Jâms, yr ail, yr un modd. Ac ystafell ei Fari fach, llawn teganau!

"Oes rhwbeth a garech, ych mawrhydi?" gofynnodd y gwyliwr caredig, mor ddiffuant â phe bai yn ei allu ei fodd-hau.

Gwenodd y brenin. "Oes! . . . Golwg ar 'y mhlant! Yn enwedig y ddau fychan!"

Aeth y gwyliwr allan gan gau'r drws ar ei ôl.

– *32* –

"Nid yw'n ddigon i gael gwared o'r brenin, cofiwch!" meddai'r Cyrnol Dean, wrth iddo sylweddoli fod Cromwell yn gwneud ei orau i gymodi'r Fyddin a'r Senedd heb orfod rhoi pen carcharor Windsor ar y plocyn. Roedd yn amlwg iddo hefyd fod Widdrington a Whitelocke yn daer yn erbyn dwyn Siarl Stiwart i'w brawf.

Mor gyfnewidiol y gall dynion fod ar y funud olaf, meddyliodd. Bulstrode Whitelocke, yr aelod disglair dros Marlow, y creadur a fu mor selog yn sefydlu saith pwynt yr uchelgyhuddiad yn erbyn Iarll Strafford druan, y milwr dewr a gasglodd heidiau o ddynion i feddiannu Rhydychen, ymladdwr glew Cynulliad San Steffan – hwn yn anfodlon mynd â'r maen i'r wal a pheri i'w frenin sefyll ei brawf.

Syr Thomas Widdrington, o hen deulu parchus Northumberland, yr aelod dros Berwick – y gŵr a gymerasai safiad mor gadarn ar ochr y Presbyteriaid yn erbyn yr esgobion, er iddo ymuno â'r Annibynwyr pan welodd eu bod nhw ar gynnydd – hwn, un o'r selogion wrth ochr Cromwell, un o gomisiynwyr y Sêl Fawr, ond mor stwbwrn ag ebol asyn yn erbyn galw'r brenin i gyfrif.

Ac yntau, Oliver Cromwell, ysbrydiaeth yr holl fenter i ddiorseddu'r brenin, fel petai'n gwamalu ar y funud olaf.

"Eglura dy hun, Cyrnol!" hawliodd Whitelocke, barnwr gofalus a manwl, ac yn awr yn ddiamynedd â'i gymrawd.

"Torrwch chi ben Siarl bant bore fory," dadleuodd Dean, "bydd y Goron ar ôl o hyd. A thra bo'r Goron ar ôl, bydd cannoedd o'n pobl yn galw am ben yr etifedd i'w gwisgo!"

Ymatebodd Cromwell ar ei union i hyn. "Coron Lloegr ar ben y lolyn hwnnw! Ma'r Goron honno'n ddigon llygredig yn barod, Duw a wyr!"

Nid oedd ofn ar y Cyrnol ddangos ei ddannedd i Cromwell hyd yn oed, ac fe wnaeth yn union hynny'n awr. "Gore po gynta i ni alw ar y fwyell i neud 'i gwaith, credwch fi. Ma Siarl Stiwart cyn gyfrwysed â nythaid o nadredd ac fe lithra'n rhydd o'n crafange dan ein trwyne!"

Ysgydwodd Oliver ei ben yn nacaol. Cododd ei law a fflachio'i lygaid yn awdurdodol. Agorodd fotymau'i gôt fel ag iddo gael mwy o le i ymestyn yn ei ddillad a rhoi syniad i'r lleill pa mor ysgwyddog ydoedd.

"Ma Ireton a finne wedi ymorol na ddigwydd hynny – dan ni wedi siarsio Goruchwyliwr Windsor, Cyrnol Whitcott, i gadw llygad ar holl symudiadau'r brenin ddydd a nos. Ma Cyngor y Swyddogion Milwrol hefyd wedi nodi wyth o bwyntiau arbennig i wneud yn siŵr na fedr Siarl Stiwart ddianc."

Meddai Dean yn anfodlon, "Mae'n swnio'n gampus, ond – wn i ddim, wn i ddim!"

Goleuodd llygaid Cromwell a phwyntiodd at Tom

Howard. "Ac ma gennym y cyfaill hwn ar ein hochr nawr!"

Gwenodd Howard.

"Dwed wrthyn nhw, ddyn, dwed wrthyn nhw!"

Lledodd y gŵr ifanc ei freichiau a gadawodd i'w lygaid llawen, hunanfodlon, eiddgar daenu eu llewych ar y cwmni. Daeth un o'r gweision i sbio yng nghil y drws, rhag ofn bod ar y dyn mawr a'i gwmni eisiau rhywbeth, ond sleifiodd yn ôl pan deimlodd y distawrwydd yn ei daro fel cwthwm o ganol corwynt. Prin y trodd neb ei ben na chodi amrant i sylwi arno. Roedd pob llygad ar y gŵr ifanc. Nid oedd gan hwnnw ddewis mwyach ond siarad mor afieithus ag y medrai'i ddychymyg ei gynorthwyo.

"Nawr rwy'n nabod Miss Liwsi bron o'r crud . . ."

"Miss Liwsi? Miss Liwsi? Pwy – pwy yw hon?" dymunai'r Cyrnol Dean wybod. Dechreuodd chwarae ei fysedd ar y bwrdd. Estynnodd am ei dancard a chymerodd ddracht.

Atebodd Cromwell yn weddol fyr ei dymer, "Cariad y Tywysog Siarl, wrth gwrs, ddyn!"

"Na na na . . ." – daeth gwên fawr dros wyneb Tom Howard pan welodd ei gyfle i oleuo Cromwell – "*Gwraig* y Tywysog Siarl!"

"*Gwraig* . . .?" Roedd llygaid Oliver fel y lleill yn stond yn ei ben.

"Gwraig!" cadarnhaodd y gŵr ifanc, ei wefusau'n union fel pe bai'i ddannedd newydd ddisgyn mewn dysgl o rawnwin. "Fe briodwyd y ddau gan yr Esgob Cosin, rywle ar y cyfandir, ac roedd yr esgobion i gyd yno, Fuller, Glenham, a Morley – ma Fuller, Esgob Lincoln, yn dal i ymffrostio 'i fod wedi cymryd rhan ac arwyddo'r dyst-ysgrif!"

Aeth y dyn mawr i mewn i'w gragen unwaith eto; ni feiddiai'r un o'i gynghorwyr derfysgu ar ei ddwyster, llawer llai Tom Howard. Ni ellid ond aros a disgwyl wrtho. Daeth rhyw fath o lawenydd tawel i'w wynepryd fel pe bai ei hoff Ragluniaeth wedi rhoi arwydd newydd iddo o'i ffafr a datgelu un arall o'i chyfrinachau.

"Y dystysgrif," meddai Oliver o'r diwedd, gan glecian

bys a bawd yn ddiamynedd, "ble ma hi? . . . Ble ma hi, Howard?"

Ni wyddai'r gŵr ifanc sut na beth i ateb. Ffwdanodd am eiliad. "Wn i ddim, syr, wn i ddim!"

"Na, wrth gwrs, wrth gwrs, dwyt *ti* ddim yn gwbod," taranodd Oliver, a'i gyffro ar gynnydd, "ond – rwyt ti'n nabod rhywun sydd *yn* gwbod!"

Gwenodd y llygaid ifanc. "Liwsi!"

"Pwy arall, ddyn?" Gosododd Cromwell law gadarn yn solet ar ysgwyddau Tom Howard, ac edrych ym myw ei lygaid. "Ddyn ifanc, fe elli di achub dy bobl rhag rhagor o flinder y Stiwartiaid satanaidd!" Anadlodd yn ddwfn, unwaith, dwywaith, a gwenu. "Ar dy geffyl, machgen i, os gallwn gael tystysgrif i brofi i'r bobl ddarfod i'w tywysog gymryd – *putain! – hwren o'r hewl fawr* – yn wraig briod i'w gneud hi ryw ddydd yn *frenhines* iddyn nhw . . ."

Gwawriodd y cynllwyn ar weddill y cwmni.

Daeth ffrydlif hir o olau drwy'r ffenestr ar draws yr ystafell. Syllodd Cromwell yn hir fel pe bai'n gweld llofnod Rhagluniaeth. Gwasgodd ysgwyddau'r gŵr ifanc unwaith eto. "Howard," meddai, "paid â gadael imi weld cip arnat eto heb fod y dystysgrif 'na yn dy feddiant!"

Cydiodd Cromwell yn ei allweddau a dechrau curo'i ddannedd yn feddylgar. Bu'n dyfalu am eiliadau. Ni feiddiodd neb yngan gair. "Howard! Oni ddwedest ti i Algernon Sidney gymryd y groten 'ma i'r gwely?" Roedd y dyn mawr fel ci hela ar drywydd ei brae yn awr.

"Nid fe'n unig!"

"Am Sidney rwy'n siarad."

"Mi glywes hynny o geg y dyn 'i hun – fe dalodd hanner canpunt iddi!"

"Nefoedd fawr!" dychrynodd y Syr.

"Gwaetha'r modd," eglurodd Howard, fel pe bai'n difyrru'r cwmni â jôc fawr, "mi gollodd 'i fargen – cafodd 'i alw'n ôl at 'i gatrawd! Dihangodd y gnawes 'da'i frawd Robert – bu'r ddau yn byw 'da'i gilydd am fisoedd! Fel rwy'n deall, fe glywodd Siarl bach am hyn – roedd e'n wallgo; halodd am Liwsi ar ei hunion a'r peth cynta a wnath odd trefnu i'w phriodi!"

Cymerodd Tom Howard anadl. Sylwodd y lleill ei fod yn mwynhau adrodd yr hanes, er yr awgrymai'r llygaid a'r lleferydd llithrig i fwy nag un y gallai'r hanes fod yn chwedl i gyd.

"Y dystysgrif 'ma, Howard!" Roedd llygaid Cromwell fel goleuadau mawr yn boddi'r gŵr ifanc yn awr.

"Ie, syr."

"Pa mor dda wyt ti'n nabod y groten 'ma?"

Gwenodd eto. "O, yn itha da, syr."

"Gystal ag Algernon Sidney?"

Ymswiliodd Howard.

"Gystal â Thywysog Cymru, fetia i nawr!" saethodd Cromwell.

– *33* –

Gorweddai Liwsi ar ei gwely. Gwariai lawer o amser yn awr yn ei hystafell, nid yn unig am fod gorffwys yn fuddiol iddi bellach, ond am fod sgwrs bron yn amhosibl yn y tŷ. Ymlusgai'r frenhines drwy'r coridorau, gan rhyw gega dan ei hanadl â hi ei hun.

Beth a ddeuai o Siarl? Dyna oedd yn blino Liwsi. Ble oedd e erbyn hyn, tybed? Pe digwyddai rhywbeth i'w dad, byddai'n frenin heb na gwlad na choron na cheiniog ar ei elw.

Daeth morwyn i mewn i'r ystafell. "Eisie rhwbeth . . .?"

Cyn iddi orffen siarad, roedd llaw Liwsi yn ei chyfeirio allan. "Na na na . . ."

Nefoedd fawr, go brin y medrai ddioddef presenoldeb nac ymyriad neb mwyach. Roedd hi'n feichiog ac roedd hi'n unig; o'r ddau, bod yn unig oedd waethaf. Taflodd y dillad oddi wrthi a syllodd ar ei noethni, y cnawd tynn esmwyth fel pe bai ar fin hollti, y bronnau llawn a'r ddau rosyn coch, tethau'n aros i gael eu sugno, aros am wefusau diniwed ei baban, y baich oddi mewn iddi oedd bellach yn aeddfedu, aeddfedu bob dydd. Oedd, wrth gwrs, roedd yn caru'i gŵr,

207

dal i'w garu, ac fe'i carai yr un mor angerddol â phe bai'n fab i deiliwr bach neu ffarmwr heb sôn am fab i frenin. Ond – ac roedd hwn yn 'ond' a bwysai mwyach fel maen melin am ei gwddf – roedd awyrgylch estronol, anghynnes, fradwrus yr hen dŷ bellach yn ei hargyhoeddi mai cam gwag oedd iddi ildio i Siarl fel y gwnaethai. Bobol bach, roedd i groten fel hi fentro neu feddwl am fentro mynd yn un o'r teulu brenhinol, hen linach y Stiwartiaid a hen ach y Medici, mor wallgof â chyplu . . . wel, unrhyw rywiogaethau pell!

Ar wahân i hynny, cafodd lythyr a'i terfysgodd i'r gwaelodion. Adnabu lawysgrifen ei mam ar unwaith:

"Annwyl Liwsi,

Meddwl llawer amdanat, diolch am dy lythyrau, hiraeth mawr am dy weld. Blin gen i orfod dy hysbysu am dy dad. Ni theflais lygad arno wedyn, ond daeth neges yn hysbysu iddo ddirywio'n fawr a drysu'n llwyr trwy grefydda gyda'r Piwritaniaid. Dim rhyfedd! Cafodd ei ddwyllo'n enbyd i werthu'r tŷ i Tom Howard am grocbris – mae'n ymddangos mai prynu a gwerthu fel'na mae'r llanc hwnnw.

Edifarhaodd dy dad gymaint ar ôl cweryla gyda'r Piwritaniaid yn Llundain ac yn y Sowth fel ag iddo fynd ar ei union i losgi'r tŷ i'r llawr. Gwaetha'r modd, llosgwyd dau neu dri o'r tai cyfagos hefyd. Fe'i carcharwyd; yna, fe'i crogwyd. Ni ddaeth i mi ddim diddanwch trwyddo ond fy mhlant! Mae Rhisiart dy frawd yn Grey's Inn bellach; ceisiodd helpu dy dad, ond ofer. Mae dy frawd Justus yn holi llawer yn dy gylch ac yn bygwth chwilio amdanat. Anfon air yn fuan.

Cofion annwyl, – Dy fam

O.N. Mae Mr Chappell wedi bod yn ymweld â mi yr holl ffordd o Exeter. Mae'n daer iawn i mi i'w briodi. Dy frodyr yn f'annog – beth yw dy farn di?"

Nicholas Chappell, Brockhill, Broad Clyst, Exeter! Yr hen lwynog! Dim rhyfedd ei fod wedi rhoi'r fath groeso i'r teulu. Tu ôl i'r wên serchus, y dwylo esmwyth, a'r hen drwyn coch, roedd pâr o lygaid yn chwennych Elisabeth Walter o bawb! Ni fedrai Liwsi ond chwerthin wrth feddwl am y fath uniad. A beth amdani *hi*, ei mam, y ddynes fregus, un nad oedd cnawd a byd a diafol wedi bod o fewn cyfandir iddi? Hi, o bawb, os gwelwch yn dda, yn ei pharatoi'i hun i ildio i ŵr newydd? Hawdd meddwl am ei gŵr cyntaf, Wiliam Walter, creadur newynog a'i nwydau yn ei gorddi bob amser, nes bod morynion a gwragedd gweddwon yr ardal un ai'n arswydo neu'n dyheu wrth glywed sŵn ei draed yn agosáu! Wrth gwrs, nid oedd Liwsi wedi anghofio, pan wnaeth ei thad betisiwn yn erbyn ei wraig, mai'r achwyniad yn ei herbyn oedd godineb! Godineb – Elisabeth Walter, merch John ac Elinor Protheroe Nant-yr-Hebog! Ni fedrai'r barnwyr gredu hynny. Ni fedrai neb arall. Ni fedrai Liwsi chwaith. Eto i gyd, o'r braidd y medrai ddychmygu Nicholas Chappell ac Elisabeth Walter, yn sefyll o flaen yr allor.

Beth arall y gallai hi, Liwsi Walter, ei wneud ond chwerthin, chwerthin, a chwerthin?

— *34* —

"Robin annwyl," meddai Cromwell wrth Hammond a ddymunai ymryddhau o'i gyfrifoldeb fel goruchwyliwr Ynys Wyth, "ni fuost ti mwy na finne'n deilwng o gadw'r drws yng ngwasanaeth y Duw Goruchaf!" Y bwriad oedd iddo ofalu am y brenin . . .

Cyfarfuasai'r ddau yn un o ystafelloedd tawel San Steffan. Roedd y dydd yn drymaidd, yr amgylchiadau presennol yn dwysáu hyd yn oed yr anifeiliaid, tybiai'r dyn mawr; ac nid oedd dim sicrach na bod yr hinsawdd yn effeithio'n fwy arno ef na neb. Cynhaliwyd cyfarfod gweddi y bore hwnnw, a bu nifer yn gweddïo'n daer ar iddyn nhw fod yn offerynnau teilwng i weinyddu cyfiawnder ar y sawl a fu'n gyfrifol am y fath ddioddefaint a cholli gwaed ar hyd a lled y wlad.

Meddai Hammond, "Dim ond i ni ymddiried ein hunain i Dduw a'i ragluniaeth . . ."

Roedd enwi Rhagluniaeth yn hawlio holl edmygedd Oliver. Dywedodd, "Rhaid i ni geisio gwybod meddwl yr

Hollalluog yng nghadwyn Rhagluniaeth, a deall fel y mae yn d'orfodi i dderbyn y cyfrifoldeb hwn. Pam hynny? Am fod rhyw bwrpas bendigedig ac aruchel tu ôl i'r cyfan, rhagor na dim a gyflawnaist eisoes. A chan ddiystyru pob rheswm daearol, cais gan yr Arglwydd dy ddysgu beth yw bwriad Rhagluniaeth ar dy gyfer – ac fe *wna* hynny!"

"Gwna, mae'n siŵr, mae'n siŵr!"

"A lle y mae Awdurdod Suful yn y cwestiwn, a diogelwch y wladwriaeth, mae'r Fyddin yn rym cyfreithlon i wrthwynebu un enw o awdurdod, i'r dibenion hynny, gystal ag un arall. Ond, fy nghyfaill annwyl, edrych i gyfeiriad Rhagluniaeth, sydd mor gyson, mor eglur, mor ddigwmwl. Dyma'r Rhagluniaeth sy'n cyffroi calonnau'r saint ar hyn o bryd, gan ddwyn unfrydedd tu mewn i'r Fyddin, ac yn peri ein bod mewn sefyllfa o ddisgwyl wrth yr Arglwydd . . ."

"Gwir, gwir, gwir," meddai Hammond, "mae awydd angerddol ynof i weld lle bydd yr Arglwydd yn ein harwain ni!"

Daeth yr arweiniad dwyfol a chyfarwyddyd Rhagluniaeth yn amlwg iawn i'r ddau ymhen oriau wedi'r cyfarfyddiad hwn. Ysywaeth, nid oedd hynny wrth fodd calon goruchwyliwr Ynys Wyth, Rhagluniaeth neu beidio.

"Mae creulondeb y milwyr yn fy mlino'n fawr, faint bynnag yr honnwn bod y Fyddin yn offeryn dwyfol."

Ni fedrai Cromwell ddweud dim gan fod Hammond yn un o'i gyfeillion mwyaf mynwesol, gŵr yr oedd ganddo bob ymddiriedaeth ynddo. "Fe wna'r Arglwydd d'oleuo!" oedd y cwbl a ddywedodd.

"Mae llais yr Arglwydd yn ddigon clir i mi!"

"Be mae'n ddweud, Robin?"

"Fod y Brenin Siarl yn haeddu cael ei drin fel pob gŵr o anrhydedd!"

"Fel pob gŵr o anrhydedd . . ."

Ailbwysleisiodd Hammond ei farn. "Fel pob gŵr o anrhydedd . . ."

Ysgydwodd Cromwell ei ben. Mor drist oedd gweld

cyfaill yn methu deall, mentro, ufuddhau. O! na thywyn-
nai'r golau'n fuan, fuan ar ei feddwl!

"Mi weddïa i drosot, Robin bach!"

"Un dymuniad, Oliver."

"Beth yw hynny?"

"Na fydd i mi fod yn gyfrifol am ddim yn gysylltiedig â
thranc y brenin!"

Gwahanodd y ddau heb un gair pellach rhyngddynt.

Y diwrnod wedyn, restiwyd Robert Hammond. Daeth
Ireton a nifer eraill i'w ddwyn i'r ddalfa. Yr un diwrnod,
cynhaliwyd cynhadledd rhwng y pleidiau a gynrychiolai'r
Fyddin a'r Senedd i drafod cynlluniau'r dyfodol. Brysiodd
Cromwell yno'n ddi-oed. Daeth yn amlwg, er cymaint o
gyfaill ydoedd i Hammond, ei fod tu ôl i'r holl symudiadau.
Roedd wedi sicrhau bod goruchwyliwr Castell Windsor yn
ymwybodol o'r cwbl oedd ar droed.

Nid oedd gan Ireton na Chromwell yr amheuaeth leiaf
am euogrwydd y Brenin Siarl.

"Nid yw corff y cnaf ronyn yn fwy cysegredig na bwndel
y lleidr penna sy'n hongian ar raff y funud 'ma!" meddai
Cromwell.

"Onid gwell cael gwared o'r lleill sy'n euog yn gynta?"
holodd Ireton.

"Man a man!" atebodd Cromwell.

Pwy bynnag arall oedd yn tosturio neu wanhau, deuai'n
amlwg i bawb nad Oliver Cromwell oedd hwnnw.

Pan luniwyd y ddeddf a'i phasio i ddwyn Siarl Stiwart i'w
brofi, enw Fairfax oedd gyntaf ac enw Cromwell yn ail.
Estynnodd Oliver ei gwilsyn i'r unig Gymro oedd yn
bresennol a llofnododd – "John Jones Maesgarnedd."

– *35* –

Roedd y Brenin Siarl, yn ôl pob sôn, yn sylweddoli fwy-
fwy fod ei einioes yn tynnu tua'i therfyn. Byddai pob swn a
dorrai ar ei glyw, pob cysgod a gerddai ar draws ei unig-

rwydd, pob gwich a glywai pan agorai'r gwyliwr y drws yn darogan drwg iddo.

Dechreuasai deimlo'r nerth yn dylifo allan o'i gorff, a rhyw ddiymadferthedd yn ei feddiannu. Doedd dim unrhyw reswm am y fath anhwylder, na phoen na pheswch na dim. Nid oedd ei wedd wedi llwydo na'i archwaeth wedi lleihau, dim ond ei fod yn methu'n lân â chysgu; dim eiliad o gwsg er i'w amrannau fethu â chadw'n agored ac i'r chwys ddechrau pistyllio allan ohono. Bu'r gwyliwr yn fwy na thrugarog yn dod â phob math o foddion yn ddirgel iddo, pob math o gymorth, pob math o gysur, ond ni thyciai dim.

"Be all hyn fod?" holodd y brenin fel pe bai wedi dod i ben ei dennyn.

"Wn i ddim, ych mawrhydi, wn i ddim," atebodd y gwyliwr, â rhyw edrychiad a awgrymai ei fod un ai'n gwybod neu'n amau achos y blinder sydyn.

Edrychai'r muriau'n gwbl anorthrech. Tu allan, roedd aderyn ac anifail yn rhydd, y gweision a'r morynion mwyaf di-nod yn medru symud o gwmpas yn ôl yr hwyl neu'r galw, ond ef – brenin y Goron simsan – dan glo fel hen gi ar tsaen, a bygythiad gelyn beunydd yn ei aflonyddu. Diflannai pob gobaith am ryddid gyda phob anadliad.

Mor rhwydd y gall sefyllfa creadur meidrol newid, boed deyrn neu gardotyn! Nid oedd ond fel doe pan welodd y strydoedd yn orlawn; symudai'r cychod fflat yn araf i lawr yr afon â'u hochrau'n faneri i gyd. Clywid miwsig a chanu'n dod o bob cyfeiriad, gynnau mawr yn saethu bob hyn a hyn, a chlychau'n seinio nes gyrru adar y nefoedd yn wyllt ac yn wallgo. "Hir oes i'r brenin!" oedd y floedd ymhob man. Nid felly mwy . . .

"Beth a all hyn fod?" holodd eto.

"Ych mawrhydi . . ."

"Be wyt ti'n wbod, ddyn?" holodd y carcharor yn amheus.

"Ych mawrhydi," oedd yr ateb, ag ofn dweud mwy, cyn mentro. "Ma un o'r soldiwrs yn gwbod . . ." Dechreuodd y gwefusau symud yn araf cyn i lais crynedig ddatgelu, "Y milwr sy'n gweud . . . ma'n well imi'i alw fe . . . gaf i alw fe, ych mawrhydi?"

"Ar unweth, ar unweth!"

Munudau wedyn, ymddangosodd un o filwyr y castell, llanc anllythrennog yr olwg, ei lygaid yn syn a'i geg yn agored, ond ambell fflach yn awgrymu nad oedd y pen coch heb ryw gymaint o gyfrwystra dan yr asgwrn. Dechreuodd siarad,

"Rhyw groten, merch i wrach, wastad o gwmpas y castell 'ma; cofio fel odd 'i mam yn arfadd rhibo – moyn dial, mynta hi, ar y brenin a'i deulu."

"Dial? . . . Dial arna i? Pam, neno'r dyn?"

"Y Gymraes!"

"Y Gymraes . . .?"

"Y Gymraes a'r tywysog . . ."

"Y Gymraes a'r tywysog . . .?"

"Liwsi Walter."

"Liwsi Walter, wir! . . . Be ddiawl ma'r crwt Siarl wedi'i wneud 'to?"

"Priodi hwren, medden nhw!"

"Be sy a wnelo hynny . . .?"

"Tad y Gymraes, arno fe ma'r bai am ofid merch y wrach."

"Sut hynny?"

"Wedi'i thwyllo . . ."

"Wel . . ."

"Ma plentyn 'da hi nawr."

"Oes gŵr 'da hi?"

"Oes, ma gŵr 'da hi."

"'Na fe te . . ."

"Ond fe gadd 'i ladd."

"Shwd hynny?"

"Wmladd."

"'Da ni . . .?"

"'Da Cromwell!" oedd yr ateb siomedig.

Er na roddai'r brenin fawr o goel ar hud gwrachod, eto i gyd, fel y rhan fwyaf o feidrolion, nid oedd heb yr anesmwythyd hwnnw a ddeuai dim ond enwi chwiorydd y Diafol.

"Ma'n rhaid i Siarl gael gwared o'r Liwsi 'ma!"

Gwaeth na hynny, efallai, oedd bod merch y wrach, a'i gŵr wedi'i ladd gan wŷr y brenin, am ddial o achos yr hyn a ddigwyddasai iddi. Onid oedd rhyw droadau dieflig i dynged creadur yn hyn o fyd? I feddwl y medrai anlladrwydd rhyw gythraul nas gwelsai erioed yn ei fyw ddwyn gofid ar ei ben. O, roedd yr holl gymhlethdod yn rhy ddyrys iddo ei ddatrys! Ai barn Duw oedd hyn? Ai melltith gwrach a theulu'r Fall? Un peth a wyddai, roedd ei holl gorff yn diferu o chwys . . .

– 36 –

"Tom Howard! . . ."

"Dyma fi!"

"Mi wela i, ond be ddaeth â thi 'ma?"

Gwên – bron na fedrai Liwsi *weld* ei ymennydd yn gorchymyn i'w wyneb wneud argraff arni.

"Rhyw bwl o hireth, yr hen galon!"

"Pwl o . . .?" Anodd i'r ferch oedd coelio'i chlustiau. Yr un hen wên! Yr un hen dwyll!

Dododd Howard fys ar ei wefusau. "Clywed dy fod 'ma ar dy ben dy hun . . ." Roedd wedi gweld ar unwaith beth oedd ei chyflwr ond ni ddangosodd hynny.

"Dw i ddim ar 'y mhen fy hun!"

Oedodd Howard. "Na, be rwy'n feddwl, heb Siarl . . ."

"Dros dro."

Oedodd Howard eto – edrychai fel pe'n celu rhyw wybodaeth. "Tybed?"

"Be – be wyt ti'n feddwl?" Methodd Liwsi â chadw'i hofn allan o'i llais; ar wahân i hynny, roedd cryndod ei gwefusau yn ei bradychu hefyd.

"Derbyn y peth gan hen ffrind, merch i!"

Siglodd Howard ei ben. Parodd i'r distawrwydd greu

amheuaeth. Nid oedd yn anodd iddo ddarganfod fod ei gofid ar gynnydd.

"Dwed, ddyn, be sy 'da ti i' ddweud!"

Daeth rhyw awgrym o foddhad dros ei wyneb. "Oes *raid* i mi ddweud?"

Siglodd Liwsi ei phen, "O, plesia dy hunan!"

"Dere, dere, fenyw fach, dwyt ti ddim yn golygu hynny!"

"Wel, os oes 'da ti rywbeth i' ddweud . . ."

"Wrth gwrs bod 'da fi rywbeth i' ddweud! Rhywbeth rwyt ti, Miss Walter, yn synhwyro'n barod . . ."

Oedodd Liwsi. "Gyda llaw, *Mistar* Howard, *nid* Miss Walter, os gweli'n dda . . ."

Chwarddodd yr ymwelydd yn ysgafn a chyfrwys. "Oho, beth yw hyn, beth yw hyn?"

"Ma'n anodd 'da fi gredu fod creadur a fedd drwyn ffured a llygid gwenci heb wybod be sy'n mynd mlaen!"

"Be *sy'n* mynd mlaen?"

"Siarl a fi . . ."

"O, dere, dere, ma'n rhaid imi glywed hyn!"

Oedodd Liwsi, cyn dweud, "Dan ni – wedi priodi!"

"Priodi? Yn wir, yn wir?" Daeth y golau chwareus yn ôl i'r llygaid.

Dechreuodd Liwsi siarad â llais cadarnach. "Swnio fel taset ti'n ffaelu credu."

"Wel, â bod yn onest . . ."

Safodd Liwsi ar ei sodlau ac edrych ym myw ei lygaid, "Wel, *dyna* newid . . ."

"Be . . .?"

"Tom Howard am fod yn onest!"

Roedd yr un wên bryfoclyd yn diflannu a dychwelyd o hyd. "Bydd yn deg, Liwsi. Dyma fi newydd glywed. Merch Wiliam Walter, Castell y Garn yn Dywysoges Cymru! Rwy'n dy gofio'n Frenhines y Sioe yn groten, ond – hawyr bach! – Tywysoges Cymru! Mwy na hynny, os digwydd y gwaetha i'r brenin, bydd Miss Walter yn frenhines arnom i gyd! *Nawr* te . . . 'na beth *yw* dod mla'n yn y byd!"

Edrychodd yn edmygus arni cyn gofyn yn fêl i gyd, "Pryd odd y briodas?"

Os bu i Liwsi amau Tom Howard erioed, oddi ar y dyddiau pan chwaraeai'r ddau fel plant yng ngerddi Nant-yr-Hebog a Chastell y Garn, fe'i hamheuai nawr. Atebodd yn hwyrfrydig, "Beth amser yn ôl . . ."

"Chlywes i ddim . . ."

"Wel, ma'n ddigon gwir – ma gen i dystysgrif i brofi."

Roedd yr ymwelydd cyfrwys yn glustiau i gyd. Dyma'r union beth y chwenychai ei glywed! Sut ar y ddaear y medrai ennill ffafr ac ymddiriedaeth y groten yma i gael ei ddwylo ar y ddogfen hanesyddol a holl-bwysig? Nid oedd yn mynd i fod yn rhwydd. Roedd ymhell o fod yn dder-byniol yn ei golwg ar hyn o bryd, medrai asyn synhwyro hynny, ond trwy ryw ystryw neu ddichell neu ddyfais, roedd yn rhaid iddo roi'i fysedd ar y papur hwn! Onid oedd wedi addo i'r Dywysoges Frenhinol a'r arweinydd mawr, Cromwell, y ddau'n un yn eu hawydd i gael meddiant o dystysgrif priodas Siarl a Liwsi! Byddai siomi'r naill neu'r llall yn berygl i'w einioes.

Gwibiodd trwy feddwl Tom Howard yr hen air nad oedd fawr o ddyfodol i neb a geisiai wasanaethu dau arglwydd. Wel, nid rhoi cynnig ar beth fel'na a wnâi! Ei wasanaethu ei hun a wnâi ef trwy ennill ar un llaw ymddiriedaeth y Dywysoges Frenhinol. "Ffafr fawr â nhad a'r teulu fydd cipio'r dystysgrif!" meddai wrtho'i hun. A thrwy fod yn aelod cudd ar y llaw arall yn rhengoedd Cromwell gallai *foddhau* dau arglwydd. Nid eu gwasanaethu a wnâi ef. Tasg yn gofyn deheurwydd, yn bendifaddau, ond dysgasai'n gynnar sut i wisgo rhagor nag un wyneb a defnyddio rhagor nag un llais. Nid oedd fawr o siawns i gael trwydded i'r byd mawr tu allan a cherdded y coridorau pwysicaf heb hynny. Trwy drugaredd, nid oedd yn amhosibl iddo fod tipyn yn eofn ar Liwsi Walter – *Tywysoges Cymru*!

"Pryd wyt ti'n disgwl gweld dy ŵr?"

"Cyn bo hir . . ."

"Siŵr?"

"Berffeth siŵr!"

"Ble ma fe nawr?"

"Gyda'r llynges."

Difrifolodd llygaid Tom Howard, "Druan ohonot!"

"Pam?"

"Pam, wir! Y peth gore y gelli di neud yw 'i baglu o 'ma, ti a'th dystysgrif – ma dy briodas yn embaras, merch i!"

"Embaras, wir! Rwy'n disgwl plentyn Siarl – bydd e a'i fam a'i whâr wrth 'u bodd!"

Cerddodd yr ymwelydd ati gan edrych yn dyner i'w llygaid. "Liwsi fach! Breuddwyd yn dy ben di yw'r cwbl – well i ti ddeffro cyn 'i bod yn rhy hwyr!"

"Be wyt ti'n feddwl – cyn 'i bod yn rhy hwyr?"

"Rwyt ti'n ceisio gweu rhamant nad wyt yn aeddfed nac addas ar 'i chyfer. Gwranda, tynged y Tywysog Siarl – gan nad pwy fydd ei gymar – 'run fath â'i dad – yw bod ynghlwm wrth dynged ei wlad, ei galwad a'i gwleid-yddiaeth a'i hargyfwng, ac ma gofynion bach bywyd priodasol yn gorfod cael eu gwthio o'r neilltu. Dyw rhyfela a llywio bywyd gwlad ddim yn caniatáu amser i garu a rhamantu. Ma brenhinoedd a thywysogion nesa at y duwie, cofia – chwilia am loches yn nes adre, merch i!"

Gwyddai Liwsi na fedrai wadu na bu hi'n pryderu o weld Siarl heb fod ar gyfyl gyhyd. A oedd hi'n bosib fod gwefusau celwyddgi fel Tom Howard yn dweud y gwir creulon am ei sefyllfa? Wiw iddi roi'r awgrym lleiaf o ansicrwydd iddo. Edrychodd arno'n galed gan ei meddiannu'i hun rhag iddo dybied am eiliad iddi gael ei bwrw oddi ar ei hechel. Dywedodd yn ddisyflyd,

"Rwy wedi rhoi ngair i Siarl – a ma fe wedi rhoi'i air i fi."

"Liwsi fach annwl!" meddai Tom Howard, "Dyw'r dyst-ysgrif 'na sy gen ti ddim gwerth y papur ma hi wedi'i sgri-fennu arno. Cyn bod tywysog fel Siarl yn medru meddwl am briodas a theulu, ma'n rhaid iddo gael cysgod gwlad sefydlog. Does neb yn medru breuddwydio mewn cwch sy'n gollwng dŵr. Truan ar foddi yn llamu'n anobeithiol am raff odd y carwr bach a neidiodd am dy gwmni a'th gysur. Cadd 'i hela fel ysglyfeth i bob cwr o'r wlad. Rwyt ti mewn perygl mwy bob dydd yn y tŷ hwn . . ."

Pan oedd Liwsi ar fin erfyn ar yr ymwelydd i egluro'n fanylach, agorwyd y drws gan forwyn ac ymddangosodd y Frenhines Henrietta Marïa. Roedd ei llygaid a'i gruddiau'n wlyb gan ddagrau, a'i breichiau fel canghennau eiddil ar fonyn crwm ei chorff. Goleuodd y llygaid drwy'r dagrau pan welodd Tom Howard.

"Pwy yw . . .?"

Moesymgrymodd Howard a chamu'n ôl.

Brysiodd Liwsi i egluro, "Tom Howard, ych mawrhydi, yng ngwasaneth y Dywysoges Frenhinol!"

"Ah, wrth gwrs, wrth gwrs . . ." ymatebodd, ond sylwodd Liwsi ei bod fel petai'n dal ei thafod wedyn.

Edrychai yntau, Tom Howard, yn anesmwyth. "Mi af i, mi af i – os gwnewch f'esgusodi!" Heb air ymhellach, ymadawodd bron fel lleidr yn dianc, ond moesymgrymodd eto i'r ddwy wrth fynd. Roedd yn hyddysg yng nghwrteisi'r presenoldeb brenhinol, meddyliodd Liwsi. Ni fedrai ond teimlo hefyd bod llygaid y ddau yn bradychu rhyw ddealltwriaeth gudd.

Eisteddodd Henrietta Marïa yn y gadair ar bwys y ffenestr ar ôl i'r gŵr ifanc fynd.

"Wel, wel, pwy fasa'n meddwl gweld Howard 'ma – wel wel wel! Ma Mari yn 'i ganmol yn fawr – fe sy'n gofalu am stable Tŷ Oren." Roedd modrwyau du o gylch ei llygaid, ei gruddiau'n ddau dwll tywyll yn y cnawd, ac asgwrn ei gên fel rhasl yn dangos dwy res o ddannedd du. Bron na ellid clywed ei hesgyrn yn rhuglo oherwydd yr holl ubain a beichio; pan gafodd anadl, dywedodd, "Ma nhw wedi mynd â'r brenin o Windsor i Balas San Iago . . ." Cuddiodd ei hwyneb mewn cawell o fysedd main fel gwiail byr. Dywedodd, "Ma'r Cromwell 'na wedi dweud eu bod yn delio â'r cnaf caletaf a fu ar y ddaear erioed – meddyliwch! Ffŵl gwirion! Diolch i Dduw, cafodd Siarl druan ddigon o ras a nerth i anwybyddu'i holl gyhuddwyr. Roedd y sefyllfa mor gywilyddus, mi glywes fod y Ledi Fairfax – o bawb! – wedi codi ar y galeri i brotestio. Camfarnu a cham-drin dyn nobl, medde hi. Ond, dyna, ma Tŷ'r Cyffredin a Thŷ'r Arglwyddi yn nwylo Cromwell . . . Ma'n siŵr nad ydi'r diwedd ymhell!" Cuddiwyd yr wyneb trist gan y dwylo main unwaith eto.

Tosturiodd Liwsi a rhoddodd ei breichiau o gylch y frenhines ddrylliedig. Druan ohoni, meddyliodd.

– 37 –

Daeth cnoc ar y drws. Clywodd y Brenin Siarl yr allwedd yn troi yn y drws. Edrychodd yn ansicr i weld pwy oedd yno. Ai'r gwyliwr bach caredig, wedi llwyddo i ddod â rhyw gymwynas dan ei ffedog – coes aderyn, tafell o fara saim, afal, rhywbeth i gynnal a chodi calon ei frenin trallodus? Gallai fod yn un o'r Seneddwyr haearnaidd, yn ofni yn ei galon i'r carcharor ddianc, wedi dod i wneud yn siŵr ei fod yn ddiogel dan glo! Ymhen eiliad, wedi gweld ei wyliwr yn dod i mewn i'r ystafell a gwên fodlon iawn ar ei wyneb, neidiodd ei galon pan ganfu ei ddau blentyn ieuengaf yn ei ddilyn, Elisabeth a Harri. Teimlodd y tad ei ddagrau'n llifo pan redodd y ddau i'w freichiau. "Nhad, nhad!"

Mor annwyl oedden nhw, wedi tyfu, hithau'n groten osgeiddig a thal ac yntau yn braff a llydan.

Braf o beth oedd eu gweld, ond – gwawriodd arno'n sydyn na welai mo'i wraig na'i blant byth, byth mwy!

– 38 –

Pan edrychodd y Brenin Siarl o gwmpas Neuadd Westminster i wynebu'i brawf, y muriau oer a'r wynebau oerach, cofiodd fel y gwelsai'r truan Strafford gynt yn cael ei groesholi'n llym yn yr union fan. Saethai gwayw fel mellten drwy'i gydwybod hyd y dwthwn hwn.

Peth hyll oedd anghyfiawnder, meddyliodd; brych o beth a genhedlir gan bŵer a balchder. Mor wrthun oedd y sefyllfa o'i flaen yn awr – meidrolion yn peri i'w bodolaeth fregus, feidrol fod yn ffieidd-dra ger bron Duw, awdur a ffynhonnell pob bywyd, drwy geisio eu gwneud eu hunain yn ganolbwynt bodolaeth cenedl ac unigolyn. Safai Cromwell ymysg ei weision a'i gŵn bach, yn ymgorfforiad o bŵer a balchder. Ni allai ond anghyfiawnder gael ei weinyddu dan y fath amgylchiadau. Balchder crefyddol y Piwritan digymrodedd a balchder gwleidyddol y brenin ffug – na, nid oedd gan gyfiawnder siawns yn y byd mewn lle fel hwn!

Ac eto, deuai'n amlwg iddo ef, Siarl, yn awr, y byddai brenhinoedd neu benaethiaid, unwaith y ceisient ymddwyn fel rhai uwchlaw ffaeleddau, yn siŵr o arwain i ddistryw. Byddai trais bob amser yn hunanddinistriol yn y pen draw – fe all mai dyna'r rheswm y safai yn y fan a'r lle heddiw.

Boed hynny fel y bo, dywedasai Syr Henry Seymour pan ganiatawyd iddo ymweld ag ef yn San Iago ychydig ddyddiau cyn hyn, bod Cromwell un tro wrth edrych allan drwy'r ffenestr wedi ei weld ef yn cael ei hebrwng drwy'r gerddi am awyr iach a'i fod wedi troi a dweud yn gyffrous wrth Henry Mildmay a Wiliam Brereton, â'i wyneb fel y galchen,

"Gyfeillion, dyma fe, dyma fe, yn ein dwylo! Awn i wneud y gwaith mawr ma'r holl wlad yn dyheu am weld 'i gyflawni!"

Pa siawns oedd gan wybedyn heb sôn am fod meidrol ag unben gwallgof fel'na wrth y llyw?

Edrychodd Siarl o'i gwmpas unwaith eto. Roedd Algernon Sidney i fod ymysg ei farnwyr, o blith dros gant a oedd wedi eu henwebu, ond nid oedd golwg ohono. Bu proclamasiwn cyhoeddus yn gwahodd pwy bynnag a fynnai dystiolaethu yn erbyn y brenin, ond ni wahoddwyd neb i ddweud gair o'i blaid. Efallai mai hyn a gyfrifai nad oedd Sidney yn y golwg.

Clywodd lais cras yn gofyn, "Trwy ba awdurdod a chomisiwn yr ydych yn galw'r brenin ger bron?"

Atebodd Henry Martin, "Yn enw Tŷ'r Cyffredin a'r Senedd a holl bobl dda y wlad."

Sylwodd Siarl bod wyneb arall ar goll – Fairfax! Y

creadur yr oedd ei wraig wedi bod yn cyhuddo Cromwell a'i griw o gamwedd, a hynny heb flewyn ar dafod! Roedd gan ŵr awdurdod ar lu efallai, ond ambell dro roedd gan wraig y gŵr hwnnw awdurdod arno ef – a dyna newid y sefyllfa!

Clywodd y cyhuddiad yn cael ei ddarllen – " . . . am iddo gyhoeddi rhyfel yn erbyn y Senedd ac yn erbyn pobl dda ein cenedl, siroedd Caint, Essex, Surrey, Sussex, Middlesex, a llawer o siroedd a lleoedd eraill yn Lloegr a Chymru. A thrwy'r rhyfeloedd annaturiol hyn, i Siarl Stiwart beri colli llawer o waed diniwed ein pobl . . ."

Cofiodd y brenin fel y gwelsai'i lys gynt yn ymgynnull i wledda a dathlu – boneddigion a boneddigesau yn eu gwisgoedd crand, sidan a melfed amryliw, saffron, coch tywyll, ysgarlad, melyn, eurgoch, a glas hudol y ffurfafen; yna, y bronnau a'r breichiau nobl yn drymlwythog o emau a medalau. Milwyr cyhyrog yn rhesi ufudd, canhwyllau a lanternau ar hyd y muriau, cerddorion yn ffwdanu uwch eu miwsig a pharatoi eu hofferynnau, ac ef a'i frenhines yn derbyn gwenau a chyfarchion yr holl gwmni. Ble oedd ei Henrietta yn awr? Ble oedd Siarl druan, Tywysog Cymru, ar ôl yr holl hela fu arno? Ble oedd Jâms? Ble oedd Mari? Ble oedd y lleill? O! na châi eu gweld yn awr . . .

Gofalodd y Cyrnol Tomlinson a oedd yn gyfrifol amdano dan do Palas San Iago – y tyneraf o wŷr Cromwell, trwy drugaredd – iddo gael gweld ei ddau blentyn ieuengaf, y ddau fychan a fuasai'n gaeth am fisoedd yn Llundain oddi ar y dydd yr ildiodd y Breniniaethwyr. Rhyfedd fel roedd y ddau wedi tyfu! Gresyn na châi eu gweld ryw ddydd yn dod i'w llawn dwf, ond Duw a wŷr beth fyddai eu tynged nhw a gweddill y teulu. Roedd yr awyrgylch a'r wynebau oddeutu a'r lleisiau byddarol yn argyhoeddi nad oedd fawr o le i drugaredd rhwng y muriau cuchiog y dwthwn hwn.

"Nghariad bach i, ma nhw'n mynd i dorri pen dy dad!" dywedasai'r brenin wrth ei fab a gymerasai ar ei lin. "Ond, cofia hyn, paid byth â bodloni i fod yn frenin ar y wlad tra ma dy frodyr yn fyw! Os gwnei hynny, 'run dynged â minne fydd 'u rhan."

Atebodd y bychan gan anwesu a chusanu'i dad, "Mi gân nhw fy nhorri'n gareie cignoeth cyn y digwdd hynny!"

Pethau fel hyn oedd cysur a chynhaliaeth Siarl Frenin i sefyll â'i ben yn uchel yn awr, brenin bob modfedd ohono. Gwibiodd ei lygaid dros y neuadd, yr wynebau ymhongar, yr wynebau petrus, yr wynebau chwilfrydig, o Cromwell hyd at ei iselaf was; ac er bod ei urddas yn ddiogel trwy ei gred ddiysgog yn Hawliau Dwyfol Brenhinoedd, athrawiaeth y trwythwyd ef ynddi oddi ar y dydd y dysgodd ddweud ei bader gyntaf, meddwl am ei linach a'i deulu oedd prif ffynhonnell ei gadernid yn awr.

Mwy na hynny, roedd un cip ar ei gyhuddwyr yn ei argyhoeddi o un peth. Mwya'n y byd y safai ef yn ddewr ar ei urddas, mwya'n y byd y crynai'r garfan euog fel yr helyg yn nannedd y gwynt. Oedd, yr oedd yntau, John Bradshaw, a lywyddai'r treial, wedi simsanu fel cwch bach ar flaen y don fwy nag unwaith wrth iddo geisio pwysleisio'n ddeddfol ac argyhoeddiadol fod y brenin yn cael ei gosbi am ryfela "yn erbyn ei bobl" a bradychu'i ymddiriedaeth. A phan gododd Cromwell ar ei draed i gyhoeddi, "Os bu gan unrhyw ddyn ohonoch y fath fwriad ag i ddiorseddu'r brenin, a dietifeddu ei holl ddisgynyddion; ac os oes gan unrhyw ddyn o hyd y fath fwriad, ef a fydd y bradwr pennaf yn y byd; ond, gan i'r Duw hollalluog osod hyn o gyfrifoldeb ar ein hysgwyddau, nid oes ddewis gennym ond ildio ac ufuddhau." Druan o'r Cadfridog mawr, edrychai'n fradwr ei hun a'r annedwyddaf o feibion dynion. A'r syndod pennaf na fedrai Siarl ddod trosto gydol yr holi oedd gweld Fairfax – y creadur a fuasai'n erfyn mor daer ar i'r Senedd lusgo'r brenin i sefyll ei brawf, awdur yr holl helynt – yn absennol. Fel euog wedi ffoi am ei fywyd.

Ar ben hyn oll, fe wyddai Siarl nad oedd fawr o gytundeb erbyn hyn rhwng y Fyddin a'r Annibynwyr yn y Senedd parthed ei roi i sefyll y fath sarhad; bron nad oedd y Presbyteriaid i gyd yn erbyn y treial bellach, a'r sgerbwd o weinyddiaeth yn Nhŷ'r Arglwyddi wedi datgan anfodlonrwydd yn bendant.

Gwaetha'r modd, faint bynnag y bu Cromwell yn

simsanu cyn yr awr arbennig hon, cafodd ei gyndynrwydd y trechaf ar ei deimladau, "Rhaid gweithredu cyfiawnder – yr unig ffordd i ddychwelyd heddwch i'r tir!" Roedd y Beibl ar flaenau'i fysedd, o Genesis i'r Datguddiad, i gadarnhau ei benderfyniad – "Fel na halogoch y tir yr ydych ynddo; canys y gwaed hwn a haloga'r tir, a'r tir ni lanheir oddi wrth y gwaed a dywelltir arno, ond â gwaed yr hwn a'i tywalltodd."

Er nad oedd unrhyw gyfraith nag un cymal o gyfan-soddiad i gondemnio'r brenin, anwybyddodd Cromwell yr holl gyfreithwyr a'u dadleuon, gan bwyntio'i fys hwnt ac yma ymysg tystion a gweinyddwyr, a chyhoeddi'n groch a sgornllyd, "Gwae chwi a hawliodd farwolaeth y brenin hwn ac a eisteddodd mewn barn arno, ac ydych yn awr fel cenawon bach dof yn ei lyfu ac yn rhy llwfr i lofnodi gwarant ei farwolaeth trwy ddienyddio!"

Bu'n rhaid aros am funudau poenus i'r cyffro ddistewi.

Ni syflodd y brenin . . . ond ar ôl yr huotledd cynddeiriog a'r cynnwrf, a chyn i Bradshaw godi i wneud hynny'n hysbys, gwyddai fod dydd ei dynged wrth y drws.

– 39 –

Roedd yr awel yn fain a'r ffurfafen yn un estyniad o dristwch uwch y ddinas. Ehedai ambell aderyn uwch Palas San Steffan, gan oedi hwnt ac yma yn yr aer fel petai'n ymwybodol bod rhywbeth sinistr ar droed. Draw i'r pellterau, yr un tywyllwch digalon, tai a thyrau a choed yn llonydd a mud, dim ond rhyw niwlen denau fel ysbrydion crwydr yn loetran yn araf ar y gorwel. Tu allan i ffenestr fawr y palas, roedd tri dyn yn brysur â mân orchwylion ar ôl bod wrthi'n codi llwyfan. Ar y llwyfan, fel bwgan brain yn aros i'w wisgo, crocbren. Safodd y dynion o'i flaen am hydoedd fel petaent wedi eu rhewi i'r fan.

Erbyn dau o'r gloch y prynhawn hwnnw, roedd yr olygfa wedi newid – swyddogion a milwyr a chyhoedd chwilfrydig yn ymgasglu, rhyw furmur diddiwedd i'w glywed, lleisiau'n ymdonni, parablu isel, a'r ust tynged-fennol hwnnw bob hyn a hyn a ddaw pan fo Angau yn y gymdogaeth.

"Ga i grys arall, 'sgwelwch yn dda?" gofynnodd y Brenin Siarl, "mae'n oer . . ."

Brysiodd un o'r milwyr i gydsynio a'i helpu i wisgo.

"Diolch yn fawr. Dyna welliant, charwn i ddim iddyn nhw fy ngweld yn crynu gan oerni, a thybied mod i'n llwfr."

Gwenodd yr Esgob Jygson yn dosturiol. "Neb yn ddewrach na chi, ych mawrhydi."

Gwenodd Siarl Frenin ar ei gaplan gan nodio'n ddiolchgar am air caredig ar awr mor filain.

"Rwy'n ildio coron lygredig y byd am goron anllygredig y byd arall! Nac wylwch o'm plegid!" Estynnodd iddo lythyr – "Rhowch hwn i'm mab Siarl – fy mendith arno! Rwy am iddo fod yn ddyn da, yn anad pob dim arall."

Edrychai'r brenin yn ffigur amddifad – delwedd o drasiedi, tal, unionsyth, ei wallt yn dresi hir at ei ysgwyddau, a'i wisg cyn ddued â'i wallt, dim ond insignia'r Gardys, gem ddisglair amryliw yn torri ar y prudd-der. "Cyn mynd," meddai wrth ei gaplan, "fy ngair ola i'm mab Siarl – *Cofia!*"

Nodiodd yr esgob ei ben yn fonheddig cyn arwain y brenin tua'r grocbren.

"Dyn a aned o wraig sydd fyr o ddyddiau a llawn hel-bul . . ."

Daeth y crogwr Baines a gorchudd dros ei wyneb, dim ond dau dwll i'w lygaid, gan osod darn o frethyn du dros lygaid y condemniedig. Buasai ffwdan mawr ers dyddiau, am fod un ar ôl y llall yn gwrthod y dasg erchyll, nes o'r diwedd llwyddo i berswadio un o adar creim y Twr, rhyw druan nad oedd dim yn rhy isel iddo ei gyflawni, ar yr amod nad oedd neb byth i wybod pwy ydoedd.

Safai'r esgob gerllaw ar ei ben ei hun; gwyddai'r prelad i'r achos yn erbyn y brenin gael ei baratoi'n frysiog a didaro; roedd y treial yn anghyfreithlon, a phob protest a thystiolaeth wedi ei mygu; mwyafrif bychan yn Nhŷ'r Cyffredin a gydsyniodd i Siarl gael ei gyhuddo ar achos mor wantan yn y lle cyntaf, heb gydnabod y Tŷ arall o gwbl, a phe digwyddai bod unfrydedd, anghyfreithlon hollol a fyddai'r achos wedyn.

Clywyd y brenin yn gweddïo'n dawel ar ôl penlinio'n drist i'w dynged ac ildio i'r fwyell –

"O Dad, maddau iddynt . . ."

Aeth sibrwd o gwmpas y dyrfa– y geiriau anhygoel a glywyd gynt wrth y Groes! Buan y teimlodd llawer fod y farwolaeth greulon hon hefyd yn aberth dros eraill a thros y Ffydd.

Fel y disgynnai'r fwyell, crynai'r cadarnaf ymysg y milwyr a'r cyhoedd – anfadwaith, yn wir! Ond ni ddaeth na gair nac arwydd nac ochenaid oddi wrth Oliver Cromwell. "Rheidrwydd creulon!" oedd ei unig sylw.

Y
Drydedd
Ran

Daeth y Parchedig Stephen Goffe, caplan Tywysog Cymru, i'r ystafell, ei wyneb yn ddwys a'i wedd yn welw, ac ar ôl pesychiad nerfus ac oedi, dywedodd, "Fy mrenin . . ." Nid oedd gofyn iddo ddweud ychwaneg; gwyddai Siarl fod yr hyn y buasai'n arswydo rhagddo wedi digwydd, pa mor anodd bynnag oedd credu, a bod y Frenhiniaeth gythryblus ar ei ysgwyddau ef o'r eiliad honno ymlaen.

"Mae'n wir ddrwg gen i . . ." ceisiodd yr offeiriad ffyddlon ddweud, yn anghlywadwy bron, a'i ddagrau'n ddisglair ar ei ruddiau.

Ni fedrai'r tywysog yngan gair. Â'i lygaid yn beichio wylo, ni wnâi ond ysgwyd ei ben a dyrnu braich y gadair fel petai'n methu'n deg â derbyn yr hyn a wyddai oedd y gwir creulon.

"Ma'n flin, flin gen i . . ." meddai'r caplan eilwaith, gan anwesu Siarl ifanc a cheisio'i gysuro.

"O, Goffe, Goffe," dechreuodd ddweud gan edrych i'r seilin yn dorcalonnus, "ma hyn yn rhy ofnadwy – be ar y ddaear wna i nawr?"

"Bydd yr Arglwydd yn siŵr o'ch cynnal!" sicrhaodd gŵr Duw, ei fysedd yn chwarae â'r tsaen aur o gylch ei wddw wrth ba un yr oedd y groes aur fawr yn hongian.

"Ond Goffe, Goffe, dw i ddim yn ugen oed eto! Rwy eisoes wedi cael mwy na fy siâr, y fyddin a'r llynges, a'r cyfrifoldeb am rai penderfyniadau tyngedfennol . . . Shwd ar y ddaear ma bod yn frenin – ar dir estron? . . . Mae'n ddigon anodd bod yn frenin ar dir ein mamwlad. Ac ma Cromwell, mi wn, mi wn, yn mynd i ofalu hyd eitha'i allu na ddaw'r gwledydd eraill i'm cynorthwyo. Ar bwy y medra i ddibynnu, Goffe?"

"Y Gwyddelod a'r Albanwyr, siŵr gen i."

"Falle, falle . . ."

Ystyriodd y caplan am eiliadau cyn i wên obeithiol dorri'n dawel. Roedd y groes aur rhwng ei fysedd o hyd.

"Ma Ormonde wedi gneud cytundeb yn barod yn Kilkenny, medden nhw; bydd y Pabyddion a'r Breniniaethwyr yno yn sefyll gyda ni . . ."

"Wn i ddim be fydd gwerth hynny . . ."

"O, ie, a ma Ormonde yn dweud bod y Tywysog Rupert a'r llynges gerllaw arfordir Iwerddon."

"Llynges, wir! Sgerbwd! . . . Mi fydde rhes o gychod pysgota yr un mor effeithiol . . ."

"O na, na. Ma nhw wrth law ar arfordir Iwerddon i oresgyn Lloegr pan fo'r awr yn aeddfed!"

"Pan fo'r awr yn aeddfed . . ."

"A ma Ormonde yn awyddus i *chi* fynd i Iwerddon."

Nid Ormonde oedd yr unig un. Ymhen rhai dyddiau yr oedd Siarl yn derbyn llythyr oddi wrth Henrietta Marïa. Soniai am ei galar ac na fedrai dderbyn ei bod yn weddw bellach, cyn ychwanegu, "Cofia arddel y Ffydd Gatholig; byddi'n siŵr o gael cefnogaeth y Gwyddelod wedyn."

Y Ffydd Gatholig! Diamau y câi gefnogaeth y Gwyddelod, am ei gwerth, ac fe godai dros nos lengoedd o elynion – ond dyna, un hynod o fyrbwyll a fuasai ei fam erioed. A pheth arall, os oedd un peth yn sicr, nid dros Eglwys Rufain y merthyrwyd ei dad, ond dros Eglwys Loegr a Choron Lloegr.

Boed hynny fel y bo, y nesaf peth yr oedd y brenin ifanc trist i'w glywed (daeth ei gaplan Goffe ar draed buan fel morwyn fach yn gweini tendans arno i'w hysbysu o hyn) – oedd iddo gael ei gyhoeddi'n frenin yn Jersi, ac yno'n unig, a hynny yn Ffrangeg.

"O diar, diar, o'r diwedd rwy'n medru sylweddoli bod nhad wedi marw . . ."

"Duw gadwo Siarl yr Ail!"

"Gobeithio, gobeithio, Goffe!"

"Roedd llywodraethwr Jersi, Syr George Carteret, yn neidio gan lawenydd pan wnaed y cyhoeddiad a phawb yn tyngu ffyddlondeb i chi, curwyd y drymie a chwifiwyd y baneri . . ."

"Yn Jersi, Goffe, yn Jersi! Does dim galw am fand na baneri i gyhoeddi brenin ar dwyn o dywod!" Aeth Siarl at y ffenestr ac edrych allan tua'r pellter. "A Lloegr yn fud bob cwr . . ."

Ddyddiau wedyn, daeth y caplan at Siarl ar frys.

"Ych Mawrhydi, ma'r Albanwyr wedi'ch cyhoeddi yn frenin arnyn nhw – dim ond pwysleisio y dylech sicrhau undeb y ddwy wlad a chadw telerau'r Cyfamod! Ma Montrose ar fynd i wacáu coffrau rhai o wledydd Ewrob i adfer yr achos yn yr ucheldiroedd. O ie, pwysicach na dim, gofyn i chi ymorol ynghylch ych crefydd . . ."

Safodd Siarl mewn syndod, cyn ymlacio'n anobeithiol. Pa obaith oedd iddo ddod allan o rwyd crefydd byth? Rhoddodd ei ddwylo drwy'i wallt ac edrych i'r awyr.

"Ma'n gythrel o beth pan fo creadur yn cael mwy o drafferth i ennill ffafr plant Duw na'r Anfeidrol Dduw ei hun. Ma'r Gwyddelod 'na am i mi droi'n Babydd selog, cyffesu, chware â'r rosari, mynd i'r Offeren, a chyfarch y ddelw o'r Forwyn – ma fy mam yn cega 'da hi'n gyson fel pe bai'n cael ymgom â Modryb Louise!"

"Gofalwch am ych bywyd, ych mawrhydi, na chlyw hi na'i phobl mohonoch yn siarad fel 'na!"

"Gwaeth na'r cwbl, Goffe, ma'r Albanwyr 'na am i mi fod yn Bresbyteriad, hyddysg yn yr Ysgrythur Lân, o'r sôn am Ardd Eden a'r babi yn yr hesg i'r morfil a lyncodd Jona; a'r Eglwyswyr wedyn am i mi fedru adrodd pader a chredo hwyr a bore, llyncu'r dogmâu a'r Llyfr Gweddi, cymynrodd y Tadau, sy fel maen melin am wddwg pob addolwr!"

Pa fodd y medrai Goffe gysuro'i frenin newydd heb ildio modfedd o'i safiad ei hun fel un o weision Eglwys Loegr?

Gwenodd – peth doeth iawn cyn mynd i drafodaeth, yn enwedig ar achlysur fel hyn pan oedd yn bwysig i anghytuno heb wneud hynny'n rhy amlwg – diplomyddiaeth offeiriadol!

"Ara iawn y ma dynion yn dod dros y sefyllfa ddynol. Mor aml ma dyn yn mynd yn ysglyfeth i ddilema . . ."

"Goffe bach, be ddiawl dach chi'n ceisio'i ddweud?"

"Dweud, ych mawrhydi, ma'r hyn sy'n bwysig yw lleddfu loes anferth y teulu dynol, ceisio adfer yr hyn a ddifethwyd, agor y ffordd i gyfiawnder mewn byd anghyfiawn, melysu'r profiad dynol ar ôl hir wayw a sarhad – tasg anhygoel! Gyda help Duw, fe allwch neud, fe allwch neud! Digon o ffydd, dyna sy eisie. Symud mynyddoedd trwy ffydd yn Nuw, ffydd yn ych hunan, ffydd yn nhragwyddoldeb, – 'na'r cwbl!"

Edrychodd Siarl yn syfrdan. " 'Na'r cwbl . . .? O jiawl, Goffe, ma'n swnio i mi fel naid ar 'y mhen i wallgofrwydd!"

– 2 –

Ar wahân i'r ergyd o golli'i dad, âi bywyd y brenin newydd yn annifyrrach bob dydd oherwydd ei dlodi mawr. Gwelodd yn fuan, er mawr siom iddo, mai cyndyn iawn oedd cyfeillion ymhell ac agos i'w gynorthwyo. Cyrhaeddai negeseuau o gydymdeimlad bob bore o'r newydd; cydymdeimlad, dim mwy.

Treuliai lawer o amser yn awr yn edrych dros y llythyrau a thrwy'i lyfrau yn y llyfrgell fawr yng nghwmni Hyde, ei gynghorwr amyneddgar, os busneslyd. Roedd ganddo nodiadau hir a manwl i'w sgrifennu yn ei ddyddlyfr yn feunyddiol: *"Gweddïaf yn daer ar Dduw i dosturio wrthyf, gan ddiolch hwyr a bore am ei drugareddau, er nad oes gennyf dorth y dwthwn hwn i'w rhannu â'm gweision, nac un swllt arian i'w rhoi ar gledr fy llaw . . ."*

Dangosodd Hyde lythyr a ddaethai oddi wrth Etholwr Brandenburg a ddywedai: *"Mae'n deg i ddisgwyl i'r holl dywysogion Cristnogol yn awr ddod i'r adwy i'ch cynorthwyo i ddial am y*

weithred ffiaidd a wnaed – gweithred na fu ei thebyg o'r blaen. Gwnaf
fy ngore i gymell fy Nghynhadledd fy hun i wneud ei rhan . . ."

"O, hael iawn, hael iawn!" meddai Siarl yn ddiamynedd a
gwatwarus. "Ond beth yw'r ôl-nodiad 'na . . .?"

Darllenodd yr hynafgwr ffwdanus yn araf a digalon:
"Blin iawn gennyf nad oes arian na dynion ar f'elw i'w cynnig . . ."
Cydiodd Siarl yn y llythyr allan o'i fysedd, ei ddarllen drosto
ei hun yn frysiog, cyn ei wasgu'n dymherus a'i daflu ar y tân.

Ffwdanodd Hyde ymysg y papurau am rai eiliadau cyn
estyn llythyr arall.

"Oddi wrth y Dywysoges Amelia, ych mawrhydi."

"Be ma hi'n ddweud?"

"Datgan ei chydymdeimlad."

"Ie, ie, ma nhw i gyd yn datgan cydymdeimlad, ond – be
arall ma hi'n ddweud? All neb *fyw* ar gydymdeimlad!"

Gwelid amrannau Hyde fel pilipala a'i wefusau'n tynhau,
fel petai'n ofni mentro gair. "M-ma h-hi'n dweud –"

"Beth, beth, beth?"

"M-ma anfon arian neu filwyr . . ."

"Ie, ie, ie – *b-e-e-th*–?"

". . . ma's o'r cwestiwn!"

Unwaith eto, cipiodd Siarl y llythyr allan o law ei gyng-
horwr gofidus, edrychodd yn frysiog ar y cynnwys, cyn
gwasgu'r papur yn ei ddwrn a'i lygaid a'i drwyn yn ffieiddio
wrth i'r memrwn fynd i'r fflamau.

"Amelia, Amelia, wir! I ddiawl â'r Ffani ffuantus! Dyna
fenyw na fydde'r brain yn gwthio'u pige yn 'i chig!"

Dywedai'r pentwr o lythyrau a'r negeseuau i gyd yr un
peth: Iarll Neuberg yn sicrhau na fyddai'r Anfeidrol Dduw,
y barnwr cyfiawn, yn caniatáu i'r fath weithred ysgeler
fynd heb gosbedigaeth eithaf ei ddicter dwyfol; Archesgob
Mainz yn methu cael geiriau addas i ddisgrifio mor ffiaidd
oedd diwedd y Brenin Siarl; Etholwr Cologne yn dyheu am
fedru cynnig cymorth ariannol a dynion arfog, ond baich ei
dreuliau a'i drethi yn gwneud hynny'n amhosibl; Esgob
Wursburg yn cydymdeimlo'n fawr ac yn gofidio'n fwy fyth
ei fod bellach yn fethdalwr diymadferth. Pan ddychwelodd
von Karpfen, negesydd Siarl, o'i deithiau at dywysogion

anffodus Ewrob, hwythau'n llawn o ofid hen ryfel hir, ni chludai ddim gwell nag esgusodion.

"Ga i atgoffa'ch mawrhydi bod Iarll Montrose yn daer o hyd i ni fynd i'r Alban?"

"Ma Iwerddon yn saffach!" dadleuodd Grentham, un o'r hynaf a'r craffaf o'r cynghorwyr, nid am ei fod yn bleidiol i'r Gwyddelod, ond am ei fod yn gyndyn ei farn mai trychineb fyddai dod i delerau â'r Alban a bradychu Eglwys Loegr.

"Iwerddon neu'r Alban, wn i ddim!" meddai Siarl, "ond – am wn i nad ffôl o beth fydd i chi, Hyde, fynd gyda Cottington i Madrid i ofyn help! Mi af i draw i Brwsel i weld faint alla i gasglu yno." Ystyriodd yn ddwys am eiliadau. "Ie, dw i wedi penderfynu, dyna a wnawn ni . . . Ac mi af oddi yno i weld y frenhines yn San Germain . . . a gweld Liwsi!"

Liwsi! Liwsi! Nid âi un diwrnod heibio na feddyliai amdani. Mae'n wir fod Soffia yn yr Hague yn ddigon difyr, yn union fel Mrs Wyndham gynt a'r rhocesi eraill a ddeuai heibio fel cathod bach i'w lyfu a mewian am ei ffafr, ond – oedd, roedd Liwsi yn wahanol. Roedd Liwsi yn *dra* gwahanol!

Ac eto, deuai'n gliriach iddo bob dydd na fyddai Liwsi yn cwrdd â disgwyliadau ei brif gynghorwyr yn ei sefyllfa newydd. Er bod ganddi wyneb na cherfiwyd dim tebyg ar gyfer yr archangel ei hun, clywai awgrym yn feunyddiol bellach nad oedd ei phen yn gweddu i goron ei deyrnas.

"Dim ond un golwg a gefes hyd yn hyn ar fy mab," meddai wrth Goffe, ei gaplan, cyn i Hyde, Iarll Clarendon synhwyro'i fwriad i alw ar ei deulu. "Ma fy mam wedi gwrando ar Hyde a'r Dywysoges Frenhinol, ac wedi gadael Liwsi a'r babi ar drugaredd teulu o wehyddion Albanaidd tlawd yn Rotterdam!"

"Does dim yn bwysig yng ngolwg Clarendon," meddai'r offeiriad gwyliadwrus, "ond amddiffyn yr Eglwys a'r Goron . . ."

Gwyddai Siarl, brenin newydd y Deyrnas Unedig, fod hynny yn rhy wir; polisi Hyde oedd gweld ei Loegr ddelfrydol, gwlad ei ieuenctid, gwlad ei dadau, yn cael ei hadfer i'w llawn ogoniant allan o adfeilion trist y presennol. Credai yn Eglwys ei wlad, crud y Ffydd a roes Duw gynt i'r tadau, a'r wladwriaeth fawreddog honno a oroesodd bob ysgarmes a helynt – ac a wnâi hynny eto er gwaetha'r hwliganiaeth wrthfrenhinol a Phiwritanaidd – trwy fod yr Anfeidrol wedi'i hordeinio a'r Fonarchiaeth ryfeddol yn ei diogelu! Y Goron i ddiogelu Rhyddid y bobl a'r Senedd i weinyddu Cyfiawnder! Brysiodd Hyde i galonogi Siarl.

"Trafodes hyn laweroedd o weithie 'da'ch tad, ych mawrhydi, ac er mawr glod iddo, dros hyn y bu fyw a marw – rwy'n gosod y peth ger ych bron chi yn awr."

"Digon da, Clarendon! . . . Wnewch *chi* ddim cyfaddawdu . . ." atebodd Siarl, er yn gwybod nad oedd gweithredu'r delfrydau hyn yn hawdd.

"Ni ddaw heddwch na llwyddiant trwy gyfaddawdu â'r militarwyr sy'n anwybyddu cyfraith gwlad. Ni ddaw ychwaith trwy ildio i'r Presbyteriaid sy mor sarhaus o'r Goron . . ."

"Wrth gwrs, yr un yw eich adwaith tuag at y Pabyddion . . . onid e?"

"Ma nhw mor grafangus a rhyfelgar, ych mawrhydi!"

"Rwy'n deall, rwy'n deall – dach chi'n atal ych tafod oherwydd fy mam, ond – mi fydde'n well gennych weld y Gŵr Drwg na'r lwmpyn tew Jermyn, 'i fol yn llawn o fraster a'i god yn llawn o aur, yr unig oludog glwth ymhlith yr alltudion newynog." Yr Arglwydd Jermyn oedd stiward Henrietta.

"Mi greda'n siŵr ych bod yn ofni'r Ffrancod pabyddol yn fwy na'r Presbyteriaid a'r Annibynwyr haerllug!"

"Fy mrenin, dim ond adfer dewrder a balchder Lloegr all ddychwelyd y wlad i'r Goron!"

Safai Siarl yn awr ar bwys y tân yn wynebu'r cwmni. Cawsai bryd digonol ac yr oedd yn gynnes o win. Mentrai ambell un heibio i roi gair o gyfarch a chanmoliaeth neu i wneud llw o deyrngarwch. Ni fedrai anwybyddu'r un, pa mor ystrydebol bynnag ydoedd; roedd pob arwydd o deyrngarwch gan y symlaf yn amhrisiadwy. "Iechyd da i'r brenin!" meddai Wilmot, gŵr bach siriol a oedd wrth ei fodd i weld y brenin newydd yn yr ystafell. Nodiodd Siarl yn werthfawrogol. Dyma'r fflam egwan gyntaf a ddisgwyliai i dorri allan yn goelcerth anniffoddadwy dros y wlad, ond roedd llawer o waith i'w wneud cyn hynny.

Daeth gofalwr y stablau heibio i ddweud wrth un neu ddau ei fod wedi rhoi cwdyn dan drwynau'r ceffylau.

"Gwaith da a wnawn dros Dduw a'r wlad trwy amddiffyn a gweini ar ein brenin. Trwy ras y Nef, ych mawrhydi, mi fentra i mywyd drosoch ac aberthu popeth er eich mwyn – does dim yn ormod i'w ofyn!"

Gwthiwyd ef o'r neilltu gan hen filwr a fynnodd gusanu llaw Siarl. "Duw a'ch bendithio pa le bynnag yr eloch – *a finne!* Does gen i ddim amheuaeth y bydda i'n arglwydd a'r wraig yn fonesig cyn marw a mynd i'r bedd!"

Uwch chwerthin yr ystafell, clywyd chwerthin Siarl wrth i'w droed helpu ymadawiad y soldiwr diniwed.

Daeth un arall o'r gweision i'r ystafell gan hysbysu'r brenin fod y gwynt yn ffafriol a'r hin yn deg i fentro i'r fordaith. "Ma'r *Forwyn* yn barod, ych mawrhydi!"

"Y *Forwyn*?"

"Dyna enw'r llestr hardd sy'n mynd i'r fordaith."

"Arglwydd mawr, o forwyn i forwyn – dyna hanes 'y mywyd!"

Chwarddodd y cwmni – braf o beth oedd gweld y brenin ifanc yn llawn hwyliau.

"Go brin bod Liwsi Walter yn haeddu hynny!" meddai Wilmot yng nghlust Iarll Clarendon.

"Gwir!" oedd yr ateb digalon.

— *3* —

Ar y fordaith i Ffrainc, daeth y neges i Siarl yn ei gaban ddarfod i Iarll Derby gwrdd â'r un diwedd â'i dad tu allan i Farchnad Bolton. Er yr holl dristwch, yr hyn oedd yn galon-ogol oedd deall mai ei eiriau olaf oedd:

"Fi biau fy nghalon – rwy mor rhydd â'r aderyn mwya nwyfus yn y nen!" Dyna'r math o ddewrder a wnâi'r brenin newydd yn argyhoeddedig nad oedd dydd ei adferiad i'w orsedd ar ddaear ei wlad ei hun ymhell.

Rhedodd Siarl allan i gael anadlu'r môr ac awelon iachusol y traeth a giliai'n raddol o'r golwg. Ar y gorwel, medrai weld dwylo yma a thraw yn chwifio, a rhai ar gefn eu ceffylau'n carlamu'n llawen ar hyd y traeth. Wedi llenwi'i ysgyfaint, aeth yn ôl i'w gaban lle roedd Clarendon yn disgwyl amdano gyda bwndel o bapurau – llythyrau, biliau! "Er mwyn y Nef, Hyde, gadewch i mi gael hoe am ychydig!"

"Wrth gwrs, wrth gwrs," cydsyniodd yr hynafgwr, "ond – rydan ni mor brin o arian."

Mor brin o arian! Fel petai ef heb wybod hynny!

"Ond bydd y morwyr – y criw – yn disgwyl am dâl."

"Ma digon o win ar y bwrdd – llenwch 'u bolie! Bydd hynny'n help falle . . ."

"Ond beth os bydd y criw yn feddw?"

"O! ble ma'ch ffydd, ddyn? Dowch, dowch, Hyde, Canghellor y Trysorlys, does bosib na fedrwch . . ."

"F'anrhydedd, ych mawrhydi, yw bod yn ganghellor, ond gwaetha'r modd, nid yw'r Trysorlys mewn bod!"

Aeth pen y brenin newydd yn ddwfn i'w blu.

"Anfones lythyrau yn begian am gymorth i bob llys yn Ewrob, Hyde."

"Gwir, ych mawrhydi, ond gwael o beth yw begera yng ngolwg y sawl sy'n byw ar ben 'u digon!"

"Falle," meddai Siarl, "falle . . ."

Ar ei draws meddai Hyde, "Tybed na allem – er mor ddiflas hynny – apelio at yr Alban ac Iwerddon?"

Cododd Siarl ei ben a'i lygaid fel dwy fflam.

"Clywch, ddyn, ma nhw fel dau demtiwr yn fy herio yn anialwch fy ngofid – cynnig i mi deyrnas a throi'r cerrig yn fara, dim ond i mi blygu i'w haddoli nhw!"

Nid oedd gan Hyde ateb i hynny.

Prin y torrwyd un gair rhwng y ddau nes glanio yn Ffrainc.

Nid oedd y *Forwyn* ond prin wedi dod i'r golwg dros y gorwel nad oedd cyfeillion a gweision ei fam, Henrietta Marïa, yn prysuro i dderbyn y tywysog â breichiau agored. Rhedodd labrwyr y cei i gydio yn y rhaffau a helpu'r llong fach i angori. Gwelid y criw ar y bwrdd yr un mor brysur, a'r awydd am gyrraedd tir yn rhoi egni ychwanegol i'w traed a'u dwylo. Fel ar doriad pob gwawr, roedd min i'r awelon, ond rhyw gynhesrwydd cartrefol i'r olygfa fel y torrai golau'r dydd gwyn. Gan nad pa mor wych yw adeilad a ffordd a ffridd a phren, mae pob golygfa yn ennill o gael wyneb neu ddau yn y canol, meddyliodd Siarl, yn pwyso yn erbyn drws ei gaban. Ehedai'r gwylanod o gwmpas â'u sŵn gwallgo yn ychwanegu at yr hud. Daeth y *Forwyn* i sefyll.

"Fe yw e, rwy'n siŵr, yn erbyn drws y caban!"

"Nage, nage! Ma barf 'da hwnna – dim ond crwt odd Siarl!"

"Ma sbelan go lew oddi ar hynny – ma fe wedi bod trwy amser caled oddi ar hynny, w!"

"Ma hynny'n saff i wala – bachan, ma fe'n edrych yn ddyn solet a'i ysgwydda'n llydan."

Aeth yr Arglwydd Jermyn o flaen pawb – chwe throed-fedd o ddyn golygus, ei ddwylo ar led a'i glogyn fel pe bai'n ehedeg drwy'r awyr gan gymaint ei awydd i roi croeso i'r brenin newydd.

"Ma'ch mam, y Frenhines Henrietta Marïa, yn edrych mla'n i'ch gweld, ych mawrhydi! . . . Ma'r goets gerllaw i fynd â chi ati heb oedi . . ."

"Diolch, diolch, Jermyn!"

Edrychodd y stiward ar Siarl, y tro cyntaf iddo gael golwg arno ers hydoedd. Oedd, roedd bachgendod wedi gadael ei bryd a'i wedd, a gellid olrhain trwy'i farf olion y bywyd cythryblus a wyddai bellach. Ymhob fflach o'i lygaid yr oedd lludded, newyn a pherygl i'w canfod.

"Ar be dach chi'n syllu, Jermyn?"

Cywilyddiodd y gŵr am eiliad wrth feddwl fod Siarl wedi sylwi – pwy a fedrai beidio?

"Gweld tlodi ymhob plygiad o nillad . . . ie?"

"Na na . . ." ceisiodd Jermyn osgoi, "braf ych gweld yn edrych mor llawen."

"Llawen . . ." Gwnaeth Siarl gynnig gwan i chwerthin. "Drychwch yn galed . . . Fe welwch ddigon o dristwch! Wyddoch chi pam?"

Ofnai Jermyn ateb. "Wel . . . wrth gwrs . . ."

"Am fod 'y nghalon draw yn fy ngwlad fy hun gyda'r bobl – a rannodd fy newyn a'm tlodi . . . Gadewch i mi fynd i weld – y frenhines!"

Agorodd Jermyn ddrws y goets . . .

Eisteddai Henrietta Marïa yn ei hystafell ar y gadair fawr dderw – roedd y gadair yn uchel ac yn rhoi i'w bychander esgyrnog ryw gymaint o urddas na fedrai corff mor fregus fyth ei hawlio. Safai geneth fechan o forwyn tu ôl i'r gadair yn barod i weini arni beth bynnag ei harchiad. Erbyn diwedd y dydd roedd y fechan bron yn rhy flinedig i'w thaflu'i hun i'r gwely, gan nad oedd diwedd i ofynion y frenhines mewn diwrnod.

"Wnei di mofyn gwydraid o win gwyn – na, gwin coch – na, gwin gwyn." – "Dos i mofyn y gath fawr imi gael 'i gweld." – "Tynna'r croen i lawr oddi ar f'ewinedd!" . . . ymlaen ac ymlaen ac ymlaen.

Cerddodd Siarl yn fywiog i'r ystafell cyn moes-ymgrymu a phlygu i gusanu'i fam. "Mam, mor dda ych gweld – o'r diwedd!"

Roedd y dagrau wedi dechrau llifo eisoes i lawr y gruddiau llwyd, pantiog. "Siarl, machgen annwl i, mor dda dy weld dithe!"

"Rydach chi'n edrych yn rhyfeddol drw'r cwbl, mam."

"Paid â dweud dy gelwydd! Paid â meddwl y gelli di nhwyllo. Rwy'n edrych – fel sgerbwd wedi dod allan o'r arch! Ond be sy i'w ddisgwyl, a minne wedi colli ngŵr – dan amgylchiade mor – mor – greulon!" Ymollyngodd y frenhines i'w galar, gan wylo'n dorcalonnus nes bod ei hesgyrn yn siglo i gyd.

"Rhaid i ni fod yn ddewr, mam . . ."

"Trwy nerth Duw!"

"Er mwyn adfer y Frenhinieth . . ."

"Adfer . . .? Ie, adfer y Frenhinieth!"

"Ma Cromwell yn colli ffafr . . ."

Edrychodd y fam yn ddwys ar ei mab; gwnaeth arwydd i'r forwyn ymadael, cyn dweud mewn islais,

"Siarl bach, wyt ti'n meddwl am eiliad dy fod *ti* mewn ffafr 'da'r Saeson?"

Nid oedd eisiau na'i fam na neb i ddweud wrtho mor argyfyngus oedd ei sefyllfa.

"Ma hynny'n wir, ond – fe ddaw'n well."

Gwelodd wefusau'r frenhines yn tynhau a'r llygaid tywyll yn saethu'n sgornllyd,

"Nid tra bod y groten Liwsi a'i phlentyn yn glymedig fel gafr a myn wrth d'wddw!"

"Mam annwl, be ar y ddaear fedra i neud?"

"Rwy *i* wedi gneud . . ."

"Gneud beth . . .?"

"Symud nhw cyn dy fod yn dod 'nôl!"

"Symud nhw . . .? I ble, i ble?"

"Schiedam, tu fa's i Rotterdam!"

Aeth Siarl yn fud. Trodd ei gefn ar ei fam iddi beidio â gweld ei ddagrau.

"Mi fydd y ddau yn fwy na thramgwydd i adfer y fonarchieth, grwt! Dwyt ti ddim yn gweld – dwyt ti ddim yn *deall?*"

Trodd Siarl yn sydyn i wynebu'i fam, ei wyneb yn sarrug a siomedig, rhywbeth nas gwelsai Henrietta Marïa erioed o'r blaen. "Deall? De-all, wir! Yr unig beth dw *i'n* gwbod, mam, ydi mod i'n caru'r groten, hi 'di ngwraig i, a'i phlentyn hi yw mhlentyn i! . . . Ma'n rhaid i mi fynd ar f'union atyn nhw."

Edrychai'r frenhines yn flin, wedi'i chythruddo, gan y gwyddai'i bod wedi clwyfo Siarl, ond – i ddim pwrpas.

Ni ddywedodd y fam yr un gair am eiliadau. Ni wnaeth Siarl chwaith. Dim ond syllu ar ei gilydd yn syfrdan a'u teimladau y tu hwnt i fynegiant. Henrietta Marïa a dorrodd y distawrwydd, ar ôl ystyried yn ddyfal sut y medrai ddofi ei mab penderfynol.

"Siarl," meddai yn araf a thawel, "doeddwn i ddim am ddweud hyn, ond – cystal i ti wybod nawr – cyn dy fod yn gneud cawl o'th fywyd dy hun a'r wlad a phob un ohonom . . ."

"Gneud cawl? . . . Am be ar y ddaear dach chi'n sôn ? Be dach chi'n ceisio'i ddweud . . .?"

Roedd y llygaid brenhinol fel dwy fflam unwaith eto.

"Dweud bod dy Liwsi'n ddim gwell na phutain. Ar ba gornel gest ti afel ynddi? Wyddet ti fod dynion yn ymweld â hi . . .?" Gwyddai'r frenhines y byddai hyn yn dwyn ei mab i'w goed. "Machgen i, dyw hi ddim yn ffyddlon i ti . . ."

Wynebodd Siarl ei fam yn awr heb hidio a welai hi ei ddagrau ai peidio. "Fûm inne ddim yn ffyddlon iddi hithe chwaith, ond – dyw hynny ddim yn golygu nad wy'n 'i charu! . . . Ei charu'n fwy na f'einioes fy hun – a'r crwt!"

Roedd Henrietta Marïa, wedi mynd cyn belled, yn ddi-ildio yn awr. "Ma pawb sy'n poeni am y Frenhiniaeth yn credu mai gwell i ti adael y groten. Mi ofalwn am y crwt – os yw hynny'n gysur i ti."

Ysgydwodd Siarl ei ben yn anobeithiol. "Ond, *hi* 'di ngwraig, dan ni wedi priodi, Liwsi a fi!"

Daeth rhyw olau hollwybodol a hollalluog i lygaid y ddynes ar y gadair fawr. "Mi fedrwn ddiddymu hynny'n rhwydd – dim ond i ni gael gafael ar dystysgrif y briodas! Rwy wedi cael gair gyda Llewelyn Jenkins . . ."

Llewelyn Jenkins! Dechreuodd llygaid Siarl chwyrlïo fel petai.

"Llewelyn Jenkins! Pwy ar wyneb daear Duw yw Llewelyn Jenkins? Mae'n swnio'n berson neu bregethwr o Gymro gwledig –"

"Yr un wlad a'r un rhywogaeth â dy Liwsi annwl, ond – ma hwn wedi cael addysg!"

"Ma Liwsi wedi cael addysg!"

"Paid â siarad mor wirion, Siarl! Dyw'r Cymry ddim

yn credu mewn rhoi addysg i ferched; a tasen nhw'n credu yn y peth, fydden nhw byth yn medru *fforddio*."

"Fe synnech, fe synnech!"

"Falle'i bod hi wedi dysgu sut i odro buwch –"

"Wel, *roedd* 'i phobl yn medru *fforddio* buwch, rwy'n deall . . ."

"Wyt ti'n siŵr, Siarl?"

"O, mam annwl, tynnu'ch coes oeddwn i – peidiwch â chambrisio'r Cymry!"

"Ma'r Cymry – 'nôl fel rwy'n deall – yn bobl addas ar gyfer y byd a ddaw, penne yn y cymyle, byw ar fara a saim!"

"Ond roeddwn i'n meddwl bod y Jenkins 'ma yn ddyn galluog –"

"Galluog iawn."

"Shwd hynny?"

"Roedd yn arfer bod yn brifathro Coleg yr Iesu, awdurdod ar gyfreithie morwriaethol, a barnwr yn Llys Rhagorfraint Caer-gaint – roedd gan dy dad feddwl uchel ohono. Mae gen i frith gof iddo ddychwelyd i Gymru dros dro, ond – methodd fyw yn y gegin gefn fel petai ar ôl byw gyhyd yn y parlwr ffrynt! Mae'n Freniniaethwr cadarn; ar ôl dienyddio dy dad, symudodd yn syth o Loegr . . . Leo odd dy dad yn 'i alw!"

"Be sy a wnelo hynny â fi?"

"Neno'r dyn, dyna gwestiwn dwl, Siarl! Gŵr y ma'r gyfreth ar flaenau'i fysedd – rwyt ti eisie diddymu'r hen briodas 'ma, dwyt ti?"

"Na, ddim o gwbl, ddim o gwbl! Rwy wedi dweud, Liwsi 'di ngwraig, a'i phlentyn hi yw mhlentyn i!"

Crychodd wyneb y frenhines. "Siarl, ma pawb arall yn ymdrechu i adfer y Frenhiniaeth, dy wneud yn frenin fel dy dad, a rhoi'r goron ar dy ben yn swyddogol, ond – dyma ti, ti o bawb, yn damnio'r cwbl!"

"Damnio . . .? Shwd hynny?"

"Thâl hi ddim i'r teulu brenhinol weld – weld – weld –"

"Gweld . . .?"

"Putain!"

Ni fentrodd Siarl erioed o'r blaen sefyll ar ei sodlau i wrthwynebu'i fam. "Ma Liwsi'n bur!"

Brasgamodd Siarl i gyfeiriad y drws heb na chyfarch na chusan i'w fam. Taflodd ei glogyn yn frysiog yn ei gylch a chipio'i het oddi ar gadair nes bod y bluen fawr a wisgai fel corsen ysig yn hongian hyd ei gern. Fe'i tynnodd a'i lluchio'n naturus i'r llawr. Agorodd y drws ac wrth iddo gymryd un cam ar ei ffordd allan, clywodd lais ei fam . . .

"Gofyn iddi am Tom Howard!"

Safodd Siarl yn ei unfan fel petai wedi'i barlysu. "Be amdano?" Roedd ei lais yn isel a distaw fel un yn ofni clywed y gwir.

"Ma nhw'n ffrindie – *mawr!*"

Ni throdd Siarl i wynebu'i fam eto. Dim ond oedi ennyd cyn cau'r drws yn glep ar ei ôl.

– 5 –

Roedd y bore'n fwyn a phelydrau'r haul tyner yn byseddu'r cyrtenni a roesai Liwsi ar ffenestr hir ei hystafell. Buasai wrthi'n twtio ei hystafell wely a golchi a gwisgo'r bychan, Jâms. Cymerasai ef yn ei breichiau ac yr oedd yntau wedi gwenu'n braf wrth i'w fam ei godi a chusanu'i fochau iach. Fe'i gosododd wedyn yng nghornel yr ystafell tu ôl i'r giard i chwarae gyda'i deganau; ni chlywodd siw na miw oddi wrtho wedyn. Cafodd hithau gyfle i wneud ei phethau ei hun.

Dyna un fendith fawr o fyw yn Schiedam, er ei bod yng nghanol mwy fyth o ddieithriaid; o leiaf, nid oedd Henrietta Marïa o gwmpas i ddifetha'r plentyn â'i maldod a mynnu'i ffordd beth oedd y crwt i fwyta, beth oedd y crwt i wisgo, a phob dim arall ynglŷn â'i fagwraeth. Fe all mai'r hyn a achosodd y rhwyg terfynol rhyngddi a'r hen Gwîn fusneslyd oedd pan wrthododd ganiatáu, dros ei chrogi, i gaplan Henrietta Marïa, y Pabydd penstiff, dderbyn ei phlentyn *hi* i fynwes ei eglwys. Diamau y medrai'r Eglwys Babyddol droi allan eneidiau mor odidog ag unrhyw grefydd arall, ond – wel, dyna'r gwaethaf o ddynes yn gwthio'i chrefydd ar bawb arall fel y gwnâi mam Siarl.

Wrth gwrs, ni fedrai fod yn rhy llym ar y greadures, oherwydd bu iddi hithau fam-gu unwaith, a doedd neb yn fwy penderfynol ac awdurdodol na meistres Nant-yr-Hebog!

Wrth dynnu'r brws dros ei thresi a gwisgo'i ffrog felen, cofiodd am yr hen fywyd yng Nghymru; edrychai'r cyfan mor bell yn ôl bellach. Ni chlywsai ers tro byd beth oedd hynt a helynt ei mam, hi a'i gŵr newydd, Nicholas Chappell, yn Broad Clyst; rhaid eu bod yn nefolaidd o hapus gan nad oedd wedi clywed ers cymaint o amser. Pan wisgai Liwsi'r tsaen hir a'r garreg fawr las ynddi – fel y gwnaethai unwaith eto y bore hwn – fe gofiai am ei mam. Elisabeth Walter! Y ddynes gonfensiynol, ddof, wylofus, merch John ac Elinor Protheroe, a ddioddefodd fywyd digon helbulus gyda'i gŵr mor amyneddgar, ond a weddnewidiwyd dros nos ar ôl ei farwolaeth gan fynd i'r allor fel croten ddeunaw-mlwydd i briodi'r eilwaith.

Nid oedd wedi clywed un dim oddi wrth ei brodyr chwaith, Justus a Rhisiart; ond dyna, creaduriaid go anni-bynnol a fuasai'r ddau erioed, heb i ddim ddigwydd yn deuluol i beri iddynt glosio ati – Duw a ŵyr beth oedd eu hanes bellach yn y fath fyd cythryblus. Soniasai Tom Howard unwaith iddo weld Rhisiart a'i fod wedi llwyddo'n rhyfeddol yn ei arholiadau yn y gyfraith ac yn llawn ymffrost fod ei chwaer wedi priodi Tywysog Cymru. Roedd Justus, ei brawd arall, fel petai wedi diflannu o'r byd, ond os gwyddai Liwsi rywbeth, fe wyddai y byddai'n *siŵr* o ymddangos hwyr neu hwyrach, er na allai neb fod yn siŵr pa wedd a fyddai arno.

A chan iddi fod ar ei phen ei hun, a hynny heb weld Siarl ers misoedd, roedd yr unigrwydd di-sgwrs, heb ddim ond parabl doniol ei phlentyn ar ei chlyw, wedi peri i Liwsi fyfyrio'n ddwys ar ei sefyllfa ac ar sefyllfa ei chylch a'i chenedl bellach. Treiglai newyddion heibio iddi'n araf bob hyn a hyn – Cromwell wedi mynnu yng Nghyngor Cyffre-

dinol ei swyddogion nad oedd brenin i fod mwyach, na dim
Tŷ'r Arglwyddi, dim ond senedd o bersonau cymwys
etholedig. Roedd y fyddin i gael heol rydd, ond – yn ôl pob
hanes – roedd hynny eisoes wedi hen arwain i drais a rhwyg.
Parodd y gwahaniaethau barn ymysg y Piwritaniaid
ddadleuon ffyrnig ac ymladd. Anogodd Huw Pedr, un o
hoff gaplaniaid Cromwell, y milwyr i ufuddhau i'w pen.

"Os gofyn eich gwragedd a'ch plant pa le y buoch,
atebwch, 'Yn gwaredu'r wlad o dristwch y Fonarchiaeth
afradlon ac yn sicrhau heddwch a dadeni bendigedig yr
Eglwys a'r Wladwriaeth'!"

Tom Howard oedd yr un a gludai newyddion i Liwsi.
Nid oedd ganddi fawr o olwg arno ar y dechrau, ac yr oedd
digon o resymau o'i phlentyndod am hynny. Ond ef erbyn
hyn a ddangosai fwyaf o gydymdeimlad tuag ati, yn
enwedig ar ôl i Henrietta Marïa ei gorfodi i fyw ger
Rotterdam. Gwnaeth ei hunigrwydd ymweliadau Tom yn
werthfawr. Bu ganddi amheuaeth fawr ynghylch ei
fwriadau ar dro; pam ar y ddaear y cymerasai yn ei ben i
alw heibio mor aml a dangos y fath gonsýrn yn ei chylch?
Wel, ni bu ganddi un rheswm i fod ond yn ddiolchgar iddo
hyd yn hyn. O leia, roedd yn llygad ei le ynghylch y teulu
brenhinol, o'r Frenhines Henrietta Marïa i'r Fari o Oren a
Jâms, Dug Efrog – nid oedd y lleill yn cyfrif – ac fe ddylai
ef wybod gan fod ganddo glust pob un ohonynt. Ni soniai
fyth am Siarl.

Nid oedd un amheuaeth gan Liwsi – fe'i gwnaethid yn
ymwybodol o dueddiadau dynol yn gynnar – fod Tom
Howard yn fwy na hoff ohoni. Nid oedd ganddi un
amheuaeth chwaith ei fod yn eiddigeddus o Siarl o'r
eiliad gyntaf y clywsai fod ganddo ddiddordeb ynddi. Er
na ddywedasai fawr o ddim, gwyddai mai un cyfrwys
ddigon ydoedd, a gwyddai o'r gorau hefyd fod yr
eiddigedd hwnnw'n ei gnoi oddi mewn. Mewn sgwrs ar ôl
sgwrs – a buasai digon o sgwrsio rhyngddynt oddi ar iddi
symud i Schiedam – ni fedrai Liwsi osgoi'r ymdeimlad ei
fod yn ei chwennych o hyd, bron fel hen glwyf a barhâi i

waedu. Gan nad beth y sonnid amdano, roedd Liwsi'n siŵr y llosgai'r fflam oddi mewn fel cannwyll yn dawel ar allor.

"Ma Cymru dros y brenin o hyd – ar wahân i Sir Benfro."

"Na, na, aeth y Cymry'n gyfan gyda'r Piwritaniaid – fel aeth 'y nhad druan!"

"Tybed? Hy, digon crintach fu'r cyfraniad mewn arian a dynion i'r naill ochr fel y llall. Meddwon ar y mwya –"

"Dyna fyddin gref, yn wir!"

"Falle bod hi'n haws marw â llond crots o gwrw!"

"Falle nad yw rhyfel yn bosib pan fo dynion yn 'u synhwyre."

"Does dim fel rhyfel buddugoliaethus i ysbrydoli cenedl – ma dewrder personol yn cael ei lyncu yn yr amhersonol. Wrth ymladd â gelyn a chael y trechaf ma gwlad yn dangos 'i rhuddin."

"Rhyw grwsâd yn enw gwallgofrwydd . . . iefe?"

"O na, ma nerthoedd ysbrydol pobl a chenhedleth yn fwy angerddol mewn rhyfel nag mewn diwygiad, hyd yn oed. Brwydr sy'n tynnu'r gore allan o gnawd ac ysbryd. Ma'r ened yn cael cyfle mewn rhyfel i'w arddangos 'i hun. Does dim ystyr i heddwch yn hyn o fyd ond i baratoi ar gyfer armagedon – dyna pryd y dengys cenedl faint o ewyllys sy ganddi – faint o ewyllys sy ganddi i fyw! Dyna pam ma dy Gymru fach annwl mor daeog, Liwsi. Pe bai hi wedi magu mwy o filwyr a llai o ffermwyr a ffeiriadon, ni fyddai'n gaeth heddi."

"Caeth . . .?"

"Heb wybod hynny."

"Caeth, yn wir!"

"Heb hidio hynny!"

"Ond ma llawer o'r Cymry ymysg byddigions mawr y deyrnas."

"Nid aur yw pob cadwyn, ond – ma'r dinc yr un."

"Ma llawer iawn o Gymry wedi elwa ac mewn swyddi uchel."

"Ma nhw 'run mor gaeth – y ffordd i neud ambell un yn gaethwas yw rhoi clogyn 'i fishtir iddo!"

Ac yr oedd Tom Howard newydd alw unwaith eto ac ar fin lansio i sgwrs arall am y byd a'i bethau pan glywyd cnoc ar y drws. Rhedodd Liwsi i ateb – medrai gyfrif ar un llaw y nifer a ddeuai heibio iddi hi – y dyn bara, y groten negeseuau, y fenyw golchi-a-smwddio – a Tom Howard!

Dip-dap, dip-dap, dip-dap aeth y traed a gwrandawodd Howard â'i glust yng nghil y drws. Mor chwim ac ysgafndroed oedd hi – diolch am hynny, oherwydd byddai gofyn iddi fod yn chwim nawr i gwrdd â'r bytheiaid oedd ar ei thrywydd! Pe digwyddai ef fod yn ddigon ffodus i ennill hon, ni châi llewod rheibus ddod yn agos ati; gallai ymlid ymaith sialens y mwyafrif o gariadon, ond – derbyniai mai gwan oedd ei obaith yn erbyn Siarl. Gwannach fyth oedd gobeithion Liwsi druan. Roedd ei feistres, y Dywysoges Frenhinol, y Fari gyfnewidiol, bron yn gynddeiriog ei hawydd i gael gafael ar dystysgrif y briodas ar orchymyn ei mam; roedd hynny'n hollbwysig os oedd Siarl i'w wneud yn frenin go iawn. Ar yr ochr arall, roedd Fairfax wedi bod yn ei annog i gael gafael ar y ddogfen briodasol, gan fod Cromwell ac yntau yn benderfynol o roi terfyn ar y Frenhiniaeth a llinach y Stiwartiaid. Y fath gawlach! Ac ef, Tom Howard, oedd y truan rhwng y ddwy ochr ar fater mor dyngedfennol, – a hithau, Liwsi, mor brydferth a buan â'r pilipala yn hofran rhwng ei fysedd ac yntau'n methu'n deg â'i bachu a chael yr hyn a fynnai.

"Siarl!" Clywodd Tom Howard lais Liwsi wrth y drws yn cyfarch mewn syndod.

"Yffarn dân!" Edrychodd o gwmpas yn frysiog. Gwelodd fod y ffenestr ym mhen draw'r ystafell yn agor allan ar y lawnt. Cyn medru meddwl dim mwy, roedd y ddau ddrws yn agor a'r cyrtenni'n chwifio yn yr awel. Ond roedd ef allan, ar ei ffordd i ble bynnag!

Cyn mynd gam ymhellach, cymerodd Siarl Liwsi yn ei freichiau a'i chusanu. "Nghariad i . . ."

Rhoddodd Liwsi ei bysedd drwy'i wallt a'i gusanu yntau.

"Rwy wedi gyrru at bawb – pob llys a llys-genhadeth

yn Ewrob," dechreuodd Siarl, "wedi cael llond bola. Byw ar geinioge hen ffyddlonied llwm yn Lloegr – cardod! F'unig ymborth ers tro byd fu coes cyw iâr a thancard grot mewn tafarn. Ma Clarendon druan yn rhy fusgrell i godi cwilsen i sgrifennu'i enw – dim sentan goch i brynu ffagotsen! Dan ni i gyd yn yr un twll – dim cegaid rhwng ein dannedd heb ein rhoi mewn dyled. Liwsi fach, ma'r bwyd 'ma'n fendigedig!"

Gorweddai Siarl ar ei hyd ar y soffa, ei lygaid yn gwibio'n edmygus bob hyn a hyn at y plentyn bochgoch tu ôl i'r giard. Gwthiai'i fforc yn ddwfn i'r cinio blasus a osodwyd o'i flaen. Dracht hir o win Bwrgwyn. Cnoi. Taflu cusanau at y bychan. Sychu'i wefusau.

Eisteddai Liwsi gyferbyn. Bu hi'n bur nerfus ar y cychwyn, am fod Siarl wedi ymddangos mor annisgwyl, ond wedi sylweddoli fod Tom Howard – dyn call! – wedi'i gwadnu hi, medrodd ymlacio.

Roedd y misoedd diwethaf, beth bynnag a fuasai ei helynt, wedi dweud eu stori ar Siarl. Roedd ei gnawd yn dreuliedig, yr ieuengrwydd wedi diflannu o'r llygaid, a'r tresi du yn edrych yn llipa a seimlyd. Edrychai ei ddillad yr un mor dreuliedig. Am ba hyd yr oedd y bywyd cythryblus, diorffwys, peryglus hwn i barhau? Gwawriodd ar Liwsi fod Siarl wedi peidio â bwyta a bod ei lygaid yn edrych yn danbaid arni . . .

"Rwyt ti'n bert – mor bert ag erioed!"

"Ti sy'n dweud hynny!"

"Wrth gwrs!"

"Siarl bach, rwyt ti'n edrych yn flinedig – dos ar y gwely!"

"*Ar* y gwely . . .? Der di 'da fi, fe awn i *mewn* i'r gwely fel dau bysgodyn i nefoedd y dŵr!"

Cyn pen fawr o dro, aeth y plentyn i gysgu ym mreichiau'i fam cyn i Liwsi ei osod yn dwt yn y gwely bach ar bwys ei gwely hi. Yna, bu'n ei pharatoi'i hun ar gyfer ei gŵr; nid oedd caru'i gŵr iddi hi yn ddyletswydd fel golchi'r llestri neu goginio neu weu, ond gweithred mor gywrain ag unrhyw act o gelfyddyd. Disgwyliai hi ddedwyddwch mawr trwy ildio'i chorff; ni fedrai'r fath gariad fod yn rhy bwysig ym mywyd neb, dyna pam nad âi byth i'r gwely gyda Siarl heb deimlo rhyw gryndod trwyddi fel pe bai ar drothwy dirgelwch dwyfol. Profiad a'i gwnâi'n ddof ac yn ddewr ar yr un pryd. Gall dyn glosio fel concwerwr, ond fe ddylai merch fedru rhoi un ochenaid i ddymchwel y cadarn a'i wneud yn gadach. Y pryd hwnnw, bydd y cryndod a deimla hi wedi treiddio i ddeunydd y cawr. Fe ddylai bod sialens dan y dillad i garwr bob amser – sut ar y ddaear y mae haeddu ffafr hon? Dim ond iddi ei chadw'i hun yn ei olwg fel perchen yr holl berffeithderau, bydd y garwriaeth yn gêm i'w chwarae a brwydr i'w hennill bob yn ail. Bydd *disgwyl* hyd yn oed yn ddigon o reswm dros fyw.

Disgwyl! Disgwyl! Fe'i cyneuwyd yr eiliad y daeth Siarl trwy'r drws. Nid oedd Tom Howard yn awr ond atgof aneglur, darlun pŵl yn y cof, enw na olygai ddim. Bu'r disgwyl oddi mewn iddi yr holl amser y bu Siarl i ffwrdd. Weithiau, yr oedd fel llawenydd mwyn yn ei chynnal, bryd arall fel hen boen a âi'n fwy annioddefol bob munud. Falle bod merch yn cael mwy o amser a chyfle i deimlo'r pethau hyn; roedd Siarl a digon ar ei feddwl a chyfrifoldeb y Frenhiniaeth – fel ag yr ydoedd – ar ei ysgwyddau; amdani hi, byddai'n ymwybodol o'r hiraethu wrth fagu'i phlentyn, gwnïo, gwneud brodwaith ar y ffrâm – digon o amser i feddwl am yr un yr oedd yn disgwyl a disgwyl am awr ei ddychweliad.

"Rwy'n dod, Siarl! Rwy'n dod, Siarl!"

Rhedodd Liwsi i lawr y grisiau i'r ystafell fawr.

"Siarl, 'y nghariad i!"

Mor gynted ag y daeth y geiriau allan o'i genau, rhewodd yn stond wrth weld y gwr yr oedd ar hyrddio'i hunan i'w freichiau, yn ei hwynebu'n oer.

"Nghariad i, myn diawl! Paid â rhagrithio, y gnawes!"

"Siarl, Siarl, be sy, be sy-y-y?"

"Be sy, be sy, yr hwch!"

Taflodd het fawr ddu a phluen hir ynddi at ei thraed.

"Ma dy gariad wedi gadel 'i het ar ôl!"

Ni bu'n hir cyn i Tom Howard ddod ar draws un o'r peryclaf yn y cylch brenhinol, Dan O'Neill. Nai oedd y cynffonnwr hwn i Owen Roe O'Neill, Gwyddel a'i hynododd ei hun fel swyddog yn Sbaen, ond a ddychwelodd i'w famwlad i gymryd arno yr holl weinyddiaeth yng Ngogledd Iwerddon. Bu'n gyfrifol am fuddugoliaeth nodedig yn erbyn Monroe a'i Albanwyr a'r Saeson. Nid oedd ganddo fawr o olwg ar Ormonde ac ni fynnai i'r Catholigion gyfamodi ag ef. Bu cryn dipyn o ddirgelwch ynghylch ei farwolaeth; torrwyd ef i lawr yn ei anterth, ond mynnai llawer iddo gael ei wenwyno. Ystyrid ef yn un o'r mwyaf anrhydeddus a dibynnol ymysg y Gwyddelod.

Go brin y gellid dweud yr un peth am ei nai, Daniel. Gan ei fod yng ngwasanaeth y Dywysoges Mari o Oren a'r Frenhines Henrietta Marïa, ofnai Howard ef yn fwy na'r un creadur arall dan do palas teulu Oren a chartref y teulu brenhinol yn San Germain. A phan wnaed ef yn was ystafell wely Tywysog Cymru, gwyddai y byddai gan y creadur ddylanwad mawr. Dywedasai Clarendon wrtho – ac nid oedd hwnnw byth ymhell o'i le pan oedd yn asesu dynion, "Ma Dan yn medru *arogli* dynion, ac nid yw byth ar ôl i ddefnyddio'i wybodaeth pan ddigwydd fod o fantais iddo."

A hwn, Dan O'Neill, oedd yn gyfrifol am i Dywysoges Oren a'r hen frenhines osod arno ef y dasg beryglus o ddod o hyd i'r bocs du a chael meddiant o'r dystysgrif hollbwysig pan wawriodd y posibilrwydd maes o law o goroni Siarl yn olynydd i'w dad a bwrw anfri ar Liwsi a chael gwared ohoni yn anochel. Oherwydd ei drylwyredd ef ymhob peth a wnâi dros ei feistri brenhinol, nid oedd gan y Gymraes elyn mwy digymrodedd a chyfrwys na'r Gwyddel hwn. Ei eiriau cyntaf wrth Howard oedd,

"Ble wyt *ti* wedi bod yn llechu?"

"O gwmpas y lle."

"Wyt ti wedi gweld Miss Walter?"

"Do, unwaith – un waith." Gwyddai Howard fod galw

arno i fod mor gyfrwys â Dan, neu mi fyddai'n edifar bywyd ganddo. "Ches i fawr o groeso."

"Naddo . . . Shwd fath o groeso oeddet ti'n ddisgwyl?"

"Wel . . ." Ni wnaeth gynnig i ddweud un gair mwy na hyn ac ni adawodd i'w amrannau ei fradychu chwaith.

"Gest ti'r papur 'na . . .?"

"Y dystysgrif?"

"Mae'n hollbwysig! Rho gynnig eto! Cofia, cofia! . . . Ai fanna y gadewaist dy het ar ôl . . .?"

"Het . . .?"

"Hen gi esgeulus sy'n gadel blew ar 'i ôl!"

– 7 –

"Nawr rwy'n deall! Nawr rwy'n gweld yn glir! Doeddwn i ddim yn credu ar y cynta, ond – *nawr* mae'n gwawrio arna i! Ma nhw'n dweud y gwir – dweud y gwir!"

"Siarl, Siarl, be wyt ti'n ceisio'i ddweud? Be sy'n gwawrio arnat ti? *Be* ma nhw wedi'i ddweud? *Pwy* sy wedi dweud?"

"*Pwy* sy wedi dweud, myn diawl i! Rwyt ti'n destun siarad coridore Ewrob! Rwyt ti wedi ngneud i'n destun sbort y gwledydd! Fedrwn i ddim coelio pan ddwedodd y frenhines a'm chwaer. Tom Howard! A finne'n rhegi'r ddwy am lunio'r fath gelwydd! . . . Ond – ma nhw'n dweud calon y gwir. Tom Howard! Fedret ti ddim cadw dy benlinie'n glòs nes mod i'n dychwelyd?"

"Gall dy fam a'th chwaer ddweud be fynnon nhw. Ac mi gei di lyncu pob llysnafedd ddaw dros 'u gwefle brwnt nhw, ond – does affeth o ddim rhwng Tom Howard a fi!"

"Dyma het y diawl! Mi alwodd ddigon arnat yn San Germain, medden nhw. Mae'n amlwg fod iddo yr un croeso yn Schiedam! Wel i ddiawl â'r ddau ohonoch! Gore po gyntaf i ti bacio dy bethe a mynd, y slwt! Mi gaf i rywun arall i edrych ar ôl y plentyn!"

Cerddodd Liwsi at Siarl gan edrych â llygaid o dân ysol arno.

"O na, o na, ble bynnag yr af i, ma'r plentyn yn dod hefyd. 'Sdim ots faint o waed brenhinol sy yn 'i wythienne, ma ngwaed i'n gymysg ag e ac allan o'm cnawd i y daeth i fewn i'r byd 'ma. A thra bo llinyn bogel ganddo, mi fydd darn o Liwsi Walter yn 'i glymu wrtho i hyd 'y medd."

"Gwranda, Liwsi! Gwadna hi'n ôl i Gymru! Ma digon o ofid arna i'n barod rhwng fy mam – a Clarendon yn begian arian a pharatoi i gymryd lle nhad pan welwn ddiwedd Cromwell, heb i mi orfod colli cwsg ar dy gownt di! Liwsi, cymer gyngor, dos, – diflanna cyn i mi orfod ildio i ddewis ffyrdd eraill o gael dy wared!"

"I beth? Pam? Dw i ddim wedi gneud un dim allan o le! Rwy wedi aros i ti ddychwelyd fel tawn i'n weddw hiraethus yn 'i chornel. A ph' run bynnag, 'y mhlentyn i 'di hwn, a chyda *mi* mae'n aros – ac mi gaiff dy goron a'th orsedd a holl Saeson dy deyrnas fynd i ddiawl, ond *fi* biau'r plentyn hwn!"

Nid oedd gan Siarl ateb. Tynhaodd holl gyhyrau'i wyneb a'i gorff. Syllodd a syllodd yn anghredadwy ar Liwsi; ac eto, hawdd oedd gweld y deallai ei bod yn golygu pob gair.

Dywedodd Siarl yn oeraidd,

"Liwsi, does gen ti ddim hawl i fod yn wraig i mi nac yn fam i'r bychan!"

"Hawl . . .?"

"Dwyt ti ddim yn fy ngharu, Liwsi."

"Caru?" Ysgydwodd Liwsi'i phen yn anobeithiol. "Wyt ti'n disgwyl i mi *brofi* nghariad? Profi ger dy fron fel ma rhywun yn profi trwy aljebra? Wyt ti'n disgwyl i mi osod nifer o ddadleuon ger dy fron i *brofi* mod i'n dy garu? A phe bawn i'n dweud wrthyt fy mod i'n dy garu, be wyt ti'n ddisgwyl i mi garu? Dy garu am mai ti yw mab y brenin? Does gen i ddim cariad i'w gynnig i ti ar sail hynny, dim ond y cydymdeimlad mwya! Os dywedaf wrthyt fy mod i'n dy garu, wyt ti'n disgwyl i hynny olygu fy mod i'n caru dy fam babyddol neu dy weinidogion ffroenuchel neu holl wagedd dy lys neu dy Loegr grafangus? Wel, ma'n flin gen i, fedra i ddim dweud pethe fel 'na wrthyt, ond mi *fedra i* ddweud – ar air a chydwybod – mod i wedi dy garu'n angerddol fel

252

person, y person oeddwn i'n *meddwl* oeddet ti! Os dig-
wyddodd i mi fy nhwyllo fy hun, boed hynny fel y bo – mi
elli fynd i dy wely brenhinol a lapio dy hen gnawd uchel-ach
rhwng carthenni'n gwybod na thwylles i erioed mohonot!"

"Rwyt ti'n dy gondemnio dy hun allan o'th enau dy hun.
Dwyt ti ddim yn deilwng, nid yn unig i fod yn wraig i mi ac
yn fam i'm plentyn, ond dwyt ti ddim yn deilwng i wisgo'r
goron fel olynydd fy mam!"

"Siarl, deall hyn: fe eisteddai nythaid o sgorpione ar 'y
mhen yn esmwythach na choron Henrietta Marïa, ac mi
fyddai'n well gen i eistedd ar setl Ifan yr Hendre neu gadair
freichie mab Gwern-y-Dolau yng Nghymru nag eistedd
nesaf atat ti ar orsedd Lloegr ddydd dy goroni!"

"Sarhad! Sarhad!"

"Gwir!"

"Be, ys gwn i, sy'n bod arna i a ngwlad, y Gymraes fach
ffiedd?"

"Wyt ti am imi . . .?"

"Ydw."

Oedodd Liwsi, cyn dweud yn dawel fel petai'n cael
gollyngdod enaid yn awr, "Rydach chi mor falch a hunan-
gyfiawn, fedrwch chi ddim teimlo'n euog am yr un o'ch
camwedde."

"Camwedde? Am be wyt ti'n sôn, y groten ddwl?"

"Ma'n siŵr gen i dy fod yn tybied dy fod ti a'th ach
uwchlaw camwedd!"

"Pa gamwedde?"

"Dyna yw dy *hanes,* ti a'th hiliogeth! Ac i neud pethe'n
waeth dach chi'n rhy galed i deimlo'n euog, ac yn ceisio
gwthio'ch euogrwydd ar eraill."

"Celwydd! Celwydd!"

"Yr unig ffordd y medrwch ymryddhau o'ch euogrwydd
yw gneud bwch dihangol o eraill, fel y gwnaethoch â ni'r
Cymry. Dwyfoli'r llinach frenhinol ac ymhonni'n genedl
etholedig, gan dybied nad yw mhobl i'n ddim ond taeogion
ffit i borthi moch neu fynd yn ysglyfeth i'ch rhyfeloedd
paganaidd. Ma dy frenhinieth wedi byw ar gelwydd ers
cenedlaethe; dyna pam roedd dy dad dan straen i blesio'r

Senedd a'i dad-yng-nghyfreth yn Ffrainc! Gneud addewidion nad odd ganddo'r un bwriad na gobeth i'w cyflawni. Twyll! Celwydd! Trais! Chware Eglwys Loegr ac Eglwys Rufen yn erbyn 'i gilydd! Chware'r Annibynwyr a'r Presbyteried yr un modd. Bradychu dynion da fel Strafford – nefodd fawr, ma gen *ti* o bawb wyneb i nghyhuddo i o frad! Fedr neb fyhafio fel rwyt ti a'th wehelyth yn gneud heb deimlo'n oruwchnaturiol! A ma teimlo fel'na'n rhwym o arwain i drychineb, oherwydd fe welwch resyme am gyflawni'ch holl ddymuniade yn lle'ch holl ddyletswydde . . . Sorri, Siarl!"

Trodd ar ei sawdl oddi wrtho fel pe bai'n walsio allan o'r ystafell. Erbyn iddi droi i'w wynebu drachefn sylweddolodd ei fod wedi ymadael a'i bod ar ei phen ei hun.

Cyrhaeddodd nodyn trwy negesydd arbennig y bore dilynol. Darllenai:

"*Liwsi,*
Anfonaf goets a nyrs bore yfory i gasglu'r plentyn. Gofelir amdano gan y frenhines yn y Louvre. Trefnaf i ti dderbyn pensiwn pan gaf wybod dy gyfeiriad newydd. Siarl.

O.N. Bydd yn well er dy fwyn dy hunan a'r plentyn i ti dderbyn hyn o gyfarwyddyd heb unrhyw adwaith ffôl a thrafferthus."

– *8* –

Yr olaf y disgwyliai Liwsi ei weld oedd Tom Howard. Treuliasai'r nos yn edrych ar ei phlentyn yn cysgu'n dawel, y math o gwsg yr oedd ei chorff yn dyheu amdano, ond ni fedrai fforddio cau ei llygaid am eiliad; ni wyddai pa awr o'r dydd neu'r nos y penderfynai Siarl gario allan ei fwriad i feddiannu'r bychan, ac yr oedd hi'n benderfynol o'i luddias pe costiai hynny ei heinioes. "Y butain!" dywedasai wrthi yn ei dymer, ac atebasai hithau yn ei thymer, "Os bydd gofyn imi droi'n butain i gynnal a chadw mhlentyn, mi wnaf hynny!" Wfft iddo!

"Be ar y ddaear a ddaeth â thi 'ma – mae'n rhy beryglus!" oedd ei chwestiwn cyntaf i'r ymwelydd annisgwyl.

"Mae'n rhy beryglus i *ti* – rwy wedi dod amdanat," eglurodd Howard.

Rhoddodd Liwsi ei dwylo dros ei hwyneb – roedd gwyliadwriaeth hir y nos a'r pryder wedi dweud eu stori ar yr wyneb ifanc.

"Dw i ddim yn deall, Tom Howard."

"Fe ddath Siarl i ben 'i dennyn – Duw a ŵyr beth a wna nesa!"

"Roedd golwg ofnadw arno pan ddath 'ma – a phan welodd dy het di – dyna hi draw yn y gornel 'na – mi aeth yn gandryll! Meddwl mod i wedi bod yn anffyddlon."

"Taset ti *wedi* bod, ni fydde gan Siarl le i edliw . . ."

"Ma'n siŵr . . ."

"Mi fu'n ddigon diddos yng nghesail Soffia yn yr Hague."

"Nid yw hynny'n boen i mi mwyach."

"Wn i ddim be ddaw ohono. Fe ganodd yr Albanwyr utgyrn i'w gyhoeddi'n frenin – a dyna'r peth gwaetha a ddigwyddodd iddo falle! Cefnodd y fyddin a gwrthododd Pabyddion Caerhirfryn godi bys bach i'w helpu. Yna, roedd Siarl wedi dibynnu cymaint ar yr Arglwydd Derby, ond – a dyna gam gwag! – fe gadd hwnna grasfa'i fywyd yn Wigan. Fe gollodd dros ddwy fil o ddynion pan werthodd Tom Coke y cynlluniau am bris i'r gelyn. Doedd ganddo ddim ond un fil ar bymtheg o filwyr i wynebu Cromwell yng Nghaerwrangon, a'r rhan fwya ohonyn nhw yn rhy wan i sefyll. Fe gynhaliodd gyfarfod ar lan yr afon i gynllunio'i strategaeth – druan ohono. Dim syniad, dim syniad! Roedd ganddo'i sbenglas a'i lifrai a'i sgidie mawr, sas coch rownd 'i ganol a medal George yn hongian o'i wddw, popeth, ond – edrychai'n barotach i garnifal nag i ryfel! Fe drowyd 'i ynne 'i hun yn 'i erbyn. Holltodd Cromwell 'i fyddin a throi'i filwyr fel crwydriaid ar yr heolydd. Ffodd y gwŷr-meirch. Ffodd y gwŷr-traed. Dim ond Siarl gadwodd 'i ben, medden nhw. Fel dyn call, fe welodd ma'r peth gore oedd ffoi – fydde brenin a'i ben ar blât ddim o werth i neb. Pa siawns odd ganddo, s'bynnag? Dwy fil o ddynion wedi'u lladd yn erbyn dau gant o wŷr y gelyn; doedd dim arall amdani ond ffoi! Dihangodd trwy borth San Martin, llygaid ar y lwcowt amdano ar bob cornel, a soldiwrs Cromwell yn casglu straeon y Brenhinwyr fel bwyd llyffant ar doriad gwawr . . ."

"Wyddwn i mo'r manylion – briwsion o'r hanes ges i."

"Bu Siarl fel tramp am wythnose – Giffard, perchen Bosgobel, yn cael lle iddo yn Whiteladies, hen fynachdy – y mynach rhyfedda a fu rhwng y murie! Byw ar gaws a bara. Cafodd rhywun y syniad o wisgo'r ffoadur bach fel coediwr – siercyn, brits, crysbais, a het feddal – doedd ganddo ond 'i sane o'i bethe'i hun. Rhoddwyd yr enw Wil Jôs iddo! Roedd Wilmot yn y cwmni o hyd – ef a'i cyflwynodd i'r Tad Huddlestone a wnaeth i ddyn o'r enw Penderel dywys Siarl i gyfeiriad y Tafwys ac fe gafodd le i ymguddio yn Moseley Hall trwy garedigrwydd Thomas Whitegrave. Bu'n cwato mewn derwen a seleri, darn o gaws a chwrw i'w gynnal, a'r Penne-crwn fel gwybed am 'i gnawd. Oddi yno i dafarn yn Charmouth – cyn cael bod y lle'n llawn o filwyr. Y broblem fawr odd cael llong yn rhwle i ffoi. Abertawe, Bryste, Southampton . . . Dath o hyd i weddw tu fa's i Salisbury, ac fe anghofiodd 'i ofid am sbel! Cwrdd â rhyw gapten mawrfrydig, a hwnnw'n addo mynd ag ef i Ffrainc, 'pe costiai mywyd i mi!' medde fe. Hwylio ar doriad gwawr 'da Wilmot, fel y clywes i; hen fôr-leidr yn 'u hela tua Ostend cyn cyrredd Rouen a chael lle mewn tafarn . . ."

Cododd Liwsi ei phlentyn o'i grud i'w anwesu. "Be dan ni'n mynd i' neud, 'y nghalon i?" Cusanodd ef ar ei dalcen – roedd y llygaid bach yn gysglyd, ond rhoddodd wên dawel ar ei fam. "Y peth gore i ti i'w neud yw mynd 'nôl i gysgu!" Dododd y bychan yn ei grud a'i lapio'n gynnes. Trodd at Howard. "Dyna yw'r cwestiwn – be dan ni'n mynd i'w neud?"

"Does fawr o ddewis gen ti, Liwsi . . ."

"A beth yw hynny?"

"Dod gyda fi – neu . . ."

"Neu . . .?"

"Gwranda, gwranda! Ma Henrietta a Mari a'u holl osgordd ar fin dy hela."

"Fy hela . . ."

Edrychodd Howard yn anobeithiol arni. "Ma Clarendon a phob copa walltog yng ngwasaneth y Goron am dy gael ma's o'r ffordd. Dyna pam ma nhw i gyd yn dy bardduo, wnaiff hi mo'r tro i Siarl gael 'i neud yn frenin ac yntau'n briod â chroten fel ti!"

"Hy, gneud y tro neu beidio – ma gen i dystysgrif 'y mhriodas i brofi!"

Ni fedrai Tom Howard gelu'i lawenydd. Onid oedd ar fin cyflawni'r gamp fawr – meddiannu'r ddogfen holl-bwysig? "Ydi hynny'n wir?"

"Wrth gwrs, wrth gwrs."

Aeth Howard yn agos at Liwsi i sibrwd, "Ble . . . ble mae hi? Bydd di'n ofalus iawn o honna!"

"Pam wyt ti'n meddwl mod i wedi mentro dod o hyd iddi? Fe gadwodd Siarl y dystysgrif mewn bocs bach du – Clarendon yn 'i rybuddio i gadw'r peth yn saff. Mi benderfynes i gadw'r peth yn saff – O do, o do!"

Bu Howard yn dawel am eiliadau cyn dweud,

"Wel, Liwsi, bydd di'n ofalus – ma 'na lawer a hoffai gael bysedd ar honna!"

"O, ma'n siŵr, ma'n siŵr! Siarl a'i fam a'i chwaer –"

"Nid nhw'n unig!"

"Pwy . . .?"

"Cromwell, wrth gwrs."

Arhosodd Liwsi i glywed beth yn ychwaneg oedd gan Tom Howard i'w ddweud. Ni bu'n rhaid iddi aros yn hir. Onid oedd fel petai'n ysu i ddatgelu iddi bopeth a wyddai?

"Ma Cromwell wedi cael colledion – nid yn unig yn rhyfela. Dim ond ychydig dros hanner cant o Seneddwyr sy ganddo ac mae'n dyheu am lunio cynulliad arall, ond ma nhw wedi'i rwystro ac wedi pasio i'r Rwmp barhau am dair blynedd. Daeth yn ôl o Gaerwrangon yn llawn hyder, gan gredu na wrthwynebid dim a gynigid ganddo. Nid felly y bu. Ireton, 'i fab-yng-nghyfreth, yn tynnu'i anadl ola; Lambert, un o'i gapteniaid pwysicaf yn yr Alban, wedi mynnu mynd yn ôl yno; Syr Henry Vane, un o'i gynghorwyr, wedi'i fradychu a mynd drosodd i'r ochr arall. Mae'i filwyr yn bur anniddig – gyda swyddogion a soldiwrs yn cyhuddo aelodau'r Rwmp o fod yn hunanol, yn eger am bob mantais ac awdurdod, ac yn llygredig i'r bôn. Does dim dwyweth – ma'r rhain yn baglu pob gwell-iant yn yr Eglwys a'r gyfraith a chyllid y wlad. Nid wy'n siŵr a yw'n hoffi'r syniad o neud mab ieuenga'r brenin yn rhyw fath o frenin – neu 'i neud 'i hun yn frenin! Mi wn iddo ofyn o ddifri i Whitelock, be fase'n digwdd tase dyn yn cymryd arno'i hunan 'i fod yn frenin. Er mwyn y bobl odd hi ar y dechre, ond er mwyn hunan nawr!"

Llydanodd Liwsi'i hysgwyddau.

"Shwd ar y ddaear wyt ti'n gwbod yr holl bethe hyn?"

"O, ma 'da fi drwyn . . ."

"Ond – pethe cyfrin y Brenhinwyr a phethe cyfrin yr ochr arall!"

"Fel 'na mae'n digwdd . . ."

Pefriodd llygaid Liwsi fel pe bai'n edrych drwy Tom Howard. "Gwed wrtha i – ar ba ochr wyt ti?"

"Ar ba ochr wyt ti'n meddwl, Liwsi?"

Ar ôl saib, atebodd hithau'n bendant, "Y ddwy!"

Cerddodd Liwsi yn ôl ac ymlaen ar draws ei hystafell. Plygodd i edrych ar y plentyn. Edrychodd ar Howard yn hir fel petai'n dyfalu beth i'w wneud o'i bresenoldeb. Dywedodd o'r diwedd, "O ddifri, be sy'n mynd i ddigwdd i ti?"

Ei ateb tawel oedd, "Dyw hynny ddim yn bwysig."

"Be *sy'n* bwysig?"

"Be sy'n mynd i ddigwdd i *ti.*"

"Ond – rwyt ti mewn perygl!" Oedodd cyn dweud, "Rwyt *ti* mewn mwy o berygl."

Yn groes i bob amheuaeth a phryder, atebodd yntau'n ddidwyll, "Rwyt ti mewn *mwy* o berygl." Oedodd. "Gwranda, Liwsi, ma'n bryd i ti fynd o'r tŷ 'ma – gad i fi fynd â thi i dir saffach!"

"Tir saffach? *Oes* 'na dir felly?"

"Siŵr o fod."

Edrychodd Liwsi ar ei phlentyn eto. "Bore fory felly!
. . . Nos da, Tom!"

Fel yr oedd Howard yn codi'i law ac yn mynd tua'r
drws, clywyd pedolau ceffyl ac olwynion coets yn sefyll tu
allan. Ni thrafferthodd i ddweud 'run gair, ond camu'n
gyflym i fyny'r grisiau. A chyn y medrai Liwsi wneud na
dweud dim, byrstiodd y drws ffrynt ar agor a hyrddiodd
dau ddyn eu hunain i mewn i'r tŷ.

"Pwy dach chi? . . . Be dach chi eisie?" heriodd, heb
wybod yn iawn beth i'w wneud na phle i droi.

"Y plentyn! Y plentyn!" meddai un o'r dynion.

"Ble ma'r plentyn?" holodd y llall.

"Mhlentyn *i* yw e! Gadwch lonydd iddo!"

Cyn iddi fedru gwneud dim, fe'i gwthiwyd o'r neilltu
gan y dyn cyntaf, tarw o ddyn, â llygaid mawr cyfrwys, a
phâr o ddwylo fel rhofiau. "Ma's o'r ffordd, fenyw!"

Derbyniodd ergyd gan Liwsi ar draws ei gern nes yr
oedd ei lygaid yn serennu yn ei ben. "Os wnewch chi
gyffwrdd â'r plentyn 'na . . ."

Rhedodd y dyn arall heibio iddi i chwilio'r ystafelloedd.
Ni fedrai Liwsi symud bellach gan fod y byrgi cyntaf yn ei
dal yn sownd yn ei freichiau. Pan geisiodd ei regi a'i
rybuddio, methodd â dweud gair gan fod llaw fawr arw
dros ei genau. Bu'n ymdrechu am eiliadau, pob gewyn yn
ei chorff ar waith, ac arswyd yr hyn oedd ar fin digwydd
yn cerdded drwyddi.

"Sorri, sorri, ond – ordors yw ordors!" meddai'r dyn a
ddaeth allan o'r ystafell fawr. Medrai Liwsi weld fod y
plentyn yn ei freichiau. Ceisiodd frathu, ceisiodd gicio –
aeth yn gynddeiriog. Yna cydiodd yr adyn a'i daliai
ynddi'n gyfan a'i chlymu'n sownd wrth gadair mewn
ystafell fechan o'r neilltu, gan gau'r drws ar ei ôl.

Clywodd Liwsi'r pedolau a'r olwynion yn symud
ymaith – nes mynd allan o glyw. Ymdrechodd yn ffyrnig i
ddatod y clymau, estyn a gwthio i gael ei dwylo'n rhydd,
ond nid oedd dim yn tycio. Syllodd am eiliadau ar

dywyllwch yr ystafell. Teimlodd y dagrau'n pistyllio i lawr ei gruddiau. Aeth blas yr halen ar ei thafod a thu ôl i'w gwddw. Teimlodd wendid ei chorff yn ei threchu. Gadawodd i'w phen orwedd yn ôl. Dechreuodd wrando'r synau – y math o synau a ddaw o dŷ gwag. Yna, o glywed traed yn cerdded ar y llofft uwch ei phen, sylweddolodd bod Tom Howard yn siŵr o fod yn y tŷ. Rhyfedd na ddaethai i chwilio amdani gan ei fod yn siŵr o wybod i'r dynion fynd. Daliai'r traed i gerdded o gwmpas uwch ei phen. Roedd y lliain dros ei genau yn annioddefol o dynn. Ni fedrai wneud unrhyw fath o sŵn na rhoi bloedd a dynnai sylw. Daliodd i wthio a thynnu, troi ac ysgwyd ei chorff, nes o'r diwedd cael un llaw yn rhydd i gydio mewn llestr yn ei hymyl. Fe'i taflodd yn erbyn y wal. Holltodd yn yfflon. Yna, clywodd Liwsi'r traed yn dod i lawr y grisiau, mynd o ystafell i ystafell, nes i'r drws agor yn waredigol. "Liwsi!" meddai Howard.

– 9 –

"Roedd hi'n ddigon o sarhad fod Blake yn cael 'i goncro ar y Rhosydd heb orfod byw ar ein cythlwng fel hyn," oedd geiriau Cromwell wrth Whitelocke. "Be fedrwn ni neud?" Roedd tlodi'r wlad yn fwrn.

Daeth Cromwell i ddibynnu llawer ar farn y barnwr profiadol, James Whitelocke, gŵr a ddisgleiriodd yn gynnar fel myfyriwr yn y Deml Ganol, a'i ethol yn ifanc fel aelod dros Marlow. Pan gyhuddwyd Strafford, ymddiriedwyd saith erthygl olaf achos y deyrnfradwriaeth iddo. Pan dorrodd y rhyfel allan bu'n ddiwyd yn cynnull dynion i'r rhengoedd, ac ef a feddiannodd Rydychen dros y Senedd yn Awst, 1642. Roedd yn un o Gomisiynwyr mwyaf praff y Senedd yn y trafodaethau yn Rhydychen ac yn aelod o Gynulliad San Steffan. Credai'n daer yn effeithiolrwydd y fyddin, a gwrthwynebodd ddadfyddino, gan dderbyn yr apwyntiad fel un o Gomisiynwyr y Sêl Fawr. Fel Thomas

Fairfax gwrthododd yn bendant gymryd rhan ym mhrawf y brenin. Gwrthwynebai hefyd ddiddymu'r Senedd, ond derbyniodd o law Cromwell y swydd o lysgennad yn Sweden. Ar ôl gwneud cytundeb gyda'r Frenhines Christina, dychwelodd. Cafodd ei gynnig yn aelod o Dŷ'r Arglwyddi gan Cromwell, ond ni fynnai fod yn is-iarll yn ôl dymuniad yr arweinydd. Bu'n ddigon cadarn i ddweud wrth Oliver na fedrai'r Arglwydd Gadfridog hyd yn oed reoli Tŷ'r Cyffredin, gan mai oddi yno y cawsai'i gomisiwn. Roedd y barnwr yn ofalus rhag diystyru'r aelodau, gan fynnu y gellid yn ddiogel ddibynnu ar eu harweiniad. "Am ddyn cyfrifol, Whitelocke, rwyt ti'n medru bod yn ddiawledig o anghyfrifol ar dro!" atebodd Cromwell.

Dywedodd Whitelocke, "Dan ni'n hunen wedi'u cydnabod nhw yn bennaf awdurdod y wlad, gan dderbyn ganddyn nhw ein Comisiwn a'n hawdurdod, felly bydd yn anodd ar y naw i'w hatal a'u dofi ar ôl hynny!"

Gofynnodd Cromwell unwaith eto, "Beth os digwdd i ddyn gymryd arno'i hunan 'i fod yn frenin?"

Meddai Whitelocke, "Neno'r dyn, dyna'r nawfed waith i mi gael yr un cwestiwn!"

"Beth yw'r ateb, ddyn?"

"Am 'i werth, dyma fe: bydd y feddyginieth yn waeth na'r clefyd!"

Gwrando neu beidio, mynnai Whitelocke osod y sefyllfa fel y'i gwelai yn glir o flaen Cromwell. Gŵr tal a chadarn ydoedd, wyneb a awgrymai fywyd moethus, digon o faeth a helaethrwydd o win coch, ond medrai'r llygaid a'r ên amlwg awgrymu teyrn o'r stwbwrnaf. Gwisgai bob amser yn gymen, teilwng o'i urddas, ond yr oedd ei faintioli iach yn rhoi cryn straen ar ei fotymau o'i fol i'w ardysau. "Mi wn," meddai wrtho, "ych bod yn daer i weld newid llywodraeth, ond fedrwch chi ddim dofi'r milwyr yn ddiddiwedd. Ma bod yn amyneddgar yn rhinwedd, ond nid yw'n ateb. Gohirio'n unig y mae."

"Fe gawn weld, fe gawn weld!" oedd yr unig ateb.

Os oedd Tom Howard yn cael blas ar adrodd hanesion am y brenin a Liwsi ar wrando, nid oedd neb yn cael mwy o flas ar ei brofiadau a'i brofedigaethau na Siarl ei hun. Wedi gadael Schiedam, aeth ar ei union i adrodd yr hyn a ddigwyddasai wrth ei fam – "Fel y dwedsoch, pwy oedd newydd fod 'na ond Howard – roeddwn i o fewn trwch blewyn i'w ddala!"

"Paid â phryderu," atebodd y frenhines, "ma Mari wedi'i siarsio i gael gafel ar dystysgrif dy briodas. Ma fe'n dipyn o lwynog, medd Mari."

"Ond mi roddais y dystysgrif yng ngofal Clarendon."

"Gall hynny fod, ngwas i, ond ma'r dystysgrif a'r bocs bach du wedi diflannu!"

"Pwy ddiawl sy wedi . . .?"

"Twt, twt, pwy wyt ti'n feddwl?" ymresymodd Henrietta Marïa. "Gyda rhyw sgeren fel 'na yn cael mantais ar awr wan, nid ar chware bach y deui allan o'i chrafange!" Ysgydwodd ei phen a thynhau'i gwefusau cyn dweud, "Ma Clarendon yn poeni'i ened, oherwydd ma pethe'n dechre mynd ar 'u gwaeth 'da Cromwell. Tase *fe'n* cael gafel ar y dystysgrif – fe gelet dy ddamnio am byth, grwt!"

Roedd gormod o ôl ei helbulon ar gnawd ac ysbryd i Siarl lyncu'n rhy rwydd pa mor beryglus oedd y sefyllfa. Ni fedrai gnoi cig gwyn cyw iâr oddi ar yr asgwrn yn ei law o flaen tanllwyth braf heb gofio am y crystyn sych a'r tancerdi o gwrw sur y bu'n ddiolchgar gynt amdanyn nhw. Nid oedd ei gnawd wedi cael gwared o anesmwythyd y siercyn a'r crysbais hyll y'i gorfodwyd i'w gwisgo; a'r brofedigaeth fwyaf, gorfod gwacáu ei bocedi o'r ychydig aur yn ei feddiant a'i ildio i'r gweision.

Nid oedd ganddo ond yr edmygedd mwyaf o Wilmot, Iarll Rochester, a fynnai gadw'i urddas dan yr amgylchiadau mwyaf blin. Ni fynnai'r lordyn balch, dros ei grogi, fforffedu'i siaced hardd a'i goler les am siercyn labrwr. "O diar, diar, mi edrychwn fel bwgan brain yn y peth!" A phan roddodd yr het feddal ar ei ben, nid oedd modd y gallai unrhyw greadur yn ei synhwyrau anghytuno ag ef.

"Rwy'n cofio dianc allan o Whiteladies rownd y cefn," meddai Siarl wrth y cwmni o'i gwmpas, â Clarendon druan wedi hen gymryd cyntun a phawb yn cadw cyn belled ag yr oedd yn bosibl oddi wrtho yng ngwres yr ystafell. "Cuddio yn y coed nes y cafodd John Penderel gyfle i chwilio am loches gwell. Dychryn i'm sgidie dim ond clywed y ditw yn y canghenne neu ryw lygoden fach ym môn y clawdd. A'r melinydd hwnnw'n ein rhegi a'n bygwth, cyn inni ddarganfod ei fod yn cadw llond tŷ o ffoaduried!"

Nid Clarendon oedd yr unig un yn chwyrnu erbyn hyn.

"Feddylies i rioed fod molchi'n beth mor braf nes i mi lanio yn Ffrainc cyn dqued â mochyn – fy ffrindie agosa'n ffaelu fy nabod! Ha ha ha, pan gyrhaeddes y dafarn yn Rouen fe ges 'y nghymryd am hen dramp, ar fy llw! A choron y cwbl odd rhoi crys glân ar 'y nghefn . . ." – nid oedd atal ar siarad Siarl, nes i'w fam dorri ar ei draws, "Siarl, Siarl, der 'ma! Der i gael gair â Mademoiselle."

Aeth cryd oer i lawr ei gefn pan glywodd yr enw. Y Grande Mademoiselle! Nid oedd wedi sylweddoli erioed ei bod yn ferch mor blaen gyda dau lygad pysgodyn yn diferu o dristwch, pâr o wefusau tenau fel agen aflêr yn ei phen, a'i chorff yn llithro tua'i thraed yn llwyth o gnawd anniddorol. Dechreuodd y llygaid amrantu ar yr eiliad. O, yr oedd ei pharch a'i hedmygedd yn ddigwestiwn, y mwyaf y gellid disgwyl oddi wrth y ferch – y math o gariad a gynhyrchid yn y math hwn o gymdeithas – ond ni fedrai ei dwyllo'i hun fod y Mademoiselle yn ei garu! Pe bai'n arddangos yr ochr nwydus i'w ddynoldeb fel y gwnaethai gyda Liwsi, byddai'n sioc angheuol i'w gwyleidd-dra. Faint o siawns oedd iddo fod yn hapus pe cydsyniai ag uchelgais ei fam trwy briodi hon? Byddai'r coffrau ar eu hennill, ei fam a'i chwaer wrth eu bodd, ond ef yn mynd i'r gwely bob nos i gysgu gyda chelain. Anodd digoni dyn iach â chnawd afiach ac esgyrn brau! Pe meddai'r greadures holl aur Periw ni fyddai hynny'n gyfnewid teg am un anwes gan Liwsi. Ac eto, ac eto, ni châi'r groten siawns yn y cwmni presennol. Ble oedd hi, ble oedd hi nawr?

Pan nad oes ddewis ar ôl, meddyliodd Liwsi, mae holl liwiau a dodrefn y cread yn ddiystyr a'r ffurfafen faith yn ddim ond twll mawr diderfyn. Nid oedd yn anodd ildio i berswâd Tom Howard; ni fedrai ddisgwyl unrhyw gymorth na chydymdeimlad yn Schiedam – rhoddwyd y tŷ iddi 'trwy garedigrwydd y Frenhines Henrietta Marïa' ond ni ddaeth neb ar ei chyfyl i dorri gair a chynnig cyfeillgarwch . . . neb ond Tom Howard. Oedd, roedd hi'n dal i'w amau er ei holl wenau, ond ni welai bod ganddi ddewis ond i dderbyn ei gynnig i fynd â hi'n ôl i gyrrau ei gwlad a'i phobl. Ei phobl, yn wir!

Gofalodd Howard yn ofalus amdani wrth groesi'r môr a'i chymryd i dafarn am bryd sylweddol cyn sicrhau coets i fynd â nhw i Lundain. Dechreuodd swn y pedolau a'r olwynion ei hatgoffa o'r cnafon a wthiodd eu ffordd i'r tŷ a chymryd ei phlentyn ymaith. Roedd yn amlwg i Siarl drefnu ei gynlluniau yn berffaith. "Anfonaf goets a nyrs am y plentyn," meddai'r nodyn – dau gwlffyn hyll! "Trefnaf i ti dderbyn pensiwn" – fel tase hi'n rhyw fuches y gellid ei phrynu mewn mart!

Wrth edrych allan o'r ffenestr, a gweld y caeau gwyrdd a'r anifeiliaid yn pori ac ambell wr yn cerdded ei fuarth, cofiai Liwsi am yr hen ddyddiau. Fel yr oedd y cyfan wedi newid yn ei bywyd ar amrantiad! Prin bod ei brodyr yn bodoli iddi mwyach, er eu bod o gwmpas Llundain yn rhywle, Justus yn ei swyddfa (fel y clywsai) a Duw a wyr beth oedd hanes Rhisiart. Rhyfedd na chlywsai oddi wrth ei mam oddi ar enedigaeth y plentyn. Meddyliodd yn siwr y byddai'n derbyn gair i'w llongyfarch, oherwydd beth bynnag am ei pherthynas ei hun â Siarl, roedd y bychan yn un o'r teulu brenhinol, a thystysgrif ei phriodas ganddi i brofi ei fod yn fab cyfreithlon. Y dystysgrif! Lwc iddi ei chymryd allan o'r bocs a'i stwffio i'w bodis; fe'i cadwai yno, doed a ddelo! Roedd Tom Howard wedi'i holi hyd at syrffed, a'i siarsio i ofalu bod y peth yn saff, nes iddi ofyn iddo o'r diwedd gymryd y bocs bach du, ac ymddangosai wrth ei fodd, fel pe bai wedi rhoi ffortiwn iddo! Roedd dogfen tu mewn – warant am y wats a brynasai'i mam iddi yn Exeter gynt, ond roedd y ddogfen dyngedfennol yn ddigon diogel rhwng ei bronnau. Fe'i byseddai bob hyn a hyn – dim ond i fod yn siŵr.

Aeth y goets heibio i dafarn wledig lle roedd meddwon, dynion a hen ferched, yng ngyddfau'i gilydd; adeilad a edrychai fel theatr faluriedig wedi mynd â'i phen iddi oddi ar i'r Piwritaniaid ddamnio pob math o chwarae; rhes o fegeriaid, un ar ôl y llall, fel rheng wedi dianc o'r fyddin i grwydro'n ddibwrpas ac anobeithiol ar hyd y wlad; ac ambell hen filwr un-goes a thruan newynog yn gorwedd ar fin y ffordd – anffodusion y rhyfel ynfyd a fu'n hunllef yn y tir a heb fod yn help i'r brenin na Chromwell, na dyn nac anifail.

Ymhen amser, â'r ffyrdd yn garegog a'r goets fel cwch ar y tonnau mawr, dechreuodd Liwsi deimlo'n simsan. Ni ddaethai eto dros eni'r plentyn; y fydwraig a ddaeth i'w helpu mor anwybodus a di-glem. Byddai anifail wedi derbyn tynerach triniaeth ar law ffarmwr â'r gronyn lleiaf o synnwyr yn ei ben a llai na hynny o dynerwch yn ei fysedd. Collasai ormod o waed o lawer – a'r ddynes ffwdanus yn taeru y gwnâi gwaedlif y byd o les iddi. Yn awr, daliai'i chanol yn dynn, a gwasgu bob hyn a hyn, gan ei bod yn mynd yn fwy ymwybodol o hyd fod y wasgfa'n ei gorchfygu ac y byddai'n rhaid iddi ofyn i'r goets aros . . .

"Wyt ti'n iawn, Liwsi?"

"Odw . . ."

"Rwyt ti'n wyn fel y galchen, groten!"

"Mi fydda i'n iawn mewn munud . . ."

Nid oedd angen iddi ddweud gair ymhellach – roedd ei phen allan o ffenestr y goets, "Goetsmon, goetsmon, rhoswch – rhoswch!"

Tawelodd y pedolau a'r olwynion wrth i'r cerbyd aros,

ond teimlai Liwsi ei hun yn araf fynd ymhellach . . . ym-
hellach.

"Der i gael tipyn o aer!"

Cododd Tom Howard hi a'i gosod ar fainc ar fin y
ffordd. Rhoddodd ei law ar ei thalcen a chymerodd hances
i sychu'i chwys. Edrychodd o gwmpas yn daer . . . "Well i
ti ddod draw fan hyn!"

Tywyswyd hi at adeilad a edrychai fel hen stabl; roedd y
trawstiau'n hongian a'r gwair yn drwch ar y llawr. Cyn
gynted ag yr aeth Liwsi trwy'r drws drylliedig, gwibiodd
adenydd hen iâr fawr gribgoch heibio iddi yn ffwdanus a
swnllyd. Deuai'r aroglau mwyaf ffiaidd o'r llawr, baw
dyn ac anifail, a llifai'r biswail drwy'r cagl. Roedd drew-
dodau chwys dynol yn dew, a hen gi llesg yn rhochian ar ei
hyd. Yna, pan gynefinodd llygaid Liwsi â'r hanner-golau,
gwelodd nifer o gyrff hanner-noeth yn gorwedd yn sypiau
anesmwyth hwnt ac yma dan do'r adfail. Cododd rhywun
ei ben a gwnaeth sŵn yn ei wddw fel pe'n crefu am ddiod
i'w yfed. Neidiodd rhywbeth byw – llygoden fawr –
drwy'r gwair. Erbyn hyn, ni fedrai Liwsi ymatal rhag
cyfogi; aeth o'r neilltu. Safodd Tom Howard wrth law yn
y gwyll . . .

Ymhen amser, hebryngodd hi'n ôl i'r goets.
Dechreuodd y pedolau dincian a'r olwynion droi unwaith
eto.

"Teimlo'n well?"

"Ydw, diolch."

"Braster y pryd bwyd 'na, siŵr o fod."

"Na, mi fwynheais hwnna . . ."

"Ma gen i syniad dy fod wedi hanner llwgu yn
Schiedam . . ."

"Doeddwn i ddim ar ben fy nigon, ond – eitha."

Wedi dweud hyn, synhwyrodd Liwsi ddarfod i'w chyd-
deithiwr fynd i'w gwman. Bron na fedrai *glywed* y
meddyliau'n troi drosodd yn ei ben – rhywbeth dirgel,
meddyliodd. O'r diwedd, daeth ei ymholiad.

"Liwsi, ble ma'r papur 'na?"

"Pa bapur?"

"Clyw, ferch! Paid â dechre cymryd arnat nad oes gen ti syniad!"

"Dw i ddim yn deall."

"Rwyt ti'n deall yn iawn!"

"Eglura!"

"Y bocs bach du 'na – roeddet ti mor garedig yn 'i ymddiried i ngofal! Pan edryches i, nid papur dy briodas oedd gen i, ond – y bits dwyllodrus! – warant dy wats aur!"

"Wel, be – be am hynny?"

"Be am hynny? Be *am* hynny?"

"Fi biau'r dystysgrif o'r briodas – neb arall!"

Gwelodd Liwsi ryw olau lloerig yn dod i lygaid Tom Howard. "Wel, rwy'n moyn y papur 'na, rwy'n *moyn* hwnna, a chyn ein bod yn mynd allan o'r goets 'ma, rwy'n bwriadu cael y papur diawl 'na!"

Edrychodd Liwsi yn galed ar Howard gyferbyn â hi. Nid hwn oedd yr wyneb bonheddig a fuasai'n dangos y fath gonsýrn amdani ac yn gofalu mor dyner am ei chysur. Swatiodd yn ei chornel cyn dweud, "Pam ar y ddaear wyt ti mor daer i gael y papur 'ma? Rwyt ti yng ngwasanaeth rhywun, gwas bach i rywun, Henrietta Marïa a Mari a Siarl – iefe? Eisie'r dystysgrif i'w rhoi iddyn nhw, rhag i groten fach o Gymraes roi staen ar enw glân Tŷ'r Stiwartied, yr hwren honedig a blethodd 'i breichiau fel rhaffau o nadredd am eiddilwch mab y brenin a saethu'i gwenwyn i wythiennau'r etifedd . . . Gwranda, Tom Howard, cyn y cei di mradychu er mwyn ennill clod dy feistri, fy ngwerthu er mwyn adfer y Frenhinieth Seisnig a rhoi iddi anrhydedd nad yw'r angylion yn 'i hawlio na'r un o'r giwed yn 'i haeddu, mi ofala i . . ."

"Rho'r papur 'na i mi, neu mi wna i dy dagu!"

Llithrodd Liwsi ei llaw yn syth rhwng ei bronnau, ond cyn iddi gael cyfle i gydio yn y papur hyd yn oed, neidiodd Howard tuag ati, ei ddwylo am ei gwddw a'i gorff ar ei chorff hithau.

"Rho hwnna i mi!"

"Ddim dros 'y nghrogi!"

"Mi fyddi'n edifar!"

"Mi fydda i farw cyn hynny, a dyw'r meirwon ddim yn medru edifarhau!"

Safodd Howard yn sydyn, ei wylltineb yn melltennu o'i lygaid, cyn gwthio'i ben allan o'r ffenestr a gweiddi, "Gyrra fel y diawl nawr, goetsmon! Paid ag aros nes ein bod yn cyrredd! Ma'r gnawes yn sownd yn 'y ngofal i! . . . Ffwr â thi, ffwr â thi!"

A dechreuodd y pedolau a'r olwynion gyflymu a chyflymu . . . i ble nid oedd gan Liwsi unrhyw syniad.

– 12 –

Pa mor brin bynnag oedd Siarl a'i deulu yn eu halltudiaeth, roedd un peth yn eu meddiant o hyd – diolch i Henrietta Marïa. Gobaith! Y freuddwyd o weld y goron ar ei ben a'i bobl ymhob rhan o'r wlad yn estyn croeso iddo. Nid oedd neb yn breuddwydio mwy am yr adferiad na Hyde. Crwydrai o gwmpas y coridorau ac eisteddai am oriau wrth ei ddesg; a phan oedd yn hamddena neu yn eistedd gyda'r cwmni i fwyta, yr un oedd ei destun bob amser. Clywai'n wastadol ryw si neu chwedl fod teyrnasiad Cromwell ar ddod i ben; ni chaniatâi i ddiwrnod fynd heibio heb iddo wneud hyn yn fater gweddi. Credai i'w weddi gael ei hateb yn rhannol yn gymaint â bod Liwsi Walter allan o'r ffordd – gobeithio, beth bynnag. A gore po gyntaf y dychwelai'r creadur Howard; ni fedrai ddeall y frenhines yn rhoi cymaint o ymddiriedaeth ynddo, dim ond ar sail tystiolaeth y Dywysoges Frenhinol – "Ma fe'n dda yn y stable!" Da neu beidio, nid oedd Hyde wedi hoffi ei lygaid erioed.

Peth arall: os oedd Siarl wedi dod yn rhydd o oblygiadau ac anfri ei briodas i ryw groten wyllt o Gymru, roedd eraill o'i gwmpas erbyn hyn fel gwybed ar gloren buwch ganol haf.

"Peidiwch â gwangalonni, Hyde!" dywedai'r frenhines

yn aml wrtho pan achwynai wrthi. "Ma un bach 'da ni nawr sy'n werth mwy na holl ferched y greadigeth yn 'i olwg!"

Roedd yr un peth yn wir am Henrietta Marïa – y cymylau i gyd wedi codi oddi ar ei bywyd er pan ddaethai'r plentyn i'r aelwyd. "Fe all ma'r groten 'na o Gymru yw 'i fam – O, mi roedd rhwbeth hoffus yn 'i chylch a weles i neb pertach yn 'y myw! – ond rwy'n siŵr o un peth, Siarl ni yw e!"

A dyna a ddywedai'r holl deulu, Siarl ni yw e!

– 13 –

Safodd y goets tu allan i adeilad enfawr; synhwyrodd Liwsi wrth y ffenestri a'r drysau mai adeilad ydoedd a lochesai rai o brif swyddfeydd y llywodraeth. Gwibiai dynion a merched trwy'r drysau gyda bwndeli o bapurau yn eu meddiant. Amgylchynid yr adeilad gan goed tal a addurnai'r llwybr hir troellog. Hedfanai aderyn bob hyn a hyn allan o'r canghennau – rhyw brysurdeb difyr ym myd natur a oedd mor wrthgyferbyniol i'r ffwdan mawr gwleidyddol a feddiannai'r holl ystafelloedd. Cerddodd dau ŵr milwriaethus yr olwg heibio, llygadu'r goets yn amheus, a llygadu Liwsi yn fwy amheus fyth. Gwŷr Cromwell! Dyna pryd y gwawriodd arni ym mha le yr oedd. Agorodd y coetsmon y drws iddi ddisgyn ac yr oedd Tom Howard yn disgwyl yn nerfus i'w hebrwng i mewn i'r adeilad.

"Ffor hyn, ffor hyn!" oedd y cwbl a ddywedodd, gan gamu'n brysur o'i blaen.

Cafodd Liwsi ei gosod mewn ystafell fechan heb fod nepell o'r cyntedd. Daeth y gofalwr heibio i estyn cadair iddi. Nid oedd ond desg ac ychydig o gadeiriau gyferbyn â chwpwrdd mawr yn llawn o lyfrau trwchus. Ystafell oer ac annifyr fel ystafell twrnai, meddyliodd Liwsi. Diflannodd Tom Howard am hydoedd. Yna dychwelodd gyda gŵr bychan ffwdanus yr olwg, papurau yn ei law; rhoes un edrychiad chwim ar Liwsi heb wên na gair o gyfarchiad. Eisteddodd y dyn wrth y ddesg.

Plygodd Howard dros y ddesg a sibrwd wrth y dyn, "Ma'r ffeithie i gyd 'da chi nawr!"

"Popeth yn iawn!" atebodd y dyn, bron yn ddiamynedd.

Taflodd Howard ryw gip euog ar Liwsi a dweud, "Mi af i felly."

Dywedodd y dyn, heb godi'i lygaid o'i bapurau, "O'r gore, Howard!"

Sleifiodd Tom Howard allan heb gymaint ag un gair wrth Liwsi.

Daliodd y dyn i sgrifennu. Nid oedd gan Liwsi amgyffred o'r hyn oedd ar droed.

Cododd y dyn wrth y ddesg ei lygaid. "Chi yw Liwsi Walter, meistres Siarl?"

"Fi yw Liwsi, *gwraig* Siarl," oedd yr ateb pendant. "Pam dach *chi* eisie gwbod?"

"Fe ddown at hynny yn y man," atebodd y dyn yn swta. Edrychodd ar ei bapurau'n bwysig a phwyllog. Dechreuodd hymian fel pe bai ganddo dragwyddoldeb i ddelio â'r mater. Pesychodd. "Pam dach chi'n meddwl dan ni wedi dod â chi 'ma?"

"Does gen i ddim syniad – ma Howard wedi nhwyllo! Ble ma fe, s'bynnag?"

"O, ma Howard wedi mynd – 'sdim eisie i chi boeni amdano fe!"

"Wedi mynd . . .? Wedi *mynd*?" protestiodd Liwsi.

"Peidiwch â chynhyrfu! Fe ofalwn ni amdanoch – 'rôl i ni gwpla 'da chi!"

Safodd Liwsi a dangos ei dwrn fel pe'n bygwth y dyn. "Nawr, clywch, rwy'n moyn mynd odd'ma *nawr*!"

Edrychodd y dyn arni – daeth rhyw wên foddhaus ac awdurdodol dros ei wyneb. "Deallwch, fenyw! Does neb yn cael mynd allan o'r wlad na dod i mewn iddi heb . . . heb ein bod ni'n gorchymyn hynny!"

Fel un wedi'i chornelu, atebodd Liwsi, "Wel, be – pam – rwy wedi nwyn fan hyn? I be? Pam?"

"Am ein bod yn awyddus i gael gair 'da chi! Gwraig y brenin newydd! Fedrwn ni ddim gadael i'r fath amgylchiad fynd heibio'n ddisylw."

"Wel, brysiwch, brysiwch, imi gael mynd! Rwy'n moyn mynd i gysylltiad â Justus, 'y mrawd – trefnu lle i aros."

"Na phoenwch, na phoenwch! Fe drefnwn ni le i chi aros!"

"Ymhle? . . . Ymhle-e-e-e?"

Edrychodd y dyn arni eto gan ffugio'r cwrteisi mwyaf. "Ma gennym ystafell yn barod ar eich cyfer yn y Tŵr!"

A chyn iddi fedru dweud un gair pellach, canwyd y gloch, a daeth dau warchodwr cyhyrog i mewn i'w hebrwng.

– 14 –

Bellach yn Ffrainc, roedd cysgod y *Grande Mademoiselle* ar lwybrau Siarl pe le bynnag yr âi. Symudasai'i fam, Henrietta Marïa, i'r Louvre – ni fynnai i'r plentyn fynd allan o'i golwg. Er i'w merch, Mari, golli'i gŵr, y Tywysog Oren, yn sydyn ac ymgartrefu dros dro, hi a'i phlentyn, gyda'i mam, nid oedd gan y frenhines fawr o lygad i neb ond cyntafanedig ei mab hynaf.

Deuai negeseuau o Loegr a'r Alban o hyd i greu anesmwythyd. Edward Hyde, gan amlaf, oedd y cludwr.

"Ma Cromwell, ar waetha'i drafferthion, yn meddwl bellach am 'i hunan fel brenin. Ma gweddill ar ôl yn yr Alban fel Lloegr sy'n para'n deyrngar i'r Goron, ond ma Monk fel teyrn yn awdurdodi'r Sgotsmyn."

Ymddiriedodd Siarl ei holl dynged i Hyde, Ormonde, Jermyn, a Wilmot – "Does gen i fawr o ddewis – does 'run yn rhy ddisglair – ond ma nhw'n ffyddlon!"

Ar y gair, daeth y ffyddlonaf o'r ffyddloniaid i mewn ato, Daniel O'Neill. "Howard wedi anfon neges – ma Liwsi Walter yn garcharor yn y Tŵr! Ma fe ar 'i ffordd 'ma!"

"Ardderchog, ardderchog!" ffrwydrodd Clarendon. "Dim angen poeni amdani hi bellach, falle."

"Gobeithio, gobeithio!" meddai Wilmot.

"Ie, gobeithio," meddai Jermyn, a gwên fawr ar ei wyneb.

Sylweddolodd y cwmni fod gwên ar wyneb pawb – ond un. Siarl. Daethai tân i'w lygaid, cyn iddo weiddi, "Damia chi, damia chi! . . ." Trodd at O'Neill, y Gwyddel, gan ddynwared ei acenion, "A dos di ar d'union i ddweud wrth Howard i beidio dod yn agos ataf fi!"

Rhuthrodd allan i'r ystafell nesaf gan adael ei gynghorwyr yn fud. Pwy oedd yn ei wynebu – yr olaf y mynnai ei gweld yn awr – ond y *Grande Mademoiselle*! Safai fel colofn ar ei sodlau, coler uchel ei gwisg goch fel pe'n dal ei thresi a edrychai'n debycach na dim i dusw o flodau marw mewn llestr.

"O, Siarl annwl, dest yn meddwl ble oeddet ti wedi mynd – plîs, dwed wrtha i dy hanes yn yr Alban – O, rwyt ti mor ddewr – dwed dy hanes yn Llundain ac fel y bu i ti ddianc oddi wrth ysbïwyr Cromwell . . . O, Siarl, Siarl!"

Aeth wyneb etifedd y Goron yn goch.

"Be garwn i neud yn awr o flaen pob dim, os gwnei di f'esgusodi, yw dianc." A phrysurodd o'i gŵydd.

Tu allan i'r drws, safodd Siarl i edrych ar y neclis a roesai i Liwsi – ac a wrthodwyd ganddi. Daeth dagrau i'w lygaid mor ddisglair â'r perlau.

– *15* –

Muriau!

Gwnâi'r distawrwydd a'r unigrwydd hir yn y gell i Liwsi deimlo na wyddai bellach beth i'w gredu nac ym mhwy i ymddiried. Roedd y gwylder a deimlasai yn y goets yn rhyw lingran yn ei choluddion. Roedd y ferch a ddeuai heibio iddi bob hyn a hyn yn ddigon siriol – yr wyneb cyntaf a welsai ers dyddiau i dywynnu rhyw gymaint o ewyllys da arni. Sylwodd fel yr oedd y ferch hon, er mai carcharor oedd hi yn y Tŵr, yn mynnu plygu glin o'i blaen cyn torri gair a dod â'i phryd syml iddi. Fe gredai *hon* mai gwraig Siarl oedd hi, beth bynnag!

Ei hymwelydd cyntaf – yr unig un y gofynnodd am

ganiatâd i'w weld – oedd ei brawd, Justus. Agorwyd y drws, safodd y warder yn ddigon bonheddig i roi mynediad, ac er na cheisiodd foesymgrymu, synhwyrodd Liwsi bod ei holl osgo yn awgrymu ei fod yn ei pharchu fel aelod o'r teulu brenhinol. Druan bach!

"Liwsi!"

Nid oedd hi'n un a ildiai i ddagrau'n rhwydd iawn bellach; yr oedd ei hamgylchiadau diweddar fel pe wedi sychu'r ffynhonnau i gyd – ni fedrai wylo un deigryn yn ychwaneg ar ôl cael ei rhwygo mor greulon oddi wrth ei phlentyn.

"Justus!"

Nid llanc golygus, dibrofiad a'i hwynebai bellach, ond gŵr cadarn a chraff, ei wisg yn batrwm o weddustra, ac awdurdod tawel ei safle fel bargyfreithiwr cyfrifol yn goreuro'i bresenoldeb. Oedd, roedd wyneb y teulu ganddo, wyneb fel ei dad, Wiliam Walter; ei dad yn ei oriau mwyaf cyfrifol, ei dad fel yr hoffai Liwsi ei osgo, ond bod Justus o'i gorun i'w draed yn un o wŷr y ddinas.

"Liwsi fach, feddylies i rioed y cawn dy weld fan hyn . . ."

"Feddylies inne ddim chwaith."

"Be ddigwyddodd . . ."

"Wn i ddim! Cael 'y nhwyllo!"

"Gan . . .?"

"Tom Howard!"

"Roeddwn i'n dyfalu ma hwnna odd tu ôl i bethe yn rhwle – fe ac O'Neill."

"O'Neill?"

"Y Gwyddel 'na sy fel ci bach i Siarl – welest ti mohono?"

"Do . . ."

"Dyw einioes neb yn saff pan fo'r ddau 'na yn y gym-dogeth, Howard ac O'Neill."

"Roeddwn i wedi hen amau Howard, ond – be odd gen i i'w neud pan odd Henrietta Marïa, Mari, a Clarendon fel cŵn hela am 'y ngwaed i? Edliw mod i'n hwren ben stryd! Mistres Tom Howard, os clywest ti'r fath ddwli! Mi

fydde'n well 'da fi rannu ngwely 'da brawd Siarl, Dug
Efrog, a ma hwnna fel hen gi slei Wncwl Carbery yn 'y
ngolwg!"

"Biti dy fod wedi cymysgu 'da'r tacle yn y lle cynta!"

"Biti, wir! Hy, pan ddechreuodd Siarl 'y nghwrso, mi
fyddwn i wedi'i gadw draw yn iawn, ond – roedd Meistres y
Garn yn gweld 'i merch yn briod â mab y brenin mewn
eiliad!"

"O'r nefoedd! . . . Wel, flinith hi mohonot ti byth mwy!"
Dychrynodd Liwsi. "Pam?"

Nid atebodd Justus.

Ofnai Liwsi ddweud y geiriau. "Wedi – *marw*?"

Dywedodd Justus yn araf, "Wedi . . . marw."

Yn y dwyster a ddilynodd, cofiodd Liwsi am ei mam – y
ddynes ofnus, fonheddig, ei gwyleidd-dra a'i pharchus-
rwydd, prin yn codi'i llais pan oedd ei mam, mam-gu Nant-
yr-Hebog, yn bresennol, a rhyw dôn i'w llais pan soniai am
ei thad, John Protheroe, seryddwr, cyfaill y mawrion, fel pe
bai'n sôn am un o'r duwiau. Druan ohoni! Ond fe garodd ei
phlant a'i gŵr, heb dderbyn fawr o gysur yn ôl gan Wiliam
Walter, faint bynnag a dderbyniodd ganddi hi a Justus a
Rhisiart.

"Beth yw hanes Rhisiart?" holodd Liwsi.

"Ma Rhisiart yn Siryf Sir Benfro, un o'r Penne Crwn –
chei di fawr o gydymdeimlad ganddo fe!"

"Na, mi ginta . . ."

Edrychodd Justus yn dosturiol ar ei chwaer. Oedd, roedd
hi'n brydferth, y prydferthaf o ferched daear; doedd dim
rhyfedd fod mab y brenin wedi syrthio mewn cariad â hi –
nid *fe* oedd y cyntaf o bell ffordd o'r eiliad y dechreuodd hi
brifio. Nid oedd gan yr ach frenhinol yn Lloegr na'r cyfan-
dir, pe chwilid pob palas dan haul, neb a feddai'r fath wyneb
hardd, heb sôn am ei phersonoliaeth hudol. Mwy na hynny,
er gwaetha'r holl drybini a gofid a gawsai, ar waetha'i
sarhau a'i hamddifadu o'i phlentyn (ei gymryd o'i chesail),
nid oedd ei thegwch wedi'i amharu un dim. Safodd ar ei
sodlau i'w dderbyn ef yn awr, yn ddelwedd o'r perffeith-
rwydd hwnnw na roddwyd ond i ychydig o fodau dynol, y

tlysni clasurol hwnnw na ddeuai neb ar ei draws ond unwaith yn y pedwar amser; y golau arbennig hwnnw a syfrdanodd feirdd ac artistiaid gorau'r canrifoedd, heb sôn am drigolion isel-radd yr hil. Nid edrych ar wyneb dynol yr oedd wrth syllu ar ei chwaer, meddyliodd, ond cael cip ar yr enaid ei hun, yr enaid oddi mewn; a'r peth mawr am hyn oedd gweld mawredd a oedd yn gwbl ddynol ar yr un pryd. Ie, dyna fe, nid mater o bertrwydd, ond 'mawredd' – dyna pam yr oedd yn dda gweld ei chwaer unwaith eto, a chael ei atgoffa o'r math o gampwaith yw'r wyneb dynol ar ei orau. Gwelsai bortreadau'r meistri ddigon, ffresgo Giotto yng nghapel y Bargello yn Fflorens, nid rhyw ddarlun fflat, ond portread a ddatguddiai'r unigolyn; nid cip. ar ansawdd haniaethol prydferthwch, ond golwg ar wirionedd. Profiad fel'na a gâi'n awr yn wyneb ei chwaer ei hun.

"Ar be wyt ti'n edrych, Justus?" gofynnodd Liwsi.

"Arnat ti," meddai.

"Pam hynny?"

"Am nad oes neb yn debyg iti!" oedd yr ateb.

A chyn y gellid parhau'r sgwrs, daeth y gwyliwr trwy'r drws i ddweud bod eu hamser ar ben.

Plygodd Justus i gusanu'i chwaer. Wrth wneud, dywedodd yn ei chlust, "Fe adawodd mam fil a hanner yn 'i hewyllys i ti – mi ga i air â thi eto!"

"Dyw hynny ddim yn bwysig, Justus, ond – gwna dy ore drosta i!"

"Paid â phryderu! Mi wna i – bopeth!"

Wrth daflu cusan, dywedodd Liwsi, "Fe garwn gael 'y mhlentyn yn ôl!"

A chyda hynny, clowyd drws y gell . . .

– *16* –

Hebryngwyd Liwsi i'r Uchel Lys rhwng dau. Dim eglurhad. Dim cyhuddiad. Gwyddai nad oedd diben gofyn dim i'r ddau a ddaethai i'w nôl. Gwibiai eu llygaid yn amheus. Edrych drosti a thrwyddi. Dim gair. Eu gwefusau wedi eu gwnïo fel y llewod a amgylchynai Daniel yn ei ddydd.

Gellid synhwyro'r disgwyliad am ei hymddangosiad. Roedd coed tywyll y muriau a'r dodrefn yn rhoi rhyw ddwyster i'r neuadd a awgrymai fod rhywbeth tynged-fennol ar ddigwydd. Ymlaen yn ffrynt y neuadd yr oedd clystyrau o weision a chlercod yr oruchwyliaeth newydd yn eistedd wrth y bwrdd hir, yn byseddu ac archwilio twmpathau o ddogfenni. Uwchben, ar esgynlawr, Crom-well yn ei gadair fawr fel brenin ar ei orsedd. Ie, *hwn* oedd y dyn a fu'n gyfrifol am ddienyddiad y brenin Siarl ac alltud-iaeth ei deulu. Hwn oedd y creadur a fu'n gyfrifol am ddym-chwel ei holl freuddwydion priodasol hithau.

Edrychodd Liwsi yn galed arno ar ôl i'w hebryngwyr nodi'r sedd a baratowyd ar ei chyfer. Gwelodd ei lygaid yn ei dilyn. Oedd, roedd yn edrych arni; edrychodd hithau ym myw ei lygaid yntau.

Yr wyneb salw! Hen groen cnotiog. Ymddangosiad o awdurdod a balchder. Cawsai yrfa nodedig a'i fuddug-oliaeth yng Nghaerwrangon yn goron arni; gymaint felly, nes y teimlai'r bobl eu bod mwy yn nyled Oliver Cromwell na'r Anfeidrol Dduw am yr holl ragluniaethau yr oedd ef a'i gyd-Biwritaniaid yn eu canmol yn dragwyddol. Pa bryd bynnag yr ymddangosai'n gyhoeddus, dechreuai'r banllefau a'r saethu, ac nid oedd yn rhyfedd yn y fath gyffro i'r Senedd bentyrru bendithion arno – ystadau, anrhyd-eddau, Cwrt Hampton yn gartref iddo, heblaw annedd hardd o fewn ergyd carreg i San Steffan – er mwyn hwylustod, wrth gwrs!

Nid oedd ei sefyllfa heb anawsterau; ni fedrai fod yn siŵr o bawb ymysg ei gynghorwyr. Bron na theimlai Liwsi y medrai ganfod yr un petruster yn ei lygaid a oedd yn ddiamau'n weladwy yn ei llygaid hithau wrth sefyll yng ngŵydd yr holl ddieithriaid. Y fantais fawr a feddai Cromwell oedd ei fod yn argyhoeddedig fod yr Arglwydd wedi'i ethol yn offeryn i'r holl ddigwyddiadau hyn, a chredai'r bobl hefyd mai ef oedd y gŵr ar gyfer yr awr dyngedfennol hon yn hanes y wlad. Roedd Iwerddon a'r

Alban yn gwbl ufudd i'r drefn newydd. Gwenai Cromwell yr hunanfeddiannol ar ei gefnogwyr hwnt ac yma yn yr adeilad. Nid oedd pob wyneb yn hapus chwaith, meddyliodd Liwsi; gwelsai un yn arbennig, Syr Henry Vane, ymwelydd gynt yn nhŷ mam-gu, a edrychai'n ddigon pryderus – am fod gan y gŵr yn y gadair fawr gymaint o awdurdod erbyn hyn, mae'n siŵr!

Safodd clerc y llys wrth y bwrdd mawr. "Gawn ni ddistawrwydd i gychwyn ein busnes, os gwelwch yn dda? Gair o weddi!"

Gwelwyd y pennau drwy'r neuadd yn plygu . . .

Cofiodd Liwsi fel yr oedd Siarl wedi achwyn am y modd y tra-arglwyddiaethai Cromwell pan brofwyd ei dad; prawf a oedd yn gwbl anghyfreithlon, yr achos wedi'i baratoi'n frysiog ac esgeulus, ac unrhyw awgrym o wrth-wynebiad wedi'i fygu o'r cychwyn gan nifer o dystion anonest.

Mwyafrif annigonol a bleidleisiodd o blaid, selogion Tŷ'r Cyffredin, gan ddiystyru Tŷ'r Arglwyddi'n llwyr – achos a oedd yn gywilyddus o annheg a thu allan i ffiniau cyfraith gwlad. Fel y cyfaddefodd Siarl ei hun, "Efallai bod seiliau gwleidyddol i gondemnio nhad, ond o safbwynt y gyfraith roedd y prawf yn gamwedd." Gwnaed y camgymeriad dybryd o edrych ar y brenin fel un o'r bobl gyffredin.

Sylweddolodd Liwsi hefyd nad oedd ganddi unrhyw siawns i gael ei hystyried yn freintiedig yng ngolwg Crom-well – *a'r brenin ei hun wedi methu!* Roedd Oliver o flaen ei llygaid yr eiliad honno'n tra-arglwyddiaethu fel y gwnaethai yn achos y brenin; ac ar ben hynny, daethai'n amlwg iddi nad oedd ei hachos, fwy na'i achos yntau, yn debyg o gael ei baratoi'n deg, a theimlai'n siŵr y câi unrhyw awgrym o wrthwynebiad i ofynion hyn o lys ei fygu . . .

Clywodd lais y caplan, oeraidd a chras: *"O Arglwydd, ein Crëwr a'n Barnwr, ni a atolygwn ger dy fron i ni gyflawni'r dwthwn hwn yr hyn sydd gyfiawn yn dy olwg. Cynnal ni i weinyddu dy gyf-raith a chyfraith ein gwlad er dy glod, gan roi i bob camwedd farned-igaeth ac i bob euogrwydd ei gosbedigaeth resymol, fel y dyger yr euog i edifeirwch."*

Arweiniwyd hi at stondin y cyhuddedig i sefyll ei phrawf a thyngu'r llw ". . . i ddweud y gwir a'r holl wir a dim ond y gwir . . ."

Y gwir, meddyliodd Liwsi, gan edrych o'i chwmpas a gweld dau wyneb cyfarwydd, Tom Howard a Dan O'Neill, yn llechu tu ôl i res y tystion. Sut ar y ddaear y daethai'r ddau hyn i fod yn bresennol? Doedd bosib fod Howard yn mynd i dystio'n ei herbyn? A doedd bosib ei fod wedi llusgo O'Neill – un a oedd yn siŵr o'i phardduo? Daeth teimlad annifyr drosti'r eiliad honno ei bod wedi'i dal mewn rhwyd ac y byddai'n fwy na ffodus i ddianc o'r lle hwn â'i bywyd. Gwelodd ei brawd Justus yn pwyso yn erbyn un o'r colofnau – taflodd lygad arni – yr unig dipyn o galondid yr oedd yn debyg o'i gael rhwng y muriau hyn.

". . . a'th fod wedi chwarae'n blentyn gyda'r Tywysog Siarl . . ."

Ysgydwodd Liwsi ei phen pan ddeallodd bod un o'r dynion wrth y bwrdd mawr wedi dechrau darllen y cyhuddiadau.

". . . ffrindie mawr yn Exeter gynt . . ."

Ysgydwodd Liwsi ei phen unwaith eto – ni ddeallai ystyr y fath holi.

Cododd y dyn ei lais a phwyntio i'w chyhuddo. "A honni wrth nifer y gallu i gyffwrdd a gwella Melltith y Brenin – ydi hynny'n wir?"

Melltith y Brenin! Go brin y gwyddai beth ydoedd, ond bod Siarl wedi dweud wrthi bod gan ei dad allu dewinol i wella dynion o anhwylder y chwarennau dim ond iddo'u cyffwrdd.

"Atebwch, ddynes!"

Oni bai ei bod mewn sefyllfa mor argyfyngus, buasai wedi chwerthin yn wyneb y dyn dwl gan mor ynfyd ei gwestiwn. Ynfyd neu beidio, roedd y munudau nesaf i'w sobreiddio'n llwyr.

Gwelodd O'Neill, y Gwyddel cyfrwys a oedd yng ngwasanaeth Siarl, ei lygaid mawr broga a'i dafod llithrig yn ddigon i wneud i'r Gŵr Drwg ei hun deimlo dan fygythiad yn ei gwmni, yn tystio'n ddigywilydd,

". . . a'r tro cyntaf i mi glywed am hyn oedd gan un o'r gwragedd fale ar bwys Covent Garden – gŵr o'r enw Jonah Trott wedi'i chymeradwyo i fynd ati . . ."

"Aeth hi?"

"Do, syr."

"Be ddigwyddodd?"

"Rodd y chwarren fel pwmpen ar 'i gwddwg erbyn y bore, syr!"

Aeth chwerthin fel llanw dros y neuadd.

"Distawrwydd yn y llys! . . . Nawrte, O'Neill, fedrwch chi brofi hyn?"

"Wrth gwrs, wrth gwrs! Gofynnwch i'r ladi'i hun!"

A chyn i air arall gael ei yngan, gwelwyd gwraig esgyrnog, siôl ar ei hysgwyddau, a ffedog fras o'i blaen yn arllwys y stribed ryfeddaf o gelwyddau.

"Ac odd hi'n gweud y byddwn i'n well mewn chwincad, finne'n gweud taw dim ond brenhinodd odd yn medru gwella'r Felltith, a dyna pryd y gwetws hi wrtha i, *Fi* fydd y frenhines nesa'!"

Plygodd Cromwell ymlaen yn ei sedd. "Beth yw hyn am – frenhines? Be-be-beth yw hyn rwy'n 'i glywed? . . . Oes 'na ragor o dystion i hyn?"

Cododd y cyhuddwr ei law. "Oes, yn wir, yn wir! Un sy wedi'i nabod o'r crud! Un sy'n medru rhoi hanes llawn y ddynes 'ma i ni – a phethe erill mae'n honni ar wahân i'w hurddas brenhinol! . . . Tom Howard!"

Cymerodd Howard y Beibl yn ei law a pharablu fel pader, "i ddweud y gwir a'r holl wir a dim ond y gwir . . ."

"Ers pryd dach chi'n nabod y fenyw 'ma, Liwsi Walter?"

"O'i phlentyndod, syr."

"Glywsoch chi hi'n ymhonni bod ganddi alluoedd i iacháu?"

"Ma hi wedi ymhonni pob math o alluoedd o dro i dro!"

"Be dach chi'n 'i olygu wrth hynny?"

"Wel . . ." Daeth gwên gyfrwys dros ei wyneb.

"Gadwch inni glywed, gadwch inni glywed!"

"Ma hi'n dod o deulu parchus ddigon, ond wedi cael 'i maldodi a mynnu'i ffordd 'i hun, gen i ofn."

"Eglurwch, eglurwch, Howard!"

"Wel, fel y gwelwch, foneddigion, ma hi'n berchen ar rai nodweddion deniadol – llawn temtasiwn – yn 'i chnawd. A does neb wedi sylweddoli hynny'n fwy na hi – ac yn bur gynnar hefyd."

Aeth yr holwr i gael gair gyda Cromwell, a dychwelyd i ofyn ar ei ben, "Ydach chi'n awgrymu, Howard, bod y ddynes hon wedi defnyddio'i *hapêl* – i werthu'i hunan – fel – fel – *putain*?"

Plygodd Howard ei ben ac ateb yn ddwys. "Ydw, syr."

Aeth ochenaid hir dros y neuadd.

Yna, ei lygaid yn serennu o ffieidd-dod, dywedodd Cromwell, "Ac a ydach chi'n dweud bod etifedd y Goron, Tywysog Cymru, wedi mynd i gyfamod o briodas gyda gwraig fel *hon*?"

"Ydw, syr."

"Oes 'na brawf o hynny . . .?"

Oedodd Howard. Edrychodd ar O'Neill. Edrychodd O'Neill arno yntau fel pe bai'n dweud, Dos yn dy flaen! "Oes, ma 'na – *mae* 'na!"

"Ble?" Arhosodd Cromwell yn amyneddgar am yr ateb.

Ar hyn, torrodd Liwsi ar y distawrwydd, gan gyfeirio'i geiriau at y gŵr yn y gadair fawr.

"Mi roedd y dystysgrif ar 'y mherson – nes i'ch helgwn chi gael gafael arna i!" Distawodd y lleisiau a throdd holl lygaid yr adeilad at y ferch oedd ar ei thraed – ac yn magu hyder. "Mi wn na thybiwch y Frenhiniaeth yn gysegredig," meddai, gan ddal i bwyntio at Cromwell, "ond eich trosedd anfaddeuol chi yw nad ydych yn ystyried bywyd dynol yn gysegredig."

Brysiodd rhai o weision y llys a'r ddau wyliwr wrth ei hochr i'w rhwystro, ond archodd Oliver iddyn nhw adael llonydd iddi. "Gadewch i mi glywed be sy ganddi i'w ddweud!"

Nid oedd Liwsi yn brin o hyder i fanteisio ar y cyfle. "O, ma gen i ddigon i'w ddweud – dim ond i chi ganiatáu . . ."

Dechreuodd Cromwell bwyntio at ei garcharor. "Pam

dach chi'n edrych mor syn, fenyw? Dw i *wedi* dweud – ma gennych hawl! Ewch mlaen, ewch mlaen!"

"Os na chaniatawyd gennych hawl labrwr cyffredin i'r brenin, na ryfeddwch fy mod i – croten o Gymru – yn weddol siŵr nad oes gen *i* siawns i dderbyn hawl na thrugaredd gennych, pa mor gwrtais bynnag eich tafod a hael eich cynnig."

"O'r gore, o'r gore! Os *dyna* fel dach chi'n gweld pethe . . . Ma'n rhaid imi ddweud, i fenyw sy wedi cael 'i thaflu allan o'r cylch brenhinol, rwy'n synnu'ch clywed – wel, fel tasech chi'n reit hoff o'r giwed."

"Mor hoff ohonyn nhw ag yr ydw i o'u gelynion . . ."

"Mi gofia i hynny . . ."

Edrychai llawer o wŷr o gwmpas y bwrdd mawr yn betrus a syn bod y dyn mawr, yr arweinydd cadarn, yn cymryd ei drin fel hyn gan ryw bilipala o ferch. Doedd bosib bod cadfridog etholedig y Duwdod yn dechrau gwamalu ac ildio i berswâd, apêl gnawdol, a wyneb hudolus!

Meddai Liwsi, "Rwy'n edrych arnoch chi'n eistedd yn fanna mor urddasol, mor bwysig, ond – ys gwn i ydach chi mor hyderus ag yr edrychwch."

"Dyna ddigon, dyna ddigon!" protestiodd y cyhuddwr, "dan ni ddim yn mynd i oddef rhagor . . ."

Unwaith eto, roedd llaw Cromwell i fyny a gwên amyneddgar yn torri dros ei wyneb. "Rwy am glywed be sy gan mei-ledi i'w ddweud – un o'r teulu brenhinol, cofiwch!"

Daeth chwerthin mawr dros y neuadd eto. Ysgydwai rhai o'r clercod eu pennau'n anobeithiol.

"Tawelwch, tawelwch!"

"Nawrte, be oeddech chi'n mynd i' ddweud?"

Roedd Oliver Cromwell yn pwyntio at Liwsi a'i lygaid arni hi a neb arall.

"Roeddwn i'n mynd i ddweud, mi wn fod y Gymanwlad yn freuddwyd gennych – dim gorsedd, dim brenin, dim brenhiniaeth na theulu mawreddog yn dynwared y Duwdod a'r llu nefol. Dw i ddim yn amau'ch penderfyniad yn y mater, dim ond –"

"Dim ond –?"

"Eich gwyleidd-dra!"

"Felly, felly – eglurwch!"

"Onid yw wedi'ch taro – cael gwared o'r brenin a'ch gwneud ych hun yn frenin yn ei le – difrïo'r Pab fel Anghrist a'ch gwneud ych hun yn Bab y Piwritaniaid! Ystyriwch! Rydach chi wedi meddiannu Cwrt Hampton yn barod – pryd y cawn ych gweld yn y Fatican, ys gwn i? Ma nhw'n galw Mawrhydi arnoch yn barod – cyn bo hir fe gewch ych cyfarch fel Ei Ras, neu beth bynnag ma nhw i alw'r Pab, ac yn cusanu'r modrwyau ar ych llaw!"

Diflannodd y wên ar wyneb Cromwell. "Dyna ddigon, dyna ddigon! Rwy wedi rhoi cyfle i chi, madam, i'ch amddiffyn ych hun, nid sefyll yn fanna'n fy mychanu!"

"Bychanu, bychanu!" atebodd Liwsi, ei lleferydd tu hwnt i ymatal mwyach, "Na, wnewch *chi* ddim godde ych bychanu, wnewch chi, Nol? . . . Clywch; faint o'ch pobl a gaiff lais gennych yn y Senedd? Faint bynnag, fe wnewch yn siŵr bod yr allweddau i gyd yn hongian wrth ych gwregys chi. O, mi rydach chi'n ddigon dynol i fod yn frenin, mi wranta, ac yn ddigon duwiol i fod yn bab, ond druan ohonoch, ych gwyleidd-dra sy'n brin!"

Roedd cyffro mawr ymysg y gwŷr o gwmpas y bwrdd hir erbyn hyn, eu papurau'n cael eu harchwilio, a'u pennau ynghyd mewn cyfyng-gyngor. Eisteddai'r llywydd yn ôl yn ei gadair, heb fod wrth ei fodd nac wrth ei anfodd, ei fysedd fel pe'n chwarae tôn ar fraich y gadair ac yntau am ryw reswm yn methu neu'n anfodlon i roi taw ar y cyhuddedig . . . Neu, efallai, yn mwynhau syllu, syllu ar ei phrydferthwch!

"Gawn ni ddirwyn yr achos hwn i ben – a chyhoeddi dedfryd?" gofynnodd y cyhuddwr, wedi dod i ben ei dennyn.

"Na, na, na!" mynnodd Cromwell. "Nid yn aml y cawn y cyfle am dipyn o ddifyrrwch. Ga i ofyn cwestiwn, mei-ledi?"

"Wrth gwrs." Moesymgrymodd Liwsi fel pe'n gwneud yn ysgafn o'r holl gynulliad

"Ma'n rhaid rhoi digon o linyn i bysgodyn hardd cyn i'r bachyn . . ." Eisteddodd y dyn mawr yn ôl fel petai'n ei osod ei hun yn barod i fwynhau beiddgarwch y ferch yn y bocs. "Ble, ddwedech chi, Liwsi Walter, neu – Tywysoges Cymru! – rwy i a mhobl yn cyfeiliorni?"

Ni cheisiodd Liwsi ateb – daliodd ei thafod fel un yn gwybod bod magl yn rhywle.

"Dewch mla'n, dewch mla'n!"

"Wel, os dach chi am wybod," mentrodd, gan edrych o'i chwmpas am eiliad i fagu nerth, "yr hyn sy'n iawn yn ych golwg yw'r hyn sy'n gyfleus a chydnaws â grym y wladwrieth. Os nad yw ewyllys y wladwrieth yn cael 'i boddhau – sef ych ewyllys *chi* – *gwae*! Os digwdd i rywun fynd yn groes i'r wladwrieth, yr unig un all benderfynu be sy'n iawn yw'r wladwrieth – sydd uwchlaw hynny!"

"Na, na! Yr hyn sy'n iawn yn ôl gair Duw! Ein crefydd yw sylfaen y wladwrieth. Y Crist dwyfol yw'r pen, nid meidrolyn pechadurus. Gresyn na fyddech *chi'n* anwesu'r Ffydd, merch i!"

Nid atebodd Liwsi ar y funud – aeth ei meddwl yn ôl at ei thad. Gair Duw oedd hi gydag yntau hefyd. A'r funud y cafodd afael mewn Beibl a'r Piwritaniaid afael ynddo yntau, newidiodd er gwell, ond – newidiodd er gwaeth hefyd. Aeth Duw a'r Diafol yn reial iddo nes ei lethu gan ymdeimlad o bechadurusrwydd. Ildiodd i'w euogrwydd, ac nid oedd iddo loches ond mewn gwallgofrwydd. Penboethni crefyddol!

"Fe weles ych ffydd Biwritanaidd yn cael gafael ar nhad," meddai Liwsi'n hamddenol ond dan deimlad, "a mi newidiodd i gyd . . ."

"Do, ma'n siŵr . . ."

"Mi droes o fod yn greadur difyr, os afradlon, i fod yn – *lloerig*! Ydach chi'n sylweddoli be ma'ch datguddiadau hunllefus yn gneud i ddynion? Ma unrhyw un sy'n ych gwrthwynebu chi a'ch Rwmp yn foesol gyfeiliornus. Ma gennych yr hyfdra i honni bod holl ryfeddodau'r Apocalyps a gwell yn cael 'u datguddio i chi. 'Sdim rhyfedd fod rhai o'ch cefnogwyr yn tybied ma'ch Senedd yw'r Bumed Frenhinieth – a bod teyrnasiad mil-flynydd-oedd Crist ar ddigwydd ar y ddaear – rhywle rhwng Banbury ac Abergynolwyn, siŵr o fod!''

Aeth y gynulleidfa'n fud wrth glywed y fath gableddau, gan ryfeddu fwyfwy fod yr arweinydd fel petai'n analluog i gau ceg y ddynes.

Edrychodd Liwsi mor awdurdodol ag yr edrychai Cromwell a'i lu arni hi. Ffrydiai haul y bore drwy'r ffenestri tal yn awr gan roi rhyw ogoniant euraid i'w hamlinell.

Cyn i Liwsi agor ei genau ymhellach, roedd y naws yn awgrymu bod pob enaid byw dan do, wrth weld fflach ei llygaid yn aros i wrando'r hyn oedd ganddi i'w ddweud. Meddai,

''Mae'r drwg yn afiechyd – ac ma pendympian a gofidio am afiechyd yn gneud pethe'n waeth filwaith. Gall hyd yn oed edifarhau ag atgno fod yn beth afiach. Falle ma'r ffordd orau i edifarhau am ddrwg yw mwstro a gneud rhwbeth pendant dros y da – a bwrw dros go ych bod wedi ymhél â'r llygredig. Ma synfyfyrio ar ych drygioni a'ch pechadurusrwydd yn ildio gwybodaeth anghyflawn ar y gore – ac ni fedr hynny ond caethiwo'r meddwl. Does brin neb ar wahân i'r archangel 'i hun nad yw'n agored i deimlo apêl chwant a thrachwant, ac ma gofidio am hynny yn rhwym o beri i berson deimlo'n wrthodedig. Ma'ch Piwritanieth yn cymell dynion i gredu 'i bod yn bosibl iddyn nhw fod yn llwyr heb bechod – dyna hurtiodd fy nhad fy hun, ac achosodd hynny iddo gredu ma *fe* oedd Ioan Fedyddiwr. Tra bo dyn yn agored i hyn, bydd armagedon yn y cnawd yn siŵr o'i fygwth o dro i dro. Yr hyn y ma'ch crefydd yn gyrru dynion tuag ato yw anobaith santaidd – wn i ddim ar y ddaear pa fath o efengyl yw honno! O, ma'n iawn i bregethu bod Crist yn maddau, ond y gamp yw cael y truan i faddau iddo ef ei hun.''

''Rydach chi'n siarad yn dda,'' meddai Cromwell, ei gynghorwyr a'i glercod yn dangos eto eu rhyfeddod i'w weld fel petai'n canmol yr hyn a glywsai. ''Ond rhyw gyfeiliornad fel hyn ma'r Jesiwitied yn 'i gyhoeddi. Os digwdd i neb bechu, peidied â gofidio mwy amdano – canlyniad y natur wan ydyw."

"Os yw'n digwydd felly," meddai Liwsi, "boed felly, ddweda i!"

Daeth gwg dros wyneb y cyhuddwr. Cerddodd at y gŵr yn y gadair fawr, rhoddodd ei law dros ei geg, cyn sibrwd, "Ma'n siŵr mai dyna'r unig ffordd i ddod i delere â'r gydwybod – a byw bywyd fel – fel – ma *hi* wedi gneud."

Ni chymerodd y dyn mawr unrhyw sylw.

Pwyntiodd Liwsi at ei chyhuddwr cyn iddo gymryd un cam yn ôl at ei ddesg.

"Dyna ddyn y mae'i grefydd wedi'i gneud iddo gan eraill, rhwbeth a ddaeth i lawr trwy draddodiad ac a glustfeiniwyd o chwedle a rhagfarne pobl eraill, hen grefydd gul ail-law, dynwarediad o fuchedd eraill a theimlade benthyg. Nid arferiad undonog hyd yn oed, ond twymyn sy wedi gyrru'i gwenwyn drwy'r gydwybod a'r gwythienne a'r cylla. Ac ma ganddo'r rhyfyg i'w alw'i hun yn gadwedig ac etholedig! Wrth ochr rhywun fel Fox a'i Grynwyr, ma'r rhan fwya ohonoch yn ymddangos i mi fel ffug. Rydych yn fodlon arnoch ych hunain fel ma'r anifeilied yn fodlon a hapus. Os digwyddwch gredu yn Nuw a Nefoedd, fe wnewch hynny oherwydd ofn – rhag ichi gael ych cau allan! Os digwyddwch fod yn selog dros ych capel, canlyniad ych sêl arferol dros bopeth sy'n eiddo i *chi* yw hynny. Nid yw tröedigeth llawer ohonoch chi Biwritanied yn ddim ond anaeddfedrwydd. Babanod yn sugno a'r llaeth yn llepian dros ych gwefle –a chithe heb wybod ar y ddaear o ba le y daw. Dim ond ych bod yn teimlo'n gynnes a diogel – ac yn ddiddig dros ben i gael sugno mor hunanol! Mor hunanol!"

Am ryw reswm, gwyddai Cromwell bod rhywbeth ynghylch yr eneth ger ei fron, rhywbeth na fedrai ei ddiffinio, yn peri iddo roi gwrandawiad, er na dderbyniai bron yr un dim a ddywedai. Do, dywedasai bethau digon diraddiol am ei grefydd ac yntau, ar wahân i'w hymosodiad chwyrn ar y clerc ffwdanus a weinai ar y llys, gŵr bychan gorawyddus yr oedd ei ddifrïo y peth

285

rhwydda yn y byd. Pe bai unrhyw un arall wedi dod ger ei fron i gega mor anghyfrifol a difanars, ni chawsai ryddid munudyn cyn cael ei atal a'i daflu i'r seleri lle cedwid adar afreolus y gymdeithas. Ond am y ferch hon – wel, roedd gwneud iddi dewi wedi'i ddangos mewn gwedd hollol newydd ac annisgwyl. Nid ei gynghorwyr yn unig a dybiodd fod apêl gnawdol y ferch wedi'i drechu, ond – pan groesodd y peth ei feddwl – ni fedrai wadu hynny iddo ef ei hun, o leiaf. A chyn iddo fedru meddwl mwy am y peth, fe'i cafodd ei hun yn dwyn y sesiwn i derfyn, gan ychwanegu, "Mi gaf i air â'r – â'r –" – pwyntiodd yn ansicr tuag at Liwsi. "Dowch gyda mi!"

Cododd y clercod a'r gynulleidfa, un ar ôl y llall, rhai yn araf, rhai yn frysiog, ond rhyw fodrwy o ryfeddod yn amlwg ar wefusau pawb.

Cododd yr hebryngwyr, un bob ochr, i fynd â'r carcharor i ystafell breifat arweinydd y Piwritaniaid a'r dyn pwysicaf yn y wlad. Cerddasant ill tri trwy'r bobl, Liwsi yn mynnu gwthio'i ffordd heibio i'w brawd Justus, fel ag iddi gael cyfle i ddweud yn ei glust, "Gwna d'ore i ngweld i ar ôl i ni orffen!"

"Os medra i, os medra i!" atebodd, gan nodio'i ben tua'r lle y safai Tom Howard a Dan O'Neill, o'r golwg.

– 17 –

Draw yn Ffrainc, yn alltudion o hyd a heb arwyddion bod eu gwlad yn barod i'w derbyn yn ôl, roedd Siarl a'i deulu yn ymgodymu â phrofedigaethau a phroblemau. Y broblem fwyaf, fel erioed, oedd arian; nid peth rhad oedd bod yn frenin alltud a chadw teulu brenhinol ar dir estron. Ond digwyddodd anffawd arall a oedd yn gymaint o gur pen â cheisio adfer y Frenhiniaeth a chasglu arian . . .

Jâms, Dug Efrog! Y brawd a fu'n dramgwydd i Siarl bron o'i grud. Ar ôl mercheta'n wyllt ar draws y cyfandir, bu'n ddigon o ffŵl i ddilyn merch Edward Hyde – Clarendon i bawb bellach. Bu Anne o gwmpas yn gynnar yn ei gyrfa fel un o forynion y Dywysoges Frenhinol, Mari.

"Er mwyn y nef, Jâms," plediodd Siarl, "paid ag ymhél â honna! Cystal i ti ddwyn plentyn ma's o'r crud – ma hi'n fwy diniwed nag Efa ym Mharadwys cyn iddi ddwyn yr afal!"

"Ma hi'n fy ngharu, Siarl bach, ac ar ben hynny – ma hi'n aeddfed!"

"Ma'r *Grande Mademoiselle* yn aeddfed hefyd."

"Fe ddylet *ti* wbod – ma hi wedi torheulo digon yn dy gesel di! Dere, dere, Siarl! Am dy fod wedi colli Liwsi, does dim rhaid i ti nghosbi i! . . . Gyda llaw, fe elli *di* whilio am rywun he'd, oherwydd ma Howard ac O'Neill wedi mynd i Lundain i dystio – mi fydd 'i phen mewn bwced mewn wincad nawr!"

Ni fedrai Siarl goelio'i glustiau, – crychodd ei wyneb i gyd gan hiraeth. "O Liwsi, Liwsi, Liwsi!" Oedd, yr oedd yn gorfod ildio i'w fam a Hyde a'i gynghorwyr agos; parhâi marwolaeth ei dad i fod yn loes fel cyllell yn y galon. Mynnai'r goron ar ei ben i gymryd lle ei dad, ond gwyddai'n dda nad Liwsi oedd yr un addas i eistedd ar yr orsedd wrth ei ochr, er mai hi oedd yr orau o bell ffordd i orwedd wrth ei ochr yn y gwely! Eto i gyd, eto i gyd, yr oedd pob asgwrn a gewyn yn ei gorff yn dyheu amdani. Trodd at ei frawd yn ddig.

"Shwd ma Howard ac O'Neill wedi mynd i Lundain . . .?"

"Ma gan Howard drwydded i bob cylch."

"Bûm i'n amau hynny . . ."

"Ma O'Neill ac yntau'n ddigon cyfrwys – mi wnân nhw dystio fel dau sant. Bydd hyd yn oed yr hen Nol yn llyncu pob gair."

"Damia, dyw'r groten ddim yn haeddu hyn – dw i ddim wedi medru maddau i mi fy hun am 'i thwyllo yn Schiedam a dwyn y plentyn oddi arni."

"Anghofia, anghofia! Fydd y plentyn yn gwbod dim – a bydd Liwsi'n gwbod dim maes o law!"

Ysgydwodd Siarl ei ben. "Mi fydda *i'n* gwbod!"

Cydiodd Siarl yn y cawg gwin a drachtio'n hir nes bod ei weflau'n wlyb a choch. Bron na ellid *gweld* y gwrid yn codi yn ei ben. Safodd Jâms yn stond; deallodd bod ei frawd yn mynd i un o'i dymherau mawr. Medrai'i geryddu, tynnu'i goes, ac edliw merched y cread iddo, ond – mor dda y gwyddai hyn – dim ond enwi Liwsi, ac yr oedd yn medru newid fel dyn gwyllt. Nid oedd Siarl na diwair na diniwed o bell ffordd; ef a'i dysgasai yn y gelfyddyd o fercheta; bu'r creadur rhwng breichiau rhai o ladis parchusaf y gwledydd – Christabella Wyndham, Louise, Catrin Bragansa, Soffia – eto i gyd, roedd y groten hon o Gymru wedi tynnu gwaed ac ni fedrai yn ei fyw gael gwared o'r atgof amdani. Deallai Jâms yn iawn mai hi yn bendifaddau oedd y greadures harddaf a gerddai ar bâr o sodlau; ac nid rhyw degwch arwynebol ydoedd; roedd ganddi ddiwylliant, dawn i sgwrsio ar amrywiaeth o bynciau, digon o hiwmor, a phâr o lygaid yn ddigon i yrru'r archangel ei hun yn wallgo! Gwaetha'r modd, roedd ganddi'r *enw* – Edward Hyde oedd ffynhonnell y storïau hyn a Tom Howard a Dan O'Neill yn barod i gadarnhau bob amser – o fod yn un parod iawn ei ffafrau; a chan iddi droi pen Siarl fel y gwnaethai, roedd y ffafrau hynny'n siŵr o fod yn werth eu cael. Ond roedd y brawd mawr ar fin ffrwydro, a nesaodd Jâms i wrando arno.

"Y labwst! Yr inffidel! Y baw cathod! Y llyngeryn! Y brych! . . . Dwyt ti ddim yn sylweddoli dy fod wedi chwarae i ddwylo Cromwell? Dyna'r union beth a fynnai. Tystiolaeth bendant fy mod i wedi priodi – *hwren!*"

"Dal dy wynt, dal dy wynt! Be ddiawl sy'n bod arnat ti? Os wyt ti'n hiraethu *fel'na* am y groten, y peth gore i ti yw mynd ar 'i hôl –"

"Fedra i ddim – cha i ddim! Rwy'n gorfod ufuddhau i ordors Henrietta Marïa a Hyde – er mwyn adfer y Goron! Byw am oes 'da ryw ddol fel y *Grande Mademoiselle*, gei di weld . . ."

Cydiodd Jâms yn ysgwyddau'i frawd a gwenu fel pe bai'n siarad o gariad mawr. "Gwranda, gwranda, Siarl! Os wyt ti'n teimlo fel hyn – wnei di byth anghofio Liwsi a'i phlentyn yn d'ofal – wyddost ti be wnei di?"

"Be . . .?" Ni bu mwy o anobaith mewn llais erioed.

Daeth golau rhyfedd i lygaid Jâms. "Dos di o'r neilltu – gad i mi fod yn frenin!"

Ni fedrai Siarl goelio'r hyn a glywsai. Wedi'r holl ddireidi a'r dannod a'r miri, yr hyn oedd tu ôl i'r cwbl ar hyd yr amser oedd – *eiddigedd*! Eiddigedd y tro cyntaf hwnnw yn Edgehill! Eiddigedd bob tro y cawsai fod yn arweinydd gan ei dad. Nid oedd un man na digwyddiad heb fod Jâms yn y cefndir yn aros ei gyfle! Gwaeth na'r cefnder Rupert – ble bynnag oedd hwnnw erbyn hyn.

Cydiodd Siarl yn ei faneg a tharo'i frawd ar draws ei wyneb. "Mi ga i Liwsi *a'r* Goron cyn ildio i ti!"

"Mi gaf i air 'da Hyde . . ."

Tynhaodd Siarl ei wefusau. Roedd Hyde wedi gwneud digon o niwed yn barod! "Y peth gore y gelli di 'i neud yw priodi'r ferch ma's o'r ffordd."

"Ddim dros 'y nghrogi!" Ni fedrai neb edrych nac ymddwyn yn fwy stwbwrn na Jâms.

"Paid â malu! Ma'r groten yn disgwyl."

"Be sy a wnelo hynny â fi?"

"Dy blentyn *di*, y cachgi!"

"Nage, nage . . . Nage ddim!"

"Gelli daeru fel y mynnot, ond ma Hyde wedi cael gair 'da Henrietta Marïa."

"Paid, paid â dweud hynny!"

"Ma nhw wedi dewis y dyddiad am briodas dawel a dewis caplan!"

Safodd Jâms yn fud am eiliadau – bachgen drwg wedi'i ddal o'r diwedd.

"Damia, damia, mi ddylwn i fod wedi deall pam roedd hi mor barod. Hyde yn paratoi'i ferch i fod yn Frenhines Lloegr ryw ddiwrnod! . . . Dyna beth y diawl! 'Sdim rhyfedd 'i fod am gael gwared o Liwsi!"

Atebodd Siarl yn dawel, "Dim gwaeth na thi'n cynllwynio i fod yn frenin – a chael gwared ohonof."

Rhedodd allan o'r ystafell gan wybod yn ei esgyrn, gan nad beth a ddeuai o'i Goron a'i deyrnas a'i deulu hyd yn oed, bod Liwsi draw yn Llundain y munudau hynny'n cael ei thynged wedi ei phenderfynu – a'i dynged yntau yr un modd.

Oedd, roedd ei fyd yn chwilfriw.

Liwsi, Liwsi, Liwsi!

– 18 –

Pan gyrhaeddodd Liwsi ddrws ystafell Cromwell, safodd yn amyneddgar rhwng ei hebryngwyr tra curodd un am fynediad. Ni ddisgwyliasai ddiwrnod fel hyn dros ei phen erioed; eto i gyd, er y buasai'r holi'n boen ac iddi fanteisio ar ei chyfle i siarad ugain i'r dwsin yn ei hamddiffyniad ei hun, ni theimlasai unrhyw straen na lludded. Os rhywbeth, ar ôl cega fwy nag a wnaethai erioed, roedd yr argyfwng fel pe wedi hogi'i synhwyrau, ei meddwl yn fwy effro nag erioed i'r syniadau a fuasai'n corddi oddi mewn iddi ers hydoedd, ac yn y sefyllfa yr oedd ynddi ni welai fawr o bwynt i ymatal dim nac arbed neb.

Daeth y dyn mawr i'r drws. Fel ag yr oedd y ddau wrth ei hochr yn camu i mewn i'r ystafell, fe'u rhwystrwyd gan law gadarn –

"Ewch, chi'ch dau! Rwy am siarad â'r foneddiges ar 'i phen ei hun – ffwr â chi, ffwr â chi!"

Cefnodd y dynion fel cŵn bach wedi'u gyrru i'w cwb i swatio.

"Steddwch, steddwch!" Synhwyrai Liwsi bod yr hen Nol yn gwneud ei orau glas i gadw'i urddas; ac eto i gyd, roedd y dyn oddi mewn iddo yn ysu i ymlacio a bod yn gyfeillgar tuag ati.

"Nawr, gadewch i ni gael sgwrs fach 'da'n gilydd – i weld os medrwn ddod ma's o'r hen bicil 'ma!"

Ni wyddai Liwsi hynny, ond yr oedd cryn ymdrech yn mynd ymlaen ar y pryd ymysg y Piwritaniaid parthed y weinyddiaeth. Apwyntiwyd saith swyddog a thri o'r cyhoedd. Lambert a Harrison, gyda'r mwyaf duwiol a digymrodedd ar gael, oedd â mwyaf i'w ddweud am batrwm dyfodol y Llywodraeth. Tueddai Lambert i ffafrio oligarchiaeth go dynn ei gwead, un y gellid ychwanegu ati senedd 'etholedig'. "Ma'n rhaid i ni ddewis ein pobl yn ofalus iawn!" Ar yr ochr arall, mynnai Harrison weld cyngor etholedig o ddeg a thrigain – yn unol â'i freuddwyd apocalyptaidd am y Bumed Frenhiniaeth, fel Sanhedrin i'r Israel newydd, "Rwy'n erfyn am sefydlu Senedd a fydd yn ddrws i'r Deyrnas Dragwyddol!"

Sut bynnag, wedi i bob un ddadlau neu brotestio fel y mynnai dros ei weledigaeth ei hun, nid oedd yr holl ymdrechion hyn am flaenoriaeth yn debyg o ddisodli Oliver Cromwell. Ar ei ysgwyddau ef yr oedd y llywodraeth i fod, ac fe ofalai mai ar ei ysgwyddau ef y *byddai* tra byddai anadl yn ei gorff. Fe all ei fod yn taflu awgrym bob hyn a hyn ac yn ymddwyn fel pe bai am ymddihatru o'i holl gyfrifoldebau, ond nid oedd hyn ond siarad, siarad, ac ni chymerai neb y peth o ddifrif mwy nag y gwnâi ef ei hun.

"Mi ddaw'r forwyn â rhywbeth i chi fwyta . . ."

"Na, na . . . fedrwn i ddim."

"Na, falle, fedrwch chi ddim! Wel, dwedwch wrtha i, shwd y daethoch i glymu'ch hunan wrth – wrth – y tywysog 'ma . . .?"

"Digwyddodd," meddai Liwsi, "fel y bydd pethe'n digwydd . . . weithie."

"Wel, merch i," dechreuodd Oliver. Merch i, meddyliodd Liwsi, mae'n swnio'n agos, yn gynnes, fel pe bai'r ddau ohonom wedi cwrdd ar achlysur hapus heb ofid yn y byd na chwmwl yn y nen. "Ma'n gwlad annwl wedi derbyn ffafr fawr gan yr Arglwydd, buddugolieth ar ôl buddugolieth, a'r brenin llygredig a'i ach wedi mynd oddi ar ein cefne. O! croten mor hardd â chi, gresyn i chi fynd i afaelion y fath rywogeth!"

Clymodd ei fysedd yn ei gilydd o gylch un o'i benliniau, y wên dawel yn tario ar ei wyneb, gan bwyso'i ben yn ôl yn ddiddig a bodlon. "Odi, ma'r Arglwydd wedi dangos 'i hun o blaid y 'fyddin dduwiol' fel y gwnaeth pan arddelodd genedl Israel 'slawer dydd ac agor y Môr Coch i lyncu'r Philistied 'na."

"Pwy yw'r 'fyddin dduwiol'?" gofynnodd Liwsi, yn

swnio'n ddiniwed ddigon, ond gwyddai'r cadfridog balch cystal â hi nad oedd yr ymholiad heb wawd.

"Fy nynion i, wrth gwrs!" Atebiad swrth ar ei ben, cystal â dweud nad oedd amau hynny i fod.

"O, mi wela i, mi wela i!" Aeth y naws yn annifyr am eiliad, cyn i Cromwell dorri ar y distawrwydd trwy ddweud,

"Liwsi – ga i'ch galw'n Liwsi?"

"Cewch."

"Creadur digon tlawd a gwannaidd ydw i – dim ond i mi fodloni gwasanaethu'r Arglwydd a'i bobl. Gwn, gwn yn iawn, nad ydych yn f'adnabod, fy ngwendidau, fy nwydau, f'anaddasrwydd a'm hanaeddfedrwydd i'r gwaith mawr y mae'r Arglwydd wedi'i osod ar f'ysgwyddau. Ac eto, mae'r Arglwydd yn trugarhau wrthyf o hyd . . . dyna pam y gelwais arnoch i'm hystafell . . ."

"I b-beth . . .?"

"I *mi* geisio dangos trugaredd i *chi* . . ."

Ni wyddai Liwsi sut ar y ddaear i gymryd hyn. Pa mor drugarog bynnag y teimlai, nid oedd un amheuaeth yn ei meddwl yr edrychai hwn oedd ger ei bron yr eiliad honno yn graig o ddyn heb fawr o dosturi na gwyleidd-dra. Nid oedd yr hyn a edrychai fel gwyleidd-dra ac a swniai fel trugaredd yn ddim ond act y gwladweinydd cyfrwys. Do, bu'n delio dros chwarter canrif bellach dros ei ben a'i glustiau mewn gwleidyddiaeth, mewn cyfathrach â rhai o wŷr cyfrwysaf y deyrnas – y *rhain* a'u tebyg oedd ei 'fyddin dduwiol' – ac yr oedd wedi mynd â'r maen i'r wal i ddienyddio'r Brenin Siarl. Nid creadur tlawd a gwannaidd, fel y mynnai'n awr, a wnaeth hynny!

"Fedra i ddim addo, cofiwch nawr – rwy mhell o gael fy ffordd fy hun 'da'r dynion 'ma. Roeddwn i am Gynulliad newydd beth amser yn ôl, ond fe bleidleisiwyd yn f'erbyn – ta waeth am hynny nawr! Dwedwch, dwedwch, dach chi'n ifanc – wna i ddim gofyn ych oedran! – fe ddaru chi briodi Siarl . . .? Wel wel wel! Ma'n flin gen i bod y dynion 'na wedi'ch gorfodi i ildio'r dystysgrif. Mi fydde'n well tasech chi wedi bodloni. Dyw'r tacle 'na ddim yn meddu bysedd rhy dyner – gobeithio na chawsoch ych anafu!"

Ni wnaeth Liwsi gynnig ateb un ffordd na'r llall; ni wyddai sut yn y byd i gymryd osgo'r dyn mawr. Ai gweithio un o'i ystrywiau yr ydoedd? Be gebyst oedd yn ei feddwl? Yna, gwnaeth y gŵr o'i blaen rywbeth a'i synnodd i fudandod. Datododd fotymau'i lurig a rhoi ei law yn ddwfn tua'i gesail, cyn tynnu papur allan. Fe'i byseddodd yn ofalus a bwrw llygad arno. Dywedodd, "Hwdwch, merch i, dyma'ch tystysgrif – roeddwn i am 'i gweld, dyna i gyd, dim ond i fod yn siŵr, dim ond i fod yn siŵr!"

Llaw grynedig, ond awyddus a gydiodd yn y papur, a phâr o lygaid yn methu coelio na deall gweithred y Cromwell haearnaidd. "Diolch – diolch yn fawr." Ni fedrai ddweud mwy.

"Taswn i wedi dod ar ych traws ychydig o flynyddoedd yn ôl, fyddwn i byth yn gneud hyn. Ma dyn yn dysgu shwd i fod yn amyneddgar fel ma fe'n mynd yn hŷn – a shwd i gymryd mantais ar 'i sefyllfa. Dyna ma nghrefydd wedi 'i wneud – fy nysgu i fod yn wyliadwrus yn fy nghylch fy hun – archwilio fy hunan yn ogystal â phobl eraill – a gweddïo. Rwy'n treulio amser fore a hwyr i weddïo. *Dyna* pam rwy mor siŵr o raglunieth Duw. Rhoi i mi trwy weddi y gallu i arwain. Llosgi ynof fel fflam. Beth rwy'n brin ohono mewn deallusrwydd, ma Duw wedi gneud i fyny am hynny trwy weddi . . ."

"O, rwy'n deall . . ." atebodd Liwsi, yn methu'n lân â deall pam fod y Cromwell mawr yn siarad fel hyn â hi o bawb. Ond yr oedd syndod mwy ar y ffordd . . .

Plygodd Oliver tuag ati a chymryd ei llaw. "Nawrte, Liwsi . . ." Fe'i cusanodd yn dyner. "Ga i ofyn cwestiwn . . ."

"Wrth gwrs."

"Shwd ma pethe rhyngoch a Duw?"

Edrychodd Liwsi'n syn arno. "Dw i ddim yn – deall."

"Ydych chi'n *credu* . . .?"

"Yn Nuw?"

"Ydych chi'n credu yn Nuw?"

Cymerodd Liwsi amser i ateb. "Wel ydw – weithie."

"Weithie . . .?"

"Ie, ma arna i ofn . . ."

"Shwd ma rhywun yn credu yn Nuw – *weithie*?"

"Wel, weithie dw i *ddim* yn credu . . ."

"Weithie *ddim* yn credu . . ."

"*Ffaelu* credu weithie . . . dyna pam."

"O, nawrte, dw i ddim yn deall peth fel'na . . ."

"Na, ma'n siŵr, ma'n siŵr. Dyna'r gwaetha ohonoch chi Biwritanied – credu – byth yn amau!"

"Na, gobitho, does dim lle yn ein crefydd ni i amheuaeth . . ."

"Gwaeth na hynny! Does gennych ddim lle i amheuwr . . ."

Edrychodd Cromwell arni. Ar goll yn llwyr . . . yn llwyr.

Meddai Liwsi, "Rwy'n ffaelu gweld bod dyfodol i unrhyw grefydd nac eglwys sy'n gwrthod meddwl, byth yn amau, byth yn holi – caethiwo'r meddwl!"

Cofiodd Liwsi am Henrietta Marïa wrth weld yr olwg oedd ar wyneb Cromwell yn awr – yr anhygoeledd hwnnw a ddaw i'r golwg pan yw pobl sydd wedi arfer cael eu ffordd eu hunain yn cael eu croesi neu eu hamau. Mor drist, meddyliodd, yw'r mawredd hwnnw sy'n rhyfeddu pan yw'n cael ei herio!

Mentrodd ddweud, "Dach chi'n edrych yn syn."

"Wel, dw i ddim wedi arfer clywed . . ."

"Clywed . . .? Ddim wedi arfer *cael* . . ."

"Cael beth . . .?" neidiodd y dyn mawr i ofyn.

"Cael eich croesi!" atebodd Liwsi yn ddigon cwrtais, ond yn bendant.

Ysgydwodd Cromwell ei ben. "Weles i rioed ferch fel *chi*, naddo'n wir! Wn i ddim be fyddai nynion yn 'i ddweud."

Bron na theimlai Liwsi ei bod yn cael ei herio i fod yn ddadleuol – dyna pam y mentrodd ymhellach.

"Dynion, wir! Dach chi am i mi gredu'ch bod wedi cymryd lle'r brenin trwy hidio be ma dynion yn 'i ddweud?

. . . Na na na, lynca i byth mo hynny!"

"Wel, ferch fach, shwd ŷch chi'n meddwl mod i wedi cyrredd fan hyn?"

"O, mi ddweda i, mi ddweda i . . ."

"Ewch mlaen, ewch mlaen, dwedwch!"

"Ethol ych hunan wnaethoch chi! Dewis ych hunan wnaethoch chi! Unweth ma dyn fel chi'n penderfynu, does gan nac Eglwys na'r un llywodraeth ddim y medran nhw 'i neud."

"Mi fedran nhw fy nhaflu allan – fel ma nhw wedi'i wneud â'r Brenin Siarl!"

"Wn i ddim, wn i ddim! Cael 'i ethol ma brenin, cael 'i ethol ma'r Pab! Ond am ddyn sy wedi'i ethol 'i hunan, does dim y gall dynion neud ond sefyll gydag ef i'r eithaf, eithaf pob gras ac amynedd, derbyn ei gamsyniadau fel gwirionedd a'i gamweddau fel cyfiawnder."

Safodd Cromwell yn gadfridog bob modfedd ohono, awdurdodol ac anorthrech, o'i blaen, gan estyn ei freichiau amdani a'i ddau lygad yn pefrio o gariad fel llanc newydd ei hudo. "O, merch i, merch i, ble dach chi wedi bod . . ."

Cyn iddo ddweud un gair ymhellach, daeth cnoc ar y drws. Gollyngodd yr arweinydd mawr y ferch o'i afael. Crychodd ei wyneb a gwibiodd ei lygaid mewn ffwdan mawr. "Dowch mewn, dowch mewn!"

Cerddodd y gŵr bychan a fu'n galw'r cyhuddiadau a'r tystion i mewn i'r ystafell. Taflodd lygad amheus ar Liwsi a phrin y medrai oddef edrych ar ei feistr. "Dan ni'n barod i ailddechre."

"Steddwch!"

Cymerodd Cromwell ei le wrth ei ddesg. Edrychodd ar ei bapurau'n bwysig a phwyllog. Cydiodd yn ei ysgrifbin a dechreuodd sgrifennu. Bu'n sgrifennu'n ddyfal am eiliadau. Aeth y distawrwydd bron yn annioddefol i Liwsi a'r gŵr bychan. Ymhen amser, cododd y dyn mawr ei ben.

"Dyma chi! Darllenwch hwn iddyn nhw! Ma'r achos ar ben!"

Teimlodd Liwsi yn oer drosti. Ni fedrai gredu. Ai mewn breuddwyd yr oedd? Yr oedd yn rhydd, rhydd, rhydd!

Daethai'n rhydd o grafangau'i helwyr; ni fyddai'n rhaid iddi fynd yn ôl i'r gell erchyll yn y Tŵr, ac yr oedd y dyn mawr ei hun, y cawr Piwritanaidd, y graig ysgrythurol, yr unben gwleidyddol a anfonodd frenin i'w dranc a bonedd a chyffredin y wlad yn crynu'n ei ŵydd, roedd hwn, y duw hunan-grëedig Cromwell, yr hen Nol ei hun, wedi'i gyfareddu!

Felly y creodd Duw ni'n wryw a benyw, y jôc fawr a ddechreuodd dan gangau coeden yn Eden gynt, dim ond cegaid o afal, melyster rhywiol yn diferu dros y gweflau, a dyna'r holl greadigaeth a'r llywodraethau a'r cynghorau'n din dros ben!

Deallasai Liwsi'n gynnar iawn ar ei rhawd fod yr Hwn sy'n llunio dynol glai yn y groth wedi gwneud jobyn digon sbesial arni, nid yn unig rhiaint a thylwyth a chydnabod yn rhyfeddu at gerfiad ei chnawd a'i hesgyrn, ond dieithriaid ymhell ac agos, fel yr hen Farwnes d'Aubnoi a'r hen fodryb Mrs Sambourne yn ffoli.

Fe gawsai'i sobri'n llwyr erbyn hyn, beth bynnag; nid oedd trwch prydferthwch a hudoliaeth corff yn para; ac eto, wedi'r holl derfysg a siomedigaeth, roedd y golau a welsai gynt yn llygad Siarl wedi pefrio eiliad yn llygad ei arch-elyn y munudau hyn. Mae yna wendid yn y gorau ohonom, meddyliodd.

– *19* –

Heb fod nepell, rhyw ddwy stryd i ffwrdd, safai Tafarn y Rhosyn, man ymgynnull pawb oedd ag achos i fod yn bresennol yn y llys. Fel y rhan fwyaf o dafarnau, gwelid gwŷr bonheddig y brifddinas, cyfreithwyr a bargyf-reithwyr yn yr ystafelloedd esmwythach, tra oedd y cwsmeriaid arferol, gwŷr a gwragedd, tlodion, a'r puteiniaid adnabyddus, yn yfed ac ysmygu yn driphlith-draphlith yn y bar cyhoeddus. Roedd coridor hir drwy'r dafarn, arwydd ar bob drws, ac ystafell arbennig ar gyfer ladis yr uchel-ach na ddisgwyliai neb eu gweld yn cymysgu â'r gweddill. Ni feiddiai'r un o'r hwrod, pa mor feddw neu feiddgar bynnag, gymryd un cam i mewn i'r lle. Allan yn yr iard, roedd cyfleusterau'r bobl gyffredin, hen adeiladau tywyll, a drewllyd, lle'r dynion yn diferu o fiswail, a rhes o ddynion meddw yn sefyll i ymollwng neu'n aros eu tro – rhai yn methu aros ac yn anelu'r bidyn argyfyngus ar led. Arweiniai hyn at ffrwgwd ac ymladd a rhegfeydd. Weithiau, mentrai un o'r merched sgarlad i ganol y dynion, wyneb cyn goched â chrib y ceiliog, bronnau'n hongian allan o'i gwisg, a'i dillad i fyny wrth ddawnsio a themtio:

O'r holl ferched yn y wlad,
Hardd eu gwedd, ysgawn eu tra'd,
Does 'run all guro ar wely plu,
Am hanner awr rhen Nansi Ddu.

Yn sŵn y gyfeddach, o'r neilltu yn eistedd ar ei ben ei hun mewn alcof, cylch o dderw a sedd o ledr coch, ac yn sipian glasaid o gwrw wrth i'w lygaid wylio pob wyneb a symudiad, yr oedd Justus Walter. Meddyliai'n ddwys am argyfwng ei chwaer, Liwsi; rhuthrasai ar ei union ati pan gafodd y neges, er ei fod yn teimlo'n weddol ddiymadferth. Anaml y llwyddai neb i ddod allan o grafangau Cromwell. Ar ben hynny, yr oedd y berthynas rhyngddi a Thywysog Cymru yn penderfynu'i thynged cyn dechrau'r achos, heb gymorth ysbïwr fel Tom Howard; roedd gweld hwnnw a'i gymrawd yn y cyffiniau yn argoeli'n ddrwg, a'r dystiolaeth a roddodd y ddau yn selio'r cyfan.

Trwy'r mwg, gwelodd Justus rai o actorion Sadler's Wells yn dod i mewn. Adnabu un – dawnsferch enwog – un a gâi'r enw o fod yn hoff o firi'r tafarnau a'i natur hawddgar yn peri bod ei ffafrau'n bur boblogaidd. Gyda hi yr oedd Ned Shuter, goruchwyliwr, a oedd hefyd yn enwog am ddawnsio 'jig' gyda hi, gan arbenigo mewn baledi anllad o groes-ddialog a genid gyda llawer o actio ac ystumio. Mae'n wir eu bod yn bethau digon difyr, â bod gan rywun chwaeth am bethau o'r fath, ond gobeithiai Justus na fyddai i'r giwed gymryd y llawr yn awr. Roedd yn disgwyl rhywun – ei frawd Rhisiart, a hynny ar awr go anffodus yn eu hanes . . .

Meddyliodd am ei deulu. Dau frawd a chwaer. Wedi eu magu'n ddigon agos a gofalus, er holl helbulon yr aelwyd a rhieni go anghymharus; eu tad mor wyrgam ag yr oedd eu mam yn barchus, a'u chwaer wedi'i hyrddio o'r bron i'r cylch brenhinol, ei phryd a'i gwedd yn addurn i unrhyw gylch, ond ei thymer yn siŵr o fod yn dramgwydd hwyr neu hwyrach. Un o'r camgymeriadau mwyaf y medrai unrhyw ddyn ei wneud fyddai cael ei hudo gan y Liwsi allanol, heb ystyried y math o greadures oedd hi – hynny yw, ei chadernid mewnol; gwres y trofannau yn ei gwaed ar dro, a rhew Pegwn y Gogledd yn ei llygaid bryd arall; gwên a fedrai doddi'r caletaf a thafod a fedrai lorio'r cadarnaf. Ni feddai'r un ohonynt hwy, blant Castell y Garn, fawr o atgof am eu tad-cu enwog, John Protheroe, Nant-yr-Hebog. Ond roedd ei ddarfelydd a'i dreiddgarwch wedi eu hetifeddu gan un ohonynt; Liwsi oedd honno.

Ble oedd Rhisiart? Un prydlon oedd ef bob amser, a'i gonsýrn yn fawr am ei chwaer, ac ef a fynnodd eu bod ill dau yn cwrdd i fod rywle yn y gymdogaeth y pryd hwn – rhag ofn y deuai cyfle o ryw fath i gynorthwyo'r ferch druan. Roedd chwerthin go aflafar yn dod o sedd yr actorion, a'r ddawnsferch yn uchel ei chloch yn y cwmni, yr hen nodwedd Seisnig o siarad ar draws ac ar led fel pe bai neb arall yn yr ystafell. Dyna un peth a ddynodai'r gwahaniaeth rhwng Cymro a Sais; siarad mewn sibrydion a wnâi'r Cymry fel ffermwyr Sir Benfro adeg mart, llygaid y wenci a swîn llygod bach!

Agorwyd y drws, rhyw gilagor digon i weld trwyn ac wyneb hagr un o'r hen wragedd a fynnai weld pwy oedd o gwmpas. "Hylô, Ffani Mwre!" meddai Shuter o ganol cwmni'r actorion, cyn i'r drws gau mor sydyn ag yr agorodd, a throi ohono i ddweud wrth y lleill yn ei dôn arferol, "Druan o'r hen Ffani! Roedd hi'n arfer bod yn bert iawn. Cymwch wers! Ma'r frech yn 'i byta!"

Cododd Justus i ordro glasiaid arall. Faint mwy fyddai'n gorfod aros am Rhisiart? Pan agorwyd y ffenestr gan ferch y dafarn gwelodd drwyddi i ben draw'r bar arall. Roedd y swn fel nentydd lawer yn llifo drwy'r adeilad. Treiglai tafodau o fwg tua'r nenfwd yn araf a chordeddog fel nadredd yn mentro allan o'u nythod. Wrth godi ar flaenau'i draed, roedd yn medru gweld dau wr wrth y tân yn eu cwnsela dirgelaidd dros eu diod. Fe'u hadnabu ar unwaith. Tom Howard a Dan O'Neill! Dychwelodd i'w sedd.

Aeth chwarter awr heibio cyn i'r drws agor a gwelodd wyneb Rhisiart yn ei gyfarch.

"Justus! Shwd wyt ti?"

"Rhisiart! Ble ddiawl wyt ti wedi bod?"

"Draw yn y llys – meddwl y cawn siawns i weld Liwsi."

"Mi glywes yr achos."

"Shwd aeth hi?"

"Wel, rwyt ti'n nabod Liwsi'n ddigon da, dyw hi ddim bob amser yn helpu'i hunan."

"Na . . ."

"Ar ben hynny, pwy wyt ti'n meddwl odd yno?"

"Pwy?"

"Tom Howard."

"Howard . . .? Oedd e yno? I be?"

"I dystio!"

"I dystio, wir! O blaid Liwsi?"

"O blaid . . . hy! Fe ac un arall, Dan O'Neill, yn gweu pob math o gelwydde am y groten!"

Eisteddodd Rhisiart i ystyried am eiliadau. Aeth Justus i mofyn cwrw iddo. Sipiodd yn araf heb ddweud gair. Cerddodd y cwmni o actorion heibio ar eu ffordd i'r ystafell fwyta. Dywedodd y ddawnsferch yn bryfoclyd wrth godi'i choes a chwerthin,

"O diar, ma rhai dynion yn bica – fel tase'r byd ar 'u sgwydde nhw!" Wrth iddyn nhw fynd trwy'r drws, meddyliodd Justus, *Ma hi, myn yffarn i!*

Cododd Rhisiart ei ben.

"Justus, wyddost ti pwy yw'r O'Neill 'na?"

"Na, na wn i."

"Un o weision pwysica Siarl Stiwart! Pan alwes heibio i

Liwsi yn Ffrainc, mi gwrddes ag e, rwy'n cofio'n iawn. Fe werthe hwnna 'i fam-gu . . ."

"Shwd ma hwnna wedi troi lan fan hyn te?"

"Rwy'n meddwl mod i'n gwbod yr ateb i hynny he'd! Tom Howard, w!"

"Howard . . .?"

"Mi glywes i si fisoedd yn ôl bod Howard yn chware'r ddwy ochr. Cromwell a'r Prins! Rwy'n amau'i fod wedi'i hurio gan yr hen Nol i dystio yn erbyn y tywysog. O'Neill i'w gefnogi wedyn – rhwbeth-rhwbeth am unrhyw bris i rwystro adferiad y Frenhinieth. Bwch dihangol yw Liwsi!"

Aeth Rhisiart i'w gwman unwaith eto i feddwl dros bethau. Edrychodd Justus arno am hydoedd heb derfysgu ar ei feddyliau. Aeth allan at y ffenestr i weld a oedd y pâr bradwrus yno o hyd. Fel efeilliaid, roedd Howard ac O'Neill, yn ddwfn yn eu sgwrs a daliodd Justus ar wenau'r ddau. Maen nhw'n fodlon ar eu gwaith, meddyliodd.

Mentrodd ddweud o'r diwedd, "Rhisiart, ma'r ddau gythrel 'na wrth y tân yn y bar cyhoeddus."

Daeth yr ateb bron yn ddidaro, "O mi wn hynny – mi wn, mi wn!"

"Dw i ddim yn teimlo'n hapus i fynd ma's o'r dafarn 'ma, heb . . ."

"O, gan bwyll, gan bwyll! Awn ni ddim allan o'r lle 'ma, heb . . ."

"Be sy gen ti yn dy feddwl?"

"Wel, os wyt ti gyda fi."

"Wrth gwrs mod i gyda thi. Pam ddiawl wyt ti'n meddwl mod i wedi dod 'ma?"

"Gan nad beth y gost, dw i ddim yn mynd i ganiatáu i Howard ddianc â'i einioes – a Liwsi ni yn mynd i'r grocbren!"

Daeth tân i lygaid Justus – estynnodd ei law. "Rwy gyda thi, rwy gyda thi . . ."

"Gwranda, felly! Rwy wedi gofyn i ddwy o'r chwiorydd 'ma, un i faldodi Howard a'r llall i faldodi O'Neill, gofalu 'u socan nhw mewn diod, cyn mynd â nhw i bobo ystafell lan llofft. Wedyn, mi ofala i am O'Neill, ac mi gei di ddelio â Tom Howard – hwde, dyma ti!"

Estynnodd iddo gyllell fain, hir.

Daeth boneddiges i mewn i eistedd heb fod nepell i ffwrdd. Roedd yn amlwg ei bod yn un o bobl y theatr, ei cherddediad yn ysgafn, a'i chwrteisi'n amlwg. Cyfarchodd bawb ar y dde a'r aswy; y math o gyfarchiad a oedd yn cymryd yn ganiataol fod pawb yn ei hadnabod. Dywedodd Rhisiart dan ei anadl wrth Justus, "Pwy yffarn 'di honna?"

"Dwyt ti ddim yn nabod *honna*?" atebodd.

"Dim un syniad!"

"Cymer lond llygad, ngwas i! Dyna Siani Poitier, Ffrances, cantores ac actores yn Drury Lane."

Roedd ei hacen yn ei bradychu mewn eiliad.

"Glywsoch chi'r newydd?" gofynnodd i'r ddau yn ei hymyl.

"Beth yw hynny?" holodd Rhisiart, o gwrteisi.

"Gwraig Siarl Stiwart yn y llys!"

"Be sy wedi digwdd iddi?" gofynnodd Justus.

"Dim – dim! Ma hi wedi ateb Cromwell a'i dwrne fel cawres, fel rwy'n deall!" Rhoddodd ei bys ar ei gwefusau a sibrwd yn dawel, "O, gobitho gwnaiff y groten 'u tagu nhw! Odych chi wedi'i gweld hi rioed?"

"Na . . . na . . ."

"O, mowcath annwl, dyna'r peth rhyfedda welwch chi yn ych dydd. O diar diar, ma hi'n bert i' rifeddu – ma nhw'n gweud bod yr hen Nol wedi dechre simsanu a'i ffansïo'n barod, gobitho, gobitho!"

Ar hynny, daeth pen drwy'r drws, dim ond ymddangos, fflachio llygad ar Rhisiart, nodio i'w hysbysu'n gyfrwys bod y weithred wedi'i chyflawni – nodiodd yntau'n ôl.

Edrychodd ar Justus. "Dyma ni, dyma ni! Dôs di lan y grisiau, fe ddwed y groten pa stafell – dos miwn a gwna dy waith!"

Gofynnodd Justus yn frawychus, "Be-be wyt ti'n feddwl?"

"Mi rois gyllell i ti, yn do – 'na fe, gwna dy waith!"

Cyn i un gair ychwaneg gael ei lefaru, roedd Rhisiart wedi ymadael i ddilyn y ferch wrth y drws. Nid oedd gan Justus ddim i'w wneud ond dringo'r grisiau.

– 20 –

Nid oedd Liwsi wedi ymollwng i'r ias o fod yn rhydd cyn bod cnoc ar y drws a chwalodd ei holl lawenydd. Y clerc bach carcus oedd yno a thri gŵr pwysig yn ei ddilyn. Rhyw fentro'n wargrwm i bresenoldeb Cromwell a wnaeth y cyntaf, ond awgrymai hyder ysgwyddog y lleill nad oedd datgan barn a gwrthwynebiad, arweinydd neu beidio, yn unrhyw ofid iddyn nhw. Gwthiodd un heibio i'r gŵr bychan – Whitelocke, aelod seneddol, gŵr solet ar ei draed, wyneb crwn a gên gadarn, dau lygad mawr yn fflachio'i bwysigrwydd ar led, ac ef a ddywedodd,

"Beth yw hyn? Yr achos ar ben, wir! Os yw'r achos i'w ddwyn i ben, fe wneir hynny yn y llys, nid yn yr ystafell hon! Ma'n rhaid i bawb *weld* bod cyfiawnder yn cael 'i neud. A pheth arall, ma 'na gwestiyne i'w hateb. Ma llawer yn teimlo fod yr atebion ynghylch ein crefydd ymhell o fod yn foddhaol.''

"Os caf i egluro . . .'' dechreuodd gŵr arall esbonio, fel pe'n ceisio dofi tymherau, ond cyn iddo fedru dweud gair ymhellach, roedd breichiau'r dyn mawr yn galw am wrandawiad.

"Dyna ddigon, dyna ddigon!'' meddai Cromwell. "Fe ddychwelwn i'r llys . . .'' Trodd at Liwsi. "Dowch mlaen, ngeneth i . . .''

Cafodd Liwsi ei hun yn wynebu'r un gynulleidfa; yr un wynebau petrus, pwysig, a chyfiawn; wynebau'r wladwriaeth Seisnig a chenedlaethau o falchder cenedlaethol heb iddi feddu unrhyw syniad beth oedd trywydd yr ymholiadau nesaf.

"Wedi clywed yr hyn a glywsom yn gynharach, ma 'na deimlad nad oes gan y cyhuddedig fawr o *sicrwydd* personol – dim mwy nag unrhyw anghredadun arall . . .''

"Ga i ofyn, be ar y ddaear sy gan hyn i'w neud â'm hymddangosiad fan hyn?"

"Cyn ein bod yn medru derbyn un gair o enau neb, ma gofyn bod yn siŵr."

Ni fedrai Liwsi ddal ei thafod yn hwy. "Ydach *chi – chi* a *chi* a *chi* a *chi* a *chi* a *chi*!" gan bwyntio at y naill ar ôl y llall yn y rhes o'i blaen, "Ydach *chi'n* medru dweud ar lw ych bod yn meddu *sicrwydd*?"

Aeth blew amrannau'r cyhuddwr bach fel coesau pry copyn dros ei lygaid. "Wrth gwrs, wrth gwrs!"

Gwnaeth Liwsi ystum fel pe bai hi'n hollti o chwerthin. "O diar, on'd ŷch chi'n glyfar? On'd ŷch chi'n lwcus? Fedr neb gael perthynas breifat â Duw, does bosib?"

Edrychodd y gwŷr mawr oedd o'i chwmpas yn gyntaf tuag at Cromwell – ond roedd ei lygaid wedi hen fynd i gyfeiriad arall i'w hosgoi; yna, troesant i edrych yn sarhaus ar Liwsi.

Aeth hithau yn ei blaen, "Ma *pawb* yn mofyn sicrwydd! O'r baban gwan sy'n diodde o'r pâs i'r butain druan sy'n diodde o'r frech. O'r llencyn ifanc ar gychwyn 'i daith i'r henwr musgrell ar ddiwedd 'i daith. Chi yw'r unig dacle y gwn i amdanyn nhw yn hyn o fyd sy'n ymffrostio bod gennych *sicrwydd*. Sicrwydd, wir!"

"Mae'n *crefydd* yn rhoi *sicrwydd* i ni – a phe baech chi'n arddel y grefydd honno, mi fyddech chithe'n gwbod am y llawenydd o feddu sicrwydd."

"Rwbis, rwbis!"

"Rwbis – rwbis . . .?" Roedd y llygaid o'i chwmpas bellach yn grwn a lloerig. "Be dach chi'n feddwl – dyna'n hargyhoeddiad."

"Nid argyhoeddiad mo hynny."

"Be ddwedwch *chi* yw hynny?" gofynnodd y gŵr bychan fel pe'n rhoi magl iddi.

"Consêt! Dim ond consêt!"

Dechreuodd y cyhuddwr ffwdanu yn ei bapurau; yna, pwyntiodd at Liwsi, "Mwya'n y byd y rhowch yr atebion ffiedd 'ma i mi, gneud ych achos yn waeth ŷch chi, cofiwch!"

"Mi addewais ddweud y gwir, yr holl wir, a dim ond y gwir – a dyma fi'n gneud!" Cymerodd hoe i edrych ar yr wynebau syn a'i hamgylchynai, gan ofalu na fyddai ei llygaid yn awgrymu na beiddgarwch na sarhad ar ei rhan. Dywedodd yn araf, ond yn ddiffuant a thawel, "Maddeuwch i mi am gymryd yr hyfdra i ddweud hyn; rydach chi i gyd yn fwy hyddysg na fi, mi wn, ond oddi ar fy ngeni, ni fu fy meddwl ynghwsg fel draenog o olwg y byd a'i bethe . . ."

"Ewch mlaen, ewch mlaen!" meddai Cromwell, er mwyn tynnu sylw'r lleill yn ôl at y ferch.

"Dylem oll ddysgu hyn o wers, gan nad pwy ydym, a hynny unwaith ac am byth – unwaith ac am byth – dylai pob meidrolyn yn hyn o fyd orffen â chredu yn nhragwyddoldeb unrhyw gredo neu ddamcanieth. Beth bynnag yr esgorir arno mewn amser sydd blentyn amser; mae amser iddo fyw ac amser iddo farw; fel i bob un ohonom, fe ddaw yr awr benodedig. Ni wêl dyn na chymdeithas na chenedl unrhyw fath o gynnydd heb iddi wawrio ar y bobl bod terfynoldeb i bob athrawiaeth."

Rhoddodd Cromwell ei law i fyny, gan blygu ymlaen i ofyn, "Ond – sicrwydd mewn crefydd dan ni'n 'i drafod, cofiwch! Ma'n *rhaid* cael sicrwydd mewn crefydd, does bosib . . .?"

Nodiodd y gŵr bychan, ei lygaid yn cadarnhau, gan ateb yn argyhoeddiadol, "Ma nghrefydd i wedi rhoi sicrwydd tu hwnt i bob amheuaeth i mi. Nid oes amheuaeth na phetruster o fath yn y byd mewn materion o ffydd yn bodoli i mi mwyach."

Roedd llygaid Liwsi fel pe'n edrych trwyddo . . .

"O, mor anhygoel o lwcus! Ydach chi'n sylweddoli, gyda phob parch, yr hyn yr ydach chi'n 'i ddweud? Ydach chi'n *wir* yn sylweddoli?"

"Sylweddoli? Wrth gwrs, wrth gwrs! Fûm i erioed yn un i siarad ar 'y nghyfer. Erioed!"

Siglodd Liwsi'i phen, gan ddweud – dan ei hanadl bron, "Rydach chi'n gneud hynny'r funud 'ma!" Aeth ymlaen i ddweud yn hyglyw, "Mewn materion o grefydd, y prif ystyriaethau yw bodolaeth Duw, y gredo ym Mab Duw a Gwaredwr y ddynolryw, ac Anfarwoldeb, neu shwd ma'r bersonoliaeth ddynol yn goroesi tu hwnt i'r bedd? Gwedwch y gwir, pa fath o *sicrwydd* sydd yn ych meddiant am y pethe hyn?"

Roedd llaw Cromwell i fyny unwaith eto – er ei fod yn amlwg yn cael ei siglo gan rai o gwestiynau Liwsi, gwelid wrth ei osgo nad oedd ei diffuantrwydd yn beth i'w anwybyddu yn ei olwg. "Nawrte, nawrte, onid dyma brif sylfeini'n ffydd? Oni chredwn yn derfynol yn y pethe hyn . . . wel, be arall *sydd* i'w gredu?"

"Ga i ateb, 'sgwelwch yn dda?" plediodd Liwsi, wrth weld bod nifer o'r gwŷr pwysicaf yn dechrau sibrwd a rhoi'u pennau at ei gilydd.

Nodiodd Cromwell. "Ewch mlaen."

"Diolch . . ." Taflodd hanner gwên ar y lleill. "Ma'r fath beth â sicrwydd terfynol. Sicrwydd fel yr un a fedd fy holwr – does yr un amheuaeth na phetruster yn bodoli iddo mwyach! Mewn gair: ma fe wedi llyncu'r cwbl – nid yn unig bod y morfil wedi llyncu Jonah, ond pe dwedech fod Jonah wedi llyncu'r morfil, fe lyncai hwnna hefyd!"

Mygodd nifer eu chwerthin. Sylwodd Liwsi. Brysiodd i ddweud, "Doeddwn i ddim yn bwriadu hynny fel sbort – rwy'n golygu hynny. Ta waeth, ma 'na sicrwydd arall, ond – falle na fyddech chi ddim yn derbyn hynny'n *ddigon* o sicrwydd i'ch boddhau – pobl fel *chi*. Y math o sicrwydd a ddwed fod y pethe hyn yn *debygol* o fod yn wir. *Falle* . . ."

"Falle . . .?" meddai Cromwell, fel pe bai wedi'i daro yn ei dalcen.

"Falle . . .?" meddai'r cyhuddwr bach syfrdan, wedi'i hoelio i'r fan.

Atseiniodd y gair fel eco'r daran drwy'r neuadd – Falle! . . . Fa-a-a-a-ll-e-e-e-e . . .! Bron na ellid teimlo'r holl adeilad yn crynu i'w seiliau.

Pan ddaeth pawb yn ôl i'w bwyll fel petai, mentrodd yr arweinydd ofyn, "Rwy'n meddwl y bydd yn well i chi fanylu, 'sgwelwch yn dda."

Cydsyniodd Liwsi. "Ar ddau beth yn unig y gall y gore

ohonom seilio'n sicrwydd – yr Ysgrythur Lân a'r Eglwys – fe gytunwn i gyd ar hynny?" Nodiodd y pennau o'i chwmpas yn ddigon parod a brwdfrydig. Edrychodd Cromwell fel pe'n meddwl, Haleliwia, ma'r groten ffôl yn dod at ei choed! Aeth Liwsi yn ei blaen – ". . . Ond, yr hyn y dylid ei gofio yw, nad yw'r seiliau hyn yn ddiysgog!"

Roedd y gynulleidfa, o gadair y dyn mawr i stôl y gwrandawr mwyaf distadl yng nghefn yr adeilad, yn syfrdan unwaith eto. Nid ymddangosai fod cymaint â blewyn o wallt ei phen wedi'i gyffroi yn ôl ymddangosiad Liwsi, ac yn ei blaen yr aeth fel petai'n anorthrech mwyach, "I mi – fel mae'n fy nharo i, beth bynnag – mae'r Beibl yn siŵr o fod yn ysbrydoledig, ond peth gwahanol hollol yw dweud ei fod yn anffaeledig. Ma'n fy nharo i fod pentwr o walle yma a thraw ynddo – bownd o fod! – nid 'i fod un gronyn gwaeth am hynny. Ma honni fod y llyfr yn ddigonol ynddo'i hunan yn haerllugrwydd anghyfrifol, nid cymwynas o barch. Does 'run meddwl cyfrifol – fel y gwelaf i – yn medru anwybyddu'r ffeithie, heb i mi feiddio'u nodi nhw a syrthio i fagl yr un haerllugrwydd."

"Am funud, am funud!" mynnodd y cyhuddwr yn chwyrn. "Be ar y ddaear y ceisiwch 'i ddweud? Ar 'y ngwir, ma 'da chi waith egluro i'w neud *nawr*!"

Apeliodd Liwsi ato – "Wel, mi ddes i'r llys 'ma, fe roddwyd Beibl yn fy llaw, a gneud i mi fynd ar lw! Llw, fel y dywedes o'r blaen, i ddweud y gwir, yr holl wir, a dim ond y gwir, a dyna a wnaf i'n awr – ac ni fynnwn neud yn amgenach. Y gwir fel dw *i'n* 'i weld, cofiwch – dwn i ddim am unrhyw wir arall!"

Cymerodd saib ac edrych yn ofalus ar bawb o'i beirniaid. "Os ca i fynd ymlaen . . ." Moesymgrymodd yn gwrtais. "Diolch . . . Ma'r Ysgrythur yn cynnwys datguddiad dwyfol yn ddi-os, ond addaswyd y datguddiad hwn – fel y gwela i – yn gynyddol yn ôl medr meddwl dyn i'w dderbyn a'i ddeall. Ond ma datguddiad o'r fath yn rhwym o fod wedi dod ar brydiau o dan ddylanwad camgymeriadau dynol, ac nid yw bob amser yn oleuedig iawn ar bynciau o'r pwys mwyaf. Dim ond trwy anwybyddu'r ffeithie hyn ac ymresymu'n hollol dwyllodrus y medrwn ddweud, 'Dyma athrawiaeth y Beibl ar ei phen – does dim dadl mwyach nac amheuaeth ynghylch y mater'!''

"A dyna'ch syniad o'r Beibl . . . iefe?" gofynnodd y cyhuddwr bach pendant.

"Ie . . ." meddai Liwsi'n gwrtais.

"Ac fel rwy'n deall y sefyllfa," meddai'r gŵr bychan, gan rwbio'i ddwylo bron fel cybydd ar daro bargen, "ma 'da chi rwbeth i'w ddweud am yr Eglwys he'd . . . on'd oes?"

Oedodd Liwsi. Synhwyrodd bod yr awyrgylch wedi troi'n bur oer a gelyniaethus bellach. "Ma tystioleth yr Eglwys erioed o werth, wrth gwrs, er bod rhai o'r deilied yn gneud honiade amhosibl yn 'i chylch. Ma'n gamgymeriad i feddwl bod 'allweddi'r Deyrnas' i hongian wrth wregys Pedr yn unig – dwedwyd hyn wrth y disgyblion i *gyd*! Ma'r un peth yn wir am yr addewid ynghylch bod yn graig i adeiladu'r Eglwys arni – does dim sôn am drosglwyddo'r awdurdod. Bûm i'n ceisio dangos hyn i'r Frenhines Henrietta Marïa. Dyw'r Beibl na'r Eglwys ddim yn dir solet iawn i fynnu sicrwydd diamodol.''

"Am funud, am funud!" torrodd Cromwell ar draws. "Ma'n dda gen i'ch gweld mor hyddysg yn y materion hyn a'ch bod yn gwrthwynebu'r Pabyddion, beth bynnag arall a honnwch. Ond ga i ofyn – onid yw'r cadarnhad a ddaw i ddynion trwy oleuni'r Ysbryd Glân yn – Sicrwydd Terfynol? Does bosib y gallwch wadu mai tystioleth yr Ysbryd Glân sy'n cadarnhau athrawieth y Beibl a thystioleth yr Eglwys – ac sy'n dwyn heddwch i feddwl credadun? Ma profiad saint yr oesau'n tystio i hynny, ferch!''

"Os caf inne ddweud," mynnodd y gŵr bychan, wrth fod Cromwell ei hun wedi ymyrryd a rhoi taw ar Liwsi (am eiliad, o leiaf), "mi af ymhellach – onid sicrwydd *terfynol* a roddwyd i Paul i'w gynorthwyo i ddweud, 'Mi a wn i bwy y credais . . . ac y mae'n ddiogel gennyf na all nac angau nac einioes . . . nac un creadur arall . . . ein gwahanu ni oddi wrth gariad Duw . . . yr hwn sydd yng Nghrist Iesu ein

Harglwydd?' Be sy gennych i'w ddweud am hynny?"
Gwenodd yn fodlon iawn arni a'i freichiau ymhleth.

"Wel, nid yw'r profiad hwnnw'n fyd-eang," atebodd
Liwsi, yn dewis ei geiriau'n ofalus, "ac y mae'i
ddilysrwydd yn gyfyngedig i'r un sy'n 'i feddu. A pheth
arall . . ." Daliodd ei thafod . . .

"Ie, ie, ewch mlaen, dan ni'n gwrando. O, ydan, dan
ni'n gwrando . . ."

Bron na theimlai Liwsi fod bygythiad newydd yn yr
ateb hwn, ond – mi ddweda i beth sydd ar fy meddwl, dros
'y nghrogi, meddyliodd. *Dros 'y nghrogi* – clywodd ei hun
yn dweud eto! Yna, aeth ymlaen, "Ma'n anodd ar y naw i
wahanu datguddiad pa mor ddwyfol bynnag y bo oddi
wrth reswm dynol!"

"Dwedwch hynny eto!" Roedd Cromwell, beth
bynnag am ei gynghorwyr, yn meddwl yn ddwys dros hyn.

"Gyda phleser," atebodd Liwsi. "Ma'n anodd ar y naw i
wahanu datguddiad pa mor ddwyfol bynnag y bo oddi
wrth reswm dynol. Ma 'na adegau y caf fy mherswadio
nad yw Duw *am* i ni gael sicrwydd *terfynol* – onid yw wedi
dweud ei fod yn Dduw sy'n ymguddio? Shwd ar y ddaear y
gall ildio'i gyfrinache'n glwt i ryw greaduried fel *chi? A
finne* wrth gwrs!"

Cododd gŵr oedrannus a fu'n ysu i gael ei big i mewn
ers hydoedd. "Ga i godi un mater? Mi wela i bod gennych
ffydd fawr yn ein rheswm dynol – bron fwy o ffydd nag
sydd gennych yn y doethineb dwyfol! Eglurwch ych
safbwynt, 'sgwelwch yn dda!"

"Does gennych *chi* ddim ffydd yn ych rheswm – fe ddyle
fod, i gymryd arnoch fod yn farnwr yn y llys hwn!"

"Fi ofynnodd gwestiwn i chi! Mi fydda i'n falch os
gwnewch chi ateb – ddes i ddim 'ma i gael fy holi 'da chi!"

"Ma'n flin 'da fi . . ." Moesymgrymodd Liwsi. Roedd
ei llygaid yn dân. "Ma'r holl droi cefn ar reswm mewn
materion crefyddol yn un o'r pethe tristaf. Na, fedr ein
rheswm ddim ateb pob pôs ac argyfwng, ond nid yw
hynny'n ddigon o esgus i'w wadu a gwrthod ei gymwynas.
Rydych chi fel Piwritaniaid mor hunanhyderus, yn

ymddiried popeth i'ch *profiad*, eich holl sôn am *gydwybod*, gweithredu'n *ôl ych cydwybod*, amddiffyn y wlad *yn ôl ych cydwybod*, crogi dynion *yn ôl ych cydwybod*, carcharu dynion *yn ôl ych cydwybod* . . . a ma'ch rheswm yn mynd allan gyda chwys ych ceseilie! Rydych yn diarddel syniadau'r meddylwyr gore am fodolaeth Duw, yn trafod ysgolheictod parthed meddwl Crist yn ysgafn ac esgeulus, ac yn cyfyngu'ch syniad o fywyd tragwyddol i emosiynau bach ych profiad personol . . ."

"Be sy o'i le ar hynny?" hawliodd y cyhuddwr yn daer.

"Dim ond mod i'n rhyw ddyfalu nad oes gan lawer ohonoch brofiadau o agosatrwydd â'r Brenin Mawr. Fe dalai i lawer ohonoch fod mewn tipyn o ddryswch crefyddol yn amlach. A *minne* 'da chi, wrth gwrs!"

"Wel, falle'n bod wedi crwydro llawer oddi wrth y prif achos . . ." mynnodd gŵr main ar ben y bwrdd, "ma'r cyhuddedig, rwy'n deall, wedi gwerthu'i hunan ar y strydodd – ac roedd Tywysog Cymru wedi'i dewis ar waetha hynny i fod yn wraig iddo! Felly, rydan ni'n trafod achos un o'r teulu brenhinol – y teulu mwya llygredig yn ein hanes!"

"Gofidie daearol y ferch yw'r rheini," meddai Cromwell, yn edrych ar ei ffyrnicaf, "ond pethe ynglŷn â'i henaid sy wedi mhoeni i. Ac ma hynny falle yn rhwbeth tu hwnt i allu'r llys 'ma i'w benderfynu. Felly, gan i'r Arglwydd ymddiried tynged y wlad i mi, rwy'n meddwl y gellwch chi, defaid 'i borfa, adel tynged un person yn llwyr i mi." Edrychodd am amser ar ei bapurau a gwneud nodiadau. Anadlodd yn ddwfn a gellid gweld ei ysgyfaint fel petaent yn ymchwyddo'n gawraidd dan ei ddillad. "Wn i ddim be feddyliwch chi o'r groten 'ma, ond – mi wn i un peth hyd sicrwydd go derfynol nad yw *hi* mhell o'r Deyrnas." Bu'n meddwl yn ddwys am eiliadau wedyn a'i law ar ei dalcen. "Charwn i ddim ei gyrru'n ôl i wynebu bywyd ar drugaredd teulu Siarl Stiwart a'i fam, ond charwn i ddim 'i thaflu ar drugaredd yr un ohonoch chithe chwaith. Ma'r llys ar ben! Mi benderfyna i beth i' neud â hi . . ."

Cododd fel mynydd mawr o'i sedd a gwnaeth arwydd i Liwsi gael ei hebrwng ar ei ôl.

Cerddodd y sisial drwy'r neuadd fel afon gref yn dylifo dros ei glannau.

Aeth Liwsi ar ôl y dyn mawr rhwng yr un hebryngwyr ag o'r blaen i aros ei thynged. Edrychodd o'i chwmpas yn frysiog, ond nid oedd yr un wyneb yn y golwg a adwaenai. Ddim hyd yn oed Justus – nid oedd golwg ohono.

Ble, O ble, oedd Justus . . .?

– 21 –

Disgynnodd y nos yn gwrlid serennog dros y ddinas. Er bod y craidd yn dal yn ferw, roedd ymylon bywyd yn ddwfn mewn cwsg a'r gorwel yn gorwedd fel corff marw. Agorai'r tafarnau hwnt ac yma eu drysau i arllwys eu cwsmeriaid a'u gwaddod yn afon lifeiriol i'r nos. Ac ar un gornel gwelid y gymdeithas uchel-ach yn garfan o firi a themtasiwn, wrth eu bodd, ac yn gorwedd ar ei gilydd fel llond rhwyd o bysgod.

"Nos da, nos da! Hei, Sal, gad imi ddod sha thre 'da ti!"

"Faint o arian sy gen ti?"

"Dim! Paid â sbwylio cariad trwy sôn am arian!"

"Cariad, wir! Be yffarn wyt ti'n meddwl ydw i? Cigsbarion y cathod?"

Clywid sŵn pedolau a sŵn olwynion yn crensian ar y cobl. Llusgai hen wreigan a'i basged ar ei braich, un sypyn o flodau llesg ar waelod y fasged, ei gwefusau'n brysur yn cael ymgom â hi'i hunan, a'i diod wedi tanio'i llygaid fel ffwrneisi. Draw yn Stryd Henrietta, roedd Bilo Bloomsbury newydd yfed iechyd da i Penelope Prys â photel o siampên allan o'i esgid a syrthio ar ei hyd wrth ei thraed. Mewn gwely plu draw yn Ffordd San Iago, y Cyrnol Montague yn ceisio ymddatod o freichiau Caroline Parsons a chael ffordd allan o ddillad y gwely i ddihangfa. Ddrysau i ffwrdd, Iarll Bromwich wedi syrthio i gwsg trwm, ei bartneres Moll Dawson yn ymdrechu'n galed i godi stumog anferth yr Iarll oddi ar ei choesau, ac yn chwilota'i bocedi am arian – heb ddod o hyd i ddigon i dalu pris ei chymwynas. Clystyrau meddw, clystyrau cableddus, clystyrau ymladdgar, a rhesi o welyau godineb – a hen ŵr blinedig yn mynd o gwmpas yn cyhoeddi rhwng ei ddannedd du, "Hanner nos, hanner nos!" – a hanner nos wedi hen basio . . .

Draw yn nhafarn y Rhosyn, roedd y tafarnwr yn holi un o'r merched, ac yn methu cael gair o synnwyr allan o'i phen. "Rown i'n meddwl ma ti ath ag e lan llofft?"

Roedd hi mor fud â'r corff ar y gwely. Gerllaw yr oedd cyllell hirfain a llyn o waed.

"Ti'n nabod hwn?" holodd y tafarnwr.

Para'n fud a wnaeth yr eneth . . .

"Diawl, diawl, groten, Mr Howard 'di hwn!"

Pan oedd y wawr ar dorri, a phelydrau eiddil yn chwarae ag ymdonni tawel dŵr yr afon, gwelwyd nifer o ddynion y cychod yn tynnu bwndel allan o'r dŵr.

"Corff!"

"Corff dyn!"

"Wedi'i glymu fel parsel, myn yffarn i!"

"Ddele fe byth ma's o'r cnotie hyn . . ."

Llusgwyd y corff i'r lan. Roedd y llygaid mawr a'r wyneb chwyddedig yn ddelwedd o syndod angheuol.

Chwiliwyd y pocedi. "Pwy yw'r adyn, sgwn i?"

Yr unig beth a ddarganfuwyd oedd amlen yn cynnwys deg darn ar hugain o arian.

Roedd enw ar yr amlen: Daniel O'Neill.

– 22 –

Bu Liwsi'n eistedd am hydoedd yn disgwyl i'r hen Nol ymddangos. Clywai ei lais yn dod o'r ystafell nesaf, weithiau'n gymedrol, weithiau'n gynhyrfus, bob amser yn awdurdodol. Nid argoelai ei fod yn cael ei ffordd ei hun gyda'i gynghorwyr y tro hwn. Beth os deuai trwy'r drws wedi methu cael perswâd arnynt i'w gollwng yn rhydd? Beth os dadleuai drosti a methu sicrhau ei phardwn? Beth os ymddangosai i'w hysbysu fod yn rhaid iddi ddychwelyd i'r gell yn y Tŵr? Roedd ei hebryngwyr tu allan i'r drws yn barod i fynd â hi'r ffordd honno.

Edrychodd o'i chwmpas â'r craffter hwnnw a fedd aderyn sy'n disgwyl y maglwyr. Gwelodd ffenestr hir a'r gwaelod ar agor tu ôl i ddesg Cromwell. Tybed mai ei hunig gyfle am ryddid – unwaith am byth – oedd mentro drwy'r ffenestr a ffoi am ei bywyd? Wel, nid oedd ganddi ddim i'w golli! Roedd dadlau mawr yn yr ystafell nesaf. Efallai ei bod yn gwrando ar y rhwyg gyntaf a ddymchwelai'r arweinydd! Medrai'i glywed yn pwyso ar ei gynghorwyr 'i ystyried y ffordd y daethant i San Steffan', gan fwrw golwg ar hanes Lloegr o gychwyn y ganrif, a phwysleisio fel yr oedd eu cyfnod nhw'n meddu 'delwedd Rhagluniaeth arno o'r eiliad gyntaf', ond synhwyrai Liwsi nad oedd yr un gefnogaeth frwd ar gael y tro hwn.

Llygadodd y ffenestr unwaith eto . . . Ac yn gyson â'i natur, unwaith yr oedd wedi dod i benderfyniad, fe'i cafodd ei hun yn llithro'n dawel drwy'r ffenestr ac i'r iard ac allan i'r stryd! Rhedodd nerth ei thraed, heibio i un gornel, heibio i gornel arall, i lawr un stryd, ac i lawr stryd arall, nes yr oedd pwnio ei chalon fel drwm yn ei chlustiau a'i hanadl yn dynn yn ei brest. Ta waeth, yr oedd allan.

Gallai gerdded yn fwy hamddenol yn awr. Brasgamodd heibio i gyplau, gwerthwyr blodau, bachgen â'i ferfa gnau, hen wreigan â'i chert llyswennod, nes dod at farchnadfa lle roedd theatr a phuteindy a nifer o hen gytiau gyferbyn ag eglwys. Gwelodd Liwsi hysbyseb – darn o bren ac enw wedi'i baentio arno – *Tom King*.

Roedd y Tom King hwn – safai tu allan i'w deyrnas sianti – yn ddyn bach bywiog, llygaid disglair, gwên barhaus, a phob ystum yn awgrymu cwrteisi esmwyth un a fagwyd uwchlaw ei stad bresennol. Fel mater o ffaith, mab y sgweiar Thurlow ydoedd, wedi priodi â merch Syr John Young, a chael ei addysg yn Eton cyn ei dderbyn i Goleg y Brenin. Ymadawodd dan gwmwl; bellach, ef oedd perchen y siedau cysgodol hyn, gan ennill ceiniog ychwanegol fel dyn handi o gwmpas y lle.

Tras hollol wahanol oedd i'w wraig, Fflos, un a aned mewn croglofft yn Stryd Golborne gerllaw Eglwys San Andreas-yn-y-Meysydd, ei thad yn feddwyn adnabyddus yn ei ddydd, Crispin, crydd a wariai ei holl enillion cyn gynted ag y câi afael arnynt; a'r fam yn ddynes lesg a geisiai gadw'r ddysgl deuluol yn wastad trwy gadw stondin ffrwythau a llysiau. Fe briodwyd Tom a Fflos gan hen offeiriad a ddi-urddwyd mewn siop briodas yn Stryd y Fflyd. Ar ôl cynilo am beth amser, llwyddodd y ddau i rentu'r siedau am £12 y flwyddyn oddi wrth Iarll Bedford. Roedd osgo aristocrat-aidd Tom yn gryn gymorth, felly medrai ef a Fflos ymffrostio bod rhai o wŷr mwyaf bonheddig y cylch yn manteisio ar un o'r cytiau hyn am wely dros nos neu'n galw heibio am goffi, o leiaf. Dyna a wnaeth Liwsi yn awr.

Nid oedd wedi cyrraedd y fan, cyn bod y Tom rhadlon yn estyn y croeso mwyaf brwd iddi, ffrwydriad o ewyllys da, a gwên a fanteisiai ar ei fochau a'i lygaid i eithaf eu posibil-iadau. "Merch i, dishgled fach o goffi, dere miwn, dere miwn! Rwyt ti'n edrych fel bod *isie* dishgled o goffi arnat ti – dere, dere!"

Cafodd Liwsi ei gosod wrth fwrdd bach crwn. "Diolch – diolch yn fawr!" meddai.

"Gwedwch, ferch, mm – wedi teithio mhell?"

"Na . . . naddo, naddo . . ."

"Os ca i fod mor hy, ga i ofyn – o ble dach chi wedi dod?"

Oedodd Liwsi – gobeithio nad oedd y dyn bach yn mynd i holi gormod! "O Gymru . . ." – yr ateb mwyaf diogel.

"O Gymru . . .? O *Gym*-ru?" Yn gwbl groes i ddis-gwyliad Liwsi, roedd Tom yn llawn diddordeb. "Ma llawer o grotesi Cymru yn gweithio o gwmpas 'ma," – nodiodd i gyfeiriad y puteindai cyfagos. "Fel mater o ffaith, ma 'da fi un yn gweithio yn y gegin nawr!"

"O . . ."

"Tro cynta i chi yn Llunden?"

"Na . . . na . . ."

"Ma'r groten sy yn y gegin yn dod o rwle'n Shir Bemro."

Roedd enwi'r hen sir yn ddigon – daeth rhyw gryndod i'r llais a'r dwylo. "Mi wela, mi wela . . ."

"Nid o Shir Bemro ŷch chi . . . nage?"

Nid oedd gofyn iddi ateb, oherwydd cerddodd merch i mewn yn dal cwpanaid o goffi poeth a'i osod o'i blaen. Wrth wneud, edrychodd Liwsi i fyny – daliodd y ddwy lygaid ei gilydd. Roedd edrych yn wyneb y ferch fel pe bai atgyfodiad y marw'n digwydd ger ei bron yr eiliad honno.

"Betsan!"

"Liwsi!"

Go brin bod gan yr un o'r ddwy lais i ddweud eu henwau gan gymaint eu syndod, ond roedd taro ar ei gilydd mor annisgwyl yn foddhad a oleuodd eu hwynebau fel petai haul y dwyrain wedi dod i dywynnu'n sydyn arnynt.

Eisteddodd Betsan a chydio yn llaw Liwsi. Syllodd arni a rhwbio'i llaw yn garuaidd. "O, Miss Liwsi, 'na braf ych gweld . . ."

"A thithe, Betsan."

Gostyngodd Betsan ei llais i sibrwd dros y bwrdd, wedi taflu llygad i wneud yn siŵr nad oedd y perchen yn clywed. "Own i'n meddwl ych bod wedi – priodi! Wedi priodi'r Prins!"

Plygodd Liwsi i sibrwd ei hateb. "Ddim ots am hynny nawr! Be wyt *ti'n* neud lan man hyn?"

Cerddai Tom King yn ôl ac ymlaen yn y cefndir ac ysai am wybod beth oedd y sgwrs.

Daliai Betsan i dolach llaw Liwsi – ni fedrai wneud digon i'w hanwylo. "Nag ŷch chi'n gwbod?"

"Betsan fach, ma 'na gymaint wedi digwdd – beth yw'r stori?" Sipiodd Liwsi'r coffi yn araf a disgwyl yn eiddgar am stori Betsan.

"Wel, mi ath Wil i wmladd dros y brenin – gadd 'i ladd tu fa's i Fryste – 'na'r cwbl geso i wbod. Own i'n dishgwl babi."

"Gawsoch chi ddim help tuag at y babi?"

"Nid babi Wil odd e."

314

"O . . .?"

"Nag ŷch chi'n gwbod, Miss Liwsi?"

"Na . . ."

"Ma fe 'run llygad â chi . . ."

"FI . . .?"

"O diar, teulu chi reit-i-wala, a does dim cwiddyl arna i chwaith."

Cysidrodd Liwsi hyn am eiliadau. "Nid 'y mrawd Rhisiart . . .?"

"Na . . . pertach nag e!"

"Ow! Mrawd Justus felly . . .?"

Siglodd Betsan ei phen yn bendant iawn.

"Na . . . pertach na hwnna he'd!"

"O, wn i ddim . . ."

"Jiw jiw, 'run sbit â *chi*, Miss Liwsi!"

"Wel, nid 'y mhlentyn i yw e . . ." Ac aeth yr atgof am ei phlentyn ei hun fel cleddyf drwyddi yn y fan a'r lle. "Plentyn pwy, Betsan?"

Rhoddodd Betsan ei phen i lawr, ond nid o unrhyw gywilydd ar ei rhan, ond yn hytrach rhyw falchder tawel. "Plentyn Wiliam Walter, ych tad."

Ni fedrai Liwsi wneud dim ond syllu'n fud. Plentyn ei thad! Faint rhagor o ddaeargrynfeydd oedd gan fywyd i'w rhoi dan ei thraed? Tybed a wyddai ei mam am hyn cyn mynd ohoni i ffordd yr holl ddaear? Tybed a wyddai ei brodyr – a'u bod wedi cadw'r peth oddi wrthi oherwydd y berthynas frenhinol!

"Odd 'y nhad yn gwbod am hyn?"

"Wrth gwrs, dyna pam ddes i lan i Lunden yn y lle cynta . . ."

"Ble fuoch chi'n byw?"

"Gyda'ch tad yn y tŷ – ych tŷ chi – yng nghefn Stryd y Brenin, nes iddo ddechre mynd yn dost."

"Mynd yn dost?"

"O do, a gorfod iddo werthu . . ."

"Dwedwch fwy!"

"Fe aeth i wrando'r pregethwr 'na. Pŵel . . . Vavasor Powel, a fe gas hwnnw ddylanwad rhyfedd arno. O, rodd e'n ddyn da, ond own i wastad yn credu fod Wiliam Walter yn ddyn dicon da *heb* . . . *heb* fynd fel nath e!"

"Beth ŷch chi'n feddwl – mynd fel nath e?"

Nid oedd Betsan fel petai'n rhy awyddus i fanylu. "Wel, shwd alla i weud, rwy'n credu 'i bod yn iawn i ga'l crefydd yn y galon, ond pan yw crefydd yn mynd lan i'r pen . . . O, ma'n wael wedyn!"

"Dodd nhad ddim yn arfer bod fel'ny."

"O, fe ddechreuws wirio bod 'na rywun o gwmpas, rhyw fath o bresenoldeb, nid yn unig teimlo agosrwydd rhywun, ond rhyw fath o lawenydd yn y teimlad, fel ma dyn yn teimlo wrth weld golygfa hardd ne ardd o flode ne wrando rhywun yn – canu'n bert! Odd e'n *siŵr* bod rhywun mowr mowr yn agos ato, nid breuddwyd, ond – Duw!"

"Wel, os odd hynny'n gneud iddo deimlo'n hapus, shwd ath e mor isel 'i ysbryd wedyn?"

"O pidwch â sôn, Miss Liwsi! Ddath yr hen gadno 'na hibo . . ."

"Pwy . . .?"

"Tom Howard!"

Teimlodd Liwsi ei gwaed yn oeri dim ond ei enwi.

"Be wnath hwnnw?"

"Wel, fe berswadws Wiliam i ddod i Lunden, gneud busnes yn y ddinas, ond bu'n rhaid iddo fenthyg arian i dalu dyledion yn ôl yng Nghymru . . ."

"Do . . ."

"Ma dyled fel rheteg lawr y rhiw a ffaelu stopo nes dod at y dibyn!"

"Ac fe werthwyd y tŷ i Tom Howard . . ."

"Dodd dim ffordd arall ma's."

Ystyriodd Liwsi a chofiodd. "Wyddwn i ddim dy fod ti o gwmpas . . ."

"Fe benderfynon ni gadw'r cyfan yn dawel – y babi, wrth gwrs. Ar ben hynny, ath Wiliam i deimlo am 'i bechode . . . O, mi ath i roi arian bant – er mwyn cael maddeuant, medde fe."

"*Pa* bechode?"

"Odd e ddim yn gweud . . ."

Teimlodd Liwsi'n drist wrth gofio'i thad yn awr. O, roedd ei mam yn ddynes rinweddol, ond efallai nad yw'n nefoedd i gyd i fod yn briod â thalp o rinweddau!

"Dodd dim lot ma's o le ar 'y nhad . . ."

"Dyna own i'n ddweud wrtho . . ."

"Hoffi merched bach y wlad."

"Wel, ni fu Wiliam yn ddim ond ffeind wrtha i."

"Buost tithe'n ffeind iawn wrtho fe, Betsan!"

"Do, falle, do, ond jiw jiw, fedrwn i ddim bod yn gas wrth mishtir! A phan ddath y babi . . ."

"Fe gadwoch y peth yn dawel iawn, chadd mam ddim gwbod."

"Na, dim gair, paid â styrbo Lisabeth, medde fe. A phan ddath y newydd am Wil – fe odd y cynta i ddod hibo . . ."

"Iefe . . ."

"Ma nhw'n gweud taw godineb yw hyn, medde fe, pan welws y babi. Wel, medde fe, y cwbl sy 'da fi i weud, ma godineb yn troi pethe pert i' rifeddu ma's!"

"Pertach o lawer na rhyfel – dyw rhyfel yn ildio dim ond galar a gofid a dagre mwy hallt na'r môr."

Roedd meddwl Liwsi wedi hedeg yn awr at ei phlentyn . . . Oedd, yr oedd plentyn yn medru newid a throi'r gwerthoedd mwyaf wyneb i waered. Roedd plentyn yn medru tynnu'r heulwen atoch pan oedd y nen yn llawn o gymylau.

Aeth ei meddwl at y duwiolion a fuasai'n ei holi a'i gwylio yn cael ei holi, eisteddiad o Biwritaniaid yn breudd-wydio am ddyfodiad Teyrnas Nefoedd ac yn ystyried rhyfel fel yr offeryn effeithiolaf, mor benstiff â'r Morgan Llwyd hwnnw yr oedd ei thad yn hanner ei addoli, partner Pŵel, heb sbario labrwr na bonedd na brenin:

The law was ever above kings
And Christ above the law;
Unhappy Charles provoked the Lamb,
To dust he must withdraw.

Fe glywsai ei thad yn adrodd y geiriau hyn i gythruddo'i wraig. Ac eto, ni fedrai Liwsi fwrw'r syniad allan o'i phen fod y gefnogaeth ryfedd i ryfel i'r diben o ddwyn Teyrnas Nefoedd i fod ymysg y pethau hurtaf a glywsai erioed. Teyrnas y gŵr a wnaeth faddeuant a chariad yn garreg sylfaen, a gosod plentyn – gwan a diniwed! – yn y canol! Un bychan yng nghanol y pwysigion a fu'n ei beirniadu – calonnau dur a phennau o bren!

A chyda hynny, rhedodd bachgen i mewn i'r ystafell gan fynd at Liwsi a gwenu arni fel petai'n hen gyfarwydd â hi. "Hylô!" Roedd ei lygaid yn disgleirio o ddiniweidrwydd a sylweddolodd mor gyfarwydd oedd yr wyneb ifanc newydd.

"Nawrte, nawrte," meddai'r fam, braidd yn anesmwyth. "Dos yn d'ôl y funud 'ma!"

"Na, gad lonydd iddo, Betsan!" plediodd Liwsi, yn rhyfeddu gweld mor debyg i'w theulu oedd y bychan. Plentyn ei thad, mor ddigamsyniol â'i brodyr a hithau!

Taflodd Betsan lygad ar Tom King a oedd draw wrth ei ddesg ym mhellter yr ystafell, wrthi'n cyfri'i arian a chadw llygad arni hi a Liwsi. Wn i ddim ar y ddaear beth mae'n disgwyl i ddigwydd, meddyliodd. Nodiodd ei phen, "Fe awn draw i f'ystafell i!"

Pan gododd Liwsi, gwelodd goridor hir yn arwain i ben draw rhes o gytiau pren. Wrth fynd heibio, cafodd gip tu mewn; dim ond gwely, cadair a manion eraill, digon at bwrpas un neu ddau, heb unrhyw fanteision, dim ond y cyfleusterau symlaf. Does bosib fod pobl yn *byw* yn y rhain, meddyliodd.

Maes o law, ar ddiwedd y coridor, hebryngwyd Liwsi i ystafell a rannwyd yn ddwy; lle bwyta a lle cysgu. Roedd y bychan yn awyddus iddi gael croeso. Cydiodd yn ei llaw. Gwenodd.

"Fan hyn wyt ti'n byw, Betsan?"

"Ie . . fan hyn."

Sylwodd Liwsi ar ffrog hardd yn hongian yn y lle cysgu. Nid oedd peth mor flodeuog yn gweddu rywsut i'r olwg dreuliedig oedd ar Betsan ar hynny o bryd. Mentrodd ofyn,

"*Shwd* wyt ti'n byw, ferch?"

"Wel . . ." Un gair, dyna'r cwbl, a'r llygaid a'r holl wynepryd yn cael eu meddiannu gan ryw ymatal mawr. Daliai'r bachgennyn i edrych i fyny i lygaid Liwsi a chydio yn ei llaw fel un wedi darganfod ffrind newydd ac yn benderfynol o beidio â gollwng gafael. Daeth llais Tom King ymhen eiliadau yn y coridor yn sgwrsio'n wresog gyda gŵr bonheddig ei acenion a merch. Clywyd swn arian. Edrychodd Betsan yn anesmwyth. "Shwd wyt ti'n byw, Betsan?" gofynnodd Liwsi eilwaith.

"Wel . . ." Un gair, dyna'r cwbl, a'r llygaid a'r holl wynepryd yn cael eu meddiannu gan yr un ymatal mawr.

"Ma gen ti blentyn i'w gynnal – go brin y cewch ych cadw, y ddau ohonoch, am olchi llestri a gweini coffi . . . mmmm?"

Nid oedd Betsan yn fodlon edrych, ond . . . dechreuodd siarad. "Golchi llestri neu weini coffi . . . be 'di'r ots? Pan fo plentyn i'w fagu, a hynny'n dibynnu arnoch chi'n unig, mi wnaiff unrhyw fam gywir *unrhyw* beth – tra bod nerth yn 'i chorff a synnwyr yn 'i phen. Odych chi'n gweld bai arna i, Miss Liwsi?"

Ni chafwyd ateb ar ei ben; roedd sefyllfa'r fam a'i phlentyn yn haeddu ystyriaeth, ystyriaeth ofalus. Dywedodd Liwsi ymhen amser, "Ma gen inne blentyn hefyd . . ."

"Be ddigwyddodd i chi, Miss Liwsi?"

"Priodi. Priodi mab y brenin! Mi fedr croten o Gymraes fynd yn forwyn neu fynd i werthu blode neu neud matie rhacs, ond os caiff rhywrai syniad 'i bod hi'n breuddwydio am fod yn Frenhines Lloegr . . . bydd y Breniniaethwyr fel Clarendon am 'i diarddel a'r Piwritanied fel gwŷr Cromwell am 'i dilorni . . ."

"Ow, Miss Liwsi fach, ma cwiddyl arna i, dach chi wedi cymysgu 'da phobl barchus ofnadw!"

"Parchus, wir!"

"Fedra i ddim fforddio bod yn barchus . . . Fydde'n rhaid i nghrwt bach i fynd heb fwyd yn 'i fola a tho uwch 'i ben i mi gael bod yn ledi. Na, fedra i ddim fforddio hynny."

"Be dw *i* wedi'i weld o'r ladis ym mhlase Ewrob, dŷn nhw ddim pats arnat ti."

"Does gen i ddim dewis, chi'n gweld. Cadw mhlentyn yn ddiddos a chinog yn 'y mhwrs! Ma nghorff wedi gneud y peth gore wnaiff e byth – rhoi genedigaeth i hwn. Dyw e fawr o gownt be wnaiff e mwy. Nid arna i a'm siort ma'r bai mwya – pwy sydd i' feio am buteinied? Chi moyn gwpod? Dinon fel hwn wrth y drws 'ma sy'n rhoi gormod o waith a rhy chydig o arian i grotesi. A'r dynion sy'n dod miwn 'ma – nid menyw ma nhw moyn, ond rhyw rith sy'n fronne a ffolenne i gyd! Rown i gyda dyn nithwr, mi fydda i gydag e heno 'to, ond nid *fi* ma fe'n mofyn, ond rhyw nosiwn sy yn 'i ben e – rhwbeth rhwng tegan a chath fach chwareus! Mi fydda i'n edrych ar y cryduried withie a ma nhw'n edrych lawr arna i o binacl 'y mola – ond dŷn nhw ddim yn 'y ngweld *i*! Rwy i'n guddiedig! Dw i ddim yn bod! Ma nhw'n pwnio a thagu'n chwys i gyd ryw fenyw sy ddim 'na. Fu rioed yn bod. Fydd byth yn bod – ond yn 'u penne nhw! Yr unig beth reial ma nhw'n gneud yw talu – a does da fi ddim cwiddyl i gymryd 'u harian nhw! Rwy wedi'i ennill – mwy nag y gall hwn wrth y drws ddweud!"

Bob hyn a hyn, deuai'r plentyn heibio i hawlio sylw. Astudiodd Liwsi ei dalcen a'i lygaid a siâp ei wyneb; rhyfedd o beth oedd natur! Roedd yn gywir fel byseddu wyneb ei thad yn ystod ei phlentyndod, pan oedd yn ieuangach, ond – yr un ddelw. Yr un ddelw â Justus a Rhisiart . . .

"Be 'di'i enw fe, Betsan?"

"Wiliam!"

"Fel 'i dad . . ."

"Fel 'i dad!"

Edrychodd Liwsi o gwmpas yr ystafell. Digon cyfyng, digon llwm, ond – chwarae teg iddi – roedd Betsan wedi gwneud mwy na'i gorau o beth oedd ganddi. Mae'n wir nad oedd fawr o le i wneud dim, byddai'n gofyn dewin; eto i gyd, roedd ôl bysedd a dychymyg ar glustog a phictiwr a ffrâm. Roedd yn gysur i wybod mai merch fel hon fu'n lloches i Wiliam Walter ar y diwedd. Ni fedrai atal rhag gofyn,

"Mi odd yn dda deall ych bod 'da nhad ar y diwedd –
shwd ddiwedd gadd y truan?"

"Shwd ddiwedd? Wel – rwy'n meddwl i mi roi rhyw
gymaint o gysur iddo . . ."

"Ath heibio i dŷ mam-gu unweth yn gweiddi a
chyhoeddi, fel ydw i'n cofio . . ."

"O, do, mi ath yn ddigri iawn, meddwl ma fe odd Paul,
meddwl ma fe odd Ioan Fedyddiwr, ond – gwella wedyn.
Nes dath Tom Howard i waedu'r pwr dab am arian – a
chymryd y to uwch 'i ben! O diar, diar . . ."

Sylweddolodd Liwsi bod y sgwrs yn dechrau cyffroi
teimladau Betsan, felly oedodd cyn gofyn ymhellach,

"Fyddet ti'n fodlon dod 'da fi . . .?"

"I ble nawr?"

"I weld yr hen dŷ . . ."

"O'r gore . . ."

Nid oedd brwdfrydedd yn yr ateb hwn, ond cyn pen yr
awr yr oedd y plentyn yn cerdded rhwng y ddwy i gyfeiriad
yr annedd a fu'n gartref dros gyfnod i Wiliam ac Elisabeth
Walter.

"Wyddost ti be, Betsan, ma dy weld di a'r crwt bach
wedi ngwneud i'n fwy penderfynol nag erioed i gael
meddiant o'm plentyn innau."

"Beth yw 'i enw?"

"Jâms. Dyw e ddim yn annhebyg i dy blentyn di, cofia!"

"Falle fydd Wiliam Walter fyth farw tra bo'n dau fach ni
ar dir y byw!"

Llundain yw Llundain, meddyliodd Liwsi. Dyna brofiad
od – cerdded yn ôl dros hen lwybrau. Mae'r ffyrdd yr un,
mae'r adeiladau yr un, mae'r awyrgylch yr un, mae'r
wynebau yr un; ac eto, does dim byd yr un mwyach. Tad a
mam a mam-gu wedi diflannu – pobl oedd fel rhan o'r
tirwedd, amlycach na thŵr, pwysicach nag adeilad . . .
wedi mynd. Deuai ambell hen wreigan allan o'i bwthyn i
weld pwy oedd yn mynd heibio; wyneb hynafol, fel un a
fuasai ar stepan y drws ers cenedlaethau. Codai ambell
sgweiar ei het a chyfarch yn ffroenuchel. Moesymgrymai
rhai o grotesi'r ardal. Mynd heibio i lyn o ddŵr, hwyaid,

gwyddau, cyffylod, a llanc a basged ar ei fraich yn mynd o ddrws i ddrws yn cynnig ei bastai'n llawen fel petai ar fin porthi'r pum mil. Mynd heibio i dafarnau, Yr Arth, Y Fuwch Goch, Llwyncelyn, swn ffidil yn dod o un o'r ystafelloedd, seiniau telyn yn dod o un arall, chwerthin a chanu baled . . . nes dod at y tŷ.

Ni fedrai Liwsi ond edrych yn syfrdan.

"Does dim ar ôl . . ."

"Dim . . ."

"Be ddigwyddodd?"

"Fe'i llosgwyd i'r llawr!"

"Gan bwy . . .?"

"Wiliam Walter!"

"Nhad . . .?"

Nodiodd Betsan. "Ar ôl i Howard dynnu gwaed roedd Wiliam yn benderfynol na fyddai maen ar faen yn sefyll."

"Druan ohono!"

Sylwodd Liwsi ar y dagrau'n llifo dros ruddiau llwyd Betsan. "F⸝ stiodd hynny 'i fywyd iddo."

"Shwd hynny?"

A thrwy'i dagrau, meddai Betsan, "Fe'i crogwyd. Wyddwn i ddim nes mynd i weld y corff yn hongian fel sach yng ngolau'r sêr."

Cerddodd y tri ymaith . . .

– 23 –

Gŵr ifanc trist a edrychai allan o ffenestri'r Louvre y bore hwnnw. Ar bob llaw, roedd gelynion yn bygwth o hyd, er iddo ef a'i gynghorwyr ddefnyddio pob ystryw i adfer ymddiriedaeth yn y Frenhiniaeth. Roedd Iwerddon a Jersi wedi'i siomi, ac yr oedd yr alltudion yn dylifo'n ôl i Loegr gan ildio eu hystadau heb air o brotest. Mae'n wir y deuai ambell grwydryn ffyddlon heibio: "Wedi byw mewn croglofft yn Caen!"; "Wedi sythu am fisodd mewn wyrcws yn Antwerp!" – ac yn cynnig ei wasanaeth i'r brenin alltud.

Gadawai Siarl i Edward Hyde ddelio â'r rhain. Byddai'n dweud wrth ambell un – "Ddyn bach, cod dy galon! Bydd mor llawen ag ma'n bosib i bobl fach onest a thlawd fod!" Ni fedrai neb wfftio'r fath eiriau o enau'r fath ddyn, oherwydd gwyddai beth oedd dioddef ergydion creulonaf bywyd – "Os bu neb yn dlawd, myfi'n dlotach; os bu neb unig, myfi'n unicach; os bu neb dan draed, myfi'n iselach!"

Gwyddai Hyde fel ei frenin nad oedd fawr neb ar ôl y medrai ymddiried ynddo – ar wahân i Ormonde – llysgennad adfydus Iwerddon. Eto i gyd, roedd ei sêl mor eirias ag erioed – "Ni ddaw gogoniant ein gwlad yn ôl ond trwy'r Eglwys a'r Orsedd a'r Senedd!" Dyna'r gobaith mawr y bu'n ei gynnig mor daer gynt i'r Brenin Siarl; a dyna'r union obaith a roddai'n awr i'w fab i geisio gwasgaru'r cymylau a'i ysbrydoli i adfer y gogoniant a fu yn hanes ei deulu a'i wlad.

Nid bod y mab hwnnw'n ddifater ynghylch hyrwyddo dyfodiad ei deyrnas a dychweliad ei bri; bu'n gyfrifol am anfon llysgenhadau i bob llys yn Ewrob, er iddyn nhw'n amlach na dim ddychwelyd yn waglaw. Gwyddai beth oedd prin fodoli ar ei gyllid ei hun, dim ond ceiniogau hen gefnogwyr ar eu cythlwng yn ddigon teyrngar i gofio amdano; ac yr oedd y sawl oedd gydag ef yn ei alltudiaeth yn gorfod byw – ac yn fodlon byw – ar fawr ddim amgenach na'u gobeithion am well byd pan dorrai'r wawr ar hirlwm y nos hir. Ni fyddai'n blino ar ganmol y selogion hyn, gwŷr diflino a oedd wrthi'n gyson yn cynllunio, dadlau, a threfnu, gan greu'n fynych gryn ddiflastod a therfysg ymysg gweision bach cyfrwys Cromwell.

Ni fedrai neb wadu nad oedd Siarl, er ei holl ofidiau, yn fwy na theyrngar i'w gyfeillion; ni fynnai i'w fam ddweud gair croes yn erbyn Harri Bennet, nac i'w frawd cenfigennus a Hyde siarad yn fychanus am Ned, un o'r partneriaid mwyaf digrif yn y llys.

Wrth gwrs, er ei holl rinweddau, yr oedd gan Siarl ei wendidau; ac fel yr âi'r amser heibio heb Liwsi, a dim ond wyneb ei blentyn i'w atgoffa'n feunyddiol ohoni, deuai'r gwendidau hynny fwyfwy i'r amlwg.

"Brensiach annwl, Siarl!" achwynai'i fam, hithau fel cysgod yn ei ddilyn i bob man a'i thrwyn yn medru arogli unrhyw fodan a lynai wrth ei fawrhydi rhamantus. "O mi garwn i taset ti'n byhafio fel dyle brenin fyhafio – yn enwedig yng ngŵydd 'i gynghorwyr a llond gwlad o estronied!"

"O mam annwl, pidwch â phoeni!" atebai, gan addo ar ei lw i rodio'n deilyngach o'i ach a'i anrhydedd. Ysywaeth, cyn gynted ag yr oedd allan o olwg Henrietta Marïa, clywid ei lais yn uchaf a'i chwerthin yn dod o waelod ei ymysgaroedd yng nghwmni rhai o forynion y palas neu rai o filwyr masweddol ei fintai.

"Welsoch chi'r Fonesig o Chatillon yn arogli fel ast rownd i dîn y Prins?"

"Ow, fe ddenai'r tîn brenhinol dyrchod ma's o'r ddaear ganol gaea heb sôn am ddugesau ma's o'u gwlâu!"

"Pidwch â gneud sbort o Bablon – ma hi'n groten fendigedig! Tase pob rhan ohoni mor brysur â'i cheg, mi fydde'n nefodd i'w chael dan y dillad! Fel ma pethe, y peth gore ma hi'n gneud yn y gwely 'di chwyrnu!"

Arswydai'r frenhines wrth glywed y fath siarad, a'i mab yr ucha'i gloch yn y fath gwmni.

Rhedai ymaith bob cynnig ar draed ysgafn un ai i'w gwely ar ei hyd neu i'w chapel ar ei gliniau.

Sut bynnag, os medrai Siarl nacáu'r lodes o Chatillon, deuai eraill heibio na fynnai am bris yn y byd golli'r cyfle i ymblesera gyda nhw.

"Yr hyn ma dy fam yn poeni yn ei gylch," meddai Madame de Motteville wedi i'r frenhines erfyn arni i gael gair rhybuddiol gydag ef, "yw dy fod yn syrthio mewn cariad mor rhwydd! Rwyt ti'n cofio fel y cest dy hurtio gan y Gymraes – a ma'r babi dan dy drwyn."

"Dyna ddigon, dyna ddigon!" Ni fynnai Siarl o hyd un gair yn feirniadol na sarhaus am Liwsi. Derbyniai fod ei phresenoldeb yn anfantais yn y cylch brenhinol ar hyn o bryd, ond ni fedrai dros ei grogi fwrw'i awydd amdani ymaith fel y gwnaethai â'r crotesi eraill yn ei fywyd.

Dywedasai Hyde wrth daro ar Madame yn un o'r coridorau,

"Ma fe wedi dirywio'n enbyd – dim ond diogi ac ymblesera gyda merched sy ar 'i feddwl oddi ar i ni gael gwared o'r Gymraes!"

Atebai Siarl ei gynghorwr ffwdanus, Edward Hyde, "Tasech chi'n medru fy helpu i gael gwared o nyledion cyn rhwydded ag y llwyddasoch i gael gwared o ngwraig, fe fyddech gryn dipyn fwy defnyddiol o gwmpas y lle 'ma."

Ar wahân i edrych ar y tywysog a'r darpar frenin fel cydwybod, deuai Hyde ar ei drywydd yn gyson â briwsion o newyddion am y sefyllfa gartref.

"Ma'r bobl wedi cynddeiriogi, trethi'n dal i godi, tu hwnt i'w goddefgarwch . . ."

Oedd, wrth gwrs, roedd newyddion fel hyn yn galonogol. Tybed a oedd y wawr ar dorri? Pryd, o pryd y deuai?

"Stori i law oddi wrth Twm Corbin – Syr John Pakington yn cael 'i ddala sha Fforest Bewdley, a dau focs trwm yn 'i feddiant! 'Be sy yn y rhain?' medden nhw. 'Dim ond casgen fach o win a ffircin o sebon!' medde ynte. 'Rôl iddyn nhw fynd, tynnodd Syr John y clawr – dim ond i weld bod y dryllie'n iawn! Draw sha Dyfnaint, wynebe rhyfedd miwn carnifal, cwch od yn dod i'r lan, miwn i gilan – a'r balast yn fwledi! . . . Cafalïwyr yn gweud, medden nhw, 'Tase'r goron ar ben Siarl, mi fydde'n llywodraethu'n bert, digon o ryddid i bawb – a dim mwy o drethi!' . . . Dynion o bob math o gred yn mwstro nawr i gael gwared o Cromwell . . . Pam? Am ei fod yn gormesu'r tlawd a'u bradychu, cymryd 'u tai oddi arnyn nhw, tai na chodwyd ganddo, ac ni chaiff lonyddwch yn 'i goluddion – Melltithion Duw fel pethe hedegog a oddiwedda deulu'r lleidr mawr!"

Gwir oedd y gair. Ymhob cwr o Loegr, roedd dynion yn ymbaratoi ar gyfer gwrthryfel.

24

Pan oedd Liwsi a Betsan a'r bychan yn oedi wrth adfeilion tŷ Wiliam Walter roedd dau ŵr yn cerdded i'w cyfeiriad. Daethai'r ddau ar hyd ffordd gyfarwydd lle roedd clwstwr o adeiladau o bob math ac oed, rhwng yr afon a'r parc. Trwy ganol San Steffan, y ffordd y daethent, rhedai ffordd gyhoeddus a gysylltai Westminster a Chroes Charing, pentre digon gwledig, â Llundain. Ar yr ochr ddwyreiniol, gwelid plasau'r pendefigion, tai crand a addurnai'r Strand a'u gerddi o flodau a ffrwythau'n cyrraedd hyd at y Tafwys, a'r lle y gwelid ceiliogod y gwynt a thyrau Llundain ac eglwys hynafol San Paul yn ymsythu mewn gogoniant yn uwch na nhw i gyd. I'r gorllewin, tu hwnt i'r parc, caeau a ffyrdd Kingston ac Exeter yn rhedeg ar draws, nant Westbourne yn ymdroelli'n ddiog ar ei ffordd i'r Tafwys drwy ddolydd o friallu Mair a blodau melyn, nes dod at bentrefi bach Kensington a Chelsea. Ffordd yr oedd y ddau ŵr yn hen, hen gyfarwydd â hi.

Dyma'r ffyrdd y bu'r ddau yn eu troedio gynt yn ystod eu bachgendod ar ryw grwydriadau hafaidd gyda'u tad. Nid oedd y llanciau a safai wrth y fynedfa i lafoerio wrth syllu ar goesau deniadol y lodesi a esgynnai i'r goets, a'r gwŷr lifrai a wawdiai'r pentrefwyr a gerddai'r lôn, a'r hen ddynion o'r Twr yn eu gwisgoedd aur a choch a segurai'n hamddenol aros eu cwpanau lledr yn y Neuadd – nid oedd y rhain i gyd mwyach yn ddim ond ysbrydion.

Dyma'r lle, cofiodd un ohonynt, lle y dechreuasai ar ei yrfa yn was i Crowland – ei feistr gynt, o barchus goffadwriaeth, y gŵr y disgwyliasai wrtho ar ddiwedd pob prynhawn i lofnodi'i lythyrau – mynd â'i arian i'r banc i'w cadw'n ddiogel rhag y cwsmeriaid trachwantus a'r gwŷr busnes hunanol a gerddai i mewn ac allan o'r swyddfa trwy gydol dydd gwyn. Cofiai fel y gwnâi ei ffordd drwy'r milwyr a'r gweision a'r morynion bach seimlyd newydd ddod o ganol eu pedyll a'u sosbannau i frasgamu tua'r afon; yno, cymerai gwch i Lundain i ymweld ag un o gwsmeriaid ei feistr yn y Gyfnewidfa, neu sefyll, cap yn ei law, mewn parlwr neu wrth ddrws yn Stryd Lombard. Gwnaed yr holl bethau hyn ganddo'n brydlon a manwl, wrth ei fodd i weld bod busnes ei feistr mewn trefn, ac fel hyn y cafodd ei hyfforddiant i fod yr hyn ydoedd bellach, un o uchel-weinyddwyr Sir Benfro, sir ei eni. Rhisiart Walter oedd ei enw.

Am y llall, ei frawd, cofiai ef hefyd am ddyddiau dechrau'r daith, pan oedd yntau'n cychwyn ar ei yrfa, clerc bach yn San Steffan, gwas bach i Mr East, cyfreithiwr, negesydd, ac eilun y morynion, ond dyna gychwyn gofidiau gyda'i feistr eiddigeddus. Ymadawai Mr East am gyfnodau hir gan adael ei fusnes yn Stryd y Fflyd a Hinchinbrooke iddo ef a'r merched, a gadael iddyn nhw – ar wahân i ddylet-swyddau'r swyddfa – ymorol am eu cyflog a'u prydau yn un neu ddau o'r tai bwyta o gwmpas y palas a strydoedd Westminster. Cofiai fel y digwyddodd i'r merched ddod i adnabod rhai cymeriadau tra amheus, ac i un gymryd mantais a diflannu gydag un o'r merched a pheth o eiddo ac arian y meistr. Bu'r diwedd yn ddigon chwerw ar wahân i'w wneud ef, Justus Walter, yn dyst . . .

Ond nid oes wynt adfydus nad yw'n chwythu'n ffafriol i rywun – ac ef oedd y rhywun hwnnw yn hyn o achos! Nid oedd mor ddiniwed yn ei berthynas â'r ferch honno, ond yr oedd ei hoffter hithau ohono am ei ddoniau carwriaethol yn ddigon i'w chymell i fynd ar ei drywydd pan glywodd iddo gael gwell swydd yn swyddfa Ysgrifennydd y Llynges. Bu'n ffrind agos i'r Sara honno ar ôl hynny, er nad oedd hynny'n cyd-fynd efallai â dyletswyddau un o weision y fath awdurdod pwysig. Roedd cymryd croten fel Sara, cofiodd yn awr, ar ei lin i'w chusanu yn dipyn o fenter, ond yr oedd gosod y fath fwndel o demtasiwn ar ei lin a gadael i'w ddwylo hedfan fel colomennod dan ei dillad yn beth arall hollol. Wel, roedd hynny, trwy drugaredd, ymhell yn ôl yn y gorffennol. Bellach, roedd y byd wedi newid ac yntau wedi newid ac yn gyfreithiwr parchus yn swyddfeydd anrhydeddus Gray's Inn, a'i enw yr union enw a alwai Liwsi yn awr . . .

"Justus!"

Ac atebodd yntau'n llawen, "Liwsi!"

Nodiodd Betsan yn wylaidd ar y ddau wŷr bonheddig – cofiai'r ddau yn dda, ond ni chymerodd yr un ohonynt arno ei chofio hi. Sylwodd arnynt yn llygadu'r plentyn yn amheus iawn, ond ni ddywedwyd yr un gair. Teimlodd fod y distawrwydd yn gyfle braf iddi'i hesgusodi'i hunan,

"Bydd yn well imi neud fy ffordd sha thre . . ." Gwasgodd fraich Liwsi a gwneud llygaid arni. "Dewch hibo pan gewch chi gyfle!"

"Mi wna i, mi wna i . . ."

Ni ddywedodd na Rhisiart na Justus un gair o'u cegau.

Cyn gynted ag yr oedd Betsan a'i phlentyn wedi mynd allan o glyw, trodd Liwsi at ei brodyr,

"Nefoedd fawr, be odd ystyr y mudandod mawr?" Ni chafodd ateb. "Wyddoch chi, ddau sgweiar, pwy odd honna?" Ni chafodd ateb eilwaith. "Wyddoch chi pwy odd y plentyn . . .?"

Llwyddodd Justus i ofyn yn ddihidans, "Pwy?"

"Dy frawd bach, y ffŵl!"

Ymatebodd y ddau i hyn yn union fel pe bai Liwsi'n anelu cyhuddiad. Agorodd Rhisiart ei geg o'r diwedd. "Be – beth yw hyn?"

"Dyna Betsan a aned ac a faged o fewn ergyd carreg i'r ddau ohonoch! A dyna'i phlentyn gyda hi – ac fe gadd y plentyn hwnnw yr un tad â *chithe*."

A bu hynny'n ddigon i rewi'r sgwrsio, os nad y berthynas; dau frawd a chwaer, tri a fagwyd ar aelwyd gynnes, os tymhestlog ar dro; tri heb weld ei gilydd ers hydoedd, wedi mynd i gyfeiriadau tra gwahanol, bellach wedi eu tynnu at ei gilydd gan argyfwng, y gorfod mewnol hwnnw sy'n llywio tynged ar dro, grym y gwaed yn y gwythiennau, yr union bŵer a barodd i'r tri heb na gair nac ebychiad gyfeirio'u hunain tua'r adfeilion a fuasai'n gartref iddyn nhw gynt.

Safasant o flaen y rwbel. Syllu. Cofio. Hiraethu.

Dechreuodd y tri gerdded ymaith.

"Wel, be sy'n mynd i ddigwdd i ti, Liwsi?" gofynnodd Rhisiart.

"Paid â becso! Mi fydda i'n iawn . . ."

"Mi fyddwn i'n fodlon rhoi cartre i ti, ond –"

"Ond –?" Chwarddodd Liwsi.

"Dw i ddim yn credu y bydde hynny'n beth doeth."

"Fydde fe ddim . . ."

"Nid o'm hochr i, ond o d'ochr di. Well i ti beidio dangos dy hun o gwmpas Llundain am sbel."

Meddai Justus, "Os 'di hynny'n wir am Lunden, ma'n siŵr o fod yn wir am Gymru! Mi fydde Sir Benfro yn dy wynto di – fe wyddost shwd drwyne sy gan wŷr Sir Benfro am dipyn o sgandal! Unweth ma blas afal Eden rhwng 'u dannedd nhw . . ."

"Fechgyn!" meddai Liwsi, "pidwch â meddwl y down i ar draws yr un ohonoch – mi wn taw dim ond cywreinrwydd a gofid am ych enw da ddath â chi 'ma nawr. Ewch, ewch, carcwch ych hunen am ych bywyd . . ."

"Paid â siarad dwli, Liwsi!" meddai Rhisiart, yn ysgwyd ei chwaer i wrando arno. "Gwranda! Fe ddath y ddau ohonom 'ma i ddiben."

"Pa ddiben?" gofynnodd Liwsi'n sgornllyd.

"Setlo tipyn o hen gownt!"

"Gyda phwy?"

"Rhywun yr ath nhad i'w grafange . . ."

"Tom Howard?"

"Hwnnw!" meddai Justus.

"Bu bron i minne fynd i'w grafange he'd . . ."

Edrychodd y ddau frawd yn ddwys ar eu chwaer. Meddai Rhisiart, "Ddaw e ddim i dy boeni mwyach."

Saib hir . . . dim ond llygaid yn siarad.

Meddai Rhisiart, "Dyna pam ma gwell i ti – ddiflannu."

Meddai Justus, "O Lunden ac o Gymru . . ."

Ni fedrai Liwsi goelio yr hyn a awgrymai'i brodyr.

"Mi af i'n ôl i Ffrainc . . . Rotterdam . . . rhwle . . ."

Ac wrth gerdded ymlaen ymhlith y bobl bellach, sylweddolodd y brodyr yn sydyn bod Liwsi *wedi* diflannu – mor ysgafn â rhith o'u golwg.

25

Daeth Liwsi ymhen amser at lecyn o'r neilltu lle roedd digon o goed cysgodol a mainc i eistedd. Mor dda oedd bod o'r diwedd heb neb o gwmpas; neb i holi, neb i amau, neb i ddyfalu. Roedd yn dda ganddi weld ei brodyr, er nad oedd eu cyfarfyddiad yn cynnig cyfle i siarad, na'r gyfathrach rhyngddynt rywsut yn gwneud hynny'n beth i'w geisio. Gwyddai a theimlai mai ei brodyr oedden nhw, ond parodd amser iddynt ymbellhau fel nad oedd yr hen rwyddineb yng nghwmni'i gilydd yn bosibl. Bron na theimlai'n nes at Betsan – a rheswm da am hynny; roedd hi'n *fam*. Fe all mai bod yn fam oedd y peth pwysicaf yn ei chylch hithau, Liwsi Walter, ac nad oedd dim ar ôl iddi mewn bywyd ond adfer ei phlentyn a'i mamolaeth. Roedd hynny'n bwysicach nag adfer ei goron a'i deyrnas i Siarl.

Siarl! Siarl druan! Siarl, y carwr eiddgar a'r priodfab a addawodd iddi'r haul a'r lloer a'r sêr ar wahân iddo'i hunan – ac yntau heb ddim ond arian benthyg i brynu modrwy ac arlwy briodas a chydnabod yr esgob druan a'u cyhoeddodd yn ŵr a gwraig priod! "Yr hyn a gysylltodd Duw na wahaned dyn" – a Henrietta Marïa, Clarendon, Cromwell, Fairfax, a'r holl hil helbulus yn eu rhwygo ar wahân.

Daeth yr atgof am Siarl fel rhyw awel dyner heibio iddi; creadur talach na'i gymrodyr, wyneb difrifol heb fod yn flin chwaith; pryd tywyll, ond ei lygaid yn goleuo'i wedd bob amser, llygaid byw, llygaid buan. Wyneb ifanc oedd yr wyneb a'i denodd y tro cyntaf hwnnw, ond un yr oedd amgylchiadau wedi gwasgu tipyn arno erbyn hyn; gwallt ddigonedd, gwallt du'n disgleirio fel eboni, ac yn fodrwyau fel rhaeadr dros ei ysgwyddau. Cerddai'n unionsyth a chadarn, medrai ddawnsio mor ddeheuig, chwarae mor fedrus, pal mal neu dennis, a marchogaeth ei geffylau – hyfforddiant y twyllwr hwnnw, Howard.

Oedd, ar wahân i'w bersonoliaeth, yr oedd yn ddiwyll-iedig. Ei Ffrangeg mor rhwydd, bob amser yn naturiol, ac yntau'n fab i Henrietta Marïa! Nid oedd ei Eidaleg a'i Sbaeneg fawr tlotach. Medrai gystadlu â Changhellor ei

Drysorlys am ei fathemateg, ac adrodd darnau helaeth o Aristotelys cyn rhwydded â'i bader. Dawn arall a feddai, nid un a ddysgwyd, ond un a etifeddodd, medr rhyfedd i ddarllen pobl. Roedd wyneb yn dweud cyfrolau wrtho. Meddai'i fysedd ddawn i wneud darlun, golygfa neu bortread; mewn mater o funudau yr oedd y wyrth yn ddiogel ar bapur cyn berffeithied â dim fu mewn olew ar gynfas erioed. A pha beth bynnag y gamp, ef a fyddai'r olaf i ganmol – chwarae teg iddo.

Aeth llaw Liwsi rhwng ei bronnau i estyn am y dystysgrif; er gwaethaf pob ystryw a helbul, roedd y peth yn dal yn ei meddiant. Fe'i darllenodd yn ofalus . . . araf . . . hiraethus – 'Liwsi Walter – Siarl Stiwart', a Siarl wedi sgrifennu wrth ei henw, *Brenhines Lloegr, Cymru, Alban ac Iwerddon*! Er ei holl drafferthion, dyna un peth a gadwasai Siarl trwy'r cwbl – rhywbeth wedi'i etifeddu oddi wrth ei dad, yn ddiamau – ei syniad o holl-bwysigrwydd y Frenhiniaeth. Eglwys Loegr oedd ei grefydd, er bod ganddo gryn barch i Rufain, ymweliadau ei hoffeiriaid bob amser yn dderbyniol i roi rhyw garthiad ysbrydol i greadur o'i dueddiadau ef. Roedd y syniad o fod yn frenin yn apelio, er nad cymaint i Siarl ag i'w frawd Jâms; a pha mor ddeniadol bynnag fyddai gwisgo'r goron ryw ddydd, nid oedd yr anrhydedd na'r cyfrifoldeb i aflonyddu dim ar ei fwyniannau.

Un fantais fawr a feddai, faint bynnag ei broblemau: yr oedd Edward Hyde, yr hen Glarendon, o'i blaid. Doedd dim yn ormod i hwnnw er mwyn diogelu anrhydedd y Goron. Gwyddai Liwsi hynny yn rhy dda – fe gafodd hi a'i phlentyn fynd yn ysglyfaeth cyn i unrhyw gysgod ddod tros y tywysog! Hen greadur balch oedd Hyde, parod bob amser i gecran a dadlau, byth yn fodlon onid oedd ym mhlu rhywun yn peri anesmwythyd. Ond lle roedd y Frenhiniaeth yn y cwestiwn, gŵr cwbl ddiffuant, a pheryglus! Dau beth a garai'n fwy na'i einioes ei hun, y Frenhiniaeth ac Eglwys Loegr; dau beth a ffieiddiai'n fwy na'r Gŵr Drwg, Piwritaniaeth a chodi allan o'i wely yn y bore.

Roedd yr haul yn dechrau cilio o'r ffurfafen. Meddyliodd

331

Liwsi am y strydoedd y daethai trwyddynt i ddod hyd yma. Nid oedd un drws y medrai ei guro a derbyn croeso. Gwelsai ambell goets yn aros wrth ddrws, y ladi ysgafn-droed yn codi'i sidanau i ddisgyn, a'r morynion yn rhedeg i lawr y dreif i weini tendans – fel crotesi'r gegin yn San Germain a'r Louvre a faldodai einioes annifyr Henrietta Marïa. Clywsai'r dynion cyhyrog a wthiai'u ceirt yn cyhoeddi'n gras eu nwyddau – ambell un yn mentro canu – a rhywbeth oer a chwrs a chreulon yn eu lleisiau. Dynion, meddyliodd, dynion! Mor braf fyddai medru tynnu cyrtenni fel y gwnâi gynt . . . a chadw'r byd allan.

A daeth rhyw ymdeimlad drosti o fod yn ferch mewn byd o ddynion – y math o deimlad a gawsai o flaen swyddogion Cromwell – un mewn perygl a than gyhuddiad. Mae'n debyg mai dyna pam y mentrodd fod mor eofn; un peth na lwyddodd erioed i ddygymod ag ef fel merch – bod yn eil-radd i ddyn! Ni fedrai fyth dros ei chrogi fod mor wasaidd a thawedog â'i mam.

Ond byd fel'na ydoedd! Hen fyd haearnaidd lle roedd dyn yn ben! Faint o grotesi a gawsai'r fraint – ym mhlasau Lloegr ac ym mythynnod Cymru – o *ddewis* drostynt eu hunain mewn mater o briodas? Digon gwir nad oedd hi wedi ildio i Siarl yn erbyn ei hewyllys, ond nid oedd wedi anghofio chwaith fel y safai Elisabeth Walter yn rhyfeddu at ei ffawd. Beth pe bai hi wedi meiddio gwrthod y Prins . . .? Bobol bach, fe welsid gwraig Castell y Garn yn llewygu yn y fan a'r lle! Dyna un peth a hoffai yng ngweithiau William Shakespeare, y creadur hwnnw a ddymchwelodd yr academyddion, yr actor bach beiddgar hwnnw a newidiodd y theatr dros nos â'i athrylith noeth. Bu adeg pan gerddai Liwsi'n droednoeth cyn colli perfformiad gan gwmni o chwaryddion crwydrol; fel hyn y daeth i ryfeddu at berson-oliaeth a chadernid cymeriad merched fel Cleopatra, Desdemona a Ledi Macbeth. Fe all mai dyna un rheswm pam yr oedd beirdd a barddoniaeth mor bwysig; roedd merch ar bedestal uwch mewn cerdd neu ddrama nag yr oedd yng ngweithiau'r haneswyr. Bron nad yw'n bod mewn hanes, dynion biau'r sioe bob cynnig; dynion sy'n ennill y dadleuon, dynion sy'n concro'r cyfandiroedd, dynion sy'n cyflawni'r campau, a dynion sy'n cadw'r byd i fynd ar ei echel. Pilipala yw merch; Blodeuwedd ryfeddol sy'n fendigedig ar dro yn y gwely a defnyddiol dros ben i dorri baramenyn yn y gegin. Gall ennill calon brenhinoedd mor rhwydd ag y cipiodd hithau galon Siarl, ond fe wawria arni'r bore wedyn nad yw hi fawr gwell na chaethferch unwaith y mae'r arwr bach nwydus wedi gwasgu modrwy ar ei bys a llofnodi'r dystysgrif. O, fe wisgai ef goron a diferu o gwrteisi, ond eiddo'i gŵr fydd hi mor llwyr â'r ast wrth ei draed!

Wel, yr oedd yn rhaid iddi hi'n awr ymegnïo fel merch dros ei hawliau, fel merch o Gymraes a ystyriwyd gan rai yn y cylch ymerodrol yn werthfawr i'r diben y gellid ei defnyddio; bwch dihangol – llestr – cyfrwng – teclyn cyfleus y gellid ei daflu ymaith pan nad oedd o ddefnydd mwyach.

Cerddodd ymaith i feddwl yn ddwys sut i weithredu.

Daeth at dderwen urddasol – safodd oddi tani a theimlo'i changhennau mawr fel breichiau'n ei hanwesu. Estynnai'r ffurfafen yn fôr dulas am filltiroedd, a'r haul ym mhen pella'r gorwel fel llong fawr ar dân yn suddo, suddo'n ysblennydd i ddiddymdra. Mor rhwydd fyddai i fod dynol suddo'n dawel fel'na allan o fodolaeth! Mor rhwydd fyddai i ferch yn hyn o fyd ildio i gael ei llyncu gan ofidiau . . . a dim mwy o sôn amdani.

Ni fedrai hi, Liwsi, ildio i dynged mor ddiraddiol. Beth bynnag arall nad oedd ganddi bellach, draw yn eithafion y ffurfafen faith roedd ganddi blentyn; hi oedd ei fam, hi a'i dygodd i'r byd, ac yr oedd ei hawliau arno'n fwy nag unrhyw frenin a gwladwriaeth a chynghorwr. Ac wrth i'r meddyliau hyn roi dur newydd yn ei chyfansoddiad, fe'i cafodd ei hunan yn edrych i fyny cyn cau ei llygaid ac anfon gweddi i'r pellterau dirgel a oedd yn awr mor agos iddi â'i hanadl ei hun:

"Y ffafr fwyaf a fedraf dderbyn oddi ar dy law yn awr, O Dduw, yw'r dewrder i ymladd gelynion sydd ar fy llwybr. Peth gwael ar fy rhan fydd ymddwyn fel un llwfr, neu ofni neb na dim ond tramgwyddo

fy Nuw, gan dy fod yn hollalluog ac yn medru pob peth a gwneud y ddynoliaeth yn ddarostyngedig i ti. Dysg i mi nad oes gen i ddim i'w ofni ond i mi gerdded yn gywir yn dy bresenoldeb, a hynny gyda chydwybod lân. Addawaf, O Dduw, na wnaf ddim oni fydd i'r diben o warchod a chynnal y plentyn a roddaist i mi . . ."

Ac ymlaen yr aeth wedi ymgryfhau drwyddi.

– 26 –

Ymhen oriau, a'r nos wedi disgyn a dynion yn mynd heibio fel cysgodion mewn byd nad oedd yn real mwy, daeth at dafarn – yr union fan lle y cyraeddasai gyda Tom Howard gynt. Gwelai amlinell y llongau a'r cychod. Oedd, roedd ei greddf wedi'i thywys yn gywir i'r lle y câi gyfle i groesi'r dŵr i Ffrainc. Nid siwrnai oedd hyn a'i hwynebai, ond cenhadaeth; nid oedd troi'n ôl na bwrw arfau i fod yn y frwydr hon. Os ofnai Henrietta Marïa a Clarendon i'w chysgod lesteirio rhagolygon adferiad Siarl i'r orsedd, go brin y byddai'i phresenoldeb yn ddigon i'w dychryn i ildio'r plentyn i'w gofal. Gwnâi, fe ymladdai â phob gewyn a nerf yn ei chorff; fe gyhoeddai felltith ar eu pennau o bennau'r tai. Nid oedd dim *na* wnâi mwyach i gael y bychan yn ôl yn ei meddiant! Trechasai gynllwynion Cromwell a'i feddalu'n swp siwgraidd nes y dechreuasai rhai o'i wŷr gywilyddio o'i blegid. Siawns na fedrai drafod Siarl.

Roedd y dafarn yn swnllyd o ddiod a llawenydd fel y gellid disgwyl lle oedd morwyr a'u moliau'n cynnull. Cyn gynted ag y safodd yn y drws, gwyddai bod y llygaid barus i gyd arni. Safodd yn stond am eiliad pan welodd ryw greadur corffol yn dod tuag ati. Un symudiad, llaw a throed, cyflymach na symudiad amrant, ac roedd un o stolion y bar yn hedfan ar draws llwybr yr ymosodwr, ei ben yn hollti yn erbyn un o'r pileri ac yntau ar ei hyd mor ddisymud â sach. Atseiniodd y muriau mewn eiliad o chwerthin gwŷr a gwragedd. Daliodd Liwsi i sefyll yn herfeiddiol uwch y cawr meddw. Cystal â dweud, "Oes 'na rywun arall am roi cynnig." Cafodd gymeradwyaeth fawr.

Nid oedd wedi eistedd eiliad mewn congl ddistadl, cyn i wr tal a bonheddig ei chyfarch. "Odych chi'n iawn, merch i?"

"Iawn, diolch."

"Da ych bod yn medru ymorol am ych hunan mewn lle fel hwn . . ."

"O, mi fedra i neud hynny."

Gwamal oedd y lanternau a oleuai'r dafarn, ond digon sefydlog i Liwsi weld bod wyneb pendefigaidd gan y gwr, pen da o wallt, a'i lygaid yn awgrymu gwr o ddeallusrwydd mawr.

"Be ddath â chi 'ma . . .?"

"Chwilio am gwch."

"I ble?"

"Ffrainc."

Rhoddodd y dyn ei fysedd wrth ei wefus. "Ga i eistedd am eiliad?"

"Ar bob cyfri."

"Falle y medra i helpu."

"Tybed?"

"Falle."

Deuai ambell forwr heibio i lygadrythu'n feiddgar, pwyso ar y bwrdd ac ymestyn, anadl afiach a dannedd du yn wrthun, ond roedd un edrychiad yn ddigon heb i'r gwr tal orfod ymyrryd. "O ble dach chi'n dod, merch i?"

"Cymru."

"Roeddwn i'n *meddwl* . . ."

"Fel *chithe,* mi dybia i."

"Mynydd Islwyn."

"Be ddath â *chi* 'ma . . .?"

Ysgydwodd y gwr ei ben fel petai'n ofidus. "Wel, ma honno'n stori faith."

Bu distawrwydd hir rhwng y ddau wedyn. Oedd, roedd Liwsi wedi cyffwrdd nerf, yn ddiamau. Yn y golau gwan, gwnâi ei gorau glas i archwilio'r wyneb, dyfalu pwy a beth ydoedd, beth oedd ei stori, heb iddi orfod gofyn ar ei ben ac iddo yntau ymateb a gofyn iddi'n blwmp am ei stori hithau. Gan nad beth oedd ei hanes, teimlai iddi weld digon o

335

arwyddion yn barod i benderfynu mai dyn da ydoedd; er yr holl gysgodion yn y dafarn, roedd rhyw fath o wawl i wyneb y bonheddwr hwn, rhyw fath o *santeiddrwydd* fel ag y bydd i wyneb ambell sant, daioni mewnol yn goleuo'r allanol – peth nad oedd yn wir am y mwyafrif o'i chwmpas, bid siŵr.

"Roeddwn i'n perthyn i'r eglwys yn Llanfaches," dechreuodd y dyn ddweud, ac yr oedd enwi'r lle yn ddigon i beri i'r holl atgofion am ei thad ddychwelyd.

"Fe fu nhad yn cefnogi Llanfaches . . ."

"Do, wir?"

"Mi drodd at y Piwritanied – wedi gwrando Morgan Llwyd a Pŵel. Dwn i ddim am y manylion, ond gwn iddo anfon llawer o arian i gynnal yr achos."

Tawelodd Liwsi. Gwyddai'r gŵr ei fod yntau wedi cyffwrdd â nerf yn awr. Aeth ymlaen, "Roeddwn i am fynd yn bregethwr, ond fedrwn i ddim cyd-weld â nhw yr holl ffordd. Robinson yn cyhoeddi damnedigaeth uwchben y bobl fach – digon i hurtio'r trueinied! A'r gof o Falpas yn *expoundio'r* Beibl – digon i yrru braw ar wŷr bach y Blaene! Rhai yn gweddïo am yr Adferiad, bid siŵr, ond y Llwyd yn taranu am y Milflwyddiant a beichiau'r trethi yn cau llygaid gwerin gwlad rhag y bendithion ysbrydol a ddeuai drwy fidog a phowdr gwn! Ta waeth, bu'n rhaid i mi a thri arall fynd o flaen Henry Walter a Walter Cradoc, dau hen brofwr didrugaredd yn Sir Fynwy; mi ddwedais fy marn yn deg a gonest – a'm gwrthod yn fflat! Down i ddim yn ffit, medden nhw. Peth peryglus ar y naw yw rhoi Beibl yn llaw dyn, faint bynnag o sêl sydd yn 'i galon, os nad oes goleuni yn 'i ben! Wele Oen Duw, medde Meibil i; fe dybiech ma Tarw Duw a ymgnawdolodd ym Methlem Jwdea gynt. Ta waeth, dach chi'n mofyn cwch i Ffrainc – ma hwnna'n bwysicach na cherbyd Lias i'r byd a ddaw ar hyn o bryd!"

Ac fel yr oedd Liwsi'n diolch iddo – a diolch i Ragluniaeth yr un pryd, ymddangosodd gŵr ifanc golygus, chwe throedfedd o ddyn, a'i lifrai'n dangos mai capten llong ydoedd. Sylwodd ei fod yn ei llygadu'n fanwl wrth gerdded at y bwrdd, ond cyn iddo gael amser i eistedd na chyfarch, roedd y gŵr hŷn yn egluro, "Dyma'r mab! John Owen ydw i a John Owen ydi ynta!" Nodiodd ar ei fab. "Croten o Gymru ydi hon – chwilio am bàs i Ffrainc! Own i'n meddwl y basat ti'n medru . . ."

Gwenodd y capten rhadlon, "Mi fyddwn i'n ffŵl i wrthod pasej i rywun mor olygus . . ."

Nid edrych arni a wnâi'r llongwr cwrtais, ond – drwyddi. Medrai Liwsi deimlo ei lygaid fel pe'n ei hymddiosg, bilyn ar ôl pilyn.

"Ble dach chi'n ceisio mynd?"

"Rhwle! Paris?"

"Popeth yn iawn – mi ofala i amdanoch chi! Be 'di'r enw . . .?"

"Liwsi . . ." Ymataliodd . . . yna, mentrodd, "Barlow! Liwsi Barlow!" Hen berthynas oedd John Barlow o Slebech; daethai'i enw'n gyfleus fwy nag unwaith yn ystod y rhwystredigaethau diwethaf i guddio'i henw priodol rhag y bytheiaid.

"Gym'rwch chi ddiod?" gofynnodd y capten. "Fydd nhad byth yn meddwl am . . ."

"Diolch, diolch!" – nid oedd am ddangos, ond medrai wneud â mwy na diod! Efallai y byddai pethau'n gwella ar y llong.

Ni throdd y fordaith i fod y math o berygl ag a ddisgwyliai Liwsi. Y funud y gosododd ei throed ar y bwrdd, sylwodd bod y ffurfafen wedi tywyllu'n llwyr a gwynt fel yr Euroclydon yn dechrau corddi'r môr a chwipio'r llestr yn ddidrugaredd. Â barnu wrth ei lygaid a'i dôn, roedd y capten ifanc wedi dychmygu egwyl ddifyr yn ei gaban. Dywedai'i wyneb yn awr y byddai angen ei holl nerth a'i gyfrwystra i feistroli'i lestr ar y tonnau heb feddwl am fentro'i ddoniau gyda merch nwyfus.

Ar hyd y fordaith, ni chlywodd Liwsi ond rhu cynddeiriog yr elfennau a lleisiau'r morwyr yng nghanol y cargo meddw. Pan lwyddwyd i gyrraedd y porthladd ar ochr Ffrainc, nid oedd na chapten na chriw â llygad i ganfod ei hymadawiad chwim a llechwraidd.

"Liwsi!"

Prin y meddai'r forwyn wrth y drws anadl i ddweud yr enw.

"Ble ma Siarl?"

"O diar, O diar . . ." Dyna'r cwbl y medrai'r ferch nerfus ddweud, ei dwylo a'i thraed am ennyd wedi'u parlysu. Fe wyddai o'r gorau fod Siarl, ei meistr, yr union eiliad honno'n dynn ym mreichiau Catrin Pegge, merch osgeiddig ddigon a fu'n gryn gysur iddo yn Bruges – un yr oedd y Stiwart rhamantus wedi ffoli arni am ei hysgafnder a'i miri ac aml nodwedd arall.

Cawsai Siarl amser digon cythryblus yn ddiweddar; y Sbaenwyr, y bobl a dybiodd oedd ei gefnogwyr ffyddlonaf, wedi'i siomi mewn sawl ffordd. Medrai Don Juan addo digon, ond fel llawer eraill o'i ffrindiau honedig, nid oedd modd yn y byd i'w gael i anrhydeddu'i addewidion. Ni chawsai Siarl fawr o galondid yng nghwfaint y Rue des Carnes; a phan laniodd yn Cologne, bu'n rhaid iddo adael ei feddiannau i gyd yno nes clirio'i ddyledion. Felly, mewn byd mor oer a gelyniaethus, nid oedd ganddo ddim i syrthio'n ôl arno ond coflaid a chnawd cynnes merch fel Catrin Pegge.

Hyn oedd y rheswm mai'r nesaf i Liwsi ddod wyneb yn wyneb ag ef oedd yr Arglwydd Taaffe, un a oedd erbyn hyn yn brif gwmnïwr Siarl, Gwyddel ffraeth a golygus na fethai byth godi calon ei feistr, ac yn ddiamau, y sawl a oedd bennaf cyfrifol am yr enw drwg a feddai holl osgordd Siarl bellach yn Ffrainc. Synhwyrodd mewn eiliad pwy oedd y foneddiges wrth y drws. Gwyddai mai anodd fyddai cael ei feistr o afaelion Catrin Pegge – a gwyddai hefyd mai'i ddyletswydd a'i hyfrydwch ef fyddai difyrru'r ymwelydd hudol.

"Dowch i mewn, dowch i mewn!"

Safodd Liwsi yn y cyntedd yn rhyfeddu at y derbyniad.

"Esgusodwch fi am eiliad!" meddai Taaffe, yn gwneud ei orau glas i edrych yn hunanfeddiannol. "Mi af i hys-bysu . . ." Diflannodd.

Y funud nesaf yr oedd plentyn bychan, gwallt du cyrliog a llygaid byw, yn ei hwynebu; ac ar yr edrychiad cyntaf rhedodd ati gan dynnu a glynu wrth ei gwisg. "M-mam, M-mam, Mmmmam!" oedd y cwbl a glywyd ganddo.

Pan ddaeth Siarl i'r golwg, sylweddolodd nad oedd modd yn y byd y medrai daflu Liwsi allan – ac nad oedd dymuniad felly yn ei galon chwaith.

"Liwsi!" meddai, "O ma'n dda dy weld!"

O'r golwg, roedd Taaffe yn tywys Catrin Pegge o'r tŷ. Cadwodd yntau yn y cefndir hefyd – ni fedrai ddilyn yr un yr oedd ei fawrhydi'n ei chwennych!

"Dyw'r bychan ddim am ollwng gafel ynot ti, Liwsi – na finne chwaith!" meddai Siarl.

"Dyw'r bychan ddim," atebodd, a golwg benderfynol yn ei llygaid. "A dw inne ddim am ollwng gafel ynddo ynte."

"Fydd dim raid i ti – gwna dy hunan yn gartrefol, Liwsi!"

"Dim ond i mi gael y bychan gyda mi, mi fedra i fod yn gartrefol yn rhwle . . ."

Ac yno, gyda'i phlentyn a'i dad, yr ymgartrefodd – a chyn hir, roedd hi'n disgwyl ei hail blentyn.

"Wyt ti'n hoffi dy chwaer fach?" gofynnwyd i Jâms pan dywyswyd ef am y tro cyntaf at y crud.

Ei ymateb oedd ceisio rhoi dwrn yn wyneb y baban newydd – anhawster i dderbyn bod yn ail am sylw! Hen drafferth dynolryw nad oedd i ddod trosto gydol ei daith . . .

Ond beth bynnag y trafferth a gawsai'r bychan i gymodi â'i chwaer fach, nid oedd hynny'n ddim i'w gymharu â'r trafferth a gawsai Liwsi i gymodi â'i gŵr, Siarl, a'i holl gefnogwyr – Henrietta Marïa, Hyde, a'r lleill. Felly, pan ymddangosodd negesydd o Loegr yn y tŷ brenhinol i ddweud bod posibiliadau'r Adferiad wedi gloywi'n fawr bellach,

"Gallwn wneud ein paratoadau!" meddai Clarendon yn syth, "ond – bydd yn rhaid i'r Gymraes fynd!"

Nid da gan Siarl oedd clywed hyn ac fe ddangosodd ei atgasedd yn union. Eto i gyd, pan oedd gŵr ar gerdded i'w orsedd ac adfer hen fri brenhinol ei ach, nid oedd 'priodas' a 'gwraig' yn bethau i'w gorbrisio y pryd hwnnw.

Ac yn nistawrwydd ei hystafell, ei phlant gyda hi, synhwyrodd Liwsi unwaith eto fod ei dyddiau fel 'gwraig', os nad 'mam', yn dirwyn i ben. Nid oedd iddi mwyach werth nac urddas yn ymyl hawliau'r Goron . . .

Mewn tridiau, roedd gweision Siarl yn ei chipio a'i chymryd i annedd yn un o strydoedd cefn Paris.

"Ma'n flin 'da fi am hyn, madam!" meddai un o'r cŵn bach.

Nid oedd gan Liwsi nerth nac awydd i ateb. Fel ei holl yrfa oddi ar i Siarl, yr etifedd, ei hudo gyntaf, yr holl drafferthion a'r chwerwder, gwelodd na fuasai hi'n ddim ond teclyn at iws gŵr a gwlad. Ni ddaeth Siarl i'r golwg – roedd yn rhy brysur yn paratoi'r regalia i hawlio'i deyrnas yn ôl!

"Ma'n rhaid i bob un ohonom roi dyfodol ein gwlad o flaen pob cysur a dyletswydd arall yn awr!" meddai Hyde wrtho i leddfu'i gydwybod.

– 28 –

Roedd Paris, fel y daethai Liwsi i adnabod y lle bellach, yn ddinas heb drugaredd; mangre barbareiddiwch a hafan pob llygredd. Nid oedd un ystryw a ddyfeisiodd y meddwl dynol i gael arian a phleser nad oedd rhywun yn ei hymarfer yma. Fe wyddai Liwsi y medrai fod yn wirion o haelfrydig a pharod i wrando, ond dysgodd yn fuan i fod yn gyfrwys gyda'r lladron a'r twyllwyr o'i chwmpas. Digon tlawd oedd y dosbarth o'r hil ddynol a drigai yn ei chymdogaeth hi. Yr unig fath o aristocrat a ddeuai heibio i'r rhan honno o Baris oedd un yn chwilio am bleser gyda merch. Fel hyn y daeth i gael cynnig am ei ffafr. Cofiodd am Betsan. Betsan druan!

Fel petai ffawd greulon yn ei gwthio dechreuodd Liwsi baratoi ei hystafell, a'i pharatoi ei hunan ar gyfer yr unig ffordd oedd ar ôl iddi wrth geisio ei chynnal ei hun mewn byd oer a didostur . . .

"Dwed wrtha i, nghalon fach bert, shwd wyt ti'n treulio
dy ddyddie? Ar ôl ymadael â'th freichie, fydd neb yn anni-
fyrrach na fi!"

"Ni ddisgynnodd fy llygaid ar ferch harddach na thi
erioed!"

"Rwy newydd ddarganfod ble ma uffern! Un cam tu
allan i olwg dy lygaid mawr!"

"Does dim byd yn fy meddwl mwyach . . . ond ti!"

"Nghariad bach i! Bochau llwyd a gwallt anniben, dyw
hyn ddim yn gweddu i ti! Oes rhywbeth yn bod, dwed,
dwed wrth dy ffrind."

O, fel y gwrandawai ar y teyrngedau gwagsaw, y geiriau
amwys a'r glafoerio ffuantus nos ar ôl nos. Ond bellach nid
oedd dewis arall ganddi.

Clywsai am sbleddach a miri'r coroni yn Lloegr a
buasai'n ceisio dyfalu a oedd rhywun wedi cofio amdani hi.
A oedd Siarl wedi cofio? Beth oedd ei hanes erbyn hyn? A
beth oedd hanes ei phlant annwyl?

Fel yr âi'r dyddiau a'r misoedd yn eu blaen syrffedai ar y
cofio a'r hiraethu poenus. Ac yr oedd y teimlad llethol o
unigrwydd yn mynd yn drymach i'w ddioddef o ddydd i
ddydd, o nos i nos . . . O! na allai chwydu'r diflastod a'r
halogrwydd i ddyfnder temtasiynol y Seine . . .

Ymhen misoedd, a'r glaw yn golchi tai a phelmynt, fel
petai'r nefoedd yn gyrru melltith yn wlypwch ar y ddinas,
baglodd gŵr a gwraig ar draws corff merch.

"Pwy yw hon, druan?" meddai'r wraig.

Sylwodd y gŵr bod darn o bapur yn y dwrn caeëdig.
Tynnodd ef o afael y bysedd oer a'i agor. Gwelodd mai tyst-
ysgrif priodas ydoedd.

"Mawredd mawr!" meddai. "Y Frenhines! Liwsi
Regina!"